锦绣盈门

暗香 著

重庆出版集团 重庆出版社

图书在版编目（CIP）数据

锦绣盈门 / 暗香著. —重庆：重庆出版社，2014.8
ISBN 978-7-229-07903-1

Ⅰ. ①锦… Ⅱ. ①暗… Ⅲ. ①言情小说 – 中国 – 当代
Ⅳ. ① I247.5

中国版本图书馆CIP数据核字（2014）第083734号

锦绣盈门
JINXIU YINGMEN

暗香 著

出 版 人：罗小卫
责任编辑：罗玉平　郭莹莹
责任校对：郑葱
封面设计：艾瑞斯数字工作室 clark943@qq.com
版式设计：谙恒记工作室

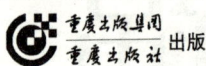 出版

重庆长江二路205号　邮政编码：400016　http://www.cqph.com

自贡兴华印务有限公司印刷

重庆出版集团图书发行有限公司发行

E-MAIL:fxchu@cqph.com　邮购电话：023-68809452

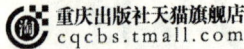 重庆出版社天猫旗舰店
cqcbs.tmall.com

全国新华书店经销

开本：700 mm×1000 mm　1/16　印张：40.5　字数：695千
2014年8月第1版　2014年8月第1版第1次印刷
ISBN 978-7-229-07903-1
定价：56.80元

如有印装质量问题，请向本集团图书发行有限公司调换：023-68706683

版权所有　侵权必究

目录

楔子 // 1

第一章　初穿越遭遇二手货，小庶女挣扎求生存 // 4

第二章　姚梓锦避嫌装呆傻，论婚事姐妹起龌龊 // 25

第三章　姚梓锦侯府去赔罪，打擂台梓锦入险境 // 63

第四章　梓锦露脸锋芒乍现，溟轩洗冤得偿所愿 // 88

第五章　莫姨娘咸鱼要翻身，姚月小产细查凶手 // 111

第六章　此情可待成追忆，只是当时已惘然 // 135

第七章　长杰威武牵姻缘，水到渠成非难事 // 160

第八章　老太太一箭双雕，姚玉棠苦尽甘来 // 184

第九章　送喜帖梓锦战三英，乍相逢竹林诉衷情 // 209

第十章　私下相会恋情被捉，提亲上门原是故人 // 231

第十一章　靖海侯保家求退婚，叶溟轩巧计求脱身 // 255

第十二章　姚大哥殿试中榜眼，小春园溟轩设诡计 // 281

第十三章　洞房夜溟轩喜开怀，初进门梓锦对群狼 // 301

楔子

2130年,博古学院穿越系家斗司优秀毕业生姚梓锦,在等待了三个月零九天之后,终于等到了自己人生的第一场穿越之旅。

站在她身边的小牧夸张地哭道:"梓锦,你这一走就不知道何年何月才能回来,你可得记得想我啊,咱们这一批学生里,你的成绩是最优秀的,想必让你穿越的地方一定也是极好的,说不定就是个宰相千金,郡主公主之类的,一过去就能呼奴唤婢,真是羡煞人也,想我这个半吊子水平,也不知道会不会被发配到边疆去……"

梓锦满脸黑线,一胳膊肘捣过去,咬着牙说道:"你做梦吧,也不看看咱们的招牌,咱们可是家斗司的人,这些个黑心肠的教授还不定把我发配到哪个黑得发烂的后院去。爹不疼娘不爱,嫡姐凶残,嫡妹嚣张,婚事被人家握在手心里,想怎么摆弄你就怎么摆弄你,想想就糟心……"

听着梓锦的吐槽,小牧毫无形象地笑了起来,伸手在梓锦的额头上一指,这才说道:"哎呀呀,好一幅闺怨啼血图,不去演戏可惜了你这副德性。不过我真是有些可怜你穿越旅途中的伴侣了,嫁谁你就坑谁了,娶了你回家,就你这一身在这群变态教授悉心教导下的新时代高科技的精英技能,只怕真真是横扫后院无敌手了。"

梓锦呸了一声,接口说道:"不要小看古人的智慧,你看看官斗司的那一个个活灵活现的教材,且不说女皇武则天横扫天下无敌手,萧太后巾帼不让须眉,就单说梁红玉击鼓退金兵,花木兰替父从军行,这几个哪一个提溜出来我都要甘拜下风,更不要说那些个从出生就在后院里浸泡的古代女子,鹿死谁手谁又知晓?我只盼着教授能够高抬贵手,让我去个还算有人性的地方,我就感激不尽了。"

小牧只是嘿嘿一笑,转眼又担心起自己来了,唉声叹气地走来走去,一时间弄得梓锦也跟着紧张起来。

"姚梓锦,进来!"

梓锦浑身一颤,跟小牧告别:"说不定你还没被发配我就穿越回来了,等我一等。"

小牧气得柳眉倒竖，一脚丫子将梓锦踹进了实验室，转头看着依旧晴朗的天空，默默地祈祷："请教授们赐给我一个好人家吧……"

话音还未落，就听到实验室里一声鬼哭狼嚎传来，这声音赫然就是梓锦，只听她说道："这不公平，我抗议，教授，你们这是以权压人，凭什么我就要跟个重生的二手货，我抗议……"

重生的二手货？小牧浑身一个激灵，哎呀妈啊，梓锦这次不会是遇到了那个家斗司人人避之不及的叶溟轩吧！

作为2130年的新兴行业，博古学院可谓是穿越院校中的个中翘楚，牛掰中的牛掰，执牛耳也。

凡是博古学院优秀毕业生，大多都是能够极顺利地体验一趟穿越之旅。在这里科目众多，系别众多，任君挑选，满意而归。喜欢宫斗的，可以报名宫斗司，喜欢宅斗的可以报名宅斗司，喜欢战争的可以选择冷兵器时代各项战争生存技能司，喜欢风花雪月、红袖添香的可以报名青楼司，还有公主司、驸马司、丞相司、将军司，只有你想不到没有你找不到，在这里执教的都是穿越而归的前辈，既有雄厚的理论基础又有强大的实践基础，造就了博古学院屹立不倒的执牛耳地位。

想当初，姚梓锦就是被这块闪闪发光的金字招牌给忽悠来了。然则，盛名之下也有令人发指之处，博古学院最令人恨不得将其撕烂了、捏碎了、再将其吞吃下肚的地方则在于它的穿越规则。

第一：穿越后不得使用现代的各种高科技技术，比如说，不允许利用你高超的化学知识，在古代造出个什么威力强大的东西破坏古代的平衡，否则你将会被系统认定为违规，强行召回。

第二：若你在穿越后不能得到你将要嫁给的人或者你将要娶的女子的心，就证明你魅力与手段皆不足，不好意思，你会被系统判定为不合格，强行召回。强行召回的意思，就是古代的你会死亡！

第三：穿越后若能性命无忧，爱情事业均有所成，那么恭喜你本次穿越之旅你将会获得合格的成绩，三颗星！博古学院的名册上最末页将会有你的一席之地。

第四：若你能在复杂的环境中斗得过婆婆，镇得住妯娌，压得住小姑以绝对完胜的战绩笑傲群雄的同时，还能够得到你夫君的全力支持，并能得到一生一世一双人的承诺，与之白头到老，琴瑟和鸣，那么恭喜你，你就会成为博古学院最出色的毕业实习生，将获得五颗星，而你的大名会留在博古学院名册上最显眼的地方，并且将会作为优秀实习生留校任教。

　　穿越过程中,这四项规则在姚梓锦大脑中不停地反复出现,让她有想问候一下写下这四条规则人的祖宗的冲动,这得是多高的境界才能写出这样的规则,也就难怪博古学院五颗星的实习生百年也就有那么一两个。想起在家斗界人人想要躲避的叶溟轩,姚梓锦很坏心地捉摸着要是她一开始就将叶溟轩这个准男主给三振出局,另外配一个不知道系统会不会判她违规,不过想起教授的话……姚梓锦眯起了眼睛,教授说你躲不过穿越定律!

第一章
初穿越遭遇二手货，小庶女挣扎求生存

　　维和初年，七月七日，牛郎织女相会之时京都姚家贵妾吴氏生下一女，正房太太海氏大大地松了口气，脸上的笑容也自然了许多，看了一眼丈夫笑着说道："恭喜老爷喜得千金。"

　　姚谦笑着点点头，看了一眼产房的方向，这才说道："先开花后结果，是喜事。"便是一连声地喊着打赏，海氏只气得牙齿痒痒的，眼皮翻了翻，却还是命人下去打赏。全府的下人都得了赏，接生婆的赏银更是颇多，一时间整个姚府沉浸在一片喜悦之中。

　　"不过生了个丫头片子，瞧他得意的那个样子，想当初我生杰儿的时候也没见他这般开怀，须知道我的杰儿还是姚府的嫡长子呢！"海氏咬着后牙，瞪着眼睛，一字一字地道，那眼睛里喷出的火光，恨不得能将整个正屋给烧掉。

　　一旁的贺妈妈只觉得眉头上冷汗直冒，那一身铁锈红缠枝褙子越发地映得她脸色黑乎乎的，只见她弯着腰低声劝道："哎哟，我的好太太，您说话小声点，如今那一位正在热兴头上，要是一个不当心这话传了出去，岂不又是一场闹腾？"

　　"我看哪一个小蹄子敢嚼舌根，我就拔了她的舌头发卖出去！"海氏怒道，随即又叹息一声，道："幸好生了个丫头片子，翻不起什么大浪，不然的话还真是有的折腾了。"

　　听到海氏这么说贺妈妈立刻应声道："您这么想就对了，如今大哥儿、大姐儿、二姐儿、三姐儿都是您肚子里出来的，就算是旁人生了儿子也不能越过您去。倒是要提防莫姨娘，她毕竟生了三少爷，这女人最爱作怪，倒是吴姨娘看着是个本分的，生了姐儿也没见得怎么猖狂。"

　　海氏冷哼一声，最近一段时间肝火颇为旺盛，看什么都不顺眼，要说起来吴姨娘生了个女儿的确不是个有多危险的事情，不过姚谦对这个女儿的态度却令人有些憋闷，一个丫头片子，还是个庶女，金贵什么？

正想要再说几句发泄一下心情，就见蔷薇掀起秋香色遍地织锦的帘子急匆匆地走了进来，道："太太，栖雪阁那边闹起来了，也不知道莫姨娘发哪门子的疯，居然指着还未出月子的吴姨娘谩骂起来。"

海氏眼睛顿时亮了起来，腾地一声站起身来，问道："你可知道为了什么闹将起来？"

蔷薇摇摇头，道："这个没听清楚，隐隐约约听着好像是因为五姑娘的洗三礼比四姑娘的场面大了。"

海氏抬头看向贺妈妈，笑容越发盛了，贺妈妈也是抿嘴一笑，低声说道："您看老奴的主意不错吧，这不就闹上了？莫姨娘最近太张狂了些，太太这次您可得好生的发发威了，切莫再被这奸猾的糊弄过去。"

贺妈妈也不是杞人忧天，要说起来这位莫姨娘的确是个人物，不仅生下了四姑娘姚玉棠，更是生下了三少爷姚长悟，在姚府屹立数年而不倒，万般无奈之下，海氏听从了贺妈妈的主意买来了良家女子吴氏抬为贵妾压制莫姨娘，妙就妙在吴姨娘生性恬淡，兼明艳多姿这才硬生生地分走了姚谦的注意力。

莫姨娘早就对吴姨娘怀恨多时，得了由头，怕是真的要大闹一场了，海氏的双眼顿时噌噌直冒亮光，她最爱坐山观虎斗！

姚梓锦努力竖起耳朵听着屋子里的动静，抱着她的奶娘在屋子里不停地走动着，嘴里还念念有词地唱着地方小调，那调子宛转悠扬，煞是好听。旁边榻上半躺着的一名美少妇正是姚梓锦的生母吴姨娘，额头上缠着姜黄色的抹额，身上盖着桃红绸子的锦被，神色间还有些恹恹的，一旁的周妈妈正在耐心地开导："……您就是太好性了，这才让人家踩到头上来，不是老奴说，如今您好歹也为老爷生下了五姑娘，莫姨娘还想跟以前一样踩到您头上来，您就是不为自己想想，也要为姑娘想一想，将来总是要在这院子里长大的，您自己不争气些，只怕会连带着五姑娘也跟着抬不起头来……"

"妈妈，这些我都知道，可是……您也知道我素来是个嘴笨的，只想着安安生生过日子，并不想招惹莫姨娘，更何况老爷有多喜欢莫姨娘你又不是不知道，我何苦落得两面不是人……"吴姨娘低声说道，声音软软糯糯的，听着心里就是一阵阵的酥软。

周妈妈急得直跺脚，好说歹说也不见自己的主子有任何抗争的意思，索性坐在脚榻上自己个垂泪。

姚梓锦在这个世界已经存活了二十八天，再有两天就满月了，杂七杂八听着身边的人不停地说着周围的事情，大致跟穿越前教授说的对得上号。

姚梓锦穿越在大齐朝一名从六品的翰林院修撰姚谦的府中，这姚谦乃是状元郎出身，按理说应该是一片锦绣前程，奈何这位姚老爷品性太刚直，为官多年，曾有数次机会青云直上，却被他的臭脾气给搅和了，以至于快奔四十的人了还是从六品，在清苦之地翰林院打转。

姚老爷有一妻二妾，正妻海氏，生育了嫡长子姚长杰，嫡长女姚月、嫡次女姚雪、嫡三女姚冰，就看这子女数量，端的是地位稳固，而且，一子三女皆是姚老爷孩子中排名靠前的，也就是说在这之前并没有任何妾室生下孩子，其实更确切地说，在这之前姚老爷并没有纳妾。

凡事都有意外，海氏娘家颇有根基，造就了海氏的性格强硬，高压之下必有反抗，于是乎就有了莫姨娘的产生，说起来这位莫姨娘真真是个人物，乃是获罪的官家小姐被发卖，七拐八拐地被卖进了姚府。莫姨娘的手段真是相当高，当初在海氏的高压之下，姚老太太的眼皮下，居然还能与姚老爷私通苟且，有了身孕这才将关系大白于天下。

海氏大怒，就要连母带子给打出去，还是姚老太太力压海氏，看在莫姨娘肚子里那块肉的情分下让她做了通房，也是人家莫姨娘的肚子争气，一下子就生了个哥儿，莫姨娘腰杆硬了，姚老爷胆气壮了，于是乎被抬为姨娘了，于是乎海氏的悲剧开始了！

要说起来海氏也够倒霉的，彪悍有余智谋不足，每每对阵莫姨娘总是输多赢少，即便是有陪嫁丫头抬成的姨娘助阵，也丝毫不顶用，眼看着莫姨娘又生下了四姑娘姚玉棠，这才有些着急了，为了抵挡莫姨娘，听从娘家的话，从外面的良家女子中挑选了一个性格温柔好拿捏，相貌美艳动人的吴姨娘抬进了府里，莫姨娘这才被分走了些宠爱，海氏才过了几天安生日子。

男人在事业上跟感情上绝对不是平行线，否则的话姚老爷在官场上虽然耿直得罪人，可是这些年来却还能稳稳地待在翰林院不得不说也是一门技术。但是只要一回到家，一面对妻妾之争，姚老爷那精明睿智的大脑袋，一定会被灌满了糨糊，往往就会情感战胜理智，不知不觉偏离航道，让明媒正娶的海氏受尽了委屈。

要说起海氏，姚梓锦的千言万语淤积于心，最后只化作了一句话，同情是把双刃剑，帮不到海氏还会伤了自己，实在是莫姨娘战斗力之高，颠倒是非本事之强令人难望其项背，再加上海氏这猪一样的队友，姚梓锦便有些佩服吴姨娘，在如此艰难的生存环境中，还想着两边不靠，睡醒之前还在睡梦中纠结，吴姨娘究竟是太聪明还是太怯懦？

睡醒之后，姚梓锦使劲张着耳朵想要听着庭院中还有没有动静，奈何除了风声便无其他，于是乎更纠结了，这样一场精彩绝伦的妻妾斗又被自己给睡过去了。

看不到现场直播，那么听听实况转述还是好的，果然周妈妈不负众望再次当起了解说员，姚梓锦那个兴奋啊，竖起耳朵听将起来……

自古以来妻妾是没有和睦相处的，但是大部分的正妻基本上还是能掌控得住后院，类似于海氏这样的例子实在是不多，此时周妈妈将奶娘支了出去，自己抱起姚梓锦看着吴姨娘正在感叹："要老奴说，太太这个人其实也算不错，虽然脾气大一些，爱拿架子，说话刻薄些，可是这院子里的庶子女不是一个个的活得安安稳稳的。要说起来老婆子也曾经在其他的地方服侍过别的夫人太太，见过院子里的肮脏的事情也不少，庶子女不成活，养废的，真是数不胜数，哎……姨娘，依老奴看，您还是贴着太太的好，大树底下好乘凉，不然的话以您的性子只怕是斗不过莫姨娘的。"

姚梓锦顿时对周妈妈刮目相看，果然是人老成精，这样的话说得实在是在理啊，大树底下的确是好乘凉。

谁知道吴姨娘却是摇摇头，声音低低地说道："妈妈，跟了我我知道委屈您了。"

"不委屈，不委屈，姑娘你这是说什么话。老婆子记得您的好，您救了我儿子，老奴就一辈子忠心耿耿地伺候您，您别说这样的话，您要是不喜欢，老婆子以后就不这么说了。"周妈妈立刻抹了泪，声音中带着惶急。

吴姨娘抬头看着周妈妈，伸手接过姚梓锦放在自己身边，脸上露出一个大大的笑容，这才说道："妈妈，你莫着急，你以前是侯爵府出来的管事妈妈，若不是遭了难又怎么会沦落到我身边，我知道我是个不中用的，让您看着有劲使不上。可是……妈妈，有件事情您忘记了，做妾就要有做妾的本分。太太有千般不是也是老爷明媒正娶的妻子，咱们就得敬着，伺候着，妾是什么？妾就是半个奴才。人啊，就要弄清楚自己的身份才能活得长长久久。莫姨娘仗着自己跟老爷情分不一般就胡作非为，跟太太对着干。可是，妈妈，你说莫姨娘如今已经是两个孩子的娘了，还能有几年的好颜色，等到色衰爱弛，太太依旧是高高在上的太太，可是吴姨娘只能沦落为一个小受宠的妾，到时候还不是任凭太太拿捏发落？"

周妈妈有些糊涂了，看着吴姨娘道："我的好姑娘你这都明白得清清楚楚的，那你为什么这个时候不投靠太太？"

吴姨娘无奈地笑一声："我终究还是自私的，只要太太跟莫姨娘不消停，我的锦儿才能好端端地长大。若没有了莫姨娘掣肘太太，您觉得太太到时候就真的能容得下我们母女？"

　　周妈妈犹豫了，这话也在理，叹息一声，道："两边受夹生气也亏您能忍得下来，要是旁人早就闹腾上了。今儿个莫姨娘指桑骂槐到院子里来示威，便是太太赶到了，还不是没有压制住，这样下去可怎么得了。"

　　吴姨娘浅浅一笑："不是东风压倒西风，便是西风压倒东风，我也自有我的法子生存，你且瞧好吧，我不争可不代表我就什么也不做。"

　　周妈妈这才笑了，忙不迭地点头，"这就对了，我就怕你一味老实，如今有了孩儿，可要为她着想了。"

　　"今儿个要是老爷过来看锦儿，你就这般回话……"吴姨娘压低声音说了下去。

　　海氏一愣，问道："你说老爷去了雅风轩？"

　　"是啊，怒气冲冲的，依老奴猜度着老爷可能知道了今儿个莫姨娘去栖雪阁闹的事情。"贺妈妈道，又瞧着依旧无动静的太太，拍拍大腿，道："我的好太太，你还在这里慢悠悠地喝茶，咱们也得做点什么不是？"

　　海氏惊讶地看着贺妈妈，道："咱们还要做什么，老爷既然去了雅风轩自然会将莫姨娘骂一顿，我正乐得看热闹。"

　　贺妈妈恨不得仰天长啸以诉心中郁闷，这个时候还得小声地劝道："太太，今儿个莫姨娘骂了吴姨娘，老爷发怒去了雅风轩，可是雅风轩的那一位惯会颠倒黑白，说不定啊一盆黑水就得泼到您身上来。这个时候咱们也得准备准备不是？人家吴姨娘这样老实的人都知道让老爷去给她出气，难不成咱们不会装上一回？"

　　海氏还是没有明白，瞪大眼睛问道："装什么？"

　　这边周妈妈手忙脚乱地把海氏头上的金钗玉环摘下来放进妆奁，把头发给稍微弄乱了些，又拿了玉色的抹额给海氏戴上，手里的巾帕刚把海氏脸上那鲜艳的脂粉给擦下来，还来不及把帕子给藏起来，就听到外面守门的芍药高声喊道："老爷……"

　　要是往常姚谦定会和颜悦色地应一声，然后徐徐进门来，可是这次贺妈妈却没听到姚谦的应声，脚步也有些沉重匆忙，忙将手里的帕子一股脑地塞进袖袋里，抬头往海氏瞧去。

　　阿弥陀佛，海氏虽然莽直了些，可是也不是真笨，要不然的话也不能将整个姚府的家业管得好好的。果然，这次不等贺妈妈再劝说什么，海氏自己个就半躺着歪在榻上，哼哼唧唧地装了起来。

姚谦猛地掀起了帘子闯了进来，本来要将海氏给狠狠地骂一顿，可是一看到海氏病恹恹的模样歪在榻上，一旁的贺妈妈一双眼睛红肿不堪还泛着泪光，满嘴的话一下子给堵了回去。

姚谦蹙起眉头，细细地审视了海氏一回，心里酌量一番，还是问道："你这是怎么了？好端端的谁又惹你生气了？"

海氏拿起帕子抹一把泪，冷哼一声，也不言语。

贺妈妈在一旁干着急，瞧着海氏只知道拿着帕子抹着干巴巴已经没了泪水的眼眶，说不得只好自己豁了出去，这时便上前一步，拿出一份义愤填膺的模样，替海氏委屈地说道："老爷，太太是个什么性子您还不知道？就是个刀子嘴豆腐心的，打落牙齿和血吞，便是被人骑上头来，也只知道扯开嗓子嗷呼一阵，哪里跟别人一样最会卖弄心机。在娘家的时候王老太太就经常说太太这性子早晚要吃大亏的，也是幸好嫁进了姚家，有老爷看顾着体恤着，这才一路安稳到今天，要是放在别人家的院子里，早就被剥皮拆骨吞吃下肚了。"

姚谦只觉得老脸皮一阵阵发热，轻咳一声，不自然地说道："太太为了这个家劳苦操持，我自然知道的。"话是这么说，可是想起自己从雅风轩过来时莫姨娘那一脸委屈的小模样，心里犯了嘀咕，一时间摸不准这件事情究竟是怎么回事。

想到这里抬眼看着海氏面上满是委屈的神情，再看着贺妈妈那发红的眼眶，便还是问道："贺妈妈，你是太太跟前的老人了，你们太太心存良善，有些话不肯说，你便来说说今儿个栖雪阁的事情究竟怎么回事？"

贺妈妈一听顿时来了精神，当下咬着牙说道："老爷，老婆子是海家来的，本来不该我说这话，省得有些个小肚鸡肠的背后里腹诽太太一句，那是她娘家门上的人，不帮着太太说话帮着谁？"

姚谦只觉得心里一紧，面上便有些不自然，以前每当海氏跟莫姨娘有口水官司，莫姨娘总会哭诉自己没有得力的娘家撑腰，没有可心的管事妈妈说话，每当这时候姚谦总会顺着莫姨娘的思路觉得贺妈妈总是向着太太说话，因此她说的话总有些不肯尽信。今儿个贺妈妈自己个说了这一句，倒是让姚谦觉得这贺妈妈倒是个明白是非真理的人。

想到这一折，姚谦正色说道："不管是谁的人，只要是为着我姚府好，就是一颗忠心，你且说来听听才是。"

贺妈妈是王府出来的，见惯了这些个鬼蜮伎俩，奈何海氏是个不上道的，要是跟人家莫姨娘那心眼手段似的，何愁后院这样不安生。心里这么想，嘴上却说道："老奴知道老爷生就一颗慈心，每日为了公务百姓就已经是疲累不堪，万万不该再拿这些后院的琐事劳烦您，本来这事太太不许老奴说的。我们太太虽然脾气直了些，可是那一颗心却是最柔软不过的，别的且不说，就单说咱京都多少人家的庶子女不成人的，肚子里掉了的不说，就是生下来的能活的，能好好活着的有几个？咱们院子里，莫姨娘跟前的棠姐儿，悟哥儿，已经去了的孙姨娘跟前的枫哥儿，哪一个不是跟太太跟前的哥儿姐儿一般的待遇？就是满京都看去像咱们这样的人家有几个？都说是世家大族最是金贵女孩，可是就是那样也还有个嫡庶之别呢……"

贺妈妈边说边瞅着姚谦的神色，看到姚谦并没有发怒还微微有些愧色，胆子也慢慢大了起来，抹一把眼泪又说道："今儿个的事情太太哪有错？锦姐儿一生下来老爷瞧着欢喜，张口就让太太好生操办洗三礼，太太自然是唯老爷之命是从，洗三礼请的人家，摆的席面，给锦姐儿的金银玉器都是老爷自己亲自过目的，还赞过几句太太劳心了，可是有些人就是放着安生的日子不过，披头散发的跑到还在月子中的吴姨娘那里漫天漫地地骂了一通，还非得说太太存心不良，瞧不起棠姐儿，太太一颗心长歪了，这不是红口白牙的往人身上泼脏水？当初棠姐儿出世的时候，洗三礼的排场也是老爷亲自把关的，莫姨娘这不是连老爷也怨上了？也就是太太好心性，要是放在别人院子里，嫡庶本就不同，要真是按照祖宗规矩下来，莫姨娘的一儿一女都得裁减用度。莫姨娘不知道感恩也就罢了，平日子里埋怨太太也就忍了，只可怜吴姨娘那绵软的性子，这个时候还不定怎么伤心呢，刚生了孩子还没出足月，就被人闹上门去，偏还是个从不诉苦的，听说锦姐儿也受了惊，太太自个儿被气得躺在床上，方才还吩咐老奴拿上好的药材过去给五姑娘压惊呢……"

姚谦越听越是满腔怒火，伸手握住海氏的手，道："委屈太太了，你为为夫受委屈了，为夫定不会让你白白受委屈的。"姚谦想着自己这样表态太太总该欢喜一些，又或者跟莫姨娘一样说一些甜言蜜语讨自己欢心，可是看着太太那一张还在震惊中的脸，心里叹息一声，就不该指望着粗线条的海氏化身温柔似水的模样，还不如指望着傻子能中状元……

姚谦说话起身就走了，海氏呆呆的看着还在翻卷的门帘，讷讷地问道："贺妈妈，老爷不会是魔怔了吧？"

贺妈妈闻言差点倒地不起，泪流满面……这么个不开窍的！

姚家三足鼎立，海氏在贺妈妈这个强力后盾的支持下，莫姨娘委实吃了不少的暗亏，吴姨娘依旧不肯出风头，自己在栖雪阁维持着做妾的本分，教育女儿，别的一概不参加，一概不多嘴，便如同在姚府是个隐形的存在，只有姚谦还时不时地想起有这么个姨娘，每个月会来那么几次。对于这样的日子，吴姨娘很是满意。

在这里不得不说一件事情，姚梓锦的穿越旅程很诡异，旁的学生穿越不过是体验一回爱恨情仇，倾轧争斗，遇到的也都是最正常不过的古人。偏生到了姚梓锦这里出了问题，碰上了穿越系宅斗司中百年不遇的奇葩，那就是重生后的叶溟轩。

叶溟轩前世的时候对姚梓锦那是一个死追不放，用尽千方百计想要娶回家，谁知道还不等他将美人拥进怀，娶回家，自己个先阵亡了，关于他的死因，教授们有两种版本，第一因公殉职，第二内宅中招。

姚梓锦之所以很是排斥叶溟轩，因为按照重生的规则，叶溟轩大约是会记得前世的记忆，这就很麻烦了。所以，综合以上各种原因，姚梓锦还是按照原判，直接将叶溟轩三振出局，死也不嫁重生二手货，重生的都比较阴险的是不是？

临穿越前，鉴于教授们很内疚，将姚梓锦配给了这样的一个比较特殊的人物，于是乎，在姚梓锦的大力抗议下，教授们终于同意，如果姚梓锦能够不嫁给叶溟轩的同时在古代寻找到自己的真爱，圆满完成任务，那么也不是非叶溟轩当男主不可。

但是教授们，最后还是很有玄机地说了一句："梓锦啊，穿越定律基本上不会改变的，最终只怕是你还是会花落叶家！"

七岁这一年是一个坎，因为是姚梓锦跟叶溟轩第一次见面的时候，关键在于跟叶溟轩同一世生存过的那个姚梓锦是一个端庄在外，调皮在内的很不乖的女孩，也不知道做了什么事情招了叶溟轩的眼，于是乎姚梓锦暗暗发誓，今生一定要低调啊低调，绝对不引起叶溟轩的注意，能引起他的反感最好了，问题是什么样的情况下既不用承受家规，还能让叶溟轩对姚梓锦失望呢？

这个问题很重要，就在姚梓锦的万般纠结中，终于迎来了她穿越后人生中的第一场挑战，因为姚老太太回京了，据闻还带来了两名世家相交的好友的孩子同行。两名？姚梓锦又忧郁了，难不成在叶溟轩重生，姚梓锦穿越后，原来的轨迹也改变了？

姚老太太此人，姚梓锦就算是从出生后就没有见过，但是也从旁人的嘴里听过。此刻看着海氏一脸的严肃带着些微微的紧张，约束自己的几个亲生孩子十分严厉，莫姨娘一向嚣张的脸上也换上了妾室该有的温柔谦卑，吴姨娘更不用说了，那是比莫姨娘还要谦卑恭敬十分的主儿。

就看这一副架势,还未进门就能让莫姨娘伏小做低(虽然是表面的,可是老太太没来的时候莫姨娘连表面也不做的),在姚梓锦心里姚老太太的形象顿时变得高大威武起来。

一大早的姚谦就带着家人去了码头迎接,海氏则带着姨娘孩子在内院等候,今儿个人人身上都是穿了簇新的衣衫,最大的姚月已经出落得跟刚抽出穗的玉兰一样,配上一身玉色的衫裙,整个人就要跟飞升为仙了一般,满头乌黑的发间只簪了一根羊脂玉簪,浑身上下都透着一股子清冷的高傲之色。

对于这位大姐,姚梓锦一向避而远之,因为老太太不在,每日去给海氏请安几乎碰不上这位大姐,要么她早去了回了,要么比众人晚了,她去她们也走了。倒是海氏跟前的姚雪跟姚冰熟悉些,姚雪这名字真是晶莹剔透,浑身透着一股子清雅之气,奈何偏偏二姑娘肤色比其余的姑娘都要黑了一些,跟名字倒是不相称了,自小到大不知道被姚玉棠拿着这事暗讽了多少遍。姚冰……提起她姚梓锦就要翻白眼,一个叫做冰的人,为什么要有火炭的脾气?

"五妹妹?"

姚梓锦猛地回过神来,转头看向对面的姚冰,今儿个的姚冰穿了一袭真丝红的衫裙,配上白净的脸庞,赤金的花簪嵌着白玉,倒真是跟画里走出来的人儿一般,此刻正横眉怒目地瞪着自己,心里哀呼一声,转头看向神色间有些洋洋得意的姚玉棠,不用想也知道定是方才两人起了口舌之争姚冰又落了下风,这才跟以前一样又要拖梓锦下水。

"三姐姐。"梓锦露出一个敦厚的笑容,慢慢悠悠地说道:"不知道姐姐叫妹妹有什么事情?"

对于姚梓锦的慢性子姚冰极力忍耐,便把方才的事情叙述一遍,原来是姚玉棠讥讽姚冰年岁痴长却连姚梓锦都不如,姚梓锦都开始读音律启蒙了,姚冰却还只刚背会了三字经。

听着姚玉棠又拿自己作筏子惹得姚冰对自己恶语相向,梓锦心中怒火万丈,但是一念及自己的终极目标,当下压下火气,慢慢腾腾地瞪大眼睛,一副天真不知愁的模样缓缓地说道:"昨儿个我还听着四姐姐已经开始读女四书了,我是个不长进的,念来念去只是觉得音律启蒙朗朗上口,摇起头来很是舒服,这才格外喜欢。"看着姚冰脸色不好,姚玉棠一脸的得意,莫姨娘的眼角都飞了起来,海氏的眼神扫向自己地夹杂着冰刀,姚梓锦似乎一切并未发觉,接着又说道:"四姐姐,女孩家读书认些字就够了，还是太太说得对，咱们又不去考女状元，读一些书有甚用？"

海氏舒坦了，眉眼间满是温柔，姚冰圆满了，瞅着梓锦格外顺眼，顺手撸下手腕上的水头极好的翡翠玉镯不待梓锦推却就套在她手腕上，得意洋洋地说道："五妹妹年岁虽小，却也比有些人明事理，太太说过，有功当赏，这镯子拿着玩吧。"

梓锦心里阵阵乌鸦飞过，知道姚玉棠定然不肯罢休，果然，姚玉棠这时冷哼一声，朝着姚梓锦讥讽道："难怪嘴甜，原来还有这样的缘由。"说着那眼神故意重重地扫过梓锦手腕上的镯子。

姚月只是眉头一皱，却没有说话，姚雪接口说道："四妹妹，都是一家姐妹，嘴下留情。"

姚玉棠看着姚雪也不反驳，只是轻轻一笑，道："夏日日头高又烈，二姐姐出门可要撑着伞才是。"

姚雪神色一变，她肤色确实有些黑，一时无法反驳，闷闷地别过头去。倒是姚冰朝着姚玉棠吼道："也不知道是谁上一次非要穿一条束腰裙，大姐姐身量高穿上自然是摇曳多姿，可是有些人却偏偏画虎不成反类犬，没得栽了大跟斗！"

要说这事还真有，姚冰没有撒谎。姚月是姚府孩子中最大的一个，今岁已经十一了，衣衫打扮上自然不能再跟她们几个一样，上次海氏让人给姚月新裁了一身衣衫，高高的束腰系上了粉色的腰带垂在腰后，行走间飘逸非凡。这衣裳是好看，可也得有好的身材才能衬起来。

姚玉棠自小就爱拔尖，一看便也嚷着让莫姨娘给她做一条，做倒是做了，姚玉棠穿上后倒也漂亮，嫩黄的质地，浅色的花样，高高的束腰，不过姚玉棠毕竟还没有长大，人矮腿短，一个不慎踩住了裙角，整个人顿时五体投地了。

当时姚玉棠羞得足足有半月不出来见人，今儿个姚玉棠讥讽姚雪肤色黑，夏天要打伞，姚雪嘴笨，姚冰却立刻拿这件事情将姚玉棠堵了回去，因此大厅里这才安静下来。小孩子说话拌嘴是家常事，大人们都没有插手，不过海氏跟莫姨娘争斗多年，尤其是最后姚冰破天荒地胜了姚玉棠，海氏的笑容更盛了，倒是莫姨娘神色不变，一切如常。

这厢方安静下来，外面就有太太跟前的芍药打起帘子走了进来，笑着说道："太太，前院小厮回话，老太太马上就到了。"

海氏一听立刻站了起来，整整衣衫，神色肃穆地说道："既然如此都跟着我迎出去吧。"于是乎莫姨娘跟吴姨娘紧跟在海氏身后，几个孩子按照长幼也跟了出去，到了二院门口，长杰、长枫、长悟几个也在丫头婆子的服侍下正在等待海氏，见海氏出来上前见了礼，众人彼此都见过，这才又浩浩荡荡地往大门口走去。

在大门口方站定，远远地就看到长长的胡同口拐进来一辆黑漆齐头平顶的马车，后面还跟着几辆栗壳色蓝布围子骡车，浩浩荡荡地往这边行来。姚梓锦的眼睛死死地盯着前头的马车，她知道某个人应该就在里面才是！

姚老太太一身玄色八团如意花莽褶子，在海氏的搀扶下下了马车，呼啦啦一群人围了上去，姚梓锦人个矮小便被挤了出来，在队伍的最后面跟着吴姨娘往院子里走回去。

透过人群的重重缝隙，姚梓锦还是看到了两个陌生的面孔在姚老太太的身边立着，只是看不清楚，但是看那衣着打扮应该就是传说中的朋友之子了。姚梓锦将自己埋在人潮中，其实也没什么人注意到她才是。就在恍惚间，突然间姚梓锦只觉得背上一凉，不由得抬眼望去，只见二院门口将在拐弯之际，一双大大的眸子朝着自己扫来，但是很快又从自己身上滑过，似乎并未在自己身上停留，可是那种微颤的冰冷感觉却不曾消去，姚梓锦便是一怔。

待姚梓锦回过神来，再望去，又哪里还能看到什么眸子，只有呼啦啦的一群背影。

老太太住的地方是姚府中最开阔的地界，葖锦堂。海氏提前半月就督促着人细细打扫，屋子里的家居摆设全都换了一遍，就连院子里也移植了些新鲜的开得正盛的花卉，一进门就能闻到浓浓的花香，院子里一角还种了一大片的竹子，据说老太太极喜欢竹子。

扶着老太太进了屋坐好，海氏笑着说道："母亲，您瞧着可还满意？要是有什么不满意的地方儿媳再换过。"说完这句转身接过芍药送上来的热茶，恭恭敬敬地放在了老太太手边的炕桌上。

姚谦很是满意妻子的表现，这个时候忍不住替她说了句话："娘，您儿媳妇提前大半月就开始收拾了，要是觉得哪里不合适只管说。"

姚老太太看着自己的儿子，失笑道："一张口就说自己媳妇收拾了大半月了，我哪里还能挑错去。"

海氏此刻真是惊喜万分了，没想到姚谦会为自己说话，此刻小心翼翼地打量着老太太的神情应该没有不开心才是，心口的一块大石这才落了地。要说起来海氏也不用这般地战战兢兢，奈何姚老太太一走就是这些年，如今才肯在他们夫妻的恳求下住回来，实在是因为当初是海氏惹恼了老太太才令老太太负气回乡的，只是这件事情很少有人知道罢了。

　　老太太一打趣，屋子里的气氛顿时轻松起来，姚梓锦敏锐地发觉到莫姨娘那面上闪过的一丝讥讽，屋子里按照长幼尊卑，一一上前给老太太行礼叩头，看到这满屋子里的孙儿孙女老太太自然是欢喜得不得了，每个人都得到了一个厚厚的荷包，甚是精美。

　　这边行礼完毕，这边老太太才笑着对着诸人说道："这次来还有我的老友身旁的两个孩子，家人要晚两个月上京，因此就托我先把孩子带来，你们也见见，日后也好相见。"

　　老太太说着就伸手拉过身旁的两个八九岁模样的男孩，一个穿着宝蓝底鸦青色万字穿梅团花茧绸直裰，一个穿藕荷色纱衫偏襟直裰，这两名男孩眉宇间并不相像，可是就那么站在一起却给人一种相像的感觉。两人眉目皆是精致如画，粉团团的，活像观音大士身旁的善财童子，姚梓锦便是一愣，心里暗道，好萌的正太啊……

　　老太太伸手牵过藕荷色的小男子，笑道："这一位是廉王爷府上廉王妃膝下洛哥儿。"又拉过宝蓝色的小男子，笑道："这一位是平北侯府宣华长公主膝下轩哥儿。"

　　众人一惊，好大的来头，就连姚谦都是唬了一跳，只知道母亲会带朋友的孩子上京，却没有想到竟然是这般大的来头，一时间姚谦却也不知道该怎么办才好，抬头看向老太太求救。按照年纪，自然是姚谦为大，可是要是按照尊卑，这两位可是居长。

　　姚老太太收到儿子的眼神，笑道："我跟廉王妃的生母乃是闺中好友，这两个孩子喊你一声世叔倒也使得。"

　　话虽然这么说，叶溟轩跟秦文洛行礼时，姚谦始终是只受了半礼，然后又跟姚家的诸位兄弟姐妹续过年齿，论得大小，这才一一就座。叶溟轩今年九岁，秦文洛比叶溟轩大一岁，两人原来是姑表亲，难怪眉间有些相像。

　　这么两个俊秀的小男子落在姚家，一时间便激起了千层浪，孩子们小一些倒也还没有什么心思。但是海氏跟莫姨娘却极度兴奋起来，姚家大姐儿姚月今岁十一了，也该开始相看婆家了。莫姨娘想着姚玉棠比叶溟轩小一岁，比秦文洛小两岁，男女之间一两岁的差距根本不算什么，只有吴姨娘一脸老实状地站在海氏的身后，敛眉垂首。

　　姚梓锦最小，默默地坐在最后面，本来在人前展现的就是一副慢性子，有点愚钝的模样，因此这个时候越发不肯让自己成为闪光点，低调啊低调。

不知道是不是自己的错觉，姚梓锦总觉得有一道目光审视着自己，可是抬头望去却什么也看不到，梓锦怀疑地看向叶溟轩，就见叶溟轩正在跟姚谦说话，神态不骄不躁，脸上带着恰如其分的孩童笑容，谁又会想到七八年后叶溟轩会成为锦衣卫中人人闻之色变的刽子手，皇帝手中的一把利刀。

赶了许久的路，老太太毕竟有些累了，说了会子话众人也就散了。老太太亲自过问了两位小客人的居住之所，知道是住在前院几个哥儿旁边的院子里这才满意地点点头，说道："两位哥儿都有自己带来的人使唤，咱们的人只管做些粗使就好了。"

海氏自然知道这两人的尊贵，忙不迭地点头应了，满脸笑容如花。梓锦出得门来，恨不得一溜烟立刻躲回自己的院子，偏生海氏在前，她也不敢撒野，闷闷地跟在后面，后背上那一股子炸毛的冰凉再度袭来，姚梓锦强力压制着不让自己抬头去看走在前面的叶溟轩，总觉得今日的叶溟轩十分诡异。

教授们分明说，叶溟轩是一个极度张扬的性格，根本就是驴头不对马嘴，她看到的分明就是很萌很正太的小男娃，尤其是那一脸阳光的笑容，姚家的女儿年岁虽小，却也被迷惑了去，一口一个轩哥哥……梓锦突然觉得胃酸得很！

海氏忙前忙后地又将客院里添置了些东西，都是极具有鉴赏性的玉石瓷器，虽然自家只是一个从六品的清苦修撰，可是海氏的嫁妆本厚实，压在箱子底下的宝贝拿出几件来摆了上去，倒是没有显摆的意思，只是为了锦上添花顺便巴结一下未来的王公贵族为以后铺铺路。

海氏这次绝对没有以前恶意显摆娘家的倾向，但是鉴于以前海氏劣迹颇丰，这次不可避免地又被人给上了眼药。

雅风轩里春色正浓，温存过后，莫姨娘软软地偎在了姚谦的怀里，她知道这个时候的姚谦最是容易被打动，于是酝酿一下情绪，就立刻投入状态，软声浓糯地低声细语："蕴郎，听说今儿太太拿了好多压箱底的好物件去了客院。"

姚谦，字少蕴，莫姨娘自居风雅之人，私下里两人独处的时候，从不肯叫姚谦老爷的，只会情深意切地喊一声蕴郎，这两字可是代表着当初两人炽比热火的爱情啊。想她一个获罪为奴的官家小姐还能有翻身的一天，莫姨娘怎么也不会再让自己过以前的苦日子的。在她的心里正室什么的都不重要，就像她一个小妾还不是昂头挺胸地在后院里活着？最重要的还是要把握住男人的心，这才是真理！

这件事情姚谦是知道的，一番运动过后便有些害困，一偏头就想要睡去，于是乎只是轻轻地应了一声并未说什么，表示他知道足矣。

莫姨娘一听就得到这样一句轻飘飘的应声，自然是不甘心的，于是乎貌似不在意地轻叹一声，缓缓地说道："太太倒是一番好心，怕贵客嫌弃咱们府上寒酸，贵客们不知道，但是府里的奴才们可都知道这些是太太的陪嫁，还不知道背地里说些什么腌臜话呢。"

姚谦最大的心病便是娶了一个高门的媳妇，偏偏这个高门媳妇不知道收敛，事事都要高调，生怕别人不知道他占了岳家多少便宜似的。其实说句实在话，姚谦此人耿直，还真没有做过这样的事情，可是官场上行走，海家的势力无形中就给姚谦提供了方便，丰厚的人脉也就导致了姚谦虽然时常得罪上司，但是最后总能化险为夷。

自己明白是一回事，可是被别人说出来可就不是什么美事了。

姚谦本来睡意颇浓，听到这一句，整个人惊醒过来。

这厢海氏劳累了一天，刚要就寝，就听到院子里传来惊呼声："老爷？您这工夫怎么来了？"

海氏一愣，忙起了身，披了外衣下了榻，还没有站稳就见姚谦满脸乌黑地闯了进来！

海氏一向粗线条，自然不会想到姚谦生气有可能是因为自己，于是乎下意识地讥讽道："哟，哪阵风把您给吹来了？"还是分明记得丫头说过，姚谦去了雅风轩，难不成被莫姨娘给赶出来了？虽然这个可能几乎没有，不过海氏乐得这么想娱乐下自己。

姚谦本来就是憋了一肚子火，此刻听到海氏的讥讽，那把火越发熊熊燃烧起来，狠狠地看着海氏道："听说太太今儿个拿了自己的陪嫁去布置客院了？"

海氏现在还没觉得有什么不对，可是闻讯赶来的贺妈妈这时在门口拼命地给海氏使眼色，海氏终于有些明白了，一口银牙几乎要咬碎了。

姚谦这是去了雅风轩，然后又一脸乌黑兴师问罪，不用问也知道定是莫姨娘那个贱婢又背地里说了她什么。听到姚谦的口气应该是因为那几个摆出来的古董花瓶。

或许是因为姚老太太的回归让海氏粗大条的神经前所未有细腻起来，这个时候难得居然冷静下来，须知道以前遇上这种事情，海氏那是绝对不会善罢甘休的，最后两人一定会大吵一番，姚谦拂袖而去，海氏内伤。

可是今儿个海氏这时却是轻轻一笑，神色和缓地看着姚谦，仿若漫不经心地说道："原来老爷是因为这件事情，我当是什么了不得的大事。贺妈妈泡杯茶来，我跟老爷说说话。"

贺妈妈看到海氏的表现顿时圆满了，这几年的辛苦总算是值得了，于是忙应了声转身去。

或许是海氏过于镇定的模样让姚谦极度的不适应，在海氏扶着他坐下的时候，都忘记了要反抗，等坐下了这才回过身来，颇觉得不好意思，脸上的乌云不自在地散去了些。

海氏看着姚谦的神色，突然觉得贺妈妈有句话说得很对，男人发火的时候你要对他温柔，他就如同拳头遇到棉花，有劲无处使。现在这种感觉好极了，心情好了笑容就自然多了，心情好了说话也有条理了。

姚谦正要说话，海氏却已经先开口了，海氏缓缓地说道："我知道老爷定是因为我拿自己的陪嫁失了老爷的面子，所以老爷有些不高兴了可是因为这个？"

姚谦顿时语塞，不自然地点点头，随即又摇摇头，突然发现自己来得好像有些不合时宜了。最后酝酿一番，只得说道："若是传出去我要仗着妻子的嫁妆长脸，我在翰林院也不用待了。"

海氏心里咒骂一番，既然这样当初就不该娶我进门，你找个农妇过日子谁敢说你什么？当然这话也只敢在心里说说，嘴上是绝对不敢说的，海氏心里又将莫姨娘狠狠地问候一遍，然后这才扯出一个笑容，叹口气说道："当初是我自己在屏风后一眼相中你，硬逼着我爹娘将我嫁给你的，虽然我家并不满意这桩婚事，可是我还是嫁给了你，你说当时你要什么没什么，我图的是什么？还不是你这个人！我知道我以前的确是有些不足之处，如今我已经知道自己错了，也改过了，你怎么还使用老眼光看我？我拿东西去前院难道真的是为了显摆？老爷怎么也不细细想一想，只知道受人挑唆两句就来跟我为难，难不成我不愿意这个家和和美美的？"

姚谦听着海氏提起以前的日子，也不由得叹息了一声，道："太太跟着我当初也是受苦啦，只是……"

"只是我自己个脾气莽直，说话经常不知道拐弯，糊里糊涂就被人厌恶了。"海氏接口说道，说出了姚谦压抑了很多年的心里话。

于是乎，姚谦如同被施了定身术一般呆呆地看着海氏，幸好还没有完全失去理智，嘴里忙说道："哪里哪里，太太为了这个家付出良多，为夫都是知道的，知道的。"

海氏闻言几乎是老泪纵横啊，这些年来第一次听到姚谦这样承认自己的功劳，心里一时有些感触，脱口说道："既然知道，老爷当也知道我是万万不会拿你的名声开玩笑的，可是你分明就听了别人的几句逸言，就来疑心我，既然这样，你又让我如何自处？你可曾想过我究竟是怎么想的才会做出这样的举动？"

姚谦还是第一次遇上神智如此清楚，口舌如此犀利，态度如此谦和的海氏，一时间往日的应对手段都无法再用，听着妻子的话，恍惚间又想起了刚成亲时两人的情谊，神色越发缓和了，慢慢地说道："那太太是如何想的？"

海氏其实一颗心绷得紧紧的，本来今儿个她是不打算拿出自己的陪嫁做摆设的，心里想着自己要是这么做了，姚谦肯定会疑心自己的动机，更何况老太太回来了，海氏更不敢随意做事，想了想决定多一事不如少一事。

可是这个时候贺妈妈却不同意，力主海氏这么做，理由有三：第一就是要引出莫姨娘，贺妈妈断定只要海氏这么做了，莫姨娘定会给姚谦上眼药，说海氏的坏话；第二，老太太刚回府，贺妈妈觉得海氏应该主动出击，给老太太一个好的印象，改善有些僵的婆媳关系，良好的开始便是胜利的曙光；第三，借此机会挖个大坑，狠狠坑一坑莫姨娘，让姚谦自我反思他是不是这些年对莫姨娘有些宠得太过了，先留下一个影子，以后等到时机成熟，莫姨娘犯了别的事情的时候，到时候新账旧账一起算，威力就大得多了。

海氏其实觉得这事成功的几率不大，便是莫姨娘真的说了自己的坏话，按照姚谦的性子应该相信莫姨娘要比自己多，因此今儿个晚上根本就没有等姚谦的意思，却没想到姚谦真的杀上门来，一切在贺妈妈计划之内，一出好戏神速上演，幸好海氏提前受了贺妈妈的临时紧急培训，也幸亏海氏这次能够听得进去，生生地激起了海氏的好胜之心，压下心头熊熊怒火，改走温柔路线，收效甚大。

这厢夫妻二人忆苦思甜，说着当年刚成亲时的你侬我侬，那厢莫姨娘却有些坐不住了，在屋子里不停地走来走去，神色逐渐凝重，脚步越来越沉，秋香色的袄子随意披在身上，随着莫姨娘的脚步缓缓飘动。

这时藕荷色的四季花卉软帘被挑了起来，钱妈妈一闪身走了进来，脚步匆匆。

莫姨娘忙顿住脚，转头问道："怎么样了？那边可有动静？"

钱妈妈喘口气，这才说道："可真是奇了怪了，要是往常遇到这种事情，那边早就吵起来了，可是今儿个这都这么久了愣是一点动静也没有，老奴回来的时候主院的灯都灭了，老爷没出院门宿在了太太那里。"

莫姨娘瞪大眼睛，重重坐在了炕沿上，讷讷地说道："怎么可能呢？老爷可是有些日子没碰太太了!"

钱妈妈瞧着莫姨娘的神态,自己揣摩了半晌,也没敢说什么,只是默默地站立着。良久又听到莫姨娘冷笑一声,道:"好一个太太,还有这般的手段,以前可真是我走了眼了,整日打雁今儿个倒是被雁啄了眼睛。"

钱妈妈听到这话浑身一个激灵,忙说道:"姨娘,老奴瞧着太太可不像是有这样手腕的人,许是家里来了贵客有些事情不好声张也不一定。"

莫姨娘却摇摇头:"钱妈妈,老爷的性子这些年我也摸了个一清二楚,他就算是不好声张也绝对不会在太太那里留宿,既然在那留宿只怕是心甘情愿的……"几乎是鼻孔里哼了一声,又接着说道:"那又如何?江山易改本性难移,太太若能装一生一世那才是奇了怪了,我倒是真有些好奇太太说了什么,老爷竟然不生气还留下了……"

钱妈妈自然不知道的,只是说道:"老爷跟太太毕竟是多年夫妻……"

话还未说完,莫姨娘就皱起了眉头,不悦地看着钱妈妈道:"夫妻又如何?这些年老爷心里谁最重要妈妈不知道吗?"

钱妈妈浑身一颤,赔笑两声,生怕莫姨娘恼了自己,忙转移话题说道:"今儿个老奴听主院的人说,太太回去后就跟贺家的关起门来说了半天话,然后贺家的就打开了库房拿东西,兴许太太这次真的不是为了显摆,而是为了……"说到这里努努嘴指了指前院的方向。

莫姨娘那张芙蓉面上闪过一丝疑惑,问道:"你的意思是太太跟咱们起了一样的心思?"

钱妈妈点点头,又说道:"两位贵客身份不同寻常,哪有不想攀高枝的,听说太太的娘家跟平北侯府还有道拐着弯的关系,这事还真不好说。"

莫姨娘便是冷笑一声,道:"大姑娘比两位贵客年纪都大,自然是不合适的,二姑娘颜色不好,人家未必瞧得上,三姑娘倒是美只可惜是个炮仗脾气,成事不足败事有余,五姑娘还小,就只有我的棠姐儿正合适……"说着说着莫姨娘也觉得这事情可以一谋,神色便有些激动起来,看着钱妈妈说道:"妈妈,你细细地注意着太太的动静,若真是能跟侯府或者王府联姻,想要撇开我的棠姐儿只怕不容易!"

姚梓锦此刻正是辗转难眠,翻来覆去地睡不着,总觉得事情有些不对劲,难道说叶溟轩是长大以后才变坏的?可是都说三岁看大七岁看老,都九岁的人了也该定性了，总而言之，叶溟轩现在的这副德行绝对不是教授口中所说的样子，什么嚣张跋扈，什么目中无人，都是假的！便是重生……狼还是狼，难不成会变成羊？

正要入睡的叶溟轩毫无预兆地打了一个喷嚏，神色一凝，黝黑的目光泛上一层绿油油的光芒，想起今儿个见到的姚梓锦……眉头锁得更紧了，怎么跟前世不一样了呢？

一连几天，院子里都呈现出一种诡异的平静，两位贵客自然是不能耽搁学业，本来秦文洛落脚一天后，第二天廉王府就来马车接人，谁知道秦文洛看着挺文静的人却很执拗，任凭廉王府的管家怎么劝说都不肯走，愣是要跟叶溟轩同进退，最后在姚家众人冷汗淋淋的情况下，送走了同样满头大汗的管家。

更为诡异的是，这两位贵客居然还进了姚家为了姚长杰三兄弟办的小学堂里当起了正正经经的学生，幸好姚谦此人有一个别人不能及的优点，那就是对待姚家的男孩子要求甚是严格，请来的夫子也是一方大儒，倒也能勉为其难地为两位贵客讲上几课。

于是乎问题又来了，姚家的女孩不能去上课了，要避嫌。姚梓锦恨不得双手双脚齐鼓掌，她最害怕的事情就是与叶溟轩碰面，她总觉得叶溟轩的眼神让她有些心怕怕的，虽然一再地给自己壮胆，好歹自己是个穿越的万能女主，你有啥好怕的？可是那种自骨髓中渗出的惊惧，确实让姚梓锦不寒而栗。

人啊，很邪门！

怕什么来什么！

听说两位贵客在前院跟姚家兄弟切磋文章，姚梓锦这才敢慢悠悠地迈着小短腿在后园子里溜达。每日三餐后，总要走一走已经成为了梓锦的必修课，近日因为叶溟轩的到来，她已经有三顿饭不敢出现在自家的花园里，只能在自己的院子里溜达溜达，可是小院子里实在没有好看的风景。在听到元彤打探来的消息后，心满意足地自己个在后园子里慢慢地晃悠。

于是乎，当梓锦看到此刻应该在前院切磋文章的叶溟轩的时候，直接给当机了！

幸好虽然当机，但是很快又重新启动，梓锦迅速往后退了一步，双手交握于身侧，轻轻盈盈地行了一礼，刻意放柔了声音，她记得前世的姚梓锦是个挺嚣张的小姑娘，大约是叶溟轩比较喜欢彪悍型的，于是她越是假装柔弱应该越会引起他的讨厌才对，坚定了这个信念，仿若从蜜罐子里被蜜水浸透了的声音横空出世，姚梓锦自己鸡皮疙瘩都落了一地，然后眼角扫到了叶溟轩如遭雷击的小模样，姚梓锦顿时圆满了。

"见过叶家哥哥。"

叶溟轩的眉头轻皱,他细细地回想着前世的旅程,实在是想不明白,前世的时候分明姚梓锦是一个很爽利的女娃,怎么他重活一遍,连带着姚梓锦也不一样了?可是分明周围的人还跟以前一样按照原来的轨迹慢慢地移动着。

其实在见到姚梓锦第一眼的时候,他就觉得有些事情不太一样了,可是又想不出哪里不一样了,眼眸一眯,叶溟轩那高高扬起的眉一紧,淡淡地说道:"日落西海,再美夕阳红,终成一抹云烟。"

这话好生的耳熟,姚梓锦柳眉轻皱,如同拢了淡淡的烟雾,随即抬起头不解地问道:"叶家哥哥,夕阳本来就是要落到山后面的,便如同人饿了总要吃饭一样。"

叶溟轩的脸顿时黑了,微垂的眼角闪过丝丝失望,原来竟不是吗?

姚梓锦其实真的只是觉得耳熟而已,因为关于前生本尊姚梓锦跟叶溟轩的纠葛其实她知道的并不多,只是大约地知道一个具体的走向——叶溟轩喜欢的是姚梓锦,而姚梓锦芳心暗许的却是秦文洛,墙角外的想要招惹已经被半圈成墙角内的一枝小桃花,而这枝小桃花如果愿意被画圈的人圈起来,属于两情相悦的话……咳咳,那么叶溟轩就属于很不地道地挖自家兄弟墙脚的很不厚道的行为,难得这么不厚道的行为不知道醒悟,还能让他重生一回后,依旧死盯着姚梓锦不放。

难怪这样的人能去混锦衣卫这样高危险高回报的有色职业!

想到锦衣卫,姚梓锦彻底地清醒过来,眼前这位小哥儿以后可是位狠角色,为着多一个敌人不如多一个朋友的原则,于是乎姚梓锦谄媚了,两眼弯成月牙,笑眯眯地说道:"叶家哥哥,难道我说的不对吗?"

叶溟轩难掩心中的失望,面上有些沮丧还夹杂着浓浓的疑惑,虽然只是一闪而逝,却也被姚梓锦瞧个正着,心里便是咯噔一声,偏在这时又听到叶溟轩说道:"你倒是满口大实话!"

叶溟轩又狠狠地看了姚梓锦一眼,小小的年纪便有一种狠辣的特质,让人不由得往后退了一步,待到姚梓锦回过神来,眼前早就没有了叶溟轩的身影,柳眉微蹙,叶溟轩的生活环境很是优越,母亲是宣华长公主,父亲是大将军,这样的人应该是万千宠爱于一身的人,可是前世的他早早地就身亡了,还做了锦衣卫,这太不符合常理了,叶家究竟是个什么地方,姚梓锦第一次有些后悔没有好好地了解叶家的情况就穿越了过来。

突然间,姚梓锦眼前一惊,方才叶溟轩说过的话难怪如此耳熟,原来竟然是前世中叶溟轩第一次遇上姚梓锦装成伪文艺青年说出的拽文的怪话，前一生的姚梓锦是怎么回答的来着？

使劲想了想，姚梓锦才想起来，原话是这样的：月升东山，皎洁银素天，何愁光华年年有。

当伪文艺青年遇上真才女，一颗心瞬间失守！难怪方才人家如此失落，姚梓锦捧着肚子闷闷直笑，原来是暗号遇上了墙，此路不通啊！

姚梓锦自从来到了这个时空，就一直好吃好睡，养得白白胖胖，此刻捧着肚子闷笑的模样活像是贼胖的小松鼠躲在树枝缝隙里偷吃松子一样，正因为这个时间后花园来的人很少，梓锦才能这般地放肆，就连那遮掩不住的笑声也在空中连成一个个跳跃的音符。

叶溟轩半路折回来后，就看到这样一幅情景，突然有一种又上当的感觉，上一生姚梓锦也是这样人前人后不一，害得他错失先机，被秦文洛抢先一步，方才……方才她竟然又骗了他，这才是她的真性情吧？

叶溟轩的双眸不善地半眯起来，姚梓锦，算你狠，咱们且走着瞧，总有一日你会知道小爷的厉害！

梓锦并不知道她的身后不远处假山间隙中隐藏着叶溟轩燃烧着熊熊怒火的身躯，而是在笑了一阵之后，又慢慢地恢复了常态，伸出纤纤素手抚平了衣服的褶皱，这才抬起短短的小腿朝前继续走去。

这一个小插曲便如同风吹湖面，过去就了无痕迹了，并无其他人发觉。

一晃便是五六日过去了，因为两位贵客在此，整个姚家每日越发忙碌起来，随之而来的还有令海氏想也想不到的福利，那就是莫姨娘开始每日按时请安了，再也不像以前一样不是今儿个心口疼，就是明儿个腰疼的托词不来。

海氏更是往奭锦堂跑得勤快，努力改善着婆媳关系，姚老太太每日里深居简出，并不曾摆谱托大折腾海氏还有一干孙子孙女，能见到叶溟轩跟秦文洛的机会就只有早上跟姚老太太请安的时候，偏生莫姨娘是个妾室，这妾室的由来还有那么点暧昧，于是乎虽然当初是姚老太太力压海氏一头让莫姨娘进了门，可是并不待见她，因此莫姨娘等闲是不能来奭锦堂的，便是有万般的手段也施展不开。

更何况姚老太太又不是姚谦，拿出吹拉弹唱唸做打全套功夫就能哄得人迷失了方向，因此莫姨娘每次跟姚谦吹枕头风示意想要给姚老太太请安伺候的时候，姚谦的头脑还算有三分清楚，立马说道："当初母亲说过的，要你进门可以，但是没她老人家的允许不能去打扰,还是不要去了,免得去了提及陈年旧事又是一顿无趣……"

莫姨娘听到这话又闹了一场,口口声声地喊道:"……就连吴姨娘都能去甦锦堂,难不成我还不如一个只生了丫头片子的人?好歹我也是官家千金出身,不是心仪蕴郎,我就是嫁出去做个平头正妻也足够了,又何苦弯腰做个妾室……"

每当这个时候莫姨娘总会说起这件事情,表示自己嫁给姚谦不是为了名利富贵,而是仰慕他的人品学识,以往莫姨娘跟海氏起了冲突的时候,每次这么哭诉一番总会有些效果,可是这一次并未见效,于是乎吴姨娘是这么对姚梓锦解释的:"母亲与妾室之间便是个傻瓜也知道维护母亲,莫姨娘总仗着自己拢住老爷的心就想要拿着这件事情横行一辈子,只可惜只是遇上太太的时候或许还行得通,可是遇上老太太怕就是不行了。"

吴姨娘亲手给姚梓锦整理好了衣衫,眉宇间又带了一抹清愁,随即苦笑一声,道:"姨娘是个没本事的,既不能给你一个嫡出的身份,又不能得到老爷的宠爱庇护,连累得你在这府里总要低人一头。如今老太太回来了,老太太最是个慈悲讲规矩的人,你每日都要好好地跟老太太请安问好,若能得到老太太的怜惜便是你的福气了……"

姚梓锦低头看着吴姨娘正蹲在地上为她整理裙裾,打理着腰间的流苏坠子,眼眶便是微微的发热,吴姨娘不是得宠的姨娘,不是明媒正娶的妻子,可是却是一个合格的母亲,可是……姚梓锦并不想巴结老太太!

第二章
姚梓锦避嫌装呆傻，论婚事姐妹起龌龊

姚梓锦一直以为，不管发生多大的事情，第二天醒来，太阳升起的时候便是新的一天，新的一天就要开开心心地生活下去，好好地过日子，所以在姚谦诸多的儿女中，姚梓锦总是比其他人胖了三分，因为年纪小，脸上还带着稚气，走起路来便如同憨态可掬的小猪仔，说起话来又是慢吞吞的性子，一头黑发在头顶绾成两个小包子髻，在发间缠一些珍珠琉璃珊瑚豆子做成的小头绳绕在发间，越发添了几分可爱。

便是老太太今儿个也多看了姚梓锦一眼，偏生昨儿个晚上姚梓锦没睡好，今儿个便有些耷拉着脑袋神色不振的模样。

"五妹妹，五妹妹……"

姚梓锦猛地回过神来，转头看着姚玉棠，狐疑地扫过她的脸颊，这才问道："四姐姐有何事？"

姚玉棠看着姚梓锦掩嘴笑道："五妹妹昨晚上难不成下河摸鱼了，怎么一大早的就打着呵欠？"

姚梓锦心里叹息一声，我不寻你的麻烦，难不成你就不能消停一点？今天的姚梓锦气有些不顺，不想去硬生生地迁就谁，偏生在这些请安的人中叶溟轩又大刺刺地坐在秦文洛的身边，秦文洛又紧挨着姚老太太坐着，不忍？姚老太太规矩大，她还不想被拿来杀鸡给猴看。

听到姚玉棠的话，众人的眼神瞬间飞了过来，姚梓锦露出呆呆的容颜，有些不知道该如何回答的模样，傻傻的笨笨的，看上去似乎还不明白发生了什么事情，只管瞪着大大的眼珠傻乎乎地瞅着姚玉棠。

姚玉棠被姚梓锦盯得有些难看，止想要发作，却听到秦文洛突然笑道："五妹妹年纪小贪睡些也没什么，我跟五妹妹一般大的时候我母亲不晓得提着我的耳朵念叨过多少次呢。"

秦文洛带着浅浅的笑意，说出的话带着一股子温和的气息，便如同一股春风在这屋子里扫了一遍。秦文洛为姚梓锦说话，姚玉棠心里有些不悦，抿嘴一笑，趁势接口说道："秦家哥哥说的也有些道理，五妹妹既不愿意舞文弄墨也不愿意飞针走线，最爱做的事情便是睡到日上三竿才好。"

叶溟轩抬眼看着姚玉棠，慢慢悠悠地说道："女子无才便是德。"

姚梓锦听到这话瞬间呆滞了，其实她最不想听到的便是叶溟轩开口为她说话。

叶溟轩这话刚一落地，姚冰便忍不住得意地笑出声来，附和道："叶家哥哥说得甚是，又不用去考女状元，整日摆弄诗词文章，分明不是易安的才分，却硬要学上一学，别画虎不成反类犬。"

姚玉棠顿时羞红了脸，冷哼一声道："虽说不考女状元，可是咱们这样的人家要是将来持家理事连个账本都不会看，真真才是笑死个人。"

姚冰看到字便是一个头大，听到姚玉棠戳到她的痛处神色便是一黑，狠狠剜了她一眼，想要回嘴，当着老太太的面又不敢太放肆，只得别过头去。

姚老太太冷眼看着众人，眼神有意无意地落在了梓锦的身上。

梓锦只觉得肩头一沉，老太太的眼神真是千钧重担，说不得自己也得客串一回，于是乎，傻愣愣的小猪形象再度出现在人前。

姚梓锦期期艾艾地看了一眼姚冰，又看了一眼姚玉棠，然后才说道："爹爹说读书能明理，养心性，是桩雅事。母亲说女子精通针黹，管理庶务，乃是根本，虽然俗气却能傍身。"

说到这里姚梓锦便垂下了头，因为她觉得说这么多就足够了，可是看着众人瞧来的视线，分明还在等着她继续往下说，可是……可是……她都说完了呀。

姚梓锦这话既夸奖了姚玉棠舞文弄墨是桩雅事，又夸赞了姚冰精通庶务乃是理家的好手，顺便将姚谦跟海氏捎带着赞美了一下。她自己可是一丁点的实惠没落着，偏生老太太的眼神过于犀利，倒是让姚梓锦觉得自己赔本了，早知道这样就不说话了。

于是乎，姚梓锦默默地垂下了头，抗议地躲避着老太太的眼神，以及……对面某只她极讨厌的二手生物探索的目光，只期盼着老太太忽略她的存在才好。

可是神似乎睡着了，没接收到她的祈祷，因为老太太开口了："锦丫头，话说了半截，然后呢？"

姚梓锦瞪大眼睛回视着老太太，状似不懂地应道："没有然后了。"

海氏眯着眼睛，嘴角扬起一个大大的笑容，看着老太太说道："我一直担心锦丫头过于木讷，谁知道倒是个用心的，能把话记进心里，将来且有的受用呢。"

老太太看着海氏，点点头说道："能一视同仁地教导孩子们，很好。"

"瞧您说的，老爷的孩子就是我的孩子，哪一个我也不偏的。"海氏笑道，看着老太太的神色似乎很是开心，自己心里终于松了口气，又看了一眼姚梓锦，这丫头虽然瞧着傻乎乎的没想到今儿个倒是无意中帮了自己一回，因此对着姚梓锦便是善意多了，笑道："锦丫头，莫害怕，心里怎么想的便怎么说好了。"

大家的眼神都在盯着姚梓锦，秦文洛此时笑着接口说道："五妹妹，你且说说看，文雅与俗气你选哪一个？"

姚梓锦露出两颗白森森的小牙齿，莞尔一笑，问道："秦家哥哥，若你娶妻，你是想要娶一个高雅不食人间烟火的仙女，还是娶一个俗气却能让你后顾无忧的凡人？"

秦文洛顿时目瞪口呆，一时间竟然无法回答！

看到秦文洛的憋屈样，叶溟轩顿时圆满了，满眼都是星星光。他真是太憋屈了，上一世，在姚梓锦面前往往吃瘪的是他，春风得意的是秦文洛，没想到重生一回，他还没施展什么手脚呢，秦文洛比他还更早撞了墙！

叶溟轩笑眯眯地落井下石："表哥，你究竟选哪一个？"

秦文洛有些不好意思地朝着叶溟轩微微一笑，道："溟轩，你最是知道我的，有时间都钻进书堆里的，哪里会想着这些，我真不知道。"

叶溟轩悲愤了，看着秦文洛带着羞怯的笑容心里很不是滋味，前世就是秦文洛这样清纯的小模样一下子将姚梓锦的心给拴住了。此时下意识地抬头去看姚梓锦，并没有看到预期中姚梓锦对着秦文洛含情脉脉的画面，只是看到了姚梓锦无聊得想要打哈欠却又强行忍住的无奈，再一次地，叶溟轩不用跟上一辈子一样，一个人默默地蹲墙角了，他估摸着这次墙角终于可以看到一个新面孔了，谢天谢地，重活一回的感觉实在是美妙极了。

姚梓锦其实还没有长开，就跟个小包子似的圆滚滚的，他就想不明白秦文洛究竟看上她哪一点了，上辈子宁愿跟自己打擂台折了兄弟情分，也不肯让一让。自小秦文洛性情温和，叶溟轩脾气急躁，两人相处，都是秦文洛迁就着叶溟轩居多，可唯独这件事情，秦文洛丝毫没有计步，害得叶溟轩郁闷了两生两世，暗暗决定，前仇旧恨一起攒着，这辈子都要原封不动地再加点利息地还给他！

秦文洛眼角扫到姚梓锦有些发呆的眸子，便觉得有些好奇，因为在姚府里除了姚月，便只有姚梓锦躲避他如洪水猛兽了，他又不是什么毒蛇野兽，做什么跟防贼似的防着自己，须知道秦文洛出身相貌都是拔尖的，站在人群里都是头一份的，当下便记住了这个叫做姚梓锦的女孩。

姚梓锦只觉得无聊得只能发呆，企盼着这场请安大戏速速落幕，因此听到秦文洛的回答，见众人都是满口地夸赞他积极上进，前途无量之类的吉祥话，她心里暗暗咬咬牙，低声说道："书呆子配酸袋子，正好送做一对。"

别人谁也没有注意到姚梓锦的喃喃自语，唯独叶溟轩跟秦文洛听到了，因为两人都在关注着姚梓锦。

叶溟轩笑了，牙口白白，嘴角弯弯，那叫一个神清气爽，一口闷气积攒两世，终于散了些去，守得云开见月明，不容易啊！

秦文洛懵了，山眉蹙蹙，眼角坠坠，那是一个如丧考妣，天之骄子骤遭批斗，一时回不了神，船行又遇打头风，怎么办好？

当晚姚谦回家来，从莫姨娘处听说了这件事情，听着莫姨娘哭诉太太偏心五姑娘，挤对四姑娘，被姚冰讥讽的事情，便是火冒三丈，当下脚步匆匆地赶到了正院，院子里的丫头正要通报也被姚谦止住了，看着姚谦铁黑的脸，一个个吓得噤若寒蝉，一时不知道该怎么办好。

姚谦看了众丫头一眼，冷哼一声抬脚掀了帘子自顾自地迈了进去。姚谦的身影不见了。海氏跟前的大丫头芍药这才拍拍手从厢房里走出来，看着大家说道："各自去忙吧。"说着看着姚谦的背影冷笑一声，还是贺妈妈厉害，早就预料到莫姨娘又要告黑状，这才提前预备起来。

这边姚谦进了正房，正要往内室走，却听到里面传来低低的哭泣声，跟贺妈妈的劝慰声，顿时停住了脚，一时间愣住了，这是怎么回事？听着哭声似乎是太太的……

"……您赶紧擦把脸吧，老爷也该回来了，要是看到您这副模样还不定怎么生气呢。"贺妈妈着急的声音透过烟霞色的帘子低低地传了出来。

这一句话让姚谦刚抬起的脚又放了下去，不由得侧耳倾听起来，生气？看来莫姨娘说的没错，的确是太太做错了，他倒要听听她们私底下会说些什么。

"妈妈，你省省吧，老爷就是回了家先是去老太太那里请安，然后就去莫姨娘那里，等他从莫姨娘那里到这里来说不定都是明儿早上了，哪里会想起我来。"海氏哽咽的声音夹杂着不能掩饰的怒火。

听着海氏如此抱怨自己，姚谦脸上的神色越发地难看了，越发地认定莫姨娘说的没错，太太就是一个不能容人的主，看来以前在自己面前的大度果然是装出来的！

"哎哟，我的好太太这话是能乱说的吗？老爷对您敬重得很，任凭莫姨娘再得宠，这些年您还不是稳稳当当地做着正妻？只是老爷实在是耳朵根子软了些，今儿个四姑娘在秦少爷跟叶少爷跟前如此奚落五姑娘，害得五姑娘本就是少言寡语的人被挤对得差点都哭了。也就是五姑娘性子绵软，但凡是遇上一个性子烈的，只怕是今儿个姚家的脸面都没有了。莫姨娘自己个争强好胜处处占先也就罢了，教导出来的女儿也是这般，便是您嫡出的三个姐儿也没有这样的不懂规矩，三姑娘平日看着性子火暴，没想到为着护着五姑娘还说了四姑娘两句，只可惜三姑娘看着嘴皮子利落，其实根本不是四姑娘的对手，没想到四姑娘小小年纪不仅嘴巴狠，就连心机也这般厉害，为了能够得到两位少爷的关注，居然踩着五姑娘往上爬，只是可怜了吴姨娘跟五姑娘，这会子五姑娘不定怎么伤心呢。"

贺妈妈的一长串叹息声，对姚梓锦的怜悯，还有对莫姨娘跟姚玉棠的怨恨，更有对海氏的抱不平，偶尔还能听到一句对姚谦的抱怨，姚谦站在门帘外，仔仔细细地听了一遍事情的经过，跟莫姨娘讲的出入太大，一时间眉头皱得紧紧的，思虑半晌，转身往栖雪阁去了。

吴姨娘母女最是老实，定能从那里知道事情的真相，此刻正摊着肚皮，呼呼大睡的姚梓锦，根本就不知道自己又被人当了回枪头，所以当姚谦突然出现在栖雪阁的时候，她刚拿着胖乎乎、肉墩墩的小爪子揉眼睛，看到姚谦的身影，还以为自己揉花了眼，这厢还未回过神来，听到姚谦问吴姨娘的话，一个激灵困神顿时被惊跑了，躺着也能这样中枪，姚梓锦彻底爆发了！

这边芍药进来禀告："老爷已经去了栖雪阁，这次莫姨娘只怕是弄巧成拙了。还是贺妈妈棋高一着，这次看莫姨娘怎么嚣张。"

听到芍药的话海氏的一颗心这才放了下来，很是赞同芍药的话，拉着贺妈妈的手说道："幸好母亲把你给了我，不然的话只怕日子更难过呢。"

贺妈妈听到海氏这么说红了眼眶，叹息一声说道："老太太最放心不下的便是太太，我临来之前万般叮嘱，说您虽然脾气急了些，可是总归是没有什么恶毒的心思。若是没有莫姨娘也不会将老奴送来，如今只盼着太太吃一堑长一智，以后再也不要由着自己的性子胡来。老爷耳根子软，太太也该放低身段，便是如同方才这般不用跟老爷争执其实也能将事情说得很清楚，以后只要咱们稳住，莫姨娘的好日子也要到头了，只是太太您要压制脾性才是。"

这边贺妈妈细细地传授海老太太几十年的斗争经验，那边姚梓锦也正瞪大眼睛活灵活现地恢复早上的硝烟战场，姚梓锦虽然懒惰不爱显山露水，可是要是做起告黑状的事情其实很是得心应手，很是明白应该在叙述的时候将谁说的话的口气加重一些，谁的表情应该解释得更为透彻一些，在浪费了三杯茶水之后，终于将现场恢复完毕。

最后姚梓锦耷拉着小脑袋，胖乎乎的小身子依偎在姚谦的怀里，瞪着有些疑惑的眼神，看着姚谦问道："爹爹，我是不是做错了什么，可是当时我真的不知道该说什么该做什么，只好将父亲母亲平日教导的话给搬了出来……"

"锦丫头做得很好，是爹爹的好女儿。"姚谦有些怜惜地看着梓锦，心里默默地叹息一声，又转头看着吴姨娘，柔声说道："你将女儿教导得很好，锦丫头虽然性子绵软些，可是心存善念，尊敬嫡母，友爱手足，这才是姚家的好孩子。"

吴姨娘立刻站起身来，局促地说道："妾身不敢居功，都是老爷太太平日教导得好。"

看着吴姨娘谦卑恭顺的模样，又想起莫姨娘拈酸吃醋挑拨离间的话，越发觉得还是吴姨娘这样安分的妾室舒心。看着姚梓锦憨憨厚厚的怯生生小模样，又想起姚玉棠的行为，便是一连几日对姚梓锦倍加关怀，旦夕之间，栖雪阁顿时又成为了姚府里炙手可热之处。

雅风轩。

莫姨娘一连几日要见姚谦，都被姚谦避而不见，心里便意识到定是那日的事情有了纰漏，只是这些年来她何曾真的低头下脸过，只想着以前也有闹意气的时候，不过三五日姚谦总会先回头，可是这一次谁知道栖雪阁的那一位也不知道用了什么妖术竟然八九日哄得姚谦对自己避而不见，莫姨娘这才慌了手脚，意识到现在再也不是以前一人独大的时候了，吴姨娘可还有一个姚梓锦呢。

凉风习习，百花盛开，姚家的女孩子们刚下了学，在各自的丫头的陪伴下徐徐往回走。今儿个讲女四书的先生有事没来，因此只上了一堂刺绣课便早早下了课，隔壁的夫子正在抑扬顿挫地讲解着论语，几个女孩子听着这极有韵律的读书声掩嘴偷笑，便是姚月的神色也缓和了些。

学堂就在姚府的西园，要回到几位姑娘各自居住的地方就要经过一个小小的荷花榭，三面环水，莲叶田田，水中各色菡萏开得正盛，花香阵阵，几位小姑娘都不由得停下了脚，姚月最大，看了一眼妹妹们，淡淡地说道："走得乏了，在这里歇歇脚也好。"

　　姚雪一向没什么主意，这个时候自然是跟着姚月走了进去，姚冰却带着丫头去水边摘荷花，姚月皱了皱眉并未阻止，只是一副小大人模样地对着婆子们说道："看好了三姑娘，若是有点什么，仔细你们的皮。"

　　众婆子丫头不敢怠慢，忙一迭声地应了追了上去。姚玉棠微蹙着眉，有些犹豫着要不要进亭子，姚梓锦心宽体胖，走路有些急便真的有些累了，也不待姚玉棠有什么选择，自己挪动着小短腿进了亭子，紧挨着柱子坐了下来，这才舒适地轻叹一声，拿出帕子拭了拭额头上的汗珠，旁边的丫头寒梅早就将小竹篮里的茶水端了出来给姚梓锦解渴。

　　姚月看着姚梓锦大口牛饮的模样，轻咳一声，缓缓地说道："五妹妹，慢一些，先生怎么教你的？"

　　姚梓锦心里咯噔一声，面上却做出一副不好意思的小模样，一脸的包子褶子笑眯眯地说道："大姐姐，我人小腿短，一路走得急了，这才渴坏了，下次不会了。"

　　姚月低头看了一眼姚梓锦喝的茶，神色一冷，转头对着自己的丫头苏蓉说道："将我的茶给五姑娘倒一杯，走得急喝点甘草茶正好，对嗓子也好。"

　　姚月向来冷淡，便是对自己的亲妹子也不见得多亲热，这次却对姚梓锦这样关怀，着实让姚梓锦心里有些不安，不过盛情难却，还是赶紧地谢过了。那边的姚玉棠却酸溜溜地说道："大姐姐眼睛里只有五妹妹，真是让人羡慕五妹妹得紧。"

　　姚月眼角一斜，不冷不热地说道："只怕是四妹妹瞧不上我的甘草茶。"

　　莫姨娘最爱争强好胜，每日给姚玉棠准备的物件吃食的确是精细得多，听到姚月这么说，姚玉棠便有些洋洋得意起来，神色间很是居高临下地瞅了姚梓锦一眼，慢慢地说道："不知道吴姨娘给五妹妹准备的什么茶，可否让姐姐一看？"

　　姚梓锦压压火，分明是姚月跟姚玉棠斗法，为什么倒霉的却是她？这些人还真当自己是软柿子好捏了？

　　姚雪面目一沉，她向来是个温和的人，最是喜欢姚梓锦憨憨乎乎的性子，见不得姚玉棠欺负她，这时便接口说道："四妹妹，听说前几日父亲考校你的针线，不知道如今手艺可有进步了？"

　　自从莫姨娘颠倒是非姚梓锦原原本本地将真相吐露出来之后，姚家嫡出的三个孩子对姚梓锦很是亲热，尤其是姚雪本就喜欢姚梓锦，见到姚梓锦不惜得罪莫姨娘说实话，帮了海氏一个大忙，因此对她更是好了不少，但凡有好东西，海氏私底下贴补她的，她都要分出一些给梓锦送去，因此姚梓锦对这位性情温和的二姑娘也很有好感，就是很纳闷，海氏这样的基因怎么就能生出这样好脾性的女儿，只看姚冰跟姚月的性子就明白了，这姚雪简直就是一个意外啊。

姚玉棠面色一红，神情微怒，道："二姐姐有空想这些俗事，还不如好好朝着胭脂用些心思。"

每次有了口角，姚玉棠总爱拿着姚雪的肤色做文章，以前的时候姚月从来不会插嘴，可是这一次却是动了怒，冷冷地瞅了一眼姚玉棠，眼眸微垂，道："上次莫姨娘给四妹妹做的束腰裙可洗干净了？待妹妹再大一些穿起来更好看也更利落。"

姚梓锦愣住了，姚冰这简直就是直捣黄龙！不用回头姚梓锦也能知道此刻姚玉棠的神色定是跟猪肝一样了。突然之间，姚月在姚梓锦的眼睛里高大起来，这姚月平日看着不食烟火一样的，其实厉害着呢，一句话就让你生生憋死。

姚玉棠愤怒地扭身去了，姚雪这才期期艾艾地看着姚月，怯怯地喊了一声："大姐姐。"

姚月看了一眼姚梓锦，想要说什么似乎又有些顾虑，姚梓锦心里明白这时打个哈欠，道："出来这大半日了还真有些累了，我回去躺一躺，两位姐姐慢聊。"

"五妹妹。"姚月出口喊住了梓锦。

梓锦脚下一顿，回过神来两眼弯弯地露出一个大大的笑容，甜甜地说道："大姐姐，甘草茶很好喝，你要是有多的送我一包可好？妹妹也不白要姐姐的，回头做一个扇坠给姐姐。"

姚月看着姚梓锦憨憨的模样，便是轻叹一声，似乎有些想不明白她是真的天真可爱还是伪装如此，不过不重要了。

"好，回头我让苏蓉给你送去，至于扇坠……上次你给大弟弟做的那一个我很是喜欢。"姚月似笑非笑地看了一眼姚梓锦慢慢腾腾地说道。

梓锦顿时面红入血，人啊果然不能做小动作，姚雪跟姚冰甚至于姚玉棠都不知道，可是姚月却知道了，第一次姚梓锦感觉到了姚月的可怕。心里这么想，可是面上却不能有所表露，只是依旧用憨憨的笑容应付："那个呀，那是男孩子用的怎么能给大姐姐？大姐姐要是喜欢那一个，不如我把丝线的颜色换一换，你看如何？"

穿越之前，教授们就说过不能破坏古代的规则，要在这个大的环境下活得自由自在舒心舒意，就要看各自的手段了，想她们这一批穿越的同学们，在同一个时空不同的朝代各自努力生存着，有不及格的，有及格的，有优秀的，姚梓锦的目标就是一定弄个优秀回去顺利留校任教。

在古代要想活得顺风顺水，最重要的不是你长得漂亮，不是你手腕多高，重要的是你能不能得到家人的维护。女孩出嫁，最强有力的后盾便是娘家的支持。梓锦已经想好了，姚家现在的当家人是姚谦，可是姚谦总有老去的时候，掌管姚府的便会是姚长杰，那个总是板着脸，张口道德闭口文章，标准的封建主义教导下最标准的士大夫的形象。

所以，从针线还不能拿出手的时候，梓锦就很努力地绣个鞋垫，做双袜子，贿赂姚谦表孝心的同时，也会给姚长杰做一份，感情总是细水长流地收回来的。

姚谦总是容易受感动的，每次姚梓锦给他做鞋袜的时候总能从姚谦那里得到些很实惠的回报，有的时候是外面买来的各色的丝线，有的时候是漂亮的头饰，精致的绸缎，虽然不怎么值钱，可是有收获啊。

一开始姚长杰只是将东西收下，没什么表示，梓锦还是很受伤的，不过想着自己蹩脚的针线也就释然了，想着大约自己的针线姚长杰也不会真的穿在身上，谁知道有一次却被姚梓锦发现姚长杰真的将她做的袜子穿在身上后，顿时激发了梓锦学习女红的高昂斗志，如今做出来的活计在几个姐妹里那是顶尖的。

连续送过针线一年之后，梓锦终于收到了姚长杰的第一份回礼，是姚长杰亲自写的一副字，上书曰：世事洞明皆学问，人情练达即文章。

到如今这副字还在姚梓锦的箱子底压着，至今没想明白比自己大三岁的姚长杰怎么就送了这么一副字给自己，不明白啊不明白，古人的智商果然不能正着看，可是倒着看……更不明白！

第二份回礼是一个甜白瓷的大瓷缸里养着的儿尾极漂亮的锦鲤，开心得姚梓锦连夜赶出来一双鞋子送了过去。

第三份第四份……如今已经是有来有往的很是模样了，前几天梓锦自己编了个扇坠，想着姚长杰为人古板刚正颇有乃父之风，扇坠上有丝线绕成了松柏的样子，很是新鲜，姚长杰很是喜欢，大约是拿出来的次数多了些，于是就被姚月看到了。

姚月跟自己讨要一个嫦娥奔月的扇坠，又恰好被姚冰碰个正着，于是又添了一个狮子滚绣球的，姚冰的爱好果然与众不同。

姚长杰下了学堂便回到自己的院子，远远地就看到院子门口蹲着一个小小的胖乎乎的小身影，双手托着下巴，眉头皱得紧紧的，眼睛里还夹杂着丝丝怒火，姚长杰便是一愣，不晓得为什么嘴角就勾了起来，缓缓地走了过去，微微加重了脚步声。

梓锦听到脚步声就回过头来，看到是姚长杰下了学眼睛顿时弯了起来，忙站起身子，撒开小短腿跑了过去，满脸包子褶笑眯眯地甜甜地喊道："大哥哥，你回来了？"

姚长杰点点头，示意身后的小厮先回院子，这才问道："你蹲在墙角做什么？"

听到这个梓锦的脸顿时拉了下来，转头看看姚长杰然后眼神无比幽怨地落在了他手里拿着的扇坠上。

姚长杰顺着梓锦的目光也落在了扇坠上，一时间没有想明白，不过当看到了梓锦胳膊上挎着的小篮子，立刻明白了过来，道："谁又找你做东西了？"

姚梓锦其实一直挺佩服姚长杰，不过是一个十岁的小屁孩（以现代的眼光看），可是……可是这家伙忒早熟了，姚谦的基因之强势足以让姚梓锦每次面对十岁的姚长杰有一种面对成年人的感觉，虽然她自己表面上只有七岁，可是她的心理年龄很大的不是？

早就习惯了姚长杰的非常人思维，只因为一个眼神，一个篮子就能知道梓锦的来因，梓锦一点也不奇怪了，抱怨地说道："大姐姐跟三姐姐，大姐姐要一个嫦娥奔月的，三姐姐要一个狮子滚绣球的，我画工不好，你帮我画出图来我再去做。"

听到姚月居然也要姚长杰眉峰一挑，看着姚梓锦耷拉着的脸实在是不习惯，还是觉得满脸包子褶的小包子脸喜庆，脚步也不停地径直进了书房，梓锦忙屁颠屁颠地跟了进去。其实绣花跟画工是紧密相连的，描工做不好绣出来的花样子就不好看，不是姚梓锦画不出来，实在是姚梓锦觉得麻烦是姚长杰给招来的，就得让他知道他给自己带来了多少麻烦，所以梓锦这才提着篮子找上门来。

看着姚长杰摆弄着颜色，梓锦又补充道："姐姐不是一个，给大姐姐三姐姐做了，总不能不给二姐姐四姐姐做，就麻烦大哥哥多画两幅，我也好一起送去。"

姚长杰手下一顿，然后才道："好。"

"长杰兄在做什么，愚弟可有效劳的地方？"

猛的听到这个声音，梓锦身体微颤，真的好衰啊，好不容易亲自过来找姚长杰一趟，居然还能遇上自己躲之不及的叶溟轩这头狼，面色顿时一黑，很想遁地而走。

浓浓的墨香在空中细细地蔓延着，夏日炙热的阳光透过墨绿的纱窗照了进来，梓锦白嫩嫩的额头上薄薄地出了一层细细密密的汗珠，微微地动了动身子，将自己的半边身子藏在了姚长杰的身后，虽然知道这样做无异于欲盖弥彰，可是真的无法抑制自己想要躲开叶溟轩的冲动。

姚长杰只是淡淡地瞅了一眼梓锦，缓缓放下手里的毛笔搁置在紫檀木山水笔架上，这才抬起头来微微一错步恰巧将梓锦遮了个严严实实，立在这黑乎乎的人影后面，梓锦的心莫名地安定下来，看着姚长杰的背影默默地发呆，他要是自己的亲哥哥有多好……

"正在为舍妹画几个花样，不敢劳烦叶贤弟。"

闺阁女子要做活计，花样子哪里能让外府的男子动手，这传出去岂不是坏了闺誉？姚长杰这样一说，叶溟轩要是个识趣的就该避嫌，可是……要是这样他就不是叶溟轩，就不是姚梓锦眼中的狼了。

叶溟轩晶亮的眼神慢慢地扫过姚长杰身后那一抹身影，缓缓地说道："听说五妹妹做得一手好针线，编得一手好扇坠，不知道有没有这个福气能劳烦五妹妹？"

姚梓锦轻轻地挪出身子，探出一个胖乎乎的小脑袋，小手紧紧地捉着姚长杰的衣袖，这才看着叶溟轩微微一笑带着疏离的声音道："平北侯府什么样的巧手绣娘没有，叶家哥哥想要什么物件只要吩咐下去定会做出最好的，梓锦愚笨手拙，不敢献丑。"

叶溟轩早就料到梓锦不会痛痛快快应了，似乎浑不在意一般，哈哈一笑，道："长杰兄规矩严谨，穿戴规矩，他能够戴得，我怎么不能？"

姚梓锦眉心微蹙，继续鼓动三寸不烂之舌，道："叶家哥哥出身尊贵，身上所配之物皆不是凡物，况且男女有别，长杰哥哥常说一句话，持身不可轻，用意不可重，梓锦愚笨不能领会其中的精髓，可也知道闺阁女子之物不能随便与人的，叶家哥哥见谅。"说到这里梓锦抬起胖乎乎的小脑袋，肉乎乎的五根小爪子摇着姚长杰的袖口，忽闪忽闪的大眼睛可怜兮兮地瞧着姚长杰道："大哥哥，我说的对不对，你平常就是这样教我的是不是？"

姚长杰伸手揉了揉姚梓锦的小脑袋，难得露出了一丝笑容。

叶溟轩瞧着他们兄妹的相处甚是自得，眉心又蹙了起来，前世的姚梓锦跟这位嫡出的兄长感情并不好，不过尔尔，可是这些日子他冷眼旁观，姚长杰对姚梓锦甚至于比对自己的三位嫡亲妹子还要亲厚些，心里不禁疑惑轨道的不同，却也羡慕他们之间的兄妹之情，想起自己的情况心里倍感凄凉，再过不久父母回京，他也要离开了，姚梓锦……我该拿你怎么办？

此时都还不过是八九岁的孩子，就算是有什么想法，在这个时空里你想要达成心愿也是极困难的。叶溟轩就算是真的对姚梓锦存心不良，以他现在的年纪跟本事都不可能对姚梓锦造成威胁，因此姚梓锦最大的担忧就是在叶溟轩居住姚府的时日里，小心翼翼不与他发生摩擦引起他的注意才好。

又过了七八日，宣华长公主跟叶青城回京，亲自来姚府接走了叶溟轩跟秦文洛，为了接待两人，姚府又是一阵鸡飞狗跳，莫姨娘这次倒没有借机生事，姚玉棠也是乖巧可爱，顺便在公主面前卖弄了些才女的潜质。

姚梓锦依旧躲在人后，努力地保持低调啊低调，尽力不引起公主的注意，不知道是不是姚梓锦的错觉总觉得宣华长公主似乎有些心不在焉，连午饭也没在姚府用，带着人就跟着叶侯爷走了。

叶家的事情穿越之前姚梓锦连问也没问过，反正她穿越的第一目标便是死也不嫁叶溟轩，既然这样叶家是什么状况跟她何干？

心腹大患一走，姚梓锦又恢复以前悠哉的日子，一年四季，上到姚老太太，姚谦跟海氏，下到姚月姚雪四位姐姐，外加外院的三位哥哥，定时奉上针线联络感情，男孩子用功读书，姚家学堂里经常听到悠扬的背书声。

女孩子学习针线女四书，偶尔女先生也会讲一些诗词歌赋，弹琴对弈。若是心情好了，也会讲一些民间野史上的传奇女性，只是很偶尔，很偶尔，偶尔到三四年来也不过只讲过一次而已。

寒来暑往，春去秋来，眨眼间姚月已经及笄了，举办及笄礼的那一日姚家热闹极了，听着前院熙熙攘攘的人声，姚玉棠看着低头做针线的姚梓锦叹道："也不知道我们及笄的时候有没有这样的气派场面，听说好多世家夫人都到了，今日的大姐姐定是风光极了。"

姚梓锦手里一顿，屋子里只有两个人，姚雪跟姚冰是嫡女还能躲在角落里观礼，可是她跟姚玉棠却没有这个资格的。姚梓锦一直很认命自己是个庶女的事实，就算是在姚府里几位姑娘的待遇一模一样，可有件事情姚梓锦自己也明白的，嫡女跟庶女在外人看来是大大的不一样的，与人结亲嫡女总要比庶女畅销得多。

姚梓锦依旧是胖乎乎的，闻言缓缓地抬起头来，今年她也有十一岁了，却依旧在装傻阶段，忽闪着大眼睛，很天真地说道："四姐姐，自然是没有的，大姐姐可是老爷跟太太第一个孩子，最是尊贵的，如何是咱们能比的？大姐姐本就漂亮，今儿个定是要赛得过天上的仙女了。"

说来也巧，海氏身边的贺妈妈正来寻姚梓锦，隔着门帘将这句话完完整整地听了去，神色便是一缓，脸上带着浓浓的笑意，偏在此时又听到姚玉棠的声音带着尖酸说道："哼，马屁精！为何不一样？都是老爷的孩子，平日里口口声声一样对待，到时候要是有个高低，我定然不肯罢休！"

一整天忙碌下来海氏只累得腰酸背痛，不过想起今儿的场面脸上跟种了一朵花一样，可这朵花还没有绚烂开放，在听到贺妈妈的话后，如同寒冬骤降，立马凋谢了。

"果真这么说？"海氏眉眼一竖，从鼻孔里哼出一声，"养不熟的白眼狼，跟她姨娘一个德行。"说到这里身子软软地靠在秋香色的靠枕上，微眯着眼又道："锦丫头倒是个好的，知情识趣。"

贺妈妈坐在脚榻上给海氏轻轻地捶着腿，听到她这么说，露出一个温和的笑容，道："老奴倒觉得五姑娘是个有心肝的，能说出这话来可见心思清明着呢。"

海氏低头看着贺妈妈，缓缓地说道："这些年来吴姨娘规规矩矩的，五丫头……也还过得去，听说前几日杰哥儿把秦小公子送他的一柄如意扇给了五丫头？"

"是有这么回事，听说是五姑娘给大少爷送鞋袜过去，正看到大少爷拿着如意扇赏玩，五姑娘随口说了一句倒是挺别致，大少爷说用着手沉就给五姑娘当摆设赏玩。"贺妈妈低声应道。

海氏不悦地哼了一声："也没见他在月姐儿几个身上这么费心，倒是把锦丫头当成亲妹子了，这个吃里扒外的东西。"

贺妈妈直觉后背一阵阵发凉，忙劝道："大少爷的脾性您还不知道，也是五姑娘这些年一直给大少爷做鞋袜衣衫的没停过手，就是块石头也能焐热了。说来也怪了，大少爷就爱穿五姑娘做的鞋子，总说穿着舒服。前些日子您不是还说五姑娘手巧，做出来的鞋子穿着就是合脚。"

海氏还是有些不悦，道："不过一双鞋子，又不是多大不了的事情。"

贺妈妈不敢再说，忙转移了话题，道："莫姨娘到底是有些本事，近半个月老爷都在雅风轩过的夜，太太可得提防着点。大姐儿今儿个刚做了及笄礼，还不定莫姨娘又在背地里说些什么，老爷又是个耳根子软的，四姑娘今儿个又说了这样的话，可见平日里她们母女有些事情是早就有了章程的。"

海氏听到这些心里便是一阵阵的憋闷，怒骂道："不过是一个被发卖的罪臣之女，仗着有些才学卖弄口舌，哄得老爷连轴转，若是犯在我手里定不轻饶！"

贺妈妈哑然，心里暗暗说道：这些年来您有多少次机会可以将莫姨娘扳倒，可是每次都输在不能压制的脾性上，要不是她在旁边提点着，说不定这姚府的女主子都换了。

想到这里，贺妈妈越发地感觉到了危机，海氏性子暴躁，这几年哥儿姐儿渐渐长大，需要操心的地方越来越多，莫姨娘能寻到的机会就越来越多，偏生海氏又是个容易被激怒的性子，大姐儿婚事迫在眉睫，这个时候可别出什么乱子才好。

　　贺妈妈未雨绸缪倒也不是凭空乱想，此刻莫姨娘也正盘算着这件事情，几个姑娘里大姑娘最大，又是姚谦的长女，尊贵是没的说，她不敢让四姑娘与之比肩，可是二姑娘只比四姑娘大一岁，三姑娘跟四姑娘同年所生，她可要盯牢了，要是太太敢委屈她的四姑娘，她绝不会甘休。

　　不过，听说今儿个公主府的管家上门来也不知道送了什么东西过来，听说过了大少爷的手直接进了五姑娘的院子，这是怎么回事？

　　就在莫姨娘也在猜着公主府的管家送了什么东西，过了姚长杰的手就进了姚梓锦的院子的时候，大太太也在猜着，并同时对这件事情表示高度震惊，她实在是想不明白，姚梓锦大门不出二门不迈，小小年纪还没有开始出门交际自己的人生旅途，怎么就门缝里吹喇叭，名声在外了？

　　姚老太太听说这件事情后，倒是很镇定，一个人默默地坐了半晌，转头吩咐陪伴了自己大半辈子的卢妈妈："去跟太太说一声，这几日只怕是平北侯府就会有人上门拜访，提前做个准备，一晃几年过去了，我那老姐姐只怕是也不能继续沉寂了。"

　　叶老太太还未回京，公主府的人却先跟姚府的人搭上线，也就难怪姚老太太一脸郑重了。

　　果不其然，姚老太太的话还没过两天，公主府的人就上门了，速度之快，把正在做针线的姚梓锦唬得够呛，看着姚长杰跟前的小厮亲自来报讯，结结巴巴地问道："你……你再说一遍，谁来了？"

　　"宣华长公主亲自到了，大少爷让我跟五姑娘先通下气，估计着一会子要让姑娘过去说话的。"小厮垂着头道，口齿伶俐说得很是清楚。

　　姚梓锦半天没缓过神来，呆呆地看着自己面前刚支起来的屏架，一时间不知道说什么好。叶溟轩就够烦人了，怎么他娘不好好地做她的公主来掺和什么劲儿，不是已经答应绣一幅绣屏了吗？

　　"你去回大哥哥，就说我知道了。"姚梓锦皱紧了眉头，实在是想不明白宣华长公主这究竟是要做什么，不过是一架屏风万万不值得尊贵的公主亲自跑一趟的。

　　姚梓锦还没想通透，姚老太太院子里的绿萼亲自上门了，梓锦在屋子里就听到了吴姨娘的声音："绿萼姑娘你怎么亲自来了？可是老太太有什么吩咐？"

　　绿萼笑道："姨娘有礼了，老太太让奴婢过来请五姑娘过去说说话，说是让姑娘收拾一下。"

吴姨娘愣愣地说道："收拾一下？这……可是有什么事情？"

"宣华长公主听说五姑娘一手好针线，不是请了五姑娘绣一架双面炕屏吗，今儿个公主是过来瞧瞧的。"绿萼笑道。

吴姨娘顿时就有些结巴起来："公……主？"

绿萼笑着应了一声，催着梓锦快走，姚梓锦不敢延迟换了衣衫，这才带着寒梅跟水蓉来了𬒈锦堂。

叶溟轩相貌堂堂，果不其然儿子肖母，宣华长公主长得极美，一时间梓锦都看呆了眼，傻乎乎地脱口说道："我见到仙子了吗？"

宣华长公主却是一愣，她知道自己生得极美，也听过无数人夸赞过她，可是却没有听到这样直白的话。这时细细地打量梓锦，只见梓锦浑身上下胖乎乎的，一身粉嫩的衣衫衬得圆滚滚的煞是可爱，配上憨憨的表情，亮晶晶的一双水润的眸子直直地盯着她瞧，却忍不住笑了出来，看着姚老太太说道："老太太真是好福气，有这样的孙女给您解闷，五姑娘很是可爱瞧着就令人喜欢。"

梓锦暗叹一声，装傻也要有技术啊。眼角这时扫到了姚月几个也在，这才松了口气，面上却带了些紧张，有些不安地揪着衣襟，怯生生地看着宣华长公主慢慢说道："梓锦冒犯了公主，还请公主恕罪。"

宣华长公主眉眼间很是和气，看着海氏说道："要是这样说话都算是冒犯，那本宫可不敢出门跟人来往了。"

海氏只觉得后背上全是细汗，这时勉强笑道："孩子小没见过什么世面，公主大人大量不予计较是锦丫头的福气……"

宣华长公主淡淡一笑却没再说什么，当她看到梓锦脖子里戴的五彩丝线打成的小猫图案的络子眼睛却是一亮，伸手将姚梓锦拉到她的身前笑眯眯地问道："前些日子无意中看到了你绣的炕屏甚是喜欢，这才冒昧让你费心费力再绣一架，难得你的双面绣是两面不同的花样，本宫见过的双面绣却是两面相同图案的多些，你的心思倒是灵巧得很，不知道师承于谁？"

梓锦心里慢慢思量宣华长公主的真实意思，嘴上却甜甜笑道："能为公主殿下效劳是梓锦的福气，不累不累的，晚上熬夜眼睛会痛，梓锦晚上不熬夜的，所以公主的炕屏只怕是要三四个月方能绣好。"

宣华长公主又是一惊，没想到这个小姑娘倒是会诉苦，还明明白白地告诉自己晚上不赶工的……瞧着这模样倒不像是会撒谎的人，长得圆滚滚的挺可爱，看着是个会享福的……若是换成别人只怕一迭声地会说便是连夜赶工也要尽快送过去的，偏生姚梓锦却说三四个月方能绣好……

姚梓锦没说师承于谁，却这么抱怨一通，显得很孩子气有些本末倒置的模样，可是宣华长公主看到那挂在梓锦脖子里的络子的时候，又听到她这般说话，突然想起自己儿子说起的那句话："姚家五妹妹是个挺可爱的人。"

姚玉棠看着宣华长公主的一双眼睛只关注着姚梓锦，心里有些愤愤然，圆乎乎的小包子有什么好看的。姚月并无不悦之色，依旧跟平常一样神色淡淡的，并没有因为公主的驾到阿谀逢迎，姚雪微垂着头只是浅浅地笑，姚冰眼中倒是有些怒火，显然也是不满意姚梓锦抢了风头。

"这络子打得也精巧，我还没见过有谁家的姑娘能把络子弄成个小猫的图案，简直就跟活了一般。"长公主眼中满是赞叹，真真是个巧手的姑娘，看着笨笨的圆滚滚的倒是有一双巧手，算是应了那句老话人不可貌相。

姚梓锦就是傻傻一笑，缓缓地说道："我就喜欢个小动物，所以做的物件也这方面的多些。"

长公主没再追问，姚梓锦知道长公主的来意，虽然很不想让自己赖以生存的巧手技艺传扬出去，奈何到了这一步藏拙也无用了，索性大大方方地亮出来好了。这时皱着小眉头期期艾艾地从袖兜里拿出一个小锦带，低声说道："这里面是以前绣的扇面、扇套，炕屏一时半会绣不出来，公主殿下先拿这个做个消遣吧。"

姚梓锦用了一个很不情愿的表情，让自己给人留下一个小气的印象，她可不想给长公主留下什么过于美好的印记，末了还用眼神狠狠地瞅了那锦袋一眼，用壮士断腕的决心撇过头去。

长公主看着梓锦的模样动作，突然明白为什么她儿子说梓锦是个可爱的人了。抬头看着姚老太太说道："瞧瞧，我今儿个可是来巧了，没想到还能得到这样的好东西。我也不白着你的，免得你吃亏。"长公主说到这里从自己手腕上褪下一个通体翠绿的玉镯来塞进梓锦的手里。

姚梓锦一愣，这镯子便是她这个不识货的，只是看光泽水头就知道是有年头的老物件了，心里便有些讪讪的，同时也想不明白的长公主对自己好像太和善了些……这可不是好兆头，自己真的不希望朝这方面发展，顿时郁闷了，打了半天的太极这结果不甚满意啊。

打太极果然是个力气活儿，姚梓锦很郁闷，自己已经很用力地装傻了，怎么结果跟自己预想的不太一样啊。

长公主又跟姚老太太、海氏说了会子话就告辞回去了，姚梓锦跟在众人身后将公主送到了垂花门，外面就有姚谦诸人送出了大门。

姚梓锦这才长长地舒了口气，每每想起长公主看自己的眼神心底就嗖嗖地发凉。

正发着呆，也不知道谁突然撞了姚梓锦一下，姚梓锦一个不当心就往前扑去，摔了人也就罢了，可是她的手腕上还有长公主刚送的镯子……

刚收到的玉镯而且价值不菲，梓锦还想着等哪天可以拿来江湖救急，谁知道发生这样的变故，要真是这样摔碎了先不说不好跟公主交代，平白地损失了这么一笔银子也让现在日子过得很不富裕的姚梓锦肉痛了。

姚梓锦是以五体投地的姿势往前扑去，由于没有任何的预兆属于被突然袭击，再加上身体有点胖行动不灵敏，姚梓锦夹杂着惊呼声悲壮地往地面上扑去！

"五妹妹！"

"五妹妹！"

"五妹妹！"

异口同声的三声呼喊让姚梓锦以为自己产生了幻觉，原来二门门口不知道什么时候叶溟轩、秦文洛还有姚长杰站在了那里，看到梓锦摔倒三人居然异口同声地喊了出来。

紧接着姚梓锦眼角的余光就看到三人往她这边奔来，姚梓锦摔倒的地方距离三人并不远，只要速度快完全可以把姚梓锦给救下来。

俗话说得好啊，一个和尚有水喝，两个和尚抬水喝，三个和尚嘛没水喝。于是乎这个道理用在这个地方其实也挺合适的，三个人同时奔过来，目标一样，目的地一样，姚梓锦就那么一个小小的胖乎乎的人，三个人同时想要救那么一个小小的人……于是乎结果可以想象！

姚梓锦傻乎乎地仰起头看着自己面前扬起的尘土，瞬间悲愤起来，三个人都想要救人，结果她没被人救，那三个人倒是撞在一起灰头土脸地叠成了罗汉，就在姚梓锦跌倒的地方只有半臂的距离。

四个人同时扑在地上，八只眼睛你看看我我看看你，异常尴尬，尤其是姚长杰自从出生以来就没做过这样冲动的事情，脸色很是不自然，秦文洛向来温文儒雅，行动如春风拂柳令人惬意，此刻的狼狈是他没有预料到的，被压在最下面的叶溟轩脸色最难看，几乎黑得如同陈年老锅底相媲美，牙齿咬得嘎嘣嘎嘣响，这辈子没这么丢人过！

四人还在呆愣的时候，旁边的姚老太太首先回过神来，喝道："都愣着干什么，还不赶紧把人搀起来。"

姚老太太一声厉喝海氏也回过神来，立刻跟着指派着婆子丫头上前扶人，最令海氏震惊的不是秦文洛跟叶溟轩的举动，而是她那个一板一眼做事按照规矩最是古板的儿子，居然……居然在这个时候冲过来救梓锦，这简直比戏子做了正房夫人更令人难以相信。

大家七手八脚地将人搀扶起来，姚长杰站直了身子，旁边的秦文洛跟叶溟轩也已经站了起来，伸手掸着衣衫上的尘土，三人的眼神一对视，姚长杰自然是一如既往面无表情掩饰内心的悲哀，秦文洛面皮微红，有些讪讪地却不知道该说什么，叶溟轩却是皱起了眉头，冷冷地瞅了众人一眼，看着姚梓锦咬着牙问道："五妹妹，你好端端的怎么会跌倒？"

叶溟轩丢了大人，不把场子找回来是不会罢休的，他不能将姚梓锦怎么样，可是却能将将姚梓锦碰倒的人怎么样，姚梓锦有种预感，有人要倒霉了！

姚梓锦是一个挺省事的人，一直以来秉承着多一事不如少一事，处处行事低调，今儿个的事情要是她自己个摔一跤除了有点丢人也就过去了，可是偏偏多出来这么三只，小事顿时变成了大事，于是乎姚梓锦很悲催地又成为了众人瞩目的焦点，其实她很想说叶溟轩你就不能闭嘴吗？

瞅了瞅周围站着的姚老太太，海氏，姚谦等人，这句话麻溜溜地自己就从喉咙口憋回了肚子里，姚梓锦可不想尝一尝家法的味道，据说很恐怖的。

按照正常的思维，叶溟轩应该说：五妹妹走路要当心脚下，可是他偏偏说了好端端的怎么摔倒了！好端端的自然不会摔倒，可是就是摔倒了，这就是有问题了。

姚梓锦没想到叶溟轩居然这么肯定自己被算计了，难道说他看到了什么？

姚府众人，根基最薄弱的就是她们母女，海氏占着正妻之位，再加上战斗力相当彪悍的贺妈妈相助，自然是腰挺背直。莫姨娘占着宠爱，姚谦跟她情深意切，虽然莫姨娘总会恃宠生娇，可是每每将姚谦惹得生气之后也总能将人给哄回来，手段那是青云直上令人叹服。相比之下吴姨娘就是太老实了，老实到海氏不屑于为难她，莫姨娘不屑于对她耍心机，可是现如今……因为她一个姚梓锦受到这三名各有优势的美男的青睐……不用想也知道前途一片黯淡。

因此，姚梓锦抬起头来看着叶溟轩，双颊通红通红的，显然是倍感丢人的模样，低声说道："是我自己不当心……"

话还未说完，叶溟轩就冷笑一声截断了她的话："自己不当心？五妹妹真是好心，就算别人这样算计你你也还能为别人遮掩！"

姚梓锦露出一副惊慌的模样，往后退了一步，脚下一滑，突然脸色大变，抬起手来往手腕瞧去，果然是空空如也，宣华长公主送的镯子还是光荣阵亡了！脸上的神色便有些惴惴不安起来，抬头看着叶溟轩道："叶家哥哥说什么呢，梓锦真的是自己不小心，与人何干？"

不管姚梓锦愿意不愿意，她总还是能知道一件事情，此时若是没有叶溟轩跟秦文洛在场，她倒是可以哭诉一番将暗害自己的人找出来，可是当着外人的面如何能让别人看到姚家姐妹之间不合，如果姚梓锦这么做了，即便自己是受害者，那么在姚老太太跟姚谦的眼睛里也是一个不顾家族名誉的人，一个不维护自己家族名誉的人是会被厌弃的。

叶溟轩眼眸微眯，刀锋般锐利的双眸嗖嗖地刮过姚梓锦，姚梓锦只觉得浑身一颤，下意识地往姚长杰的身边靠了靠，心里已经有种不祥的预感，果然听到叶溟轩冰冷的声音刮过耳边："五妹妹倒是善心，可是查案也需要证据谁敢信口开河，你在这里捣什么乱？"

这话说得十分有技术，叶溟轩这么一说是不是说他有了证据？可是没看见他做什么事情怎么就会有了证据？众人一时想不明白，疑惑地看着叶溟轩，姚谦皱紧了眉头缓缓地说道："叶贤侄这么说可是有证据了？"

姚梓锦在两人说话的时候已经蹲下身子将玉镯的碎片捡了起来用帕子包好，这才站起身来。别人不知道，可是姚梓锦却知道叶溟轩将来可是做锦衣卫的，锦衣卫是什么？说句难听的就是皇帝的爪牙，除了杀人之外还有审案断案的本事，叶溟轩既然敢开这口就是一定有把握的。

别人只把叶溟轩当成十三岁的孩子，可是梓锦知道他是重生过带着两世的记忆，这种事情对于他来说简直就是易如反掌。

轻叹一声，叶溟轩看样子是一定不肯罢休的，而自己又不想惹祸上身，两人的思路背道而驰，可是叶溟轩这个势头看来是想要将那个人给揪出来，如此强迫梓锦跟他合作，你不情我不愿真是令人纠结。

于是姚梓锦从姚长杰的身后探出半个身子，怯懦地道："爹爹，真的是女儿白己不小心跌倒的，虽然平地也能跌倒很丢脸，可是还是要说实话的。只是弄坏了公主送的玉镯梓锦倒不知道该怎么赔罪才好……"

姚谦的眼角此时早已经顺着叶溟轩的眼神，扫到了梓锦的裙裾上有一个浅浅的脚印，难怪叶溟轩如此肯定，又看了看梓锦心里甚是欣慰，是个好孩子，知道家丑不可外扬的道理。

姚老太太人老成精，这时便接口说道："你这丫头平日看着稳重，倒是难得出岔子，可曾摔坏了？赶紧请个郎中看看才是，哪里痛就说出来。"

姚老太太这一插嘴，直接定下了姚梓锦自己不小心摔倒的说法，海氏难得聪明一回立刻吩咐人去请郎中，又赶紧上前对梓锦嘘寒问暖，然后又随着姚老太太将人送回了甇锦堂。

叶溟轩看着众人的身影，嘴角露出一个讥讽的笑容，秦文洛看着叶溟轩，伸手推了他一下，道："咱们跟着长杰去书房喝壶茶，解解乏也该回去了。"

叶溟轩抬眼对上了秦文洛清如朗月的笑容，若是前世此刻秦文洛早就担心起姚梓锦来了，可是……现在却看不到，这是为什么？

叶溟轩被姚长杰请到了外书院喝茶，好像方才的事情根本不曾发生过，秦文洛心思有些不稳，怔怔地发呆，这样一个行事规矩说话委婉的人竟然时不时地会发呆。叶溟轩定定地看了秦文洛一眼，却没说什么，一旁的姚长杰本来就少言寡语，又遇上这种尴尬事情，姚谦本该来说几句场面话可是又扶着姚老太太去了后院一时过不来，姚长杰只得轻咳一声打破沉寂，看着叶溟轩很是郑重地说道："五妹妹不小心跌倒摔坏了公主殿下赏赐的玉镯，不知道可有办法补救，还请叶贤弟通融，愚兄感激不尽。"

为了姚梓锦姚长杰居然放低姿态肯拜托自己通融，叶溟轩很是意外，前世姚梓锦跟这位嫡出的大哥关系不是很好，可是现在……真是太诡异了，明明旁的事情依旧在轨道上按部就班地进行，偏生跟姚梓锦有关的全都变了样。

秦文洛如此，姚长杰如此，就连姚梓锦也如此，难道说自己重生的同时，姚梓锦也有什么机遇不成？

叶溟轩不敢肯定，心里存了疑惑，面上却淡淡一笑："五妹妹手腕上戴的镯子乃是当初太后娘娘给母亲的陪嫁，母亲一直戴在身上，要想寻一个一模一样的替代怕是不成的。"

姚长杰顿时一惊，居然是太后娘娘给宣华长公主的陪嫁。这可有些难办了。若是寻常的至交好友也就罢了，偏生长公主是皇家的人，皇家的物件又岂能这样随意摔坏了？

姚长杰的眉眼就带了山一般的沉重，一旁的秦文洛忙说道："表弟，你看这样成不成，当初舅母曾经送给我娘一个跟这个差不多的玉镯，要不拿了这个来顶？只要咱们不说出去，这玉镯本就相似不细看怕是看不出来的。只要咱们统一口径，也就大事化小了。"

叶溟轩心口立时被堵了一下，面上的神情就有些僵硬，原以为秦文洛对姚梓锦没什么好感，没想到居然想要拿姑母的物件替姚梓锦挡灾，心里那股子压抑了多年的醋缸顿时又被掀翻了。明明知道此时的秦文洛跟姚梓锦还没有到山盟海誓的地步，却还是难受得紧，幸好还能伪装成一副为难的模样叹道："世上本就没有一模一样的玉石，我娘这玉镯戴了多年难道还看不出真假？"

姚长杰最是磊落之人，闻言再也不迟疑，坚定地说道："本就是我等的过错，不想着亲自登门赔礼赎罪却还想着想办法蒙混过关，实属不该。溟轩不用担心，明儿个我亲请了母亲陪着五妹妹去给公主殿下请罪。"

叶溟轩瞧着姚长杰，心里真是百般滋味，就是这样的耿直脾气虽然前世两人不是一条路上，可是却也有点惺惺相惜，奈何姚长杰属意的却是秦文洛，其实他挺讨厌姚长杰，可是又觉得对方是个君子值得一交，人生啊不是在矛盾中纠结就是在矛盾中终结。

还不等叶溟轩应声，秦文洛这时说道："长杰兄光明磊落，行事坦荡令人佩服。明日小弟也陪长杰兄走一遭，舅母很是疼我，我在一旁帮着作一下证聊表微薄之力。"

梓锦院子里的三等丫头元秋背后说主子的闲话，正巧被卢妈妈听到了，卢妈妈可怜梓锦在府里没有依仗，连个三等丫头都敢背后议论主子，便在老太太跟前提了提，老太太就把跟前的丫头杜若送来给梓锦撑场面。

梓锦看着杜若，笑道："以后委屈姐姐到我这里来了。"

杜若生就是桃眼杏腮，皮肤又细腻，在老太太屋子里也是数得上的美人，此刻听到梓锦这么说，面皮一红，忙说道："姑娘千万别这么说，能来伺候姑娘也是杜若的福气，既来了这里就是姑娘的丫头，姑娘只管有事吩咐就好。"

梓锦听着心里大为赞赏，能高能低，态度谦卑，杜若也算做得不错。想了想又说道："杜若姐姐以前在老太太屋子里拿的是一等丫头的月钱，来了我这里却只能拿二等丫头的月钱，难免委屈了姐姐，以后公中的姐姐拿二等丫头的月钱，剩下不足的二百钱我给你补上,总不能让姐姐来我这里已是屈就,月钱上还要受委屈。"

杜若听到这话却是神色严肃起来,一板一眼说道:"姑娘,奴婢有话要说。"

梓锦看着杜若,带着憨憨的笑容,说道:"杜若姐姐有话直说。"

杜若闻言就跪了下去,梓锦伸着身子要去扶她,杜若忙将梓锦扶了回去,说道:"等奴婢说完,奴婢自然会起来的,姑娘,老太太让奴婢过来伺候姑娘,就是姑娘的丫头。咱们府里五位姑娘跟前的丫头最大的都是二等丫头,拿的都是八百钱,要是奴婢拿着公中的月钱,私底下还要接受姑娘的贴补,姑娘您这不是臊我吗?该是多少就是多少,万万不可特殊对待,否则岂不是寒了别人的心?再者杜若没有旁的本事可是一颗忠心还是有的,姑娘以后莫再说这样的话,否则杜若真是要找个地缝钻进去了。"

话说的很实在,杜若的表情很诚恳,梓锦却觉得这个丫头是一个好丫头,老太太身边的大丫头,就是海氏见到了也要笑着对待,如今来到自己这里以前的风光只怕是没有了,可还能这样不卑不亢,知道自己的位置,这就是很难得的了。不过说不定这也是表象,日久方能见人心,以后日子长着呢。

"既然你这么说了我也不好再说旁的,只能说一句有我在便有你们在,日后若能升一等丫头你是头一个的。"梓锦眉眼弯弯笑着说道,看着像个小娃娃般的天真,可是说出来的话却又令人不能忽视,杜若突然有一种错觉,眼前这位五姑娘只怕跟自己以前见到的也不一样呢。

正说着话水蓉跟寒梅进来了,两人就跟杜若见了礼,道:"以后还请杜若姐姐多多指教才是。"

杜若也忙说道:"我年纪大些勉强当了这个姐姐,可是姑娘屋子里的事情我还生疏得很,还请两位妹妹多多提点才是。"

你推我让的倒是让梓锦笑了起来,道:"杜若也不用谦虚了,你在老太太那里都能做事情妥妥当当,到了我这里自然也是妥当的人,水蓉就把我屋子里的钥匙交给杜若,以后你们都听杜若的差遣,大家和和气气相处才是。"

杜若又推辞一番,水蓉跟寒梅却也不退步硬是将梓锦屋子里的箱笼钥匙、账册交了出来,再怎么说杜若也是老太太跟前的,这点颜面还是要给的,水蓉跟寒梅心里明白得很,更何况她们跟着梓锦有些年头了,主仆之间的情谊也不是杜若说替代就能替代的。

杜若一见推辞不过,只得收下勉强管了起来,心里却有些忐忑不安,不管什么事情都要跟水蓉跟寒梅商议一番，如此一来二往的几个丫头倒是越走越近了，梓锦看着心里倒也开心，特意让水蓉偷偷地去打听了杜若的家里情况，心里好有个底。

"……是家里的独女，上面有一个哥哥已经成亲了，下面还有一个弟弟，杜若姐姐都定了婚事了，是外院回事处的林管事的大儿子林仲。"水蓉趁着晚上她值夜的时候悄悄的说了。

梓锦一愣，问道："连婚事都定下来了，还是这样一门好婚事，难怪老太太要将杜若送过来给我使唤。"

水蓉一时没明白，张口问道："姑娘，这有什么关系吗？"

梓锦盯着头顶上湖水碧的虫草帐子，缓缓地说道："你想啊，杜若今年十三岁了，虚一岁就十四了，等到我出嫁的时候她正好放出去成亲，待成完亲又可以回到老太太跟前做管事媳妇，掰起手指一算，在我跟前服侍三四年，老太太必定念着她受了委屈，等到我出嫁她回甦锦堂的时候老太太对她会更好，难怪我说要给她贴补月钱她死活不肯。"

水蓉这才恍然大悟，想了想又说道："跟杜若姐姐相处了几日，奴婢倒觉得她是个挺和善的人，遇到什么事情奴婢们请教也都肯耐心教我们，也从不拿架子，这几日下来咱们院子里都肯跟她交好呢。"

梓锦有些怅然，脱口说道："在咱们这里她不过是一个过客，又何必得罪人？能顺手为人情自然不肯得罪人的，又有了那样的好婚事，要是我也不会得罪任何人的。"

水蓉闻言就有些发呆，想着梓锦的处境心里又是阵阵难受，不过还是劝道："不管怎么说咱们总算能知道杜若进了咱们的院子能让咱们放心就是了，是不是姑娘？"

梓锦想了想觉得这话也对，点头说道："这也不错，过一日算一日吧。"

屋子里渐渐地没了声息，水蓉听着梓锦翻来覆去的睡不着，于是又开口说道："姑娘，奴婢今儿个还听说了一件事情，既然你睡不着，我说给你听可好？"

梓锦轻轻地应了一声，水蓉就开口说道："要说起来也不是旁人的事情，就是莫姨娘想要见老爷，写了一首情诗让自己的仆妇偷偷地在二院门口等着老爷……"

听到是莫姨娘的事情，梓锦顿时来了兴趣，居然让仆妇给姚谦送情诗……不怕小妾太彪悍，就怕小妾有文化！

"然后呢？"

听着梓锦的声音欢快了些，水蓉就知道自己没有选错话题，忙接着说道："以前的时候莫姨娘跟老爷闹了别扭也不是没写过,而且每次都能成功将老爷的脚步拉到雅风轩去,可是这一次老爷却是秤砣铁了心根本看都没看那个婆子转身就去了太太那里。说起来也合该这个婆子倒霉,正垂头丧气地想着怎么跟莫姨娘交代,谁知道只顾着低头走路,却不承想转弯的时候一下子跟洒扫上的一个婆子撞在了一起,手里的信封就被撞飞了去。当时就有后面的婆子一把抓了过去,嚷了起来,大家嘻嘻哈哈地就要把信拆开来看,莫姨娘派去的婆子就慌了,这样的信怎么能让别人看了去。就要伸手去抓。"

梓锦听到这里惊呼一声,双眼亮晶晶地问道:"抓到了没有?"

水蓉抿嘴笑道:"要不说这婆子倒霉,平日的时候这婆子仗着莫姨娘没少做得罪人的事情,如今莫姨娘被禁足,这婆子惹了众怒,大家当然都乐得看她的笑话,谁又肯去帮她。那婆子去抢信,拿到手的婆子就转手给了另一个婆子,传来传去愣是没让那婆子夺了回去。那婆子就怒了,当即说道:'这个是莫姨娘给老爷的信,谁要看了去当心自己的眼睛。'这婆子还以为是莫姨娘没被禁足的时候,只知道一味逞威风,当即就有一个婆子笑着冷哼道:'莫姨娘正在被禁足,太太说了不允许有东西递出来,你这婆子做了什么腌臜事情竟要赖在莫姨娘的头上,真是活得不耐烦了。'"

"你一言我一语地激将起来,那婆子见大家都不相信她,那信也没有还她的意思,就想要趁着大家不注意愣去抢,谁知道早有人眼尖,一伸脚将那婆子绊了个狗啃泥,那封信也被后面的一个婆子抢了过去,刷地一声就撕了开来,拿出信纸就读了出来。"

梓锦听到这里大吃一惊,洒扫上的婆子多是粗使不识字的,怎么会有人识字?这事有点玄妙,又有些好奇信上写了什么,于是问道:"信上写了什么?"

"谁道闲情抛弃久?每到夜来,惆怅还依旧。日日花前常病酒,不辞镜里朱颜瘦。河畔青芜堤上柳,为问新愁,何事年年有?独立寒窗风满袖,平林新月人归后……"水蓉细细地念了出来,将这阕冯延巳的《鹊踏枝》念得有几分韵味。

梓锦没有想到莫姨娘将冯延巳的词写了出来,改了几个字倒也是符合她的现状,只是这样缠绵入口的词在这样的大庭广众下被念了出来究竟是不妥,想好这些仆妇大都不识字的,想来也无碍。

正这样想着,又听到水蓉继续说道:"那婆子念了一大通,也没人听懂,就有人嚷嚷道什么乱七八糟的,你既然识字就给咱们解释解释,免得一个头听得两个大,明明是不识字的还要装文雅。这婆子话音一落,众人就附和起来,那婆子也不慌张,就说道'这有什么不好明白的，这不是都写着呢吗？莫姨娘思念老爷得紧，每日借酒驱愁，对着镜子一照人都瘦了，每日站在窗子前，等着老爷去看她呢……'那婆子话音一落，周围的都笑了起来，一个个看着莫姨娘身边婆子的眼神都不一样了，夹杂着讥讽跟嘲笑，就有个人不住地说道'都说莫姨娘是禁足思过呢，谁知道不仅不思悔过错，反而写这些乱七八糟的东西，可见啊是一点诚心也没有的，可怜了五姑娘白白地被踩进了泥里。'莫姨娘身边的婆子双拳难敌四手，只得灰溜溜地回了雅风轩，可是不过几个时辰，整个姚府都知道了莫姨娘写情诗的事情，是个会说话的都能念上几句，老爷这次可真是丢人丢大发了，听说老爷得信后就去了雅风轩，就有人听到雅风轩里闹成一团，没多久没了动静，老爷铁青着脸走了出来，后来太太就说莫姨娘知错不改，《金刚经》要抄两百遍才能出院门。"

梓锦细细地听着，莫姨娘一向是自负才高，有勇有谋，可是这一次却栽到了一个婆子身上，想到这里梓锦心思一动，问道："那个将信读出来的婆子是哪个院子里的？"

水蓉一愣，道："这个奴婢还真不知道，姑娘，难道那个婆子有问题？"

梓锦摇摇头，轻轻地说道："有问题没问题我不知道，可是水蓉你想想，怎么就这么巧莫姨娘的婆子被人围住，就有个识字的在里面，还胆大地将信给念读了出来？"

水蓉被梓锦这么一提醒，确实觉得事情有些不寻常，于是说道："明儿个奴婢去打听打听。"

梓锦轻轻地应了一声，闭上了眼睛，想着莫姨娘今晚上大约是不能安睡了。不过当日姚玉棠踩住她的裙角，害得她摔碎了公主给的镯子，这件事情到底查清楚了，姚谦也因此冷了莫姨娘，可是莫姨娘又哪里是等死的主呢？

第二天一大早水蓉就出去了，杜若跟寒梅服侍着梓锦洗漱，这边刚收拾停当，水蓉就走进来了，当着杜若跟寒梅的面不好说什么，只得遮掩道："是我娘托了一个丫头跟我捎句话，让我有时间的时候回去一趟。"

梓锦就趁机说道："你瞅个时间就回去看看，这么长时间没回去了，你娘想你也是应该的。"

水蓉就忙行个礼笑着应了，然后跟杜若寒梅服侍着梓锦用了早饭，吃完饭杜若跟寒梅都去忙了，水蓉这才说道："姑娘，奴婢打听过了，那婆子是头一天被大少爷贬去了洒扫房的。"

梓锦一愣，怔怔地有些发呆，大哥？

水蓉看着梓锦的神色忙劝道："姑娘，您别多心，兴许是巧了。"

梓锦转头看着水蓉，低声道："巧了？什么事情会这么巧，头一天把人贬到洒扫房，第二天这被贬的婆子就能敢大声地读莫姨娘的信，被贬的人都是要夹起尾巴做人不是吗？"

水蓉其实自己也有些怀疑是大少爷故意为之，可是……"可是大少爷怎么就会知道莫姨娘一定会派人写信给老爷？可见还是侥幸的成分多一些，瞎猫遇到死耗子了。"

梓锦却没有回答，可是她心里明白，姚长杰这个人做事从不会白费功夫，莫姨娘以前也用过相同的手段几次三番让姚谦回心转意，这次莫姨娘被禁足自然会想尽办法让姚谦回心转意免了自己的处罚，所以姚长杰才能顺势而为，只是大约不会想到第一天把人贬去，第二天就给碰上了，只能说运气太好了。

想到这里梓锦的面上又露出丝丝的微笑，如果姚谦知道自己的儿子这样设计他……会有什么表情呢？

水蓉看着梓锦一会笑一会儿发呆，也不敢打扰，躬身退了下去，用甜白瓷的茶盅泡了茶来，梓锦已经斜倚着软枕拿着本大少爷从坊间寻来的话本看得正入神，她也就不打扰悄悄地坐在一边做针线。

时光静谧安好，如此安乐，才是吾愿……

莫姨娘情诗事件在府里如沉寂在水中石头的时候，姚梓锦的伤也好了，伤好后先去拜谢了老太太把杜若送过去，然后又去拜谢了海氏送的白玉化瘀膏以及各种各样的补品，让小圆包子养了半个月的伤越发地圆润喜庆了，最后又去外书房感谢了姚谦为她主持了公道，回来的路上却遇到了正去外书房的姚长杰。

兄妹二人不期而遇，都有些惊讶。

"大哥哥。"姚梓锦迈着欢快的脚步奔了过去，杜若忙跟了过去，在后面说道："姑娘慢一点，仔细脚下……"

姚长杰上上下下打量了姚梓锦，然后依旧一副面瘫脸，问道："伤可都好了？"

"好了，还要多谢谢大哥哥的药膏，管用得很。"梓锦弯着眉眼笑眯眯地说道，小手轻轻地扯着姚长杰的衣袖撒娇地摇着。

姚长杰的面部线条就柔和下来，却依旧训导："大病初愈，也不要到处乱走，好好在屋子里做些针线，修心养性才是根本。"

"是，小妹记住了。"梓锦便如同霜打的茄子，这个哥哥什么都好，就是爱板起脸来训人。

看着梓锦的样子姚长杰叹息一声，道："赶紧回去吧，外书房人来人往的，被人看到成何体统？"

梓锦皱成了苦瓜脸，低声说道："将来的大嫂可有的罪受了，嫁个这么爱训人的夫君……"

姚长杰皱着眉，垂头看着姚梓锦问道："你说什么？"

"没，没什么，我是说我这就回去了，哥哥慢走，爹爹正在书房。"梓锦可没胆子在姚长杰跟前说方才的话，要是被他听到了，估计又是长篇大论引经据典地训她一番，她可不想自讨苦吃。

杜若有些惊讶地看着梓锦的背影，又回头看了看越走越远的大少爷，她素来知道大少爷跟五姑娘很亲厚，只是没有想到会这样亲厚，方才她注意到了，大少爷身上穿的衣衫，脚上穿的鞋子，就连腰带上系的绦子，都是出自于梓锦的手笔，之所以这般地肯定，是因为梓锦的针线筐里正有一双跟姚长杰脚上穿的鞋子一模一样的做了一半的在里面。

杜若若有所思地看了一眼梓锦的背影，忙抬脚跟了上去，对于这位五姑娘却没有一点的轻慢之色，越发恭敬起来。

海氏将手边的请帖放在一边，揉揉眉头说道："看了这么多家就没一个令人满意的，家里条件好一点的孩子又不争气，孩子争气的家里又差一点，月姐儿自小在我手心里捧着长大的，总想着给她寻一门好的婚事。"

贺妈妈看着海氏满脸的愁容，出主意道："不如太太写封信给老太太，咱们海家如今虽不如以前，可是毕竟还是比姚家强一些，要是老太太肯费心给大姑娘张罗，定能有个好的前程。"

海氏眼前一亮，忙点头道："这个主意好，这样吧，明儿个我带着月姐儿回一趟娘家，面对面跟我娘说一说总比写信清楚些。"

海氏这么一说自己也觉得能行，就立刻吩咐人准备明日出行的车马，安排出去的人手，忙了好一阵子才消停下来。

门帘外有个小丫头的身影晃过，贺妈妈一见就悄悄地走了出去，海氏正拿着单子写着明日要带的礼物。

贺妈妈很快掀起帘子走了进来，低声在海氏耳旁说道："叶家少爷跟秦少爷来了，说是要见见五姑娘，您看这行得通吗？"

海氏就皱起了眉头，道："锦丫头虽然还没有及笄，可是也十几岁了，要懂得避嫌。"其实海氏是有些不满叶溟轩每次来都要见见梓锦的行为，一个庶出的丫头片子有什么好见的，想到这里又看着贺妈妈说道："把我的意思去跟大少爷说一声，大少爷自然就知道我的意思了。"

贺妈妈立刻就去了，可是很快又回来了，面带难色地说道："大少爷带着叶少爷去了老太太那里，五姑娘也在老太太那里……"

海氏的脸色顿时变得很难看，双手握成拳，低声喝道："我自己的儿子整日跟一个妾室养的亲近，如今上门的贵客也都围着一个庶出的丫头转，这成何体统？我们也去老太太那里瞧瞧！"

海氏带着丫头婆子很快就来到了粦锦堂前的青石路，贺妈妈在一旁低声地劝道："您先压压气，毕竟是在老太太这里，万事孝为先，要是做出什么不合规矩的事情岂不是便宜了莫姨娘？"

海氏的脚步一顿，滔天怒火中顿时就如同被浇了一瓢冰镇凉水，看着贺妈妈说道："你说得对，是我太着急了失了方寸。"

看着海氏缓过神来，贺妈妈松了口气，又低声说道："五姑娘毕竟才十一岁，还没分院子自己单住，有些事情就不好拿着规矩说事，老太太最近又怜惜五姑娘受了委屈，还将杜若给指了过去，这个时候您可不能犯了倔脾气跟五姑娘对上，更何况老爷最近多是歇在吴姨娘那里，还是谨慎些好。"

海氏的脸色阴晴不定，显然是有些愤愤然，很是不满，贺妈妈一见立刻又加了句话："太太，大姑娘还要说亲，老太太出身金襄侯府，谁又能知道哪一天您就要求到老太太的头上……"

海氏满腔的愤恨顿时如同泄了气的皮球，想起女儿只得说道："我知道了。"

海氏深吸一口气压下心里的愤怒，努力地调整脸上的憋屈，故作欢快迈进粦锦堂，然则海氏并不是一个善于压抑情绪，善于让自己伪装的人，因此强行压抑的结果就是脸上的神情很那啥……有点恐怖的味道。

老太太听到红莺回道："太太来了。"

老太太的脸上就闪过一丝讥讽，随即消失不见，点点头，紧接着海氏就掀了帘子进来了，众人忙起身见礼。

梓锦暗叹今儿个一定是大凶之日，不然的话她怎么来给老太太请安都能遇上叶溟轩，遇上叶溟轩也就罢了，海氏还跟着赶了过来，一脸"捉奸"的表情，实在是令人郁闷至极,因此梓锦越发垂着头安安分分地缩在角落里不肯引起众人的瞩目。

其实海氏还真是冤枉自己的儿子了,也不想想姚长杰是什么人?那是将礼法规矩奉之为王道的人,这样的人怎么可能轻易地就带着外男进内院,更不可能做个保媒拉纤的给自己妹子牵红绳,之所以带着叶溟轩跟秦文洛来见老太太,一则是因为宣华长公主给老太太送来一盆金桔树,二则是因为上次镯子被摔碎后的善后工作事宜,遇上姚梓锦是偶然。

几方人马心思各不同,海氏训斥儿子的话就要脱口而出,可是想到大女儿又生生地咽了回去,脸上的表情实在是精彩之极,堪称是五彩拼盘真人版现场秀。

老太太瞥了一眼海氏视若无睹她的神情,笑着说道:"昨儿个锦丫头还过来说镯子的事情是她做错了,要去跟公主殿下亲自赔罪,改日老婆子亲自陪着锦丫头去给公主殿下赔罪。"

海氏茫茫然,一时间没回过神来,似乎还没有弄清楚状况。

姚长杰却是松了口气,有老太太陪着,他也就不用担心了。

叶溟轩先是一愣,随即愕然,但是很快就回过神来,想起姚梓锦一开始事发的时候就坚持过要上门赔罪的,没想到她居然能说服老太太跟她同行……可是看着这一世憨乎乎的小丫头,他又觉得自己是不是太高估她了?

"知错能改,勇于承担后果,五妹妹不愧是姚大人的女儿,姚大人的耿直,勇于直谏在京都颇有美名,果是虎父无犬女。"

姚长杰一看事情定了下来,就站起身来说道:"既然事情落了地,孙儿就带着溟轩弟跟文洛兄去前院了,等父亲下了衙只怕还要问话。"

老太太笑着说道:"去吧去吧,你们年轻人在一块也有很多话要说。"

姚长杰几人站起身跟老太太行礼,这才转身去了。

叶溟轩临走之前,眼神又飘到了梓锦的身上,只见梓锦默默地垂着头看也不看他们一眼,只是站起身来躬身行礼送他们走,这样的漠视心里很不舒服,这样的姚梓锦叶溟轩很不习惯。

待三人走后,梓锦这才松了口气,海氏见事情三言两语就被老太太拍了板,根本就没有询问过她的意见,心里很是受伤,可是嘴上还不敢反抗。心里硬是憋屈着,直到从甃锦堂回到了自己住的主院,这才将一腔怒火给发了出来。

"这　个个的眼睛里哪里还有我这个当家主母,居然问也不问我一声就直接定下老太太带着五丫头去给公主赔罪,那我在这个家里算什么?"海氏一怒,一挥于就将桌子上一个粉彩海藻纹的茶盏挥到了地上,发出了清脆的碎瓷声。

芍药跟蔷薇身体微颤,立刻将屋子里的丫头婆子遣了出去,自己也躲在了门外不敢进来。贺妈妈也觉得这事有些过分了,不过仔细想一想还是劝道:"太太,这件事情要说起来也不能怪老太太,是大少爷带着人直接去了缑锦堂,大约是觉得老太太跟平北侯府的太夫人是手帕交,这件事情老太太亲自出马岂不是更好?"

"那也不能漫过我就这样直接跟老太太回禀,这个孽障就是跟我商议下又能怎么样?"海氏哭得越发伤心了,真心觉得这个儿子真是白养了。

贺妈妈却是一阵汗颜,跟您说您铁定不同意啊,这样跟公主交往的事情您必定会揽到自己身上,可是您跟叶老夫人又没什么交情……大少爷正是因为太了解自己的亲娘所以才索性直接绕过海氏去跟老太太商议的。

心里这么想,可是嘴上却不能这么说,绞尽脑汁劝解道:"这说不定是叶少爷的意思,大少爷只不过顺水推舟罢了。大少爷毕竟是您养的,哪里能不跟您亲近……"

海氏呜呜咽咽哭个不停,就在这时姚谦回来了,看着海氏肿得跟桃子似的双眼吃了一惊,问道:"太太这是怎么了?"

看到姚谦进来,海氏越发觉得委屈了,那眼泪就跟不要钱一般地往外涌。姚谦多年没见到海氏这模样了,骇了一跳,立刻质问贺妈妈太太受了什么委屈了。

贺妈妈酌量着用了一个比较和缓的语气将事情给说了一遍,姚谦听完突然想起自己进内院的时候,儿子一脸肃穆的说道:"母亲心情不太好,爹爹哄哄。"

当时姚谦还纳闷,这个儿子向来不管他们夫妻的事情,怎么突然间好端端地说这样的话,原来是他惹了祸要自己给他擦屁股……想到这里姚谦顿时有些无力,连老子都敢算计,这个混球!

这日姚谦心情很好,来看海氏时说道:"有件事情要跟太太商量。"

海氏闻言忙回道:"不知道老爷说的是什么事情。"

"我有个上司,是翰林院的侍读学士,想为他家的长子提亲,你看怎么样?"姚谦开口问道。

海氏一愣,脱口说道:"只是一个从五品,那怎么行?"

"从五品怎么了?老爷我才是从六品呢,要这样论起来还是我们家月姐儿高攀了。"姚谦有些生气,海氏话里的轻蔑让他很受伤。

海氏立刻回过神来,粉白的脸立刻变得紫红,犟着脖子说道:"我不是那个意思,都说是高门嫁女,我想着不管怎么样都能让月姐儿有个体面的婚事,将来也不至于被人小看了去，郑家我是知道的，家底还没有我们家厚实，就算是不能嫁入高门，可也不能嫁进寒门吧？郑家可有三个儿子呢，将来一分家，月姐儿就算是长媳，只怕也分不到多少东西，还要承担着孝敬父母，善待弟弟的责任，要是家底厚实就是兄弟多些也没什么，偏生郑家一门清贫，我不答应。"

姚谦眉头轻皱，叹息一声，说道："好女不穿嫁时衣，好男不吃爹娘饭。郑家小子要是个有本事的，也不用指望着他从爹娘那里继承些什么，自己空手也能挣下一片家业。我听说郑家的长子学业很是不错，将来走科举是个好苗子，忍得眼前苦，富贵后半生，也没什么不好的。"

海氏一听姚谦这话里的意思是真的要将月姐儿嫁过去，立刻不满了，想了想又说道："寒窗十年有几个能考得上举人秀才的？又有几个从秀才举人考上进士的，至于金榜题名的更是凤毛麟角，要真的等到郑家的孩子考上了前程，我们月姐儿都不知道要操劳成什么样子了。"

"哪里就到你说的地步了，人家郑家虽然家底薄，可也是呼奴唤婢有人伺候着，让你这么一说好像是那寒门小户一般了。"姚谦就怒了，其实姚谦心里也是两难，叹息一声说道："我只是跟你说说，我没有答应下来只是说要跟你商议一下。我是觉得郑家的那个孩子的确不错，若是错过了有些可惜。世家大门是不错，进门就能享福，可是你别忘了我们不过是寒门小户，谁又能愿意跟咱们结亲？就算真的有结亲的，传出去也得说我姚谦卖女求荣，我也是万万不肯答应的。"

海氏一听一口气没上来差点厥过去，看着姚谦埋怨道："你说你一生耿直，跟你一起入仕的同窗都已经官升好几品，偏你要端着读书人的骨气，你自己个倒也算了，可是下面还有几个孩子，几个儿子还好说，只要家世过得去也就罢了，可是女儿怎么办？我捧在手心养了这么多年的女儿，就被你的一世清明给连累了，连个好人家也说不上……"

听着妻子絮絮叨叨姚谦就有些耐不住了，张口吼道："当初岳母不也把你嫁给了我这个寒门举子？也没见岳母不高兴！"

海氏愣住了，随即脸涨得通红，不示弱地吼道："是我自己瞎了眼，当初在屏风后面一眼相中你，哭着喊着要嫁你，我爹娘没办法这才应了我。可我这些年来跟着你享了什么福？整日的还要跟你那心肝似的姨娘生闷气，我自己做卜的我也不怪人，可是我的女儿你却不能就这样给我嫁出去。"

两口子吵架，话赶话就呛了起来，姚谦听到海氏这么说，不乐意了，怒道："你摸着自己的良心想一想，刚成亲那会子我对你可好？要不是你整日说你娘家怎么样，怎么样，整日瞧着我这也不成，那也不成，拿着舅兄跟我比，对我颐指气使，我娘怎么就被你气得回了老家住了那么多年，我们夫妻怎么闹得生分的？要不是我娘劝着我不能休妻，当年你将我娘气回老家的时候我就该休了你的……"

海氏听到姚谦说起往年的旧账，脾气也上来了，猛地站起身子来，看着姚谦怒道："千里做官只为吃穿，当初你刚当官那一会，一年的俸禄只有那么一点点，不要说人情往来，就单说我们府里自己的开销都紧得很，还不是我拿了嫁妆贴补着过日子，你这没良心的如今倒来说这样的话了，可见男人都是白眼狼，一个也靠不住的，我这命怎么就那么苦啊……"

姚谦脸一白，朝着海氏吼道："你不要在这里颠倒黑白，我可没用过你的嫁妆一个大子，是你自己想着要开铺子折了本钱，倒是怨到我身上了。"

"要是家里日子好过我还想着出去开铺子？说来说去还不是为了这个家？"

"要只是过日子，吃穿花用省着点我的俸禄也够用了，再加上老太太还时常拿着铺子里的进项添补着，也不知道是谁吃不了苦，今日燕窝明日鹿茸的，要不是你花钱大手大脚，怎么就会不够用的……"

贺妈妈早就已经将婆子丫头都打发了下去，听着这夫妻二人将陈芝麻烂谷子都倒腾出来，不由得叹了口气，太太怎么就沉不住气，又说这些，男人都是爱面子的，更何况当年的事情也是一个巴掌拍不响，现在再说这些岂不是伤了感情，真是个傻太太！

贺妈妈正在长吁短叹，姚谦就摔了帘子大步走了出去，贺妈妈站在院门口一看看到姚谦往栖雪阁的方向去了，这才转身进了屋子，看着趴在炕桌上还在哭泣的海氏，就是叹了口气，默默地打了水给她净了脸，重新绾了头发施了脂粉，然后才说道："往年的事情还有什么好说的，您这样一说老爷的面子往哪里放？"

"要不是他想把我的月姐儿嫁给一个穷翰林我至于这样跟他闹吗？那可是我怀胎十月生下的宝贝，就是不求她富贵荣华一生，可是至少也得吃饱穿暖有丫头伺候着，那郑家虽然是从五品，可是过得还不如我们家，我怎么能答应？"

听着海氏的话，贺妈妈就叹了一声，关系到大姑娘的婚事他一个仆妇如何能插嘴，想了想还是说道："不如太太去跟老太太说说，当年的事情其实太太做得不对的多一些，老爷生气也是有道理的。您先跟老太太说说，老太太疼孙女自然会有章程劝老爷的。"

海氏这才回过神来,惊讶一声:"对啊,我怎么把这茬给忘记了,这就去,我要跟老太太好好地说说。"

　　老太太看着海氏哭得双眼通红,待她说完后,才缓缓地说道:"依太太的意思是能给月姐儿说一门更好的婚事了?"

　　海氏一口气就没上来,嗫嚅着说道:"媳妇托了我娘家兄嫂给帮着看看,总不能委屈了月姐儿。"

　　"委屈?何来委屈一说,那郑家论品级比你们老爷高出整整一级,论俸禄也比你家老爷多,听说郑家的长子也是个肯吃苦读书的,十年寒窗如今已经举人在身了,待到开考纵然不能蟾宫折桂中个进士也不是没有希望。到时候谋个外任,做上几年的县太爷政绩出来了,想要升官也不是困难的事情,大好的前程铺在你眼前你怎么就瞧不见?反倒觉得自己个的女儿受委屈了,要我说我们还是高攀了。"老太太一板一眼地说道,这个媳妇什么都好就是眼光太短浅了些,急功近利了些。

　　海氏不敢回嘴,可是心里却说道:"那怎么一样?从最底层熬起,等到回到京城做京官说不定都是几十年的事情了,我们母女这一生只怕是再也见不到了。"

　　看着海氏憋屈的神色,老太太就无奈地说道:"你毕竟是个当母亲的,我也只是一个做祖母的,这婚事成与不成的你跟老爷商量着办。"

　　海氏听到这里心里一松,垂头说道:"我也只是希望月姐儿能过得幸福就好了,要真是嫁了郑家的长子,只怕未来二十年都要吃些苦头的,等到二十年后出人头地了,我的月姐儿也老了,只怕为别人做了嫁衣裳。"

　　老太太闻言看了海氏一眼,这话说得也在理,男人功成名就了,妻子却早已经失了颜色,到时候妾室是少不了的,日子也就不太平了。

　　怎么想都没有两全其美的,老太太想了想说道:"你既然托了你兄嫂,看看那边有没有合适的人家,你自己也多瞧瞧,回头我也让人去打探打探,总之我们都是希望月姐儿嫁得好的。老爷那里你也别拧着,先服个软又不会掉一块肉,更何况这件事情你们两个闹得也太不成样子了,回头我再说说他。"

　　海氏忙谢过了老太太,毕竟是老太太看着长大的,对这个孙女就是不一样,海氏觉得就是自己听老太太的话跟姚谦服个软认个错也不委屈了。海氏抹了眼泪欢欢喜喜去了,老太太却是神色凝重地倚在弹墨靠枕上一言不发。

　　卢妈妈也不敢吱声,泡了茶放在炕桌上默默地立在一旁,过了许久茶都凉了,才听到老太太说道:"卢家的,你去给我写几个帖子,请我以前的老姐妹过来叙叙旧。"

卢妈妈心里一惊，看着老太太问道："老太太，您真的要求人？"

老太太闭了眼，疲累至极的样子："月姐儿毕竟在我跟前养过一段时间，我总不能看着她受委屈，总之尽尽自己的心就好，孩子嫁得好将来也是娘家的一个臂膀，花朵一样的年纪总不能真的就这样打发了。"

卢妈妈不敢多说什么，转身去了里间拿出了烫金大红帖子，端了笔墨纸砚出来，轻轻地磨着墨。老太太就拿起了笔思量着写了请帖，足足写了五六张这才又停了手，看着卢妈妈惊讶的样子，笑着说道："虽然说是给月姐儿打听人家，可也不能做得太明显被人笑话，既然摆宴就索性多请几个。你也去太太那里问一问可有邀请的人家一起请了来，总要不露痕迹才好，露了痕迹将来月姐儿嫁过去人家也未必看得起，心里总是有些轻慢的。女儿家最是娇贵，万万不可落了下乘被人小瞧了去。"

卢妈妈这才明白过来，忙去了海氏那里。

海氏听了卢妈妈的话，海氏欣喜交加，满口对老太太感恩戴德，就添了几户人家让卢妈妈回去禀报老太太，一时间海氏又要安排请客的菜单，器皿，还要准备帐幔灯烛，一时间忙了起来。

日子如流水般地过去，转眼已是半月，姚府里顿时平静了不少，没有了莫姨娘兴风作浪，还真是有些安静得让人无聊。

梓锦的屏风才绣了一小半，猫扑线团最要紧的就猫的神韵，因此在丝线的用色上梓锦也是颇费脑子，因为是给宣华长公主绣的物件，因此海氏交代过的，不管梓锦用什么样的丝线，什么颜色的，针线房都要尽力满足，所以梓锦倒是没有作难，不过针线房的人却是为难了几次，因为梓锦要的丝线颜色太冷僻，单是一种老灰就要分了八种七十三色，一时间不好买，这样一来梓锦要绣的猫扑线团的炕屏还没有完工就隐隐传了出去，小有名声，这根本是梓锦预料不到的，也想不到的。

"……最简单的就是同色相配，微有点难度的邻近色相配，最难得就是主色搭配。有的人用色简单绣品却能表现得活泼生动，有的人用色复杂，但是调和不当，也能弄巧成拙。"梓锦边对着颜色边对身边的几个丫头说道。

"跟着姑娘到底是长见识了，我都还不知道单单只是绿颜色就能有十六种一百八十一色，可见以前咱们绣的东西在姑娘跟前根本就不能看的。"杜若笑着说道，她是真的开了眼界，就是府里的针线房也没有这么多的计较，心里倒真是有些奇怪姑娘小小年纪怎么就知道这么多。

"那也不一定，方才我说了，用色简单跟用色复杂做出来的东西有的时候也是不一样的，单看怎么配色，杜若你没少为老太太做针线，要是你的活计都不能看这府里可就没人敢拿出来了。"梓锦抿嘴笑道。

寒梅跟水蓉在一旁笑着打趣，正说着话红莺来了。

杜若一愣，忙站起身来说道："奴婢去看看，兴许是老太太有什么吩咐呢。"

梓锦点点头，杜若就去了，很快杜若带着红莺走了进来。

"奴婢见过五姑娘。"穿着浅绿色比甲的红莺笑着跟梓锦行礼。

梓锦忙下了炕亲手扶起了红莺，笑道："红莺姐姐过来可是老太太有什么吩咐？"

"老太太收到了宣华长公主的回信，已经定好了后日去公主府，让奴婢过来跟五姑娘说一声，请姑娘早作准备才是。"红莺道。

梓锦一愣，没想到这么快就把事情给定下了，惊愕过后，忙笑着说道："请红莺姐姐代梓锦回老太太一声，梓锦知道了，一定会好好地准备的。"

红莺也不多留，就要告辞，杜若就把人送了出去，到了院门口低声问道："老太太是只带着五姑娘去还是几位姑娘都去？"

红莺看着杜若有些惊讶，笑着排揎道："这么快就为五姑娘打听情报了？"

杜若跟红莺交好，也不隐瞒，低声说道："五姑娘最是和善的你也知道，有些事情她不好追根究底，咱们做奴婢的也不能看着主子好欺负就撒手不管，要是五姑娘有莫姨娘那样精明的生母我还操什么心。"

"你呀，就是心肠软，不过你可别过了，要是太太对你有了不满将来你的婚事也怕有变故，毕竟是管理中馈的太太。"红莺提醒道却没说老太太怎么样，看着杜若一脸和善的笑容，还是透了话："太太正在老太太屋子里，几位姑娘也在呢。"

杜若一愣，忙谢过了红莺，微微地发呆……

红莺的身影慢慢地消失在拐角处，杜若这才收了心思回了屋子，低声对梓锦说了红莺的话。

梓锦垂着头不语，手里的针线却缓了下来，水蓉这时看着杜若说道："杜若姐姐，是不是太太也想要带着几位大姑娘去，所以才带了几位大姑娘去了老太太的屋子？"

"肯定是，大姑娘说亲在即，能去长公主府做客也是面上有光的事情，身价自然会抬上去。"寒梅咬牙，这样的事情太太还要争一争。

"这次去拜见长公主毕竟是道歉，又不是去做客，有什么好跟着去的。"水蓉也觉得太太做事实在是有些令人想不通。

"可是外人并不知道咱们去道歉赔罪的，只是以为咱们去做客的。"杜若低声说道，眉眼间带着丝丝坚毅之色，抬起头看着梓锦问道："姑娘，老太太的心性我最明白的，这种事情咱们装作不知道就好，况且几位姑娘就是跟着去了也没什么，珠玉自有其华。"

梓锦心里却是松了口气，倒是十分感激海氏恳求老太太带着姚月几个去，她正觉得自己一个人去太打眼了，听到杜若的话也不辩白，只是抿嘴一笑，泛着粉色光晕的小脸蛋上带着亮光道："那就这么着吧，几位姐姐在家里也是无聊得很，去了大家一起热闹也是好的，如果能为大姐姐的婚事锦上添花，梓锦更是非常乐意了。"

杜若看着梓锦这一刻又有些疑惑了，难道说真的是很傻很天真？可是这段日子观察下来五姑娘行事很有章法……但是不能否认的是，五姑娘对待手足真的是很好，很好。

很快杜若就将梓锦的话传了出去，老太太听到后神色很是宽慰："这孩子是个容人的，必有后福。"

海氏听到后脸色一愣一愣的，半晌无语，贺妈妈在一旁也不敢说话，过了好一会子，海氏才说道："将我柜子里第二格那个红木雕紫薇花首饰盒里那一支赤金嵌红宝石细金流苏步摇给五姑娘送去。"说到这里顿了顿，又加了一句，"我前段时间让铺子里做的几位姑娘的夏衣可送来了？"

贺妈妈忙躬身说道："送来了，还没分下去呢。"

"你将三姑娘的挑两件好的给五姑娘送去。"海氏说道，随即又皱了眉头，"不行，三姑娘比五姑娘瘦怕是五姑娘穿不上，你去跟铺子里说连夜赶出两件来。要上好的料子，做工好的，明儿个一早送来。"

贺妈妈有些吃惊，道："这一天的工夫，两件衣裳只怕是做不出来，姑娘们的衣衫又细致……"

海氏又皱紧了眉头，说道："那就多加点工钱，让他们先紧着咱们做，铺子里一般都有绣好的花样没开裁的，让他们先匀出来就是了。"

"太太，您这么抬举五姑娘可是为了五姑娘说的那句话？"贺妈妈笑着说道。

海氏有些不好意思，不过还是板起脸说道："五姑娘毕竟要去公主府，可不能丢了咱们家的脸面。"

贺妈妈默然，知道海氏是觉得自己有愧于五姑娘，想要从穿着上弥补一下，心里求个安稳，只是这嘴呀有点太硬了，做了好事还得罪人。

第二天一大早，贺妈妈就带着金步摇跟衣服去了，梓锦看着那闪闪耀眼的簪子又看着嫩绿的杭绸遍地织金绣着缠枝花的褶子，粉色滚了鲜亮的绿绸边袄子，跟袄子同色的月华裙，看得梓锦一头的雾水，不过真心说好漂亮啊，尤其是颜色都是鲜嫩的粉色系列，看着就很萌啊。

贺妈妈笑着说道："这是太太连夜从铺子上给姑娘定做的，这簪子还是当年太太的陪嫁，让老奴拿来给姑娘穿戴。"

梓锦面露惊喜，忙欢快地笑道："真是谢谢太太了，好漂亮的衣裳，还是太太的眼光好，贺妈妈请您帮我给太太道一声谢，这马上就要出门了，回头梓锦再亲自给太太谢恩去。"

看着梓锦愉悦的笑容，圆圆的大眼睛里盛满了水润的光泽。贺妈妈只觉得心里也舒畅得很，一连声地说道："姑娘说这话就是见外了，太太是心疼姑娘这才做的这些，谢来谢去的生分了。"

"是，还是妈妈说得对，倒是梓锦小家子气了。"梓锦从善如流眯着眼睛一脸欢愉。

贺妈妈不好久待就告辞了，梓锦亲自送到屋门口，杜若又代梓锦一路送出园门去，吴姨娘也在院子里朝着贺妈妈说着对太太感恩的话，梓锦站在屋内瞧着贺妈妈远去的背影，又看着桌子上的衣衫首饰，露出一个讥讽的笑容。海氏这是觉得内疚了吧？

不过还能知道补偿可见良心还是有的，其实你争我夺的梓锦并不稀罕，只是外面的人却不这么想，因为别人都想要去争就想着别人也会去争，以己度人，自己是歪的就把别人想成歪的，这样的心态其实放在每一个人的身上都行得通，梓锦明白的，可是心里还有些难受。

吴姨娘走了进来看着桌子上的物件对着梓锦说道："可见太太心里还是有你的，你以后可要好好地听太太的话，切莫忤逆太太，四姑娘拼命去争落得个禁足的下场，你不去争可是不仅得到了太太的赏赐还有老太太的看重，可见啊人还是要走正路的好。"

梓锦笑着应了，其实吴姨娘是好命遇到了海氏这样的主母，若是遇到一个心肠狠辣的，她们母女的光景只怕又不一样了，不过说起来这样也没什么不好，梓锦的目标就是安逸快乐就好。

然则梓锦此时怎么也没有想到，这一趟的平北侯府之行其实已经默默地改变了她的人生道路轨迹，她怎么也想不到在她的认知里，叶溟轩这样的大之骄子（长公主是他的母亲，皇帝是他的舅舅）竟然也有那样不如意的时候，原来自己以前了解的终究是浮于表面了。

尽管海氏带了三个孩子去求肯，可是老太太终究是没有答应让海氏带着孩子成行，为了防止海氏抱怨，老太太已经应允了，会寻一天好日子带着三位姑娘去拜访叶溟轩的祖母，她的手帕交叶老夫人，海氏想了想叶老夫人还是长公主的婆婆呢，这样更好，欢天喜地地应了，一场风波这才消弭于无形。

第三章
姚梓锦侯府去赔罪，打擂台梓锦入险境

梓锦没想到老太太会让她跟她同坐一辆马车，一路上都是战战兢兢的，也不敢拿眼四处看，身穿玄色八团如意花莽褙子的老太太端正地坐着，眼神清明，神色严肃，让梓锦越发拘束了。

"怕吗？"老太太开口问道，转头瞧着梓锦，眼神中带着梓锦读不明白的慎重。

"不怕，爹爹说知错能改善莫大焉，本就是梓锦做了错事，负荆请罪也是应该，若是因为梓锦让姚府蒙羞便是梓锦的过错了。祖母，梓锦不怕。"梓锦胖乎乎的小脸上一脸的郑重，吐字坚定有力，坚定的神情映在小胖脸上怎么看也是喜庆多一些严肃少一些。

老太太看着梓锦，听着她的话，看着她力图摆出一副小大人的模样，这样的话从她的嘴里说出来，倒是让人心疼得很，只是……可惜没有托生在太太的肚子里。

"是我们姚家的好儿孙，你能这么想很好，你爹爹教得好，你姨娘也功不可没。"老太太露出一丝笑容，又道，"去了侯府若是长公主为难你你该如何？"

"孙女自当诚心诚意认错，长公主待人谦和，行事大方，想必不会因为一个镯子真的要了孙女的小命，便是严厉斥责几声孙女也定会诚心受教。"梓锦昂着头说道，一副大义凛然的模样惹得老太太笑容愈盛。

老太太收敛了神色，又问道："你可知道我为什么要你上门赔罪？"

梓锦看着老太太，总觉得今天的老太太有些奇怪，这一步步的似乎在教自己什么似的，想到这里梓锦又想起将来自己的婚事要是老太太能青眼有加……于是态度越发诚恳了，摇着胖胖的脑袋，一本正经地说道："大哥哥说君子待人以诚，还说犯错受罚乃是大义，所以梓锦赔罪是应该的，犯了错就要受到处罚。"想了想歪着脑袋又加了一句："就如同莫姨娘犯了错，爹爹再喜欢莫姨娘也得处罚她，再喜欢四姐姐也是规矩最大。"

老太太听着梓锦左一句爹爹教导的，右一句大哥哥训诫的，还举出了莫姨娘母女为例子，这孩子……老太太笑了，摸着梓锦的头道："好孩子，你能这般想才是你的福气，德在人先，利居人后，这才是大家风范，记住这一句话能让你受用一辈子。公主那边还有我为你说项，你莫担心。"

梓锦趁势依偎在老太太怀里，满脸都是笑眯眯的满足的表情，老太太看着心里就是一软，可是祖孙二人怎么也没有想到，侯府迎接她们的是那样的一场令人惊骇的闹剧！

马车停在了平北侯府的门口，门口蹲着两个大石狮子，三间兽头大门。正门却没有开，东西两个角门有人脚步匆忙地穿梭而过。正门之上有一匾额，黑漆上几个烫金大字，敕造平北侯府，六个大字闪闪生辉。

老太太带着梓锦站在门前，身后仆妇身形端正，神色肃然，门口正在守候的一群人显然是一愣，大约是没有想到一个从六品芝麻小官的家眷居然会有这般的气势。梓锦看着众人的神色心中已是了然。

这个世道就是要看你的家世论高下，可是这些婆子们却不知道姚老太太是什么人，那是当年金陵显赫一时的金襄侯府出来的嫡长女，要真比起来，平北侯府不过是一个暴发户，仗着叶大将军的军功这才封了侯爷，可是往上数祖辈上却没什么很深的根基。但是金襄侯府却不一样，开国元勋，太祖亲自封侯赏了世袭罔替的铁券，虽说如今金襄侯府不如之前显赫，可是毕竟是百年世家，根基深厚，又岂是这些个仆妇奴才知道的。

"老太太您到了，奴家是老夫人跟前的管事妈妈赵氏。"立刻就有一个身穿铁锈红缠枝褙子的妇人迎了上来，满脸笑容自然地带着些恭敬，行了礼，继续说道，"我们老夫人正念叨您呢，让奴婢出来候着，见到您就请进去。"

姚老太太瞧也不瞧那赵妈妈，只是点点头，问道："说起来也有七八年没见过你们老夫人了，身体可还好？"

赵妈妈听着姚老太太好大的口气，这话问的就如同问自己人你吃饭了没有。那婆子身后的几个仆妇面上都带了不以为然的神色，大约是觉得老太太有些不识好歹了。

可是说话的赵妈妈却是个机灵的，接人待物不是一天两天了，听着姚老太太说话的口气断然不像那些色厉内荏的草包货，反倒是打起了精神应道："我们老夫人身体还算硬朗，孙子孙女绕膝哪能不开心。"

姚太太不知道是不是想起了当年，脸上带了一丝笑容，进了角门，走了两步，就有软轿候着了，赵妈妈跟卢妈妈亲自搀扶着老太太上了轿，又请了梓锦上了后面的一乘墨绿色的软轿，这轿子两人抬，轻便舒适，梓锦还没受过这种待遇，心里有些不安，可是面上却依旧做出落落大方的神色，扶着杜若的手就上了轿子。

老太太看着梓锦虽然年幼却能这样稳重心里甚是欣慰，那扶着老太太上轿的赵妈妈心里一惊，她知道今日上门的不过是姚府的一个庶女，谁知道一个庶女却能有这样的气派，不由得又看了看老太太坐的轿子一眼，压下心里的惊讶，将自己的轻视迅速散了去，隔着轿帘笑道："老太太，一盏茶的时间就会到后院。"

梓锦坐在轿子里只觉得浑身都是汗，隐隐听着老太太轻轻地应了一声，除了婆子们沉重的脚步声再无别的声音。

梓锦有些惊讶老太太这样的高调，在梓锦的心里老太太一直是很低调的，在姚家一不小心就会忘记了老太太的存在，可是在这里……梓锦突然回想到之前老太太说的那句话还有我呢……

下了轿，又走了一小会儿就到了后院的正厅，这一路行来，侯府的后花园端的是美不胜收，花红柳绿，山石层叠，隐隐传来小桥流水的哗啦声，还有那若隐若现的亭角飞檐，精致华丽。

还未到正厅门口，远远地就看到有人迎了出来，呼啦啦的一大群穿着各色绫罗绸缎的华衣妇人，最前面的却是一个跟老太太一样华发丛生的老太太，梓锦心里明白这一位应该就是叶老夫人了。

叶老夫人年轻时应该是一位很美的美人，如今虽然华发已生可是精致的五官还是能看得出年轻时的风华，尤其是那一双眼睛，很黑很深似乎能看进心里去。枣红色万字不断头蟒缎褙子，高高的圆髻上簪着赤金嵌翡翠的展翅金钗，令人一望顿而生畏。

叶老夫人跟姚老太太四手相握的时候，梓锦很敏感地感觉到叶老夫人鹰一样犀利的双眸从自己身上滑过，快得几乎不存在，可是浑身那一刻的冰冷却在提醒着梓锦方才的事实。

梓锦的心一下子提了起来，可是面上还是一团孩子稚气伪装着镇定的模样。打眼瞧着跟在叶老夫人背后的两名女子，一个就是梓锦已经见过的宣华长公主，今儿个的宣华长公主却有些憔悴似的，虽然穿着锦衣绸袍，眼睛里却有些疲惫，梓锦心里一愣，都已经提前下过帖子，按理说长公主已经好好休息了才是，怎么会这么疲惫？

　　长公主的旁边站着的是一名身穿大红色牡丹花纹褙子的夫人，白净脸庞上带着淡淡的笑意，将整个面庞柔化得十分的和蔼，本来不甚美的面庞却因此增添了几分柔和，几分妩媚，大红的衣衫衬托得脸色越发的洁白如玉，穿着大红色还绣着牡丹花纹……梓锦知道这一位一定是平北侯的原配杜夫人了。

　　看着杜夫人精神奕奕，再看着长公主神色疲惫，梓锦心里总有些怪怪的感觉，按理说公主殿下是什么身份，什么人还能让她这样疲惫？想到这里不由得看向了叶老夫人，唯一能压制公主的只有做婆婆的。

　　梓锦的心里就咯噔一下，看来长公主跟叶老夫人关系应该不怎么好才是。

　　想起长公主上次对自己很是和蔼的模样，明知道自己不能冲动做任何事情，可是理智没有管住嘴巴，也没有管住双脚，待梓锦回过神来时她已经走向了长公主，嘴里也露出了甜甜的笑容，喊道："梓锦见过长公主殿下，公主殿下万福金安。"

　　院子里一下子静了下来，谁也没有想到梓锦居然会越过叶老夫人先给长公主问安，须知道在这里还有叶老夫人呢。

　　长公主殿下也是一愣，看着梓锦圆乎乎的大眼睛带着清透的笑容，不知道为什么嘴角也弯了起来，道："起来吧，你个小丫头。"

　　亲昵的语气脱口而出，旁边的诸人又是一愣，长公主一向清冷很少言笑，却对一个从六品官的小丫头这样和蔼……

　　叶老太太眉眼间闪过一丝不悦，杜夫人眼睛一扫，这时便缓缓地开口说道："这位是姚五姑娘吧？长得可真是水灵，嘴巴也甜得很，我看着也挺喜欢的，小小年纪倒是礼数周全。"

　　说她礼数周全，却偏偏咬了重音，面上却还是花团锦簇的笑容，宛若阳春白雪，好像她自己都不知道自己说了什么似的。

　　梓锦一时间也不能断定这位杜夫人究竟是个什么样的货色，但是不能否认的是她笑起来要比不笑的时候美多了，尤其是那一双眼睛，就那样笑眯眯地望着你，似乎是诚意无限。

　　梓锦听到这话猛地回过神来，自己越过叶老夫人先给长公主行礼是有些不妥当了，杜夫人笑着夸奖自己，却让众人更明白了自己的失礼，梓锦手心里就出了冷汗，后背上也隐隐发凉，自己终究是鲁莽了。

　　也不敢抬头看老太太的神色，正要想个办法圆一下，却听到长公主开口了，"锦丫头年岁还小，又跟我见过一面，毕竟是小孩心性见到熟人心自安，老夫人莫要生气才是。"

长公主居然低声下气替梓锦说好话，而且梓锦还听到了长公主居然不自称本官在这平北侯府里自称我，也没自称妾身，她知道海氏面对着姚谦的时候都是自称妾身的，忽然有道闪电一样的亮光滑过梓锦的脑海，照亮了她方才想不明白的地方，脸色微白。

似乎有那么一点点明白，叶溟轩为何要去做锦衣卫这样凶悍，臭名昭著的职业了！

叶老夫人似乎有些气性，听到长公主这么说只是淡淡地说道："你是公主殿下，先给你行礼也没什么错处，姚五姑娘做的也没错。"

话虽然是这么说的，可是在这里的人都听得出叶老夫人话里的不悦，而这不悦并不是针对梓锦是针对长公主的。

姚老太太眉峰一皱，瞧了一眼叶老夫人，当着主人的面却不好说什么，选择了沉默，因为叶老夫人针对的是长公主而不是梓锦，别人的家务事不能插手。

长公主神色一暗，想要说什么却没说，反倒是杜夫人在一旁搀扶着叶老夫人说道："娘，公主殿下是皇亲贵胄，礼数使然，还是您明白。"

这话听着在劝慰可是却令人更窝火，叶老夫人的脸色果然更难看了。

姚梓锦方才暗暗发誓绝对不能冲动了，可是一看到长公主忧郁的脸，瞬间理智被热血冲走了，脑海里浮出的是那张在姚府里笑靥如花的面孔，可跟眼前强颜欢笑的长公主真是冰火两重天，平妻就是祸啊，梓锦再一次冲动地开了口……

"杜夫人说的是。"梓锦笑眯眯地开了口，大大的眼睛弯成了月牙，嘴角勾起一朵绚烂的笑容，肥嘟嘟的小脸庞越发添了一抹可爱，就是一个天真不懂事务的孩子，"我爹爹常说君为天臣为地，奉君当至恭至敬，至诚至真，长公主出身皇宰，尊贵至上，梓锦不敢忘记了爹爹的教导。"说到这里梓锦转过身看着叶老夫人恭恭敬敬地跪下了磕头行礼。

叶老夫人挑眉问道："这又有什么说法？"

梓锦抬起头，脆生生地说道："常听祖母说她跟您是手帕交，几十年的交情非比寻常，您跟我祖母交情深厚，梓锦跟您行大礼是晚辈应当的礼数，先有国再有家，先有君再有臣，还请老夫人不要责怪梓锦方才的行为，也请老夫人不要责怪公主殿下，梓锦行事跟公主殿下无关。老夫人鹤发童颜，可见平日心胸开阔，也定不会跟梓锦一个小丫头计较。可是梓锦还是要给您磕头,望老夫人年年有今日,岁岁有今朝,寿比南山齐,福如东海深。"

叶老夫人欢喜异常,亲自将梓锦拉起来,看着姚老太太说道:"到底是你教出来的孩子,不仅规矩好,口齿也伶俐,嘴巴也甜,这孩子我喜欢。"

梓锦听到这话心里一颗大石头这才落地,又听到老太太笑道:"这跟我有什么关系,你还是跟当年一样有一分好就要说出三分来,没得惯坏了小孩子。"

老太太这话听着谦虚,可是细细一想,却是认同了叶老夫人夸赞的规矩好,口齿伶俐的赞誉,梓锦露出一个很欢快的笑容,一派天真的模样,小手紧紧地搀扶着老太太,可不知道跟在两人身后的卢妈妈跟杜若出了一身的冷汗,瞧着梓锦的目光就有些深了,卢妈妈一生阅人无数,可是这时候看着梓锦自己也不知道梓锦这个样子究竟是天真还是心机深了。

叶老夫人硬是将自己的一块玉佩给梓锦做见面礼,姚老太太觉得太贵重了,正欲阻止,却听到叶老夫人笑眯眯地问道:"五丫头,你当初跟你祖母第一次叩头的时候可赏了你?"

梓锦觉得手里玉佩也不是那么好收下的,当初老太太是女孩都送了一朵珠花,男孩送了笔墨,珠花自然不能跟这玉佩相提并论。可要是说了是珠花老太太就被叶老夫人比下去了,一个亲祖母被一个外人比下去,只怕老太太会对自己不满。要是不说就更不行了,可是要怎么样才能让老太太不输颜面又能让叶老夫人开心呢?

梓锦绞尽脑汁,心里感叹叶老夫人的狡猾,分明是给自己挖了一个大坑,站在坑边上梓锦真是万分悲凉。

"我祖母当初送的是雕着紫云英图案的珠花,紫云英耐寒,大江南北皆能种植,而且还能入药,祛风明目,健脾益气,还能解毒止痛。祖母待人至诚,虽未明说可是梓锦也知道祖母送我这支珠花是希望我将来便如同紫云英一般,处顺境而不沾沾自喜,遇逆境能够顽强生存,做个知足常乐的幸福之人。老夫人送我的玉佩价值不菲,祖母送我的珠花也是寓意珍贵,梓锦一定会惜福珍福做一个好孩子的。"说完这句歪着头又想了想加了一句,"卢妈妈说做好孩子有糖吃。"

先前那番话还觉得梓锦年纪虽小却能这样言语分明,令人惊讶,可是最后一句却泄露了她终究还是个小孩子的心态,大家不由得笑了起来,刚才的尴尬似乎也一扫而空了。

叶老夫人跟姚老太太去了暖阁说话,杜夫人跟长公主自然在一旁伺候,梓锦跟在老太太身边一副小人的模样，叶老夫人真是越看越欢喜，忍不住对姚老太太说道："我最可惜的就是生了三个儿子没有女儿，五六个孙子没孙女，两个重孙也无重孙女，就盼着有朝一日还能有重孙女抱抱，哪跟你一样儿女双全孙子孙女也齐全，让我羡慕得眼都红了。"

姚老太太就笑道："你呀得了便宜还卖乖，这世上所有的好处你占去了一大半，还想着把没有的揽进怀里，也不怕晚上睡不着觉。"

两个老太太就笑了，气氛越发地融洽起来，姚老太太趁机说道："我今儿来还有件事情……"

听完姚老太太的话，叶老夫人就看向了长公主，这毕竟是长公主的物件，此刻梓锦也已经迈着小短腿移步到长公主的面前，正欲磕头赔罪，长公主一把扶住她，笑着说道："不过是一个镯子，碎了就碎了，老太太也太慎重了，锦丫头也不用惴惴不安，你当初可是送了我扇坠扇套的，我也不吃亏是不是？"

梓锦闻言长长地松了口气，拍着胸口说道："公主殿下大人大量梓锦感激莫名，为了此事我爹爹，太太，老太太都是寝食难安，毕竟是皇家的东西不敢怠慢，能得到公主殿下的原宥，爹爹，太太还有老太太跟梓锦晚上终于能睡个好觉了。"

听着梓锦说得慎重，长公主摸摸梓锦的头，说道："这又不是上旨封赏的物件，不用这般在意，你要是觉得过意不去不如将你绣的小物件再送我几个好了。上次你送我的扇坠我拿着进宫，皇后娘娘看着小猪圆滚滚胖乎乎的很是可爱就跟我要了给了顺宜公主，公主很是喜欢整天拿着不离手，你有时间的时候多做几个不重样的当做赔礼好了。"

梓锦闻言顿时愣住了，姚老太太也是一愣，没想到自己随手做的小物件都能进宫还得到了顺宜公主的青睐，顺宜公主是皇上皇后最喜欢的女儿……

梓锦可不觉得这是好事，闻言冷汗都出来了，本来准备好的装着小扇坠，五彩璎珞编的琉璃石的荷包怎么也不敢拿出来了，低调啊低调，怎么这么低调还愣是被搞得这么高调，瞬间就有些忧郁。

长公主看着梓锦的模样以为她有些为难，便说道："也不急在一时，你不是在帮我绣炕屏吗？等绣完了后也不迟。"说到这里莞尔一笑，美丽的容颜上就增添了丝丝柔和，看着梓锦戏谑道："听说你要的绣线很是难寻，在京都可是出了名了，前几日还有人问我找你绣了什么这么费工夫。"

梓锦顿时石化了！

天要亡我吗？

想到这里脸立刻变得通红，挥舞着小手说道："公主殿下莫要听旁人说嘴，梓锦要的丝线都是市面上能买到的，没什么稀奇的，真的，真的！"

连说两句真的，生怕旁人不信一样，看着梓锦紧张的小肥脸众人又笑了起来。

叶老夫人又看了梓锦一眼，这才别开头跟姚老太太说起话来，又让两个儿媳各自去忙，梓锦就被长公主带了出去，只留两位老人说悄悄话。

众人鱼贯出去后，叶老夫人打发了屋子里伺候的人，这才看着姚老太太笑道："你这个老货，我还以为这辈子你再也不踩我的家门了，这次为了你这个孙女就这么豁出去了？"

两人私交甚好，这样的话姚老太太一点也没生气，反而瞪着眼说道："不管什么事情只要牵涉到皇家就要万般谨慎小心，不然的话我娘家又怎么会大意沦落如今的地步？你莫说我，你如今倒是会享清福，两个儿媳服侍着不知道有多自在，我瞧着长公主在你跟前也是小心翼翼的，倒有几分威风。"

听到这话，叶老夫人的神色暗了下来，看着姚老太太说道："真人面前不说假话，我宁愿啊只有一个儿媳妇服侍，如今便如同架在火上烤，有什么乐趣？"

方才姚老太太就看着平北侯府有些不对劲，此时听到叶老夫人说这句话，便问道："公主不孝忤逆你？"

叶老夫人闻言瞪着眼睛说道："要是不孝反倒好了，我还能请圣上下旨让我儿休妻呢。"

姚老太太闻言大惊，不解的看着叶老夫人问道："你这是何意？我瞧着长公主并不是那种轻狂之人，得媳如此本该开心才是，更何况叶将军尚了公主这是多大的体面，你怎么还能这样满是怨气？"

姚老太太的确不解，看着叶老夫人一脸的晦暗，心里越发弄不懂了，两人交情深厚这才开口一问，若是换作旁家，姚老太太一生谨慎断然不会问只言半字。

这不问还好，这一问倒是招惹了叶老夫人的痛处，竟然眼眶一红滚下泪珠来，倒真是唬得姚老太太不轻，一连声地问道："你倒是说句话啊，哭有什么用啊，当初你可是我们一把小姐妹里脾气最傲的，怎么如今就这样了？"

叶老夫人说道："这事说起来也怪我……"

侯府的花园很大，长公主带着梓锦游花园，杜夫人便借口还有事情要处理去了花厅处理庶务，听到这里梓锦才知道平北侯府的中馈居然是杜夫人掌管，想到这里心里便有些惊讶，她一直以为公主是天之骄子，又是皇亲贵胄，理所应当的管理中馈的应该是公主才是……

长公主纯粹只是把梓锦当成一个孩子，命人送上来糕点，还有瓜果，梓锦看着满满一大桌子，里面还有自己喜欢吃的鸡油卷，云片糕，五香栗子，炒瓜子，笑眯眯地道了谢，拿着胖乎乎的小手吃得不亦乐乎。

长公主看着好笑，便说道："你若喜欢就在这院子里随便走走，只是不要拐过了前面的小院就行了。"

梓锦忙应了，笑着对长公主道了谢，长公主便指派了一名婆子给梓锦带路，杜若忙跟了上去，梓锦每看到一种花都要停下来看个仔细，若有不知道的便转头询问婆子，这婆子专业十分对口，就是管理花草的，难怪长公主将她指给梓锦带路，梓锦一问那婆子就如数家珍滔滔不绝，这一个问一个答，不知不觉就走出了老远。

杜若抬头看天，便提醒梓锦道："姑娘，该回了。"

梓锦抬起头来看看天，便笑道："兴致一上来倒是忘了时辰，多谢这位妈妈平白为我费了这么多的口舌。"

话音一落，杜若就拿出一个荷包塞进那婆子的手里，笑道："妈妈买碗酒喝……"

那婆子推拒了一番才收下了，一行三人正欲回去，突然之间不远处那一道院墙之后传来一声讥笑："就凭你？也配！"

三人一愣，紧接着那婆子脸色都变了，就催着梓锦跟杜若往回走，两人是客遇见别人家丑自然没有围观的道理，忙点了点头就走。

偏生这时又有一个声音传来："我不配难道你就配了？也不临水照照镜子，还真以为自己是百世难寻的好材料！"

这声音……好耳熟……非常耳熟……叶溟轩！

梓锦下意识地不想跟叶溟轩有任何的牵连，不等那管事妈妈催促，就抬脚往前走，边走还能听到围墙的那一段尖锐的争吵声。

"别以为你母亲是公主就自以为了不起，你仗着公主的势想要欺凌我，回头我告诉爹打你板子！"

"叶繁，你就这点能耐？除了告状你还有什么本事？你有什么证据指证这长藤甲是我弄坏的？"叶溟轩讥笑道，那声音里似乎颇看不起叶繁。

叶繁……梓锦有次听到姚长杰说过，杜夫人有两个嫡子一个叫做叶锦，一个叫做叶繁。

"叶溟轩,你就是一个小人,自己弄坏了不承认还要赖到我头上……"

越走越远,话也听不清楚了,梓锦心里却是如同坠了一块大石头,沉甸甸的,闷闷的,很难受。一旁的婆子脸色很不好看,悄悄地打量着梓锦的神色,见梓锦并无异色这才松了口气。

三人默默地往回走,突然一阵风从几个人身边呼啦过去,梓锦一愣抬眼望去,只看到一个靛蓝色的身影。还不等几人回过神来那身影突然又转了回来,速度很快的立在了梓锦的面前,梓锦猝不及防不由得往后退了一步,抬眼望去却映进了那一双很熟悉的黑眸里。此刻那黑眸荡漾着丝丝笑意,正紧紧地盯着梓锦,张口说道:"正要去寻五妹妹说说话,不承想在这里遇到了五妹妹。"

这个人怎么可以眨眼间就可以毫无异色还能这样笑嘻嘻地立在自己面前?

梓锦穿越而来只是为了完成爱情任务,而叶溟轩又为了什么重生?从不承想过这个问题,此时大脑里这个问题却一直在打转,再看着叶溟轩心里就有了一丝沉重感觉。

"叶哥哥好。"梓锦心里翻着滔天巨浪,面上却露出甜甜的笑容很是亲切地喊道。

叶溟轩点点头,跟梓锦并排而走,足足高了梓锦一个头,问道:"老太太也来了?那太太跟几位姐姐妹妹来了没有?"

梓锦一一作答,旁边的婆子却是有些心惊,没想到自家的这位少爷居然对姚梓锦这个从六品官的庶女这么……亲切。心里暗道,幸好刚才不曾失了礼,突然间又觉得兜里的荷包有些烫得慌。

"你怎么一个人在这园子里逛?"

"哪里是一个人,不是有杜若陪着我还有这位管事妈妈,管事妈妈懂得很多,梓锦长了很多见识呢。"梓锦笑眯眯地说道,眼睛不由得又弯成了月牙,胖乎乎的脸上显得很是可爱。

叶溟轩心情很好,随手从荷包里摸出一锭银子足足有五两重,伸手就打赏给了那婆子,道:"待客有道,赏你的。"

没想到因为梓锦一句话就能得到这样厚实的赏赐,要知道她一个月月例也才一两银子,顿时高兴地忙忙谢恩,便觉得这位姚府的五姑娘真是个福星,给自己带来了这么大的好运。

叶溟轩转身对那婆子说道:"你自去忙吧,我会将五妹妹送回去。"

那婆子知道梓锦还未及笄,十一岁也没什么男女大防,笑着应了。

叶溟轩的脸色待那婆子走了之后，这才缓缓地沉了下来，开口问道："方才你定然都听到了吧？"

梓锦脚步一顿，没想到叶溟轩会突然问起这个，一时间想到这是人家的家私，又想起那婆子害怕的神情，便摇头说道："叶哥哥说什么呢，我听到什么了？"

叶溟轩就知道以梓锦的性格就是听到什么也会装作不知道，抬眼看了看杜若却没说话。杜若心里一惊，虽然有些不情愿，可是还是往后退了两步，并没有退很远，反正她家姑娘要是有个什么意外她可以随时扑救。

"姚梓锦，有没有人告诉你你撒谎的时候眼睛会很亮，嘴巴会很甜，脸上的笑容会很耀眼？"叶溟轩低声笑道，漆黑的眸紧紧地锁住梓锦不放松，似乎在试探着什么。

梓锦便如同被人当头一棒，数九寒天的冰水灌了一头一脸，又好像自己的心里突然有只小猫在不停地挠啊挠……

没人告诉她，梓锦此时却不敢小看叶溟轩了，装傻地笑道："叶哥哥你再这样说我就要生气了，我没撒谎啊，你莫要诬赖好人，不信你去问问方才的妈妈可曾听到了什么？"

"那管事妈妈怕担责任，自然不会承认。"叶溟轩神情一松笑了，转过身又继续往前走，梓锦只好跟上，心里却暗暗腹诽，难道自己撒谎的时候真的会那样？要不改天照照镜子？

"你听到也好没听到也好，这又有什么关系，反正迟早有一天你也会趟这趟浑水。"叶溟轩说着自己就笑了起来，那一双眼睛便如同淘气的小孩子，亮晶晶的如同天上的星辰。

梓锦只觉得浑身的血液都冰透了，装作没有听到叶溟轩的话，随手摘了一朵路旁开得正盛的金雀随手把玩着，微垂着头，迈着小短腿的动作却没有了往日的轻便。

叶溟轩侧过头打量着梓锦的神色，嘴角缓缓地勾了起来，诈一诈也是有收获的。

两个老太太关在屋子里说话，自然不知道外面的小儿女之间的恩怨深深，墙角的青铜三足瑞兽香鼎飘着袅袅白烟，屋子里散着恬淡的百合香，临窗的大炕上摆着南漆半圆如意桌一对，左桌上安着一件紫檀座木根洗，掐丝珐琅盒一对也是紫檀座的。右面桌上安着铜珐琅炉瓶盒，一旁放着铜匙箸。

叶老太太斜倚着藕荷色缠枝花的靠枕，神色抑郁，嘴角不时地还夹杂着一丝讥讽。姚老太太叹息一声，问道："这么说来公主的下嫁在你看来倒是家祸的根源了？"

"若她不是强行嫁过来，叶家如今怎么会是这个局面？当着你我也不说遮掩的话，怪没意思的，你就说这以后爵位的世袭，是该让杜氏生的叶锦承袭还是公主生的溟轩承袭？按理说应该是杜氏生的叶锦，他是嫡长子，立长立嫡才是家族兴旺之道。可是公主生的溟轩身份又不一样，皇上是他的亲舅舅，从身份上又压了叶锦一筹，如今落得个明争暗斗，举家不宁。"叶老夫人越想越是揪心，生怕叶氏一不小心就是天翻地覆。

不要说叶老夫人揪心，就是要老太太听着也是揪心得很，清官难断家务事，如今叶家一个是嫡子嫡孙，一个是龙孙凤子，这擂台打得真是……

"莫说你为难，便是我也觉得为难，爵位只有一个，可是有资格继承的却是两个。"姚老太太叹息一声，她也是爱莫能助，这样的事情还牵涉到皇家，就更不敢下断言了，不过还是安慰道："毕竟还有侯爷呢，你就安心享两天福吧，儿孙自有儿孙福，谁还能替了他们去？"

叶老夫人也知道这件事情棘手，也没指望着姚老太太能有什么好法子，不过能跟她说道说道心里也是痛快多了，便笑道："你看我倒是招惹得你也跟我一样了，不说这些了，你家大姐儿的婚事怎么样了？可有着落了？"

听到问起姚月的婚事，姚老太太笑道："倒是有人上门提亲，只是孩子刚及笄，还要好好相看相看。毕竟是一辈子的大事，你要是有好的人选不妨牵个线，递个音，我也念你的情。"

叶老夫人就笑了，说道："你还别说，我这里还真有一个人选……"

姚老太太回府的路上神情很是愉悦，姚梓锦却是有苦难言，不过却也得打点起精神来陪着老太太开心，可是又不知道老太太为了什么事情开心，心里好奇却也不敢探问。

回到了姚府，姚谦跟海氏已经在门口等候了，海氏亲自扶着姚老太太回了后院，姚谦满意地领首，姚月几个也都在矮锦堂等着，给老太太请了安，老太太跟大家说了会子话，就让众人散了，却留下了姚谦跟海氏。

梓锦则被姚冰缠着去了自己的院子，跟她讲侯府的风光，梓锦只好打起精神来应付，姚月自然不会来的，姚雪却来了，姐妹三个叽叽喳喳倒也说得开心，送走了姚雪姚冰已经是吃晚饭的时光，梓锦陪着吴姨娘用了晚饭，又跟吴姨娘讲了去侯府的大体过程，这才回了自己的房间歇息。

过了两个月后梓锦她们才得到消息，她们未来的大姐夫人选已经定下来了，乃是吏部郎中的长子冯述。吏部有郎中四人，分别主管文选清吏司、验封清吏司、稽勋清吏司还有考功清吏司。这考功清吏司可不能小看，是掌管了各地官员的升迁与处分的重要机构，也就说这是个油水很丰厚的地方，也就难怪海氏那么高兴了，之前的郑家也是五品，可是与冯家比起来还是高低立见。

姚月知道消息后就每日躲在闺房绣嫁妆，海氏就开始忙碌起女儿的婚事来。经过叶老夫人从中搭线，很快男方就遣了媒人上门，然后双方的父母又互相相看了子女，俱是满意后，男方选了良辰吉日来了姚府纳采，而后换了庚帖，合了八字，请了婚期。经过两家商议后，婚期最后定在了来年的三月，正是草长莺飞，阳光明媚的好时候。

这一切忙完后已经是进了八月，秋高气爽，又是中秋将近，神奇的事情再次发生了。

莫姨娘提前抄完了金刚经，姚玉棠也绣完了女戒的炕屏，母女二人很是恭敬诚惶诚恐地给海氏送去了，更神奇的是姚谦也在。

杜若看着梓锦自己默默地立在一旁，梓锦单手拄着头，嘴角勾起一抹笑容，缓缓地说道："莫姨娘可真是厉害，给太太送经书的时间真是选得巧，选得妙。"

寒梅却说道："莫姨娘最是精怪，更何况这些年在姚府里还是有自己的人手的，能够知道老爷什么时候在正院也不是什么困难的事情。"

是这个道理，梓锦就笑了，弯着眼睛看着自己跟前的三个丫头笑道："只怕有人要头痛了。"

杜若失笑一声，水蓉却说道："姑娘，谨言慎行。"

"哎哟，到底是杜若教出来的就是不一样，连谨言慎行都知道了。"梓锦笑道，最近生活很是美满，小院子里其乐融融，连带着主仆之间也少了些约束，说话随意起来。

接下来的几天姚府里很是安静，海氏一心忙着为姚月准备嫁妆，根本就没有为难莫姨娘母女，倒是莫姨娘有几次都被梓锦看到了秀眉紧锁的模样。转眼间就要到了中秋节，老太太跟海氏商议后赶在中秋节之前把绣屏送过去，于是叫了梓锦过去又嘱咐了一番，梓锦出了葳锦堂的时候只觉得脚步都是飘的。

她找了好几个借口想要推拒，却都被海氏给挡了回去，海氏这般怂恿自己去平北侯府送东西，反倒让梓锦越发紧张了。

一架小小的绣屏，任是谁也想不到，居然会在中秋节成为了姚谦升官的踏脚石，而一直秉持着低调过日子的姚梓锦，想要再过最低调的日子只怕真是有些难了。

梓锦的猫扑线团图姚玉棠压根没机会看到，因为从木器行拿回来后海氏就送到了老太太那里，老太太直接让人封进了库里，让一众等着开眼界的小姑娘很是不平。

姚月关在屋里绣嫁妆，自然是两耳不闻窗外事。

姚雪向来性情敦厚，遇到这种事情只认为长辈做得有理，要是不小心给损坏了可怎么办？

姚冰眉角一扬，不屑地说道：谁稀罕！

姚玉棠却是满脸失望地说道：不能亲见一面，总归是遗憾。

梓锦听说后，心里估摸着大约是老太太看着莫姨娘母女俩放了出来，怕自己的绣屏再遭殃，所以直接给封进库里，这个做法相当好，自从那天姚玉棠说东西拿回来后要来观赏，她就一直忐忑不安的，现在可以睡安稳觉了。

海氏得意地笑了，瞅着贺妈妈说道："四丫头鬼心眼最多，这绣屏可是五丫头的心血，而且也是姚府的脸面，她想要看我偏不如她的愿。"

贺妈妈点点头，道："太太这样做很对，不怕一万就怕万一，当心些总归是没坏处的。"

姚月说了一门好亲事，再加上那一天母女谈心后，海氏就变得很是大方，对于姚谦夜夜宿在莫姨娘处充耳不闻，只是一心一意地准备姑娘的嫁妆，在她的心里嫁妆子女可比姚谦这个花心萝卜可靠多了。

看着海氏心情很好，贺妈妈也开心起来，两人说了几句，海氏就拿出嫁妆单子跟贺妈妈讨论："老太太定下的规矩嫡女出嫁公中出五千两银子，老太太贴补一千两，这就是六千两，你说是在湖广给大姑娘置地还是在直隶的好？"

听着海氏对于六千两很不以为然的神情，眉角又抽了抽，低声说道："太太，公中出五千两已经不少了，您可不能当着老爷的面有怨言。"

"五千两还多，想当初我出嫁的时候陪嫁比这多出了何止是一倍……"

"哎哟，我的好太太，这话也能乱说的，要是被人听了去老爷又要生气了。按理说依老爷的官位五千两嫁妆在同僚里算得上是很好的，前段时间跟老爷同在翰林院的那位黄大人，他的嫡长女出嫁才三千两银子的嫁妆，听说压箱银只有三百两，也就是大姐是老爷那个时候捧在手心长大的，不然怎么会这么大方？"贺妈妈觉得后背上又出汗了，看着海氏还是有些不以为然，又劝道："太太要是心疼大姑娘，就该多给些压箱银子，您要知道还有个四姑娘呢，这个时候大姑娘的陪嫁太丰厚了，莫姨娘肯定又要出幺蛾子的，怎么能便宜了她去？太太的陪嫁就悄悄地折成银子给大姑娘压箱底,大姑娘到了婆家花用也宽裕,莫姨娘还得不了便宜,一箭双雕岂不是更好?再者说了,老爷官位毕竟低,这要是嫁妆太打眼了,对老爷的仕途也不好……"

海氏总想着风风光光地将女儿嫁出去,虽然贺妈妈说得有道理,可是心里那一口气还是咽不下,不过想到只要能不便宜了莫姨娘,纵使再不甘心也咽了下去,道:"你说得也对,总不能便宜了那贱婢,就按照你说的办吧。"说到这里海氏突然笑了起来,眉眼间满是欢愉。

贺妈妈就问道:"太太笑得这么开心可是有什么好事情?"

海氏得意地说道:"公中的份例五千两就足够了,不过我的嫁妆要怎么用是我的事情,就是老爷老太太也不能干涉,将我嫁妆里在湖广置办的那块上好的水田给大姑娘,在山东的庄子有一个是有三百亩地的上好旱田也给姑娘。这样有了两个庄子,公中的五千两银子全部用来置办体面的首饰衣料家具也尽够了。我用我的嫁妆贴补女儿,莫姨娘要跟我争可拿什么贴补她的女儿,一个罪臣的罪女入我们家门的时候不过是一个贱婢,哪里有什么嫁妆!"

看着海氏得意洋洋的神情,贺妈妈真心觉得她很想撞墙,偷偷地贴补大姑娘既不打人眼,姑娘还能落得实惠,岂不是更好?可是太太偏偏要这样高调,只怕是后患无穷啊。

且说莫姨娘在听说了太太给姚月的物件后,脸上的神情就一直是铁青铁青的,她贴身服侍的钱妈妈一见,心里就有些打鼓,不过还是劝道:"姨娘,那毕竟是太太的嫁妆,她愿意给谁就是老爷跟老太太也不能管的,您可别有什么想法惹得老爷又生气了,落一个惦记太太嫁妆的罪名。"

莫姨娘嘴角露出一个冷冷的微笑,想要说什么却始终没有说,只是看着对面一声不吭的女儿,叹息一声,道:"棠儿,你莫伤心,我总会想办法也给你弄些体面的嫁妆,将你嫁得风风光光才是。"

姚玉棠扬起有些惨白的小脸,藕荷色的缠枝褙子越发显得有些暗淡,垂声说道:"姨娘,咱们如何能跟太太比?女儿听说当初太太的陪嫁那可是很丰厚的,您不过是……又哪有什么陪嫁给我,难不成太太的嫁妆还能贴补我?"

听着女儿这样说,莫姨娘也有些愧疚,伸手将女儿拥进怀里,道:"我的儿,到底是我这个做姨娘的拖累了你,你要是投生到了太太的肚子里哪里还用担心这些?"

"姨娘，千万莫这样说，这些年吃的穿的棠儿可不比她们差，已经知足了。"姚玉棠道，只是脸上终究带着些失意，谁不想有丰厚的嫁妆傍身，谁不想在婆家抬得起头？

莫姨娘冷笑一声，却不言语，只是安慰女儿："你莫担心，一切都有姨娘呢。"

到了晚上，莫姨娘换了一身浅粉色的折枝花小袄，遍地撒花的织锦裙，恬淡中透着妩媚，又命人吩咐小厨房整治了一桌子姚谦爱吃的菜，早早就烫上了酒，算计着时辰差不多了就差了一个婆子去二门上等着姚谦将他直接请到自己院子里来。

酒过三巡，温存过后，莫姨娘知道这个时候姚谦最是好说话的，心里酌量一番，泫然欲泣地开口了："蕴郎，大姑娘这次出嫁，嫁妆可真是丰厚，也不知道到时候棠儿有没有这个福气？"

姚谦闻言不在意地说道："公中自有章程，还能委屈了棠丫头不成？你莫担心，睡吧，明儿个还要去衙门。"

莫姨娘闻言不由得气结，自然不会这样轻易罢手，伏在姚谦的胸膛上，又接着说道："公中的份例不过是五千两银子，可是听说太太给大姑娘置办的嫁妆足足有一万多两，这可都翻倍了，到了棠儿的时候怎能有一万两了？"

姚谦撑着瞌睡耐着性子解释道："那是太太拿自己的陪嫁贴补的，太太愿意谁也不能说什么。"

"可是，太太既然嫁进了姚府就是姚府的人，太太的陪嫁自然也就是姚府的，都是老爷的女儿，太太可不能这么偏心。"莫姨娘试探道，声音越发娇媚了，青葱玉手在姚谦的胸膛上轻轻地画着圈。

姚谦本就有些醉了，这个时候听到莫姨娘这么说也没深想，只是说道："你莫管这些了，太太最近行事很是公允，到时候必定不会薄待了棠丫头，你莫担心，睡吧。"

"公允？老爷这话妾身可有些听不懂了。"说到这里莫姨娘索性坐起身来，抹着眼泪说道，"棠儿说要看看五丫头绣的炕屏，想要长长见识，也好督促自己进步，谁知道太太将炕屏拿回来后送去了老太太那里，还劝着老太太封进了库里，说什么怕有人不小心给弄坏了，还不是讥讽上次棠丫头不小心踩到了五丫头的裙角害她摔跤的事情。如今棠儿挨罚也挨了，足也禁了，可是太太还是不依不饶，得到机会就在老太太跟前踩棠儿一脚，现如今都这样，这以后要是出嫁还不定怎么样呢。更何况，这次去平北侯府送炕屏，为什么不叫棠儿也跟着去？太太养的三位姑娘，吴姨娘跟前的五丫头可是都去过了，唯独我的棠儿没去过，这次要去送炕屏，这么好的机会太太难道就不想想带着棠丫头去？好歹棠儿也是老爷的女儿，千错万错都是妾身的错，跟棠儿可没什么关系，太太也太偏心了。这府里上上下下都被太太把持着，要是老爷不为我们母女做主，可真是要冤屈死了……"

要是姚梓锦听到这番话，大约会惊讶得磕到墙，在莫姨娘的嘴里，当初姚玉棠犯的错已经是不小心踩到了她的裙角，话里话外将海氏形容成了一个善妒恶毒的主母，处处排挤她们母女，处处打压她们母女，可怜见的真是没法活了。

姚谦闻言皱起了眉头，问道："若是依你该当如何？"话里对海氏就有了些不满，这也太小心眼了，过去就过去了，怎么还能这样？太过分了！

莫姨娘打量着姚谦的神色，心中暗喜，面上却是委屈地说道："妾身也不过是想让棠儿得到公允的待遇，除此之外也没有别的要求了。妾身出身官家，自小也是学过女戒读过四书，我爹爹虽然惹了圣怒贬为罪臣，可是对待妾身确实很好，从小请了女先生教导妾身。妾身自进入姚府，就心仪老爷才华出众，相貌堂堂，能得到老爷的垂怜是妾身此生最大的福分。妾身好歹也为老爷生育了一子一女，这一世也没别的想头，不过是好好地侍奉老爷，养育子女长大，悟哥儿能有个好前程，娶个好妻子，棠姐儿能嫁个好人家，将来他们兄妹好了不也是大少爷的左膀右臂？只是太太素来憎恨妾身，妾身知道，是我自己不知道廉耻硬是跟了老爷，可是妾身是真的仰慕老爷，更何况这些年来老爷对待妾身，也不枉了妾身在太太跟前没脸没皮地被指骂，这些我都认了，可是……太太有千般的怒火只管朝着妾身来，棠姐儿是无辜的啊……"

姚谦听着心里就有些不是滋味，安慰道："知道你受了委屈，所以这些年来我也给你在外面置了田庄铺子，让你能安安稳稳地过你的小日子。要知道给妾室置办财产傍身可是不符合规矩的，老爷为了你做的也足够多了，你心里也要明白。"

"妾身自然是明白的，妾身也别无要求了，只是替棠姐儿委屈，那孩子是个不诉苦的人，如今连五姑娘在老太太跟前都比棠姐儿有脸面呢……"

莫姨娘此人，诗词歌赋，弹拉吹唱，唱念做打各种功夫集于一身，是一个相当有战斗力的小白花。先是拉低身段在海氏跟老太太跟前伏小做低，让姚谦看到她的各种委屈进而心生怜惜，例如老太太对她的冷淡，例如海氏对她的讥讽。

再来，就是让子女出面，看着日夜苦读的儿子，看着刚解了足禁的女儿缠绕膝下，钢铁汉也成了绕指柔。最后，莫姨娘用事实举证，再加上她自己独特风格的解说，于是乎某些人躺着也中枪了。

第二天一大早，海氏带着众人来给老太太请安，就看到老太太神情有些凝重，梓锦还在苦恼怎么想个办法不去平北侯府，姚月依旧躲在屋子里绣嫁妆，姚雪对这些事情不太关注，默默地坐在一旁，姚冰只要一见到姚玉棠就跟斗眼鸡似的，倒是姚玉棠关了禁闭明白了事理，不管私底下怎么样，反正是当着老太太跟海氏的面总是贤良淑德。

梓锦默默地往后退了一步，她感觉到今天会有一场风暴，因为海氏给女儿的嫁妆在姚府里传开后，她就估摸着莫姨娘肯定会有行动，果不其然昨晚上姚谦就被请去了雅风轩。据水蓉打探到的消息，今儿个早上姚谦给老太太请安的时候，母子二人不知道说了些什么，姚老爷颇有些灰头土脸地去衙门了。

现在看到老太太一脸的凝重，梓锦要再不知道这里面发生了事情，便真是棒槌了，只是不知道莫姨娘做了什么事情能让老太太如此的生气，看来莫姨娘这个搅家精是一刻也不得闲啊。

老太太精神恹恹地应了大家的礼数，然后说道："你们小的都去玩吧，我留你们太太说会子话。"

听到老太太跟海氏有话要说，梓锦第一个站起来，姚雪第二个站起来，姚冰慢了一线，总归是还比姚玉棠快一些。

出了甄锦堂的屋门，姚冰看着姚玉棠慢腾腾的脚步，故意大声喊道："四妹妹，你倒是走快一点。"

姚玉棠的小心思被拆穿，一下子涨红了脸，狠狠地看了姚冰一眼，便迅速离去了，居然忘记了跟诸位姐妹告别。

姚冰挽着姚梓锦的手，看着姚玉棠的背影啐了一口："呸！最看不惯她那副假惺惺的模样，做给谁看呢，爹爹可没在这里，不懂规矩的东西。"

梓锦满脸黑线，看着姚冰一脸的怒火，梓锦还是很识时务地闭上了嘴，她可不想成为第二个被攻击的目标，姚雪轻轻地说了姚冰几句，却被姚冰顶了回去："二姐姐，你就是太好性了，但凡厉害起来，看那小蹄子还能这般的张狂？"

姚雪脸一红，便默不作声了，拳头遇上了棉花，有劲无处使啊，郁闷的姚冰撒手而去，梓锦不好看着姚雪尴尬，就拉着她去了自己的房里说话。

这边海氏正如坐针毡地看着老太太，老太太也不说话，还是心里越发地有些害怕了，扭着帕子，期期艾艾地说道："老太太，您留下媳妇可有什么事情要交代？"

老太太瞅着海氏神情，心里就叹了一口气，缓缓地说道："我问你，月姐儿的嫁妆单子是你放出来的吧？"

海氏知道瞒不过老太太，可是她想着这毕竟是贴自己的嫁妆给女儿添的，谁还能说什么去？想到这里心里就是一松，笑嘻嘻地说道："是那天媳妇跟贺妈妈对嫁妆单子，被几个仆妇听了去，媳妇想着也不是什么大事就没往心里去。"

听到海氏这样不上道，老太太真真是头痛得要命，这些她怎么会不知道？这个时候自己挑了这件事情跟她说话，她就不动动脑子自己为什么这个时候说这些？为了自己的老命着想，老太太决定还是开门见山，跟猪说话就不能拐弯，不然气死的只有自己。

"这嫁妆单子是要公开，可是公开也有公开的章程，你自己贴补女儿的东西不说出来谁又能说你什么？"老太太缓缓地说道。

海氏还没弄清楚形势，心里腹诽道：我若不说出来怎么能让莫姨娘那个贱婢羡慕嫉妒恨？

老太太看着海氏的神情就知道她在想什么，叹息一声说道："今儿早上你们老爷过来了。"

"老爷要跟老太太请安，过来是应该的。"海氏笑道，心里满是得意。

"那你可知道你们老爷说了什么话？"老太太这次脑仁真的疼了，怎么就遇上了这么一个人事不通的。

海氏愣了愣，问道："说了什么？"

老太太讥讽地看了海氏一眼，海氏心里就咯噔一下，看着老太太的神情似乎应该有什么事情才对，可是这段时间她跟姚谦的关系挺好，应该不会跟老太太告自己的状啊……

"你们老爷说等到锦丫头去平北侯府送炕屏的时候，希望让你带上四丫头一起去。"

海氏眨眨眼睛，闷了半响才说道："什么？"

老太太又接着说道："这也还不算什么，几个姑娘里就只有四丫头没去，这次让她去也使得。你们老爷还说了另一件事情，你可知道是什么？"

"什么？"海氏呆呆地接口，还能有什么事情？

"你们老爷说，你给大姐儿贴补嫁妆，一出手就是五千余两，将来二丫头三丫头出阁你肯定还会贴补这么多，可是莫姨娘哪有傍身的钱财给四丫头贴补，他就想着想要给莫姨娘再买一个铺子傍身。"老太太一字一句地说道。

海氏腾地就站了起来，满脸涨得通红，张口就吼道："不行！四丫头没有嫁妆傍身，不是还有公中的五千两银子做嫁妆，哪里委屈了她？"想到这里突然间想起昨晚上姚谦是宿在莫姨娘处，定是莫姨娘撺掇了老爷这样行事的。

想到这里海氏就哭了起来，拿着帕子抹泪，道："老太太，您可要给媳妇做主，哪里有当家的爷们这样给一个妾室置办产业的，这将我置于何地？还不如痛痛快快给我根绳子了结了才好，这以后我还有什么颜面出门见人，人家背后不知道怎么指指点点……"

"你现在知道了？"老太太轻哼一声，随即问道，"那你亮出嫁妆单子让莫姨娘窝火的时候，怎么就不想想这件事情带来的后果？现在知道诉委屈了？"

海氏闻言就不敢吭声了，当初贺妈妈劝过她，可她没往心里去，哪里会想到莫姨娘那个贱婢居然会拿着这件事情让姚谦给她添置产业？其实姚谦还算厚道，没有算计海氏的嫁妆，要是按照莫姨娘的说法，海氏的嫁妆都是姚府的，要真是姚谦让海氏给每个孩子添妆，海氏岂不是要气死？

看着海氏，老太太就是气不打一处来，活了这都小半辈子了，跟莫姨娘打擂台也不是一天半天了，怎么就不长记性，净想着逞能了！

海氏憋着一张通红的脸，看着老夫人问道："老太太，那您说这事该怎么办？要是老爷真的给莫姨娘再添产业，我……我也不活了……"

老太太看着海氏虽然很是生气，可是家族规矩却不能从莫姨娘这里开了先例，如果是这样有样学样，那以后姚家还不得翻了天？

想起早上姚谦跟自己说这话的时候，那忐忑不安的神情，当时老太太是这样说的："给莫姨娘置办产业？莫姨娘没有嫁妆给四丫头贴补嫁妆，你心疼莫姨娘，更心疼四丫头，那你怎么不想想吴姨娘跟五丫头？吴姨娘可有傍身的财产给五丫头添妆？五丫头难道将来嫁人在婆家就不需要脸面？这些年你给莫姨娘置办了多少产业？吴姨娘可有？"

姚谦闻言满脸愧色，老太太看着就叹了口气，心痛不已："吴姨娘母女心地纯善，这些年在府里也是谨守规矩，从不惹是生非，可是你的一颗心也不能太偏了，你看看五丫头，那么小的人，每次在几个姐姐面前从不敢高声说话，在我面前，在太太面前也是规矩十足，吴姨娘就更不用说了。家宅不兴，规矩不足，这是祸患的根源。若你心太偏了，难保哪一天祸起萧墙。"

姚谦猛地惊醒过来，看着老太太愧疚不已，道："儿子知错了，以后这样的话再也不说了。"

"嫡庶本就有别，莫姨娘一个妾室还想着庶出的四丫头跟嫡长女一样的嫁妆，这就是放到哪里也是不合适的，传出去你这张老脸还要不要？要是真有这个骨气，当初怎么就愿意做妾？想着儿女委屈？那就更不应该做妾，到了年纪配出去，以她的容貌嫁个府里的管事做个正房娘子也不是不能，自己上赶着不要颜面勾搭了你有了身子做了妾，这个时候觉得对不住儿女了？这样的话你也信，好歹你也是个从六品的官老爷没怎么就这样听从一个妇人的谗言？"

姚谦汗淋淋的，一个大字也不敢回，心里却觉得老太太这话也有几分道理。

老太太一声重似一声，姚谦早已经吓得跪倒在地，不敢言语，没想到老太太居然将莫姨娘对自己说的话猜得这样准确，不由得汗湿了后背，大脑逐渐清醒过来。

"你要把你当官的几分锐利放在内宅上，何至于会有今天的事？你走吧，该怎么做你好好想想，我能劝你一时，却不能劝你一辈子，总归我是要在你前头走的。"老太太甚是疲惫，对这个儿子很是失望，一直为他为官正直，不阿谀奉承，不媚颜奴骨而自豪，却不知道在内宅的事情上糊涂到这种地步。

姚谦要说什么话，老太太却听也不听，甚至于都没有问他会怎么处置这事情，这更让姚谦惴惴不安，这才灰头土脸地出了貔锦堂。

看着海氏哭泣的脸，一个个都不省心，老太太便说道："你也回去好好想想自己错在了哪里，这件事情不要张扬，你们老爷自然会对你有个交代的。"

"老太太……"海氏就跪了下来，伏在老太太的膝上痛哭不已，她其实一直以来很讨厌老太太，自己这个婆婆出身高贵，行事一板一眼，自己偏生又是个做事莽撞的，没少在老太太的手里吃亏，是又怕又敬。怎么也不会想到她又怕又敬的婆婆今天居然会说出这样的话来，掏心掏肺地立刻让海氏感动得泪水长流。

当下就表态道："老太太放心，媳妇绝对不会多说一个字，今儿个这番话就烂在心里了。不管老爷对这件事情怎么处置，我都会教好儿子，管好女儿，不能让他们丢了姚府的脸面，将来……将来媳妇九泉之下也有颜面面对列祖列宗。"

这话说得慷慨激昂，老太太也有动容，可是一想到海氏的性子，心里明白大约是三分钟的热度居多，走着看吧。

海氏从老太太那里回去后，立刻将自己身边的孩子叫了过去，关起门来训话。

梓锦听到寒梅报的信先是一愣，随即又皱起了眉头，老太太说了什么，让海氏有这样的动作。想到海氏的性子，知道过不了几个时辰正院里就会有风声出来，丁

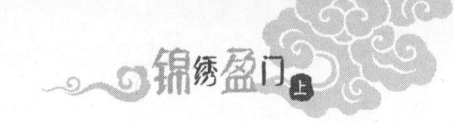

是就让寒梅去打听。

谁知道月上柳梢头，没将寒梅盼回来，倒是姚谦来了。

吴姨娘惊喜交加，立刻迎了出去，梓锦也换了衣衫过去请安。

细细地打量姚谦，只见他穿着官袍就来了，神色有些晦暗，想必是下了衙直接过来了。想着早上灰头土脸地出了甃锦堂的事情，梓锦这个时候也不敢多说什么，看了吴姨娘一眼，便说道："父亲若无别的事情，女儿就先退下了。"

姚谦看着梓锦小心翼翼的神情，又想起姚月跟梓锦这般大的时候在自己怀里撒娇，姚玉棠跟自己说笑亲昵，可是梓锦在自己跟前拘束的多，吴姨娘老实本分，老太太的话在脑海里又蹦了出来，这才明白自己真是愧对她们母女良多。

"五丫头，你先别走，爹爹有话对你说。"姚谦还是下定了决心，开口说道。

吴姨娘便有些忐忑不安，生怕是梓锦做错了什么事情惹了姚谦的怒火，不安地看着女儿。梓锦朝着吴姨娘摇摇头，让她安心，这才对着姚谦说道："是，不知道爹爹有什么吩咐？"

姚谦看了周围一眼，屋子里伺候的丫头婆子立刻有眼色地退了下去，姚谦这才松了口气，可是面对着吴姨娘跟梓锦他一时还真是放不下架子，便有些迟疑着不知道怎么开口。

梓锦这个时候也想不通姚谦会做什么事情，她想着既然是莫姨娘怂恿了姚谦，姚谦又受了老太太的斥责，那么今儿个下衙回来，要么去莫姨娘那里求安慰，要么去海氏那里摆摆谱，再不然应该去老太太那里当孝子，怎么着也不应该来她们母女这里。

梓锦又细细地想了想，最近这段时日自己跟吴姨娘都是小心翼翼，应该不会被莫姨娘捉住把柄加以污蔑，既然如此，姚谦到这里来，越发诡异了。

吴姨娘额头上的汗都出来了，心有不安的声音微颤地问道："老……老爷，饿了吧，要不妾身让人摆饭？"吴姨娘说着就要掀起帘子让周妈妈吩咐小厨房摆饭，梓锦看到吴姨娘的手都是抖着的。自己都能感受到不安，更不要说敏感的吴姨娘了。

"先不用，我有话对你们母女说，来，都坐下吧。"姚谦唤回吴姨娘。

吴姨娘闻言身子一僵，慢慢地挪回步子来，梓锦看着吴姨娘双腿都有些发颤，生怕惹了姚谦不喜，忙挪着小短腿过去搀扶着吴姨娘，母女二人这才走到了姚谦的跟前，吴姨娘却不敢坐，只是问道："不知道……老爷有什么吩咐？"

姚谦努力让自己露出一个平和的笑容，一手一个拉着两人坐下，这才说道："是这么回事,这次太太给月姐儿准备的嫁妆你们应该知道了吧?"

吴姨娘下意识地点点头,随即又摇摇头,可是摇完头后又有些后悔了,支支吾吾地说道:"妾身的意思是大姑娘的婚事哪有婢妾置喙的余地,大姑娘是老爷的嫡长女,不管太太怎么做都是应该的,更何况太太从公中只拿了该给大姑娘的,其余的都是太太的嫁妆自己贴补的,婢妾不过是一个妾万万不敢置喙这些。"

听着吴姨娘的话,想起昨晚上莫姨娘说的话,顿时分出高下来,又想起老太太的话,姚谦浑身一凉,幸好……幸好他还没有造成大错。可正是因为这样,越发觉得对不住吴姨娘母女了。

"你能这么想老爷我很是欣慰,这些年来委屈你们母女了,老爷我也没照顾好你们,倒是让你们受了委屈。"姚谦愧道。

吴姨娘闻言唬得不轻,眼眶中隐隐有泪珠浮动,忙说道:"老爷别这么说,妾身在府里穿着绫罗绸缎,吃着山珍海味,还有奴仆伺候,哪里就委屈了,倒是老爷为了这个家才是辛苦了。"

吴姨娘是真心这么想的,说出来的话也就格外真诚,姚谦听着就格外的感动,露出一个欣慰的笑容。

梓锦这时听着姚谦既内疚又欣慰的口气,心里隐隐有些明白了,恐怕是莫姨娘利用嫁妆撺掇姚谦的后续反应来了,就是不知道姚谦究竟要做什么。说了这么一个开头,难道说就是想要知道吴姨娘跟自己对这份嫁妆的态度?如果真的是这样,吴姨娘的回答无疑是最完美的妾室答案,自己也就不用画蛇添足了,只是添了一句:"姨娘常说做人要守本分,梓锦觉得太太守了自己的本分,没多动用公中一两银子,老太太也守了本分,答应给大姐姐添妆,果真就拿出一千两银子,梓锦也守本分,虽然羡慕大姐姐出嫁的风光,可是太太是拿自己的嫁妆贴补的大姐姐,将来姨娘没有银钱贴补梓锦,但是有了公中的五千两银子,比起别的人家也是很丰厚的嫁妆了,梓锦也很知足。"

按理说未出嫁的女儿是不应该张口闭口谈及嫁妆,但是这屋子里没有旁人,而且姚谦当着自己的面说很显然地想要听自己的意见,梓锦就故意用了这种稚气很浓的回答,童言童语显得更真切,她们母女更本分。

而且梓锦还小小地让莫姨娘躺着也中了一回枪,以往都是姚梓锦被无辜牵连,这次就算是回敬了。方才梓锦的话里提到了太太、老太太,提到了吴姨娘,却偏偏没有提到莫姨娘,显然在别人眼中还是小孩子的梓锦都认为莫姨娘是个不守本分的,更不用说旁人了。

姚谦闻言看着梓锦的眼神就柔和起来，笑着说道：“锦丫头，你是不是觉得你姨娘也受了委屈？”

梓锦有点摸不到头脑，姚谦今儿个是糊涂了吧？又或者说他脑子被猪给撞了？不然的话怎么竟问些不着边际的话。不过梓锦可不能前功尽弃，故意装出一本正经的神色，小胖脸配上这副表情怎么看也有些喜剧的味道，梓锦很是严肃地开口了：“爹爹，姨娘说做人要知足常乐，大哥哥说心地能平稳安静，处处皆青山绿水。老太太说事态变化无极，万事必须达观，太太说……说命由天定，贵贱早分，切不可做得陇望蜀之举，梓锦深以为然。”

姚谦心里百感莫名，吴姨娘跟梓锦的过分规矩，反而让他更能感受到了莫姨娘的贪婪，越发觉得自己今日的决定没有错。

"我今日来是有件事情要跟你们说，也算是件好事情吧。"姚谦笑了，这次是舒心地笑了。

好事？梓锦就猛地松了口气，笑眯眯地问道：“爹爹，什么好事？”

吴姨娘愣住了，有些不安地看了梓锦一眼，却没说什么，只是听着姚谦继续往下说。

"这些年来，太太有自己的嫁妆贴补，莫姨娘也有自己的产业傍身，就只有你们母女什么也没有。我想着锦丫头越来越大了，需要花钱的地方也多了，公中的月例以后怕是不够用，所以就给你们母女置办了些产业，以后手头也能宽裕些。"姚谦道。

莫姨娘闻言，呆呆愣愣地还没反应过来，梓锦却是小脑子哗的就转动起来。姚谦绝对不会突然间良心大发现，给吴姨娘还有自己置办产业傍身，那么是为了什么让他有了这样的举动？

想来想去，梓锦也没想出个所以然来，主要是这件事情太具有冲击性了，就如同一个乞丐突然中了乐透，可是人家那是有运气，难不成自己跟吴姨娘是有了运气？NO，NO，NO，梓锦坚信世上没有白吃的午餐，可是哪里出了问题会让姚谦做出这样的事情？

吴姨娘在这个空当，立刻跪在地上说道：“万万不可，这不合规矩，不合规矩，婢妾不敢收……不敢收。”

梓锦看着吴姨娘跪下去，也只好跟着跪下去，心里暗暗可惜到手的银子飞走了，她的姨娘啊，人家给的为什么不要啊……

吴姨娘一生谨慎，在姚府里不缺吃穿，她又不会去巴结讨好人，所以平常也不会有多少开销花在仆人身上，月例不仅够花还有余，在这样的情况下她自然不愿意因为姚谦给的产业惹得海氏不快导致自身有危险，吴姨娘的这种想法梓锦也还能理解的。

姚谦反倒是被吴姨娘的举动吓了一跳，没想到吴姨娘居然会不要，莫姨娘可是想着办法地跟他要，他主动送上门来她还不要？这个问题顿时让姚谦又深刻检讨了一回自己的行为，这才深刻感觉到自己真是太纵容莫姨娘了。

姚谦扶起吴姨娘，又让梓锦起来，便说道："给你你就收着，太太那里也不会为难你的，你尽管放心。莫姨娘有的你也会有，怕什么？"

吴姨娘垂着头还是有些不愿，梓锦这时眯起了眼睛，乐呵呵地笑道："爹爹，你这是给我攒嫁妆吗？"

姚谦失笑一声，摸着梓锦的头说道："给你攒嫁妆，慢慢攒，等你出嫁的时候也风风光光的，爹爹也不会委屈了你。"

吴姨娘本来还有些不愿意，可是听到女儿的话又有些犹豫了，如果能给女儿攒一份体面的嫁妆也是好的，将来在婆家也不会受人的白眼，挺得起脊梁，犹豫再三推辞的话就再也说不出口了，硬是憋回了心里。

梓锦却明白了，定是老太太指责姚谦不公平偏心眼。只给莫姨娘置办产业，同样是妾室是庶女的她们母女却什么也没有。要么姚谦将莫姨娘手里的产业收回去，要么就是给她们母女补办上莫姨娘手里一模一样的产业。

有了大太太炫耀嫁妆惹来祸端在前，就算是姚谦给吴姨娘补办产业，大约也不会反对了，难怪姚谦说太太不会为难之类的话。

想到这里，梓锦瞧着桌子上那几张薄薄的纸，转眼转移了视线。

第四章
梓锦露脸锋芒乍现，溟轩洗冤得偿所愿

　　一晃几天，梓锦老老实实地在屋子里做针线，可是姚府里却有些不寻常。先是姚长杰给母亲送了一盘苦瓜，紧接着海氏就在老太太屋子里撞柱子，要不是姚谦抓住得及时，只怕就要血溅三步。都是给莫姨娘买铺子惹的祸，海氏受了儿子暗示死谏不退步！

　　大家眼看着雅风轩的管事妈妈一个个消失在众人的视线里，看着十足的证据，姚谦气得直跳脚，一口气将海氏捉到的几个有头脸的管事妈妈都给发卖了。要不是莫姨娘哭死哭活地保着钱妈妈，就是钱妈妈也难逃厄运。

　　经此一役，莫姨娘一党基本被清洗干净，海氏重掌内院大权，就连姚玉棠跟姚长悟这次都没有出头，因为他们都知道，一个是未出阁的姑娘，一个是没有功名还未成家的儿子，就算是他们要说什么，只怕是也不顶用的。

　　更何况，两个人就是再傻也能看得出，这次的事情不同寻常，再加上莫姨娘给两人传了话，不管什么时候发生什么事情，都不许两人插手，留得青山在不愁没柴烧。

　　莫姨娘病了，姚谦想要去探望，可是一想到莫姨娘的性子，又缓缓坐下了，道："自有郎中过去瞧病，只管跟太太说就是了。"

　　莫姨娘院子里新分去的小丫头听着老爷跟前的小厮这般传出话来，也不敢多说就匆匆回去了。回去后却对着院子里同样才分去的小丫头说道："到底是不如之前，原以为老爷会过来的，不是都说莫姨娘最得老爷欢心吗？怎么老爷会说这样的话？"

　　新买进来的小丫头自然是什么也不知道，就好奇地探问，旁边的小丫头就讥讽地说道："咱们运气不好，被分到了这里，听说雅风轩里之前的奴才都被卖了出去，也不知道犯了什么错，真是晦气，分到这种地方。"

　　"啊？"小丫头很是意外，难怪自己去的时候旁人看自己的眼神怪怪的，就闷声闷气地说道，"害得我今儿个被白眼了一圈，真是晦气死了，早知道这样就是去

了洒扫上也好过这里。"

钱妈妈出来要问传话的小丫头老爷过不过来，却听到这样的一番话，气得浑身直打颤，扭着耳朵让两个小丫头罚跪，这起子拜高踩低的……

隔着窗子的莫姨娘将这一切听得清清楚楚，不过短短数日人就清减了三分，满脸饥色。世人就是这个样子，现实势利得很，要是以前这样的货色自己看都不看一眼的，如今却要听她们的冷言冷语，不过她不会认输的，绝对不会！

等到莫姨娘的事情忙过了一个段落，府里发卖人留下的空缺也都买了小丫头替补上，海氏这才喘了一口气，不过庆幸的额头上的伤已经没有了，也没下疤痕，终于不用躲躲藏藏可以正大光明地见人了。

姚梓锦几个女儿恢复给海氏的请安后，第一天海氏的话题就是要赶在中秋节前去给宣华长公主将梓锦绣好的炕屏送去，梓锦很不愿意去平北侯府，为了躲避去侯府，在将成行的前两天晚上故意让自己受了凉，郎中看过后开了药方，嘱咐道要好生将养几天。

病人自然不能出门做客，免得将病气过给主人家，姚梓锦不能成行，姚月定了亲不能再出门，姚雪又是个疏懒的性子，最后只有姚冰跟姚玉棠跟了去。按照海氏的性子，其实根本没打算带着姚玉棠，看着她就来气，可是贺妈妈却说道："老爷还盯着这件事情呢，上次莫姨娘不是说您不容人，不带着四姑娘去吗？您总要做给老爷看看，让老爷知道您的好处才是。"

海氏这才万般不愿地带上了姚玉棠去了侯府。

梓锦笑眯眯地喝了药，看着时间问道："太太也该回来了吧？"

寒梅就应道："回来了，先去了老太太的院子，姑娘好生养病吧。要不是突然得了风寒，这次去侯府你才是正主呢。"

梓锦但笑不语，伸了伸一对肉乎乎的小胖手，才道："那也是没办法的事情，谁叫咱们运气不好来着。"

一旁做针线的杜若却是若有所思地看了一眼梓锦，又默默地垂下头没说什么，只是自从这次后她待梓锦越发地诚心了。

中秋将至，姚府里处处张灯结彩，海氏让人挂了大红灯笼，又吩咐厨房准备中秋的饮食，还要记挂着得了风寒的梓锦，一个人忙得不得了。吴姨娘就磕磕巴巴自告奋勇地揽起了照顾梓锦的重担，海氏巴不得，当然是满口应了。倒是莫姨娘，最近越发地老实了，居然不跟以前一样，用各种手段想尽办法见姚谦一面，倒是跟隐居了一般。

中秋佳节，宣华长公主是公主，自然要带着贺礼进宫陪着皇上皇后赏月，还将梓锦绣的猫扑线团炕屏带进了宫送给了顺宜公主。

炕屏上雪白的波斯猫正瞪着蓝莹莹的眼睛，小心翼翼地伸出前爪要去扑正在滚动的线团，那种喷薄欲出的气势绣得惟妙惟肖，梓锦用线极细，猫的毛发逼真，纤毫毕露，仿佛不是在炕屏上，而是要蹦出来一般。

不要说顺宜公主看见了欢天喜地，就连皇上皇后也觉得有趣，顺宜公主最得帝后的欢心，这时顺宜公主扑进长公主的怀里，笑着问道："姑姑，姑姑，这个炕屏就是你说的那个姚梓锦绣的吗？"

长公主点点头，伸手拂拂顺宜公主的头，道："就是她，我知道你必定喜欢，就拿来转送给你，可开心了？"

"开心开心，宫里的针线房就绣不出这样好的东西。"顺宜公主很是不满地说道。

长公主心里却是微惊，这样的话可不是随便说的，不想让帝后疑心，给姚府，给梓锦带来灾难，想了想就笑道："宫里的绣娘绣出的东西用色华贵，花样繁复，彰显了咱们皇家的气派，姚府五姑娘这幅炕屏却是一派天真，童心未泯，两者不能比较的。"

帝后闻言面带笑容，皇后就看着长公主问道："本官上次听长公主说那姚府的五姑娘也是个很有趣的人，如今看着这炕屏倒是信以为真了，若不是一个活泼的性子，如何能绣的出这样的物件。"

听到皇后这么说，长公主心里一动，就起了一番心思，故意说道："可不是，皇后娘娘不知道，那姚五姑娘上次去我家说出的那番话连我们老太太都是惊讶不已呢。"

不要说皇后，就连正在与旁人说话的皇帝也转过头来颇感兴趣地问道："叶老夫人能感到惊讶的事情，朕也还有些好奇了，皇姐说来听听。"

长公主心里存了抬举姚家的心思，就把姚梓锦去了平北侯府，见到侯府众人却先给自己行礼，后又解释的事情原原本本地说了出来，听得顺宜公主大为惊奇，皇后跟皇帝也是一脸的趣味。

待到长公主讲完，皇后看了皇帝一眼，笑道："恭喜皇上，如今连垂髫小儿都知道这样的大道理，可见百姓教化颇有成效。"

皇帝龙颜大悦，哈哈一笑，道："百姓苍生，国之根本，若人人都能知道君为天臣为地，奉君当至恭至敬，至诚至真这个道理，何愁四夷不服，天下归元。"

皇后笑着应了，看着皇帝如此开心，又朝着长公主颔首一笑。

"你说那丫头是听他父亲这般训导的？"皇帝看着长公主又问道。

"是，那丫头说他爹爹常说这样的话，所以她就很容易地记住了。"长公主笑道。

"她父亲是哪一个？"皇上颇感兴趣地问道，他还真不知道自己的臣子中还有这样的忠臣。

长公主就笑了，道："皇上也知道的，正是那个令您头痛的翰林院的姚大人。"

皇上凝眉一想，突然恍然大悟，看着长公主问道："可是就任翰林院修撰的姚谦姚少蕴？"

长公主心里就是一动，皇上居然还知道姚谦的字，可见对于姚谦平日也是多有关注，今儿个没白费了口舌，走了这一场。

"正是，我只是知道他的官名却不知道他的字，没想到皇上居然还知道姚大人的字。"长公主轻轻地笑道。

皇帝失笑一声，道："倒不是朕故意要记得，而是姚少蕴的耿直倔强着实令朕头痛，倒是没有想到他居然在教育子女，立身持正上如此大义。"

这就是涉及到政事了，长公主不敢多言，倒是皇后笑道："唐太宗有魏征成为一代明君，今有姚少蕴也是国家社稷的福气。不过姚大人在翰林院任职，想要成为一代谏官怕也不容易呢。"

听到皇后的话，皇帝却是不置可否，自己转头就转开了话题，长公主虽然有些失望，不过知道有些事情急不得，慢慢来吧。

翰林院掌制诰、史册、文翰之事，考议制度，详正文书，备皇帝顾问，主官为翰林学士，下有侍读学士、侍讲学士、修撰、编修、检讨等官，另有作为翰林官预备资格的庶吉士。翰林院虽为五品衙门，翰林官品秩甚低，却被视为清贵之选。翰林若得入值文渊阁参与机密，则更是贵极人臣。

皇帝的心思要比皇后深得多，姚少蕴那一身耿直的臭脾气若是把他挪到了谏官的位置上，那天天上朝都不得安生了，而且如果姚少蕴真的是一个可用之人，只是当做谏官倒是可惜了。他还得继续观察观察……

皇帝的心思无人敢去揣测，姚谦自然也不知道他已经被人惦记上了，姚梓锦更不知道不过是一幅绣屏，可是经过了长公主的手进了宫却带来了质的变化，只是这变化现在还见不到效果罢了。

可是谁也没有想到化学反应起了强烈的变化，只是从最初一件毫不起眼的事情开始。

话说博州博平县有一人名叫赵游礼，承泰三年的进士，后补为渝州南平县县令，在任上时颇为能干，农桑耕种，教化子民，治理有方，为人所传颂，三年任期到，考绩为优，于是从正七品的县令官升半级成为从六品的直隶州州同，任期满后又升为正六品京府通判，如今京府通判一职任期又满，吏部考核为优评，有了消息传出来，这次将会升为从五品的翰林院侍读一职。

翰林院自古为清贵之所，而且一进翰林院就是从五品，就跟先前跟姚府议亲的郑大人平起平坐，也就是成为了姚谦的上司。

翰林院侍读，职为皇帝及太子讲读经史，备顾问应对。这可不是一个随随便便的差事，要饱读经书，所知广泛，经史子集，乡间陋闻都要所知一二，举凡在翰林院任职，大多是腹有才华之人，而有才华的人大多是有些怪脾气的，比如姚谦。

这猛不丁的赵游礼就要任职翰林院，这在翰林院可是激起了不小的波浪。于是乎郑大人就来跟姚谦秉烛夜谈了。

"……按照道理讲，他既然一路从吏部上来，按照常理应该是从京府通判的位置上谋任个知州，外放三年，考绩为优的话能获得连任，然后再谋取吏部郎中一职慢慢地往六部正位使劲才是。偏生要来咱们这个穷得没油水的地方，姚老弟，咱们可不能不多想想。一过来就跟我平级也就罢了却偏偏是你的顶头上司，我还听说赵游礼这个人性情也古怪得很，怕是翰林院会不安生，来个搅和精，倒不如咱们先想个办法让他来不了才是。"郑泰皱着眉头道。

姚谦心里却有另一番计较，便说道："现在还没个准信，主要是看皇上什么意思，翰林院进什么人，吏部报上去最后能不能作准还要看圣意，你我莽撞行事怕有不妥，再者说了，赵游礼大人清名在外，想必也不是一个令人厌恶之人，道听途说还是莫要信的好。"

郑泰闻言微有不悦，站起身来在屋子里踱步，然后说道："你也不想想，翰林若得入职文渊阁参与机密，则更是贵极人臣。若是从吏部一步步地熬上去少说也要十九年，可是若是走翰林院，能得到皇上垂青，一步登天指日可待。"

姚谦问道："那又怎样？只要他人品正直，为百姓谋利，入主文渊阁反倒是好事。"

姚谦正因为没有与人争利之心，所以才能平淡地看赵游礼任职翰林院的事情，而郑泰却是有野心之人，来一个虎口夺食的怎么能不心急？看着姚谦还是一如既往的憨直，便有些后悔不该与他商议此事，便起身告辞了。

送走了郑泰，姚谦却陷入沉思，升官谁不想？问题是升官是好事可是要让他与人同流合污……他却不想。

赵游礼的事情他也听说过一二，以前也没怎么在意，可是如果他以后真的会成为自己的上司……还是提前做点功课的好，知己知彼，也好进退有据，不失风范。

这也不过是一个小小的插曲，每一年的官员考核，留职免职或者升迁都要在年前才能落地，如今中秋刚过，倒也不着急。

姚谦倒没着急，可是有人着急了，他也就被动地跟着动起来，要说起来这事更有意思，却是因为赵游礼跟叶溟轩无意中起了纷争，原来不过是权贵子弟与传统文人的一次小小的交锋，却不承想到了后来居然闹成了轰动整个官场的清官变形记。

中秋过后，天气一日日地寒凉起来，姚谦的主要工作就是修撰国史，这是一个烦躁无趣却又至关紧要的工作，到了年尾越发地忙碌起来，常常是早上出门傍晚才回家，就连海氏也是难得经常见到姚谦，有的时候姚谦也会在外书院一住就是五六日。

这日，姚玉棠的丫头跟姚冰的丫头起了争执，姚玉棠受辱血溅梅花园，姚梓锦跟姚雪全程见证，事后落了一个劝阻不力的罪名，罪魁祸首姚冰在姚谦发怒之前，被海氏一狠心送进了祠堂跪了一天一夜，姚谦见到形容憔悴，面色苍白，摇摇欲坠的女儿，便是有满肚子的怒火一时也发作不出来，倒是姚冰在冰冷的祠堂跪了一日一夜，寒气侵体，病倒了。

这下子热闹了，一个躺在床上昏迷不醒，一个躺在床上高烧不退，海氏就是有三头六臂也忙不过来，于是乎就主动地对姚谦说："老爷，妾身实在是忙不过来了，三丫头高烧不退，四丫头昏迷不醒，这一个个的都是我前世的冤家，大的大的不听话，小的小的也淘气，年关也快到了，家里一桩桩一件件的可不是要累死我才肯罢休？"

姚谦最近也忙，翰林院的那帮穷酸们也不知道受了谁的撺掇，非得要跟赵游礼过不去，害得他也四处奔波，就连今年的国史都还没有定下初稿给圣上过目，一个人恨不得要分成几个人使。

海氏主动惩罚了姚冰，如今姚冰病在床上，没有谁比海氏更心痛的了，姚谦看着瘦了一大圈形容憔悴的海氏，这些年可没见过她这般的消瘦过了，不由得便有些怜惜起来，虽然海氏性子莽撞，说话也没个分寸，做事更是霸道，可是这些日子以来的确是改了良多，又想起新婚时两人的恩恩爱爱，姚谦便握住海氏的手，安慰道："你一个人就是有四双手也忙不过来，月姐儿快要出嫁了，总要学着管理庶务，难不成将来还要人家婆婆亲手调教？你就把家里的事情让月姐儿去学着管起来，你在旁边指导着就好。至于两个丫头，虽说冰丫头说话难听了些，失了做姐姐的气度，可是棠丫头动不动的寻死觅活也是没有了闺阁女子的宽容，你就专心照顾冰丫头。"想到这里姚谦正要说让莫姨娘照顾姚玉棠，可是一看到海氏的模样又改了口："棠丫头就让吴姨娘照顾着好了，吴姨娘性子绵和，锦丫头憨厚可爱，也能劝说着棠丫头心胸开阔些，你看如何？"

海氏心里大喜，她最不愿意照顾姚玉棠，照顾好了是应该，照顾不好就是过错，偏偏作为主母还不能不管不问，要不然姚谦这里就会落一个刻薄的印象。幸好她听从月姐儿的劝阻，先是抢在姚谦之前狠狠惩罚了姚冰，果然姚谦看着姚冰憔悴的样子就不好再做惩罚，还心存了怜惜，自己又在姚谦的心里落了一个公正的名声。而后这连日来衣不解带地照顾两个丫头，把自己也弄得憔悴不堪，姚谦看了必定是心怀愧疚。

而且这样一来，姚谦必定会将照顾姚玉棠的事情从她这里挪出去。当时海氏很担心地问着女儿："要是你爹让莫姨娘出面照顾四丫头，老爷时常去探望病中的四丫头，指不定莫姨娘伏小做低的两人又会旧情复燃了，这可不行。"

姚月就说了："娘，你嫁给爹爹这么多年了，怎么还不了解爹爹脾气？爹一开始肯定会想让莫姨娘照顾四妹妹，可是只要看到娘的模样就会心生愧疚。我还依稀记得小的时候爹爹跟娘琴瑟和鸣的样子，爹爹心里还是有娘亲的，莫姨娘再好不过一个妾，如今又教出了这样一个女儿，爹爹纵然心再偏，这次也不会让娘伤心的。"

海氏还是有些犹豫，姚月就找来了贺妈妈帮着劝说，贺妈妈又搬来了姚长杰，姚长杰来了只说了一句话："莫姨娘教女不力，爹爹不糊涂。"于是海氏投降了，于是就有了今天的诉苦，于是海氏胜利了。

海氏有了姚月帮着管家，自己也能一心一意地照顾姚冰，姚玉棠就被送到了栖雪阁，愁坏了吴姨娘，好端端的天上掉下来这样一个棘手的事情，真是让她为难不已，可是是姚谦亲自吩咐她又不能推辞，只是一个劲地叹气。

姚梓锦看着吴姨娘眉头紧锁，就笑着宽慰道："姨娘怕什么？四姐姐在这里养伤咱们就好生地伺候着就是了，人痊愈了自然就走了。"

吴姨娘自然知道这个理，说道："可是这样一来只怕是莫姨娘要记恨咱们，她的女儿自己却不能照顾，如今到了栖雪阁她不定怎么怨恨咱们呢。"

"姨娘这话可错了，人是爹爹让我们照顾的，莫姨娘知道了也只有感激的道理。

更何况人要是在正院养伤莫姨娘还不好去探望，如今在咱们这里，她们母女要说话，我们还能拦着不成？行了方便，她自然没有怨恨只有感激的道理。"

吴姨娘这才收了愁容，道："这话也有理，四姑娘也怪可怜的，咱们好生照顾着就是了。"

梓锦就笑着应了声是，母女二人说着悄悄话，却没注意到隔着帘子姚玉棠已经醒了过来，正瞪着一双大眼睛默默地发呆。

莫姨娘在听到姚谦让吴姨娘照顾姚玉棠的时候整个人就傻掉了，一屁股坐在炕头上不言不语，手里的帕子被双手绞得没了模样，一双明眸里就闪了泪花，扑进了旁边的钱妈妈怀里痛哭了一场，那可是她十月怀胎的女儿，如今身在病中，她却连照顾都不能做到……

钱妈妈小声地劝慰着莫姨娘，过了很久莫姨娘才抬起头来，一双漆黑的双眸里也不知道在想着什么，泪花盈动，光影连连。

钱妈妈有些不安，看着莫姨娘轻轻地喊了一句："姨娘？"

莫姨娘回过神来，脸上的神情恢复了正常，开口说道："我没有被老爷禁足，只是被冷落了而已，明儿个开始咱们就开始给太太请安吧，你去打听下吴姨娘早上什么时辰去给太太请安，咱们也那个时辰去。"

钱妈妈吃了一惊，想要问什么又咽了回去，道："是，老奴去打探打探，姨娘先歇着吧。"

钱妈妈扶着莫姨娘躺下了，又塞了汤婆子垫在她的脚下，这才转身去了。莫姨娘一个人默默地望着彩绘的屋顶，神思慢慢地飘远，人真的争不过命吗？

莫姨娘开始给太太请安，的确是让海氏惊悚了一把，让全府上下惊恐了一下，然则这种情绪很快就在莫姨娘一日复一日的请安中逐渐淡化，年关将近，还要照顾姚冰，还是也没空理会莫姨娘，不过见到的时候态度冷淡一点，想着女儿的话每次见到莫姨娘都将讽刺十分艰难地吞咽了回去，日子倒也在平安中滑了过去。

姚冰过小年的时候已经能下地走了，姚玉棠头上的纱布也去掉了，额头上的皮肤深深浅浅地布满了痂，等到姚玉棠额头上的痂掉落的时候已经是新年了。这时姚玉棠终于回到了自己的院子里，只是人越发地沉默，常常一个人拿着一卷书，拿着一根针，就能发呆很久。

过年的时候因为翰林院出了一件大事，家里也变得有些气氛紧张，先是郑泰在给皇上讲读经史的时候一个典故用错了，被圣上斥责了一顿，后来又因为新进翰林院的赵游礼跟郑泰不合，两人从衙门里一直打官司到了御前，闹得皇上跟京中重臣都没有过个好年，就连姚谦都在大年三十被急召进宫，害得姚府的年夜饭也是异常的冷清跟不安。

　　要是旁人也就罢了，偏生姚谦此人脾气倔强，生性鲁直，说话办事从不会顾及别人的颜面，只是一切按照律法来，不然的话编纂国史的任务也不会落到他的身上。有几次，皇上因为私人错误，想要在国史上修改一笔，都被姚谦毫不留情面地驳了回去，害得皇帝很没面子，以至于十年如一日也没挪个窝。

　　因此姚谦一进宫，又是大年三十，姚府的人心都悬了起来，老太太就去了祠堂念经，海氏一晚上都心神不安早早就让众人散了，莫姨娘很安分地回了自己的屋子，吴姨娘带着梓锦也回了自己的院子，这个时候做妾室的唯一能做的就是不要添乱。

　　大年三十的晚上，姚谦没有回来。到了大年初一，事情愈演愈烈，不仅翰林院的官员被召进宫，就连御史也是将奏折雪花般飞向了御书房的案桌上。御史分成数派，一派是弹劾郑泰不能容人，不以江山社稷为重，妒贤嫉能容不下赵游礼；一派是弹劾赵游礼轻狂自傲，无法无天。

　　就在两派争议不下的时候，这个时候又出了一件事情，赵游礼的马车与平北侯府的马车在大街上相撞了，而马车里躺着的却是喝醉了的叶溟轩，马车倾倒，叶溟轩负伤，于是就以究竟谁家的马车撞了谁为导火索，叶溟轩迅速跟赵游礼对上了。

　　本就热闹的朝堂越发不可收拾了，御史们一下子又有活计干。有人弹劾叶溟轩仗势欺人，钟鸣鼎食的世家大族尽是出些纨绔子弟，丢了祖宗的脸；有的弹劾赵游礼不重皇族，轻狂无礼。

　　原本只是翰林院之间的内部斗争，到了最后因为叶溟轩的加入，突然变成世袭罔替享受祖宗蒙荫的世家大族与十年寒窗辛苦入仕的文人的激烈斗争。其实历朝历代以来，关于公卿之家与清流文人的斗争从不曾停止过，公卿之家自视甚高看不起穷秀才，文人们则看不起公卿之家不用出力就能享受恩荫，高官厚禄，国之蛀虫。

　　当梓锦坐上马车跟着海氏去赏桃花的时候，这场对峙还没有分出胜负，但是姚谦的倔梗之名却是越传越广，原因很简单，他把两方面的人都得罪了！

　　梓锦坐在马车里看着掀着窗帘偷偷瞧着窗外风光的姚冰的时候，心里还在默默地想着，自己这个便宜爹还真是很神奇，明明得罪了两方人马，为什么今年的三月三她家接到的赏花踏青的帖子越来越多呢？

　　今日去的正是跟赵游礼继续打官司的郑泰郑大人家，郑夫人十分热情地邀请海氏去做客，她家有一个桃林，规模不大却十分雅致，海氏推辞不过，只好带着姚冰、姚梓锦出来，姚玉棠借口身体不舒服在家养病。

和暖的春风映照在大地上，徐徐吹过人的脸颊，轻柔得如同母亲的手，夹杂着花香阵阵扑鼻，置身于花海中，花瓣随风轻轻飘过，如梦如幻，如临仙境一般。衣香鬓影成群，欢声笑语如歌，小小的桃花林变得格外温馨起来。

姚冰经常跟着海氏出门，早就跟一旁的几位官家小姐说起话来，梓锦不愿意凑热闹，更喜欢这片桃花，可惜姚府太小，种了梅花就不能种桃花。其实梓锦也不愿意去看别人的脸色，跟着海氏出来的次数多了，就算是海氏不明说，大家也知道她是庶女，对待她就淡淡的，对待姚冰或者姚雪的时候就会亲切很多。

这一点其实梓锦能够了解，不同的圈子自然会排斥不同的人，庶出的跟嫡出的天生就是优劣分明。

正想着姚冰却气呼呼地来到了梓锦的身旁，梓锦一见就顿住了脚步，让杜若在一旁候着，自己笑着问道："三姐姐，怎么了？"

"五丫头，要是有人欺负你你告诉我，我替你出气。"

听到姚冰的话梓锦一愣，莫名其妙地说道："没人欺负我啊，怎么了这是？难不成谁还能给你气受不成？"要知道姚冰的小火爆性子在这些官家小姐里也是略有薄名，大家一般不会跟她一样的。是谁这么……咳咳，不长眼，惹了她？

姚冰可见气得不轻，这时咬着牙说道："我要打你，是姐姐教训妹妹，我要骂你也是姐姐教训妹妹，你是我妹妹，我能打得骂得，可别人不成。"

梓锦更是一头雾水了，她好端端地避开这些个娇贵的小姐，就是不想沾染是非，可是听姚冰的语气似乎有什么人拿她说事了。这些个嫡出的小姐们天生就看不起庶出的，甚至于仇视庶出的，梓锦都知道的，可是听着姚冰的话，第一次心里还是泛起了温暖的感觉，第一次觉得这个骄傲的如同小孔雀脾气却暴躁的如同火炭的人，那么可爱，至少在别人面前她维护自己庶出的妹妹。

"我们一起去看桃花好不好，三姐姐？"梓锦笑靥如花，粉嫩的笑容映衬着旁边娇艳的桃花，越发令人觉得明媚耀眼。

姚冰气呼呼地摇摇头，指着远处一个身穿鹅黄色折枝花褙子的女孩说道："就是那一个，新任翰林院侍读赵游礼赵大人的千金赵丹若，你嘴又笨，人又呆，遇见她的时候躲着点。"

梓锦远远地望去，就看到赵丹若正在跟一群人说话，突然就往这边瞧来，两人的视线就在空中噼里啪啦无意中相遇了。就看到那赵丹若不屑地瞅了梓锦一眼，又回过头去跟旁人说话，那样的神态真是如同吃饭中遇到了苍蝇一般。

其实梓锦也能了解大家的心态，要说起姚府五姑娘，这里的人只怕是很少没有听说过的，要说梓锦扬名还正是因为那一幅绣屏，那幅绣屏之所以扬名，是因为顺宜公主每次见到人都要搬出来给人看，一传十十传百，想要捂着可也捂不住了。

梓锦一个庶女能有这般脸面，自然是令这些嫡女们仇视，一来二去的梓锦就慢慢地被人孤立了，就算有人想要跟梓锦交好却也不敢抬步了。

要说起来姚冰这个人也是个异类，若是姚梓锦被别人捧着，只怕她也受不了，又会日日找梓锦麻烦。可是梓锦被人排斥孤立，她又觉得十分难受，总觉得梓锦是她的妹妹，她能欺负别人可不能欺负，所以方才赵丹若说了一句，"不过是比针线上的绣娘手艺好些而已"，竟然把梓锦比作绣娘，姚冰就立刻还了回去："有其父必有其女，一个进翰林院就能搅得大家都过不好年，一个一张口就不说人话。"

谁知道赵丹若也不是个吃素的，随即讥讽道："也比有些人强，站在中间墙头草，骂了这个说那个，还真当自己是圣人了。"

姚冰对于这些事情并不是很了解，一来姚谦回了内院很少说朝堂上的事情，二来海氏在孩子跟前不太说这个。姚冰就不知道这句话是真的假的，这才憋了一肚子气过来寻梓锦。

梓锦听着姚冰叽里呱啦地说完，眉宇间就带了丝丝冷意，一个家族的颜面往往要比一个人的性命重要。这个赵丹若在外人面前如此轻狂，将来也未必就是好事。姚冰说赵游礼进了翰林院没让大家过好年，这件事情这里的人基本都知道，因为翰林院当差的大年三十晚上都进了宫，子女们见到当爹的不在家问一句，做娘的自然要解释下，所以姚冰的话没有问题。可是赵丹若说出的话可就是有些不合时宜了，一个深闺女子居然能知道朝堂上的事情，这可是要被人背后说嘴的。

梓锦看着赵丹若没过来寻事，自己当然也不会上前主动挑事，要是被姚谦知道了又要责罚，因此纵然心里生气，也只是默默记下了，淑女报仇，三年不晚。没想到不要说三年，就是三个时辰都没到，又出了事情。

赏了桃花，主家就邀请大家去用饭，也不知道主家是有意还是无意居然把赵丹若跟姚冰姚梓锦安排在了一桌，这可不是冤家遇到了对头。

姚冰正要要求换桌，姚梓锦却拉了拉她的衣袖，低声说道："母亲出门前叮嘱过，在别人家做客不管遇到什么事情都要忍耐，切不可丢了爹爹脸面。三姐姐，你莫冲动，回头我编一个小金鱼的扇坠给你可好？"

姚冰想了想，道："金鱼的眼睛要用你那对黑宝石，不许舍不得。"

过年的时候梓锦从老太太那里得到了一小匣子米粒大小的各色宝石，用来做些小玩意，姚冰早就惦记那对黑宝石了，只是一直没好意思开口，这次有了机会自然就开口了。

"行啊，回头我就给编上。"梓锦笑眯眯地应道，胖乎乎的小脸颊一颤一颤的令人恨不得上去摸一把才好。

看到梓锦这么大方，姚冰倒有些不好意思了，要知道她手里的好东西可比姚梓锦多多了，于是不好意思地说道："那你给我编好了，我就把你喜欢的那对赤金小灯笼的耳坠送你当回礼。"

"那我可赚大发了，那小灯笼可是实心的呢。"梓锦低声笑道。

姚冰无所谓地挥挥手，得意地笑了。

对面的赵丹若一直以为姚冰的火爆性子自然会主动跟主家要求换桌子，谁知道只看到她神色有些不善，她旁边的姚梓锦也不知道跟她说了什么，竟然满脸带笑了，不由得看了姚梓锦，眉头越皱越深。

说来也巧，赵丹若跟梓锦的中间坐着的是一个并不知道姚冰跟赵丹若吵过嘴的小姐，看着梓锦一身桃粉色杭绸折枝花褙子做得很是别致，就忍不住地问道："这衣服的滚边上你居然还做了刺绣，这小锦鱼这么小，你怎么绣得这样的漂亮。"言语间满脸的惊羡。

众人的眼神就被吸引了过来，原来梓锦在自己粉色的褙子边缘滚了雪白的亮绸，又在这三指宽的亮绸上绣了嫩绿的缠枝水草纹，而水草纹的中间绣了小小的活蹦乱跳神态各异的金鱼，很是夺人眼球，在桃花林的时候，梓锦特意跟人保持距离，也就无人瞧见，现在却躲不了的。

梓锦就笑着说道："这种针法叫做施鳞针，绣鱼儿的鳞片再好不过了。"

"施鳞针？这是什么针法？都没有听说过啊。"那女子惊讶地问道，眉宇间带着好奇。

"就是先以寻常的套针用多色绣线分出明暗面，然后再施针分出鳞片的层次，使得鳞片若隐若现，就多了几分真实的感觉。"梓锦轻声说道，声音尽量小一点不影响到旁人说道。

姚冰在一旁就得意地说道："我这妹妹在这方面很有天赋，做出来的东西都特别好看呢。"

"像我们这样的人家学学针线不过是应个景，难不成将来还靠这个过活不成？不像有的人不好好学，只怕将来没得出路呢。"

梓锦抬眼望去，就见赵丹若正面带鄙夷地跟旁边的人高声议论，明显的就是说将来梓锦的婚事能有多好，这个时候学学针线，到时候绣个帕子什么的贴补家用，说话很是刻薄。

这边小儿女的口角，让大厅里慢慢地安静下来，众人的视线就转移过来；只是这边梓锦这一桌却还未发觉。

姚冰就火了，就要骂回去，却被梓锦轻轻一拉，姚冰一愣，就听到梓锦开口了："女子有四德，即德、言、容、功。在我们姐妹中我算是最愚钝的，比不得我们大姐姐博览群书，比不得二姐姐贤惠知礼，比不得我三姐姐爽利活泼，也比不得我四姐姐能诗善赋，唯有多下苦工，这才在针线上小有所成。我母亲常教导我们，作为女子第一要紧的就是品德，能立身正本，不言别人是非；第二要紧的是出入要端庄，稳重持礼，不能轻浮随便；第三要紧的就是不惹口舌之非，理解别人所言，不得逞口舌之快，这第四最要紧的……"想起这最后重要是指成亲后相夫教子的，梓锦现在年纪还小，当然不能说这些，是为不雅，立即改口道："我母亲还没教我，母亲说我年纪尚幼，前三点学好了再说。"

海氏隔着一张桌子坐着，听着梓锦这一番话不仅让她脸面大增，就连她没有出门的几个女儿都被梓锦一夸奖立刻扬了名，顿时老泪纵横的，这么多年在庶女上的投资终于看到回报了，看着周围各位官太太的看着自己羡慕的眼神，便觉得人都要飘起来了。

梓锦这话没有反驳赵丹若什么，却字字句句在指责赵丹若不谨守女子的本分，失了妇德，犯了口舌，丢了妇容，这一招才是杀人不见血啊。姚冰与有荣焉地看了梓锦一眼，轻笑道："母亲平日没有白教你，没丢了咱们姚府的脸面。"

梓锦立刻抬起头，一副天真不知道自己方才做了一件令人无地自容的事情一般，脆生生地应道："姐姐说的是。"

谁人不知道这位五姑娘是庶出的，只是没有想到这位庶出的跟嫡出的三小姐关系这么好，听着自己话里的口气，好像姚府的姐妹都这般团结一般。于是众人看着海氏眼光有些不一样了，就比往日多了些敬重。

海氏自然是感受得到，心里暗下决心，以后出门必定带着姚梓锦，太……太长脸了！

赵丹若损人不成，倒是自己丢了颜面，听到梓锦暗讽的话语，一张脸都能滴出血来，她还能感受得到她身旁的人看她的眼神都有些不一样了。赵夫人远远地望着女儿，又瞅了梓锦一眼，却一句话也没说。

梓锦没指名道姓，若是赵夫人强出头，只怕就会落个以大欺小的名声，这以后儿子娶媳妇，谁家的姑娘愿意找个这样不讲理的婆婆？女儿要出嫁，谁又愿意攀个这样的亲家？不管怎么样，这哑巴亏只能生生地咽下了。

突然间有人发出了一声轻笑声，这笑声在着略显寂静的大厅里格外的悦耳，就如同午后挂在窗口的风铃，微风一吹，清脆悦耳。

众人不由得抬头往声音的发源处瞧去，只见到一个头束紫金冠，身穿宝蓝色五福花纹直裰，脚踏青缎小朝靴的十四五岁的少年站在门口，脸上带着灿烂的笑容，迎着灿烂的阳光好像镀了一层金，好一个俊逸的少年郎！

"多日不见，五妹妹倒是进益了不少。"

梓锦只觉得人生都被抹黑了，叶溟轩……你来做什么！

说起来梓锦跟叶溟轩也有大半年不见了，此时望去叶溟轩竟然要比之前高出了不少，一身宝蓝色的衣衫越发衬托的他贵气非凡，一对粗黑的远山眉带着英气，那一双眼睛黝黑不见底此刻泛着浓浓的笑意正看着梓锦，直挺的鼻梁下面，薄薄的唇微微地扬起，令人看着就如同微风吹皱了一池湖水泛起了涟漪，哪个少女不怀春，见到这般如阳光般明媚到人心里去的少年，一颗少女春心便跳跃起来。

梓锦万般无奈地站起身来，朝着叶溟轩微微福身，缓缓说道："不敢当叶家哥哥这句夸赞，都是母亲教导得好。"说到这里梓锦又轻声问道："老夫人身子可还健壮，长公主殿下万福金安？"

此言一出，不知道叶溟轩身份的人，此时却是再清楚不过了，人群中便陆陆续续地有人发出惊讶的呼声，谁也想不到眼前这位居然就是长公主的独子，郑夫人是主家，这时已经忙走了过来，笑道："叶少爷过来可是有急事？不知道臣妇能不能帮得上忙？"

叶溟轩看着梓锦的眼光一闪，然后转头看向郑夫人，这才笑道："其实也没什么大事，是顺宜公主让在下给五姑娘捎了一袋子各色琉璃珠，让五姑娘拿着玩。在下本来要去姚府，走到半路听到姚伯母带着三妹妹跟五妹妹正在贵府做客，就莽撞地闯了进来，还请夫人见谅。"

众人神色各异，谁也不会想到叶溟轩居然是受了顺宜公主的指使来给梓锦送东西，一时间众人看着梓锦的目光又妒又羡。海氏心里就有些不是滋味起来，要是给姚冰的多好，姚冰的笑脸也有些僵硬，总算知道在别人面前给梓锦留脸面，也不曾多说什么。

叶溟轩就大步地走了进来，伸手从怀里拿出一个明黄色杭绸锦袋笑着递给了梓锦。梓锦只觉得这袋子琉璃珠特别烫手，可还不能不接，硬着头皮接过，说道："还请叶哥哥转告公主殿下，梓锦多谢公主殿下的赏赐。"

"公主殿下说了，这袋子琉璃珠不值什么钱，只是颜色很好看市面上少有，知道你喜欢编东西就给你拿着玩，若哪天编出一个稀奇的物件就给她送去当谢礼了。"叶溟轩笑吟吟地说道，跟梓锦说话的口气都显得很亲昵，好像两人认识了十几年一般。

梓锦欲哭无泪，她就知道东西没那么好收的，可还得硬着头皮应了，又道："我可不敢随口应承的，若是做不出来，公主殿下也别怪罪才好。"

听到梓锦这么孩子气的话，海氏的后背就惊出了一身汗，这孩子能这么说话吗？可是众人没有想到叶溟轩神态愉悦地笑了起来，道："公主说了做出来了就送一个没有也就算了，她可不是强人所难，不过是谢你上次的那个屏风，她喜欢得紧。"

梓锦这才松了口气，故意拍着胸口说道："那就好，这要是愣要我做，我还怕真做不出来。"

梓锦只想着摆脱顺宜公主这个大包袱，一时间却没有注意到她跟叶溟轩一问一答，态度亲昵，言语随意，神态放松的模样被众人瞧进了眼里。众人也能看得出来，叶溟轩对别人却是有礼之外带着些疏离，可是唯独对着姚梓锦很是和善，脸上的笑意就不曾断过。

两人之间那一派其乐融融的样子，让众人都觉得心里有些怪怪的，可又觉得似乎是天经地义一般。

叶溟轩既然来了，郑泰自然要好生款待，就遣了小厮来请叶溟轩出去，叶溟轩完成了任务，就跟众人告别后，转身往外走。可是脚踏出了门口，身形一顿，缓缓地转过身来，朝着梓锦的方向默默地回望了一眼，眼眸中带着浓浓的眷恋……

梓锦完全呆住了，待叶溟轩走后，周围的人看她的眼神也有些不一样了，就连赵丹若这次也没有再说一些酸言酸语，格外地沉默起来，梓锦却如坐针毡，一旁的姚冰偏偏还拉着梓锦的手低声地问道："五妹妹，你有没有觉得叶哥哥最后看你的一眼有些怪怪的？"

连迟钝的姚冰都感觉到了……梓锦当真是欲哭无泪了，嘴上却还要镇定地说道："三姐姐看花眼了吧？叶哥哥哪里是看我，这屋子很多人呢。"

姚冰虽然觉得有些怪，不过梓锦的话也对，这屋子里的美女的确不少呢，当下开心了不少，就连胃口也好了很多。

梓锦却是味同嚼蜡，一颗心扑通扑通跳个不停，他家的浑水自己早晚要趟的，这个混球现在就开始制造暧昧了吗？幸好她年纪还小，别人就是看到了叶溟轩的眼神也不过是认为叶溟轩对她有什么想法，不会想到是自己不知廉耻勾引人，这个大祸水，就不能滚远点？

叶溟轩带来的连锁反应就是海氏立刻成为了众人接近的对象，姚梓锦也立刻成为了名门闺秀门交好的目标，大多是要从她的嘴里套问叶溟轩的情况。

"我家老太太跟叶哥哥的祖母是手帕交，所以两家有来往。"

"我们老太太前几年回京的时候，就受好友之托将叶哥哥还有秦哥哥带回京来，还在我们家住过几个月，所以我们是很熟悉的。"

梓锦总算是见识到了古代女子的八卦之力，一个人回答不过来，就拉着姚冰挡驾，应付了大半个时辰，这才得以脱身。

郑夫人招待着几位夫人去了花厅听书，说是从南方新请来的女先生，说得一口好段子，很多的小姐们也跟着去了。姚冰对这些没兴趣，就硬拉着梓锦去桃花林赏花，边走边说道："桃花林的花可比说书有意思多了，你知道吗桃花林的另一边还有一座锦鲤池，听说比我们家的锦鲤多多了，咱们去看看才是正经事。"

梓锦顿时无语，这才是姚冰拉她出来的重要目的吧？

杜若轻轻地拉了梓锦的袖子，低声说道："姑娘，那锦鲤池已经快接近外院了，还是不要去了。"

姚冰的丫头幼菱立刻也劝说姚冰，这要是出点什么事情，主子不会有什么人事情，可是丫头却会受罚的，尤其是太太出门前叮嘱过她好好看着姑娘，因此神态上就有些着急。

姚冰却不以为意地说道："你怕什么？外院的宴席这个时候还没散呢，更何况虽然说接近外院可是还是隔着垂花门，谁又敢随意闯进垂花门来？你再啰嗦，我可要生气了。"

梓锦也有些为难地说道："三姐姐，还是不要去了，你要是喜欢锦鲤，回去后让母亲再多买些放进池子里就是了，又何必在别人家多生是非，若是没遇上也就罢了，可要是遇上外人呢？"

姚冰十三岁了，要懂得避嫌了，梓锦也十二岁了，今年就要自己独居一座院子，姚月也快要出嫁了，这个时候梓锦自然不愿意节外生枝。

可是梓锦要是能劝得住姚冰，姚冰也就不是姚冰了，最后还是无奈地被姚冰拉着去了，幸好这个时候锦鲤池旁静悄悄的并无旁人，梓锦这才放下心来。

没想到郑府的锦鲤池里居然有那么多的锦鲤，大的小的看到有人过来，立刻就游了过来，可见是被人喂惯了。

姚冰就让幼菱跟杜若去拿鱼食喂鱼，两个丫头看着这里并没有男子出没，就立刻去了，姚冰拿起了一个小石子轻轻地投进了水里，金色的鲤鱼受了惊吓立刻四散而去，姚冰开心得像个小孩子，清脆的笑声在院子里慢慢散了出去。

垂花门外，叶溟轩正跟秦文洛还有郑大公子笑着说话，几个人年纪尚小，自然不能多喝酒，郑大公子就在郑大人的示意下借机将两人带出来，不承想走到了垂花门外却听到了这样一串串清脆的银铃声传来，三人不由得都顿住了脚。

秦文洛失笑一声，看着叶溟轩说道："这声音好像是姚三姑娘的。"

叶溟轩细细听了听，道："是有些像。"这边话音刚落就听到垂花门内姚冰喊了一声："五妹妹，再给我捡个小石子过来。"

叶溟轩就是一愣，姚梓锦也在，眼睛里就有了笑意。秦文洛就笑道："这个三妹妹还是这么调皮。"

一旁的郑大公子却是有些急了起来，道："这些锦鲤家母最爱了，要是三姑娘用石子给惊吓了，出点什么事情可怎么好！我得进去说一声，两位兄台稍等。"

郑大公子急急忙忙就走了进去，叶溟轩既然知道姚梓锦也在自然慢慢的跟了进去，秦文洛也就无可无不可地跟了进去。两人晚了些，刚走进去就听到姚冰的声音传来："不过就是些锦鲤，你若怕惊着，受了损，回头我陪你就是了！"

两人面面相觑，不知道发生了什么事情，快步走了进去。

梓锦其实一直觉得姚冰就是自己的灾星，因此当叶溟轩跟秦文洛出现在郑大公子郑源背后的时候，恨不得能立刻遁走，也恨不得自己会隐身才好。奈何叶溟轩这厮一看到梓锦就惊讶地说道："五妹妹也在，真是好巧，人生何处不相逢。"

梓锦直接无语了，努力地不让自己翻白眼，只是笑着应了一声，就去拉姚冰说道："三姐姐，咱们回吧，母亲怕是要找你的。"

按理说要是姚冰知趣的就该趁机下台，告罪离开，谁会知道姚冰反而说道："母亲正在听书，一时半会哪里会想起我来，不着急。"

梓锦瞬间觉得这个姚冰真是被人宠坏了，当下立刻提高声音说道："三姐姐，咱们该回了！"

姚冰愣愣地看着梓锦，似乎不敢相信一向温驯的人居然会这样说话，顿时傻在那里，明艳的脸庞带着些傻气，倒是让姚冰多了几分可爱。

秦文洛这还是第一次见梓锦这样高声说话，大为惊愕，呆愣不已。叶溟轩却笑了，这才是姚梓锦是不是？

正在这时杜若跟幼菱回来了，一看到亭子里多了几个人都是惊讶不已，梓锦当下看着幼菱说道："三姐姐有些累了，你扶着她先回去。"

幼菱浑身一冷，当下也不敢多说什么，忙扶着姚冰就走，鉴于姚冰还在震惊中居然就那么被幼菱拖着走了。

姚冰走后，梓锦这才松了口气，转头看着郑大公子，只见他正呆呆地瞧着姚冰的背影发呆，梓锦有些不悦地轻咳一声，郑大公子立刻回过神来，一张俊脸涨得通红。梓锦则说道："家姐其实也没有恶意，只不过是看着这些锦鲤可爱有趣这才想要戏耍一番，倒不承想这是令堂的心爱之物，梓锦替姐姐赔罪了，还请大公子莫要怪。"

郑大公子顿时有些手足无措起来，磕磕巴巴地应道："没……没事，是我太莽撞了些，还请两位小姐不要责怪我无礼才好。"

梓锦忙又谦虚几句，谢过了对方不追究之恩，便是一刻也不肯多呆地告辞而去。

叶溟轩看着梓锦的背影嘴角轻笑，却听到耳边的秦文洛低声细喃："大半年不见，没想到五妹妹都从一个小圆包子变成这样一个知礼的人了。"

叶溟轩听到秦文洛说起梓锦，立刻就转移了话题，瞧着还有些发呆的郑大公子，轻轻地推了他一下，三人这才离开了内院，也幸好这个时候人迹稀少，这一段小小的插曲并没有被人发现。

过了三月二，先是梓锦从吴姨娘那里搬了出来，自己住了一个小院，就在姚玉棠的隔壁，姚府的几位姑娘住在一个园子里，只是各自有各自的院落罢了。梓锦迁居，几位姐妹都送了礼物过来，就连外院的几位兄弟也送了礼物进来，梓锦觉得搬家也是挺好的事情，至少有礼物收。

接下来就是准备姚月的婚事，婚期将近，海氏越发忙碌起来，四月里选了吉日，泪眼婆娑地将女儿送出了门。三朝回门的时候，梓锦见到了新姐夫，是个文质彬彬的人，跟姚月站在一起真是珠帘玉璧的一对玉人。

等到姚月都出嫁了，朝廷上的官司也落了一个段落，任是谁也没有想到在这一场闹剧里收获最大的居然是姚谦，因为姚谦秉公办事，不偏不倚，说事举例，不夸海口，没有一丝一毫偏颇，居然一夕之间获得圣上的青睐，就在这时翰林院大学士乞骸骨回乡颐养天年，圣上准奏之后，御笔一挥破格提拔姚谦升任为翰林院大学士一职，虽然还只是一个正五品，却已经是翰林院诸人之首，又蒙获圣上赐府邸一座。

一时间姚府顿时热闹起来，既要应付前来恭贺的诸人，又要忙着搬家事宜。现在居住的宅子乃是姚府自己的私产，圣上赐的宅子将来姚谦卸任要归还皇家，可是这是天大的恩典，自然是要搬过去的，以示忠心跟感恩。

与此同时跟赵游礼有撞了马车官司的叶溟轩，却被判为纵马伤人的罪名，原因则在于他的马夫出面承认他是受了叶溟轩的指派在大街上横冲直撞的，一时间整个京都顿时哗然，御史上书弹劾长公主纵子行凶，弹劾叶溟轩仗势欺人，在姚府一片光鲜的时候，叶溟轩正处于焦头烂额中，因为指证他的车夫被人发现他杀于家中，一时间事情越演越烈，朝中文贵清臣跟公卿之家的战争顿时进入白热化。

公卿之家自然是为叶溟轩脱罪，入仕文人要求皇子犯法与庶民同罪，两派之争断断续续持续了大半年，等到事情有了准音的时候，已经到了寒冬时分。

梓锦正烤着火盆取暖，一边听着寒梅打探来的消息："……都说是证据十足，叶少爷就要被发配边疆流徙三千里三年，听说长公主都要哭瞎了眼睛，要去御前撞洗冤柱，还去了奉先殿哭先皇，闹得可厉害了。"

这一年姚家过得也并不太平，姚老太太跟叶老太太是手帕交，连带的姚谦在朝堂上为叶溟轩说话，就有人说姚谦徇私舞弊，若是姚谦向着文人又会被人说是无情无义之流，若是撒手不管，又被人说明哲保身，老奸巨猾。不管怎么做都是错，弄得姚谦疲累不堪，连带着姚府也跟着大门紧闭概不见客。

流徙三千里三年？梓锦心口一跳，一时间默然不语，看着火盆里跳动的火苗默默发呆，叶溟轩好歹也是一个重生过的人，怎么能犯这样低级的错误，他是绝对不会纵奴行凶授人以把柄。那车夫居然还被他杀于家中，居然还有证据证明是叶溟轩下的手，一步步一环环地将叶溟轩牢牢地套住拖进了泥潭，如今竟然要流徙三千里……

梓锦是很讨厌叶溟轩，可是当叶溟轩遭到这种事情，她却忧心起来。长公主那样和蔼的一个人不知道要有多伤心，要去撞洗冤柱，去奉先殿哭先帝，这都是没有办法的办法了，不到了绝望，长公主怎么会做这种事情？

"平北侯爷难道就没有为儿子求情吗？"梓锦脱口问道，对于这个一直活在传说中的男人，很不感冒，不管怎么样叶溟轩也是他的亲生儿子不是吗？

杜若闻言，就叹息一声："纤巧听到叶老夫人来时说，平北侯向来是为人正派，做事公允，可是这次却也是豁出脸面为儿子求情的，只是皇上没允，闹到这个地步，真是令人没有想到。"

杜若发呆一会儿，突然问道："姑娘，叶少爷那样平和的一个人怎么会做出这样的事情？奴婢可有些不敢相信。"

是啊，姚梓锦也不相信，可是不管她们相信不相信，别人信了，皇帝信了，就足够。想起上一世叶溟轩离世的时候应该比这岁数还要大一些，不知道上一世他有没有遇到这个劫难？如果有的话，那么……梓锦眼前就是一亮，两世为人的人，怎么就会让自己阴沟里翻了船？

突然一个很大胆的想法冒出脑海，这该不是叶溟轩的苦肉计吧？

不管怎么样，梓锦的心轻松了不少，脸上就有了笑容，看着杜若说道："放心吧，吉人自有天相，叶哥哥定然会没事的。"

看着梓锦说得笃定，杜若倒是有些恍惚了，失笑道："莫非姑娘是铁嘴直断不成？这般肯定。"

"那倒不是，我只是想着人间自有公道在，上天必定不会冤枉一个好人，也不会放过一个坏人的。"梓锦说道，古人比较相信这个，所以寺庙道观香火旺盛。

杜若就笑道："倒是奴婢见识短了，白白痴长了几岁。"

长公主府。

"少爷，下一步咱们要怎么做？"卫易低声问道，书房里半暗半明的月光映照得他半边脸若隐若现，却依旧看得到那一双浓眉带着讥讽。

"莫急，让他们多得意几天。"叶溟轩缓缓地笑道，手里拿着茶盏盖轻轻地滑过茶杯，发出清脆的碰瓷声，在这夜色里越发明晰起来。

"那万大人那里要怎么回禀一声？"卫易道，锦衣卫指挥使万荣可不是一个好相与的角色。

"不用说什么，他自然会选择一个最恰当的时机站出来。"叶溟轩眼眸一眯，对着夜色能清晰地看到一抹寒光闪过，冰冷异常。

卫易点点头，立在一旁不再说话。

叶溟轩放下茶盏，淡淡地问道："那边有什么动静没有？"

卫易一愣，随即明白那边指的是什么，冷笑一声道："正开心得紧呢，以为您这辈子就完了，要不是您说不动手，属下一定好好地伺候他们！"

"你慌什么？以后有你玩的，猫抓老鼠怎么能一下子就给吃掉，多没意思。"叶溟轩就冷笑起来，嘴角的讥讽越发浓烈，爬得越高跌得越惨，他在一边正好看热闹。

阴冷的冬天悄悄流逝，春光明媚之时，关于叶溟轩跟赵游礼的官司终于尘埃落定，结果令人大出意料，之前刑部查到的证据皆都指往叶溟轩，对叶溟轩十分不利，也就在这时叶溟轩就成了纵马行凶，仗势欺人典型的公卿之家纨绔代表，每每被人提及总会被人骂上几句狐假虎威的东西。证据确凿，已无回天之力，于是乎流徙三千里三年的消息横空出世，于是众人都默认为这是皇帝被众人逼得没有办法，不得不下狠手处置自己的外甥，以正国法。

就在这消息传扬得几乎街头巷尾的稚龄小童都可以随口说上来，皇帝就要下旨的时候，意外发生了。锦衣卫指挥使万荣突然回禀他在查夜的时候抓获了一个翻墙的小贼，带回衙门审讯的时候却不承想问出了一个天大秘密，曾经给叶溟轩驾车的车夫根本就不是叶溟轩所杀！

事情急转直下，引起轩然大波，鉴于万荣向来冷傲从不与朝中重臣来往，只忠心于皇上，因此万荣的话便让众人很是信服，再加上锦衣卫的手段众人都是知晓的，因此这事情一旦锦衣卫插手，刑部就灰溜溜地撤了出来，颜面尽失，可算是得罪了长公主跟叶溟轩了。

这个消息是梓锦在海氏带着她们给老太太请安的时候听海氏说的，众人不明白所以，还以为真的是万荣无意中破获了这个大案，可是梓锦却清清楚楚地知道前一世的叶溟轩最后却是做了锦衣卫的，至于做到了锦衣卫哪一级她不晓得，但是这次万荣出面，她知道绝对不是侥幸，只是没有想到叶溟轩还没有进入锦衣卫居然就能请得动万荣帮忙，突然间只觉得骨子里一片寒凉，这厮太可怕了！

最后的结果，叶溟轩自然是平反昭雪，皇帝有愧欲要给他赐封个爵位以示补偿。出乎众人意料之外，叶溟轩却坚定拒绝了，愿意用这个爵位换取进入锦衣卫的机会。

举朝震惊，没听说过公主的儿子会愿意去当锦衣卫的，那可是杀人不眨眼的地界。人鬼俱憎，避之不及！

皇上也很是纳闷，于是就问叶溟轩："若你喜欢拿刀枪我便让你去西山大营可好？"

叶溟轩就回答："本来并无从军的意愿，更没有进入锦衣卫的想法，可是经此一事，刑部不仅不能够还溟轩的清白，还要将我发配三千里，可见刑部主事糊涂至极，断案不明，草菅人命。锦衣卫虽说是无意中还了溟轩的清白，可是他们却都是为民伸张正义之人，溟轩平生无大志，可是现在却想做一些审案断讼，明刑狱，断是非，做个为民请命之人，还请皇上恩准。"

锦衣卫是皇上的左膀右臂，十分重要的所在，平日招募人手十分的谨慎，断不会随随便便选用一个人。叶溟轩的身份又实在是有些敏感，皇上不由有些犹豫。可是看着叶溟轩不过是十五岁的少年，很显然还不知道这锦衣卫究竟是个什么所在。而且……锦衣卫终究是在自己信任的人手里作为皇帝的才能够放心，叶溟轩是长公主唯一的儿子，而皇上跟长公主的兄妹情谊也很深厚，将来叶溟轩在锦衣卫他也能够安心。

基于各种考虑跟平衡之后，叶溟轩如愿地进入了锦衣卫，却是从最底层开始做起。梓锦对于这个时代的锦衣卫不太了解，于是就去找了姚长杰询问。

姚长杰沉吟半晌，做了详细的解说。

梓锦觉得锦衣卫这个职业带着灰暗的色彩其实完全拜明朝后期宦官专权，滥杀无辜，诬陷重臣给人的强烈印象太深，以至于梓锦一听到锦衣卫这三个字就下意识地讨厌，可是在听到姚长杰的上述解说后这才明白，原来这个时候的锦衣卫还是一个很正常的国家安全机构，很正义的一面，于是乎对于小叶同学的弃笔从戎就少了些反感，至少这也算是个为君分忧，为民请旨的好地方。

虽然心里还有些怪怪的，可是关她毛事？于是乎姚梓锦又恢复了以前好吃好睡天塌下来当被盖的好日子。

刚过了春，姚府就接到了喜讯，姚月有了两个月的身孕，海氏笑得合不拢嘴，女儿有了身孕就等于在冯家站稳了脚，于是忙笑着给老太太去报喜，正巧梓锦几个姐妹也在，闻言一同跟海氏道喜，屋子里的气氛顿时就变得热闹起来。

"今午我刚送了观音送子灯过去，没想到这才月余就传了喜讯。"海氏激动不已，浑身上下都带着一股子活力。

按照习俗女子出嫁未生子女，娘家就要送灯，必须要按照规例以求子息来临。出嫁第一年，要送观音送子灯，相传观音乃送子之佛。第二年要送橘子灯，"橘"与"吉"同音，有吉子来临之意。第三年送坐盆灯，寓意小孩临盆之意，第四年芋头灯，第五年花盆灯，要是五年过去了还没有生育，就要从第一盏灯再从头送起。

第一年有了孩子，以后就不用按照规例来送灯了。

老太太笑道："月丫头是个有福气的，你明日去看看她，让她好好养胎，别的一概不要管了。"海氏忙应了。

阁府上下都知道大姑奶奶有了身孕的消息，俱都带了笑颜，海氏忙着准备礼物第二天去看姚月，几个未出嫁的女孩也都准备了礼物请了海氏带去，姚谦回来听说后也很是开心了一番。如今翰林院终于清静下来，姚谦自然是比以前轻松了许多，只是受到皇帝召见的机会多了起来，姚谦经历了叶溟轩跟赵游礼一事，如今叶溟轩进了锦衣卫，赵游礼却被贬为了西峡县县令，起起伏伏令人警醒，姚谦竟然因为此事变得通透了些，虽然在有些原则性的问题上还是坚持己见不肯罢休，可是有的时候却也会退一步，总算是学会了些变通。

姚雪今年十五岁了，五月初三就是她的及笄礼，姚雪的及笄礼相对于姚月那时候就低调了些，虽然说姚谦升了官，可是越是这样越是要低调，因此姚雪的及笄礼办得虽然郑重却倒也简单，梓锦送去了一套湘裙作为贺礼。姚冰送去的是一对猫眼石的耳坠，姚玉棠送去的是水晶的珠花。出嫁的姚月因为月份浅不能来观礼，却也命人送了一对赤金嵌宝的凤钗，掂在手里分量十足出手很是大方。

姚雪的及笄礼一过，上门提亲的人就多了起来，海氏整日忙得不可开交，还要把姚雪带在身边教导庶务，剩下的几个小的倒也少了拘束，越发自由起来。

办了新的府邸，庭院大了许多，几个姑娘住的地方也宽敞了许多，住的小院比原来的姚府不知道宽敞多少，喜得梓锦专门辟出一间做了绣房，举凡是针线，各类珠子，花样，布料都有了专门归置的地方，靠近窗子的地方就放了一架绣架，迎着光做针线一点也不伤眼睛，梓锦对于这里很是满意。临窗的大炕上东西两侧摆了两个小书架，密密麻麻放满了书，却是各朝各代的绣谱多一些。

这日，梓锦穿着家常的松香色细带小汗衫靠在迎枕上研究绣谱，正看得入神，就听到外间传来急促的脚步声，手里的书还没有放下，姚冰就冲了进来，一把抓着梓锦的手道："快点，跟我走。"

看着姚冰这般急促的神色，梓锦突然有些不安起来，问道："三姐姐，发生什么事情了？"

第五章
莫姨娘咸鱼要翻身，姚月小产细查凶手

姚冰闻言就落了泪，这下子梓锦可就慌了手脚，能让姚冰哭的事情，那得多恐怖啊，忙下了榻趿上鞋，问道："你倒是说啊？"

跟姚冰在一起的日子越来越多，这姐妹两人的感情倒也越来越好，以前的时候，梓锦只觉得姚冰就是一个被宠坏的小姑娘，十分不可理喻，可是随着日子越来越长，倒也觉得姚冰这样的性子在大宅院中才是最珍贵的，至少她不会说一套做一套，情绪也都在脸上，不用去猜忌，因此这几年两人倒是逐渐亲厚起来。

因此梓锦这样的喝问姚冰居然也没生气，张口说道："五妹妹，大姐姐……大姐姐小产了。"

时间仿佛静止了一般，梓锦只觉得口舌都变得干燥起来，一屁股坐在了炕沿上，小产？

"你听谁说的？消息准不准？"梓锦看着姚冰问道，她没想到姚冰看着大大咧咧居然还会哭。

"大姐姐身边的香彤回来说的，如今正在祖母屋子里呢，母亲也在，我去找母亲无意中在窗口听到了一句。"偷听毕竟不是一件光荣的事情，姚冰虽然性子娇憨却也有几分不自然。

梓锦慢慢地明白过来，没好气地看着姚冰说道："那你拽着我去做什么？老太太既然不让人打扰，显然是要跟太太商议对策，你拉着我贸贸然地冲进去可怎么是好？"

"我这不是太着急了吗？"姚冰静了下来也觉得自己实在太莽撞了，越发不敢看姚梓锦了。

这两年梓锦慢慢地褪去了年少的圆润与稚气，身量抽高了，面容清减了，整个人就如同一株临水的水仙，这几年越发有吴姨娘的丰姿，只是贪吃，虽然清减了，不过看上去还是要比其余的几个微丰些。

"你呀，只长肉不长脑子，你也不想想这样的大事怎么好让我们这么快就知道？总得老太太跟太太了解一下大姐姐为何小产，才能好告诉我们不是？"梓锦说完这句立刻唤来了人给姚冰打了水，服侍她净了脸重新梳了妆，姐妹二人这才又坐下说话。

姚冰毕竟是海氏的亲女儿，有些事情要比姚梓锦跟姚玉棠知道得多，这时她叹道："五妹妹，你看着我只长个子不长脑子，可是你不知道我心里都明白呢，只是我不愿意说，前几日的时候大姐姐身边的婆子还回来报信大姐姐怀相好，能吃能睡，怎么就几天的工夫就小产了？我虽然没你聪明……"说到这里看着梓锦要说什么，她就不耐烦地说道："你少跟我装，你跟别人装傻，可用不着跟我还装，我心里跟明镜似的。"

梓锦默然了，这几年姚冰一闯了祸就来找她收拾善后，所以……嗯哼……不经意间也露馅了。

看着梓锦闭了嘴，姚冰又接着说道："我虽然没你聪明，可也不傻，好端端的人怎么就会小产？我记得曾经听我的奶娘说道，当初母亲刚生下我的时候，莫姨娘也怀着四妹妹五个月了，那个时候莫姨娘仗着自己有身孕很是嚣张，母亲曾几次咬牙说生不下来才好，可是每次去庙里烧香总要给送子观音多烧一炷香，奶娘说母亲心地很好，虽然很是恼恨莫姨娘，可是只是说孩子无辜，后来四妹妹生下后总是帮着莫姨娘欺负娘，每次娘也很恼火，对着莫姨娘发作，可是也没对她怎么样，顶多就是不理不睬，冷着她。所以我从小就看不惯姚玉棠，最讨厌她假惺惺的模样，在爹爹面前不知道给我上了多少眼药，害得我挨训，我就是讨厌她。可是这几年她安分了，我也不那么讨厌她了，你说我这样的爆脾气都能这样想这样做，大姐姐那样冷静的人还能小产，你不觉得这里面很不对劲吗？"

梓锦第一次郑重地打量着姚冰，突然觉得真人不露相的应该是姚冰吧……

看着梓锦惊讶的眼神，姚冰有些窘迫，霸道地说道："不许这样看着我，我之所以跟你说这些，是因为我担心大姐姐。她是个从来不轻易诉苦的人，这次却要让香彤回来，肯定是发生了大事。五妹妹，别人不知道，可是我知道你点子多，好歹你出出主意，我知道你不愿意出风头，你跟我说我去跟太太说，绝对不让你在中间为难。"

从一开始的霸道到后来的请求，梓锦看着姚冰却没有办法拒绝，想起姚月在家里的时候对自己说不上很亲热，可是姚玉棠欺负自己的时候，只要她在总会为自己说几句话的。姚冰怕姚月，可是就算这样，毕竟是一母同胞的，姚月出了事，姚冰就肯低声下气来求自己。

"不是我不管，大姐姐对我很好，只要能用得上我我自然是赴汤蹈火的。只是三姐姐，这件事情咱们还不知道事情的经过，好歹知道经过后再作打算不是？"说到这里梓锦揉揉额头，又道，"这个家里内有老太太、太太，外有父亲，大哥，哪一个不比咱们经历的事情多？想出来的办法也必定比咱们好百倍的，莫着急，总会有办法的。"

姚冰知道梓锦不是敷衍之词，无奈地耷下脑袋，喃喃说道："大姐姐这会子不定怎么伤心呢，我真想去看看她。"

梓锦没有说话，这话姚冰能说她却不能开口，要出门就要让外院安排马车，还要准备出行的婆子丫头，这么多琐碎的事情，这个时候海氏估计正发火呢，她可不敢撞枪头上去，而且，海氏是一定要第一时间去看姚月的，只是却不能带着她们，太不方便了。

果然香彤来了没多久，太太就带着香彤赶去了冯家，姚冰去打探消息了，梓锦一个人默默地坐在那里发呆，手里的书再也看不下去一个字。姚月是姚府的嫡长女，海氏跟姚谦的掌上明珠，嫁到冯家去是嫡长媳，又是怀的第一胎，冯家人多有看重，可是却还是小产了，让人听着就浑身发冷，大宅门里生不下来的孩子太多了。

可是多半是妾室生不下来，姚月可是冯家三媒六聘的嫡长媳……

日头渐西，金色的阳光透了进来披洒了梓锦一身，杜若掀帘子进来的时候就看到这一幕，一时间有些晃眼，看着梓锦就仿若是一幅画，安静美好，如果眉宇间没有那一抹清愁的话。

梓锦慢慢回过头来，看着杜若问道："可问到了什么？"

杜若摇摇头，神色有些严肃，缓缓说道："这次不同以往，老太太院子里的人口风紧得很，就连纤巧都不敢多说一个字。"

梓锦一愣，这就是说老太太下了封口令，不然的话以杜若跟纤巧的交情多少能问出些什么，想到这里眉头又紧了些。

杜若看着就劝道："姑娘，您就别担心了，有老太太，太太，老爷，自然会处理得好的，咱们要是太多事也不是好事。三姑娘是太太亲生的自然没什么，可是您不一样的。"

梓锦就笑了笑，道："你放心我知道该怎么做，老太太既然下了封口令咱们就不要多管闲事了，你只打听着太太那边什么时候给我们这些个人送信，到时候去看大姐姐的时候咱们也好提前准备些什么。"

杜若点点头，忙应了。看着梓锦欲言又止，梓锦就问道："还有事情？"

"方才奴婢过来的时候，看到了莫姨娘去了四姑娘的院子。"杜若低声说道。

要不是杜若提起，梓锦几乎就要忘记莫姨娘这个人了，这两年莫姨娘循规蹈矩，做人低调，几乎低调到尘埃里去了。说起来也是莫姨娘命不好，这两年姚谦一直在忙公务，朝廷的事情都忙不过来，别说莫姨娘就是吴姨娘那里也不多去，多数的日子都歇在外书院，莫姨娘也没有拿出以前的那一套做念唱打，情诗，儿女齐上阵的把戏，没想到这一过就是两年。

如今莫姨娘突然又跟姚玉棠走动起来，梓锦就上了心，看着杜若说道："也许是莫姨娘听说了什么，莫姨娘闻风而动了。"

杜若心领神会，这两年姚谦忙于公务没时间理会莫姨娘，太太看得又紧，如今姚月出了这样的事情，太太必定会忙碌起来，莫姨娘就会觉得时机到了，这才又蠢蠢欲动了。

"莫姨娘想要翻身也没什么，可是奴婢就怕莫姨娘一旦翻了身，头一个遭殃的就是姑娘跟吴姨娘，太太莫姨娘一时半会奈何不得，可是要踩着吴姨娘跟姑娘以莫姨娘的手段轻而易举就能做到。"杜若有些担心。

梓锦也知道这一点，她就怕莫姨娘不是真心悔过，到头来吴姨娘又倒了霉，想到这里看着杜若吩咐道："你去帮我做一件事情……"

杜若就俯身过去，梓锦在她耳边低声说了一句，杜若眉峰一挑，道："把莫姨娘去找四姑娘的事情传到正院去？"

梓锦点点头，缓缓说道："不是我太狠心，是莫姨娘太不安分，我不能不提前预防着。这个女人心太狠，只怕是一出手就是雷霆之势，到时候我们连抵挡的时间都没有。"

梓锦不想拿着自己跟吴姨娘冒险，因为莫姨娘不值得，所以她必须要出手快！

杜若就点点头，道："姑娘想得周到，婢子这就去办。"

时至今日，莫姨娘依旧是风情万种，尽管过了两年的时光，可是岁月并不曾在她的脸上留下什么痕迹，反倒是海氏这些日子以来因为姚谦朝政上的事情没少忧了心反而是添了丝丝皱纹。

海棠红遍地织锦的滚边褙子，月白色蝶恋花的月华裙，头梳了瑶台髻，簪了一只小巧玲珑的玉钗，耳上坠了宝金葫芦坠子，此刻正泪眼婆娑地看着姚玉棠抹泪，只听她说道:"天下无不是的父母,就算是我只是你的姨娘,你到底是我身上掉下来的肉,难不成我还害你不成?你就这样跟我说话,你让我……你让我后半辈子可指望谁去?"

这话说得好不凄凉,姚玉棠的眉头就是一皱,开口说道:"我也算是看明白了,以前的时候是我不知道天高地厚,想要跟嫡出的争个高低,到头来却落得鸡飞蛋打,讨了爹爹厌恶。这几年我小心做人,处处忍让,太太倒也没有为难我,姨娘,做人就要认命,你跟我认命的好。"

莫姨娘没想到女儿会说出这样的话来,这两年母女两个很少在一起了,再加上莫姨娘的臂膀基本上都被清扫干净了,也不敢跟以前一样猖狂,后来想着要挽回姚谦的心,可是姚谦一个月倒有一大半歇在外书房,她一个妾室自然不敢轻易地去外书房。可是老爷回了内院多半也去了太太那里,如今她可不敢跟海氏明着作对了。

以至于这两年蹉跎了岁月,不过她也不是闲着的人,这两年她把精力全部都放在了保养上,吃的用的擦的,如今看看她的脸,再看看海氏的脸,莫姨娘还是很骄傲的。

如今听说香彤回府了,本来大姑娘出嫁后也时常派人回来问安,没什么奇怪的,可是这一次却看着有些蹊跷,香彤的眼睛红红的,分明是出了事情。她就想着,要是大姑娘出了事情,太太自然就没有时间跟精力对付自己,自己正好趁这个时候挽回姚谦的心,因此就存了让姚玉棠帮她探听消息的心思,谁知道却被女儿一口拒绝了,莫姨娘那个憋心,难受得要死。

"认命?我凭什么要认命?如果我认命,在我爹被抄家我被卖为官奴要被人卖进窑子的时候我就该认命。可我不认命,我用我身上所有的银钱贿赂了官差,求他大发慈悲别把我卖进窑子里,把我卖给别人家为奴也好。那官差收了我的东西又看着我可怜,就把我卖进了姚府。进了姚府我若是认命,那么现在我最多不过是配一个小厮,辛苦劳作一辈子。可我不认命,我用我满身的才华赢得了你爹爹的注意,所以才能有了后来的尊贵。棠丫头。你没受过苦,你不知道那种滋味,你外祖刚被落罪的时候,我流落在外,被人欺凌,大冬天浆洗衣裳,手都裂了,肿了,连筷子都拿不住。我爹爹犯了错,可我又有什么罪?为什么我就要受这样的苦?我才不认命!人就是不能认命,如是认了命,哪来的你们现如今的生活?"莫姨娘神态有些狰狞,想起从前那段事,更多的是怨恨。

姚玉棠一愣,还是第一次听到姨娘说这些,没想到姨娘居然以前有那样的经历,便忍不住说道:"姨娘,过去的事情都过去了,以后咱们好好过日子就是了。只要咱们安安分分的,太太就是看着爹的面子也不能为难咱们,您又何苦去争那些?以前你也争过,可是结果怎么样?"

"那怎么一样?那个时候姨娘走错了一步棋,惹得你爹爹生了气,这才让太太得了逞,只要你爹想起咱们以前的好来,定然会像以前一样对咱们的,我知道的,你爹爹最是心软的,只要我哭一哭求一求,好好认错也就没事了。"莫姨娘柔声细语地劝慰着女儿,"棠儿,明年你就十五岁了,要及笄了。及笄就要开始说亲,姨娘这时候要是不能得到你爹的欢心,谁知道太太会在你的婚事上做什么手脚。你还年轻不知道这里面的厉害,说亲这个东西有的时候看着听着这门婚事不错,其实里面学问可大了,姨娘就你这么一个女儿,自然想让你嫁得风风光光,纵然及不上太太的亲生女儿,可也不能太差,只要你嫁得好,姨娘也就安心了。"

姚玉棠发起呆来,莫姨娘的话也是她的心病,她知道太太讨厌她,平常虽然不会克扣她的份例,可是她的婚事却是要太太做主的。太太挑好了人家,大致跟爹说说,难不成爹爹还要去亲自验证不成?自然是太太说什么就是什么,到时候自己还不是任由太太拿捏?

女孩子这一生最大的期盼就是能寻一个好的人家……可是,她还不想让姨娘再去跟太太作对,姨娘的手段她知道的,怕到时候引火自焚。

想到这里姚玉棠抬起头来,她的眉眼之间跟莫姨娘有七八分像,只是这两年越发纤瘦了,正好跟姚梓锦那个小肥身子成反比,瘦有瘦的好处,一眼看着就让人心生怜惜,胖有胖的喜感,看着就喜庆,肥嘟嘟的惹人喜欢。

"姨娘,我是不会去打听什么的,我劝姨娘也消停消停,有那时间不如好生劝着哥哥上进读书。他在前院我不好日日去探望,听说如今荒唐得很不成样子,身边的竟是些狐媚的,引着哥哥不好好的读书。"姚玉棠叹口气说道,"将来哥哥能够得个功名在身,姨娘才算是熬出头了,将来也能有个依靠。当初你只顾着好胜争强,丫头选的都是好样貌的,可是你看看大哥哥,再看看哥哥,你就不觉得心痛吗?太太脾性不好,心思又小,可是儿子争气这比什么都强。"

听到女儿这么说,莫姨娘脸色顿变,怒道:"太太都不管吗?"

姚玉棠闻言惊愕地看了自己姨娘一眼,却没说话,眼神中闪过丝丝失落。

莫姨娘看着女儿的神色,突然间明白过来,当初是自己哭死哭活地让姚谦答应她自己教养儿女,如今儿子成了这个德行,自然是她的错,关海氏什么事情。到时候海氏正是有大把的理由拿出这一条来讥讽自己，想到这里莫姨娘身子一软，脸色煞白，怔怔地说不出话来。

姚玉棠看着就难过起来，眼眶一红，索性扭过身躯默默拭泪，一时间当真是万念俱灰，这样活着可有什么意思！

莫姨娘慢慢站起身来，看着女儿说道："姑娘不帮我就算了，你好好歇着，我这就走了。"

莫姨娘挑起帘子大步地走了，姚玉棠却伏在迎枕上哭了起来。姨娘喊了她姑娘，终究是生分了，可她做得不对吗？

她也是希望姨娘能够好好地走自己的路，教导着哥哥发愤图强，希望将来不管是姨娘还是自己都有个依靠，这难道也错了？

郑瑜来姚府做客，姚府几位姑娘作陪，告别之际到垂花门口，早有郑家的婆子在等候，郑瑜回过身来与两人道别，又看着姚冰突然一笑，压低声音说道："冰姐姐，上次你在我家锦鲤池旁的事情，我哥哥让我代他给你赔礼道歉呢，姐姐大人大量别跟我哥哥那个莽撞汉一般见识。"

姚冰还在发愣的时候，郑瑜就转过身带着婆子出了大门，坐上马车而去。

梓锦笑嘻嘻地看着姚冰也不言语，姚冰回过神来，被梓锦的目光盯得有些发毛，道："死丫头，这么看着我做什么，找打啊。"

梓锦提着裙角，边跑边说道："我什么也不知道，只是知道有个莽撞汉给你道歉呢，怎么就巴巴地给你道歉，我记得当时我也在呢，怎么就不给我道歉？"

梓锦跑远了，姚冰才猛地回过神来，俏脸顿时烧得通红通红，看着甬道上早就没有了梓锦的影子，又不好意思追去，悻悻然地回了自己的院子。本来还没觉得什么的，可是被梓锦这一说姚冰倒是添了一桩心事。

到了傍晚的时候，海氏回府了，紧接着姚府就变得异常紧张起来，寒梅白着一张脸小碎步地跑进门来，嚷道："太太嚷着要把大姑奶奶接回来呢，二姑娘、二姑娘都去了老太太那里，三姑娘遇到奴婢让奴婢给姑娘捎句话，赶紧过去呢。"

梓锦就点点头，约了姚玉棠一起过去，两人说着话就到了桊锦堂，还没进屋，在院子里就听到了海氏的哭声，还夹杂着姚冰姚雪两个的劝说声。只是隔着门窗，听不真切，两人对视一眼，忙抬脚往屋子里走，老太太身边的丫头为两人打起帘子，杜若等人就留在了门外听候吩咐。

进了门，过了明间，转进了内室，就看到屋子里老太太一脸肃穆地坐在那里，海氏跪在地上，姚冰姚雪两个也跪在一旁劝说着海氏，母女三人的脸上都是泪痕。梓锦跟姚玉棠就上前请安，两人一时间也不敢说什么，默默跟在姚冰跟姚雪的身后跪下了。

老太太一见两人，叹了口气，就看着海氏说道："孩子们都到了，你还这样哭哭啼啼还有什么脸面？还不赶紧起来？"

海氏闻言越发难过起来，梓锦跟姚玉棠就帮着姚冰跟姚雪把海氏扶起来，却依旧不敢说什么，脸上都带着惊慌不安的神情。

老太太让众人坐下，这才看着梓锦跟姚玉棠说道："你们大姐姐小产了，太太难受，你们好生劝着吧。"

梓锦跟姚玉棠脸色一白，梓锦是装的，可是姚玉棠却是货真价实，喃喃说道："不是一直好好的，怎么……怎么就小产了？"

海氏自顾自地伤心，姚冰跟姚玉棠不合，姚雪这个时候就充当解说员，神色哀戚地说道："大姐姐摔了一跤，这才小产了。"

姚玉棠本想问好端端的怎么就会摔跤？可是她是太太的眼中钉，这个时候不好问，就看了姚梓锦一眼，梓锦心里明白，就张口问道："二姐姐，大姐姐身边有服侍的丫头、婆子，大姐姐怎么就会摔跤？她们是做什么吃的？护主不力是个什么罪名她们不清楚吗？"

听到梓锦这般说，海氏瞧着梓锦就掉眼泪，接口说道："还是五丫头最明白，可不就是好端端的怎么会摔跤？我就不相信这个理，所以下午才去了冯府一趟问个究竟。"

梓锦听到海氏亲自回话，忙识时务地立刻说道："女儿是娘的小棉袄，太太心疼大姐姐是天生的母女情分，自然要去问个究竟的，冯家怎么跟太太交代的？"

梓锦不说姚月怎么跟海氏说的，而是问冯家怎么跟她交代的，这可是完完全全不同的两个概念。

海氏一听，就知道姚梓锦是个明白的，这个时候也顾不得想平常笨笨的五丫头怎么这么机灵了，眉一扬，"哼，冯家能怎么说？就是说你大姐姐自己不当心在门口被门槛绊了一下，这才小产了，我可怜的孩子，没了孩子不说还要背上保护子嗣不力的罪名，让不让人活了……"

梓锦闻言心里就咯噔一下，一下子吊紧了，要是冯家把过错揽过去还好说，就说是婆子丫头不当心发落几个也有个交代，可是如果不是姚月的错，硬是要赖在姚月的身上……这事情可就有些麻烦了，说明害得姚月小产的人是冯府要袒护的人，是什么人能让冯府不惜得罪姚府都要袒护？

要知道姚月是冯府的长子长媳，地位可是不一样的，难怪海氏这般的气愤，换成自己也要抢着大棒子杀过去。姚月是姚府第一个出嫁的女儿，如果受委屈不能为她出头讨个公道，那她们剩下的几个将来出嫁也会被人看轻，家族就是这样，一损俱损，一荣俱荣！

老太太看着海氏的模样，道："那也不能张口闭口把人接回来，先得弄清楚情况，究竟是姑爷的错，还是亲家的错，你连个里外是非都没弄清楚，岂不是要鸡飞蛋打？要是把人接回来，冯家不上门来接人，你让月丫头在娘家住一辈子不成？做事之前先想清楚了。"

海氏一愣，不敢再撒泼，却依旧委屈地说道："都没有见到姑爷的面，我怎么问？"

连冯述的面都没见到，在姚月刚小产的时候他做什么去了？梓锦心口一钝，整个人懵了！

"你连姑爷的面都没见到？是不在家还是躲着你不见？"老太太平静无波的双眸突然半眯起，一道尖锐的亮光一闪而过，梓锦看得心头一震，整个人心里一惊，不愧是金襄侯府出来的，这气势、这声音令人不由自主浑身一颤。

海氏脸色一红，她去看女儿不假，只是亲家太太一直在一旁陪着，她跟姚月连个说私房话的机会都没有，姚月也只说是自己不小心跌倒的，可是海氏明知道不是这么回事，又没有把柄，所以回来这才一阵阵的憋屈。

听完海氏的话，老太太脸色铁青地长叹一声，连骂人的话都没力气说了。

姚雪听完想要说什么却没说出口，默默地垂了头，绞着帕子。

姚冰瞪大眼睛，火爆的脾气再也遮掩不住，怒道："娘，您就不会把她支开？"

海氏不自在地皱皱眉，道："小孩子家家的懂什么。"

姚冰气得扭过头去不再说话，小胸脯一上一下的，脸上的神色更加可观了。

姚玉棠跟海氏关系一向不好，这个时候更不能说什么，只是默默发呆，姚月是太太的嫡长女还落得这个地步，以后她……

梓锦看着屋子里气氛越发凝重，只得装作气愤的模样，看着海氏说道："太太一贯慈悲心软，亲家太太也太过分了，欺您良善，竟然不知道避嫌让您跟大姐姐说话，分明是心里有鬼。"

海氏心里顿时熨贴了，两眼含泪，十分热切地看着梓锦，到底是五丫头贴心，字字句句说到了她的心坎上，亲生的一个指望不上，一个跟闷木头一样，一个就是把小刀子，四丫头更是隔了十万八千里的，没讥讽两句就谢天谢地了，还是五丫头没白疼，海氏接口就说道："就是，可把我气得不轻，不管我说什么那亲家太太就跟听不懂的木头的一般，死活不挪地我能怎么办？"

老太太再也忍不住翻了翻白眼，握着茶盏的手十分用力控制住才没砸向海氏，梓锦看着老太太的神情心里一阵阵地发憷，不过不好将海氏晾在那里不管，又不能看着老太太气坏了身子，可是姚雪依旧在发呆，姚冰依旧在生气，姚玉棠要避嫌，免得让海氏认为她在落井下石，梓锦这个时候只得迎着困难而上，默默地吞了一口唾沫，这才面带悲戚地看着海氏应道："太太莫生气，老太太常说在什么高度看什么人，太太品行高洁，自然不会跟旁人一样装聋作哑，又不能失了大家风范让爹爹丢了颜面，这才在冯家吃了闷气。大姐姐当着冯太太的面不敢说什么，冯太太又是个……不如这样吧，明儿个太太带着我们几个去看大姐姐，太太只管跟冯太太说话去，我们做子女的不能为太太上刀山下油锅，可是为太太传句话，带个信还是能做到的。"

梓锦这话说得那个心焦力瘁，既要捧了老太太，还不能让海氏丢了面子，顺带着还要让没有出场的姚谦面上有光，更不能得罪了几个姐姐自己出风头，话要光鲜，理要分明，要面面俱到，梓锦觉得自己这一趟穿越之旅回去后可以去竞争奥斯卡了，忒不容易了，老泪纵横的。

老太太闻言看着梓锦，眼中似乎有什么闪过，嘴角就弯了弯，总算是矬子里头出了个高个，还能有个清明的。她看着海氏听了梓锦的话面带惊喜的模样越发头痛了，沉了沉声说道："这件事情是件大事，按理说未出阁的姑娘家不能随意出门，更何况月丫头出了这样的事情不知道多少双眼睛盯着咱们。你们老爷升了官还没有坐稳，雪丫头眼看着要议亲，月丫头的事情处理不好对于姚家就是一个不好的开端。对于冯家咱们不能示弱，但是也不能过于强势，总之一句话，拿到把柄握在手里才能理直气壮。那冯家太太如此的霸道只怕不是一个好相与的，事情出了只怕是早就将事情妥善地给收了尾才能有恃无恐，咱们要想在别人处理过之后再找到证据只怕是难上加难。"

老太太又吩咐了海氏几句话，当着几个姑娘的面也不好让海氏没脸因此没有再斥责，只是让海氏准备准备明日再去冯府走一趟，却没说让几个姑娘跟着，海氏心里有些不安，可是又不敢再问，心里打定主意等着姚谦回来后再哭诉一番，因此就带着几个孩子告辞，老太太却看着梓锦说道："锦丫头给我捏捏腿再走，你的手艺是几个丫头都比不上的。"

　　海氏带着几个孩子走了，梓锦就真的跪在大炕上老太太身边，慢慢给老太太捏着腿，垂着头一言不发，心里却有些忐忑不安，额角隐隐有些汗珠冒了出来，老太太厉害，她可不敢跟老太太耍心眼，老太太跟海氏那是一个天一个地，梓锦还是要悠着点才是。

　　老太太看着梓锦突然问道："锦丫头，你方才想要说什么？"

　　梓锦心口一跳，手里不由得一顿，抿紧了唇却不敢说，只是默默地垂着头，手上又开始慢慢捏了起来，面上便有了些为难之色。梓锦方才想到的是，只要姚月能抓紧了冯述，其余的都不是问题，夫妻同心，其利断金，就怕冯述是个不能依靠的。这话心里能想，可是嘴上不能说，未出嫁的姑娘，怎么能议论为妻之道，这不是要逆天了，梓锦打死都不敢说的，有关声誉啊。

　　老太太一直认为自己看人是挺准确的，不管是看自己的儿子，儿媳，还是几位姨娘，几个孩子，可是现在却有点看不透梓锦了。老太太一直觉得梓锦是个挺善良的丫头，从不会去害人，别人遇到事情也会尽力地帮忙，遇到困难从不曾退步，遇到富贵从不曾掠夺，这个孩子有一颗平淡的心，作为一个庶女，老太太是很满意梓锦的表现，可是方才看到了梓锦的欲言又止，看到了她的眼睛里那隐藏在深处的犹豫，老太太这才发现对于这个孙女她还是没有十分的了解。

　　老太太也不说话，就那么等着梓锦开口。

　　梓锦只觉得后背上的汗都渗了出来，老太太越不说话她的压力越大，就知道自己今儿个不说出个子丑寅卯来自己是没有办法过了老太太这一关的，可是要是让梓锦把自己心里的想法原原本本地说出来，梓锦更明白老太太是不会喜欢这样的孩子的，还未出嫁就能够知道怎么施展为妻之道，这不是一个闺中女儿该做的事情，老太太会欣赏梓锦的智慧却会厌弃梓锦的品行，梓锦不能做这样得不偿失的事情。

　　可是什么也不说，更糟糕！一时间就连这个受过专业训练的穿越人士，也被老太太一道犀利的目光，一句柔声的问话给难住了，眉头皱得越发得紧了，若是过了这一关，以后必定是康庄大道，若过不了……梓锦就叹息一声，日后只怕是越发的难混了！

　　梓锦左右为难，老太太却是气定神闲，屋角的三足铜鼎里散发着淡淡的香气。梓锦咬咬牙，抬起头来面上已经换了淡淡的笑容，看着老太太的眼神很是诚挚，缓缓地说道："老太太慧眼如炬，看得出孙女有话没有说，其实孙女不是不想说，只是孙女不知道怎么说。"

老太太就轻轻地"哦"了一声，看着梓锦笑道："那你就慢慢说，现在这屋子里没有旁人，还有什么不能说的？"

梓锦轻轻地应了一声，装作松了口气的模样，才有些不好意思地说道："梓锦想着太太真是好福气，能嫁给爹爹，能有老太太这样的照顾，不知道太太前世回眸了几千万遍才能跟爹爹共结连理呢。"

老太太一时没回过味来，愣愣地看着梓锦，看着梓锦垂头不再说话，过了好一会子心里才明白过来，一时间心头就如同翻浪一般，眼神有些晦涩不明，抿紧的唇不言不语。

梓锦的意思她明白了，海氏性子粗暴，做事冲动，还有点小心眼，实在不是一个讨人欢心的人物。姚谦也有几房妾室，也有心尖尖上喜欢的莫姨娘，可是就是这样，姚谦也没有亏待过海氏，正妻该有的体面从没有少过，莫姨娘嚣张很多年可也没有将这么个愚笨的正妻赶下去，一来是因为姚谦还算是个有情有义的男人，二来就是因为自己虽然不喜欢海氏却也不曾在妾室跟前打压过海氏，海氏在姚府的日子其实也算得上是舒坦了，其实要是海氏聪明点，脑子转得快一点，在姚府独霸天下也不是不可能的，只可惜……

老太太知道梓锦想要说什么了，姚月要是能有海氏的福气，在冯家的日子就不会难过，冯太太很显然是有些猫腻的，可是要是姚月能够抓住冯述的心，夫妻二人同心，总有守得云开见月明的时候，可问题就是海氏没有见到冯述，所以不知道在姚月小产的事情上冯述扮演了什么样的角色，如果冯述的心里有姚月，姚月这苦就没有白吃。

小小年纪居然懂得这么个道理，还用这样拐弯的方式隐晦地说出来，老太太看着梓锦的神色又多了几分思量，吴姨娘生得貌美，梓锦如今年岁渐大，模样上倒是越来越清丽脱俗，少了几分年少时的有趣，多了几分大姑娘的沉稳，不知不觉孩子们都大了，都有自己的心思了。

"个人有个人的造化，婚姻大事虽然说由父母作主，可是夫妻之间的感情还是要看自己怎么去维系的。"老太太叹息一声说道，似乎对于梓锦的话很是认同的模样。

梓锦心里就有些惊讶，心里想过老太太的诸多反应，唯独没有想到老太太居然会顺着她的话往下说，一时之间心里就如同翻起了大浪，撞击得心肺都有些缓不过气来，明亮的眉眼紧紧地盯着老太太居然忘记了应声。

看着梓锦的反应，老太太拍了拍梓锦的手，低声说道："小丫头，以后有话对着祖母不用拐弯抹角的，我可不是小气的太太没有容人之量。"

这是老太太第一次在梓锦面前打趣海氏，梓锦俏脸一红，扭着手指装作不好意思的模样，轻轻点点头却没有说话。越是这样一副乖巧的样子，越是让人觉得有些怜惜，难得的还这样聪慧不出风头，老太太越想越觉得梓锦倒是一个可以托付的人，想了想便道："明儿个你们姐妹几个跟着太太去探望你大姐姐，有几句话你问问她。"

梓锦抬眼看着老太太，没想到老太太竟然将这副重担交给自己，一时间有些不适应，忙说道："老太太，二姐姐三姐姐跟大姐姐一母同胞，有些话才好讲，梓锦……梓锦……"

老太太直接打断了梓锦的话："雪丫头木讷，有话也说不好，冰丫头太莽撞，以前你大姐姐在家的时候对你也是多有亲近，这话你去问也没什么不可。更何况，你们早晚都要出嫁，将来都是要互相扶持的人，这个时候感情好了才是正理。"

梓锦低头不语，她知道老人人说的都是对的，是这个社会生存的法则，可是就这样瞒着姚雪姚冰自己去跟姚月通气，只怕是海氏姚冰知道了心里又会吃味了，到时候自己只怕是费力不讨好，两面不是人，更何况姚月也未必肯对她说。

想到这里梓锦将自己的担心说了一遍，老太太却摇摇头，道："月丫头是个聪明的，她知道什么时候该做什么事情，你明天去了只管瞅个没人的时候问问她就是了。"

看老太太这般有信心，梓锦不好再推托，只得点头应了下来，老太太就压低声音对她说了几句话，梓锦听得脸色微变，手指不由得攥在了一起，看着老太太默默不语。

老太太却没有解释什么，看着梓锦有些受到惊吓的模样拍拍她的肩膀说道："莫怕，你大姐姐知道怎么做的。"

梓锦不是怕，只是她惊讶于老太太居然这样信任自己让自己传这样的话，心里有一种微妙的感觉，就如同是迷路的小羊找到了家。

想到这里梓锦拍拍胸口说道："老太太放心，梓锦一定完成任务。"

看着梓锦这一副模样，倒是逗笑了老太太，祖孙二人还是第一次这样亲密无间地说话，老太太说道："锦丫头，记住祖母的话，人活这一辈子不容易，女人更不容易，该低头的时候就要低头，低头不代表着咱们认输，而是寻找更好的时机让自己翻身。月丫头要是个有慧根的，听了我的话自然知道该如何行事。"

"老太太吃过的盐比咱们吃过的米都多，过的桥比咱们走的路都多，梓锦知道您是心疼大姐姐，大姐姐一定会明白的。"梓锦笑着说道，面上虽然带了笑容，可是心里却有些摸不到底，冯述……是姚月能依靠的人吗？

第二天一大早，众人齐齐来给老太太请安，老太太就对着海氏说了："几个孩子惦记着她们的姐姐要去看看也是人之常情，今儿个你就带着几个丫头去看看月丫头，从仓库里带上上好的养身药材给月丫头，见了亲家你跟她好好地说说话，顺便问问姑爷，月丫头小产了做丈夫的总不能不闻不问吧。"

海氏忙点头应了，道："老太太说的是，媳妇记下了。"

老太太点点头，当着众人的面并没有专门嘱咐梓锦什么，只是对着几个姑娘一同说道："你们跟月丫头是亲姐妹，这个时候你们大姐姐需要你们的安慰，你们去了好好地跟她说说话，记住切莫丢了姚家的脸面，说话行事该如何就如何。"

因为姚月刚小产，因此几位姑娘穿得都很素净，可是越是这样四位姑娘齐齐地站在冯太太的跟前的时候，冯太太还是有些惊艳。姚雪虽然是小麦色的肌肤，可是肤色细腻，匀称，反倒是另有一种说不出来的味道。

姚冰更是一朵娇艳的玫瑰花，漂亮又扎手，神态间天生就带着一股子傲气。姚玉棠跟着莫姨娘十几年，宛如三月春柳风姿摇曳，一颦一笑带着令人说不来的娇媚。梓锦在几个姐妹之间最是温润如玉，浑身上下散发着一股子令人很是舒服的气息，看着她就忍不住地毛孔都舒展开来。

梓锦打量着眼前的冯太太，杏色杭绸缘边遍地锦的褶子，墨绿色折枝花袄子，姜黄色马面裙，头上簪着赤金嵌宝的挂珠钗，面上带着浅浅的笑意，神色间微微带了一丝憔悴之色。

这一身打扮若是放在平常也就罢了，可是放在姚月小产的时候，到底是有些鲜亮了，当婆婆的失去了嫡长孙还能这样有心情打扮，梓锦的心里就微微地沉了沉。

"见过岳母。"站在冯太太身后的冯述忙上前行礼，一身玄色云纹直裰映衬着微白的脸色越发显得有些憔悴，不过这礼行得倒是中规中矩。

海氏心里虽然有些不悦，不过当着众人的面到底是不能失了气度，便应道："贤婿起来吧。"

冯述站直了身子，这才有些尴尬地说道："昨日岳母小婿未能亲迎心里很是不安，昨天衙门里临时出了点急事，这才不得不失礼，还请岳母见谅。"

听到冯述言辞恳切的致歉海氏的脸色就缓和了许多，面上也带了丝笑意，便道："到底是公务重要，你也不用放在心上。"

听到海氏这么说，一旁的冯太太立刻接口应了几句，只是神色之间似乎隐隐有些不安，梓锦看得好生奇怪。听到二人话毕，梓锦几个就上前行礼见人，冯太太笑着应了礼，冯述则是侧侧身子受了半礼，眼睛很老实地盯在地上并不曾盯着梓锦几个看，梓锦心里暗道这倒是个守规矩的，对于冯述的印象就好了几分。

面对这几个虽然不能说倾城倾国却也能倾山倾河的小姨子还能目不斜视，谨守规矩，梓锦觉得这个后生不错，人品还算过得去，至少面子上过得去。

冯太太跟海氏在前面说着应酬的话，说起姚月小产冯太太还落了泪，一副心痛不已的模样，一旁的冯述脸色自始至终都有些郁郁寡欢，眉峰间带着一抹轻愁，却还要打起精神陪着海氏说话。

梓锦几个跟在后面默默地走着，姚冰就悄悄碰了一下梓锦，梓锦心里明白，压低声音说道："莫着急，到时候咱们自然会见到大姐姐的。"

姚冰虽然心里着急，这个时候也只能忍着。

"……她们姐妹情深，在家的时候就一直感情很好，听说她大姐姐不小心小产了，就嚷嚷着一定要来看看，给亲家太太添麻烦了。"海氏慢慢就把话题转到了梓锦几个身上，梓锦这个时候觉得很是神奇，今儿个的海氏倒是跟平常有些不一样了，特别沉得住气。

"哪里哪里，添什么麻烦，倒是几位姑娘感情这般深才是令人羡慕。"冯太太话里有话，嫡庶能一样吗？感情深谁信啊！

过了垂花门，又走过了月洞门，然后就步入了一个小院，打扫得很是干净，院子里种着各色花树，郁郁葱葱立在院子里，心情都舒畅了许多。

香彤跟寄琴看到海氏诸人先是一愣，而后立刻迎了上来，神色间很是激动，两人是姚月的陪嫁丫头，梓锦抬头望去却是一愣，只见寄琴居然已经做了妇人的打扮，心里便是一沉，脸色也暗了许多。

进了屋，转进了里间，就看到半躺在床上的姚月，额头上还戴着浅碧色的抹额，穿了一件月白素面袄子，一头乌发只是用玉簪绾着别无装饰，面容带着几分憔悴，神色看着倒是还过得去，看到她们进来就要起身，还是忙上前扶住她，道："你这孩子这个时候还这么多礼节，养身子要紧。"

姚月顺势坐了回去，点头应了，抬头看向了梓锦几个，笑道："几位妹妹也来了？"

"大姐姐。"四人先行了礼，然后站直了身子，姚冰就先说道："大姐，你身子可好些了？老太太让母亲带了上好的药材给你养身。"

姚月点点头道:"替我谢谢老太太,回去告诉老太太冯府什么都有,还能亏待我不成?"

梓锦没想到姚月还能这样说俏皮话,心里的疑惑越发深了,生怕姚月那张嘴说出难听的话来,正要接口说话,却听到姚玉棠说道:"知道姐姐这里什么也不缺,只是做长辈的终究是心里记挂着姐姐,不过是一番心意,姐姐领了就是了。"

姚冰颇为意外地看了一眼姚玉棠,姚月这时也看向了姚玉棠,大约是都没有想到姚玉棠居然也会说这样的话给姚月圆话,梓锦则是松了口气,笑道:"到底是老太太看着大姐姐长大的,心里最惦记的就是大姐姐,听说了大姐姐的事情老太太一晚上也没睡好,昨晚上就让卢妈妈从库里找了出来,要说老太太心里最在意的人非大姐姐莫属,就是大哥哥也要往后靠一靠。"

梓锦笑意绵绵地看着姚月,眼尾的余光却看向了冯太太,果然看到了冯太太微变的脸色,梓锦则是缓缓松了口气,今儿的事情有戏!

老太太是什么人,那是西京金襄侯府出身的贵女,冯太太如果对姚府没有多少顾忌的话,可是对于老太太却不能没有顾忌,因此听到梓锦面带笑容,眉眼弯弯地说出这句话的时候,心里便是咚的一声沉了下去,她没想到姚月在老太太的心里这么重要,看着自己的大儿媳妇就有些说不出的难受。

梓锦故意用很天真的语气说出这番话,听着有些小女儿的吃味的味道,众人便笑了起来,姚冰这时噙着脸说道:"五妹妹,老太太难道不疼你?也不知道是谁说喜欢吃芙蓉糕,老太太就让多年没下厨的卢妈妈亲自下厨堵你那张馋嘴来着。"

梓锦就有些不好意思地笑了,趁机走到姚月床边顺势坐了下去,拉着姚月的手道:"大姐姐,大姐姐,你看看,你不在家三姐姐总是欺负我。"

看到梓锦拉着姚月衣袖撒娇的模样就连海氏都忍不住笑了起来,冯太太这才意会到海氏先前说的几个姑娘感情好如今看来可不是虚言了。

"她们姐妹也许久没见了,一见面就这样吵吵闹闹亲家太太别笑话才是。"海氏看着冯太太道。

冯太太不自在地应了一声,道:"亲家太太咱们去外面走一走,让她们几个说说话也好。"

海氏就有些犹豫,她还有事情要问姚月,梓锦一看海氏的模样就朝着姚冰使了一个眼色,姚冰会意,转身就看着海氏说道:"母亲就去吧,我们跟大姐姐说说悄悄话,我要跟大姐姐告状,五妹妹总是欺负我。"

海氏只觉得手心里微微一痛，原来是姚冰借着拉海氏手的机会，轻轻地捏了一下，海氏心里明白了，海氏虽然有的时候很莽撞，可是却不是一个傻子，不然的话也不会将姚府管理得顺顺当当，只是情商低一些罢了。

海氏就顺势跟着冯太太出去了，屋子里就松缓下来，香彤跟寄琴默默地站在一边也不敢说话，这时见冯太太走了，这才上前看着姚月听她吩咐。

姚月就顺着姚冰的话跟大家聊了几句，姚玉棠心里是个明白的，知道姚月肯定有话跟姚冰说，于是就说想要走一走，姚月就对香彤说道："你带着几位姑娘在园子里走一走，别走太远就是了。"

姚冰就说道："我不去，我要在这里喝茶。"

姚月就道："随你。"

梓锦这时就顺势站了起来要跟着姚玉棠还有姚雪去外面，姚冰却不乐意了，一把拉着梓锦说道："你不许走，你还欠我一盏茶，我要你亲自捧给我喝。"

梓锦知道姚冰这是找了借口让自己留下来，只得笑着应了顺便打趣她几句话，姚玉棠就跟姚雪出去了。

姚月挥挥手让寄琴也下去了，脸上的疲惫这才一览无余的露了出来，整个人斜斜地倚在靠枕上，抬眼看着梓锦，然后问道："老太太让你问什么只管问吧。"

梓锦闻言就愣在那里，没想到姚月居然直接问自己，她怎么就知道老太太会让自己问话的。

看着梓锦眼中的疑惑，姚月就说道："你方才一说话就搬出了老太太，老太太什么样的人我最清楚的。"

姚月的声音里带着浓浓的疲惫，一双大大的眼睛里带着些淡淡的阴霾，跟方才笑语妍妍的模样简直就是冰火两重天，梓锦的印象里姚月一直是一个高高在上的人儿，她是姚府里最幸福的存在，最正统尊贵的出身，父母手中的掌中宝，姚月出生的时候正是姚谦跟海氏感情最好的时候，对待姚月自然是十分疼爱，可就是这样的姚月，如今嫁了人却也是受尽了委屈，娘家人就是有心要出头还要顾及她以后在婆家的日子施展不开。

姚冰这时看着二人不满地嘟嘟嘴，顺手就给了梓锦一巴掌，怒道："死丫头，我怎么不知道老太太对你还有别的吩咐，你居然瞒着我。"

梓锦猝不及防忘记了姚冰这个随时爆炸的炸弹，伸手揉着胳膊这才说道："你又没有问我！"

姚冰一句话就被噎了回去，梓锦这时转过头看着姚月，知道时间不多，就说道："大姐姐，做妹妹的唐突了，老太太有几句话让我问一问你。"

姚月微垂了眼眸，然后说道："我知道老太太要问什么。"

姚月带着浓浓的疲惫，那一张美丽的脸上带着让人恍惚的哀伤，可是转眼间已经消失无踪，只剩下一片平静。梓锦看着这样的姚月，心里有一种说不出来的感觉，仿佛就是破茧成蝶的那一刻，美丽总会伴随着伤痛席卷而来，狠狠地撞进了她的心扉。

"回去告诉老太太，姑爷待我也很好，我小产了婆婆担心夫君没人伺候就安排了两个丫头过来，我想着咱们姚府也不是没人不能落了一个善妒的罪名，就让寄琴做了通房伺候夫君。可是夫君却是挂念着我，只是一心一意守着我。我小产的事情是个意外，是我自己不当心在门口跌倒了，让老太太不要伤心，等我养好了身子一定会再给老太太添一个大胖重外孙的。告诉母亲跟爹爹我很好，不用为我担心，该做什么不该做什么我心里明白得很。"

梓锦静静地听着记在了心里，姚冰还有些不明白张口就要细问，梓锦却一把拉住了她，笑道："三姐姐，我看大姐姐也有些累了，咱们去找母亲吧，让大姐姐休息休息，这个时候可不能让大姐姐劳神了。"

姚冰瞪了一眼梓锦，想到梓锦定是知道了什么，又看着姚月满脸的疲惫，只得应了下来。

梓锦站起身来，看着姚月笑着说道："大姐姐只管放心，这话我一定原原本本带到，老太太听了之后一定会很开心的，太太跟爹爹也能安心了。大姐姐好好地养身子，等你出了小月我们再来看你。"梓锦说完这句话，弯下腰给姚月掖掖被角，嘴角在姚月的耳边划过的时候迅速地说了一句："大姐姐，老太太让我给你带句话，姚府的女儿不是给人家欺负的，要是大姐夫对你好你就安安心心踏踏实实跟他过日子，受些委屈也无妨，要是大姐夫……你就只管拿出正室的威风来，出了事老太太给你兜着！"

姚月一愣看着梓锦的目光就带了一层湿润，手猛地握住了梓锦的手，却是一句话也说不出来，眼眶一下子就红了。

梓锦生怕姚冰看出什么，就装作小孩子笑道："大姐姐，你好好休息，我跟三姐姐去太太那里，回头再来看你，还带着你喜欢吃的云丝糕来。"

姚月趁势低了头拿帕子抹了眼角，尔后才说道："那我可记住了，快去吧，说了半天话我也乏了，母亲回去我也不能送了，你们代我跟母亲问好，跟老太太，爹爹问好。"

两人笑着应了，这才一先一后地出了门，踏出门槛，梓锦转过身来回头望去，就看到姚月整个人伏在软枕上肩膀一抽一抽地耸动着，心里就跟撞了一个大洞一般，空空的没个着落。

在冯太太的热情挽留下姚府诸人用过了午饭这才告辞回家，海氏又跟姚月单独说了会子话，出来的时候只见海氏的眼眶有些红，冯太太的脸色就有些不太好，但是看着海氏并没有朝着冯府发作一颗心又放了回去，欢欢喜喜地将众人送了回去。

一回到姚府，海氏就带着梓锦几个去了粦锦堂，说了一会子话海氏就把梓锦几个支开了，关起门来跟老太太说起了悄悄话。出了门是有些累了，姚冰几个就各自回去了，梓锦却是脚步微顿，转身瞧着杜若说道："你在这里等着，太太离开后去跟我回一声。"

杜若不知道梓锦要做什么，但是还是点头应了，看着梓锦带着寒梅回了院子，自己就找纤巧去说话了，这时候正房里隐隐约约地传来了海氏的哭泣声，呜呜咽咽，让人汗毛都竖了起来……

淡淡的三元香在屋子里缭绕，一身铁锈红遍地织锦褙子的老太太斜斜地倚在靠枕上听完海氏的话眉头皱得紧紧的，好半晌也没说一个字，海氏心里有些不安，可是又不敢询问，便只能坐在一旁不停地抹泪，她苦命的月丫头，怎么就摊上这样的婆婆。

卢妈妈早已经带着人下去了，屋子里此时并没有旁人，老太太抬起头来看着海氏，琢磨一番才问道："你的意思想要怎样？"

海氏皱着眉头说道："冯太太只顾着自己的外甥女想要委屈我女儿，我可不答应，那可是青梅竹马的表兄妹，要真是做了妾，这以后月丫头还能有个好？总之坚决不能同意。"

老太太在这个问题上难得地跟海氏站在同一条战线上，点点头说道："不同意也得有不同意的办法，你难道就要这样上门去硬邦邦地跟人家说不行？说不定你那姑爷看着你这样霸道反倒觉得自己个的表妹更可怜了，本来不想纳妾的也会纳了。"

海氏就是一怔，知道自己脾气大了点，听着老太太的话也知道不是没有这个可能性，只得咬牙说道："反正我是不会同意的，总得想个办法阻止才是。老太太，您吃过的盐比媳妇吃过的米都多，我知道我这个人不讨您欢心，可是……可是月丫头总归是您看着长大的，好歹您帮帮她……"

老太太看着海氏红红的眼眶心里就是叹息一声，这个媳妇向来要强，如今求到自己跟前只怕是也没有办法了，只得说道："这件事情不能慌，就是要纳妾也断然不能在月丫头刚小产的时候，这说出去冯家还要脸不要？以后跟姚家还来不来往？冯太太再心急着让她的外甥女进门也得顾忌着咱们姚家，你们老爷如今也是正五品跟冯家平起平坐，这里面的利害关系冯家比我们还晓得。"

海氏这个人虽然对老太太有那么一点的怨恨跟惧怕，可是同样对老太太很佩服，听到老太太这么说心里总算是松了口气，道："我一切听老太太的……"

海氏前脚刚走，杜若就给梓锦送了信，梓锦换了衣裳来见老太太，就把姚月说的话一字不漏地说了一遍，小心翼翼地看着老太太的神色，梓锦还不知道姚月那边究竟发生了什么事情，可是她也知道一定发生了什么。

老太太皱紧了眉头，过了好一会子才说道："委屈月丫头了，没想到倒不用我多费口舌她就知道该做什么了，是个好样的。"

梓锦闻言不好接话只是点点头，小心翼翼地立在一边，她跟老太太之间的关系一直以来都是很和谐却还没有到说知心话的地步，更何况梓锦也不敢跟老太太说知心话，对老太太一直有一种敬畏，让她倍加地小心。

梓锦把自己该做的事情该说的话都说完了，估摸这里没自己什么事情了，就站起身来准备告辞，这时却听到老太太说道："锦丫头，若是将来你嫁了人，你的婆婆要是将自己的外甥女给你夫君做妾，你会怎么办？"

梓锦一愣，呆呆地站在那里，一时间说不出话来，这是什么跟什么？老太太居然在跟她一个未出嫁的姑娘说这个？梓锦完全没有准备，骇得愣在当地。

老太太也不说话，只是端起茶默默地抿了一口静静地等待着。梓锦慢慢收回惊恐，细细想着老太太的话，从老太太把给姚月传话的事情交给自己以后，老太太待她就跟以前有些不一样了，现在居然跟自己说这些话，梓锦知道这是老太太在试探她、考验她，心里越发紧张起来，梓锦需要一个靠山，一个在姚府让她可以放心依靠的山。

"梓锦不懂，还请老太太开导。"梓锦确实不知道该怎么做，在这个男人纳妾是天经地义的时空，要是说纳妾就纳妾吧，老太太就会觉得姚梓锦太软弱扶不起来的阿斗，要是说坚决不同意，又是善妒的名声扣下来，姚府的女子不能让姚府背上一个不好的名声，可是纳妾这个问题又关系到将来自己的幸福问题，实在是很难回答，不管是说谎不说谎，不管是真心不真心，都是一个不讨好的问题，所以索性就说不知道。

老太太看了一眼梓锦，只是轻轻地说道："真是一个傻丫头，你先回去吧，今儿个的事情不要跟别人说起。"

梓锦又是一愣，原以为老太太会教她点什么，怎么也没有想到这个话题就这样搁下去了，心里虽然有些不安，可是还是恭敬地退下去了。

梓锦走后，老太太这才对着卢妈妈说道："年纪到底小了些，看着是个有慧根的，却没经过大阵仗，被吴姨娘养得有些软性了。"

卢妈妈看着老太太愁眉紧锁，忙劝道："五姑娘毕竟才十四岁，以后老太太多多调教就是了，说起来五姑娘在几位姑娘里已经算是最稳重聪慧的。"

老太太点点头，叹息一声说道："就因为如此我才想着好好地教教她，将来她们姐妹几个嫁出去，大的事情可以依靠娘家出头，可是夫妻之间有些什么还是要姐妹们互相商议开解。月丫头以前性子傲了些，雪丫头跟冰丫头跟她一母同胞还好说，可是棠丫头跟锦丫头就差了些。雪丫头这性子不知道像了谁太软了，冰丫头又太烈了，棠丫头……如今看着好些了，可是也不能全然信了，只剩下一个锦丫头，瞧着是个性子敦厚，做事稳重，又有些聪慧的人，我就想着让她多长些心眼，将来姐妹之间有个什么还能找她说说话寻个主意，我瞧着几个丫头跟锦丫头的关系都不错，这才起了这个心思。这次让她传信也是试一试她……"

卢妈妈看着老太太这把年纪了还这样操心，就忍不住有些心疼，道："您也别太费心了，老奴瞧着大少爷是个能依靠的，将来几位姑娘有事情大少爷绝对不会看着不管的，您就安心吧。"

因为姚月小产的事情，再加上姚谦处事低调，七月份姚冰的及笄礼还有十月份姚玉棠的及笄礼就没有大办。本来莫姨娘是有些微词的，可是看着姚冰的及笄礼在前也没有大办，虽然有些不满到底没敢说出口。再加上她好不容易跟姚谦的关系缓和了些，这个时候也不敢再招惹姚谦生气，因此一肚子火生生地压了下去。

关于姚月的事情，对外的公开解释是姚月自己不小心踩住了衣角跌了一跤，这才小产了，因为婆家娘家众口一词，外人也没有怀疑，倒是有些跟海氏相好的夫人太太见面的时候说了几句惋惜，小心之类的话安慰，等到十月份姚玉棠的及笄礼过去，这件事情早已经如尘埃一般跌进了泥里再也无人提及。

进了腊月的时候，大姑爷冯述带着姚月回来了，冯述留在前院跟姚谦说话，姚长杰兄弟三人作陪，姚月在香彤跟寄琴的陪伴下进了后院，在甡锦堂见了老太太跟海氏，梓锦几个自然是要过去跟姚月说话的，一时间整个姚府上上下下都充满了笑声。

从春上姚月小产之后见过一面就再未见过，如今再见面竟然隔了大半年了，真是时光如梭。今日的姚月穿一件粉紫色妆缎袄子，外面罩一件出锋灰鼠毛的褙子，系一条银鼠皮裙，进门的时候还披着一件大红色遍地织锦的貂皮大氅，脸色红润，比起春天的时候胖了不少，可见生活得不错。

海氏看着女儿笑得合不拢嘴，老太太的神色也很开心，梓锦几个也围着姚月说着些开心的话，一时间屋子里真是其乐融融，笑声不断，而后又得了十分令人开心的消息，姚月已经有了三个多月的身孕，海氏激动得眼都红了，一连声问真的真的，老太太也是唬了一跳，随即笑得开怀不已，拉着姚月细细地问着身体的情况，梓锦几个忙恭贺姚月，说了一会子话，梓锦几个就被老太太先后支开了去，自己则跟姚月关起门说起了悄悄话。

"……上次锦丫头带回来的话不清不楚的，究竟怎么回事？"老太太关切地问道，因为自从上次后就再也没有机会把事情问清楚，总要顾及冯家的脸面，因此老太太这才有机会询问。

姚月听到老太太问起这事，嘴角就勾起了一个讥讽的笑容，叹了口气这才说道："就知道祖母挂记着，上次在冯家有些事情不好跟五妹妹直说，隔墙有耳的怕走了话不得不小心。"

听到姚月这么说，老太太的眉头紧紧地皱了起来，很严肃地问道："难不成在你自己院子里还不能放心说话啦？你婆婆的手伸得也太长了。"

姚月苦笑一声，道："有什么办法，婆婆说我年轻不知事就派了年长的管事妈妈过来，院子里的人大半都是冯家的家生子，我陪嫁过去的就那么几个人，左右是施展不开，防得了东防不了西，只能小心翼翼。"

老太太道："倒没看出来你那婆婆还是能有这样手段的人，以前的时候跟冯太太也见过几次，没想到倒是个藏得这么深的，一辈子看人这次倒是走了眼，只是苦了你了。"

"祖母千万别这么说，其实祖母也没看错，原先我嫁过去的时候婆婆对我也体贴得很，倒也没有过多地辖制于我，日子过得也松快，要不是凌家姑娘来了冯府也不会有后来的事情了，总归是外人哪有亲外甥女亲厚。"姚月提及了凌紫夏口气中就带了丝丝不满，神色也有些暗了下来。

老太太最关注的就是这个，这个时候问道："我正要问这件事情，上次就说了有这么个人物，这个凌家姑娘究竟怎么回事？既然是表亲哪有做妾的道理，更何况还是姨表亲最是亲近的，就是做正妻也够格了，怎么就会上赶着给姑爷做妾？"

难怪老太太想不明白，好人家的姑娘谁会做妾，更何况又是冯太太亲姐姐的女儿，怎么想都觉得匪夷所思，令人想不透。

姚月定了定心神，事情已经过去了大半年，如今自己又有了身孕，再说起那段往事就从容了许多，神态也放松了些，徐徐说道："凌紫夏跟夫君自小就是青梅竹马长大的，后来凌家外放去了江南做官这才分开了，当初两家并无婚约，因此冯家这才跟咱们姚府连了姻亲。谁知道凌家姨老爷在江南犯了事，连带着丢了官，凌紫夏却是在姨老爷任上的时候就跟当地的一家大户订了婚约，原本也好好的，可是姨老爷一出了事情那家人家就悔了婚约，还把罪名扣在了凌紫夏的身上，说她八字克夫，还故意说当初凌家人隐瞒了凌紫夏的生辰八字，害得他们被蒙在鼓里。这件事情闹得沸沸扬扬，实在是没有办法了姨老爷丢了官在江南也呆不下去了这才回来了。"

说到这里姚月抬头看着老太太，老太太同样看着姚月就说道："就算是在江南的婚事作罢了，回了京都再寻一门婚事就是了，怎么又会要去冯府做妾？"

说起这个姚月的脸上就有些古怪，手里的帕子紧紧地扭在一起，然后才说道："是我们那好姨太太说，当初凌紫夏在江南订婚的事情京都里的亲朋故旧都知道的，如今回来了，又都知道凌紫夏被退亲的缘由，亲事上就一直不上不下，说了几门亲事都是门槛低的，不是鳏夫就是年纪大有这样那样毛病的，她不想看着亲生女儿给人糟践……"

话说到这里，老太太就接口说道："于是就想把女儿送到姐姐家给外甥做妾，好歹也是五品官家，更何况虽说是做妾，可是婆婆却是她的亲姨母，丈夫又是青梅竹马长大的表哥，到时候岂不是比你这个正室还风光？"

凌紫夏不是一个省油灯，说话做事从来都是人前人后两副脸，人前装柔弱，对任何人都是客客气气，尤其是当姚月跟冯太太见面的时候更是做出了一副千依百顺的模样，对着姚月巴结逢迎，一副娇弱可怜，好像姚月欺负了她似的样子，没人的时候却跟姚月放狠话，说她跟冯述十几年的情分不是姚月能比的。

说到这里的时候姚月想起当初那段艰难的日子还是忍不住地落了泪，老太太伸手将姚月揽进怀里，摸着她的头发说道："傻孩子，那个时候怎么不回来说一声？不管如何你爹娘还能看着不管？我还能看着不管？"

"怎么说？都说清官难断家务事，这样的事情说出来也不过是给你们添堵，更严重一点说不定从此后冯姚两家结了仇。我总想着祖母以前跟我说过一句话，觉人之诈，不形于言；受人之侮，不动于色。说来容易，做来万难，爹爹刚做了翰林院之首，不知道多少双眼睛盯着，我不能给爹爹添助力，也万万不能给爹爹添麻烦，咬着牙也就忍了下来。做人再小心也有纰漏的时候，我只要忍着总能捉到机会……"

老太太听着眼眶就红了，忍不住骂道："你个傻丫头，怎么熬过来的。那孩子是怎么掉的？"

姚月眼睛一暗，似乎又想起当时的情景，道："是凌紫夏做了手脚，在我吃的东西里加了一丁点的泻药，这分量不足以把孩子掉了，可是我怀着孩子总是去恭房，次数多了，脚步忙了，难免会出岔子。"

老太太的神色就变得犀利起来，冷笑道："很好，果然是个有手段的人，你是怎么知道的？"

"本来我只是怀疑，没有确切的证据，所以母亲去的时候我都不敢说得清清楚楚，只是一口咬定是我自己不当心。可是我又不是傻子，自然将这里面的怀疑说给了夫君听。我知道夫君跟凌紫夏相识多年，更何况凌紫夏一直伪装得很好，我只是慢慢把怀疑引到她身上去却一直没有言明。"

"那后来呢？"

"母亲去的时候夫君不在家，说是去了衙门其实就是夫君发现了线索追查去了。"姚月说到这里才慢慢地露出了一点笑容。

老太太这才松了口气，缓缓地说道："你让锦丫头带回来话的时候我就猜到了这一点，你要是对姑爷没有点信心只怕是不会这么轻易把事情压下。"

姚月就点了点头，道："祖母让五妹妹带给我的话才是让我吃了定心丸，知道我没做错，然后我才从从容容，一步一步，慢慢让凌紫夏露出了尾巴，真相揭露的时候祖母你没看到婆婆的那张脸，也没看到夫君的愧疚，那一刻我才知道当初受了再多的苦也总值得。"

老太太轻轻地拍着姚月的手，这个时候说得再平淡，当初受的煎熬也不是别人能替代得了的："幸好姑爷还是信你多一些，也幸好你的性子变了很多，你不知道那段时间我有多担心。"

说起这个姚月突然笑了，道："祖母，你知道吗，这件事情还有个人帮了大忙的。"

老太太倒是有了点兴趣，问道："谁？"

"叶溟轩！"

第六章
此情可待成追忆，只是当时已惘然

老太太就是一愣，这件事情怎么又跟叶溟轩扯上关系了，按照道理来讲这应该是跟叶溟轩八竿子打不着的关系才对。

看着老太太的神色，姚月心里就明白了老太太的疑惑，低声说道："如今叶公子已经是锦衣卫的人了，在南镇抚司任佥事一职，就是他偶然间发现了凌紫夏跟凌家人秘密商议怎么陷害我一事，寻了一个机会告诉了夫君。"

屋子里突然静了下来，良久老太太叹息一声："可惜了一个好孩子，怎么就进了锦衣卫，锦衣卫这一行太险了些，叶家跟长公主难道也同意了？"

这件事情姚月自然就不知道了，摇摇头说道："孙女不知，不过夫君倒是很佩服叶少爷，说是他在锦衣卫的职位是真刀真枪拼出来的，倒是让他对这些勋贵子弟有了些改观。"

老太太对于这件事情除了叹息也就没有了别的话，毕竟是别人家的事情，谁又能管得太宽了去，看着姚月又问道："如今凌家姑娘怎么样了？"

姚月听到这里莞尔一笑："包藏祸心的人，还谋害了夫君孩子的人，夫君怎么能收进房中？更何况我也不会允许这样的事情发生，凌紫夏这个人太有心计，我怕自己一疏忽，就会酿成大错，所以我宁愿抬了寄琴为通房，婆婆送来的两个丫头也收进房中，也不会同意凌紫夏进门，后来夫君亲自跟婆婆谈了谈，我不知道他们说了什么，后来婆婆终究是同意不让凌紫夏进门。姨太太自然是上门来闹了一场，说婆婆不守信用，闹得很僵，就连夫君都被姨太太抓破了脸，祖母你没见，我都不敢相信好歹做过官太太的人，竟然那么粗俗，跟个乡村鄙妇有什么区别？"

凌紫夏终究没进冯家的门让老太太松了口气，不过还是嘱咐道："姑爷回扭了这门婚事，不管怎么样那毕竟是他的姨母家，自小的情分还是有的。死灰绝对不能复燃，你还是要让姑爷赶紧给凌家姑娘说门婚事才是紧要的，只有嫁了人，这危险才解除了。"

姚月心神一凛，忙说道："祖母说的是，孙女倒是疏忽了这一茬，回头我就准备准备。"

姚月的事情有了结果，海氏就开始忙着姚长杰、姚雪的婚事，姚长杰过了年就十七岁了，姚雪过了年也十六岁了，姚长杰因为要考举人，所以一时半会并不着急。可是姚雪的婚事就是迫在眉睫了，先头有姚月的事情压着，海氏整天地担心忧愁，因此在姚雪的事情上也少了一份动力，如今事情圆满解决，海氏的劲头又冲了上来。

"……你们定下了？"老太太开口问道。

"还没有，我跟老爷先把人选过了一遍，再给老太太看看，您比我们有经验，看人也准，还请老太太好歹给长长眼也是雪丫头的福气了。"经过一场场的磨练，海氏如今场面话倒也说得顺口溜了，比以前长进了不少。

老太太也没推辞接过海氏递过来的单子细细地看了起来，单子上列了几个人名，上面详详细细地写了各家的情况，老太太拿着纸对着窗口细细地瞧了一遍，然后才问道："你跟老爷看中的是哪一家？"

"礼部侍郎柴大人家的次子。"海氏小心翼翼地说道。

老太太又对着纸把柴家的情况看了一遍，海氏看着老太太的脸色，慢慢说道："老爷说雪丫头性子绵软，又太敦厚，若是做个长子长媳怕是撑不起家来，到时候弄得婆婆嫌弃，妯娌排挤，日子一定不好过。倒不如给她找一家家境好的嫡次子，一来不用管理中馈劳心费神，二来占着嫡子的名分将来分家也能有不少的家产傍身，三来雪丫头也能过过舒坦的日子，我原本有些不愿意，可是想着雪丫头的性子也只能这样了。"

听完海氏的话，老太太笑道："这门婚事不错，你们老爷为孩子考虑得很周到，雪丫头没有月丫头的手段，也没有冰丫头的泼辣，这样就很好了。"

老太太说到这里一顿，又道："礼部侍郎乃是正二品，他家的次子如今也有官职在身，还是在都察院任职，将来的前程也差不了，要不是你们老爷如今是翰林院的掌院学士，这门婚事怎么会落在咱们家？"

海氏笑得很是灿烂，这门婚事她可是千挑万选的，如今老太太点头应了自然是心情愉悦，点头应是，这次倒没觉得老太太的话不好听了。

海氏的小九九老太太自然是知道的，也不点破，就说道："年前就把婚事定下来，年后再成亲。"

年前定下来姚雪还是十五岁，拖到年后就是十六岁了，免不得落一个年岁大的名声，年前定下了婚事就有了名分，年后成亲也不碍了，海氏自然是明白的，欢天喜地地去了。

姚雪的事情进行得很顺利，柴家那边本就属意这门婚事，因此很快就换了庚帖，合了八字，定下了明年三月的婚期。

过了小年，锦衣卫查出安陆侯吴复勾结地方官员意图不轨，从吴复的家中搜出了一摞书信，而这些书信中竟然还有跟朝中大员勾结的，圣上大怒，要求彻查，一时间朝中风声鹤唳，人人自危，而这次带头查案的赫然就是刚刚升任锦衣卫同知的叶溟轩。

消息传来姚府中一片哗然，谁又会想到当初在姚府住过的叶溟轩转眼间已经成为了朝廷中如此重要的角色，跺一跺脚朝廷都要抖三抖的人物，再加上他本就是皇亲国戚，深得皇上信重，一时间风头无两。

这一日，姚梓锦正在屋子里绣花，姚雪明年出嫁，她想为她绣一件屏风，因此日夜忙碌着。把手里的针交给水蓉穿线，自己伸了伸胳膊舒展舒展，就在这时杜若脚步匆忙地掀起帘子走了进来，走得匆忙，肩头上还有雪花。

"怎么了？急急忙忙的。"梓锦笑着问道，很少见杜若这样慌乱的。

杜若脸色煞白地说道："姑娘，我刚刚经过二院门口，看到外院子站了很多当兵的，一个个真刀真枪甚是吓人。"

梓锦一愣，一时间没回过神来，茫然地问道："什么？"

杜若又忙说道："奴婢打听过了，上门的正是叶少爷手下的锦衣卫，一来就进了老爷的书房，说是什么例行公事。"

梓锦一下子懵了，锦衣卫例行公事还能有什么好事？她爹不会跟乱党勾结吧！

人生的每一场相遇都是一个无法预知的过程，梓锦怎么也不会想到再次跟叶溟轩相见居然会是在这样的情况下，他带着手下上门搜查他爹的书房。

消息像瘟疫一样在姚府里传扬开来，后院的女人们以最快的速度聚集到了老太太的粦锦堂，姚谦还未回府，老太太派人去学堂把姚长杰兄弟三人叫了回来在前院跟叶溟轩交涉。

海氏的脸煞白，仿若秋天早上那一团团的青雾，看着就令人心寒。老太太端坐在红木雕花大圈椅上，神色肃然，气势沉稳，让屋子里的人心不由得稳了下来。

梓锦默默地坐在一边，静静地听着老太太一桩桩一件件事情吩咐下去，原先恐慌的人群慢慢安定下来，丫头婆子也恢复了前态，该做什么就做什么，条理也分明起来，几个姑娘在一旁看着听着，一个个的心里似乎都有了些说不清楚的意味，似乎一刻之间就长大了一般。

老太太先后派出去的人都回来了，可是没一个消息顶用的，梓锦从没见过锦衣卫办案，以前也只是在电视上见过电视剧里的情形，一个个凶神恶煞，大有螃蟹横着走的霸道，可是今儿个叶溟轩的人上门除了在前院倒没有惊扰后院，也算是知礼了。

海氏有些不安地看着老太太，道："老太太，我已经打发人给我娘家的兄弟送了信，看看有没有什么消息，您也别担心，锦衣卫只是在前院搜查，并没有闯进后院，想必老爷没有触怒龙颜，应该只是被牵连上面过来查证而已。"

这一刻，梓锦不得不说自己被惊艳了！

海氏有千种不是，可是她出身海家大族，虽然没学会莫姨娘取悦男人的本事，没有吴姨娘温柔贤惠的性情，可是她却是一个合格的当家主母，难怪老太太当初执著于这门婚事，婚后海氏有那么多的瑕疵老太太都能忍了……

老太太点点头，看着梓锦几个说道："临危而不乱，遇险能深虑这才是大家风范，你们好生记住了。"

梓锦几个知道这是老太太教给她们处世之道，也不敢马虎，忙低声应了。

正在胡思乱想的时候，院子里传来了杂乱的脚步声，众人皆是一惊，眨眼间老太太院子里的纤巧掀起帘子走了进来，回禀道："老太太，太太，大少爷陪着叶大人来了，正在门外求见老太太呢。"

众人这才松了口气，老太太就说道："请进来吧。"想着叶溟轩在姚家也是住过一段日子，跟梓锦几个都是极熟悉的也就没让大家回避。

打起了帘子，梓锦抬头望去，就见多年不见的叶溟轩踏步而入，身后紧紧地跟着姚长杰，并未见姚长枫跟姚长悟的身影。

梓锦几乎认不出叶溟轩来，几年未见改变的太多了，只见他头戴银凤翅盔，顶饰红缨，下围顿项上面缀着金黄的甲片。身穿墨绿色窄袖云肩通袖膝襕袍，外面罩着金晃晃的对襟金纽扣长身明甲，底边饰彩色排穗，胸口缀有护心镜，映衬着红色的肩缨，本就俊朗的五官愣是多了丝刚强之气，耀得人眼都花了。

梓锦的眼睛悄悄扫过去，果然就看到几位姑娘的脸都垂了下来，小脸上有可疑的红色，如此帅哥……当真是令人小心肝跳得咚咚的。

"拜见老太太,您的身体可还好?这次来得匆忙是因奉了圣谕,溟轩不敢以私废公,完了公事这才跟您请安,还请老太太见谅才是。"叶溟轩目不斜视双手抱拳行了一礼,只是穿着盔甲却说着文绉绉的话,多少有些诡异。

"公事为重,叶大人勿要担心,老身身子硬朗得很,有心了。"老太太淡淡笑道,说出的话不轻不重,既不得罪人,又不像是刻意拉拢,恰如其分。

"如此甚好,老太太勿用担心,我也不过是奉命来走一遭,姚大人向来公正严明,严以律己,自然是平安祥泰。"叶溟轩的声音刚劲有力,一字一句仿佛就像是一把小锤子敲在了人的心里。

话说到这里众人的脸上这才露出了丝丝笑容,知道不过是走一走形式,过一过场子,大约是为了堵人的嘴巴。海氏就松了口气,对着叶溟轩的态度又一如既往地亲切起来,忙命人沏茶上来,叶溟轩却拒绝了,道:"还要回宫复命,等他日有了空闲再来打扰。"

海氏忙道:"公事要紧,公事要紧。"说完就让姚长杰送叶溟轩出去,梓锦几个也福了福身行了一礼,梓锦不经意地抬起头来,却不承想叶溟轩转身之际眼神正擦过她的双眸,四目相对,梓锦很没志气地心口一跳,心里哀呼一声美男皆祸水啊,心里波涛汹涌面上却是一片祥和的淡然之色。梓锦迅速避开眼睛,眼尾的余光扫到了叶溟轩微扬的嘴角,心里便是咯噔一声。

这一声咯噔还未落下去,叶溟轩就擦过她的身边往门口走去,短暂的交融之后,便是各自天涯,梓锦突然有些庆幸在这个该死的古代至少有这么一个好处,男女不能在大庭广众之下轻声细语,也无法上演男追女跑的戏码,让梓锦第一次萌生出了来到古代也不是全无好处的。

眼看着叶溟轩只要迈出了这个门槛,一颗心也就真的可以放下了,梓锦的眼角狠狠地盯着叶溟轩的大脚,偏在这时那一双脚丫子顿住了,梓锦的心一紧,就见叶溟轩半转了身子,看着姚梓锦眯眼一笑:"前些日子我娘跟祖母还念叨着很久没见到老太人跟五妹妹了……"

宣华长公主喜欢姚梓锦的事情整个姚府无人不知的,听到叶溟轩这么一说,大家心里都有了一个怪异的感觉,老太太的眼睛就眯了眯,抬眼看向了海氏。

海氏面色一僵,很难得聪慧了一回,急忙说道:"老太太年纪大了又是寒冬不爱走动,要是叶老夫人跟长公主想要见五丫头,随时让人来接就是了,这也是锦丫头的福气。"

梓锦只觉得浑身一颤，大有狼来了的感觉，尤其是看到了叶溟轩满意的笑容，又看到姚长杰那一双无比幽深的双眸轻轻扫了梓锦一眼，梓锦只觉得天都黑了，心都颤了，腿都软了，她就知道，只要碰上叶溟轩准没好事！

老太太想起今儿个叶溟轩临走时说的话，看着锦丫头的眼神，一颗心越发地提了起来，就把事情跟姚谦微微露了一下。

姚谦吃了一惊，那张脸上布满了震惊之色，然后才说道："不会吧，锦丫头跟叶溟轩几乎没什么交集，也就是那一年为长公主绣了一幅屏风，更何况那个时候锦丫头还小，老太太多心了吧。"

姚谦这么想也不能说不对，更何况……男女有别，授受不亲最容易惹人话柄，所以说这话的时候都是小心翼翼的。

"你没看到，今儿个溟轩那孩子看着锦丫头的神色就有些说不清道不明的，倒是锦丫头从头至尾没有丝毫逾矩之处。我思量着应该是溟轩对锦丫头有了些心思，锦丫头十四岁了，明年及了笄也该议亲了。"

听着老太太的话姚谦就深思起来，然后说道："叶府不是个好去处，水太深，平北侯一原配一平妻，听说平北侯府的庶务是杜夫人掌着，宣华长公主身份又尊贵，以前孩子们还小矛盾还不深，这眼看着孩子大了，只怕要祸起萧墙。"说到这里姚谦的神色越发凝重了，又道："溟轩惊马伤人的事情并不是外表看着的这么简单，母亲您也知道一些的，就算是叶溟轩真的喜欢上了锦丫头，可是你看着锦丫头素来敦厚，待人和善，再加上是个庶女的出身，进了平北侯府后只怕日子也不好过。平北侯的原配杜夫人的两个儿子接连娶亲，媳妇可都是出身大族，锦丫头过去了那不是明摆着被人欺负吗？这个万万不成的。"

老太太很是欣慰地点点头，原先她还有些担心儿子会觉得这是一门好婚事，毕竟平北侯府不是谁都能进去的地方。

"你这样想很好，量媒量媒，讲究的就是门当户对，锦丫头的确不适合叶家，先不说身份，就他家那些乌七八糟的事情，也不是谁都能应付得来的。我想着你见到溟轩的时候还是要把这个意思隐晦地说一说，当然也许是我们多想了，所以说话的时候要思量好了，别找个没趣才是。"老太太叹息一声，明知不是好婚事就要尽快撇清才好，别弄到最后惹一身骚。

忽如一夜春风来，千树万树梨花开。早上梓锦推开窗子，就看到满目皆是雪白，脑海中就想起了这句诗，今年的雪格外的多，每隔几日总会有雪花飘落下来，看着晶莹剔透的世界，整个人也觉得清透了许多。

水蓉跟寒梅就坐在一旁给梓锦分线，屋子里火盆烧得正旺，墙角的铜香炉里燃起丝丝白烟，不时的有针尖穿透布料传来的刺啦声在屋子里慢慢地回响。

杜若轻轻放下大红撒花的软帘，放轻脚步先走到火炉旁伸出手来烤了烤去除了身上的寒气，这才走到梓锦身边坐了下来，顺手就收拾起针线筐来，这才说道："奴婢刚从甃锦堂那边得到一个好笑的消息，不知道姑娘想不想听？"

"什么消息？这个时候都忙着过年呢，能有什么消息？"

杜若扑哧一声就笑了出来，道："可也巧，昨日咱们才见过这消息里的主人呢，觉得有些意思就顺耳听了些，回来说给姑娘听。"

昨日才见过？梓锦就扬了扬眉，因为上回叶溟轩特意点出的话，昨日在海氏的带领下就去了一趟平北侯府，总算是见识了平北侯正妻杜夫人儿媳的好口舌。

梓锦就扬了扬眉，本来不想理会的，关于叶溟轩的一切她都不想过多地去追问，可是寒梅却已经开口问了出来，梓锦只好竖耳旁听了。

"说起来也是个稀奇事，听说凉国公府的六姑娘罗玦在一次宴会上无意中见了叶大人一面，一见而倾心，吵着闹着要嫁给叶大人，凉国公夫人被闹得没有办法，曾经托了媒人上门去探过口风，没想到却被叶大人一口给回绝了，谁知道这位罗姑娘竟然还不死心，在家里又哭又闹，寻死觅活地要嫁给叶大人，实在是没有办法了，凉国公夫人只好求到了官里去，想邀请太后说项说项来个谕旨赐婚呢，如今这件事情在京都传得沸沸扬扬，无人不知。"杜若撇着嘴说道，眉眼间俱是不以为然，还带着点轻慢之色。

水蓉跟寒梅满脸惊讶，随即梓锦就听到水蓉嗤笑一声，讥讽道："凉国公府真是好家教，出了这样的事情凉国公夫人居然还厚脸皮地求到宫里去，哪有姑娘家上赶着嫁人的，羞也不羞？"

几个丫头你一言我一语地低声说话，言语中颇是不屑罗玦的这种行为。

梓锦的心思已经转了开去，心里对这位罗玦姑娘很是敬佩，在这样的社会里居然还能打破世俗观念，勇敢追求爱情，实在是让梓锦这位穿越而来的姑娘汗颜得很，梓锦不由得反思难不成自己真的是太小心翼翼过头了？

正想到这里，又听到杜若的声音传来："……罗姑娘敢这样做是因为人家有有权有势的爹娘撑着腰，又是老来女，娇纵惯了，有这样的条件才敢做这样的事情。要是放到寻常人家，谁敢？"

锦绣盈门 上

　　一语惊醒梦中人，梓锦苦笑一声，是啊，要是自己哭着喊着闹着要去嫁一个男人，不要说海氏为自己求到宫里去，只怕是一顿家法就打得奄奄一息了，人与人的不同就在于此处，梓锦默默笑了，自己没错，她就该这样低调地活着，努力地讨好周围的人，为自己的将来尽自己最大的能耐铺一条看似平坦的路途。

　　屋子里又静了下来，慢慢地只听到了飞针走线的声音，梓锦伸手撩了撩鬓边的碎发，认认真真绣起了荷包来，自己实在是太可笑了，她应该开心才是，叶溟轩被这样的女人纠缠上，应该就无暇顾及自己了，若是有可能的话，说不定真的就会娶了罗家姑娘，自己不是正好趁机摆脱了危机，实在是该开心才是。

　　事情没想到越演越烈，又过了三五日，关于罗玦誓死要嫁叶溟轩的事情越演越烈，里面究竟怎么回事不知道，但是关于罗玦悬梁的消息一时间在京都成为了茶余饭后的谈资，火热的程度足以令寒冰融化了。

　　梓锦的荷包已经绣好了，梓锦想着这个荷包送出去，自己跟叶溟轩之间就再无牵扯了，如此甚好。将荷包放到一个精致的小木匣子里，拿着木匣子便独自一人往姚长杰的院子里走去，可是梓锦站在门口的时候就恨不得立刻消失在众人眼前，绯闻男主角怎么会在姚长杰这里？

　　梓锦默默地看着前方正在跟姚长杰说话的叶溟轩，今日的他一身的宝蓝遍地锦出锋直裰，身上披了黑色貂皮大氅，领口厚厚的貂毛映衬得他越发的高贵无双。一旁的秦文洛一袭鸦青色暗纹番西花的刻丝袍子，外面披着玄色狐皮大氅，两人正背对着梓锦在跟姚长杰说话。

　　天色本就有些阴沉，这时候雪花飘飘洒洒地落了下来，在空中旋转飞舞着，梓锦觉得自己这个时候实在不应该见到这几个人，正想要悄悄地退了出去，却不承想姚长杰正抬头，一眼就看到了梓锦，开口便叫住了她。

　　听到姚长杰喊出的名字，叶溟轩下意识地迅速转过身来，闯入双眸的就是一袭雪白得跟天地一色的梓锦站在门口处。梓锦很少穿白色，总觉得白色过于纯净，可是今日看着这满地的雪白，竟然也忍不住穿了一袭白衣。

　　雪白的丝缎出锋皮裙，同样质地的白色丝缎出锋袄子，领口袖口压了同色的暗色云纹，外面罩了一件白貂皮的大氅，厚厚的风帽罩在头上，厚实的白貂毛将梓锦的小脸映衬得若隐若现。雪地上，立着白色的玉人，晶莹剔透得仿若一阵风刮过人就会不见了，这不过是众人的一个幻影罢了。

　　梓锦向来给人的感觉都是邻家女孩的可爱，当突如其来的风华突然出现在众人面前的时候，就连一向极为克制的姚长杰竟然也看呆了眼，心里涌起了一个很古怪的吾家有妹初长成的自豪。

叶溟轩一直知道梓锦是很美的，这样的美混裹在天地之间，那无尽头的雪白中，尤其是那唇上的一点胭红，更是摄人心魄。

叶溟轩只恨不得将这样的姚梓锦藏起来，不让任何人看到，心口那激烈跳动的心声，让他一时间竟然开不了口打破这有些诡异的沉默，心跳得太快，他怕自己一开口就会露了端倪，惹人笑话，他怕自己一开口，就会说出不得体的话来，他是那样的嫉妒憋闷姚梓锦怎么可以这样出现在秦文洛的面前？

叶溟轩转头去看秦文洛，果然看到秦文洛的表情后越发不淡定了，心尖上似乎有什么东西重重地划过……

"梓锦，你怎么来了？"姚长杰首先开了口，虽然声音一如平常古板严肃。

梓锦尽力地让自己露出一个跟平常一样的笑容，手里捏着的小锦盒突然间就烫手起来，忙转移话题说道："没什么，纯属路过，就进来看看大哥哥在做什么。没想到秦大哥跟叶大哥也在，倒是小妹打扰你们了，你们继续聊，我先回了。"

梓锦恨不得立刻就鞋底抹油溜之大吉，说完就想要走，假装没有看到几个人有些狐疑的神情，还有眼神落在她手里锦盒上的压力。

"五妹妹，我们也不过是随便说说话，不碍的，外面天冷，不如进屋去坐坐吧。"秦文洛笑着说道，那满脸的笑容便如同阳春三月最灿烂的阳光。

梓锦脸色一僵，忙说道："不了，不了，我还有事情，你们聊，你们聊。"

梓锦看着秦文洛那有些灼热的眼神，越发觉得浑身不自在起来，就跟火烤一般，明明天冷得要命，她却是后背上都出了细细密密的一层汗珠。

梓锦也不等众人同意，转身就走。

"五妹妹，你手里拿的什么？这个盒子还是挺精致的，何不让我们瞧瞧。"叶溟轩淡淡地开口了，他就知道一定是姚梓锦又给姚长杰做了什么精致的活计了，不想让两人看到，这才托词走的。

梓锦的脚步硬生生地被叫住了，正想要想个办法混过去，只听秦文洛笑道："是啊，我也好奇得紧呢，五妹妹不会是又绣了什么好物件怕我们抢了？你放心咱们只是看看，绝对不会夺人所爱的。"

秦文洛说完还特意看了姚长杰一眼，眼中皆是满满的笑意，姚长杰对这个庶妹很好他也知道的，梓锦经常给姚长杰绣东西他也知道的，因此这才出口戏谑。

姚长杰见雪越下越大，便道："进来说吧，雪越来越大了。"

梓锦无奈，以一敌三寡不敌众，只好跟在众人的身后进了屋子。屋子里燃了火盆，温暖的气息扑面而来，让有些冰冷的手脚立刻暖和过来。

梓锦将大氅解下挂在了衣架上，一头乌黑浓密的黑发梳成了弯月髻，鬓边簪着一朵红珊瑚做成的珠花，白衣黑发红珠花，雪白的脸颊上因为温度变暖浮上了丝丝嫣红之色，越发映得人比花娇。

姚长杰唤了丫头沏上茶来，然后几个人这才在圆桌前相对坐下，梓锦却觉得如坐针毡，尤其是对面某只狼那眼神盯在她的身上，让她觉得手脚都没处放了，格外的局促，奶奶的，进了锦衣卫就是不一样，甚至于不说话，那眼珠子往自己身上轻轻地扫过，梓锦都觉得心颤。

不一会儿，静柏拿过一个花瓷的暖手炉递给梓锦，低声说道："五姑娘，大少爷平日不用暖手炉的，因此这院子里也没有准备，这是婢子寻常用的，您不嫌就先用着暖暖手吧。"

梓锦笑着接过了，没想到姚长杰倒是细心，居然还让人给她找暖手炉，低头看去只见暖手炉虽然做工粗了些，可是很干净，还有些淡淡的香气，静柏是姚长杰跟前的大丫头，她的东西自然使得。

见到梓锦没有嫌弃，静柏这才松了口气，福福身就下去了。

梓锦笑着谢了姚长杰，姚长杰却板着脸训道："这样的天你也敢自己走出来，也不带着丫头，不带着手炉，回头得了风寒，可没人管。你院子里的丫头越来越不成体统，要好好管管了。"

梓锦一听就急了，生怕姚长杰找杜若几个的麻烦，忙说道："跟她们有什么关系，是我自己不许她们跟来的。我记住了，下次不敢了，大哥哥，你千万别罚她们。"

姚长杰冷冷地扫了梓锦一眼，才道："记住你的话，做奴婢的就要自己的本分，说不让跟还真的不跟了？成何体统！"

梓锦生怕姚长杰又是一长篇的之乎者也说得她头晕，忙告饶，又态度坚定地保证绝对没有下次，姚长杰这才作罢。

秦文洛笑着说道："长杰越来越有做哥哥的威严了，不过你也别吓坏了五妹妹，你看看她的脸色都白了，哪有你这样严厉的哥哥。"

梓锦听到秦文洛这么说顿时找到了知音，一时间也忘记了之前的想着距离啥的，张口就应道："就是，每次见到大哥我都心惊胆战的，每次挨训起来都想要有撞墙的冲动。"

秦文洛很是好奇地问道："为什么会有撞墙的冲动？"撞墙？这个词语用在这句话里倒是有一种难以言语的趣味，秦文洛觉得稀奇，梓锦从不曾在他跟前说话这样娇憨过，秦文洛心里便觉得有些奇异的感觉升了起来。

梓锦就诉苦道："秦大哥，你是没见识过我大哥训人的模样，那叫一个滔滔不绝，引经据典，旁引佐证，从三皇五帝到孔孟之道，能说得你恨不得都没有从娘胎里出来过，你说我能不害怕吗？"

秦文洛一听怔怔地看向姚长杰，双手一抱拳，道："佩服佩服，原来长杰你还有这样的本事，看来在我等面前你太拘泥了，都不肯露出真容啊。"

姚长杰面不改色气不喘，淡淡地说道："人以群分，差别对待，梓锦性子懒散，实属无奈，见笑见笑。"

梓锦目瞪口呆，姚长杰一句话，既捧了秦文洛二人，又把梓锦暗讽一顿，梓锦深深觉得自己的本事比起姚长杰那差距不是一点半点，心情有点复杂。

叶溟轩瞧着梓锦跟秦文洛有说有笑的样子，双拳微微攥紧了，原以为这几年秦文洛跟梓锦不怎么见面，应该很生疏才是，却没有想到两人言谈起来一唱一和格外默契，心里就有些沮丧，难不成这真的是天意？

自己不管怎么用心，不管用尽什么手段，都抵不过宿命？

叶溟轩的沉默不语格外反常，梓锦故作不经意地瞅了他一眼，就看到那一双眸子深处似乎在酝酿着风暴一般，整个人就如同被噎住了，越发谨慎起来，总而言之，他如今有个身份相当的女子苦苦追求，自己也不想跟他有过深的纠结，能够让他自己放弃是最好不过了。

叶溟轩心里闷闷的难受，自己看到姚梓锦这样的笑颜，居然还是对着秦文洛展现，不管是前世今生，他都没有办法比秦文洛更早一步得到姚梓锦的心，刹那之间除了愤怒之外，便是铺天盖地的心灰意冷。

叶溟轩的神色掩藏得极好，其余的三人竟然都没有发现他的失常，再看着姚梓锦放置手边的锦盒，竟再也没有勇气去询问里面装了给谁的物件，情之所钟未为苦也，情之所属未为终也，只是一切还有希望的时候，自然是有些期盼，可是当没有希望的时候，也许只有放弃。

又说了会子话，叶溟轩便插嘴说道："你们继续聊，我还要回衙门忙公务。"

姚长杰一愣，道："方才不是说好了用过午饭后再走？"

秦文洛看着叶溟轩，劝道："公务再忙也没有头，更何况安陆侯的案子现在是万大人接管，你还有什么可忙的？我们跟长杰相聚也不容易，何必扫兴？"

梓锦心里却有些明白了，默默站起身来，她向来是一个很自私的人，她所有的想法所有的做法，都是先让自己有了退路，让自己完完整整，因为她没有任性的权利。

"我正好也要回去，顺便送叶大哥出去，秦大哥跟我大哥也好把酒言欢。"梓锦明知道自己不该这么做，可是有的时候在有可能的情况下，还是想要任性一回，送一送，从此后再无牵连。

秦文洛没觉察出有什么不对劲，可是姚长杰的眼神闪了一闪，思虑一下就点头应了。秦文洛本想要跟着送出去，姚长杰却说道："我有幅新收藏的画，文洛兄帮我看看真伪可好？"

姚长杰开了口，秦文洛不好推辞，就跟叶溟轩说了两句，然后跟着姚长杰去了书房。

梓锦已经穿好了大氅，叶溟轩也顺手将自己的大氅系好，看也不看梓锦抬脚就往外走，梓锦拿起桌子上的那个小锦盒拢进衣袖里，这才抬脚跟上。

地上的雪花已经积了厚厚的一层，人走在上面，脚底下发出吱吱呀呀的声音，在这寂静的院子里格外的清晰。

叶溟轩的脚步很急，梓锦跟着很是费力，却依旧不发一言，保持三步的距离默默地跟着，雪白的世界里，两人的身影一前一后，立在垂花门前，叶溟轩的脚步停住了，到了这门，梓锦不能再往前了。

梓锦随着叶溟轩的脚步一停，自己也停了下来，始终保持着三步之遥。抬起头看着叶溟轩没有回转的身子，她知道叶溟轩真的生气了，所以才会这样不搭理自己，越是这样梓锦的心里反倒是有了松了口气的感觉，也好，从此后再无担忧。

"这是上次梓锦答应给叶大哥的荷包，如今已经绣好，请叶大哥收好。"梓锦缓缓开口，该要送的总要送，本想着托姚长杰转送，可是看着叶溟轩当时要走，她还是决定自己亲手送出，也算是最后的告别吧，过了今日只怕是以后要见面也没机会了。

叶溟轩身体微震，转过身来锋利的眼神猛地攫住梓锦的双眸，冷笑道："你确定是给我的？不是给你秦大哥的？"

梓锦一时语塞，没想到叶溟轩会这么想，愣在那里，这的确是给他的，没想到他居然会认为自己原本是要给秦文洛的。

叶溟轩猛地从梓锦的手里夺过那锦盒，看也不看掷在地上，冷笑道："你在可怜我？姚梓锦你就是个没心的人，我叶溟轩还不至于让你可怜到这个分上！"

梓锦傻眼了，想要说什么却还没说出口，叶溟轩又说道："从此后桥归桥，路归路，你只管找你的秦大哥去吧。至于这荷包……我承受不起！"

精致的锦盒在地上碎裂成两半，那件宝蓝地蛟龙出海的荷包沾满了雪花落在地上，白雪映衬着刺目的宝蓝色，让人的心都忍不住抽了一抽！

梓锦恍然明白过来，原来叶溟轩以为自己喜欢上了秦文洛，看来自己方才故意施展的亲密，很有效果，叶溟轩果然误会了。

细细密密的雪花在天地间洋洋洒洒，盘旋着飞舞，在两人的身边上下翻飞，北风肆虐，让本就阴冷的气息越发地浓烈。

梓锦恍然觉得自己还是有些失落的，为什么要失落呢？这不正是自己想要的吗？

弯下腰，伸出手捡起沾满了雪花的荷包，那冰冷的雪一触到指尖，让梓锦不由得一颤，可是依旧将它握进了手里，抬眼看着叶溟轩，缓缓地说道："不要也好，不过是一个荷包罢了。"

梓锦真心觉得，不要真的挺不错，这样就干净如流水，再也没有丝毫的瓜葛了。突然之间只觉得手中一空，一道厉风刮过，再抬头看去，那宝蓝色的荷包已经落进了叶溟轩的手里。

眉，轻轻蹙起，梓锦抿紧的唇形成一个凉薄的弧度，想要说什么却终究没有说出来。

叶溟轩只是狠狠地望了梓锦一眼，然后将荷包收进袖笼里，这才带着浓浓的怒气转身而去，只留下一个越来越淡的背影。

白雪不知愁，依旧纷纷洒洒，梓锦的心境却又跟方才有些不一样了，叶溟轩居然又将荷包夺了回去，果然他的思维跟自己不在一条线上的，看着那碎裂的锦盒，梓锦终究没去捡，已经没有意义了。

站了一小会儿，梓锦便觉得浑身上下都冻透了，这才迈着有些僵硬的脚步往自己院子里走，来的时候还能隐隐看到的小路此刻已经全然被白雪覆盖，就连方才走来的脚印也已经没有了踪影，这漫天的飞雪，遮盖住了所有的痕迹，梓锦微微一愣，脚步微顿，想了想立在那里将自己的心也扔在这大雪中，希望这密密实实，冰冰凉凉的雪花，将她心口上那还不明显的痕迹给遮掩冰封住，永生永世再也不见天日。

如此，安好！

若不能长相厮守，又何必徒增烦忧？

此情可待成追忆，只是当时已惘然。也许多年后梓锦会这么回想略带遗憾，可是此刻她只能这么做，这么决绝。

时光依旧一丝不苟地往前推进，年前的时候又有一桩好消息传来，姚长杰的婚事定下来了。事前毫无声息，消息突然放出的时候，整个姚家很是热闹了一番。

女方是临川卫家长房嫡长女，听到临川卫家这几个字，梓锦的心头跳了一下。前几日她在老太太那里抄经书的时候，听到老太太跟卢妈妈说话的时候提及过，这个临川卫家可不得了，任凭改朝换代，卫家始终不倒，数百年来在中原是出了名的诗书传家，祖祖辈辈规矩甚严，朝中做官的卫家子弟不许拉帮结派，不许结党营私，否则若被族中查出，重则逐出家族，轻则丢官回家，因此卫家人在这数百年来朝代变迁中，从不曾遭遇池鱼之殃，每每改朝换代之际，能够请出卫家人为官震慑天下读书人，反倒成为帝王的收拢民心之举，由此可见卫家的影响力之深远。

卫家人从不居高官，位高而临危，但是卫家子弟在朝中遍布甚广，能跟卫家人结亲不知道是多少名门望族日思夜想的事情。

梓锦从不知道，姚家怎么就入了卫家的法眼，居然嫁过来的还是卫家长房嫡长女。

姚家，再一次让梓锦惊艳了，突然感觉她好像真的跟不上姚家的脚步，明明看着姚家不显山不露水的，可是每次出手总能让人震撼一番，姚老爹越来越厉害了！

"是，还是母亲说的对，卫家人最看重的还是孩子的品性，带着长杰走了一趟卫家果然是收获颇丰。"姚谦满脸笑容地跟姚老太太说话，面色上甚是容光焕发，志得意满。

老太太点点头，斜斜地倚在松香色的遍地织锦靠枕上，缓缓地说道："卫家择婿从不以官位为准则，看中的还是孩子的本事。"

姚谦听到这里就有些汗颜，忙说道："还是母亲眼光精到，儿子是被卫家的招牌给吓到了，总想着咱们的家世到底弱了些，卫家人一准瞧不上，一开始托人去说，卫家人也的确是托词不少，想来是不愿意这门婚事的。儿子知道后也就没有了那份心劲，幸好母亲一定让儿子带着长杰去了卫家走了一遭，母亲是没见，卫家的几位叔伯都在场，这孩子居然也不生怯，一问一答很是沉稳。卫家当即就同意了这门婚事，居然嫁过来的还是长房长女儿子吃惊不小的。"

老太太看了自己儿子一眼，道："你是官越高，反倒是越谨慎了，若是前几年，你定然会说若是偏房之女岂不是委屈了我儿子？这样的婚事你必定也不肯同意的，如今倒是锤炼得圆滑了些。"

姚谦神色一凛，然后斟酌一番，这才说道："以前官职卑小，眼界也窄，只认为自己有一腔正义之气就可以了。这两年多在金殿侍驾，看着朝中官员的起起伏伏领悟颇多。"

老太太瞧着儿子终于开窍了，倒也颇感欣慰，于是便说道："这事情先不要传出去，让家里的人把口风收紧了，待到明年长杰中举再公布这个消息比较妥当。"

姚谦恭声道："儿子也是这么想的，卫家人跟咱们的想法一致。"

两人担心的都是一点，就怕有人拿着卫家的权势说事，指责姚长杰中举借了卫家的势，所以婚讯还不能公布，徒惹风波。

母子二人商议妥当，姚谦便去准备了，结了这样的一门亲家，海氏走路都觉得轻飘飘的，这门婚事她还是比较满意的，回到娘家偷偷地跟自己的亲娘漏了漏口风，海夫人也是吃惊一番，对这门婚事甚是满意，殷殷嘱咐海氏不可泄漏风声云云。

这厢春风得意，那厢莫姨娘愁眉不展，这两年姚谦对她一直不冷不热，人也消瘦了些，倒不如吴姨娘心中无事活得自在，听到这个消息的时候，莫姨娘的脸色都变了。

"……这样说来婚事是板上钉钉了？"莫姨娘看着钱妈妈有些失魂落魄地问道。

钱妈妈点点头，压低声音说道："老爷已经吩咐下来，关于跟卫家结亲的事情谁也不许外传，老奴也是费尽心思才打听到的。"

莫姨娘的神色又暗了几分，喃喃说道："跟卫家结了亲，大少爷一辈子的富贵是握在手里了。悟哥儿……悟哥儿到时候老爷不知道会不会为了他这么费心？"

钱妈妈神色一闪，慢慢劝道："姨娘，这些事情自有太太跟老爷费心，您可别再办傻事了。"

莫姨娘闻言神色有些狰狞，冷笑一声，道："老爷如今步步高升，要官声自然不能跟以前一样宠我，可是冷落到这般田地也的确令人心寒，想当初老爷待我的情谊太太半分也比不上，如今却是……"

钱妈妈一听，心口也泛酸，只得打起精神说道："只要您跟吴姨娘一样，老爷心里自然会有回头的那一日，三少爷跟四姑娘年岁也不小了，我听说太太从上次在平北侯府回来之后对四姑娘比以前还好了些，总会熬出头的。"

莫姨娘闻言神色闪了闪，却没有搭话，她才不信海氏真的存了什么好心，不过是糊弄姚谦的眼睛罢了。过了年三姑娘跟四姑娘都要说亲，要是太太太偏心，她就是豁出脸去也要闹上一闹。

　　钱妈妈看着莫姨娘的神色，心里有些怕怕的，可是又不敢说得太深，只得打定主意私底下找找四姑娘才好。

　　翻过了年，姚雪的婚事就开始紧锣密鼓地准备起来，柴家在姚谦故意的泄密下知道了姚长杰结了卫家的亲事，对于姚家的这门婚事比以前还要上紧些，从小定到聘礼全是大手笔，海氏乐得几乎连路都不知道怎么走了。

　　姚家的行情见涨，姚家三姑娘跟四姑娘都及了笄，媒人几乎踩破了门槛，可随之而来的也有了嫡庶之分的纷争，莫姨娘终究还是忍不住了。

　　姚雪的婚期一早就定在了今年的三月，因此翻过了年海氏就格外忙碌起来。除此之外，时不时还有媒人前来询问姚冰跟姚玉棠的婚事可有了着落，海氏真是忙得一个头两个大。

　　三月十六是姚雪出嫁的日子，姐妹几个轮番送去了添箱的礼物，姚冰不能亲自来让自己的管事妈妈亲自送了过来。梓锦正陪着老太太在下棋，卢妈妈就掀起帘子走了进来，"老太太，凉国公夫人带着六姑娘来拜访了"。

　　梓锦的玉手正捏着雪白的棋子，闻言不由得微微一颤，随即慢慢地落在了棋盘上。

　　老太太的眼睛似乎无意地扫过梓锦，然后才说道："前几日就下了拜帖，请进来吧。"

　　梓锦就站了起来，笑道："我先把棋盘收了，回头再跟祖母继续下棋。"梓锦说着就拿过水红的绸布轻轻地盖在了棋盘上，端起棋盘放在了一旁的博古架下面的柜子里。

　　老太太看着梓锦的动作行云流水，一举一动很是美观就默默地点点头，说道："你也别走了，一起见见吧，将来你出嫁了也要学着接人待物，应酬聊天，现在学着正好。"

　　梓锦点点头，就听到了外面有脚步声音传来，还有隐隐的说话声，梓锦就端正神态，坐在那里，丝毫不敢马虎。老太太眼角扫过梓锦，微微一笑，紧接着帘子就被打了起来。

　　梓锦抬头望去，进来的首先是一名穿着深紫色团花纹袄子，土黄色滚边遍地锦褶子，同色马面裙的夫人走了进来，梓锦知道这一定就是凉国公夫人了。抬眼打量过去，只见凉国公夫人虽然已经是年岁不小，可是肤色很是细腻，眉眼间带着浅浅的笑意，竟比年纪看上去小了很多，可见平日很注重保养之道。一头黑发绾成了很是精致的发髻，簪一支琉璃华钗，翡翠嵌宝步摇，端的是雍容华贵。

梓锦站起身来，就听到凉国公夫人笑道："老太太身体安好？冒昧前来打扰，扰了您的清静了，实属不该。"

老太太已经多年不轻易见外客，寻常见的也都是至交好友，凉国公夫人这般说倒不是虚言。

老太太就笑道："年纪大了就不中用了，只好慢慢养着。"老太太随和地一笑，然后拉过梓锦说道："锦丫头，叫人。"

梓锦就姿态轻盈地福一福身，道："见过凉国公夫人。"

凉国公夫人在听到老太太喊锦丫头的时候，眼神就闪了一闪，可是随即就拉着梓锦的手笑道："这就是一架屏风震京都的五姑娘了，不仅手巧得没话说，这长得也是水灵灵的惹人喜爱。"说着就脱下手腕上的镯子塞到梓锦的手里，道："初次见面，没什么好东西，这个就当做见面礼吧，戴着玩吧。"

梓锦自小受到了教育，客人给礼物要大大方方地收下来，不可有了小家子气让人笑话。梓锦就接了过来，笑道："夫人真是太客气了，您的东西能上身的自然都是极好的，倒是梓锦无功受禄心有不安了，多谢夫人的厚爱。"

"哎哟，老太太您这是怎么调教的孙女，这话说得人心里真是熨帖得很。"凉国公夫人看着老太太恭维道。

"这孩子自小就很省心，也没费多大力气，是她自己有这个慧根。"老太太神情很是开心地说道，看着梓锦的眼神很是柔和。

梓锦就抿嘴一笑看着凉国公夫人的身后那一抹一直没有说话的身影，问道："这就是夫人跟前最小的姑娘罗玦姐姐了？"

梓锦说完就亲密地上前一步，亲手挽起罗玦的手说道："夫人只看着梓锦颜色还好，可是跟姐姐比起来就连我自己看着都要后退三分呢，祖母，您看是不是？"

老太太打量了罗玦一番，然后点头说道："是比你漂亮些，这丫头看着就令人喜欢得很，有其母必有其女果然不假的。"

老太太一句话既夸了罗玦又夸了凉国公夫人，老太太又拿出了一块上好的羊脂玉佩做了见面礼，这才分宾主坐下。丫头们流水般地上了茶点，又悄悄地退在一旁等候吩咐，进退有度的举止，行走间就连身上的配饰都没有发出叮当乱响的声音，凉国公夫人这才心里一惊，暗暗说道，早就听闻西京金襄侯府规矩最大，今日看来就连老太太这里都是丝毫差不得，果然是传闻不假。

罗玦的神色有些令人说不出来的感觉，梓锦总觉得她看自己的眼神有些怪怪的，可是抬眼往罗玦望去又没有什么发现,梓锦就慢慢端着茶抿了一口,默默地听着老太太跟凉国公夫人东扯西拉地说些无关痛痒的话,也不主动跟罗玦说话。

罗玦的貌美还是让梓锦有些吃惊的,难怪能够这样追着叶溟轩跑,只是看皮囊倒是有些本钱。人生得美,家世又好,不动心的倒真是圣贤之人了,叶溟轩面对着罗玦这样的女子都能够拒绝,心里突然又升起了一种很奇怪的感觉,梓锦觉得自己真是小心眼,看到罗玦这样的美女受到叶溟轩的冷眼,女人小小的虚荣心就得到了前所未有的满足。

罗玦并不是那种美得倾国倾城的人,而是有一种无法言语的美丽,这种美丽会伴随着她一个挑眉,或者是一个眼神完整无疑地表达出来。罗玦传闻的行径实在是很嚣张,简直就是对这个世俗的迎头撞击,可是见到其人却觉得她是一个很安稳的人,一颦一笑,一言一语,如高山流水,如风拂杨柳,这样的一个安静的小女子,怎么就能做出那样惊世骇俗的事情来?

梓锦心里存着浓浓的疑惑,面上却不能表露出来,只是跟罗玦偶尔说一句话,然后听着老太太跟凉国公夫人继续在叙旧,听了一会儿梓锦明白过来了,原来这位凉国公夫人的娘家跟老太太的娘家西京金襄侯府还有点七拐八拐的亲戚关系,难怪老太太肯见她了。

"五姑娘平日都有什么消遣?"罗玦缓缓开口,面上始终带着淡淡的笑意,看着梓锦的眼神带着探究,但浅浅的并不会让人厌烦。

梓锦闻言,莞尔一笑,道:"不过是拿拿针线,偶尔陪着老太太下盘棋,抄抄经书,罗姑娘平日做些什么?"

"我对针线实在是不通,大多时候看看书。"罗玦应道,看着梓锦笑起来的时候,面上就带了一种令人移不开眼睛摄人心魄的美。明明不过是家常的衣衫,也没刻意打扮,发间簪的也不过是寻常的玉簪,十分素净,可是每每一笑,就会令人的眼神不由得聚集在她的身上。

"那罗姑娘必定是知识渊博,不似我等没读过几本子书,也就是勉强识得几个字。"梓锦笑道。

罗玦眉峰一挑,能抄写经书的人会是只识得几个字?心里暗暗讥讽眼前的姚府五姑娘实在是假惺惺得很,但是想起她毕竟是跟叶溟轩相识,叶溟轩也在姚府住过一段日子,也是她从别人口中得知,叶溟轩嘴里主动提及过的也不过一个姚梓锦而已,若不是为了这个,她也不会上门来。

在罗玦有意的相谈下，两人之间的气氛总算是比方才多了一点点的亲近，说起小时候的顽劣事情，罗玦调皮地一笑，然后看着梓锦问道："姚姑娘小的时候肯定比我有规矩多了，不会这么调皮吧？"

梓锦不知道罗玦绕来绕去究竟想要问什么，不过还是耐着性子回道："还好，小孩子哪有不调皮的，小的时候我也活泼爱动得很，也没少做过傻事情，有一次走路不小心自己踩住了自己的裙角，跟地面来了个亲密拥抱，那个时候我大哥，秦大哥还有叶大哥都想要拉我一把来着，谁知道反倒弄巧成拙，这件事情被人家笑话了很久呢。"

梓锦慢慢地抛出了鱼饵，既然罗玦不肯自己说出来意，梓锦只好试探一番，做女人真累，做是对手的女人更累，做一个时时刻刻猜自己情敌想法的女人累上加累，梓锦不想折磨自己了，索性干脆利落地抛了一个诱饵。

果然，罗玦的神色就动了动，不动声色地笑道："听说姚姑娘跟叶大哥很熟，叶大哥年少时曾经在府上住过一段日子。"

梓锦眼睛微眯，淡淡的笑意就萌发出来，嘴角一弯，甜甜地笑道："是啊，在这里住过几个月，那时我们年岁都小。"

罗玦的眉角就蹙了起来，总觉得那句那时我们年岁都小好像有什么说不出来的诡异的感觉，心情就有些浮躁起来，痒痒的似乎有一根弦在轻轻拨动着什么，难受得想要说什么却又不能说出口。

罗玦的眼神就暗了下来，看着梓锦的神色虽然一如方才，可是梓锦却还是能感受得出那里面猝然增加的犀利如刀一样刮过她的面颊，生疼生疼的，似乎疼到心里去，可她还要笑着，一如方才不解世事般笑得风轻云淡。

"小的时候的确是无忧无愁的年月，很令人忘怀。"罗玦盯着梓锦道，双眸闪动打量着梓锦的神色。

"对啊，那个时候家里可热闹得很，美好的时光会令人一生难以忘怀。"梓锦似乎不经意地说道，还夹杂着丝丝叹息，然后回视着罗玦，笑道："罗姑娘，你说是不是？"

"人的一生长着呢，年岁渐长，很多事情也都会慢慢地淡了，因为以后的岁月里会有新的人新的事情发生。"罗玦道。

梓锦不得不承认这位罗姑娘口舌很犀利，说话也总能说到点子上，两人打了半天哑谜，最后却是个平局，梓锦心里更闷了，罗玦此人显然跟传闻中那个风风火火的姑娘出入很大。梓锦一直以为这样的人是被宠坏了小姑娘，基本上没啥头脑，做事瞻前不顾后，谁知道这一见面才知道自己实在是大错了特错了，这个女子不简单，至少很是沉稳，说话也很讲究策略，思路也很敏捷。

那种强烈的危机感觉扑面而来，梓锦心里一怔，没有想到自己……居然想到了危机两个字，心里更加地漠然了，他们之间已经没有关系了不是吗？

分明已经做得很决绝，亲手将他跟自己之间的关系斩断了，却在这个时候……梓锦有些烦恼起来，心里苦笑一声，对上罗玦探究的神情忽然心里一凛，面上却笑道："罗姑娘说的是，人的一生长着呢，谁也无法预料下一刻会发生什么，过去的终究是过去了，不是吗？"

罗玦忽然有些疑惑了，看着梓锦的神情越发不懂了，她分明从眼前这个女子的眼睛里读出了哀伤两个字，淡淡的却令人移不开眼睛。难怪叶溟轩对这个姚梓锦不一般，果然是有些特殊的感觉。

可是这有什么关系呢？罗玦接道："姚姑娘真是一个令人吃惊的聪慧人。"

"罗姑娘也是令人望尘莫及，勇于做常人不敢做的事情。"梓锦回道。

两人的眼睛对视一眼，然后就分开，却再也无话，该说的都说了，一个不会放弃，一个不会争取，其实这该是最好的结局不是吗？

凉国公夫人并没有留下来用饭，谢绝了老太太的挽留，带着罗玦走了，梓锦代老太太将客人送了出去，海氏不在家，所以并未过来，送到垂花门梓锦立住脚，笑道："夫人走好。"

凉国公夫人回过头来看着立在那里的梓锦，一身素衣不卑不屈，巧笑嫣然，目光澄透，就像一幅水墨画，怎么看着都似乎与周围的景色融于了一体，明明是只有黑白两色，可是她却感受到了五彩缤纷，这女孩不经意地往那里一站，似乎就是令人转不开眼睛的美景，阅人无数的凉国公夫人再一次地怔住了。

罗玦借着衣袖的遮掩推了推母亲，凉国公夫人这才回过身来，笑着告辞而去，只是上马车的时候依旧忍不住回望了梓锦一眼，这才登上了马车。

梓锦看着纤巧带着小丫头往矣锦堂走去，一个人站在这二院的门口，轻轻地靠在身后的花树上，突然间不想就那么快回去，一个人默默地站在那里，仰头看着头顶上温暖微微有些刺眼的太阳，眼眶一酸，温热的泪珠就要夺眶而出，梓锦猛地闭上了眼睛。

有人说过，当你想掉眼泪的时候，就把头抬起来，伪装坚强。

梓锦抬着头，闭着眼睛，瞒得过世上所有的人，又怎么瞒得过自己的心？掩耳盗铃，不外如是。

叶溟轩没想到居然在这里遇到了梓锦，看着梓锦背靠花树仰头望天，那姿势有些奇怪，但是清透温暖的阳光透过花树的枝叶缝隙在梓锦的身上投出斑驳的影子，竟给人一种孤寂的感觉，一个人就是一个世界，任是谁也无法靠近，叶溟轩曾经拼了命地想要靠近姚梓锦，却被姚梓锦伤得支离破碎，他应该装作没有看到她，然后决绝地离开，再也不要看这个狠毒绝情的女子一眼。

她将他伤得如此深，叶溟轩恨透了她，可是看着这样的姚梓锦他没有办法挪开自己的脚步，没有办法就这样离开，他如此爱她，两生两世，怎么舍得她有一点点的难过？

时近中午，院子里的仆人们都去忙着给主子送饭，一时间这二院门口竟然冷清得没个人来往。叶溟轩斜倚着厚重的红漆木门，就那么看着梓锦，却不知道该说什么，他们之间连开场白似乎都不知道该如何启口好，原来竟然已经到了这样的境地，该死的他却不能潇洒地松开手。

被注视的强烈感觉，让梓锦慢慢回过神来，慢慢低下头，透过阳光，就看到了他，梓锦身体一颤，竟然不敢相信自己的眼睛一般，他……怎么会在这里？梓锦下意识地就想要去揉眼睛，但是仅存的一点理智还是硬生生地让她的手臂稳稳地放在身边。

叶溟轩在背光处，深邃俊朗的五官隐在阴暗处，面上就有了深深浅浅的光影，越发地令人看不清他的真容了，仿佛一切都挂上了一层迷雾。

四目相对，似乎时间过了一万年那么长久，梓锦终于抵受不住叶溟轩那漆黑的夹杂着令她喘不过气来的忧郁眼神，先开了口："你怎么在这里？"

叶溟轩的神色缓和了些，他还以为这一辈子姚梓锦也不会主动跟他说话了，神情微微一松，叶溟轩半眯起了眸，缓缓说道："公务，偶然路过。"

说话真是言简意赅，梓锦叹息一声，跟以前总归不一样了，以前的叶溟轩从不会这样冷冷的，说话的时候脸上总是带着笑的，有的时候会气得你牙痒痒的，但是那笑容却令梓锦记忆深刻。

"哦。"梓锦低低地应了一声，双手无措地搅在一起，垂了眸，这样的气氛让她有些局促，让她想要逃。梓锦不知道自己现在该用什么样的心态，该怎么样摆正自己的心态，好像不管自己怎么做都是错的，所以她什么也不能做。

"既然如此，我先走了，还有事情去做。"梓锦开了口，终究还是要做逃兵，真是没骨气的女人，梓锦都有点鄙视自己，可是除了鄙视又能怎么样呢。

看着梓锦转过身，就要离开，叶溟轩苦笑一声，她躲避自己还是如豺狼一般，在她的心里自己就真的这样可怕？

终究还是有些不甘心的，叶溟轩看着梓锦的背影，怒道："姚梓锦！"

声音不大，可是在这短短的距离之内，在这极度压抑的时空之内，梓锦竟然被吼得脚步一顿差点站立不住，她没勇气回过头来，只是给他一个背影，默默地站着，默默地背着他，眼眶却酸了，紧握的手指节白中透着青色。

叶溟轩看着这样的背影，突然就有种无处下手的颓丧，连带着整个人似乎都失去了力气，软软地靠着门框，双手无力地垂在身侧，那眸海中翻滚的怒火渐渐地平息下来，面上渐渐地笼上无奈，近似于可怜地问道："你究竟有没有一点点的喜欢我？"

梓锦的胸口似乎被什么撞了一下，想要干脆利落地说一声"我没有"，可是嗓子似乎被什么堵住了，一个字也吐不出来，沉默以对。

叶溟轩有些烦躁，看着梓锦的背影越发地无措起来，长长地叹息一声，绝望地说道："姚梓锦，你要是还有心，但凡有一点点地喜欢我，哪怕给我一个米粒大的希望，我也会拼了命地去争取，你相不相信？"

眼眶似乎被什么糊住了，心尖上那不停地颤抖是为了什么，那内心处汹涌咆哮着的又是什么？梓锦没有想到，叶溟轩居然能说出这样的话来，那言语中的绝望，就像是盛夏的藤蔓，一层层地缠绕着她，狠狠地勒住她，几乎喘不过气来。

相爱很简单，相守却那么地艰难。梓锦不要做祝英台，更不想做唐婉跟秋香，门户之见的差距足以毁灭感天动地的爱情，自古以来皆是。

梓锦的沉默让叶溟轩又燃起了希望，双眼里有闪亮的东西在呼啸着，他恨不得立刻奔到梓锦的面前看着她，可是这一道垂花门。不过只有几步的距离，却仿佛是天涯海角，内外院有别，梓锦快要及笄了，叶溟轩也不是那个小孩子了，该有的避讳丝毫不能少。

一句男女有别，不知道会让多少有情人望之却步。

"你为什么不说话？"叶溟轩紧张起来，从没有这样紧张过，比上次在雪地里还要紧张，只因为梓锦的沉默。

因为我在哭，没办法说话……梓锦心里默默地应道，咸咸的泪珠滑过唇角，舌尖的苦涩让梓锦的心神慢慢地归位，她这个狠心的女人，就该一狠到底，头也不回地大步离开。

叶溟轩呆呆地看着梓锦的背影,良久说不出话来,她就这么走了……就这么走了,一句话都没留给自己……叶溟轩哪里知道梓锦不回话,只因为她说不出话,无语的哽咽已经耗尽了她的力气跟勇敢,既然知道是飞蛾扑火,她就用力地折断自己的翅膀,而不是去放纵自己的情感,谁让她是个狠心的女人,因为她怕,她害怕自己付出了一切,到了最后叶溟轩爱的是另一个姚梓锦,那是她无法承受的。

眼睛涩涩的,嘴角咸咸的,叶溟轩抬起手在脸上用力地抹了一把,才发现自己竟然流泪了。

两世为人,第一次为一个女人流泪,纵然是上一辈子姚梓锦只肯对着秦文洛笑的时候他也不曾哭过,虽然伤心却没有流泪,而今世,叶溟轩知道这一世的姚梓锦跟上一世是不一样的,虽然一样的脸,可是不管是性情还是做人,都是完全不一样的,他还曾经为这个庆幸过,也许这样的姚梓锦更容易喜欢自己。

可是万万没有想到,她能伤自己到这样的地步,他恨不得剜出她的心来看一看,是黑的还是红的,可是他舍不得动她一根头发。

"梓锦没回答你的话,是因为她哭了。"

叶溟轩猛地抬起头来,看着身边不知道什么时候出现的姚长杰,顿时觉得有些狼狈,摸出帕子用力地擦了擦脸。脸上的疼痛,突然让他的脑子又回想起姚长杰的话,顾不得抹脸,叶溟轩一把抓住姚长杰,问道:"你方才说什么?"

姚长杰看了看周围,道:"回去再说吧,这里人多眼杂。"

叶溟轩只得压下心里的急躁,只好跟着姚长杰回到了他的院子。进了屋,又看着姚长杰慢腾腾地亲自泡了茶,然后每人倒了一杯,伸手递了一杯给叶溟轩。叶溟轩急躁得恨不得上前将他手里的东西一股脑扫在地上,可是想起姚长杰的臭脾气,要不是怕他恼羞成怒一个字不肯说了,叶溟轩死也不会忍着的,憋得很辛苦,容易内伤的。

姚长杰喝了一口茶,放下手中精致的五彩海藻纹茶盏,这才抬起头来对上叶溟轩的眼睛,缓缓说道:"五妹妹看着很随和很亲切,其实是一个最有主意的人,她很坚强,最有韧性,打定主意的事情不会回头。"

叶溟轩神色一紧,定定地看着姚长杰,然后说道:"我已经深有感触。"

姚长杰就笑了,看着叶溟轩的情绪慢慢地稳定下来,手指摩挲着茶盏的边沿,继续说道:"小的时候,我的姐姐妹妹中就只有五妹妹会想着给我做暖和舒适的鞋子，知道我不喜欢艳丽的颜色，做的衣服都是素色中透着精致，衣服拿在手里看着上面的绣工就知道花了很多心思。知道我晚上看书会很晚，常常叮嘱厨房送了猪肝汤过来，她说猪肝对眼睛好，我喝不惯那个味道，谁家的少爷会吃猪肝这种东西，很是抵制。五妹妹就常常亲自端了猪肝汤过来盯着我，看着我喝下才欢天喜地地走了。她说，吃鱼眼睛对眼睛也很好，可是咱们家要是每一天都给你弄几十条鱼专挖出眼睛来给你食用实在是太浪费了，铺张不起，所以只好吃物美价廉效果很好的猪肝。"

"她就是有那种毅力，让你最后也只能弃械投降，到现在晚上的时候一碗猪肝汤还会准时地出现在我的书桌上，不过效果真好，至少目前为止我的眼睛晚上看书不会感到酸涩。她对我好，也不过是因为有一次我母亲为难吴姨娘，我随口帮了忙，不是什么大事我都忘记了她却记在了心里，她能十几年如一日地对一个人好，可是要是狠心起来……你就是个例子！"

叶溟轩一时间想不明白姚长杰跟他说这些有什么用！

"你说的没错，她就是一个没心的人，不管我对她多好，她总能有办法对我视而不见。小时候我送给她礼物都要想尽各种借口借你的手给她，不值钱的小玩意她会收下，可是一旦是金贵的东西每一次都会被退回来。我是真的喜欢她，想要一生一世对她好，可是怎么就那么难？"叶溟轩如困兽般声音中透出无力之感。

"有多喜欢？能抵得过身份上的差距，能抵得过你家族的反对？说句实话，五妹妹只是五品官家的庶女，如何能高攀得上堂堂长公主的嫡子，平北侯的儿子？"姚长杰锐利的眼神紧盯着叶溟轩，看到他有一刹那的失神，又接着说道："你们家乃是世家权贵，联姻之人多是朝中大族，五妹妹这样的身份即使进了门也会被人瞧不起。你要知道你整日地在外面忙碌公务，女人之间的战争也很残酷，更何况你家还有两位婆婆，兄弟之间利益纠纷多，隔阂也深，梓锦嫁过去我还真怕她被人啃得骨头都不剩，京都里哪一年也会有那么一两家的媳妇'病'逝，我的妹妹我只希望她一辈子能平安喜乐，进了你们家门想要为她讨个公道，我们只怕也讨不起，这样的人家看着显贵却不是良缘。"

姚长杰字字如刀，叶溟轩的脸色一下子就白了，他知道姚长杰说的都是实话，他没有想到姚长杰会这么毫不留情地抨击自己。连姚长杰也不看好这门婚事吗？

"你知道的，我对梓锦一直喜欢得紧我会用我所有的力量保护她不受到伤害。我会说服我母亲答应我娶梓锦为妻，若是你担心梓锦受人欺负，婚后我就搬回公主府去住，在那里谁敢欺负她？"叶溟轩这些都想过的，他真的都想过的，所以张口就来。

姚长杰却是冷笑一声，看着叶溟轩说道："原以为你进了锦衣卫人也会更稳重缜密，谁知道还是这般的肤浅。回公主府？刚进门的新妇不服侍公婆却要躲起来过清闲的日子，你想置梓锦于何地？而且你自己也知道的，这么多年长公主之所以不回公主府居住是为了什么，难不成就因为你成了亲，长公主就要为了你为了梓锦，舍弃丈夫回公主府去住？叶溟轩你越来越幼稚了！"

叶溟轩的神色顿时如遭雷击一般，偏偏姚长杰还不放过他，又道："梓锦太聪慧，正因为什么都想到了，正因为什么都看透了，所以裹足不前。你这样逼迫着她，可曾为她考虑过？"

第七章
长杰威武牵姻缘，水到渠成非难事

　　叶溟轩抬起头来，看着姚长杰，神色渐渐地恢复过来，然后说道："是，你说的一点也没有错，是我太过于急躁了，是我没有替梓锦想周全，只想着把她娶回家。但是有一点你要清楚，我叶溟轩的妻子不是给人欺负的，我自然能护她周全，也许我现在还不够强大，但是我正在强大。我家里的事情积怨已久，梓锦嫁过去也许如你所说是要有些为难，难不成你就能保证她嫁别人就不用为难了？还不是一样的有婆婆妯娌小姑一大家子的事情？你就能保证梓锦将来嫁的人能如我喜欢她一般爱护她？能时时刻刻将她放在心里呵护着？事情都是有利有弊，但是请你相信，我一定会尽我最大的力量守护她。"

　　姚长杰不是不动容的，其实很早的时候他就察觉叶溟轩对梓锦是不一样的，只是以为随着年纪的增长也许会慢慢地淡去，只是没有想到叶溟轩这样执著，执著到姚长杰都有些不忍心看他这般痛苦了，梓锦这丫头也真够狠的。

　　姚长杰说这些话不过是让叶溟轩更加深刻地认识到梓锦与他的家族之间的差距，越是看得清楚，梓锦将来才能越少受委屈。

　　姚长杰摸摸下巴，自己好像没阻止这二人有些叛逆世俗啊，要是他爹知道了……姚长杰打定主意这件事情绝对不能走漏风声，而且要搞定梓锦真的是令人无处下手啊。

　　"梓锦性子倔强，要想回头怕是不容易的。"姚长杰提前给叶溟轩说道，先做好心理准备才是。

　　叶溟轩没想到姚长杰居然是站在他这一边的，欣喜莫名，然后这才开口问自己心中从方才就一直想要问的问题："你能确定梓锦喜欢的是我不是别人？"

　　姚长杰煞有介事地沉吟一番，看着叶溟轩紧张的神色，淡淡地说道："不能！"

　　叶溟轩哀呼一声，道："这丫头心太狠了，她要是真不喜欢我怎么办？"

当局者迷，人总是患得患失，姚长杰瞧了他一眼，这才说道："既然梓锦将来要嫁的男人都不是她自己能选的，那么我倒宁愿她嫁给一个喜欢她的男人。"

叶溟轩顿时感激得泪流满面："大舅子，我会一辈子记住你的好，将来你招呼一声我一定会为你刀山火海决不皱眉。"

姚长杰的嘴角抽了抽："大舅子叫得早了点，我也没想过让自家妹子守寡，所以刀山火海就免了。不过有一点你要知道，虽然女子多弱势，可是和离的不是没有，你要是将来对不住梓锦……我们姚家还是养得起她的。"

叶溟轩心里的那点小激动顿时被泼了一大盆子冰水，然后说道："我算是见识了，你们兄妹都是狠心的人！"

"知道就好。"姚长杰丝毫不以为意。

叶溟轩其实想要问问姚长杰，梓锦对秦文洛究竟怎么个态度，可是这话一问出口就像是他矮人一头一般，再者说了，这好像也太看不起自己了。叶溟轩又琢磨着姚长杰既然是支持自己将姚梓锦娶回家的，那么他就不可能去支持秦文洛，想到这里心里的一块大石总算是放了下来，有了姚长杰这个内应，做起事情来就顺手多了。

叶溟轩很不客气地询问自己的未来大舅子："哎，你说梓锦这丫头一直这么躲着我，我该怎么办才好？"

姚长杰瞟了他一眼，浑不在意地说道："我感觉你现在最重要的任务是先要把那个罗玦打发了比较好，这女人很碍眼你不觉得吗？"

"梓锦要是有罗玦对我十分之一的心，我就是死了也愿意了。"

"那你去死吧，我妹子跟你还没有婚约不耽误嫁人。"

"……"叶溟轩默了，要不要这么绝情？叶溟轩突然想到，要是将来自己真的娶了姚梓锦回家，要真是两人吵嘴了，梓锦要是回了娘家，自己要从这大舅子的手里把人接回去，只怕最少要脱一层皮，想想就是不寒而栗，他娶个媳妇容易么？

"大舅子，你可不能通敌叛国，不管怎么样你都得替我看好了梓锦，好歹给我点时间去解决一下内部矛盾。"叶溟轩讨好地说道，这天底下真是没公道了，他这样的人品相貌家世，居然还要这样巴结一个五品官的儿子，伤心啊……

"七月七梓锦及笄，及笄后就要说亲了，时日无多，你抓紧吧。"姚长杰冷冷地说道，却没答应，世事变化无常，姚长杰信奉的是现实主义，口头承诺没什么实用性。

面对这样无情的人，叶溟轩大受打击，不过姚长杰说的也对，自己这边还有个罗玦不依不饶死皮赖脸地追着，他要娶梓锦的事情还没有跟他亲娘沟通，她娘还是比较喜欢罗玦的，上次居然还劝自己同意这门亲事。他亲娘这一关就已经不好过了，不要说还有老夫人，他爹还有那边那个女人了，不过大约杜家的人还是很乐意看到自己娶一个没助力的女人的。

越想越觉得事情真是多如牛毛，叶溟轩瞧着姚长杰叹息一声，人家一句话，自己就要跑断腿了，看来没解决好内部的事情，这个未来的棺材脸大舅子是一点私情也不肯通融的。

姚长杰抿了口茶，然后看着叶溟轩阴晴不定的脸，很绝情地下了逐客令，今天浪费的时间实在是太多了，他还要读书。

叶溟轩被赶了出来，闷闷地往外走，这短短的时间里心情已经是翻了几重天，对于没有希望的时候面对的绝望，此刻可以说是充满了斗志，想到这里，再想起姚长杰的棺材脸，突然觉得也有那么一丁点的英俊了。

三月十六日，姚雪出嫁了，那一天姚府真是热闹得很，梓锦几个躲在屏风后面偷看二姐夫，竟然发现居然也是个不输于冯述的白面后生呢，看着温和有礼跟姚雪的性子倒是有几分相像，说起话来也是温声细语，梓锦想着别是个中山狼就好了。

三日后，姚雪回门，跟柴绍站在一起很有喜感，柴绍的肤色甚白，姚雪肤色有那么一点小麦色，站在一起倒是令人有些忍俊不禁，姚雪一直红着脸，温温柔柔地坐在那里，倒是柴绍趁大家不注意的时候居然还给姚雪夹菜，让梓锦吃了一惊，果然人不可貌相海水不能用斗量，也许姚雪是个有福气的呢。

梓锦一直觉得姚谦选女婿的眼光要比他选女人的眼光好太多了，所以她想着将来自己的夫家应该也不会很差，至少应该还能过下去，此时的梓锦哪里知道自己早已经被姚长杰给卖了。

叶溟轩站在书房前，深深地吸了一口气，让自己的情绪慢慢地平复下来，这才伸手推开了门走了进去。他的父亲正坐在书桌后面，听到声音抬起头来，缓缓地说道："回来了？"

"是。"叶溟轩应道，"父亲找我有什么事情？"

叶青城搁下手里的笔，笑着说道："溟轩，你年岁也不小了，婚事也该定下来，我跟你母亲商量过了觉得罗家的姑娘也不错，重要的是那孩子对你一直念念不忘的，我看就这么定了吧。"

看着叶青城嘴角愉悦的笑容,叶溟轩怒极反笑,道:"哦,是吗?原来你们都觉得不错,就可以直接定下来了,那还问我做什么。而且之前我就已经明确地表过态了,这辈子我是不会娶罗家的姑娘,你们把我的话也当成戏言了吧?"

叶青城的脸色微变,看着叶溟轩满脸的讥讽,整个人是气不打一处来,怒道:"你这是什么态度?这是跟你爹说话的样子吗?不管如何,罗家的这门亲事我已经答应了,选个吉日我就会请媒人上门提亲,你只要知道这么回事就行了。"

说到这里叶青城的脸色一软,规劝道:"你到底在别扭什么?罗家的姑娘哪里不好?上次来的时候就连你祖母也是极喜欢她的,那孩子说话做事都沉稳得很,家世也相当,生的颜色也好,配与你难不成还委屈了你?"

"是,你们看着她都好,可是她不是我喜欢的人。"叶溟轩不想跟叶青城针锋相对,放软了声音试图劝说他。

"喜欢的人?大家闺秀都是居于深闺之内,你平日见也见不到,怎么会知道自己喜欢谁?再说了,以后你还可以纳妾,选个自己喜欢的进来就好了,娶妻乃是终身大事岂能马虎?"叶青城颇有些头痛,大儿子跟二儿子的婚事哪里有这样多的波折,还不是自己看中了人家一说两人就同意了,偏偏自己这个最小的儿子说话做事都带着一股子倔强。

"是啊,你也说娶妻是终身大事,罗家姑娘一个深闺女子却整天吵着闹着非我不嫁,这就是大家风范了?要是我真娶了她,这以后我还怎么见人?不被人家笑话死才怪。"叶溟轩本来还想要说出梓锦的事情来,可是方才叶青城一说深闺女子不易见的话让他有些不好说出口,叶溟轩可不希望梓锦还没进门他爹就对人家有偏见,只得硬生生把话咽了下去,试图从别的方面下手。

叶青城无奈地说道:"这件事情是有些惊世骇俗,不过这姑娘是个有心的人,凉国公说那一年要不是你从荷花塘边拉了她一把她兴许就淹死了,从那后就对你念念不忘的,情有可原也不是不能网开一面。"

叶溟轩冷笑一声:"我救的人多了,要是人人都嫁我那可怎么得了?"

叶青城顿时被噎了回去,被儿子这样抢白觉得面上无光,便道:"胡说什么,你能救过几个人?休得胡说八道!"

"她要是为了这个非我不嫁,行啊,赶明儿我就去城郊的普济寺山门守着,那里香火极盛,路又不好走,每隔儿日总会有官家的马车出事,半个月总能救四五个。你告诉罗家的姑娘,她要非嫁进来,我就一股气把救过的人都娶进来,反正平妻这件事情有您做榜样呢谁敢说不字!"叶溟轩浑不在意吊儿郎当嘴角还夹杂着浓浓的讥讽。

叶青城脸顿时黑了,胸口一起一伏,良久才压了下去,无奈地说道:"你既然不喜欢罗家的姑娘那就另选别家,你姑母那里还有几个人选,前几日跟我说过,明日我就让她过来给你说说。你如今好歹也是锦衣卫里的指挥同知,还没成家如何服众?"

叶溟轩瞅了自己爹一眼,悠悠说道:"不急,想当初您也是先立业后成家,不然的话您的原配夫人如何来的?"

叶青城自然听得出叶溟轩话里的讥讽之意,这次却并未斥责他,只是说道:"你还在怨我?"

"我可不敢,我哪敢啊,这个家里可不就是我跟我娘是外人吗?"叶溟轩伸手拍了拍衣角并不存在的灰尘,然后说道,"你自然不知道我娘的委屈跟痛苦,很小的时候我就发誓我叶溟轩这一辈子只娶一个妻子,好好待她,决不让她受一丁点的委屈,不会像我娘一样被人无视。明明是高高在上的公主,却非要委屈自己做个被人挤对的平妻。所以,我的婚事若我相不中谁也不能委屈我,强迫我,不然的话我定会向爹爹好好学习,咱们叶家也不是只出了我这一个不肖子孙。"轻笑一声,讥讽道,"有句话不是说有其父必有其子吗?您说呢?"

叶青城气得浑身直颤,每每想要跟他这个儿子好好说话最后总能被气个七死八活的,他就不明白这小子怎么就这么跟他不对付,偏偏……偏偏他最喜欢的还是他。

"婚姻大事自然有父母做主,你若是违背父母之命,大不了我请皇上做主就是了。"叶青城实在不能看着他继续胡闹下去,他要去锦衣卫他虽然很生气最后还是允许了,他跟叶锦叶繁不睦他也不去追究,毕竟不是一个娘养的,可是婚姻大事绝对不能由着他的性子来了,所以就搬出皇上来震着。

叶溟轩神色一凛,抿紧了唇,转而换了一副轻松的语气淡淡地说道:"随便,牛不喝水强按头也是你一贯的作风。"

叶青城反而不知道该怎么说了,紧紧地盯着自己的儿子,良久才说道:"明日你在家等着,我会给你姑姑送信让她过来一趟,看看她说的那几家姑娘怎么样,你再决定不迟。"

叶溟轩也没应承下来,只是说道:"我去给母亲请安,明天的事情明天再说我怎么知道明天衙门里有没有急事。"

叶青城看着叶溟轩离去的背影，气得长叹一声，一个人闷闷地坐下，却连一个字也看不进去了，很是烦躁。真是儿大不由爹了，他又不是害他，不过想要给他寻一门好亲事罢了，怎么就这样难以说通，真不知道他整天想些什么。

这边叶青城抱怨儿子不贴心，那边叶溟轩正跟长公主诉苦："……总之这门亲事我是不愿意的，你跟爹别想硬逼着我成亲。"

"你这孩子哪有这样说话的，你爹也是为了你好。说起来上次罗家姑娘来的时候倒还真是一个挺不错的孩子，我瞧着倒是比传闻中的稳重大方，言谈举止也是极好的家教……"

"极好的家教？极好的家教会追着男人跑？"叶溟轩格外气愤地打断母亲的话，这罗玦跟自己有仇吧？上辈子没这么个缠人的人物，这辈子怎么就横空出世了！

长公主捶了自己的儿子一把，这才说道："听说是因为某个人英雄救美才使人家芳心失落的，这怪得了谁？"

"您这么说可是不讲理了，我不过是不忍见她淹死，要早知道有这样的后患，其当初就该撒手不管让她淹死重新投胎去好了。"叶溟轩实在是不愿意谈起罗玦的事情想想都有些头痛，转移话题说道："娘，我跟爹也说了我不会娶她的，爹也同意了，您可不能强逼着你儿子离家出走。"

"混小子说什么呢！"长公主哭笑不得，听着儿子的话，叹道："你实在不愿意只能作罢了，你爹真的同意了？可今儿个凉国公来的时候你爹分明应承下来了，我还想着你们爷俩别打起来才好。"

"动了动嘴没动手您只管放心吧。"叶溟轩嬉皮笑脸地说道，然后看着长公主，道，"娘，你应该希望你儿子能娶一个自己喜欢的人为妻吧？当初你嫁给爹爹可不就是因为喜欢他？"

长公主神色微僵，看着儿子的目光，苦笑道："是，这门婚事是我自己选择的，可是你看我幸福吗？所以我不会让你再走我的路，你的婚事娘会为你好好地挑选，总能找到你喜欢的，这个你不用担心的。"

叶溟轩心里有些着急，没想到他娘居然会这么说，想了想，便说道："娘，你打算给我找个什么样的？你不会跟我爹一样也要看中家世门第吧？"

长公主横了自己儿子一眼，道："这还用说吗？以你的身份要是娶个小门小户的还不令人笑掉大牙？当初你娘我选择你爹，你爹的家世可不弱的，那个时候就已经是赫赫有名的将军了。你的婚事自然是要好好地挑选，凉国公家的你看不上，再找也得跟他家差不多的家世才行。"说到这里声音一顿，又道："更何况，还有那边虎视眈眈，娘也得为你寻一个助力，不能太弱的。"

叶溟轩闻言神色就有些暗淡，没想到就连母亲也将门第看得这么重，想起姚长杰的话，叶溟轩才明白果然不是无稽之谈。

姚梓锦这样躲着自己，只怕已经想到了这些……

母子二人说着闲话，渐渐地叶溟轩就把话题引到了梓锦的身上。

长公主看着叶溟轩，问道："哪家的姑娘让你这般痴心？我倒真真是有些好奇了，你连罗玦都看不上，还有什么样的人能入得你的眼睛？"

叶溟轩想了想神色变得郑重起来，定定神说道："喜欢就是喜欢了，哪里来的那么多的理由。就如同当初娘对爹一见倾心又有什么理由了？我喜欢她只是因为我看着她就会变得开心起来，小的时候圆滚滚的，跟个小肉包子似的，一颦一笑，一言一语，都能让我看着惊讶，有的时候也会说一些惊人之语，常常逗得大家开心不已……"

叶溟轩越说，长公主越生疑，心里有一个模模糊糊的影像浮出水面，心里暗暗一惊，忽然想起也正是因为叶溟轩在她跟前说了什么她才去见了那丫头，听着儿子话里的意思竟然是很小的时候就喜欢上人家了？原来那个时候叶溟轩这个臭小子就要为那丫头铺路，让自己对她另眼相看？这也太吓人了些……

"你说的可是姚家五姑娘？"长公主打断了儿子的话，板起脸来问道。

叶溟轩摸摸脑袋，不好意思地说道："您猜出来了？"

"说得这样明显，不就是想让我猜出来吗？"长公主冷哼一声。

叶溟轩讪讪地笑了，拉着长公主的衣袖放软声音说道："娘，看着你儿子这么可怜的分上你就答应吧？五妹妹你见过的，知书达理，行事稳重，还有一手好针线，还读过书时常帮姚老太太抄佛经，还会下棋，也写得一手好字，除了出身低，哪一点不比罗玦好？"

"你呀知道些什么，这件事情可不是那么容易的。文武相轻，你爹是武将，姚家是文官，再来咱们家是世家勋贵，又是皇亲国戚，姚家是清流文官，这本就是不同的立场，互相敌对的。再来，姚谦此人虽然耿直却少了些变通，将来兴许会是你的拖累，姚家的子弟中还没有一个有功名在身，而且……姚谦如今是翰林院的院首，有很多事情涉及到朝中各种势力的倾轧，此人又是个顽固不化的。做朋友是再稳妥不过的，可是要结儿女亲家却要多多想想。"长公主面色微沉，柳眉紧蹙，怎么也没有想到她儿子看上的竟然是那个她极喜欢的小姑娘梓锦。

说实话，长公主是很喜欢梓锦的，可是喜欢是一回事，做儿媳妇又是一回事。

"娘！"叶溟轩喊道，他原以为母亲这么喜欢梓锦，应该不会大力反对才是，谁知道上来就是条条框框，大道理漫天。

"你呀，净会添乱，这事情只怕不行。且不说我这里过不去，就算我能答应你，你祖母那里，你爹爹那里也是过不去的，你最好是死了这条心吧。"长公主沉声说道。

叶溟轩的脸色顿时变得煞白，他没有想到就连自己的母亲都不赞同的。急促的呼吸，沉重的心跳，压得他的心口胀胀地难受不已，看着长公主的眼神充满了不解。

长公主没有再说什么，只是沉着脸看着自己的儿子，有些事情不是自己能通融的，有的时候她也是无奈，她相信迷恋只是一时，都会过去的。

静谧的空气压迫着叶溟轩的心脏，几乎都要喘不过气来，终于还是难过地问道："为什么？我以为母亲跟别人不一样的，一定能理解儿子，你在这个家里也不快乐不是吗？"

长公主身体一颤，眼眸中闪过痛惜，却依旧镇定地说道："我快乐不快乐跟你成亲没有关系的，溟轩你不要本末倒置，这件事情根本行不通的，你又何必惹得大家都不痛快，到时候还要连累得姚姑娘也跟着受委屈？这件事情若是传扬出去，你倒还罢了，可是姚姑娘还怎么在这个世上立足，你可想过了？"

似乎有天崩地裂的声音在叶溟轩的脑海里回荡，重重撞击着他坚固的心防，原本叶溟轩是信心满满的，他以为就算是别人不支持母亲一定会支持的，至少是理解的，可是……母亲居然威胁他！

"娘……"

长公主不为所动，神情依旧柔和，垂着头淡淡地说道："既然你看不上罗家姑娘，你爹爹也同意让你另外挑选，那就请你姑姑过来好好地为你挑一个，你姑姑看人的眼光还是不错的。"

似乎一切就成了定局，叶溟轩猛地站起身来，双拳握得紧紧的，身体微微地抖动着，看着一脸平和的母亲竟然一句话也说不出来，就那么用一种憎恨的目光狠狠看着，狠狠看着，心头一酸，压抑在心底多年的话就冒了出来："从小到大，我就看着你跟爹举案齐眉，相敬如'冰'，别人不知道，可是我知道你不开心，不幸福，可是你从没有抱怨过，就这样一直忍耐着。我不希望将来我的妻子，陪伴我一辈子的那个人，也要跟我这样过一生。我想要娶一个我真心喜欢的人，哪怕一句话不说，就只是默默地看着她我也会很幸福。"

长公主面带惊讶地望着自己的儿子,这样的话第一次听儿子说,她从不知道她的儿子把什么都看得清清楚楚,脸色逐渐变得煞白……

叶溟轩这个时候突然间就明白了为什么梓锦一直躲着他,那么拼命地躲着他,想起那一个雪天,她送自己到垂花门,慢慢地就想明白了那一刻她脸上的苍白是为了什么。

姚长杰说,梓锦太聪慧,正因为什么都想到了,正因为什么都看透了,所以裹足不前。那样小小的一个人,却已经看穿了他们之间的差距,叶溟轩不知道梓锦喜不喜欢自己,这一刻他突然想,姚梓锦不喜欢自己才好,这样的话就不会跟自己此刻一样痛苦。可是他又想着她不能不喜欢自己,就算是痛苦也应该相信他,他会想尽办法让他们走在一起的。

可是梓锦凭什么要相信自己?她如果相信就不会拼了命地跟自己斩断关系,叶溟轩此刻突然醒悟,自己终究是太鲁莽了些,姚长杰说得没错,自己太傻了,没想到重活一世,上辈子的恩怨他都一一化解了,所以他还好好地活着,可是在梓锦的问题上还是犯了错。

上一世还没有到谈婚论嫁的地步,叶溟轩就阵亡了,所以这一世居然也没想到家里的阻力会这么大,贸贸然地就说了出来,反倒让母亲轻而易举地就拿着梓锦的未来威胁自己,他真是没用的男人。

叶溟轩的神色变了又变,长公主瞧在眼里,面上虽然依旧镇定,可是隐在袖子里的手却攥得紧紧的,手心里满满的汗珠,湿腻腻的难受。

她如何不希望自己的儿子幸福快乐,她自然是希望的。

母子二人就这样对峙着,终究还是叶溟轩先开了口:"不管怎么样我都不会放弃,若是不能娶她为妻,这辈子我宁愿不娶。"

长公主的神色立刻就变了,在这一张年轻的脸上突然就看到了以前的自己,那时她也是这样对自己的父皇说:"儿臣不管,儿臣不管,不让我嫁他,儿臣宁愿终身不嫁!"

长公主的神色变得有些空洞起来,年少时每一个人都会有那么任性的时候,却不承想他们母子都栽在了感情上,心头不由得一软,放缓了声音说道:"不是娘不帮你,让我再想想。"

柳暗花明太突然,叶溟轩竟然没有回过神来,呆呆地看着自己的母亲。

"都说儿女来讨债的，真真是一点也不假。"长公主叹息，想起叶青城跟叶老夫人那两关长公主头都痛了，神色也不怎么好。

叶溟轩惊喜不已，也顾不得他娘没给自己好脸子，忙拉着长公主的衣袖笑道："谢谢娘，我就知道你最疼我了。"

"你别高兴太早，我可没答应你，只是帮你探探口风吧。你可记住了，在外人面前不要提梓锦一个字，尤其是在大房那边，事情未成，你别坏了锦丫头的名声，就算是跟你议亲不成，你也不能让锦丫头背上一个不好的名声害了人家。"长公主板起脸说道，这件事情不能儿戏，若是传出梓锦跟溟轩有私情的闲言闲语，还要不要活了？

叶溟轩不是傻子，忙点头应了，千恩万谢过了自己母亲，这才不情愿地去了衙门。

长公主正在为叶溟轩的婚事积极筹谋，另一边梓锦正在遭受荼毒，姚冰已经在她的小屋子整整念叨了一下午了，还没有停止的迹象，梓锦连忙告饶，"三姐姐，你跟我说没用啊，你的婚事我又不能做主，您得去找太太不是？"

说起这个姚冰就闷不吭声直叹气："五丫头，你说我娘做什么不同意郑家的婚事？她居然想把姚玉棠嫁过去，我可怎么办好？"

梓锦正喝茶，听到这话一个不防，一口茶就喷了出来："什么？要把四姐姐嫁过去？"

梓锦忙拿过帕子捂着嘴不停地咳嗽着，看着姚冰的眼神带着巨大的惊讶，我的神啊，海氏实在是太……太……太令人无法言语，内心此刻听到这个具有爆炸性的消息，梓锦已经不能对海氏还有任何的期盼了，这样的事情她都敢做，还有什么不敢的！搁在现代，给她一个杠杆，就是没有支点，也认为自己能撬动地球。

人不怕没知识就怕没常识！

郑家虽然是个从五品，现在是比姚家的官职低了，可是人家郑源好歹也是郑府的嫡长子，人家一个嫡长子你竟然异想天开把一个庶女送过去做长媳，这不是打人家的脸么？莫说是一个从五品，就是从六品，人家也不能答应啊！

给你三分染料，你就能开染坊，梓锦深刻地觉得，这段时间海氏过得实在是太顺遂，太潇洒，以至于不知道头轻脚重，分不清东西南北，做起事情来完全不知道身份地位了。

看着幽怨的姚冰，梓锦实在是很同情。鉴于在姚府内能诉说心事的就只有一个姚梓锦，因为有了共同的秘密，两人的友谊真是一日千里，火速发展，这燃烧的热度直烫得梓锦坐立不安，这样的亲密着实是风险太大了。

姚梓锦被姚冰胁迫，只能寻求外援，找姚大哥帮忙。

明明是温暖如三春阳光的笑容，却硬是让梓锦感觉到了小北风的犀利，于是立刻收敛心神，缓缓地从那次郑府做客讲起，慢慢过渡到金鱼事件，而后又把郑瑜暗度陈仓夹带消息的事情娓娓道来，最后又把姚冰芳心失落的消息淡淡地烘托出来。

梓锦一边讲一边细细地查看姚长杰的脸色，奈何此人向来有泰山崩于前而色不沮，黄河决于侧而神不惊的镇定，任凭梓锦上看下看左看右看，愣是没看出从头至尾姚长杰有什么变化，那该死的棺材脸真是令人不淡定。

"该说的我都交代完了，是三姐姐一定逼着我来的，大哥哥你知道的，我打又打不过三姐姐，说也说不过三姐姐，这也是被逼无奈，你就看在我一番好心被人逼迫的分上，千万别把我卖了出去，老太太跟母亲会被气死的。"梓锦可怜兮兮地拽着姚长杰的袖子，使劲地散发着委屈的形象。

姚长杰眼眸一眯，"你知情不报，伙同姚冰欺上瞒下，真是罪不容赦。这要是传出去，你们两个直接一根白绳了结自己吧。"

姚梓锦就知道，就知道她一定是无辜又可怜的炮灰。

"你别冤枉我，我一开始并不知道的，只是后来才发觉的，可是那个时候你说我怎么揭发三姐姐？"姚梓锦小脸一横，软的不行来硬的。

姚冰是海氏的亲生女儿，做了这样的事情自然有她这个当娘的护着，可是自己要真是揭发了姚冰，且不说姚冰恨死自己，就是海氏也一定会觉得自己心肠歹毒，居然敢对姚冰下手。姚谦、老太太乃至于姚长杰，姚府上上下下不定怎么看自己呢。

梓锦对于这件事情，就是知道了又能怎么样？也只能死死地按在肚子里，要不是这一次事情到了绝地，怎么就会七拐八拐地寻到姚长杰这里。

姚长杰是爱之深责之切，一时间倒是忘了这里面还有个嫡庶之别，看着梓锦的模样，他倒是有些愧疚了。梓锦说得对，这件事情姚月或者姚雪都能说出来，唯独姚梓锦不行，自己是没把姚梓锦当成外人，可是他知道的，他的母亲虽然对梓锦还不错，但是比起自己亲生的毕竟是有差距的。

姚长杰微微地有些内疚，神色就有了些不自然，转头看向了那白玉的笔架，伸手拿了过来递给梓锦，缓缓地说道："这个是你的了。"

梓锦脸一红，伪装的气势就有那么一点点的松懈，其实她也很卑鄙了，知道姚长杰只要涉及到嫡庶就会对自己有那么一点的内疚，这次险险地又过了一关。

心里松了一口气的同时，梓锦又皱着眉头，小声问道："大哥哥，要是三姐姐问起来，你说我该怎么回答她？"

　　姚长杰眉头皱了起来，缓缓地说道："自然是父母之命媒妁之言。"

　　梓锦忍不住地要翻白眼，她当然知道这个，可是，可是，海氏不是直接给否决了吗？

　　梓锦皱着眉头苦兮兮地看着姚长杰，一句话也不说，直接用眼神控诉，这句话如何能打发姚冰。

　　姚长杰按按眉头，一个两个的都不省心，一个姚梓锦跟叶溟轩已经够呛了，现在姚冰居然也来了个暗度陈仓，还让不让人活了！

　　姚长杰要是坏心一点，其实大可以让姚梓锦跟姚冰担惊受怕一阵子，让两人还省得学点教训，奈何瞧着姚梓锦那可怜的小眼神，好像被人遗弃了一般，就忍不住地开了口，"我自然会去拜访一下郑家大公子，一切等我回来再说。"

　　姚梓锦顿时松了口气，满脸笑容几乎都挤成了狗不理的十八褶包子，这才抱着白玉笔架乐滋滋地告辞了，姚长杰办事她是放心的。

　　渐渐就有消息传了出来，原来姚长杰找上郑源的时候，郑源居然承认了，没有丝毫的推托之词，并跟姚长杰保证，自己一定会好好对待姚冰，绝不负她。姚长杰回来后先跟姚谦通了气息，姚谦先是大怒，将姚冰跟海氏狠狠地训了一顿，并让海氏将姚冰禁足，海氏不同意这门婚事，让姚冰死了这一条心。

　　姚冰知道郑源的态度后，打闹起来，绝食上吊样样上阵，气得个海氏几乎要半死，偏偏莫姨娘虽然不再跟以前一样那么嚣张，可是有些酸言酸语还是传了出来，更把海氏怄得恨不得将姚冰塞回肚子里去。

　　这边闹得正紧，梓锦却没想到又会遇上了叶溟轩，隔着层层花海，梓锦站在月洞门后，看着如玉般的少年踏着五彩的鹅卵石小径，一步一步地往自己的方向而来，相遇，是那么的猝不及防！

　　有那么一种人，不管往哪里一站，都会成为聚光点，无关相貌，气质使然。

　　十七岁的叶溟轩似乎比上一年更加的沉稳，优雅的形态，翩翩的微笑，即便是在这百花盛开的后院，所有的光线似乎都在他的身边徘徊，以至于梓锦刚站在月洞门口，还未走过去，就看到了他缓缓走来。

　　月白杭绸暗纹直裰，腰间束了墨玉腰带，腰带上系着一个……宝蓝地蛟龙出海荷包，梓锦的呼吸一下子似乎被卡住了，眼睛在那个荷包上移转不开来。这个荷包可不就是当初被叶溟轩掷在雪地里后来又抢走的那个,没有想到他居然佩在了身上,刹那间,梓锦的心头似乎有无数的大山轰然塌倒,余震连连。

叶溟轩站在梓锦前五六步远就停住了脚步,今儿个是代祖母来给姚老太太送东西,没想到居然会遇到姚梓锦,惊喜刹那间涌上心头,原本严整的五官眨眼间就带上了最柔软的弧度,那惊喜充斥在脸上,藏也藏不住。

今日的梓锦也穿了一件月牙白刻丝袄子,罩了一件水红色镶边遍地织锦褙子,同样月牙白的湘裙,在底边绣了四指宽的海水鱼藻纹襕边,清透的水绿色映着月白的湘裙,给人一种清新的感觉。

梓锦瘦了些,斜斜的堕马髻上簪着珍珠嵌宝做成的花钗,耳上坠着宝葫芦形的绞丝耳坠,手腕上套着银烧蓝的镯子,往那里一站,就如同出水芙蓉般的清雅,让人再也移不开眼睛。

再相见,两人都有些不一样了,想起上一次的不欢而散,梓锦就有些讪讪的,一时间不知道说什么好。叶溟轩看着梓锦的样子,就往前走了一步,嘴角微微一扬,他的身后,梓锦的身后都还有姚府的丫头婆子,说话做事都要注意身份分寸的。

果然两人还不曾开口,杜若带着小丫头就先给叶溟轩行礼,叶溟轩身后的婆子也笑着给梓锦请了安,两人都点点头,然后……还是叶溟轩先开口了:"五妹妹,好久不见。"

明明是一句很平常的问候,语气温和,态度和煦,可是梓锦却愣是听出了一种淡淡的伤怀,忙撇开心里的绮念,应道:"叶大哥。"

喊了一声叶大哥,却不知道接下去该说什么,问一声好?梓锦张不开嘴,随便聊两句?可是又不知道说什么,只能面色淡淡地立在那里,微垂着头。

梓锦是有些无措,但是看在叶溟轩的眼睛里就有些受打击,还是对他这样冷淡。可是就算是这样,他也不肯放过与她久来之不易的相见。

"五妹妹这是要去哪里?"叶溟轩又往前走了一步,含笑问道,尽量让自己看起来很随意的样子。

"正要去给老太太请安。"梓锦应道,隐在袖笼里的双手紧紧地握在了一起,努力让自己看起来很镇定。

"如此倒是巧了,我正要去给老太太请安,不如一起?"叶溟轩故作轻松地说道,双眼却紧紧地盯着梓锦。

丫头婆子两人身边站了不少,梓锦也不好当着这么多人的面拒绝,只得应道:"既然偶遇，就一起好了。"

听着梓锦的话，叶溟轩心里苦笑一声，这个时候也要把话说得清楚，生怕别人误会了什么。但是肯跟他一起走，叶溟轩又觉得开心起来，别的不好的情绪统统压制了下去。

两人并排走在一起，中间有一臂宽的距离，丫头婆子跟在两人身后不远处，周围寂静无声，因为姚冰的事情姚府里很是压抑，在海氏情绪很不稳定的情况下，谁也不敢出来撞霉头，除非当值的，不当值的能不出来就不出来，因此整个院子里也是清静得很。

彼此的距离触手可及，叶溟轩看着前头的路，恍然做梦一般，他没有想到，也许今生还有一天，能这样跟姚梓锦并肩而行。有风轻送，淡淡的香气扑鼻而来，很清淡的花香，说不准什么花做成的，但是很好闻，梓锦一向不喜欢浓郁的花香，这个习惯一直没改，或许是因为这个老习惯，叶溟轩的心境变得放松起来。

"三妹妹的事情，我听说了些。"叶溟轩想了想，还是开口了。

梓锦一愣，没想到这么快事情就传了出去，心口一紧，突然间又想到了叶溟轩乃是锦衣卫，消息自然比平常人多一些，快一些，便有了些释然。

梓锦不晓得叶溟轩为什么会说这个，轻轻地应了一声，道："那又如何？"

叶溟轩听着梓锦淡淡的语气，眼神微黯，酌量着压低声音说道："郑源已经承认他喜欢三妹妹，三妹妹也知道了这件事情，两人都在为彼此的婚事努力。"

梓锦的手就握紧了，脸色微白，却依旧一句话不说。

叶溟轩也不着急，接着说道："郑源跟姚冰都能为他们的幸福努力，为什么你我不能？"

姚梓锦脚步一顿，身体微颤了一下，但是很快地又恢复如常，继续往前走，只是却没有了努力保持镇定之心，思量半晌，还是说道："那是不同的，他们是彼此相爱，而且身份相当，争取也是有希望的。"

第一次姚梓锦在这样的话题上吐了一丝半点的心声，叶溟轩激动不已，话虽短，却道尽了这里面的诸多波折跟阻碍。

"姚梓锦，你敢说你对我一点心思也没有？"叶溟轩的声音近似于呢喃，轻轻地吐出来，却在梓锦的心口猛地炸了开来。

梓锦没应声，只是神色越发地难看了，想要干脆地说没有，一点也没有，却仿佛嘴里含了东西，一个字也发不出来，有口不能言其实才是最令人无措的事情。

锦绣盈门 上

梓锦的沉默让叶溟轩觉得前途顿时光明起来，眼看着甡锦堂在前，叶溟轩抓紧时间说道："连郑源跟姚冰都能做到这步田地，姚梓锦，为什么我们不能？我知道你也许并不喜欢我，但是只要你不讨厌我就好，待我们成亲后，我有一辈子的时间让你爱上我，前提是你得等我。"说到这里叶溟轩轻轻地松了口气，这些日子压在心里的话终于说了出来，脸上也有了笑容，接着说道："你唯一做的事情，就是安心等我，我只求你看见我的时候别视若无睹，哪怕你微微一笑，我也有努力的动力。"

甡锦堂到了，叶溟轩瞧着梓锦，似乎在等待她的回答，可是梓锦头都不敢抬，连轻轻地答应一声也不敢，她没有叶溟轩如此庞大的自信，可是叶溟轩停住脚并不往前走，梓锦拗不过他，只好抬起头来，四目相对，原本清澈的眼睛中有了丝丝涟漪，抿抿唇，压抑了许久，才轻声说道："进去吧。"

叶溟轩有些挫败，不死心地逼迫道："你不给我个回答，我就不进去。"

有点赖皮威胁，可是叶溟轩知道，自己也只有这个办法了，因为这里不是二院门口，不是姚长杰的院子，是老太太的门口，姚梓锦不能不顾忌，所以她一定会给自己一个答复，叶溟轩只是希望给自己一点希望而已。

梓锦面上一红，有些恼怒，没想到叶溟轩这样卑鄙，选择这样地方逼她回答，她走又不能走，进又不能进，狠狠地瞪了叶溟轩一眼，却不想自己凶狠的眼神一撞进叶溟轩那黝黑的瞳孔里，就被那小心翼翼的希冀给撞得生疼生疼，一时间心就软了，心口上那股子强烈的压制不住的情感就迸发出来。

"能等……就等。"终于还是松了口，姚梓锦说出这句话反而觉得心口空空的，更加患得患失了，一旦将有些东西戳破了，其实反而更没有安全感，蜗牛没有了壳，如何遮挡风雨？

叶溟轩的眼睛瞬间就亮了起来，那暖暖的笑意能将周围都照得亮亮的，看着梓锦微垂的面孔，第一次有了一种释然的感觉，他的执著终于等到了那么一丝丝的回应，虽然梓锦的话并不是应允此生非他不嫁，可是真的给了他无尽的希望。

姚长杰不知道什么时候出现了，轻咳一声，看着立在甡锦堂门口的二人回过神来瞧着他，神色不变地说道："在这里做什么，进去吧。"

梓锦就好像做了坏事被人抓住一样，有些不安，大哥哥不会听到了什么吧？正在梓锦纠结的时候，就听到姚长杰径自走到叶溟轩的身边，问道："托你办的事情怎么样了，可有眉目？"

叶溟轩立刻笑嘻嘻地应道："你的事情我自然全力去办的，若没有好消息岂敢上门？"

梓锦微微觉得有些不对劲，什么时候叶溟轩对姚长杰的态度这么……这么……这么狗腿了？姚梓锦觉得自己的眼睛一定出了问题，怎么看都觉得叶溟轩似乎使劲讨好姚长杰呢？姚长杰让叶溟轩做了什么事情……

叶溟轩是替叶老夫人给老太太送东西来的，说了个悍妇举棒追夫的笑话哄得老太太大笑不已，这才告退出来。

从那日叶溟轩来送东西，梓锦才知道自家大哥居然也掺和到自己跟叶溟轩的事情中去了，居然还是倾向于自己这一方，自然是备受感动。

可是这世上的事情，总是瞬息万变，让人措手不及。

这日，姚长杰找到梓锦闲聊，东拉西扯了小半个时辰。

"梓锦，平北侯跟叶老夫人为溟轩定了婚事。"姚长杰终究还是将这句话给吐了出来。

梓锦一惊，随即垂着头，眼眶有些涨涨的，努力压了压心头的翻涌，问道："不知道哪家的姑娘这般有福气？"

"罗玦。"姚长杰道。

梓锦一愣，失笑出声，看着姚长杰，淡淡地说道："这个世界真奇妙，兜兜转转，费尽百般功夫，到头来依旧是花落罗家。"

"是大哥不好。"姚长杰始终认为若不是自己当初心软放过叶溟轩，也许现在梓锦就不会这样的尴尬，失落。

"大哥，在我心里你一直是一个好哥哥，为了我你做得够多了，你没错，错的不过是这段情本就不该发生。"梓锦收拾好自己的情绪，缓缓地往外走，屋外春光正明媚，她也该重新启程了。

走到门口，梓锦又转过身来，看着姚长杰眉眼一弯，淡然一笑，"大哥，明天再见到我，我又会是以前的那个姚梓锦了，你放心"。

梓锦走了，那临走的嫣然一笑，姚长杰却只觉得心口一阵钝痛，他自以为凡事都能掌握，没想到最后终究还是害了梓锦，早知道会这样，当初他就该狠心地拒绝叶溟轩，那么伤心也只是叶溟轩一个人的事情，没想到最后反而把梓锦给牵扯了进来，他还是做错了。

梓锦自从那天从姚长杰那里回来后就一直闭门修炼，她得学着去遗忘，学着任何人提起叶溟轩她能跟以前一样，面不改色，微微一笑，于是在经过五六天的修炼之后，姚梓锦重出江湖了。

没想到自己闭关了五六日，家里的事情也发生了天翻地覆的变化，姚冰跟郑源的婚事有惊无险地定下来了，梓锦惊讶地看着杜若："什么时候的事情，怎么一点风声也没有？"

杜若看了一眼寒梅水蓉，这才说道："我的好姑娘你连着几日称病也不肯见人，也不听外面的消息，您这般任性幸亏大少爷找来的郎中肯为您圆谎，不然就太太那一关够您受的。"

梓锦摸摸鼻子，被数落得还真是有些不好意思，站起身来看着自己一身月白的衣衫皱皱眉头："这都春末了，不穿这样素淡的颜色，把太太给我新做的桃粉的那件拿来，看着也喜庆，人也精神些。"

看着梓锦终于打起了精神，整个院子里的丫头都变得喜气洋洋起来。

叶溟轩跟罗玦的婚事，只怕是整个京都无人不知的，平静了一段日子，突然爆出了叶溟轩不满父亲以及祖母强行为其定下婚事，一怒之下请旨往南方坐镇南镇抚司，放言不解除婚事，一辈子不踏足京城，整个京都再度被震动了，当梓锦从姚冰的嘴里听到这件事情的时候，一个不防绣花针就扎在了手指上，鲜红的血珠立刻染在了绣架上。

"此事当真？"梓锦顾不得手指上的疼痛，看着姚冰直直地问道。因为姚冰跟郑源的婚事已经定了下来，再加上郑源嘴巧腿又勤，奉承得海氏很是满意，于是也就睁一只眼闭一只眼，看着郑源每隔三两日就要给姚冰写一封情意绵绵的书信，每每收到信，姚冰总要在梓锦面前炫耀一番，顺便问一问，信中那些个四六骈句啥意思。

姚冰不愿意问姚玉棠，她俩向来不对眼，只能问姚梓锦，并威胁姚梓锦不许笑，每每梓锦给姚冰解释那些个情意绵绵的诗词，总觉得后槽牙跟灌了醋一般，听的人跟吃了蜜一样，念的人却是强忍着吐槽的。

郑家大哥，能别这么肉麻吗？让人浑身哆嗦啊，梓锦很想这样吼一句！可是今儿个听到姚冰突然说起叶溟轩的事情，头一次生出了郑源的信总算是还有点用处的感觉。

姚冰浑然没有发现梓锦的异常，信口道："自然是真的，源哥哥说叶大哥已经请旨南下了，圣上也准了，叶府都闹翻天了。你说这个罗玦也真是的，一个好好的姑娘家，三番五次地上赶着一个不喜欢你的男人，将来嫁过去你就能幸福了？"

梓锦瞅着姚冰，大约是她跟她的源哥哥情投意合，婚事顺遂，遂生出了亲事还是要两厢情愿的好，看来经历一事总能长一智，这件事情一点也不错的。

"大约是真的喜欢吧，才会这样不肯放弃。"梓锦说道，面上一片平淡。

姚冰却是有不同意见，道："这话就不对了，爱情是相互的，罗玦这样做真是有点拎不清，被叶大哥三番五次地拒绝，这门亲事不成，她想要再嫁一个好的人家只怕也无人敢要呢。真是害人害己，不值得同情。"

梓锦苦笑一声，罗玦死追着叶溟轩不放，是害人害己，不值得同情。要是姚冰知道了叶溟轩死追着自己不放，到时候不知道又要说什么话来揶揄了。爱情，又有谁对谁错了，不过是先爱上的一个总是更容易受伤。

罗玦爱上叶溟轩，注定是一场悲剧。那，叶溟轩爱上自己，是不是也注定了是一场悲剧？

从姚冰那里出来，不知不觉地已经走到了二院门口，在这里，梓锦曾经跟叶溟轩诀别、偶遇过，在这里他们两个发生过很多故事，如今人面不知何处去，故景依旧同往昔。

水蓉看着梓锦的神情这般的落寞，就忍不住地说道："姑娘，不过一个垂花门有什么好瞧的，天色快黑了，咱们回吧。"

梓锦叹息一声，却不应声，只是缓缓地转过身子，背对着朝霞，轻抬脚步往回走，再舍不得，他也不是属于自己的，他就是那高高在上枝头，自己纵然伸出手也够不到的。

"叶大人？"水蓉惊呼出声，唬了一跳，怎么会想到叶溟轩突然就从垂花门外冒了出来。

梓锦闻言浑身一僵，似乎不敢相信自己的耳朵一般，叶溟轩……来了？

或者是因为期盼太深，梓锦竟然不敢回头，身体僵硬地立在那里，捏着帕子的手紧紧地扭在一起，就听到水蓉行礼声传来："奴婢见过叶大人。"

"不必多礼。"

久违的声音划破长空重重袭来，梓锦深吸一口气，他竟然也来了，是巧合吗？梓锦终究忍不住还是回过身来，让自己露出最得体的微笑，抬眼看向叶溟轩。

竹青色的直裰，腰束玉带，只见他立在垂花门外，似乎并不是到内院来，而是正好从这里经过，大约是水蓉正好看见这才喊出声来，止住了叶溟轩的脚步。

是什么样的缘分，让两人在此时此刻还能够在这里重逢，这样绝对意外的相逢，梓锦甚至于能清楚地看到叶溟轩眼中的惊喜，他大约也没有想到自己居然会在这里出现的，他脸上那种藏也藏不住的惊喜扑面而来，梓锦的心口重重地撞了一下，尽管早已经给自己穿上厚厚的龟壳，以为能将所有的伤害挡在外面，可是见到这样一双惊喜莫名的眼睛，所有的一切似乎在眨眼间轰然倒塌。

"梓锦……"叶溟轩轻声喊道，那声音低低的，小心翼翼的，仿佛声音大一点她就会被风吹走了，正是因为这样的小心翼翼，让梓锦的心顿时软了下来。

轻移莲步，慢慢地走了过去。

今日的梓锦，到底让叶溟轩又吃了一惊，看着她新梳的双鬟髻，簪的玫瑰花，桃粉的袄裙，整个人就如同漫天绿地里出来的小仙女一般，生生夺去了他的心神。

"叶大哥，好巧。"梓锦努力用以前的口气跟他说话，结不成夫妻总还是朋友，更何况两家又不是不来往，梓锦还不至于好赖不分。

叶溟轩回过神来，梓锦的神态太平和，完全没有他见到她时的兴奋与激动，可见，在梓锦的心里，终究他的分量还是太轻了。

水蓉看着两人要说话，就悄悄地往后退了出去，站在两人能看到的地方却听不到两人的对话。

"罗玦的事情你知道了？"叶溟轩道，他知道姚长杰一定会说的。

梓锦点点头，柔声道："金玉良缘，恭喜了。"

叶溟轩快要恼死了，狠狠地盯着梓锦，咬牙道："我若英年早逝，一定是被你气死的。"

梓锦一愣，顿时有些恼怒地看着叶溟轩，心里那股子狠狠压制住的怒火冒出了一个小小的尖："谋杀朝廷重臣的罪名小女子担当不起，既然无事，梓锦告辞了，天色已晚，多有不便。"

梓锦头痛，每次遇见他，自己的理智都会打开笼子自己飞掉，这可不是好现象。

叶溟轩看着梓锦真的要走，着急了，能遇上她是意外中的惊喜，他本是想要在临走之前跟姚长杰好好地沟通一番，却没想到会遇到梓锦，哪里肯轻易地放过这个机会："等等，听我把话说完。"

梓锦告诉自己不要停，往回走，可是理智在情感面前往往是输得一塌糊涂，脚步还是停了下来，望着叶溟轩，一言不发。

看着梓锦不说话，叶溟轩只得先开口："我要走了，去江南，也许三五月就回来，也许一两年。"说完就看着梓锦，眼睛一眨不眨。

叶溟轩自然不知道这个消息梓锦已经通过姚冰那个大嘴巴知道了，心里还期待着梓锦能够挽留他，谁知道却等来这么一句："那就恭喜叶大人能够为君解忧，为民伸冤，步步高升，平步青云。"

叶溟轩的神色带着遮掩不住的希望，他不知道姚梓锦已经没有时间给他，他能躲去江南，可是姚梓锦及笄之后就要面临着说亲，叶溟轩不在京都，叶家不同意这门婚事，虽然此事无人知晓，可是梓锦怎么跟海氏说，难道要她说母亲，我不嫁人，我要等着叶溟轩，估计这话说出来，姚梓锦也就完了。

姚梓锦什么都不能承诺，那就只能狠狠地斩断两人的牵连，看着叶溟轩苍白无力的脸颊，自己的心钝痛得很，这样的钝刀子割肉，倒不如来个痛快的，一了百了。

"你始终不肯等我，为了这门婚事，我都肯去江南，谋取一个转机，姚梓锦，你就承诺我一句，又如何？"

"……对不起，我承诺不起。"

花香扑鼻而来，两人之间的气氛却如同寒冬，外人看着无异，可是两人却心知肚明。

"还记得我先前跟你说过的话吗？"

"……"梓锦迷惑地看着叶溟轩，说过的话多了，她哪知道是哪一句。

看着梓锦的神态，叶溟轩突然觉得连生气都是十分奢侈的事情，只得压下怒气，提醒道："我说过你要是敢嫁给别人，我一定会用尽千般手段阻止的。"

梓锦猛地想起来了，这厮是这么说过，冷笑道："叶大人，你立刻就要去江南上任，这边的事情只怕是鞭长莫及。"

叶溟轩听到梓锦这么说怒极反笑："不信咱就试试，你要是敢嫁给别人……"

叶溟轩的语气极其的危险，半眯着眸看着梓锦。

"怎样？又要说搞破坏？你人在江南只怕是心有余而力不足。"梓锦道，"等你回来说不定我都是孩他娘了！"

这句话可把叶溟轩气得炸毛了，恨不得飞奔过来，将姚梓锦放在腿上狠狠地打一顿屁股。瞧着姚梓锦的神态，叶溟轩稳下心来，深吸一口气，然后才缓缓地说道："没关系，我不介意娶一个寡妇或者弃妇，带着拖油瓶小爷也养得起！"

姚梓锦顿时被石化了、龟裂了，她严重怀疑这厮是不是也是穿来的，思想这么前卫做什么，行为这么激烈做什么，梓锦这次真的不淡定了，不用伪装脸也红了，小身板也颤抖了，那凛凛的小眼神嗖嗖嗖地射向叶溟轩，咬牙道："世上还有家庙这种地方，家庙不收还有姑子庙，我还想抱个贞节牌坊为夫家争光，所以不劳烦您大驾。"

就没见过这样牙尖嘴利的女人，连这种话也说得出来，叶溟轩深刻地怀疑姚梓锦是不是受了什么刺激，但是此刻被姚梓锦气得恨不得立刻将她大卸八块，还贞节牌坊……做梦！

"姚梓锦，你一定要跟我对着干？我倒看看哪一家的姑子庙敢收留你，是她的脖子硬还是我的刀硬，我很有兴趣比试一下。"

他娘的，真把姚梓锦气死了，可是强权之下，梓锦还真是没有办法了，只是看着叶溟轩，道："如今你连一个五品官的庶女娶为正妻都做不到，居然还敢夸海口娶一个寡妇或者弃妇，叶溟轩，你该去看看郎中是不是脑袋被门板夹坏了胡话连连！"

叶溟轩见到的姚梓锦从来都是善良可爱的，偶尔说话犀利却从没有跟今日这样字字如刀，这样的话真难以想象居然是从梓锦的口中说出来的，叶溟轩一直觉得梓锦是个顶可爱的娃，今日才发现，也许这娃羊皮下乃是一只口角犀利的小野狼。

"遇上你，我就被门板夹了，一直夹到现在。"叶溟轩道。

梓锦一口气没上来，硬生生地憋回去了，努力说不气不气，可还是忍不住地说道："叶溟轩，你……"

"这声叶溟轩比那声假惺惺的叶大哥好听多了，以后私底下你可以这样喊我。"叶溟轩直接截断梓锦的话，笑得眉眼弯弯，开心得很。

梓锦看着叶溟轩突然说道："叶大哥，一路保重，江南多美女，希望你佳人得抱，早日成亲。"

叶溟轩看着梓锦欲要扬长而去的小背影，恨得牙痒痒，终究叹息一声，放柔了声音缓缓道："梓锦……"

梓锦的脚步一顿，并不回头，已经可以预见的前景，为什么一定要碰得头破血流才能回头？梓锦不是那种不明所以的人，也不是那种像罗玦一样死撑到底的人。当前途一片黑暗，而她又没有任何希望的时候，总是想要将自己保护得好好的，至少这个时候的姚梓锦是不相信叶溟轩真的能对抗得了家族，与她成亲的。

既然没有希望，梓锦不想为了没有结果的事情，毁了自己的一生，她没有长公主明知道叶青城娶妻的情况下还能做平妻，也没有罗玦那种固执到底的桀骜，她只是卑微平凡的庶女，没有公主的权势，没有罗玦的好命，她就只能为自己争取一点福利，不让自己受到伤害，你可以说她自私，梓锦不会否认，但是请不要蔑视她的尊严，任何人处在这样的社会里，面对这样的困境，做的选择会比她好！

你大可以像罗玦一样，勇敢地承认对叶溟轩的爱，可是然后呢？首先叶府的人不会同意她进门，然后她丢了姚府的脸面，海氏不是亲妈，老太太关键时候顾及的还是姚府的面子，姚谦可能会心软但是最后一定会放弃，姚长杰会据理力争，为她说几句好话，可是人单力薄，他在没有地位没有权势不能维护姚府的时候，又如何抵抗得过老太太，海氏，姚谦的联手？一个给家族蒙羞的庶女跟家族的声誉比起来，简直就是不值一提，梓锦不想当炮灰。

最后，梓锦的下场只有一个，要么对外宣称得了疯病，要在家庙养一辈子，要么真的"病逝"了。梓锦穿越一回，不想就这样铩羽而归，她的人生还有别的选择，她只能有别的选择。

"叶溟轩，叶大哥，就当是我求你，放过你自己也放过我，明知不可为，你又何必逆天而行？"梓锦无奈地叹息一声，人的执著有的时候真是一件毁灭性的事情。

叶溟轩望着梓锦的背影，道："记住的我的话，我会想尽办法阻止你嫁给别人，如果万一阻止不了……我说过寡妇或者弃妇我也不会放弃的，一言既出驷马难追。"

水蓉远远地看着两人奇怪的身影，方才的话虽然听得不是很清楚，似乎有点悟，这许久以来姑娘奇怪的地方串了起来，怔怔地看着两人凄惨的背影，水蓉上前一步，看着梓锦说道："姑娘，叶大人走后不知道几年才回来，您不送份礼物做送别礼？"

水蓉想着有个物件做念想也好，其实她也觉得，她们姑娘跟叶大人真是挺般配的，就是除了身份的差距，要是姑娘是嫡出的有多好，不对，就是嫡出的也高攀不上啊。

看着梓锦不出声，神情压抑得难受，眼中带着令人绝望的哀伤，又看着叶溟轩持久不动的身影，突然之间，这小丫头就不知道哪里来的一份勇气，看着梓锦说道："姑娘，我去问问叶大人。"

梓锦一愣，还没问水蓉去问什么，就见她撒丫子跑得比谁都快，一时间怔在哪里，这死丫头，会害死人啊……

梓锦跺跺脚，只能眼看着水蓉跑向了叶溟轩，远远地看着，就看到叶溟轩转过身来，很是惊讶地看着水蓉，不知道水蓉说了什么，就看到叶溟轩突然朝梓锦看来。

夕阳西落，落霞满天，金黄的晕光将整个大地晕染得如同锦缎，叶溟轩迎着五彩的霞光，那双眸子绽放的光彩，便是此刻绚烂的晚霞也不及，梓锦纵然距离远远的，可是那一双眸子的光泽，突然间就像是迸发出来，紧紧地锁住梓锦，让她的呼吸为之一顿。

他就默默地站在那里，他的周身满是霞光，那一双眸子，闪闪发亮，便是最耀眼的火焰与霞光也比不上，那是一种意外的惊喜突然迸发的神采，梓锦突然就笑了，这一刻的叶溟轩她会深深地记在心里，在这个最美晚霞下为她而绽放神采的男子，纵然不能相拥一生，却会让她相记一世。

叶溟轩远远地看着梓锦，她背对着晚霞，整个人站在那里，周身似乎镀了一层金。古语说，嫣然一笑，惑阳城，迷下蔡。此刻，梓锦眉眼弯弯嫣然一笑，却让叶溟轩觉得周围的景色似乎全都没了颜色，一双眼睛无论如何也转不开去。今生今世，他都会记得这个背着晚霞对他微笑的姚梓锦，终有一天，他会与她日日相携观落日，时时对眸展笑颜。

过了许久，叶溟轩才收回了眼神，梓锦瞧着他不知道在对水蓉说着什么，就看到水蓉不停地点头，然后叶溟轩大步而去，没再看梓锦一眼，再看一眼怕舍不得走了。

水蓉一溜小跑地跑了回来，喘着气看着梓锦笑道："姑娘，奴婢回来了，叶大人让奴婢跟您说句话。"

梓锦扬扬眉，看着笑得诡异的小丫头，道："管他说什么，我不想听，咱们走吧。"

梓锦转身就走，不用想也知道叶溟轩一定是让水蓉说什么等他之类的话，才不要听。

水蓉眨眨眼睛，暗叹叶大人料事如神，跟在梓锦后面往回走，张口说道："哎哟，叶大人猜得还真准，他说姑娘一准不肯听他要说什么的，果然如此，奴婢起先还不信呢。"

梓锦眉头一皱，看着水蓉，然后道："他真这么说？还说什么了？"

水蓉笑着说道："叶大人真有意思，他说他得罪了姑娘，姑娘正生他的气呢，你肯定不肯听他说的话。叶大人还说，让我跟姑娘说一句话，山高水长，不争朝夕，只争日月。姑娘这话是什么意思啊，奴婢怎么听不懂呢？"

梓锦闻言这次没有皱眉头，只是淡淡地弯起了嘴角，如果能等……她愿意等一等他，尽力而为吧。"没什么，他的意思是要好好地为前途而奋斗，他还年轻，外放江南正是大有所为之时。"

水蓉就点点头道："姑娘，你说的话跟叶大人说的一模一样哦，叶大人也让我告诉姑娘，衣锦还乡日，洞房花烛时。"水蓉说着就有些脸红起来，要不要告诉姑娘她做了个小叛徒，盯着姑娘来着，水蓉觉得，如果自家姑娘真的能够嫁给叶大人，那才真是鹊上枝头，扬眉吐气，所以……所以……她叛变了。想起叶大人的话，莫告诉你家姑娘，否则会把你打发出去的，水蓉感觉着这话很有道理，她家姑娘不是爱生气的人，因为生气起来不是人，太可怕了，悠着点好，决定等到哪一日她家姑娘真的嫁给了叶大人，她再投案自首比较好。

水蓉的小心思，梓锦自然是不知道的，更不知道叶溟轩这厮临走之前还见缝插针地安排了一个眼线，要论起来，梓锦最后真的能嫁给叶溟轩，水蓉还真是功不可没，所以说，有些事情就是冥冥中天注定，明明两人要分开的时候，偏偏水蓉多了事，这根快要断了的红线，也就再度连接起来。

要不是姚梓锦一时没有控制住，神色间露了端倪，要不是叶溟轩舍不得离开，在门口徘徊，也许跟以前一样，水蓉不会有什么发现，也不会多事，偏偏……一切在对的时间遇上对的事情撞上对的人，水到渠成也就非难事了。

第八章
老太太一箭双雕，姚玉棠苦尽甘来

叶溟轩很快地就从吏部办了文书，火速赶往了江南，所有的人都以为叶溟轩因为不满意罗家的婚事，愤而南下，却不知道这里面还另有乾坤。话说锦衣卫分经历司、镇抚司。而镇抚司又分北镇抚司跟南镇抚司，北镇抚司主要是管辖一般卫所部队人员，以及犯罪侦查、审讯、判决、情报以及军事研究。

南镇抚司却是管辖各地藩王及官员秘密监督、肃反肃贪、独立侦讯、逮捕、判决、关押、诏狱以及反间谍事项，这次叶溟轩南下，名义上南镇抚司还是万荣为长，私底下却是大权已经交给了叶溟轩，万荣跟叶溟轩一南一北，相互辉映。

以叶溟轩拒婚南下为烟幕弹，顺利地高调潜伏进了江南虎卧龙盘的复杂形势里。叶溟轩年少无威，又是皇亲国戚，难免被一些有真本事的轻看，以为不过是仗着家里的那点关系才有了今日的地位，所以纵然是叶溟轩南下，也不会引起有些人的高度警觉，再加上万荣有意无意地泄露了一些跟叶溟轩的不和传闻，更让人以为，万荣跟叶溟轩起内讧，叶溟轩不敌万荣资历深，本事强，这才落得发配江南的下场，如此一来更令人轻敌，为叶溟轩提供了最好的保护伞。

这一些都是国家大事，不要说姚梓锦一个后院的小女子，就是朝堂上的重臣，一时间也对这些层层涌出来的传闻看不清真假，更何况，梓锦听到这些消息的时候，已经是叶溟轩南下一个月以后了。

海氏忙着给姚冰备嫁，七月里又是姚月的产期，还要准备贺礼上门，海氏还抽空去了庙里求菩萨让姚月一举得男，七月七日又是姚梓锦的及笄礼，还有姚玉棠的婚事要处处留心，一时间忙得海氏脚不沾地。

姚谦这日徐徐踱步回到正院，还未进正门，就看到管事婆子们出出进进川流不息，看着姚谦忙行礼，姚谦点点头，挥挥手让她们退下，也不让丫头婆子们打扰海氏处理家务，自己就到了旁边隔间的小书房看书。

东西隔间相隔不远，海氏说话的声音影影绰绰地传来，姚谦拿着书本耳朵里却自动接收着隔壁房间的谈话。

"……太太，大姑奶奶那边老奴亲自去看过了，这次亲家太太办事周到，早早就从庙里请了临水夫人全身神像供奉到了大姑奶奶的屋子里，接生婆，奶娘，连孩子用的一应物件都准备得妥妥帖帖，大姑奶奶气色很好，大姑奶奶让老奴跟您回句话，大姑爷对她体贴得很，就是这样也很少去通房那里，一个月里有半数是陪着大姑奶奶的，让您放心。"管事婆子的声音里都带着喜气，由于上次姚月小产的事情海氏很长时间都很抑郁，这次自然是要讨得海氏开心。

"这就好，总算是大姑爷还是个有良心的，月丫头一心待他，他也得好好待月丫头，如今我就盼着我的月丫头一举得男，这样也就稳住脚了。"海氏喜滋滋的，姚谦此时都能想象得到他那发妻眉开眼笑的模样，想起姚月，姚谦也默默笑了。

那边又说起了姚冰的嫁妆，海氏细细地询问各项的进度，因为婚期在九月，家具这一大项就十分赶时间，海氏着重地问了问，听到管事婆子说木器行多请了几位师傅回来的时候也就笑了。京都里随便扔一把瓜子皮，都能砸到几顶官帽子，京都里有名的木器行就那么几家，最好的自然轮不到姚家，但是姚谦如今也是升了官了，再加上海家的门面，海氏也愣是挤进了一家颇有名气的木器行，只是后半年娶媳妇嫁女儿的很多，实在是忙得很，再加上姚冰的婚期又近，免不了跟木器行几番交涉，如今听到他们又添了新的师傅，婚期误不了，海氏自然就安了心，最后还是叮嘱道："派人去盯着，千万别误了婚期，婚前要铺房，可不能让郑家看了笑话。"

那婆子忙应了下来，海氏又问道："五姑娘的及笄礼也要到了，准备得怎么样了？衣裳首饰都做好了没有，请帖门房发出去没有？"

"回太太的话，一般交好的人家门房都发出去了，就等着太太亲自给贵宾下帖子了。衣裳老奴催过了再有三四天就能送来，首饰按您的要求都是打制的时新样子，足金足料的，那金楼的老板知道是给咱们五姑娘定做的还吃了好大一惊，那掌柜说就没见过几家的正房太太对庶女也这般好的，对您赞不绝口呢。"婆子奉承地说道。

海氏听到这里笑了，道："你们跟了我多年，应该知道我的脾气，只要对这家忠心耿耿，别给我起什么歪心思，哪一个我也不薄待你们。五姑娘这些年在家里孝敬长辈，友爱手足，做人本分，是个极好的，我万万不能委屈了她。及笄礼的贵宾我跟老爷商量后再定夺，还有些日子不急在一时。"海氏想了想，又说道："给吴姨娘也做两身新衣裳，打几件首饰，等到五姑娘及笄的大日子，让她在偏室里看女儿的及笄礼，毕竟是五姑娘的生母，五姑娘大了，她的脸面也得抬起来。"

姚谦先是一愣，没有想到海氏居然会这么做，这样大方，说句心里话，海氏待梓锦是没得话说，吃的喝的穿的戴的都是好的，如今还要让吴姨娘亲观梓锦的及笄礼，姚谦对于这个脾气火爆，没什么文化却做事周到的发妻，打从心里真是觉得暖乎乎的。

良久后，姚谦突然想到，去年姚玉棠及笄的时候，海氏可没请莫姨娘观礼，想起方才海氏的话，就觉得面皮上有些火辣辣的，莫姨娘要是跟吴姨娘一样本分……轻叹一声，姚谦很是忧郁地看着窗子外的花花草草，是不是自己做错了什么……

等到海氏处理完所有的家事，姚谦都已经自省完一遍，还顺便读了十几页书，还无聊地写了七八张大字，这才听到管事们鱼贯而出的脚步声。

屋子里顿时安静下来，另一边只剩下了海氏跟贺妈妈，姚谦正想要过去跟发妻联络联络感情，培养培养默契，就听到贺妈妈的声音响起来，听到话头姚谦止住了步。

"太太，您这么抬举吴姨娘，只怕莫姨娘又要在老爷跟前吹枕边风说您的不是了。"贺妈妈想要劝着海氏打消这个念头，莫姨娘那个搅家精，能不招惹就别招惹的好，贺妈妈对这个几度顽强翻身的妾室有很大的抵触。

姚谦听着贺妈妈这样直言不讳，老脸一阵滚烫，脚步只能缩了回来，干瞪着眼朝着雪白的墙壁一阵阵较劲。

海氏先是疲惫地叹口气，然后才说道："说就说吧，反正也说了几十年，不在乎这一两回的。"

贺妈妈瞧着海氏丝毫不放在心上，就有些着急，道："我的好太太，你怎么就一点也不着急。如今老爷对莫姨娘旧情复燃，您怎么一点也不担心，以前的时候莫姨娘怎么跟您对着干的，您都忘了？眼看着四姑娘就要说亲，只怕想要消停都消停不了呢。"

海氏冷哼一声，似乎颇不以为意，许久才说道："你说比相貌我不如莫姨娘娇艳，比才学更是一个天上地下，我唯一出挑的就出身比她好。年轻的时候吵过闹过，你说我吧，比心眼斗不过人家，比告状，那说哭就哭，说装就装的本事我是拍马难及，论风情，小琵琶一弹，小媚眼一抛，我就只能仰天长叹的分儿。我唯一能立得住就是身份，只要我是姚家的当家女主人，她莫姨娘就是有万般本事也越不过我去。她要告状就只管告去，我又没做什么越礼的事情，她要是跟吴姨娘一样本分，她该得的难道还少得了？"

姚谦在隔壁听着，就有些坐不住了，出又不能出去，听着又觉得心里刺得慌，觉得讪讪的，不由得反省到这些年来好像事情真是这么着的，好像……海氏跟莫姨娘之前的差距是挺大的，好像自己是有点偏心的，好像自己其实好像是真的有点混蛋的……

姚谦难得这么深刻地反省，觉得自己真是亏待了海氏，默默地想着以后是要好好地补偿补偿……

正想着，海氏的声音又传来，只听她说道："反正我年纪一大把了，对于那点男欢女爱的也没什么需求，如今我只盼着杰哥儿娶了媳妇早点给我生个孙子，我乐得享受天伦之乐。有莫姨娘勾着老爷也好，免得再弄个小狐狸精回来，让人生闷气。"

姚谦站在那里久久不能言语，刚刚对海氏的一点愧疚之情，顿时烟消云散，为什么每次对自己的发妻有点愧疚之情，总能被她亲手打碎了，其实他也挺悲哀的……

梓锦的及笄礼办得挺隆重，正宾一般邀请有德才的女性长辈，海氏请来的是跟海老夫人关系密切的建昌侯府人大人，很是令人吃惊了一番。有司，为笄者托盘的人，请的是郑源的母亲郑太太，赞者，协助正宾行礼，一般为笄者的好友、姊妹，邀请的是郑瑜，观礼者都是跟姚府关系密切的官夫人，举办得很是热闹。更令人意外的是，长公主虽然人没来，却让人送来了一支羊脂玉如意簪做贺礼，海氏大喜，就用这支簪子代替了原来的簪子做了梓锦及笄礼绾头发的用具。

吴姨娘在隔壁的房间里，隔着薄薄的帘子看着女儿的及笄礼，忍不住泪流满面，周妈妈看着这一幕，突然间想起多年前跟吴姨娘的一番谈话，再看看今日五姑娘的荣耀，突然觉得吴姨娘这样的忍耐都是有收获的，原来自己以前的环境真的太复杂，所以才把人都想得恶毒，倒是吴姨娘看得透彻。

日子一步步往前走，梓锦安分守己地呆在自己的院子里，却不想还是有事情找上门来。

梓锦接到消息的时候，罗玦已经在甡锦堂里等着她了，梓锦实在是想不明白，罗玦这个时候怎么会找上自己，其实梓锦并不是一个将凡事想到最坏的人，可是看到罗玦的时候梓锦就预计着今天将会有风暴起，心一下子提了起来。

罗玦的神色很是憔悴，依偎在凉国公夫人的怀里，凉国公正在跟海氏老太太说话，面上带着一丝难以言语的古怪神情，梓锦前脚刚到还未进门，就看到姚冰跟姚玉棠也来了，三人在甡锦堂门口碰面，然后一起走进去，看到的就是这幅画面。

三人面面相觑，但是还是先上前见礼，海氏的神色阴晴不定，老太太的神色郑重，点点头说道："这是凉国公夫人，梓锦见过的。"

姐妹三人上前见人，凉国公夫人忙让三人起来，几人这才直起身来，然后按照序齿挨个坐下，梓锦偶然感觉到罗抉的眼神似乎在自己的身上轻轻地刮过，心里就是一颤。

前几日郑瑜来的时候说罗抉想要追到江南去的，不往江南追来这里做什么？梓锦心里慢慢思索着，罗抉此人绝对不是一个毫无主见，撒泼缺心眼的大家闺秀，上一次的交手，梓锦就知道此女不可小看，心里的弯弯绕绕多着呢，在这个时候绝对不会无缘无故地到这里来装委屈给大家看，一定是有什么事情，梓锦的神经就绷了起来。

海氏这时看着梓锦，眼神带着一些难以言喻的古怪，清清嗓子，然后说道："锦丫头，罗姑娘说叶大人是因为你才去的江南，可有此事？"

屋子里一下子静了下来，姚冰跟姚玉棠的眼神一下子落在了梓锦的身上，两人吃惊的程度绝对不亚于此刻的姚梓锦，梓锦万万没有想到，罗抉无法从叶溟轩那里下手，居然改而朝着自己下手，说起来也是，自己一个小庶女，总是比叶溟轩好欺负多了。

看着海氏的神情，带着些犹豫，显然是也有些不相信的，梓锦心口微松，面上的惊讶并不是伪装出来的，而是真真实实的，梓锦借着这股子惊讶，然后看向罗抉，一脸怒容喝道："罗姑娘，你这话是什么意思？我安安稳稳坐在家里，不知道如何得罪了罗姑娘要这样毁人清誉？"

梓锦气得俏脸通红，看着罗抉的神色恨不得立时上前就给她一个大嘴巴子，众人看着梓锦这般气怒，姚冰伸手拉拉梓锦安抚她，姚玉棠这时就冷笑一声，看这罗抉说道："自身不洁，难不成罗姑娘以为天下的女子都跟你一样吗？我五妹妹好好地待在家里，从不招惹是非，不知道什么时候得罪了罗姑娘，罗姑娘要这样作践人的声誉？"

姚冰立刻接口，讥讽道："京都无人不知道罗姑娘惊世骇俗追着男人跑的事情，罗姑娘自己做就罢了，做什么要这样诬陷我五妹妹？我家五妹妹最是守本分，平日里跟叶大哥甚少见面，倒是不知道罗姑娘嘴里的叶大哥下江南是为了我五妹妹这话所为何来？据我所知，叶大哥之所以跑去江南，好像是因为罗姑娘你吧？"

梓锦呆呆愣愣地看着姚冰跟姚玉棠，从没有想到，她们居然这样维护自己，一直以来，梓锦觉得自己挺孤单的，在这个家里时时处处都要小心，这么多年小心翼翼地跟每一个人保持着友好的关系，原来默默付出这么多年，终究是有回报的，眼眶一下子就湿润了，心里慢慢地平稳下来，在这个世界，她终于不再是孤单单的一个了。

老太太瞧着姐妹三人默默不语，海氏脸色涨红，没想到这两个死丫头说话都这般难听，姚冰也就算了，定了婚事，嫁出去了，姚玉棠可还没婆家呢，这要是传了出去，可怎么好？再者说了，女儿家嘴角过于苛刻也不是好事，声誉总是有损。

海氏就轻咳一声，看着二人说道："你们两个这么激动做什么，先坐下，把事情弄清楚了再说。"

姚冰跟姚玉棠不敢忤逆海氏，闷闷地坐下了，海氏这才看着凉国公夫人笑道："罗夫人，我们五丫头也到了，还请把方才的事情说清楚，有些事情是可以不去计较的，但是这件事情有关我姚家女儿的声誉，我们老爷最是持身自省，这件事情可不是儿戏。"

梓锦心里已经慢慢地有了一点谱，罗玦此招不可谓不狠，她追不到叶溟轩，知道叶溟轩喜欢的是自己，就转而将矛头对向自己。如今叶溟轩人在江南，只要罗玦能逼迫得姚家将自己火速地嫁出去，就直接断了叶溟轩的后路，这样一来叶溟轩的婚事反抗还有什么意思？

这一招围魏救赵，罗玦用得是炉火纯青，更重要的是，上一次罗玦就已经知道叶溟轩喜欢的是自己，所以才会跟凉国公夫人一起来姚府，试探梓锦。只是那个时候梓锦还未及笄，罗玦就是想有什么动作，一句未及笄梓锦就不能嫁人，那时叶溟轩还在京城，只要得到了消息，很有可能先发制人把事情闹大，到时候罗玦也可能鸡飞蛋打一场空。

罗玦隐忍着，一直等到了今天，叶溟轩负气出走江南，梓锦已经及笄，这时候罗玦来逼迫姚家，天时地利人和都占全了，梓锦向来不曾小看罗玦，但是此刻还是因为这个女人的心思之深而惊讶。

不是每一个人都能承受各种各样的流言蜚语，依然能够追求真爱，也不是每一个人都能如同罗玦这样心思既深手段又狠，这女人绝对是梓锦来到这个时空的第一劲敌，什么姚氏姐妹，嫡母姨娘，在她面前全都是浮云啊。

此时，梓锦打量着这对母女，就见凉国公夫人听到海氏的质问，先是神情一僵，随即叹息一声，又道："其实我们两家还有点亲戚，实在不想因为这样的事情上门来，说出去哪一家也没脸面。只是如今我这女儿已经跟叶府定了婚约，有些事情也不能看着不管。实话就说了吧，叶少爷之所以离家远去江南拒绝这门婚事，正是因为贵府的五姑娘，我家女儿亲口听叶少爷说他中意的是姚五姑娘，只是我也很纳闷，你们口口声声说姚五姑娘知书达理，温柔贤惠，怎么就会跟叶少爷缠在一起？如今他也算是我的女婿了，我也只好豁出脸面来问一问，总不能误了我女儿的终身才是。"

这凉国公夫人也不是一个善茬，果然是有其女必有其母，这一字字一句句将所有的矛头指向了梓锦，好像梓锦才是破坏罗玦跟叶溟轩婚事的人，才是那个十恶不赦的人。

真狠，一下子就欲将人置于死地，名声对于一个女子有多重？比命还重！

梓锦方才想通后，心中早已经有了准备，此刻听到凉国公夫人这样质问，梓锦丝毫不感到惊讶，只是没有想到，凉国公夫人为了自己的女儿竟然将别人的女儿视为草芥，这样的人梓锦是看不起的，也不会任由别人践踏自己。

海氏闻言冷笑一声，看着凉国公夫人道："照夫人这么说，竟然都是我女儿的错了？"

一句我女儿脱口而出，海氏一愣，梓锦更是一愣，微微垂下头，眼眶有些湿润，正因为心里无顾忌才能这样地顺口而出，这一刻梓锦突然觉得自己也没有那么怕了，也许这个家里的人还是可以靠一靠的。

凉国公夫人跟罗玦显然也是心中吃惊，原以为不过是一个庶女，量姚家也不会为了一个庶女得罪凉国公府，只是没有想到海氏的态度这般强硬。

姚冰早就火了，猛地站起身来，反正她是有主的人家了，反正她家的小姑子跟她的源哥哥也知道她的火爆脾气了，没了顾忌，姚冰越发牙尖嘴利，不饶人，张口就道："夫人说话真真是可笑，满京都打听去，谁不知道贵府的六姑娘爱慕叶大哥，苦追不舍，不知道被拒绝多少次撞了南墙不回头，这些事情跟我五妹妹有什么关系？难不成也是因为我五妹妹？再者说了，叶大哥年少时在我们府上住过些日子，跟我家的兄弟姐妹相处都很融洽，我们风光霁月又怎么会怕人说？更何况还有廉王府的小公子也住在我们府上，他可以作证。那时不过七八岁的稚龄，难不成按照凉国公夫人这般说七八岁的孩子就知道终身大事了？咱们姚家的女儿可没有那般不要脸的心思，小小年纪知道追着男人跑！"

姚冰气狠了，说出的话难听之极，大约是罗家母女想不到姚府一向是诗书传家，居然还能有这么个泼辣货，一时愣在那里。

海氏的嘴角微抽，使劲板着脸，却不曾打断女儿的话。老太太的眼神慢慢地扫过众人，在梓锦的脸上扫过顿了很久，这才挪了开去，梓锦觉得这一道眼神几乎让她快要撑不住了。

满屋子里吵得厉害，但是最后收拾残局的一定是老太太，梓锦深知老太太的手段，不管是处置姚月夫家欲爬床的小表妹，还是处置姚雪出嫁时闹事的奶娘女儿，手起刀落，毫不留情，此时梓锦担心的不是罗家母女，而是老太太。

梓锦怎么也不会想到，她跟叶溟轩的事情居然就这样被凉国公母女揭了开来，梓锦想过千万种方式，却唯独没有想到会是这样。敌人开了火，梓锦也只能冲上前了。

凉国公夫人这时回过神来，看着姚冰，姚冰的话再难听，凉国公夫人这些年听到的还少了？当下竟然是面不改色，徐徐说道："当年叶少爷曾经救过我女儿一命，恩比天高，珙儿对他感激涕零，竟然一片深情深种，不可自拔，这也是孽缘，我们当父母的除了成全还能怎么样？如今好不容易姻缘落定，所以我们只希望能够顺顺遂遂地看着女儿出嫁，还请姚五姑娘高抬贵手，为了弥补姑娘，日后我定会拼尽全力为姑娘保一门好婚事。"

大棒加蜜枣，用得不错，先是诉说自己女儿的辛酸史，又道明叶溟轩对罗珙也不是无情无义，不然干吗救她一命，最后再说明为了梓锦的婚事愿意助一臂之力，环环相扣下来，也算是个极好的说客，而且目标转移得不着痕迹，方才的争执似乎如过眼云烟。

梓锦知道自己该出面了，盈盈站起身，面带微笑地看着凉国公夫人，又瞥了一眼极度委屈的罗珙，眼睛温和地对视着凉国公夫人的眼睛，这才徐徐说道："夫人所言，梓锦不敢苟同。首先，梓锦的婚事自有我的父母做主，哪里需要劳夫人大驾，夫人只这么一个女儿的婚事就已经操碎了心，梓锦可不敢给夫人百上加斤，徒增负担，这岂不是我们做小辈的不是？"

凉国公夫人面色微变，双眸渐眯，一直看着姚梓锦是个怯懦的小姑娘，很好搞定，不曾想却这么扎手，正要说话，却又听到梓锦的声音传来："二来，罗姑娘跟叶大哥之间的事情，跟我有什么关系？跟我们姚府又有什么关系？我跟叶大哥之间不过就是兄妹之谊，年少时也曾在一起玩闹，但是年岁渐长，每次见面皆是家人俱在的时候，固守本分，虽然我们姚叶两家交好，但是男女大防却不能不守。梓锦幼承庭训，父母兄弟姐妹皆是榜样，不敢做出丝毫越礼之事。三来，凉国公夫人跟罗姑娘口口声声说叶大哥心仪之人是小女子，那么可有证据？若无证据，血口喷人，这要是传扬出去，将我们姚府的名声置于何地？让梓锦的兄长姐妹如何自处？凉国公夫人，您心疼女儿，想让她得偿心愿嫁给叶大哥，那是你们家的事情，任凭你们闹上天，我们姚家断然不会说一个字的不是，但是你们罗家为了将女儿嫁进叶府，却要踩着我们姚府，我姚梓锦一介深闺女子没什么大的本事，但是为了我们姚府的名声，为了我的兄弟姐妹，我也敢滚钉板，告御状，咱们金銮殿上断是非！"

梓锦板起脸来，字字如钉，刀刀见血，那凛然的气势一下将屋子里的所有人都给镇住了，从不曾见过姚梓锦这样的一面，一直以来，梓锦是温柔的、爱笑的、软软的，说话办事从来是规规矩矩一句重话也不肯说的，可是今日……的确让人震撼了。

梓锦又往前行了两步，直挺挺地跪在老太太跟海氏面前，叩头道："都是孙女儿不孝，让老太太这把年纪还要听这种是非言语，请老太太责罚。梓锦没能给母亲分忧，还给母亲添了烦扰，是女儿不孝，请母亲责罚。"梓锦说到这里一顿，又坚定地说道："若是凉国公夫人不能收回方才对梓锦的污蔑，梓锦就请老太太跟母亲将梓锦逐出姚府，剔出族谱，梓锦不能以一身污名误了各位哥哥姐姐的终身幸福。姚府世世清誉，是姚家的列祖列宗祖祖辈辈世世代代传下来，梓锦不敢污了祖宗名声。待逐出族谱，梓锦自当会从一己之身，滚钉板，告御状，给我自己讨个公道，此举虽然莽撞，但是梓锦心意已决，还请老太太跟母亲成全。"

海氏吓坏了，伸手去摸梓锦的眉头，"你这孩子说什么胡话，难不成我们做父母的就是摆设？还让你一个姑娘家做这些？浑说什么，给我起来。"海氏本来就护短，梓锦这种做法，首先保全了姚府，保全了海氏的子女清誉不至于受损，这一番话说得是大义凛然，掷地有声，想她姚府一个庶女都能有这般气度，海氏顿时觉得无比骄傲，那护短的感觉顿时膨胀起来，自然就出言维护。

海氏将梓锦拽起来，拉在身后，然后看着凉国公夫人，冷笑道："国公府位高权重，我们姚府虽然官低人渺，可是也不是被人吓大的，要是罗夫人一口咬定咱们五姑娘破坏了你们罗姑娘跟叶大人的婚事，那么咱们就公堂上见。"

事情的发展完全脱出了凉国公夫人跟罗玦的意料，两人想着只要是先唬住了姚家，让姚家赶紧把姚梓锦嫁出去，到时候叶溟轩没了念想，这门亲事也就成了，不承想一个姚梓锦就这么扎手，更没想到海氏居然会为一个庶女这般出头。

凉国公夫人，眼神一转，就看向老太太，道："老太太，这事原本也不是咱们信口胡说，乃是叶溟轩亲口跟玦儿言明，他喜欢的就是姚五姑娘，不然的话咱们怎么就会贸然寻上门来？再者说了，五姑娘样样都好，可是要真的嫁进叶家只怕行不通，这一点您是知道的。我也不过是想，如果真的是这样，还请贵府给五姑娘早早寻个婆家，这样一来岂不是两全其美？"

老太太这才看向凉国公夫人，道："以你的意思，竟然是让我们五姑娘快速嫁人，然后断了叶溟轩的念想，你们两家的亲事也就成了？"

听到老太太这话，姚冰就火大，就想要出口反驳，却被姚玉棠拽拽袖子，姚冰一愣，看着姚玉棠给她使眼色，这才愤愤地坐了回去，然后暗自生闷气。

凉国公夫人讪讪地笑道："老夫人说的是，事到如今也没有别的好法子了。珙儿的终身幸福我不能看着不管，五姑娘也不会委屈了她，我这边还有几个好的人选，或许可以帮得上忙。"

凉国公夫人听着老太太有松口的意思，忙说道，她想着老太太总要念及着两家的情谊，于是就掰起手指说起她说的几个人的人品家世，倒都是高门，以梓锦庶女的身份的确是高攀了，看来凉国公夫人这次也是带着不跟姚府闹翻的心态，所以也是细细找了人家。

老太太开了口，就是海氏等闲也不敢插嘴，却在旁边直着急，就怕老太太应了下来，这让姚府的脸面往哪里放？

"夫人倒是费心了，这几个人家果然都是极好的，只怕是我们五姑娘高攀了。到时候若是嫁进门，被人小看欺凌可怎么好？"老太太缓缓地说道，手指捏着茶盏的盖子轻轻在茶杯上划过，发出清脆的声音，甚是悦耳。

梓锦这时也是云山雾罩，摸不透老太太究竟要做什么，老太太这个人心思极深，说话做事看着平和，其实杀手俱在后面。梓锦对于这件事情已经能肯定老太太动怒了，但是还不知道哪一根线触怒了她。究竟是凉国公夫人的言行触怒了她，还是因为叶溟轩的事情，又或者是因为她姚梓锦？

梓锦猜不透，看着此时着急的海氏，忐忑不安的姚冰跟姚玉棠，梓锦告诉自己一定要稳住，走一步看一步吧。

凉国公夫人以为老太太肯松口，就满脸笑容地说道："这件事情老太太放心，若是有人敢欺负五姑娘，我也不会看着不管的，毕竟这婚事我也算是个媒人。"

老太太就满意地点点头，然后又说道："罗夫人真是诚心，不过儿子成亲，女子出嫁，也要讲究个长幼有序。我们四姑娘还没有合适的人家，五姑娘的事情就不能着急，所以还是先放着吧，等到我们四姑娘的婚事定下来了，到时候再请罗夫人跑一趟。"

所有人的心都揪紧了，就连海氏也不敢说话了，不晓得老太太究竟要做什么。

姚玉棠听到提起她，面色就一白，缓缓地垂下头去，双手扭在一起。姚玉棠的婚事其实有点困难，高不成，身份压着，低不就，莫姨娘闹着，因此海氏头痛，姚谦叹气，莫姨娘也是心急火燎，再怎么样她也就这么一个女儿，总是希望她好好的。

老太太的声音诚挚，并不像是推诿之词，凉国公夫人着急自己女儿的婚事，就笑道："我这里给老太太说的也是好几家，不如老太太看看给四姑娘也挑一家？到时候我亲自上门提亲，做个中人如何？"

海氏神色一黑，见过不要脸的，没见过这么不要脸的，海氏就已经觉得自己其实不是一个刻薄的人，可是看着罗家为了嫁女儿，居然这样对别人家的女儿的婚事大包大揽，其实很想跳起来骂娘，可是……老太太在这里她就偃旗息鼓了，只能暗暗生闷气，决定晚上一定跟姚谦好好地沟通一番。

老太太就摇摇头，道："那怎么行，我们五姑娘要是嫁给你提的这些人家，已经是高攀了，要是让我们四姑娘再挑一个，岂不是让夫人你为难得很？不用、不用，我们姚家又不是攀图富贵之家，我们家姑娘的婚事都是细细挑选的，左右夫人等个半年一年的我们四姑娘的婚事就定下来了。再说，叶大人去了江南，一年半载回不来，你也不用担心，是不是？"

老太太在梓锦的婚事上松了口，却在姚玉棠的婚事上卡得死死的，梓锦的眉头越皱越紧，老太太究竟要做什么？

凉国公夫人生怕有什么变故，再者说了，要是拖个一年半年的，那她提的几户人家的儿子的年纪就不能等了，而且等到姚玉棠的婚事定下来，再谈姚梓锦的婚事，到时候这几个人家里只能选一个，其余的几家自己也算是得罪了，总不能让人家平白等个一年，这放在谁家也不合适啊。

偏偏老太太说得有理有据，义正词严，凉国公夫人纵然是诡计多端，这个时候也有些为难，只得赔笑道："不麻烦不麻烦，我们两家也是亲戚，能帮得上忙自然要帮的，老太太千万不要客气。四姑娘的婚事我很愿意出一份力的。"

其实凉国公夫人想着，只要姚玉棠嫁了，姚梓锦的婚事又定了下来，到时候叶溟轩一见没了希望，说不定从江南就早早回来了，也免得自己女儿拖得老大不小，被人笑话，因此凉国公夫人越发热情了。

老太太只是不允，说万万没有这样烦劳的道理，梓锦在一旁听着心里忐忑不安，今儿个自己的决绝如果能让凉国公夫人心生忌讳，那么老太太的态度就是凉国公夫人的救命稻草，只是老太太心思高绝，梓锦实在是看不透，心里的不安越发地浓了。

罗玦在一旁瞧着梓锦皱着眉头，姚梓锦的反应大出乎她的意料，今儿个的事情已经脱了轨道，连她也不知道下一刻会是个什么结局。

"……你说得这样诚恳，我若不答应倒是显得我迂腐了。"老太太笑道，"这样吧，明儿个你带着这几家的具体情况咱们再来定一定我们四姑娘的婚事，总得四姑娘嫁得好了，我们五姑娘才能出嫁不是？"

老太太松了口，竟然答应了姚玉棠的婚事从凉国公夫人的人选里挑一个，梓锦惊讶不已，太令人心生不安了，老太太这是要做什么？

老太太的爽朗还是令人很意外的，凉国公夫人自然是满嘴应承下来，笑着说道："是，一定拿来给您过目，四姑娘的婚事绝不敢马虎的。"

老太太就笑着点点头，叹道："做长辈的最关心的也就是孩子们的婚事了，她们能好好的比什么都强，你说是不是？"

凉国公夫人忙笑着应是，只要老太太松了口，罗玦的婚事有望，凉国公夫人哪怕此刻给老太太下跪也是心甘情愿的。于是跟老太太聊得更投机，海氏在一旁气得一言不发，只是暗自里怪老太太，怎么能这么轻易松口，有点憋闷。要是换做她，凉国公夫人这么欺人太甚，总要给她点颜色看看，然后拿着棍子赶出去，就是被人知道了，大家都是有眼睛的，谁对谁错不知道吗？

海氏兀自憋闷不语，姚玉棠垂着头继续沉默，毕竟谈及她的婚事，不好作活泼状，姚冰撇过头去根本不看罗玦，眼睛望着承尘，小鼻子里不时地有类似于轻哼的气息传来。梓锦此时已经回到了姚冰的下首坐着，默默地思忖着老太太的真正用意，却一时间摸不到头脑，只得作罢。

老太太留了母女二人用饭，海氏只得下去准备，老太太就笑着说道："你们几个年轻的去一旁说话，免得在这里烦闷了你们。"

老太太一发话，谁敢不从？姚冰再怎么不情愿，也只能带着罗玦四处走走，只是气氛相当诡异。好几次姚冰都忍不住想要挖苦罗玦几句，却被梓锦轻而易举地化解了，姚冰趁人不注意，一把拉着姚梓锦在一旁低声说道："你傻啊，她这么害你，你还帮着她？"

梓锦摇摇头，低声说道："三姐姐，是老太太让我们好生招待客人，要是有了什么争端，你说这面子上岂不是不好看？而且有句话说，临危不乱方有大将之风，咱们虽然不是大将军，可是也不能让人家小看了。打蛇要七寸，一举扼住咽喉，小打小闹算什么。"

姚冰想起今日梓锦的表现，突然笑了起来，贼兮兮地说道："小妮子，平日子里藏拙，今儿个倒是让人唬了一跳，还滚钉板，告御状，吓死个人。"

梓锦其实是有些夸张的成分，这不是为了表出自己的态度吗？想了想还是说道："罗家要真是逼人太甚，胡言乱语。我真会这样做，总不能连累你们坏了名声，以后在婆家怎么立足？这点自知之明我还是知道的。"

姚冰就是一愣，心里有些怪怪的，然后才说道："你放心，事情不会到那一步的，爹娘绝对不会不管的。不过，罗玦说的是真的假的？难不成叶大哥喜欢的真是你？"

梓锦装模作样地点点头，道："可能他的眼睛被什么东西撞了，然后觉得我是倾国倾城的大美人，然后为了我拒绝罗家的婚事，也不是不可能的。"

看着梓锦的模样，姚冰哼了一声，反而有些不相信了，事情有的时候就是这样，你费尽口水解释别人不一定相信，你有的时候落落大方地承认了，别人自己反倒觉得不可能了，只听到姚冰道："这个叶溟轩真可恶，为了摆脱罗玦居然拿你做挡箭牌，回头定然好好地告他一状。"

姚冰所谓的告状，就是在姚长杰面前说叶溟轩的坏话。

梓锦点点头，"三姐姐英明。"

姚冰顿时有些志得意满，看着罗玦的背影，轻哼道："这女人真是分不清头轻脚重的，做事情这般地胡来，偏偏凉国公两口子也任由她这么做，这可不是好事情，只怕将来真的会惹出大祸。"

梓锦就笑道："你该出去摆个摊，给人算卦去。"

姚冰一时语噎，狠狠地看了姚梓锦一眼，气得不愿意搭理她，往前走去。梓锦面带笑意地追了上去。前头姚玉棠正跟罗玦在说话，看到两人笑着过来，就问道："你们又说悄悄话去，说了什么这么开心？"

方才姚玉棠跟姚冰共同联手对敌，这战友情谊迅速燃烧起来，让两人这些年的不愉快撒手西去，难得地和谐相处。

"没说什么，就是听到一条蛇想要吃一只大象，总觉得这条蛇真是不怕自己撑死呢。"姚冰眉眼弯弯笑得甚甜。

梓锦心里一抽，不过这次乖乖地没再说话，姚玉棠自然也知道姚冰指的是什么，生怕惹恼了罗玦在姚家争执起来失了颜面，就挽着姚冰说道："前面亭子里我让丫头准备茶水点心，三姐姐跟我一起过去看看准备好了没有。"

姚玉棠拽着姚冰走了，就剩下了梓锦跟罗玦，两人相视一眼，梓锦淡淡一笑，缓缓地往前走，她跟罗玦实在没什么好说的。这样的女人为了自己的利益可以这样算计别人，梓锦实在是不喜欢。

罗珙明眸一闪，看着梓锦从自己身边过去，开口叫住了她："五姑娘。"

梓锦只得顿住脚，看着罗珙："不知道罗姑娘还有什么赐教？"

罗珙皱着眉头，看着梓锦说道："你明知道我没有撒谎，你却没胆承认，难不成你不知道他喜欢你？"

听着罗珙这话，梓锦心里暗暗思忖，不知道是罗珙在试探自己，还是叶溟轩真的说过这样的话，一时间难以抉择，不过还是笑道："罗姑娘凭什么以为我该知道？我大门不出二门不迈，如何跟罗姑娘一样神通广大，能够倒过几条街追他？再说了，他喜不喜欢我跟你又有什么关系？难不成只允许你喜欢别人，却不允许别人也喜欢人？如果，你说的是真的，他真的喜欢我的话，那么至少我能肯定一点，叶溟轩比你要让人舒服，至少他没有给别人造成困扰，没有给别人的声誉造成损害，罗姑娘你说是不是？"

罗珙如何不知道梓锦这是在讥讽她，微垂了头，然后才道："我是不会放弃的，不管用什么办法。你最好跟他没有关系，不然的话……"

"不然的话怎么样？罗姑娘打算怎么对付我？"梓锦有些火大，她本不想跟罗珙有什么冲突，显然这位大小姐真把自己当盘菜了，梓锦眼眸微转，笑着往前走了一步，转头看着罗珙，问道："罗姑娘，你就一定有把握叶溟轩会娶你？他要是肯娶你就不会跑到江南去，我想你还是尽快放弃的好，免得到时候真弄得自己无法立足了。"

罗珙愣愣地看着梓锦，道："这跟你有什么关系，我跟他的事情还用不到你来说。"

"按照常理是跟我没有关系，谁愿意管你们的破事，可是今天你找上门来就跟我有关系了。"梓锦看着她，一闪不闪地对视着她，然后说道，"我对天发誓你一定不能如愿嫁给他。"

罗珙一愣，问道："你怎么知道？"

"没有一个男人愿意娶一个你这样的女人，岂不是自找苦头？以你的占有欲，只怕是成亲后想要纳个妾，睡个通房，都不消停呢，男人都是喜欢左拥右抱的，是不是？若我是男人……也要躲得远远的。"梓锦很少这样口舌犀利地直接对别人这样的说话，这次实在是忍不住了，看着罗珙这样的偏执倒真是觉得叶溟轩可怜。

罗珙深深地看着梓锦，那眼神中有梓锦看不透的东西，就听她说道："那是你不爱，如果你爱一个人，卧榻之旁岂容他人鼾睡？姚梓锦，你这样小心翼翼只知道看着嫡母嫡姐脸色过日子的人，能知道什么是爱情？你不要亵渎了这两个字！"

梓锦哈哈一笑，看着罗玦，道："真是奇怪，难不成像你这样，满京都地追着男人跑，如今还把人逼到江南去了，就是爱情了？爱情至少应该是你情我愿的，而不是你这样一厢情愿，给别人的人生添加了这么多的困扰，你还一点也不知道羞愧跟反省，我还真是第一次见到你这样的女人，也算是长见识了。"

"你这样替叶溟轩打抱不平，难不成是因为喜欢上他了？"罗玦道，犀利的眼神紧紧锁着梓锦。

"也许真的是呢。"梓锦媚眼一笑，迎着阳光看着罗玦，缓缓地说道："爱一个人，不要给他造成困扰，不要给他的人生制造意外，不要让他因为你的存在变得危险连连，不要因为你的存在让他的人生变得狭窄不堪。如果他是喜欢我的，那么至少，他没有给我造成困扰，如果他是想要娶我回家的，那么至少他是在默默地努力，在不损害别人声誉的基础上努力完成自己的目标。尊重自己尊重他人，活在这个世界上谁也不容易，罗玦，我很讨厌你，你为了一己私利，让叶溟轩不得不南下，让我的闺誉蒙受损失，你这样的女人除了自私自利还能有什么？而且我告诉你，有人曾经对我说过一句话，如果我嫁给了别人，那么他就是让我变成寡妇、变成弃妇也要将我娶回家。他不阻止我嫁人，就算是我嫁了人，他也不嫌弃，这才是爱情，你明白吗？"

罗玦的脸色顿时变得煞白，怔怔地看着梓锦："他说的？"

梓锦没有点头也没有摇头，只是说道："方才的话，你对谁说起我也不会承认的，在我的世界里没有叶溟轩这个人，我会按照家里的安排嫁人，与人无忧。"

罗玦看着梓锦突然冷笑道："姚梓锦有没有人说你很虚伪？你就是这样对待他的一腔痴情？你知道他对我说什么让我忍不住找上你？"

梓锦眉头轻皱，道："我不想知道，这是你跟他的事情。"

"他这样的一个伟岸男子，居然喜欢你这么一个既虚伪又懦弱的女人，你让我如何甘心？"罗玦的眼眸里有泪光闪动，不知道压抑在心里多久的憋闷这个时候爆发出来。

"罗玦，你以为人人都能像你一般胡作非为家里还能纵容不已吗？我们活得艰难谁又知道？你追求爱情，想要什么那是你的事情，你有你家人的支持是你的福分，只是请你不要把别人贬低得一无是处。我若是你，若能有你的为所欲为，你以为我不想争，不想要？我不能让我一个人，连累家里人都无法见人，我没有你那么自私，我对他狠，可我对我自己更狠，我们的爱情不能建立在别人的痛苦之上，也不能被这个世界所不容。你说我懦弱也好，说我自私也好，可至少有一点，我没有像你一样对别人造成困扰跟伤害。我跟他都没有伤害任何人，我们不能相爱，不能相守，只是因为我们之间的身份差距，这你明白了吗？"梓锦原本不想说，可是面对这样的罗玦还是忍不住说了出来。

罗玦神色数变，最后说道："你终究还是承认你是喜欢她的？你这个虚伪的女人，全世界的人都以为你多清高，你方才在甤锦堂那些话说得真是精彩极了，可谁又知道你竟然是这样的真面目。"

"你错了，我在甤锦堂的话没错，没有撒谎，因为我从来没有给叶溟轩任何的承诺，从来都是拒绝他，我告诉他我会按照家里的安排嫁人，生子，终老一生。我爱他，可是如果我跟他的爱情，要让两个家族陷入水深火热，我没有那个狠心，我不能为了自己让所有人跟着我们痛苦。如果只以我们两人的痛苦，换来更多人的幸福，我宁愿牺牲自己。"最后梓锦看着罗玦，又道，"就算我们舍弃亲情，舍弃家族，舍弃所有的一切，你以为我们能走到一起吗？叶老夫人还不是不顾长公主的反对，不顾叶溟轩的抵抗，不顾平北侯的劝说执意与你们家结亲？这就是现实，这就是无奈，这就是你无法反抗的命运。如果你们罗家真的逼人太甚，我告诉你，我会真的破门而出，滚钉板，告御状，不信咱们走着瞧。我姚梓锦，虽然自私又自利，可我不会伤害我的家人，不会让他们因为我被人看不起，我爱这个家，我愿意去守护它。爱情，不一定是两个人时时刻刻守在一起，他已经住进我的心里，一生一世，这就足够了。"

罗玦静静地看着姚梓锦，一张脸陷入呆滞状，良久才说道："没有人对我说过，爱情可以这样，你真的就愿意这样在心里念他一辈子，却为了家人不肯嫁给他？"

"也不全是因为家人吧，这只是一部分原因，最重要的原因是，我没有办法嫁给他是因为身份的差距，这一道鸿沟我没有能力去填平，我的家人也没有能力去填平。既然结果已经注定不能相守，那么我就宁愿把他埋在我的心里。为了没有结果的事情还要把家人搭进去，我做不到。"梓锦突然很想哭，她真的很想跟叶溟轩相守一生一世，她真的很想，明明看两人相爱，却要因为这些原因不得不分开。叶溟轩说他会想办法，可是他能有什么办法？他能让姚谦一夜之间连升三级？简直就是天方夜谭。

罗玦垂着头不说话，这些话她从没有听别人说起过，从小到大所有的人都是顺着她，捧着她，她聪明好学，自幼爹娘家人把她当做手中宝，她从没有想过她做的事情也许会伤害到他们。

"姚梓锦，那你怎么办？真的要嫁给别人吗？你真的能看着叶溟轩娶别的女人吗？"罗玦如何能甘心，她不能像姚梓锦这样的蠢钝。

"有一种爱情，在你最美好的年华里遇上，爱上，倾你所有，可是却不能相守，这无关爱与不爱，只是命运。能遇上他，爱上他，并得到他的爱，我还有什么不满足的？我将会尽我余生的力量祈求，愿他一世安好，这就是我的爱，我能给他的，只有这些了。"梓锦浅浅一笑，迎着阳光，分明看得到那里面的三尺忧伤，因为爱他，所以愿他一世安好，因为爱，才不能无所顾忌，因为爱，就是不能相守，也是心甘情愿。

罗玦看着梓锦的背影，明丽的脸上带着惊讶，这个女人大概脑子被撞坏了，如果爱，就应该抢到手，将他变成自己的，一生一世。

两人一前一后，各怀心事地往亭子里走去，丝毫没注意到，那一大丛遮挡的廊檐下姚长杰漠然不动的棺材脸。姚长杰从不知道梓锦的心里居然这样苦，没有比这一刻更让他有一种拼搏向上的动力，如果叶溟轩说的是真的，不管梓锦嫁人与否，就算是变成弃妇或者寡妇，还要娶她回家，那么给他十五年，他一定努力做官，一定拼尽所能升迁，然后努力达到与叶家相等的地位。

如果到了十几年后，叶溟轩还未娶亲，他倒是可以帮着梓锦和离改嫁。嗯，这个想法不错，叶溟轩这小子总算是做了一件让他顺眼的事情。不过，十五年好像有点长……改日他好好研究下历史上升迁最快的案例，吸取经验，努力实践！

七月里，姚月一举得男，姚府上下笑开了花，海氏带着姚家的姑娘前去探望，洗三礼，也是办得热热闹闹，满月的时候更是喜气洋洋，孩子取名冯琮，琮者玉也，冯家人希望琮哥儿将来能够温润如玉，冠盖满京华，是个极好的名字，梓锦听到后都觉得冯琮这名字取得很有水准。

九月里，姚冰凤风光光出嫁了，从聘礼到迎亲，郑家人都是做得极好的，就连海氏也是很满意，挥着泪送走了自己第三个女儿，不伤感是假的。姚玉棠的婚事在凉国公夫人的热心牵线下，终于有了定论。说的是寿昌伯家族亲的侄子侯奉杰，家里不是很富裕，爹爹早逝，母亲有病卧床，还有一个小叔子，但是孩子是家里的嫡长子，又有举人的功名在身，只要今年秋闱中得进士，前途有寿昌伯家帮着打点，也是很有盼头的。

姚谦跟姚长杰曾经亲自看过了侯奉杰，觉得是个品行端正的人，谈吐学识也是极好的，虽然家里穷了一点，但是头上顶着寿昌伯侄子的名号，又是嫡长子，姚玉棠不过是个庶女，对方还是举人，怎么看也是姚玉棠高嫁了，这门婚事在老太太的首肯，姚谦的点头下拍板定下了。莫姨娘嫌弃男方家太穷了，说要找姚谦哭诉一番，姚谦却把莫姨娘训了一顿，这样的人家已经是极好的，难不成还要让玉棠嫁给别人的庶子去？

莫姨娘见姚谦那里说不通，又求到海氏跟前，一把鼻涕一把泪地哭道："……太太，男人家不管内务，可是太太是管家的，如何不知道一个家庭的开支有多大，那边还有一个病在床上的老娘，还有一个正在读书的弟弟，这一来一去得花费多少银钱。供一个读书人，放在寻常小户人家，那是要倾家荡产的啊。求太太给四姑娘说句好话，以前是妾身不好，以后妾身一定事事遵从太太的意思，请太太一定要为四姑娘分解分解，妾身求您了。"

莫姨娘高傲了一辈子，临了还是为了女儿低下了头跪在了海氏的跟前。海氏就不想搭理莫姨娘，想要狠狠磨一磨莫姨娘的锐气，这些年来海氏的确是受了莫姨娘很多的气，多少次被莫姨娘气得恨不得吐血的。如今风水轮流转，海氏颇为得意。

"这桩婚事是老太太跟老爷亲自定下的，我也不好多说什么，依我看你还是去求求老太太，说不定老太太心软同意了，老爷那里自然就同意了。"海氏其实并不是想要真的为难莫姨娘，只是这一桩婚事海氏一开始就没有插手的意思，而且也的确是老太太跟姚谦定下的，海氏可不愿意去得罪老太太跟自己男人，所以索性推出去。

莫姨娘心里很是失望，苦求了半天，只得去了粧锦堂，奈何老太太根本就不见她，只是放出来一句话："姑娘们的婚事岂是你一个妾室能插手的？越来越没规矩了！"

莫姨娘吓得脸色苍白，硬生生地在老太太的院子里跪足了三个时辰，老太太才开口让人回去，一字未提姚玉棠婚事。莫姨娘哪里还敢放肆，只是觉得女儿委屈得很，嫁给这样的穷举人，将来能有什么出头之地，不要说还要供弟弟读书，这读书人，笔墨纸砚，书籍孤本，同窗交往，样样都是钱，而且投入这么多银钱，未必就能考中进士，还有一个病在床上的婆婆，莫姨娘怎么看这桩婚事都是下下婚，越想越是憋屈，索性在院子里嚎啕大哭起来。

梓锦听说了这件事情，知道自己不该管闲事，但是还是去了姚玉棠的院子，就看到姚玉棠正在绣嫁妆，安安静静，温婉宜人，竟然丝毫没有为莫姨娘的事情焦心，梓锦便是一愣。

两人相对坐下，姚玉棠大约是明白梓锦的想法，遣退了身边的丫头，这才说道："我终究是要嫁出去的，这次老太太分明是借着我的婚事，要敲打姨娘，知道尊卑之别，知道妻妾之分，我哪能这个时候去扯老太太的后腿，而且我想过了，这也是为了姨娘好，早一日让姨娘明白尊卑之别，早一日能让她安守本分地过日子。"

梓锦看着姚玉棠，心生惊讶，没想到姚玉棠能看得这般透彻。梓锦早就知道老太太要收拾莫姨娘，但是老太太能忍到姚玉棠的婚事，一举扼住莫姨娘的喉咙，这才是最令梓锦佩服的，只是这一下子，莫姨娘就没有还手的余地，因为莫姨娘再是个混蛋，也是心疼儿女的。

老太太为了这婚事，也算是下足了功夫，梓锦知道莫姨娘是改变不了分毫的。看着姚玉棠问道："四姐姐，这门婚事你可心甘情愿？"

其实按照梓锦看来，姚玉棠嫁这样的人家是有些委屈，病在床的婆婆，还要读书的小叔，家里还穷得很，除了跟寿昌伯家是族亲，其实没什么很好的硬件让人满意，但是只有一点让梓锦觉得这桩婚事可以搏一搏，那就是侯奉杰是个举人，姚谦跟姚长杰亲自见过他，想必是姚谦考校过学问的，那么将来考中进士也就不是那水中月了。

更重要的，此人是家中长子，姚玉棠嫁过去就是家中长媳，庶女能做长媳的少之又少。而且姚玉棠嫁过去的时候正是侯家最困难的时候，姚玉棠既要伺候婆婆，管理家务，照顾小叔，让侯奉杰没有后顾之忧地读书，这就是糟糠之妻，将来就算是侯奉杰能做到一品大员，位极人臣，不能因为姚玉棠乃是庶女而休妻。

老太太挑中这门婚事，一是看中了侯奉杰的才学，二是以目前来说姚玉棠也算是下嫁，但是往以后看是姚玉棠高攀了，老太太为了能让姚玉棠一辈子在侯家站得住脚，就是要让姚玉棠站住一个糟糠之妻不下堂的理字，将来只凭这一条，哪怕日后再进门的弟媳家世显赫，也越不过姚玉棠去，也得乖乖地立在跟前，长嫂如母，更何况还是拿着自己的嫁妆把小叔子供读书入了仕途的，谁在姚玉棠面前硬得起来？

将姚玉棠在侯家最困难的时候嫁过去，就保住了姚玉棠一辈子的荣华富贵，老太太这般心机谋算，梓锦只能是仰望，而且这婚事还是凉国公夫人亲自保的媒，梓锦只要想想，就要笑了，老太太真是太狠了，凉国公夫人以后都不得不要照顾姚玉棠。

姚玉棠抬眼看着梓锦，放下手里的绣花绷子，然后才笑道："五妹妹，你说我这一辈子活这么大岁数，前十几年真的是要风有风，要雨有雨，因为姨娘受宠，我跟哥哥在这姚府里也被人敬着捧着，就有点不知道天高地厚，以前做了很多的错事。后来姨娘失宠，也算是尝尽了人间冷暖，可是你待我始终如一，太太也没有专门针对我，几位嫡姐也没有刻薄于我，这个时候我才想通，其实是我们做错了。如今老太太为我谋取的婚事，看着是挺吃亏的，男方家里什么都没有，除了一肚子书，可是五妹妹,这一肚子书才是最值钱的,我得知道感恩,我得让姨娘懂得感恩,所以这个时候不管老太太要做什么我都会支持的,这是为了我姨娘好,你要知道我哥哥还要娶亲的,到时候嫂嫂进门,就怕姨娘做什么糊涂事,这个时候老太太打压姨娘才是真的为她好。"

梓锦一愣,姚玉棠比她看得还远,居然都能想到姚长悟成亲之后了,不过也对,要是莫姨娘还不安分,到时候姚长悟的媳妇不一定多为难呢。

姚玉棠的婚事,老太太做得算是十全十美了,梓锦轻轻松了一口气。就是不知道接下来,老太太怎么处置她了。梓锦已经能隐隐约约地感觉到,老太太兴许是已经知道了叶溟轩跟她的事情,这两天姚长杰被老太太频繁召见,这祖孙俩不知道在谋划什么,但是梓锦总觉得心里发毛,却又理不出一个头绪。

梓锦想着,老太太这般的高瞻远瞩,连姚玉棠的婚事都能谋划得这般细密,那么自己的婚事应该也差不了,其实最主要的是梓锦担心的不是这个,而是叶溟轩会怎么做。

一连几日,莫姨娘处处碰壁之后,梓锦也被老太太频繁地叫去貔锦堂,也不做别的什么,只是下棋,读经书,再不就是做针线,这一日,凉国公夫人又上门来,梓锦就知机告退了,走到门口就听到凉国公夫人笑着对老太太说:"那边对这门婚事自然是开心得紧,只是想要尽快成亲,您也知道今年的秋闱延后了两个月,赶在秋闱之前成亲,奉杰也能安心备考……我这里还有几个人选,老太太看看有没有五姑娘中意的……"

原定于八月的秋闱,因为朝中出现了考题泄露的事情,皇上震怒,因此考期延后两个月。侯家想要赶在秋闱之前把姚玉棠娶进门,然后全力准备明年的春闱,也就是只有一个月的时间了,姚府上下又忙成了一锅粥,老太太其实早就吩咐海氏提前准备了,在给姚冰准备嫁妆的时候,大部分都是一式两份提前预备下了。

现在忙碌的不过是一些琐事,给亲戚朋友发帖子还要解释婚事这么急的原因,另一方面还要准备姚长杰的婚事,因为秋闱过后,姚长杰不管成绩如何都要娶卫家姑娘进门,两下里忙活,也够海氏受的。

海氏提溜着帮姚玉棠学着处理中馈,因为姚玉棠一嫁过去就是管理中馈的人,所以海氏也有很多事情要教给姚玉棠,想着姚梓锦早晚要出嫁,索性两个人一起教,从丫头婆子的使唤,到采买账册查看,打罚下人的规矩,人情往来的算盘,一项项教得很是仔细。海氏其实想得挺简单,孩子们嫁出去,要是管家管得不好,丢脸的还是她，所以格外用心。

姚玉棠学起来格外认真，梓锦看着以前清高孤傲的姚玉棠，也能放下诗词话本，学起家务人情，不由得感叹，生活真是杀猪刀，能把任何人搓磨成它想要的模样。

十月底秋闱，因此十月初二的婚期真是让人忙翻了天，梓锦每日跟在姚玉棠身边陪太子读书，跟着管家，海氏里里外外地四处奔波，老太太时不时就把吴姨娘跟莫姨娘叫去甦锦堂呆着，让她们做针线，说是给姚玉棠跟梓锦锦上添花的，其实老太太是怕莫姨娘又出什么幺蛾子，拘着她罢了。吴姨娘向来娴静，倒不觉得苦，莫姨娘这些年很少动针线，便是坐也坐不住，站也站不住，看着吴姨娘温柔贤惠的样子，忍不住说道："你倒是坐得住，你的五姑娘也要说亲了，你就一点不心急？"

吴姨娘浅浅一笑，眉头也不皱一下，淡淡地说道："太太是嫡母，自有太太操心。更何况还有老太太跟老爷，我一个妾室哪有资格说什么，更何况太太跟老太太难不成还会害了她不成？总归是姚家的女儿。"

莫姨娘看着吴姨娘这娴静的样子，越发火大，"这么多年你就是这样，别人说什么就是什么，你就没有点自己的心思？"

吴姨娘迷茫地看着莫姨娘，问道："什么心思？我只知道做妾就要守本分，伺候好太太跟老爷，其余的不是妾室能管的。太太待我甚好，绫罗绸缎穿着，山珍海味吃着，丫头婆子使唤着，我还有什么不知足的？我唯一能做的，就是每日三炷香，期盼佛祖让姚家更加兴旺，家里人身体康健，这就是我的本分了。"

莫姨娘默默地坐下，良久不说话，长叹一声说道："你倒是想得开，什么也不要，什么也不求。"

"我有的够多了，再多了我消受不起。"吴姨娘垂着头又拿起了针线，缓缓地说道："五姑娘能投生到姚家是她的福气，太太不曾苛待庶子女，老太太心地慈善。老爷又是个长情的，这些年姚府也没有再进来妾室，老爷也没有收通房，这院子里就咱们三个，还有什么不知足的。女人能活到咱们这个分上，我是知足了。"

莫姨娘瞧着吴姨娘，想起这些日子来的委屈，碰壁，难过地说道："四姑娘的婚事，总是差了些……"

吴姨娘依旧垂着头，手里的针线不曾停顿，只是说道："若是这门婚事落在我们五姑娘的头上，我都要酬谢神恩呢。"

莫姨娘冷冷地看着吴姨娘，问道："你这什么意思？"

吴姨娘也不怕，只是轻声说道："一个庶女，你说能嫁给什么好人家？就算是嫁到好人家，你能做到长子长媳？人家可瞧不上一个小庶女，就只能嫁给庶子，可是庶子上头有嫡子压着，一辈子也未必能出头，将来分家产能分到多少？我倒瞧着侯家虽然落魄了些，可是姑爷是举人，只要秋闱中了进士，大好的前程在前头。四姑娘这个时候嫁过去，伺候卧床的婆婆，照顾读书的小叔，将来谁能越得过四姑娘去？就是小叔后娶的媳妇再金贵，在四姑娘跟前那就得敬着，一句长嫂如母，更不要说小叔的前程还是嫂子拿陪嫁供出来的，只要姑爷争气，在仕途上有进益，四姑娘一辈子的荣华是保住了。老太太良苦用心，虽然四姑娘头几年会过得苦一些，但是有姚家给陪嫁，还能苦到哪里去？"

吴姨娘这么一说，莫姨娘就慢慢地想了过来，脸色变了几变，叹道："照你这么说，这还真是一门好婚事？"

吴姨娘抿嘴一笑，道："糟糠之妻不下堂，更何况四姑娘能诗词善歌赋，定能与姑爷琴瑟和鸣，你有什么不知足的，还四处去闹，要是我开心还来不及，我们五姑娘要能有这样的婚事，我睡着都能笑醒了。"

莫姨娘细细品味这番话，慢慢开心起来，看着吴姨娘说道："没想到看看你平日子里话不多，事情倒是看得通透。"

"有句话怎么说来着，叫做近朱者赤，近墨者黑，跟了老爷这么多年要是一点长进没有才是丢人了。"吴姨娘道，面上带着柔和的微笑。

吴姨娘这样恬静，莫姨娘以前是极看不上的，现在却突然觉得这样的日子其实也不错，慢慢倒是跟吴姨娘说起了知心话，吴姨娘不是嘴碎之人说话又柔和，劝人也是和风细雨润物细无声，很快地莫姨娘跟吴姨娘的关系好了起来。

老太太听着卢妈妈的话，点点头说道："吴姨娘做得不错，她能把五丫头养得这样好，让莫姨娘跟她多学学对她有好处。"

"还是老太太技高一筹，要不是这阵子莫姨娘处处碰壁，尝尽冷暖，要是以前的莫姨娘哪里看得上吴姨娘，又肯跟吴姨娘好好说话。"卢妈妈笑道。

"你们老爷对这个莫姨娘总还是有几分旧情，我也不好真的打杀了去，撵到庄子上，她毕竟是有儿有女的人，她不要脸面，咱们总还要顾忌着孩子。上次她挑唆雪丫头的奶娘母女就该惩治她，但是当时不想把事情闹大就压了下来，这次四丫头的婚事，她也算是吃尽了苦头，能跟吴姨娘学学是她的福气。"说到这里一顿，"再说，今年杰哥儿娶了亲，明年长枫跟长悟都要定亲成亲，长悟是个耳朵软的，我就怕他姨娘又闹是非让长悟媳妇为难，所以现在就要开始敲打她，也算是防微杜渐吧。"

"老太太就是想得长远，有您在姚府以后更兴旺呢。"卢妈妈笑着说了几句，结果纤巧奉上来的茶，端到老太太跟前。

老太太就皱着眉头说道："林家的又来求了，想让杜若年前嫁过去，说起来杜若年岁也不小了，不能总拖着。"

纤巧的脚步轻轻一顿，这才退了下去。

卢妈妈看着老太太道："老太太是担心五姑娘跟前没人伺候？老奴瞧着寒梅跟水蓉也历练出来了，您不用担心。"

老太太就是一笑："寒梅跟水蓉如何行？锦丫头跟前要多安置两个能干的，杜若是要嫁人的，回头让她一家子当做陪房跟着五丫头嫁过去，做个管事媳妇杜若是当得起的，更何况五丫头在外的嫁妆也得有个知己人打理，林家的小子机灵又忠心是个不错的。"

卢妈妈心里一阵阵的惊讶，不知道老太太这是要做什么，怎么五姑娘跟前丫头的安排比其余的几位姑娘都要谨慎，心里有疑惑，卢妈妈也不敢问，只得附和着应下来，小心翼翼地问道："杜若走了，那谁来填补她的缺？"

老太太思虑半晌，突然说道："吴姨娘跟前的周妈妈听说是以前从获了罪的侯府家出来的管事妈妈，有没有这事？"

卢妈妈对这个还是很清楚的，道："是有这事，当年长兴侯家获罪，主家下狱，这些仆从却没有受牵连，遣散的遣散，发卖的发卖，周妈妈早寡只有一个儿子，那个时候她儿子年岁还小，在外面惹了事情，是吴姨娘的家里人救了他们母子一命，周妈妈为了报恩就为吴家做奴仆，后来吴姨娘进了咱们家就跟着来了。"

老太太点点头，道："这个周妈妈见过世面，又知道些大家族里面的鬼蜮伎俩，人也沉稳，跟着吴姨娘这么多年也不曾挑唆着主子争宠，是个难得的。你去跟吴姨娘说一声，将周妈妈拨给五姑娘做她院子里的管事妈妈，回头让你们太太再挑一个管事妈妈给吴姨娘用。"

卢妈妈越听越心惊，但是还是很快应了下来，问道："那杜若的事情？"

"让纤巧顶替杜若在五姑娘跟前服侍，杜若回家去备嫁，等成了亲先回到我这院子里当差。"老太太缓缓地说道。

卢妈妈点头应了，看着老太太不再说话，这才缓缓地走了出来，出了门，卢妈妈就觉得后背上出了一层汗，老太太这样给五姑娘安排身边人的架势，好像是五姑娘要飞枝头一般，难不成凉国公夫人提的婚事这般好？

老太太的心思谁也摸不透，卢妈妈不敢多想，忙去准备了。

梓锦却从老太太的言语中体会出了一些味道，心里越发忐忑不安起来，这一项项的人事变动，别人看着无风无浪，梓锦却品出了不安，老太太每一招都是有深意的，这么做又是为了什么？

在梓锦的不安中，老太太却没有下一步的动作，倒是侯家前来下聘，聘礼比起冯家、柴家、郑家自然是不能同日言语，但是在凉国公夫人的操办下，倒也是过得去，海氏瞧着有些寒酸，想着姚玉棠嫁过去日子难过，居然这些聘礼动也没动，全都折进了姚玉棠的嫁妆里，这些算进去并没有抹去原来的嫁妆，也就是说这些聘礼算是海氏另外给姚玉棠的填补了。

老太太知道后很是欣慰，莫姨娘听闻后一整天一句话也没说一句，只是发呆。姚谦对着发妻倒是越发觉得愧疚，两口子的感情倒是有点趋向于当年新婚的样子了。

老太太每个孩子是给一千两的银子做陪嫁，但是姚月姚雪姚冰几个有海氏自己的陪嫁填补，真正的嫁妆当然要丰厚得多。姚玉棠是个庶女，海氏不拿自己的嫁妆添补她谁也不能说别的，但是海氏把侯家的聘礼全都给了姚玉棠，也算是不小的手笔，侯家的聘礼算起来也有三千两，海氏是真大方了。

老太太当着大家的面自然也是给了姚玉棠一千两的添箱银子，但是后来又把姚玉棠叫去，偷偷给了她两千两的银子，还把自己的一个铺子给了她做陪嫁，这些无人知晓，倒是姚玉棠对着老太太哽咽不已，连句感恩的话都说不来，老太太只是拍拍她的手："给你铺好了路，以后你要自己走，你要记住人这一辈子行事要光明正大，不可存了歪念。如果要是遇上心存恶念之辈，也不要心慈手软，多跟你们太太走动，她是个刀子嘴豆腐心的人，对你们也算是极好的了。"

姚玉棠一一点头应了，扑通跪下给老太太正正经经地叩了三个头，这才直起身来，"老太太的教诲孙女都记下了，将来一定会好好地过日子，孝敬婆婆，敬重夫君，友爱手足，不会给姚家人丢脸。"

老太太就点点头，严肃的面上带上了丝丝笑意，然后才说道："你能这样想很好，若是姑爷能入仕，你将来的日子必然是极好的，眼前就算是苦一点，你的嫁妆也不薄，太太把侯家的聘礼丝毫没动地给了你，这就是天大的恩惠了，我又给你贴补了些，那铺子里的管事都是家里的家生子奴才，卖身契一并都给了你，日后行事要再三思量，有了这些傍身，你的日子也能过得去。家里人为你考虑得再周到，以后的日子还是要自己过，你可明白了？"

姚玉棠点点头,道:"是,孙女谨遵教诲,都记下了。"

老太太就点点头,道:"回去吧,好生备嫁。"

姚玉棠走出了葳锦堂,抬眼望望天,心里满是惆怅,今时今日得到的一切,便是当初呼风唤雨时也不敢想的,没想到如今不争了,放下了,反倒是福气来了。难怪以前梓锦总是说,是你的就是你的,不会长了腿跑掉,不是你的,就是拼了命也未必能得到,那本就不是属于你的。

如今细细思量,这句话真是真真也不假,想来她们姐妹里最聪慧的反倒是五妹妹了。

第九章
送喜帖梓锦战三英，乍相逢竹林诉衷情

姚玉棠出嫁了，婚事也办得还算风光，凉国公府由罗夫人出面替侯奉杰分担了一大部分的娶亲费用，这才让这一场婚事办得风风光光，老太太半眯着眼笑了，有求于人，总要自己先舍些本钱的。

三朝回门宴办得很是热闹，姚府的大女婿冯述，二女婿柴绍，三女婿郑源齐齐到场，就连出嫁的三个女儿也是一起回来，许久不曾这样热闹过，就连海氏也是笑得合不拢嘴。

琮哥儿很是镇定，这样的热闹也不耽搁他睡觉，自顾自地睡得喷香，喜得个海氏抱在怀里不松手。梓锦如今替海氏监管着中馈，倒是让海氏松缓了许多，几个姐妹看着梓锦有条不紊地指挥着丫头婆子各行各事，井然有序，丝毫不乱，姚冰就笑道："五妹妹如今倒是练出来了，看着真像一回事。"

姚玉棠心情颇好，喜气盈盈，这时笑着说道："五妹妹很是聪慧，当时我跟她一起跟着母亲学习管理庶务，五妹妹不管什么事情都比我上手快。"

姚雪在一旁听到，就笑着说道："五妹妹向来聪慧，以前在闺中的时候，什么花样子、难解的针法到了她的手里，转眼间就看透了，真是令人惊叹她的脑子怎么长的，幸好生为女了，要是生为男儿身，今年的秋闱只怕是舍她其谁呢。"

梓锦正巧听到这一句，忙完了拍拍手进来，看着姚雪说道："二姐姐嫁了人就是不一样，这嘴里跟抹了蜜一样，说起话来，排揎起人来可比以前厉害多了。我得问问二姐夫去，在我家好好的一个贞静娴雅的姐姐，怎么到了他家就学得这样的刁滑。"

众人哄然大笑，就连老太太都笑得合不拢嘴，海氏只管逗着刚睡醒的琮哥儿玩乐，闻言也忍不住一笑，却不并不插嘴她们姐妹之间的玩闹。

倒是让姚雪闹了个大红脸，有些不好意思地躲在姚冰的身后，姚冰义不容辞，看着姚梓锦叉腰，说道："你呀别笑，等你将来嫁了人，要是还跟现在一样绵软

咱们就不说什么，要是也变成个母夜叉回来，看咱们饶不饶你。"

梓锦就拍着手笑了起来，一股脑地挨着老太太坐下捂着肚子直笑，"祖母，祖母，这可不是我说的，是三姐姐说二姐姐是母夜叉的……您可得给我作证……"

姚月诸人又笑了起来，恼得姚冰要上来撕梓锦的嘴，奈何姚梓锦贼猾，一开始就躲在了老太太的身边，气得她只能狠狠地瞪了她两眼，却无可奈何。

笑了好一阵子，才消停下来，隔壁房间里的众位姑爷们，透过这一墙之隔，听着这厢的笑闹，在那边也是互相摇头直笑，但是姚府这般的和乐也让大家的心情更好了一些，手里的酒杯便只朝着侯奉杰招呼，谁让他是今天的正主。

姚长杰兄弟三个作陪，姚谦坐在上首，笑意吟吟，侯奉杰一人招呼不来，只得告饶，又拉着姚长杰挡酒，一时间这边也热闹不已。

姚府的四位姑爷还有一位要参加今年的秋闱，再加上一个姚长杰，也算热闹，除了姚雪的丈夫柴绍已经做了六品的都察院经历一职，其余的冯述，郑源，侯奉杰都是寒窗学子，冯述考过一届却是名落孙山，郑源跟姚长杰却是今年第一次参考，免不了要跟冯述侯奉杰取些经验，饭桌上就秋闱一事谈论得越发热闹起来，姚谦不时地指点两句，姚长枫跟姚长悟在一旁细细听着汲取经验，十年寒窗无人问，一举成名天下知，对于这些学子秋闱甚至于比生命还重要。

姚玉棠的回门宴过后，姚长杰就开始闭门苦读，梓锦想着秋闱最是辛苦，连考三场，每场三天，就为姚长杰准备些换洗的衣衫鞋袜尽尽心意。

侯奉杰跟冯述都已经是举人，今年的秋闱不会参加，而是直接参加明年的春闱。杏榜之上得到贡生的头衔，便会参加明年四月的殿试，到时候能否中得进士，才能有个分晓。

终于，到了秋闱之日，姚长杰在姚府上下一众人等殷殷切切的目光中，踏上了征程。

考完回来后姚长杰狠狠地睡了一觉，然后告诉梓锦，叶溟轩来了一封信，却被老太太扣下了，梓锦唯有苦笑，却是问也不敢问了。

一连几天，姚长杰经常外出，同年同窗同乡太多邀请，整日的应酬不在话下，大家都在等着放榜，到了放榜日，一大早姚谦就派了人去看榜，姚府的人都在家里默默地等着，大家都挺紧张，毕竟是姚府这一辈第一个考生，梓锦瞅着大有现代想当年千军万马过独木桥，高考进大学的架势。

姚谦故作镇定地坐在那里，老太太跟海氏神色有些紧张，梓锦其实也是小心肝蹦蹦跳，其实她很想姚长杰一举夺得解元才好，但是也知道这有些难度。毕竟历史上曾经记载，清朝时期，以直隶、江浙录取最多，所以以事实来说话，江南人的确是文采斐然，能人辈出之地。

门外远远地就能听到有熙熙攘攘的声音传来，屋子里的人一下子更紧张了，海氏猛地就站起身来，瞧着门口，很快卢妈妈就小跑着进来，满脸带笑，道："大少爷中了，中了！"

满屋子里的人都松了一口气，老太太就问道："中了第几名？"

"恭喜老太太，贺喜老太太，大少爷中了第三名。同去看榜的还有郑家的人，三姑爷中了二十九名。"卢妈妈笑得合不拢嘴，真是天大的喜事。

老太太就松了口气，满上的笑容越发地和蔼起来，就道："今天是大喜的日子，阖府上下都有赏，喜庆喜庆。"

姚谦这个时候却把看榜的小厮叫来细细问了两句，然后看着姚长杰拍拍他的肩膀说道："自古以来，南北文人文风不同，北人风格开阔大气，疏朗简明。南人文风细腻，辞藻华丽，这次的主考官又是南方人，难免文风上南人取巧一些。不过，这次前五名里只有你一名北人，很是难得了。"

南北自古便分两派，文人相轻也是素来皆有，姚谦这么说也是对儿子很满意了。

姚长杰点点头，不过还是很严肃地说道："榜上前两名确有真才实学，儿子曾与他们有一面之缘，也曾论过文章，倒不是徒有虚名之辈。这次秋闱出了考题泄露之事，这次的审卷也不会像往届徇私那么厉害，儿子能进前三，也大是意外。"

姚长杰能够不骄不躁，还能肯定别人的才学，确实有宰相肚里撑船的雅量，屋子里的诸人都笑了起来。姚谦就站起身说："我亲自去给卫家写帖子，如今长杰取得佳绩，婚事也该紧着办了。"

老太太忙叫住他，道："亲戚朋友那里只怕都要来贺喜，杰哥儿中举还是第三名是件大喜事，咱们不要失礼于人，亲近的亲戚朋友你亲自写帖子请。"

姚谦忙应了下来，就带着姚长杰走了，海氏就笑道："媳妇去准备宴客的诸般事宜，老太太可有另外吩咐的？"

老太太很是高兴，摆摆手说道："你办事我放心，去忙吧。"

海氏就想要叫着梓锦一起走，老太太却把梓锦留下，道："你先过去，我让锦丫头帮我做点事情。"

海氏不疑有他，笑着走了。

梓锦却有些忐忑不安地看着老太太,面上带着微笑,走上前去,道:"祖母,您有什么吩咐?"

　　老太太笑着看着梓锦,缓缓地说道:"这次你大哥哥为家里争光,肯定是要宴客庆贺一番,你跟叶家的老夫人也见过几次面,这次的帖子就由你亲自送去,长公主已经搬去了公主府,你也跑一趟把帖子亲自送到。"

　　梓锦心里就咯噔一声,面上就有些不自然,老太太既然已经知道了叶溟轩因为自己跟家里人闹翻的事情,怎么还让自己去送帖子,这不是明显让自己去让人当做眼中钉吗?

　　梓锦想不明白,只得绞尽脑汁,道:"祖母,这样的事情不是一直都有回事处的去办吗?我自己一个人出门怕是不好吧?"

　　老太太看着梓锦笑道:"没什么不好的,两家都是认识的,你又跟叶家人很熟悉,由你去最是妥当了,就这样吧,明天你亲自把帖子送去,我让卢妈妈陪着你。"

　　老太太一锤定音,梓锦也不好再说什么,却不知道老太太打的是什么主意,只觉得心里毛毛的,就如同那砧板上的肉,随时被人宰割。

　　第二天,梓锦用过早饭,就吩咐寒梅跟水蓉打开箱笼,她亲自过去挑选衣衫,箱笼里很多漂亮的衣服,海氏对她一直也挺大方的,梓锦看了看,伸手拿出一件紫罗兰杭绸遍地团花纹的袄子,外面罩一件象牙白滚金边折枝兰花半臂褙子,系一条同袄子一般颜色的八幅遍地撒花湘裙,裙角绣着细细密密的水草纹,添了一抹生动。

　　梳了个有点复杂的流苏髻,下面的头发结成辫子弯起来垂在肩头,饰以珠翠,透着一股子俏丽,耳上只是简单地坠了东珠,整个人便如同清水芙蓉一般,明艳中又带着一抹令人移不开眼的清秀脱俗。

　　到了甡锦堂,老太太看梓锦的打扮很是满意,笑道:"小姑娘家家的就是要打扮起来,这样很好。"说着就拿出两张枣红的烫金帖,递给梓锦,才说道:"这是你自己第一次独自出门,凡事要当心,为人做事不可失了本分,也不要被人轻看,该做什么该怎么做,你心里要有一杆秤。"

　　梓锦忙点头应是,"祖母放心,梓锦晓得,定不会给祖母抹黑。"

　　老太太就叫来了卢妈妈,嘱咐道:"好好跟着五姑娘,到了叶府,凡事多提点。"

　　卢妈妈道:"是,老奴明白。"

　　行走在路上,马车摇摇晃晃,四角缀着的香囊一晃一晃的,秋香色的绸缎包裹的车壁有种温暖的光泽,梓锦平静的心随着马车的摇晃轻轻地起伏着。

这次出来迎接的是二少夫人沈氏，圆圆的脸上带着微笑，看着梓锦下来就迎了上去，梓锦忙行礼："见过二少夫人，怎么敢劳您大驾在这里候着。"

沈氏笑着说道："这话可就外道了，老夫人正等着呢，咱们进去吧。"沈氏说着就招呼着软轿抬了过来，梓锦坐上了软轿，卢妈妈跟纤巧在一旁跟着，沈氏在前面的软轿上坐着，粗壮的婆子走起路来很是稳健。

进了垂花门，软轿落了地，梓锦这才下来，走上前跟着沈氏往里走，今日的沈氏很是热情，梓锦就觉得有些反常，不过既然已经来了，就只好入乡随俗，静观其变了。

叶老夫人住的地方唤作露园，此时深秋，院子里的菊花开得正盛，远远望去，一丛丛一簇簇煞是喜人。还未等到梓锦等人进来，远远在门口候着的梳着双环髻的小丫头，看到她们的身影一溜烟地就跑进去报信了。

这次长公主不在，又是梓锦一个前来，面对着杜夫人一众人等，梓锦算得上是势单力薄，站在露园前，梓锦脚步一顿，轻轻地吸了口气，这才跟着沈氏走了进去。

果不其然，屋子里等着的不仅有雍容华贵的叶老夫人，还有温婉从容的杜夫人，楚楚而立的大少夫人楚氏，见到人进来，楚氏应了上来，笑道："可来了，我们老夫人一早就等着呢，五姑娘还是跟以前一样这么漂亮。"

梓锦眼神微闪，楚氏这一上来就说自己来晚了，可不是一件好事情。梓锦抿嘴一笑，故作不好意思地说道："其实梓锦一大早就起来了，只是想着我们祖母早上通常要辰时一刻才肯起床，梓锦想着不知道叶老夫人的作息，总不能让老夫人因为我而乱了时辰，这才巳时初刻出发，没想到到底还是梓锦疏忽了。"

按照道理来讲，去人家做客，不能太早也不能太晚，基本上熟悉一些的就是巳时初刻二刻到，生疏一些的要巳时末刻才到，梓锦其实来得刚刚好，不过是楚氏借着梓锦跟叶府来往过两趟，趁机想要使个绊子罢了，却没想到被梓锦轻轻化解开了。

楚氏也不在意，立在一旁浅浅而笑。

梓锦上前先给叶老夫人行了礼，道："祖母让梓锦问老夫人安好，因为年纪渐长不便走动，还请老夫人见谅。"

叶老夫人打量着梓锦，大半年不见，梓锦越发出挑了，比之以前瘦了些，却更添了丝丝风韵，及笄的女子是不一样了。叶老夫人神色不动，只是温和地一笑："你祖母还是这般客套，我们两个老家伙谁不知道谁，无碍的。你祖母身子可好？入秋了，她有咳嗽的旧疾，可好些？"

叶老夫人说着就拉着梓锦在自己身旁坐下，笑眯眯地问道。

梓锦丝毫不敢大意，不好拒绝叶老夫人，先给杜夫人见了礼，这才侧着身子坐在炕沿上，说道："祖母身子硬朗得很，咳嗽的旧疾也缓和了许多，我大哥哥从南方弄来的枇杷做成的露汁，止咳倒是极有用的。"

提起了姚长杰，梓锦就顺势拿出了请帖，笑道："我大哥哥这次桂榜留名，本来不想大肆宴客，只是亲朋故旧极多，也不好推拒大家的好意，因此想着只请相熟的好友叙叙旧，祖母想念老夫人，便让梓锦送来帖子。要是那日老夫人身子爽利，不如去走动走动，姚府虽然不大，倒也有几处雅致的风景可以一赏。"

叶老夫人点头一笑，伸手接过帖子，打开来看看，笑道："我跟你祖母相交多年，本该要走一趟，年岁渐长，以后这样出门也不知道还能有几次，你回去告诉你祖母，我定然会凑这个热闹的。"

梓锦忙谢过了，又笑道："老夫人跟我祖母，必然都能够身体康健，寿比南山的。"

叶老夫人看着梓锦的神色就有种说不出来的味道，杜夫人看着叶老夫人的神色，心中微凛，转眼看了自己的儿媳一眼，楚氏就笑道："多日不见，五妹妹说话真是越来越招人喜欢，难怪我们老夫人看到你都笑不拢嘴，我们这些粗嘴笨舌的真是不好见人了。"

这就是在说梓锦巧言令色了，梓锦心里冷笑一声，面上却甜甜地笑道："大少夫人要是这么说，梓锦可真是无脸见人了。我哪里是会说话，是我们老太太千叮咛万嘱咐，耳提面命了几个时辰，梓锦也不过是照着葫芦画瓢。大少夫人可别见笑了，与您相比，梓锦真是可望而不可及了。"

卢妈妈在后面听着面上虽然没有表情，但是嘴角明显地抽了一抽，叶老夫人听着梓锦这么说，眼神微微一动，然后才说道："你在你们老太太跟前也时常这样说话逗她开心？"

一听这话没什么，可是细细想去却又有些不一样了，梓锦心里品味一番，敢情叶老夫人也是不相信自己这番说辞的，其实梓锦也没打算她们相信，难不成老太太还真能耳提面命几个时辰？要真是这样，梓锦就是一个扶不起的阿斗，老太太也断然不会让梓锦跑这一趟，这不过是梓锦的自谦之词。

叶老夫人知道得清清楚楚，所以才有这么一问，用的是肯定句，梓锦心里就明白了。

"我们老太太心胸开阔，哪里还需要我们这些小辈逗。倒是梓锦年少莽撞，累得我们老太太在我身上没少费了力气。不过我们老太太说了，我虽然蠢笨了些，至少还能让老太太气着气着就笑了，老太太说也算是将功补过了，虽然我时常不知道我们老太太笑什么。古语说，彩衣娱亲，梓锦虽然不能彩衣娱亲，但是能让我们老太太笑口常开，也是我的本分呢。"梓锦眉眼弯弯，说的时候还露出一丝困惑，显然真的不知道自己哪个地方招了姚老太太大笑一般。

楚氏跟沈氏相视一眼，两人眼中都闪过一丝惊讶，杜夫人的神色微沉，叶老夫人哈哈一笑，伸手指着梓锦的额头说道："你个机灵鬼，你骗了你们老太太可骗不了我。"

梓锦就不好意思地一笑，叹道："难怪我们老太太说，见到您老人家的时候一定要实话实说，幸好我说实话了，虽然梓锦不是真的蠢笨如猪，但是能让我们老太太笑口常开，蠢笨一点梓锦也愿意的。只是老夫人，您见到我们老太太的时候千万别说破，不然以后我们老太太知道我的小伎俩，一直板着脸不笑，那我岂不是要愁死了？"

梓锦的话让楚氏跟沈氏轻笑不已，叶老夫人笑着点点头："我替你保密，你在你祖母跟前，你祖母想必是时时乐开怀的。"话音里竟有些羡慕之音。

梓锦心里一动，就说道："能让祖母开怀，是做孙女的分内之事，哥哥们要用功读书，爹爹专心公务，母亲要管理中馈，姐姐们都出嫁了，梓锦就按着姐姐们的脚步走过来接班而已，老夫人太夸赞了，梓锦可不敢承受。"说到这里梓锦就笑道："老夫人跟前虽然没有孙女，但是有三个文武全才的孙儿，有大少夫人跟二少夫人两位解语花，想必也是开心得紧。"

楚氏跟沈氏不承想梓锦轻易就把话题转移到她们的身上，杜夫人一直没怎么说话，这个时候笑着接口说道："说起来也是，五姑娘跟我们三少爷最是相熟的，到底是知道他的脾气的，哪里肯老老实实地哄人开心，最爱舞刀弄棒的，如今真是有了人出息了。"

梓锦把话题扯到了楚沈二人身上，杜夫人就顺势祸水东引，将事情延续到了叶溟轩的身上，这一份本事跟机智，梓锦真是叹服。

梓锦依旧浅浅一笑，看着杜夫人一本正经地说道："夫人这话梓锦可不敢领，叶大哥是曾经在我们姚府住过一段时日，可是都是住在外院，平常也不进内院，我跟叶大哥相见的次数实在是寥寥无几，说不上相熟，他的脾气秉性梓锦哪里会知道，不过倒是听我大哥说过几次，夸赞叶大哥为人仗义疏朗，性格坚毅果决，梓锦向来对大哥说的话很是信服，想必叶大哥定是个人中君子，伟岸丈夫。"

梓锦将话接得滴水不漏，说完还笑眯眯地瞅着杜夫人，大有你说是不是的意思？

杜夫人没想到梓锦这般难缠，当着叶老夫人的面又不能说一些别的什么，只得轻轻笑道："是啊，要是溟轩这孩子能够从江南回来尽快完婚，也就齐全了。"

杜夫人说完紧紧地盯着梓锦的神色，就连楚沈二人看着梓锦的眼神也有些紧张起来。倒是叶老夫人似乎没听到什么，一直笑眯眯的。

话是朝着梓锦说的，梓锦又不好不接话茬，可是这个话题分明就是杜夫人试探自己的，幸亏梓锦从没妄想着嫁进叶家，这时神色依旧如常，缓缓地说道："夫人说的是，叶大哥公务在身不得不南下，不过想来办好公务知道家里人等着，必定会快马加鞭赶回来的。"

梓锦的口气好像完全不知道叶溟轩是为了什么南下的一样，眉眼清明，落落大方，像是没有一点作伪，既没有贬低叶溟轩南下的行为，也没有抨击叶府对叶溟轩婚事的把持，只是居中一说，但是就这么一说，真真是把姚梓锦自己给撇了出去，丝毫没有因为杜夫人说让叶溟轩回来娶罗玦而有任何情绪波动。

杜夫人瞧着梓锦，眼中闪过丝丝厉色，她就没见过这样的年纪有哪家的小姑娘这样沉得住气的。要是姚梓锦并不知道叶溟轩喜欢她并为了她南下逃婚，梓锦这样的表现可以说是理所应当，正该如此。但是要是姚梓锦知道叶溟轩为何南下，还能这样神色不惊，侃侃而谈……这小姑娘也就太厉害了些，着实令人有些不安。

叶老夫人这时笑着说道："溟轩是个好孩子，想必会早早回来的。"

梓锦就接着笑道："老夫人亲自教出来的孩子哪里能差了去，想必您也是希望做儿孙的能够精忠报国，为家族挣一份荣耀。像叶大哥这样年纪轻轻就能做到了三品的指挥同知，想想我家大哥他们这些同龄人都还在努力读书未建功名呢。"

"你大哥乃是读书人，如今未过弱冠之年就能拿到举人的功名，明年春闱若是能够蟾宫折桂，日后的前程也是不得了，文武走的不是一个路子，自然是不同的。"叶老夫人笑眯眯地说道，说着还拍了拍梓锦的手。

梓锦就应了声是，然后道："女孩家没见过多少世面，今儿听老夫人这么一说，倒是有豁然开朗的感觉，爹爹常说不管能不能位高显达，忠君爱民是第一位的，所以即便是我大哥不能高居庙堂，只要能为君王分忧，为百姓解难，就没有辱没姚家列祖列宗的声誉，这才是最最要紧的。梓锦年少浅薄，老夫人不要笑我才是。"

叶老夫人细细瞅着梓锦，之前见这丫头的时候还是胖乎乎的跟个小包子似的，说话行止还带着几分天真，今日看来倒似脱胎换骨了一般，姚家倒是在教育儿女方面很是用心，连一个小小的庶女都能说出这样的话，有这样的眼界，看来姚家倒真是如外界所言，家教甚严的。

"姚家是诗书传家，果然不错。"叶老夫人看着梓锦笑道，黝黑的眼中如一面平滑的镜子毫无波澜，令人看不透这静谧的背后还有些什么。

"梓锦不敢当，只不过是不敢辱没了姚家的门楣罢了。"梓锦觉得有些时候是不能太谦虚的，姚谦的名声在外，虽然不是什么高官，但是这耿直律己的名声是闻名远扬的，梓锦再谦虚也不能拿着自己亲爹的名声开玩笑，因此叶老太太这么一说，梓锦倒是不偏不倚地受了，言辞之间也算妥帖寻不出错处。

这一来一往处处交锋，梓锦觉得真是如同打仗一般，真是一丁点也不敢有闪失。

叶老夫人要留饭，梓锦忙站起来说道："老夫人诚意拳拳，梓锦实在该留下来陪老夫人一起用饭，只是梓锦还要走一趟公主府把请帖送到，还请老夫人见谅。"

请长公主的事情不管什么时候都瞒不过去的，梓锦觉得还是自己先说出来比较风光霁月，因此说的时候面上带着笑意，态度十分诚恳，因为她知道叶老夫人正在跟长公主打擂台，就怕一个不留神把叶老夫人得罪了。

叶老夫人看着梓锦，神色倒也未变，点点头："既是如此，也不强留你了，难不成你到了公主府还能没饭吃？"

梓锦就笑了，行了一礼，这才说道："听说长公主因为身子不适才回公主府暂住，梓锦万万不敢叨扰的，只是把帖子送去就要回去复命了，不敢打扰长公主清净。"

梓锦适时地把长公主赌气回公主府说成因为身子不适，这就是给了叶府很大的脸面，梓锦说这话的时候很是诚恳，仿佛真的这般一样。

叶老夫人瞧着这位小姑娘，眼神微微一闪，就道："曼秋，你送五姑娘出去吧。"

杜曼秋就是一愣，不过一个小庶女，哪里用得到她去送，但是叶老夫人这么说了，她也不敢违逆，笑着应了。

梓锦拜别了叶老夫人，这才转身去了。楚沈二人自然是跟着婆婆一起走了出去，赵妈妈一直立在叶老夫人身后，这个时候问道："老夫人，您要不要躺一会儿？"

叶老夫人摇摇头，靠在软枕上，半眯着眸，问道："你看这位姚五姑娘比之当年如何？"

赵妈妈一时摸不透叶老夫人的意思，只得酌量着说道："庶女之中只怕算是翘楚之人，说话不卑不亢，言谈不枯燥无物，行止大方，看人的时候眼神不躲闪，是个规矩齐整的人。"

叶老夫人点点头，道："比原来的时候进益多了，在我面前也不拘束，想当初大少夫人跟二少夫人进门在我跟前都是战战兢兢的好一阵子。"

赵妈妈思量着叶老夫人的话，然后小心翼翼地说道："生得貌美如花，做事细致妥帖，回话滴水不漏，这姚五姑娘看着娇憨天真，老奴看来也是个心里有算计的。"

赵妈妈说完悄悄地打量着叶老夫人的神色，心里有些不安，要是以前也没这么小心翼翼，自从三爷赌气去了江南，这府里就人人小心翼翼的，就连赵妈妈也不敢轻易踏错一步。

叶老夫人皱起的眉头慢慢地舒展开来，然后低笑一声转开了话题，问道："你说姚府宴客，长公主会不会去？"

赵妈妈就觉得有汗从脊背上滑下，双手握在一起绞紧，细细地想了想，然后才道："老奴猜不出来。"

叶老夫人并未生气，只是看着窗外的景色，徐徐说道："花开不常在，趁着花期正盛，采摘下来将花瓣晒干，放起来慢慢使用，也能用很久。若是不采摘，任由它落在泥里，也就化作了尘土烟消云散了。"

赵妈妈一时听不懂，只能慢慢应着，叶老夫人瞧着她的模样，道："你下去吧，等会儿她们回来就说我睡下了，不要进来打扰。"

"是。"赵妈妈就扶着叶老夫人躺下，这才悄悄地退了出去，屋子里静谧无声，窗台上的赤金瑞兽嘴里突出袅袅白烟，叶老夫人默默地躺在那里久久地合不上眼睛。

与此同时，梓锦正在跟长公主其乐融融地说笑，这次梓锦来，还带了自己平日绣的帕子跟扇套，长公主拿在手里很是喜欢，笑道："难为你在这样小的物件上还能绣出这样精细的花样，这扇套上你绣的是四大美人？这一个是昭君出塞，这一个是西施浣纱，那贵妃醉酒跟貂蝉拜月呢？"

梓锦就笑道："还没绣完，先拿这两个给公主解闷，您瞧瞧我是用新学的手法绣的，看着是不是比以前的更真实？"

长公主拿着扇套细细地赏析，赞道："这上面人物衣服上的纹饰跟花纹。造型准确，繁而不乱，难得绣得跟真的一样，以前大家只注意人物的面相，服饰上的花纹就没这么精细，你这样把细节做到了最细致的地方，倒是让人觉得这扇套上的美女跟活了一样，这是什么针法？"

长公主很感兴趣，梓锦每每总能给人惊喜，这东西要是绣一幅大的，进贡上去，那可真是一举成名天下知了，就这手艺号称天下第一也使得。"

梓锦闻言就解释道："这是秉承了苏绣的技艺，苏绣绣人物本就十分有特色。无论是人物的头发、神情、姿态还是人物的衣服褶皱，甚至于衣服上的图案，都能运用丝线特有的质感，来表现细致逼真。针法上先用铺针平铺绣地，再压花纹，就给人一种饱满活过来的感觉。衬裙则是在铺针上加网绣，裙边采用钉金绣。"

"哎哟，这听着就让人头晕了，难为你记得这样清楚，还能绣得这样细密，这小脑袋怎么长的。"长公主实在是喜欢，看着梓锦就十分开心。

梓锦就道："这也算不得什么，苏绣历史悠长，其中的绝艺要想参透也不容易。"

"每一门的绝艺都是不外传的，你这深闺女子怎么学到的？"长公主实在好奇得很，忍不住问道。

梓锦的眼睛贼亮，这时歪歪头，压低声音道："我只说给您一个人听，可十万别说出去。我呀是买了人家的绣品，一针一针拆开来，慢慢学的。"

长公主就震惊了，一针一针拆开……

"算你厉害，要我宁愿赏花品酒，也不愿意一针一针去拆那个。"这还真不是一般人能做的活。

"所以喽，您是只管拿着绣品赏玩的人，我是那个拿着针线努力做活的人。"梓锦甜甜一笑，顺便恭维了长公主。

长公主就笑了，看着方才压在桌子上的请帖说道："那天只怕我不会去，我备了笔墨纸砚等会你回去的时候捎回去给大少爷，算是我的贺礼了。"

梓锦知道，长公主知道了叶老夫人会去的消息，她就会避开跟叶老夫人会面的可能性，只要一天叶溟轩不回来，长公主都会尽量避免与叶老夫人会面，这样一来就算是那边有什么打算，一时间也施展不开，毕竟长公主才是叶溟轩的嫡母，就是叶老夫人钦点了这门婚事，但是具体的细节还是要长公主这个嫡母出面的。

"是，梓锦就代大哥先谢谢长公主了。"梓锦站起身来郑重行了一礼，长公主就笑道："你倒是个多礼的，行了，坐吧。"

长公主跟梓锦相处得其乐融融，这场面倒是让卢妈妈很是惊讶，想起老太太的吩咐，只管站在一边，凡事不插嘴，纤巧这个时候更不敢多事。

"溟轩一走也这么久了，这个混小子一封家书也没往回写。"长公主有意无意地叹道，眉宇间带着轻愁，眼角却微微地一瞥扫向梓锦。

梓锦神色不变，缓缓说道："叶大哥想必是公务繁忙，听我大哥说，新官上任总要三把火的，您莫着急。说不定等叶大哥安顿好了，就给您来信了。"

"溟轩去江南的事情，你听谁说的？也是你大哥？"长公主眨着眼问道。

"这次倒不是，是叶大哥去找我大哥的时候偶然与我遇上，他告诉梓锦的。"梓锦笑眯眯地说道，她想这门婚事叶溟轩已经用力去争取了，自己就算是做不了什么，那么至少也不能什么都不做，至少她要让长公主知道，姚梓锦也不是没心没肺的，都是聪明人，有些话不用说透，轻轻一点足够了。

长公主的眼睛就是一亮，眯着眼笑道："原来是这样啊，这混小子没跟别人辞行，看来与你大哥倒真是情谊不浅。"

情谊不浅个屁啊，你那儿子是醉翁之意不在酒，面上却笑道："这个梓锦也不是很清楚，不过倒是听我大哥几次谈起叶大哥，我大哥很少谈及别人的。"

"锦丫头，听说前些日子凉国公夫人带着女儿去姚府拜访了？"长公主笑眯眯地问道，似乎只是随意提起一样。

梓锦就点点头，道："是啊，凉国公夫人好热心哦，我四姐姐的婚事就是她费心张罗的。"

"哦？是吗？倒真不知道凉国公夫人还有这样的好心肠。"长公主徐徐说道。

"还不止呢，就连我的婚事凉国公夫人都很热心呢。"梓锦笑眯眯地说道，"真是令人不知道怎么感激好了，罗姑娘秀外慧中，相貌出众，性子温婉，梓锦倒是觉得是个极好相处的人。"

长公主的眼睛瞧着梓锦乐乎乎的神色，就想着这傻丫头究竟知不知道自己的傻儿子对她一腔痴情的，瞧她把自己个的情敌夸得这样的好，一时间长公主自己也不能确定的，只是看着梓锦这样感恩的神态反倒是觉得有些唏嘘，人啊，果然是不一样的。

长公主要留梓锦用饭，梓锦谢绝了，道："还要赶着回去给老太太送信，长公主在公主府静养，梓锦也不敢扰了您的清静，等改天那两幅美人扇套绣好了我再给您送过来。"

长公主就让蒋嬷嬷取了早已经准备好的笔墨纸砚，再让蒋嬷嬷把人送出去了，自己隔着窗户瞧着梓锦的背影默默发呆，好一会子蒋嬷嬷才回来了，道："坐上马车回了，五姑娘倒是难得的有礼数的，看着老奴进了门，这才让马车起步的。"

尊重长公主跟前的嬷嬷，就等于是尊重长公主，虽然这只是一个小小的细节，但是从微处才能看大处。

长公主瞧着蒋嬷嬷就问道:"嬷嬷,你说梓锦知不知道溟轩对她的心思?"

蒋嬷嬷也有些犯难,想了想说道:"这个老奴还真的猜不出来,不过看着五姑娘行事,像是不知道的样子。"

长公主就缓缓地点点头,然后才笑道:"侯爷下朝没有?"

"方才侯爷跟前的小厮回来报信,侯爷下朝后被皇上又宣了回去。"蒋嬷嬷笑着说道,看着公主跟侯爷的关系越来越缓和,他自然是高兴的。"公主,要是以后咱们都住在这里,侯爷也在这里,少爷再回来,该有多好。"

长公主自然也是希望这样的,一家人和和乐乐地过日子,那才是最幸福的事情。不过长公主也知道,这样的日子怕是不会长久的。

"走一步看一步吧,那边总会有行动的,难不成真的会看着我跟侯爷双宿双飞?她从来不是一个大度的人,只不过这一次也是不敢轻举妄动而已。"长公主垂眸一笑,突然看着蒋嬷嬷说道,"嬷嬷,以后我想是我的东西,我也会紧紧地不松手,别人能做到的,我自然也能做到,她们可以无视别人的幸福,我也不会再跟以前退让了,溟轩的婚事让我想通了很多。"

以前她也做错了很多事情,所以跟叶老夫人的关系很紧张,但是这么多年了补偿得也足够了,她以后不打算再退让了。

蒋嬷嬷就笑着点点头,叹息一声:"您终于想通了,以后总算是有个盼头了。"

主仆二人相视一笑,长公主看着蒋嬷嬷问道:"听说姚四姑娘的婚事是凉国公夫人做的媒人?"

蒋嬷嬷忙点点头,笑道:"是啊,听说还想要跟五姑娘操心呢。"

"看来她是想把梓锦赶快嫁出去,这样罗玦就能进咱们家门了。"

"大约是这样想的。"蒋嬷嬷笑道。

"我儿子想要娶的女孩,总要风风光光地嫁进来,那边最近跟凉国公府走得极近,只怕是想看着罗玦嫁进来,溟轩夫妇不合,她们也好趁机而入。这可不是一件好事情,得想个办法才好。"长公主托腮沉思,这件事情不能慌,既不能用公主的身份压人落人口实,又不能让杜曼秋如愿,可真是一件十分棘手的事情。

要说这次为姚长杰举办宴会庆贺,最让梓锦开心的事情莫过于能提前见到未来的准大嫂,梓锦万万没有想到卫夫人居然带着卫明珠来了。

卫明珠,人如其名,如珠如玉,长眉入鬓,自然就带着一种无法言语的风情,清透的双眸泛着润泽的光芒,似乎能倒映出人的身影,一袭石榴红的衣衫又让她多了几分活泼，往那里盈盈一站，倒是不比梓锦逊色。

"卫姐姐。"梓锦甜甜笑道，轻声打着招呼，海氏正携着卫夫人的手往里走，听到梓锦的声音，就对着卫夫人笑道："这是我家五姑娘，五丫头，过来见人。"

梓锦对着卫明珠轻轻一笑，盈盈蹲身福了一福，笑道："梓锦见过卫夫人。"

卫夫人颇为惊艳地打量着梓锦，笑道："好俊的模样，就好像画里走出来的，我就觉得我家明珠放在人堆里也算是出挑的，跟五姑娘一比倒是逊色了。"

卫夫人言语爽利，倒是没有一般读书人家夫人的酸腐之气，颇对海氏的胃口，海氏闻言忙说道："这是哪里话，明珠端庄大气，我们五丫头小巧玲珑，倒是各有风采。"

没有贬低人家的姑娘，也没有埋汰自己的女儿，海氏这场面话说得还是不错的。两个被夸奖的小姑娘倒是有些不好意思地相视一笑，梓锦就说到："卫姐姐，咱们去一旁说话，好不好？"

卫明珠有些迟疑地看了母亲一眼，卫夫人觉得自己的女儿迟早要嫁进来，这个时候跟夫家人打好关系也是应当的。更何况她打听过了，这位姚五姑娘可是跟大姑爷最是亲近，据说比几位嫡出的姐姐还要好一些。想到这里，卫夫人就笑着说道："你们小女儿只管去玩耍，我们也好说说话。"

海氏又叮嘱梓锦好好待客，这才携着卫夫人的手往里走，因为卫家人来得最早，这个时候姚府还没什么客人，梓锦就带着卫明珠到了偏厅说话。正走到半路，就有几位管事婆子追了上来，请示梓锦家事，梓锦细细地听了，然后一一处置了。

卫明珠在一旁静静地听着并不打扰，心中暗暗称奇，她是知道的，这位姚五姑娘可是庶出……今儿个宴客这样的大事，居然交由她来做，她在娘家还不曾这样打理过家事，一时间对这位五姑娘越发地好奇了。

姚家姐妹对卫明珠都十分友好，说话风趣，态度温和，气氛十分融洽。叶老太太来了之后，梓锦在她身边说话凑趣，又引得众人深思。

金秋十月，阳光正好，梓锦忙里偷闲出来喘口气，立于桂花树下，风过花落，撒于周身，幽香遍布，幽深的眸子通过这耀眼的阳光似乎又回到了那一日离别的时候，嘴角微弯，剪水双眸就落进了无数的金子般晶亮无比。

一转眼，梓锦一愣，不知何时垂花门旁竟然立了一名男子，象牙白工笔山水楼台直裰，腰间束着绛丝带，吹着玲珑玉佩，一头乌黑的长发竟然没有束起，只是从两侧拢回脑后两缕发丝用红丝绦系了直直地坠下去。远山眉斜长入鬓，眉下一双眸子似深潭幽深，直挺的鼻梁下，薄薄的双唇微微扬起带着玩世不恭的轻笑，那双眸子正紧紧地锁着梓锦，梓锦看到了他，竟然丝毫不避嫌，悠扬婉转的声音徐徐传来："姑娘，我们见过吗？"

梓锦半眯着眸，远远地望去，第一反应只觉得这声音真是好听，但是这男子的话很是奇怪，此时这男子正立在垂花门下，一只脚在内一只脚在外，偏偏这样的姿态却不会令人觉得不雅，在他做来就有种潇洒不羁的味道。

梓锦直觉地嗅到一点点危险，慢慢往后退了一步，这才说道："我们不认识，你认错人了。"

梓锦欲走，今日人多眼杂，若被人瞧了去可不好，便朝着男子微微一点头，转身欲走。

男子不承想眼前这女子竟然对他这般视若无睹，他这皮囊虽然不敢称天下第一，却的确迷倒了不少深闺女子，只有她……似乎并未在意。

"我们不认识吗？可我觉得我们好像见过面。"

梓锦嘴角微抽，没见过这样无赖的男人，轻轻一笑，半转头，回眸道："可我不认识你就够了。"

梓锦迅速远去，这个年代女子的闺誉那是比生命还重要的东西，梓锦并未发现她转身而去的时候，身后的男子嘴角上扬的弧度越来越深。

"楚君秋？"

男子徐徐转过身，看着渐渐走过来的秦文洛，双手抱拳，道："秦兄，你怎么也来了？你跟姚家的人很熟？"

秦文洛眉峰一挑，没有回话，只是看着楚君秋，道："远远看着就像你小子，你不是架子大得很，轻易不登台，今儿个怎么到这里来了？"说着用力捶了他一下，又道："上次请你唱堂会你都不给我面子推掉了，今儿个倒是跑到姚府来了，方才我还以为看花了眼。可是今儿个姚府的戏单于上没有一点堂的名字，你来做什么？"

楚君秋斜眸一笑，嘴角似勾非勾，道："与人打赌，不幸落败，只好来了，一点堂不在名单上未必就不能来。"

秦文洛有了点兴趣，细细打量着楚君秋，笑道："你也有落败的时候，跟谁打的赌，我真是好奇得紧。"

两人边说边走，渐渐地远离了垂花门，楚君秋长叹一声，"姚长杰啊，除了这小子我还没输给谁过。他说他妹子想听我的戏，奈何我难请，于是就与我打赌，输的人要为赢的人做一件事情，我输了就来给他妹妹唱一台戏。"

秦文洛脚步一顿，神情有些惊讶，喃喃地说道："长杰竟然为了五妹妹这般费心，不过也是，要是我也肯费尽心思请你来唱的。"

楚君秋看着秦文洛，道："你也认识这位五姑娘？"

楚君秋的眼眸中波光粼粼，让人看不清这粼光之后的东西，看着秦文洛的眼神却有些凝重起来，秦文洛居然也跟姚五姑娘相识，似乎还很熟悉的样子。

秦文洛并未发现楚君秋的异样，就笑道："我跟溟轩曾经在姚府住过一段时日，自然是极熟悉的，有什么奇怪的。"

"溟轩……可是长公主的独子叶溟轩叶同知？"楚君秋貌似不经意地问道，拢在袖子里的手却是渐渐握紧。

"是啊，可惜溟轩去了江南，等他回来引你们相见。"秦文洛道。

"叶大人天之骄子，我等蚁民如何敢与之相交，罢了罢了。"楚君秋哈哈一笑，眼眸擦过阳光却有照射不进的阴暗之地。

秦文洛知道楚君秋脾性古怪，也不强求，只是轻声说道："五妹妹是个极好的人，你今日既然答应要为人唱，就要好好唱，若是跟上次在秦家一样敷衍，小心我拆你的台。"

秦文洛谦谦公子，待谁都是客客气气，认识许久，楚君秋还是第一次听到他说这样的话，眉峰又挑了起来，故作不经意地说道："这位五姑娘好大的架子，连你这位堂堂廉王府的三公子都要护着她，我一介草民哪敢不尽心？"

说着话，楚君秋的脑海中突然又想起方才那一幕，那个站在桂花树下浅浅一笑的女子，那一刻就连金色的阳光都不及她的光彩，那样快乐的模样不知道想起了谁，那如水般柔和的眉眼能不经意地悄悄就住进了你的心里。

秦文洛对于这话并没有反对，细细地想了想，然后很认真地回道："若是将来有人欺负她，我定不会袖手旁观的。"后面一句，只可惜我与她有缘无分的话没有说出口，既然从母亲那里知道了溟轩对梓锦一腔真情，他总不能跟自己的兄弟抢女人，再者说了，只要梓锦幸福就好。不过，溟轩未必能将人娶回家，外祖母一直不同意来着，真是头痛。

楚君秋定住脚，看着秦文洛有些失神的俊颜，低声问道："你喜欢她？"

秦文洛不承想楚君秋会这样直面相问，就有些不好意思，终究是没有回答，只是说道："你去准备吧，这会子宴席早就开了，等你唱完了，咱们再好好聚聚，晚上我做东,福庆楼请你喝酒。"

楚君秋没有追问,只是点点头,就看着秦文洛匆匆忙忙地往另一边走去。还在发愣,旁边的门里就蹿出一个人影,一看到楚君秋,就立刻说道:"哎哟,你总算是回来了,赶紧上妆吧,马上就到咱们了。"那人不由分说就将楚君秋拽了进去,嘴里不停地碎碎念着,楚君秋一点也不受影响地大步往后台走去,脑子里却想到今儿个本来是要唱点绛唇,突然之间他想要唱游园惊梦,方才游园,可不是真的如梦一场?这个曲词也要改一改才好,想到这里楚君秋笑了,眼眸中闪过丝丝狡猾——这次看你记不记得住……

"原来姹紫嫣红开遍,以这般都付与断井颓垣。良辰美景奈何天,赏心乐事谁家院?朝飞暮卷,云霞翠轩,雨丝风片,烟波画船。锦屏人忒看的这韶光贱!"

梓锦愣愣地看着台上描眉画眼甩着衣袖,捏着帕了的人,行腔优美,缠绵婉转、柔漫悠远,台下人听着心神俱醉,梓锦的手也悄悄地缩在衣袖里,跟着打节拍。细细看去这眉眼有些熟悉,梓锦猛地想起在垂花门偶遇的那男子,脸色微变,原来那人竟然是一点堂的楚君秋!

今日一点堂突然来唱,已经令人无比的惊喜,梓锦更没想到,自己跟这位大名鼎鼎的楚君秋还有这样的偶遇。正在出神,却听到台上正唱道:"声声燕语明如翦,金桂树下佳人立。斜眸望艳阳,流波婉转惹人怜。不过刹那韶华,只听得心儿动了……"

这唱词……梓锦的手一下子捏紧了。这分明不是游园惊梦的原词,竟是……竟是方才两人相遇的写照。梓锦一下子愣住了,都说曹植七步能诗,这位简直就是七步能唱!

方才就觉得楚君秋的眼神总是有意无意地落在自己身上,梓锦一直觉得是自己多想了,可是现在却知道并不是多想了,而是这个男人,不,假扮成女人正在唱戏的男人,借着戏曲的便利,那眼神的的确确是在往自己身上扫。

心儿动了……梓锦的脸竟然有点热,她不知道古代的男人居然也能这样传情的,还这样大胆!

咿咿呀呀再唱些什么梓锦已经听不下去了,她假意站起身去处理家事悄悄地躲了开去,站在廊檐下,婉转的声调还能隐隐约约地传来。

纤巧悄悄地跟了上来,看着梓锦一脸疲色,低声说道:"姑娘,您去休息一会儿吧,连着忙了几天,总要松口气的。"

梓锦就轻轻地点点头,的确有点累了,然后说道:"你去前面听着,要是有什么事情就过来叫我，我回去坐一会儿。"

纤巧忙应了，道："我去把寒梅叫来，让她服侍您去。"

梓锦就摇摇头，道："今儿个客多，她还在盯着，就不用找她了，横竖这几步路，我自己过去就行，半个时辰后我就回来，有事情你照应着点。"

纤巧应了，两人就分了开来。姚月她们几个正围着海氏听戏，标准的大家闺秀是要听得懂戏，就算是听不懂也要装着，这就是大家闺秀该做的事情。

卫明珠也在卫夫人跟前，姚老太太跟叶老夫人就一直呆在麓锦堂没出来，前院里也正热闹，估计着姚长杰几个正忙着应酬。梓锦一路信步而走，往自己的小院而去，楚君秋的戏难得，就连小丫头和洒扫的婆子都跑去看热闹了，一时间倒是清静下来。

转过长廊，踏上了鹅卵石铺成的小径，梓锦突然立住了脚，月洞门外，那一抹熟悉的身影突然间就像排山倒海般的海啸呼啸而来，那是一种突然涌上来的无法制止的情绪，原来思念竟然是这般浓烈，原来当见到他，她是这样的不能自抑地激动着。

一身湖色遍地织锦蝙蝠纹直裰的叶溟轩立在月洞门外，黑色的皂靴上满是尘土，头发上也有些微乱，手里还握着马鞭，面上满是疲惫，还有着密密的胡楂子……

梓锦心口一紧，这模样一看就是连夜赶路造成的，看这样子分明就是刚下了马就奔这里来了。梓锦又往前走了走，一个在月洞门外，一个在月洞门内，中间只有一臂的距离，月洞门外南侧种了一小片茂密的竹子，风声扫过，哗哗直响。

梓锦想要说什么，还未开口，只觉得臂上一紧，整个人就往一边倒。叶溟轩居然拽着她进了小竹林，竹林生长多年，竹子并不怎么粗壮，间距甚密，两个人往深里一藏，头顶上只有微微的光亮洒下来，前后左右被遮挡得密密实实，就像是一个密封的小天地。这会子楚君秋正在前面唱戏，把院子里的人都吸引过去，一时间竟无人发现叶溟轩闯进了内院，居然还拉着梓锦进了小竹林。

竹子的间隙很小，两个人挨得极近，都能感受到彼此的呼吸。叶溟轩轻轻松开拽着梓锦胳膊的手，梓锦松了口气，这口气还没来得及全吐出来，只觉得周身一紧，竟然被叶溟轩紧紧拥进了怀里，梓锦下意识就要反抗，伸手去推，脸涨得通红，这不行，不合规矩，要是被人发现，她可以去死了，她还不想死……

"别动，我就抱一下，抱一下，我有多想你你知道么？想得心都痛了……"

叶溟轩的声音在梓锦的耳边轻轻回荡着，轻声呢喃，夹杂着所有的辛酸一下子让梓锦的动作缓了下来，挣扎的手臂无力般地垂在身旁，其实她也想他，想到不敢去想，一想心就痛，明知道是饮鸩止渴，却停止不了。

梓锦的顺从让叶溟轩开心起来，唇角轻轻地擦着梓锦雪白的耳垂，就如同情人之间最亲密的举止，柔声问道："梓锦，有没有想我？我要听实话，不许骗我。你不知道我有多想你，去了江南时时刻刻心里全是你，恨不得立刻就返回来看你，可是我不能回来，好不容易捉到一个机会偷偷跑了回来，明天我就要赶回去，你告诉我，有没有想我，哪怕一丁点也好。"

思念从来就是一个人的事情，可是当你思念的人对着你倾诉对你的思念，那么思念就再也不是一个人的事情。或许是周围的寂静，或许是竹林里这个隐秘的空间，又或者是实在是太想念了，梓锦的心忍不住动摇了，所有的坚持在一刻卸去了伪装，所有的坚强卸下心房，心底里澎湃着汹涌的波涛，让她脱口说道："我想……"

后面的你字还未说出口，只觉得唇上一凉，紧接着一方柔软的唇压了下来，起先有些犹豫，但是没有感觉到梓锦的反抗，这才迅速而又猛烈地加深了这个吻。

梓锦不是不反抗，而是吓呆了，傻眼了，她没想到叶溟轩这厮居然这么禽兽，这么大胆！这可是古代啊啊啊！

梓锦回过神来，就伸手去推叶溟轩，只觉得全身的血液都涌上了头颅，他们一定疯了，居然躲在这里偷情！

叶溟轩的唇轻轻松开梓锦，不敢过于惹恼了她，手臂依旧紧紧地圈着，将下巴搁在梓锦的肩上，然后才徐徐说道："梓锦，我从没有像这一刻这么快活过，因为我知道你心里是有我的。"

所有的反抗在听这句话后，徒然放弃，梓锦将自己的重量靠在身后的竹子上，然后说道："那又如何？我迟早要嫁人的，你迟早要娶罗玦的，自欺欺人有什么好？"

"我说过我不会娶罗玦，我叶溟轩的妻子只有你，现在，将来，一辈子，只有你一个。"叶溟轩靠近梓锦的耳朵轻声许下誓言，"一生一世，有尔足矣。"

爱听誓言的女人都是傻子，男人的誓言就是那最美丽的泡泡，一戳就破了。但是还是有很多人被那美丽的色彩而吸引沉迷，不可自拔。

梓锦想，这一刻，就在这一刻，让她被迷惑吧，尽管她知道，待一会儿出了这个竹林，她跟他之间还是有天与地的差别，还是有那么多的阻碍，但是至少这一刻……他们的心是相通的。

"不是风动，不是幡动，我听到了，是你的心在动，梓锦，你的心也会为我动，是不是？"

梓锦忍不住笑了："佛家的话你也能这样曲解吗？"

"不是曲解，风吹幡动，不离风、不离幡、不离心。若离风则幡不曾动，若离幡则不见风动，若离心则不知何为动。佛家讲求是非因果，在我的心里你就是我的因果，你为我而跳动的心，在我而言，风与幡也不过是幻想而已，只有它是真真实实存在的。"叶溟轩的声音低柔轻缓，浓浓的情意扑面而来，梓锦甚至于都能听得出那隐忍的笑意。

"叶老夫人在姚府做客，你先过去见一见，既然来了，总要出去见人。"梓锦轻声提醒，不让叶溟轩失礼于人。

没听到梓锦的回复叶溟轩有点小小的失望，但是他知道梓锦的顾虑，因此也不敢深追不放。就顺着梓锦的心意转移了话题，然后说道："好，我知道了。"

梓锦垂了头，轻轻走出叶溟轩的怀抱，立在一步之外，抬眸望着他："明天就要走吗？"

叶溟轩点点头："江南还有事情要做，必须要回去的。"

梓锦就明白了，这次叶溟轩去江南只怕不是为了躲避罗玦，躲避罗玦不过是个借口罢了。轻轻地点点头，道："一路顺风，等你下次回来，说不定我就嫁人了，来得及的话，就喝杯喜酒。"

梓锦不是吓唬叶溟轩，姚老太太已经在为梓锦挑选人家，定下来出嫁也是很快的。姚老太太的话，就连海氏都不敢不听，梓锦又怎么敢？再者说了，嫁人也是早晚的事情，在叶府这门婚事上，姚老太太丝毫不松口，没人知道她的想法，梓锦更不敢去探问，就只能一步步地按照姚老太太给她规划好的路去走。

其实也挺悲哀的，但是又有什么办法？

叶溟轩神色依旧不变，嘻嘻一笑，道："我说过了，你只管去嫁人。"

梓锦气闷了，这思想也太开放了些，她都觉得叶溟轩比她这个穿越来的更开放。其实梓锦没有站在叶溟轩的角度去想，叶溟轩都是死过一回的人，其实很多东西都已经看穿了，在他看来什么名节之类都是假的，能一辈子相守才是真的。

上一刻还能亲密地亲吻，下一刻却还要说出这样的话，梓锦觉得怪怪的，明明是相爱至深的两个人，却不得不分离，明明渴望彼此拥有的人，一个说我有可能会嫁给别人，一个说你只管去嫁，若被人听到，只怕又会说这两人疯魔了。

梓锦用力握着自己的手，淡淡说道："好，我听你的，自然会嫁人的。"

叶溟轩望着梓锦，就笑了，他知道作为庶女有多艰难，他知道梓锦的顾虑有多少，他知道有些事情他叶溟轩可以闹翻天，但是姚梓锦一步都不能错，他知道两人的事情传了出去，最后受伤的一定不是叶溟轩，被牺牲的一定是姚梓锦。

他知道的，他气她，恼她，恨她，怨她不承认喜欢自己，去拼命地将自己推离她的世界，可是他又是理解的，所以他拼命去追她，想要去守护她，如果他们两人的感情，注定要有人受到伤害，那么他叶溟轩宁愿承受起所有人的唾沫，宁愿承受起所有人的耻笑跟蔑视，承受起所有的责难，他会用他所有的力量，为她姚梓锦换取一方宁静的天空，今生今世，姚梓锦只有他能来守护。

所以，如果能让姚梓锦不被人指责，就算她嫁给别人又怎么样？如果自己目前的本事真的不能阻止姚梓锦嫁人，那么他会努力成长，壮大自己的实力，然后……总有一天，他会将她夺回来，他不能阻止姚家人嫁女儿，但是他能阻止自己不娶妻，这就够了。

"好。"叶溟轩应道，双眸紧紧地锁着梓锦，嘴角缓缓勾起，"如果我没有办法阻止你嫁给别人，那么就算你嫁了人，最后也一定会回到我的身边。你要学着等候，等候我变得强大，然后将你抢回来，叶溟轩妻子的位置，永远只有你一个。"

眼泪汹涌而来，阻也阻不住，整个心口就如同翻江倒海一般，强烈地撞击让梓锦觉得心都痛得麻木了，眼前这个男子倔强得令人恼怒，恼怒之余心里却又甜甜的，原来被人爱着的感觉，是这样甜蜜。虽然痛苦并行着，虽然希望渺茫着，就在这一刻，梓锦突然觉得什么狗屁的毕业成绩都不重要了，在这个时空里她没有办法与强大的家族抗衡，但是至少，她的心会为这个男人而保留。

"我们生在这样的地方，没有办法去做自己想要去做的事情，我们被周围的规矩锁得死死的。如果，有一天，我们能到一个自由相爱的地方，我愿意嫁给你，与你相守一辈子。叶溟轩……我真的好喜欢你……如果将来，我要离开这里的时候，你跟我一起走，好不好？"梓锦觉得自己这一刻疯了，说出这样的话，她真的是疯了，爱情果然是会令人盲目冲动的。

叶溟轩无法描述自己此刻的心情，梓锦终于还是承认喜欢自己的了，可是她的话好奇怪："你要去哪里？"

"去一个没有人阻止我们相爱的地方。"梓锦轻声说道，如果将来她要回到自己的时空，他会不会跟自己一起走？

叶溟轩就笑了，低声说道："亡命天涯吗？你要知道我们每到一个地方居住，都需要跟当地的里长交涉，要有路引，要有户籍证明，你以为走出去就可以了？更不要忘了，还有锦衣卫，你就算是逃到了天涯海角，只要皇上想要把你揪出来，你是跑不掉的。"

"……"梓锦只觉得满头的黑线，她跟他说的好像不是一回事，不过梓锦也不想去解释了，因为没有办法解释，误会就误会好了，所以说时空的差距还是令人很有压迫感，"假如有这样的机会，你跟不跟我走？"

叶溟轩瞧着梓锦郑重的神情，觉得蛮好笑的，不过还是点点头，道："好啊，寻一处世外桃源，采菊东篱下，悠然见南山。然后生三五六七个孩子，多热闹。"

梓锦浅浅地笑了，眉眼间带上了层层朦胧，是啊，多热闹。

莲步轻移，站在叶溟轩的面前，伸手环住他的腰，头轻轻地靠在他的胸口，缓缓地闭上眸，听他的心跳，嘴角的笑容不曾消失过，有爱，真好，生活虽然是苦涩的，可是心是快乐的，纵然不能一辈子相守，可是真的满足了。

叶溟轩呆呆地愣愣地，梓锦的热情让他一向被打击惯了的心一时没有适应，一双手过了半晌才缓缓地抱紧梓锦，眉眼间全是微笑。

相聚之后，总是分别。

梓锦还是推开了叶溟轩，让他绕回前院，正正经经地进门，别让人说出什么闲话来。

叶溟轩点点头："我知道了，你瘦多了，我说过啊，还是喜欢你小的时候微微胖，你好好吃饭，要养回来。"

载满了愁思的心里，如何能心宽体胖？梓锦不愿意叶溟轩这个时候还要为自己分心，就点点头："好，一定多多吃饭。"

两人分别，背对背，一往前，一往后，下次见面，不知道会是何时，又会是何地，可日子还是要过下去的……

第十章
私下相会恋情被捉，提亲上门原是故人

"真巧，又见面了。"

梓锦浑身一僵，猛地转过身来，映入眼帘的就是楚君秋那似笑非笑的双眸，这男人生得太美，美得让人每每一见都有不能呼吸的感觉。这男人似乎很不愿意束发，一头长发只是随意地披在肩上，只用几缕发丝拢在脑后，缀着的依旧是大红丝绦。

有风吹过，花瓣纷飞，那乌黑的长发随风飘起，滑过楚君秋俊美的容颜，擦过那嫣红的唇，一个男人的唇竟然会比女人的还要殷红如血，黑与红的交触，那样的鲜艳夺目，配上那流波溢彩的双眸，梓锦的心忍不住地又是一跳，男人生得太美，果然是祸害。

只觉得，觉得此人是危险的，梓锦还是微微往后退了一步，神色严肃："不巧，我正要走了。"梓锦转身就走，脚步才跨出一步，就听到身后那人的声音徐徐传来。"哦，心虚了？你放心我不会将你跟情郎在竹林私会的事情说出去的。"

刹那间，梓锦只觉得浑身的血液都冰冻住了，脚步再也迈不开，怎么也不会想到楚君秋怎么会发现的。

看着梓锦僵硬的背影，楚君秋很好心地解惑："你离开的时候我唱了一小会儿就换了人上台，我想着是我唐突了佳人，就要寻你道个歉，不承想却还看到了这样的事情，真是不好意思，我不是故意的。"

梓锦徐徐地转过身，她不知道楚君秋究竟要做什么，但是她不能慌，不能慌，可是手心里还是满满的冷汗，这个美到令人无法呼吸的男子，一出手就扼住了梓锦的命门，如果他真的无所求，这件事情就会当做没看到，但是他偏偏说了出来，梓锦想不出这个男子究竟要做什么。

"在别人家里乱走，你倒是挺自在的。"梓锦徐徐说道，面上一片平静，心里却是炸开了花，她知道如果自己露出一点怯意，眼前这男子会毫不犹豫地吞噬了自己。

梓锦的镇定让楚君秋挑了挑眉，两人之间隔着一株金桂树，繁密的花朵在微风的抚弄下四散飘飞，在两人中间洒下花雨。景致绝美，气氛却剑拔弩张。

"你这个女人真奇怪，你说如果我要是把今天的事情说出去，你会怎么样？"楚君秋邪魅一笑，颀长的身躯斜斜倚在了金桂树上，又是花雨纷飞，几乎迷了双眼。

梓锦从没有遇到过这样不按牌理出牌的人，摸不透他的用意，心里越发忐忑不安。

或许是在这个时空呆了太久，早已经习惯了这里的人每说一句话，每做一件事情，都会绕几个弯，让人费心去琢磨。忽然之间，遇上这么一个不按照牌理出牌的人，反倒是让人怯步了。

思维的固步自封，让梓锦遇上这样一个男人的时候，惊讶与慌张接踵而至，但是她还是要秉持着最镇定的心态，不能让人看透自己的心思，迅速调整自己的思维，试图跟得上眼前这人的思路。

"有两个结果，要么我嫁给他，要么被浸猪笼。"梓锦努力让自己弯起一个最耀眼的笑容，最平淡的语气，掩饰自己内心最强烈的不安。

"你会选哪一个？"楚君秋问道，神色如常，不见端倪。

梓锦看着他，道："两个都不选。"

惊讶一闪而过，楚君秋第一次没有抓准人的心思，居然是一个小姑娘，看着梓锦的神情，他危险地半眯眸："你撒谎！"

"随你怎么想，今日的事情随你的便，你要说便说出去，不想说就烂在肚子里。空口为凭，你可有证据？官老爷升堂还要讲究个人证物证齐全，你可有人证物证指证我？"梓锦笑颜灿烂，迎着日光与花瓣争辉。

楚君秋脸上的笑意更胜，这女子是个极聪明的人，这么短的工夫就能想出这一招，从容镇定有机智，真是一个令人时时感到惊讶的女子。一开始见到梓锦，只觉得她很美，阳光花树下，朦胧着一层金光，让人心生好感。再然后，看到了穿梭在诸位官夫人中间的她，笑语妍妍，左右逢源，那样的她自信而又端重，再后来……竹林里她是那么感性，感性之余还有理智，让他觉得这个女子真是奇怪，居然能舍得下心爱的男人顾全家族，真是一个狠心的人，突然之间就有点同情那个男人，爱上这样的女人会是很辛苦的事情。

现在，这个变化多端的女子，在自己揭穿她与人私会之后，居然还能这样跟自己谈判，甚至于带了一点随意，这样的随意刺激了他。

"我为什么要上公堂？毁掉一个人，不需要上公堂，只需要流言就足够了。"

楚君秋笑了，像是一把极锋利的刀，毫不留情地挥向他想要毁掉的东西。

"流言么？好啊，那你随便吧。"梓锦展颜而笑，"我很怕，怕得要命，你满意了？"

楚君秋的脸黑了，当他是傻子吗？哪有人会这样对着一个人说她害怕？分明就是得意的张狂！

"姚梓锦！"

梓锦一愣，这人知道她是谁不难，竟然还能这样呼唤出她的名字，她就有些恼怒了，女子的闺名岂能让一个陌生的男子随意呼唤？

"请自重！"梓锦不想将楚君秋当成下九流的戏子对待，在她的眼里人都是平等的，她无法改变等级的存在，但是她会尽量让自己试着去尊重每一个人，所以说出口的不是大胆或者闭嘴之类的蔑视之词，请自重三个字，足以给了楚君秋一份同等的尊重。

楚君秋眉头紧紧锁住了，黝黑的双眸里翻滚着看不到的巨浪却令人心生惧意，这一刻的楚君秋跟方才又似不一样了，梓锦觉得这个男人也是个变色龙，令人捉摸不透。

"如果说我想与你共白头，会不会张狂了点，痴人说梦了点？"楚君秋又恢复了方才的惬意，笑道。

"好像是有点。"梓锦郑重地说道，她是官家小姐，他是舞台戏子，两人之间的差距，简直要比梓锦跟叶溟轩之间的差距更大，何止是痴人说梦，简直就是不知所谓。

楚君秋笑了，这次的笑容里没有了那些伪装，没有了太多猜不透的东西，只有如阳光般的爽朗："叶溟轩能够爱你到不惜你嫁了别人还要夺回来，你说我难道就不能为了追求你做出比他更甚的事情？"

梓锦很是郑重地想了想，然后一板一眼道："我没有烽火戏诸侯褒姒的一笑拖倾城，也没有一代妖妃妲己的妖媚祸国，虽然生得小有姿色，可是好像还不至于让你做出多么疯狂的行为，这点自知之明还是有的。"

"得到一个人可以像是叶溟轩一般，为了保护你，步步为营，无限期地等候。但是还有另外一种方法，那就是将你逼到绝路，只能依附于我。"

"这倒是个好办法，你可以一试！"

"你不害怕？"

"怕啊，害怕能让你改变主意吗？害怕就能躲过灾难吗？既然不能为什么还要怕？更何况，你想要攻击我，毁灭我，首先要过我大哥那一关，我四位姐姐那一关，然后要过姚府这一关，你只有斗得倒姚府才能伤害我，目前以你的本事好像不能。更何况，我爱的男人那一关你也要过，我若有什么不测，大概他会跟你拼命。"

"你这么说好像有点道理。"楚君秋笑。

梓锦看着他不语，沉默而肯定。

"可你不要忘记了，如果家族的利益跟庶女之间只能保一个，多半会牺牲你。至于你的长杰哥哥，会为了你抛弃家族？你的四位姐姐会为你了置夫家的利益而不顾？至于你的情郎……你说他会为了你抛弃一切吗？"

如果说攻心，眼前这男子绝对是个中翘楚，一字一句，刀刀见血。梓锦差点招架不住，看着眼前的男子，眉峰轻蹙，努力地让自己镇定维持着平静，淡淡笑道："口气好大，你先将我逼到那步田地再说吧，只怕你没那个本事。如果你真的有那个本事，让我的家族抛弃我，让我的情郎无暇顾及我……"

"你会怎么样？寻死？"楚君秋挑眉问道，他很好奇，想知道答案。

"错，为什么要寻死？要死……也得拉着你做垫背的！"梓锦一字一句地说道，"计划很圆满，推演得不错，分析得很到位，攻心的谋略也很成功。"

"所以？"

"你先架个梯子，让自己爬到可以实施这一切的地位，再来跟我宣战吧，至少眼前，你是没有那个地位的。像夏虫语冰般可笑，不过，人总有个追求才能更好地活下去，能够因为我让你对生活更有热情，就算是我的功德了。"

楚君秋愣住了，从没有听过这样奇怪的似是而非又强词夺理貌似还有点感性的话，阅人无数，却从没有遇见过这样极端矛盾又自私，可有的时候又非常大度，时时能说出古怪道理的女人。

"好像我还得感激你。"楚君秋斜睇一笑，太有意思了。

"对付你这样的男人，我其实应该手持大棒子将你乱棍打出门，然后附赠一个大脚丫子。可是我又觉得像你这样的男人是个唱戏的，一定练过花架子，打是打不过的，所以只能放弃这个想法。想要试图求你不要为难我，你心性高傲，必定会嗤之以鼻，心里道好恶俗的女人，然后肯定不会高抬贵手，必定会以此为乐。软的硬的皆不通，那我只好顺其自然了，所以，姓楚的，你要做什么只管放马过来，小姑奶奶要是皱一下眉头，我就不姓姚！"

像楚君秋这样的男人，也断然没有见过哪一家的大家闺秀能脱口说出这样富有江湖气息的豪言壮语，有那么一刹那，他以为自己又回到江湖了。

"你真的是从小到大没出过远门？你确定大家闺秀会说出江湖黑话？你确定你只是一个不谙世事的姚府五姑娘？我看着不像。"楚君秋摸着下巴，使劲打量道。

"然后？"梓锦听着隔壁院子里说话的声音越来越近，知道家仆们都渐渐地回归各位，不能跟楚君秋胡搅蛮缠下去。

"我觉得我们可以做一对快活似神仙的江湖野鸳鸯，你说呢？"楚君秋说这话的时候，眼眸中渐渐凝聚起丝丝郑重，严肃，兴许他自己也没有发现。

"好啊，如果你能灭了锦衣卫！"梓锦笑了，突然发现，叶溟轩做锦衣卫真好。得意的神情，在阳光下显得格外飞扬。

楚君秋怔怔地看着姚梓锦，一句话也不肯说了，神情又变得淡然，似乎又回到了方才的他。

梓锦没注意到楚君秋的神情变化，远远地看着寒梅跟水蓉从月洞门里走过来，就大声地喊道："水蓉。"

"姑娘？"水蓉吃了一惊，忙一溜小跑地奔了过来。

梓锦指着楚君秋说道："这位公子迷了路，你送他出去。"

水蓉转眼看着楚君秋，突然惊呼道："楚公子？"乍然见到偶像，水蓉那个激动，忙点点头，笑道："是。"抬起头看着楚君秋说道："楚公子，这边请，姚府不大啊，怎么还会迷路呢？"

楚君秋深深地看了梓锦一眼，随口说道："我自小方向感不好，时常会迷路，尤其是姚府的路似乎都是一样的，越发分不清楚了，有劳姑娘了。"

姚府的路似乎不一样？梓锦的嘴角抽了抽，望着楚君秋不语。

楚君秋徐徐转过身，看着梓锦，长眸微闪，神情郑重地说道："多谢姑娘指点道路，楚某感激不尽，日后图报。"

梓锦细细品着这句话，他是暗示自己以后会再见面吗？

"举手之劳，何足挂齿，楚公子不必挂在心上。图报不敢当，别是图谋就好。"梓锦轻轻地颔首，说完这句转身而去，寒梅忙跟在梓锦的身后去了。

楚君秋看着梓锦的背影，图谋吗？也许！

梓锦回到了前厅，众位客人正在一一辞别，梓锦就陪着海氏送客，又忙了好一阵子，这才消停下来。卫明珠临走之前，低声说道："有空来我家玩。"

梓锦笑着点点头："有机会定去打扰。"

卫明珠这才跟着卫夫人上了马车而去，姚月记挂着家里的孩子，早早就回去了，姚雪挽扶着微醺的丈夫也上了马车。姚冰狐疑地瞅了梓锦一眼，在她耳边说道："方才在席上我听到些流言是关于你跟叶大哥的，你自己好好保重。"

梓锦一愣，楚君秋的动作这样快？应该不会吧，就问道："什么流言？"

"好像是叶大哥拒婚南下是因为你的缘故，可是真的？"姚冰皱着眉头问道。

"你信吗？"梓锦笑着问道，心里一松，原来不是楚君秋的手脚。

"你跟叶大哥？鬼才相信。"姚冰道，怎么想也觉得不可能啊。

"那不就成了，还担心什么。"梓锦笑了。

"也是，我真是杞人忧天，好了，我走了，累了一天你也早点休息。"姚冰眯着眼睛笑道，在看到郑源亲自来后院接她的时候，迅速撇了梓锦迎了上去，夫妻甜甜蜜蜜地辞别了海氏跟老太太走了，梓锦翻白眼，这个有了男人忘了妹子的家伙。

姚玉棠的丫头过来回话，四姑爷也喝多了，四姑娘就先扶着四姑爷上了马车，改天再来给老太太太太请罪，海氏就笑道："哪有这么多的事情，照顾好姑爷是正事，让她只管放心地回去。"

小丫头笑着应了，忙去了。

梓锦扶着老太太，道："祖母累了一天您也休息吧。"叶老夫人早就回了，年纪大的不经折腾，走的时候也是悄悄的，梓锦都不知道。

老太太就点点头，由着梓锦将她送了回去，卢妈妈早就铺好了床，两人扶着老太太休息了，梓锦这才走了出来，卢妈妈紧跟其后，吩咐雪素进去听着声响，老太太要是喝茶什么的身边不能没人，雪素应了声给两人行了礼这才快步跑进去了。

卢妈妈往外送梓锦，梓锦就低声问老太太今天的情况，吃了多少饭，喝了多少水，有没有觉得哪里不舒服。老太太的身体一直保养得很好，吃饭有定量，喝茶有讲究，喝多了会睡不着觉，喝少了老太太又不高兴，当喝茶成为一种习惯，只能慢慢地去想办法让老太太少喝一点。

卢妈妈笑着说道："今儿个叶老夫人到了，老太太开心，多吃了点，怕她积食不舒服，饭后在甤锦堂的后园子里跟叶老太太走了两圈说说话，茶没有喝多少，还是跟以前一样，只有一盏，茶叶没敢多放，喝的是老君眉。"

梓锦就笑着点点头："到底是卢妈妈在老太太跟前多年，这些事情做惯了，我们做晚辈的也能安心些。"

卢妈妈看着梓锦，笑道："不是老奴夸嘴，五姑娘日日都要问一遍，可见真的把老太太放在心上的，我们做奴婢的自然要尽本分，不敢居功。"

卢妈妈跟着老太太多年，主仆的情分那是不用说了，陪着老太太的时间只怕比她们这些有血缘关系的还要多得多，梓锦是打心里尊重卢妈妈的。

"尽本分也是各有不同，妈妈的本分我们都看在眼里的。"梓锦轻轻一笑，抬眼看看天，道："我就回了，妈妈也歇息歇息，手边有小丫头，你也多注意身体才是，有您时时陪着老太太说话唠嗑，我们也放心些。"

卢妈妈笑着应了，将梓锦送了出去，看着梓锦走远，心里很是感叹，也就是只有五姑娘这样心性醇厚的人，在顾念着老太太的时候，还能念着她们这些老家伙，一个人的品行是要日久见人心的。

卢妈妈回到了屋子里，老太太不知道什么时候已经坐了起来，卢妈妈忙走了过去，看着雪素说道："老太太怎么起来了？"

雪素忙回道："老太太说睡不着，躺着身子沉，就坐起来了。"

卢妈妈点点头，快步走了上去，挥挥手让雪素下去了。自己拿起炕上的美人锤，轻轻地给老太太敲打着腿，笑道："您怎么不躺会儿，累了一天了。"

"五丫头走了？"老太太半闭着的眼睛缓缓地睁开，靠着软枕的身子动了动，卢妈妈忙扶着老太太坐得舒服了，这才回道："五姑娘回去了，临走前细细询问了您今天吃了多少饭，喝了多少茶，身体觉得如何有没有不舒服，一样一样地细细问，一点也没不耐烦，五姑娘心里是真的有老太太，一日一问，就这份心也是极难得的。五姑娘还叮嘱老奴注意身体，养得好好的好陪着您说话呢。"

老太太闻言就笑了，看着卢妈妈说道："可不是，我们都老了，将来是只有我们两个老货在一起说话了。"

这话有些伤感，卢妈妈就赶紧说道："瞧您说的，等到大少夫人进了门，再生了重孙，有您忙的呢。"

天伦之乐谁不喜欢，老太太就笑了，然后神色微敛，问道："让你办的事情都办妥了？"

卢妈妈闻言神色一敛，就压低声音说道："老奴今儿个跟叶老夫人跟前的宋妈妈一起吃了酒，透了口风，说是凉国公夫人正努力为咱们五姑娘说亲呢。"

"她说什么没有？"老太太打起精神问道。

"没说什么要紧的话，只是细细问了凉国公夫人的行为，老奴就按照您的意思，把四姑娘的婚事也是凉国公夫人保媒的事情说了。"卢妈妈说到这里一顿，回想了一下的当时的情况，又道："老奴瞧着宋妈妈的行为可有些奇怪，按理说叶家跟凉国公府既然结了亲，应该亲亲热热的才对，可是宋妈妈提起凉国公府的时候有点小心翼翼的，让人看着生疑。"

姚老太太就冷笑一声，眉眼间带着一抹嘲弄，叹息一口气才说道："我这位老姐妹什么都好，就是看不透。老是想着家族荣耀，子孙前程，比自己的命根子都重要，可是她也不想想，如今叶府是枝繁叶茂，前程似锦。但是……"

说到这里老太太猛地收住了口，似乎觉得有些不妥，卢妈妈也不敢深问，小心翼翼地立在一旁。想了想说道："也许叶老太太顾忌着皇家的颜面，怕是惹怒了圣颜，不敢就这样做主给叶三少的婚事定一名庶女。"

"公主金枝玉叶，又是强势嫁进叶家，当年叶老夫人夹在杜曼秋跟公主之间也是没少费心思。一个是皇家的金枝玉叶，一个是战场托孤的恩人之后，当初她想要维持平衡，让这个家和和气气的，最终也是徒落悲伤。当年在这中间也没少受了夹生气，先皇在世时对长公主很是疼爱，当年公主的脾气也是极大的，一家子闹个不停，那个杜曼秋……哼哼，能在这样的情况下还能拿到管家的大权，我瞧着不是个省心的。纵然是不省心的，可是为了家里太平，有些事情势必就要委屈其中一个。就好像咱们府里这位太太，明明知道她很多事情上都是不上道的，可是还是要努力地提点她，维护她，这都是一个道理的。"

卢妈妈不知道老太太听叶老夫人说了什么，从前老太太从不轻易说这些的，卢妈妈也不敢多插嘴，在一旁默默地听着。

姚老太太今日的兴致似乎极好，想了想又说道："叶老夫人瞧不上我们五姑娘是庶出的，我还不乐意让我好好的孙女去她家受磋磨。叶府情势复杂，稍有不慎就是火坑，我家的锦丫头将来要嫁个好好的人家，好好地相夫教子，一辈子平平稳稳的。女人家，功名利禄都是假的，能够过得开心，一家子和和乐乐才是最幸福的。"

"是，前头几位姑娘，您给看的婚事都是极匹配的，几位姑娘回来哪一次都是喜笑颜开。"卢妈妈就趁势笑道。

老太太闻言一笑："如今不过是新婚，都在新鲜头上，夫妻和乐原是应该，再等过个三五七八年，要还是这样和乐才是她们的福气。"

卢妈妈就点点头，觉得老太太这话很是有理。

"叶府那边看不上锦丫头也是正理，世家大族看中脸面，不过脸面这东西有的时候也可以放一放的。在我看来，就算是看不中我们锦丫头，也不应该再跟罗家结亲，罗家姑娘好归好，但是溟轩看不上，还死追着不放，这俩人就等于结了仇，结了仇的人做成夫妻，岂不是最悲哀的事情？你等着吧，罗家姑娘进了门。叶府那边只怕是更热闹了。"老太太轻蔑地笑道，然后又道："越是这样，我们五丫头越要嫁得好好的，将来有那老货后悔的时候。"

姚太太出身金襄侯府，本就是世家中人，对这些事情最是了解，世家联姻互相支持原本可行，但是凡事都讲究一个度，过了火那就不是喜事而是祸事。叶家若没有长公主也就罢了，有了长公主做儿媳……怎么还能这般张扬，将来只怕是会大祸临头的。

叶家如今虽然也是世家之列，但是根基远没有金襄侯府深厚，金襄侯府乃是建国之初的老臣，几百年下来，一直窝在西京安守本分，这样的韬光养晦才是长远的存身之道。国家有难时，能够第一时间冲出来保家卫国，扬白年声威，国家昌盛时，就安分守己，不惹事端，所以几百年来，君主不停更迭，侯府始终无恙。

叶家……在这样的事情可就差了些，眼光短了些。

姚老太太嗤笑一声，当真以为她稀罕么？

姚卫两家的婚事如火如荼地办了起来，已经商定了腊月初六的日子，姚府里要娶媳妇，还是正正经经的长子长媳，对方又是临川卫家百年世家，姚府更是不敢怠慢，就连梓锦每日忙得也是连轴转，哪里还顾得上什么楚君秋楚君夏的。

姚长杰的婚事，老太太拿出一万两银子贴补，因为临川卫家毕竟是大家，姚谦跟海氏接连嫁了几个女儿，手中银钱便有些短缺，便想着卖了水田或者铺子应急。没想到老太太大方，直接拿出一万两银子，解了两人的燃眉之急，自然是感激不已。

老太太看着二人感恩的神情缓缓说道："长杰的事情就这样定了，我们说一说梓锦的婚事。"

两口子的心又吊了起来，姚谦忙笑道："娘，您什么时候给五丫头瞧了婚事，哪里能让您一直这么操劳，我们做晚辈的于心不安。"

"前阵子你太太忙里忙外没空闲，你又整日地在翰林院忙公务，就我一个老太太闲来无事，凉国公夫又是盛意拳拳，说了几门亲事，我倒觉得其中有一门婚事是极好的。"老太太说到这里一顿，抬起头看着两人说道："提的男方是靖海侯家的庶三子。"

屋子里一下子静了下来，海氏瞪大眼睛看着老太太，久久说不出话，靖海侯……那个江南最富庶的侯门贵族，江南驱逐海盗有功守护沿海世袭罔替的靖海侯家？就是个庶子……他们也高攀了吧……

海氏不安地看向了姚谦，姚谦也是唬了一跳，看着老太太，道："娘，这是不是太离谱了些？靖海侯家的庶子只怕是也看不上咱们五品官家的庶女吧？更何况，这几年靖海侯在江南剿寇有功，他的庶三子吴祯我若没记错的话，应该是常住京都替家族管理京中事务的，这人我见过一面，是个相当精明的人，怎么会答应这样的婚事？"

靖海侯吴起是安陆侯吴复的弟弟，曾任大都督佥事、征南副将军等职，曾与吴复等大将南征北伐。他深通水战兵法，被封为靖海将军、靖海侯，曾率舟师至琉球海面大败倭寇，至今合族镇守南部沿海，威名赫赫，功绩累累。

这样的家族出来的孩子，就是庶子也是从小骑烈马，挽长弓，习水战，练兵法，家族规矩极严，怎么肯跟姚家联姻？

世家大族，王侯将相，也是分为两类，一类是有实权，有本事的，一类是徒挂名，无本事，吃老本的。靖海侯家能人辈出，祖祖辈辈对于水战皆为精通，当年至琉球海面与倭寇大战，领兵出战的不过是一个庶子，靖海将军，家族嫡子，不过是坐镇军中，隔岸指挥。

此一役，让靖海侯家威名远扬，他家镇守一日，倭寇不敢相犯。

这门婚事实在是太令人震惊，海氏心里颇有些不是滋味，有点酸酸的，闷闷的，到头来没想到倒是五丫头飞上了高枝，颇有种郁闷的感觉。

老太太看着自己的儿子，轻轻一笑："战功赫赫的家族，最怕的就是招惹上头的忌讳，若是一个庶子的婚事都要娶得名门贵女，靖海侯家的族长只怕要换人了，韬光养晦才是正理。更何况，咱们姚家虽然只是五品小吏，可是你却是日日在御前听差，这满朝上下，能日日见到皇帝的能有几个？既不招人眼，还能与皇上的近臣结亲，可惜我们家只剩下这么一个五丫头，靖海侯家的亲事提得晚了些，要是早上一年，说不定就是二丫头或者三丫头嫁过去了。不过话又说回来，一年前你在御前的根基还不稳，靖海侯家只怕也还观望着呢，所以说世事就是这样相辅相成的。"

老太太慢慢地解释，海氏的眉头就松了开来，想想也是，这关五丫头什么事情，是人家靖海侯提亲来得晚，又不是老太太偏心五丫头，眉眼间就带了笑意："那这门婚事您答应了？"

老太太颔首："靖海侯家跟凉国公府有些渊源，凉国公府的祖上跟金襄侯府也是有渊源的，所以就托了凉国公夫人保媒，我瞧着这门婚事使得。吴三少爷素来在京都常住，五丫头不用远嫁江南，二来，远离家族也能少些是非，更何况在京都府的地面上，姚家多少还能有说话的权利，那吴家三少爷只怕也不敢委屈五丫头，这门婚事倒是极好的。"

看这样子老太太是答应了，难怪老太太说要给五丫头准备多多的嫁妆，这样的家族能不多准备吗？

海氏头又痛了，算算自己的小金库，吞了一口唾沫，慢腾腾地问道："那五丫头的嫁妆要准备多少，媳妇也好提前预备着。"说着这话，海氏心又揪起来了，水田还是要卖，估计着他家老爷的铺子也跑不了了，只是不知道卖了这些够不够。

老太太看着海氏，徐徐说道："姚家的女儿出嫁，都是公中出五千两银子的嫁妆，我再添一千两，姚月三个是你亲生的，你私下里贴补了些原属应当，方才你也说了贴补在内总嫁妆在一万两，四丫头那里公中出了五十两，我给了一千两，但是你把侯家的聘礼都给了四丫头，也就够了一万的数。五丫头的嫁妆，还是按照旧例，公中出五千两，其余的就由我补上。"

海氏跟姚谦面面相觑，可是又不能说出反驳的话来。姚谦倒是没什么，孩子都是他的，补谁不是补。

海氏还有些心里不舒服，其实吧按照常理来说，老太太给姚长杰补了聘礼，但是最后还能有最少一半送回来，不算吃亏，可是老太太要是贴补了梓锦，这可真是肉包子打狗有去无回了。

更何况，姚玉棠的聘礼她一个大子儿没动，到了姚梓锦的聘礼她留还是不留？海氏真真实实地纠结了，侯家那是家贫，留了海氏心里良心上过不去。靖海侯家那可是巨富，要是不留……她岂不是亏大了？

海氏无限郁闷了，更何况老太太都肯拿出一万两银子贴补姚长杰，难不成她要说老太太不能贴补姚梓锦？这未免太……

姚谦到底是官场上混的，比海氏精明些，心里就想明白了。他娘先是将长杰的聘礼缺口一下子全包了下来，只怕就是为了五丫头的嫁妆铺路呢。要说起来，庶女的嫁妆要是比嫡女还要多，的确是有点说不过去。

更何况庶女嫁高门，嫁妆少的人家也不是没有，有的嫡母刻薄的，也有不顾脸面就这样把女儿嫁过去的。但是老太太素来注重声誉，如果婚事真的是定准了靖海侯家，嫁妆是绝对不能含糊的。

先是把姚长杰的聘礼接下来，堵住自己妻子的嘴，然后再把梓锦嫁妆的事情接下来就是顺理成章了，姚谦顿时觉得，他娘太威猛了，这一步步地走得很稳。

在他看来，梓锦能过得开心才是最主要的，嫁妆什么的都不用考虑，更何况银子还是老太太的体己出，姚谦浑然忘记了，这体己银子将来是要留给他的。

海氏不好反驳，虽然心里有些酸酸的，但是念到这银子究竟是老太太的体己，自己也不能去惦记着，更何况老太太都拿出一万两银子贴补长杰，就是贴补梓锦还能多到哪里去？

这么一想心里就舒服了些，笑道："只是一直让老太太拿出银子来，媳妇心里很不是滋味，要不我也帮着拿出一部分？"

"这就不用了，你自己的开销也不小，将来还要给你的孙子孙女留点好东西，就由我补上，这么说定了。"老太太一语盖棺，然后又说道："先要办长杰的婚事，靖海侯那边会在长杰的婚事过后，正正经经地遣媒人上门。这样错开来，你也能喘口气。"

海氏就恭恭敬敬地应了，心里想着要先给五丫头添几身衣裳，打些首饰才好……

腊月初九，姚家热热闹闹地办了一天的喜事，姚长杰终于把卫明珠娶回了家。

某日天气晴朗，阳光灿烂，梓锦特意在后院中偶遇姚长杰，笑眯眯地说道："大哥，你不孝，居然敢算计母亲。"

海氏跟儿媳妇打擂台，让儿媳处处立规矩，姚大哥瞧着母亲太过分，便出手算计了一把，让老娘主动不让媳妇立规矩了，梓锦甚是佩服，真是全能型人才的大哥。

姚长杰面不改色，心不跳，相当淡定地瞅着梓锦，然后说道："保后方稳定，免前线之忧，应该应该。"

梓锦愕然，鼻子里哼一哼："明明是偏袒自己媳妇，还正大光明不以为错。"

"能将不能说出口的理由，偏做出正大光明的事情，这也需要本事。"姚长杰继续道，眼神清澈，面容呆板。

梓锦磨磨牙："是啊，不想让自己媳妇立规矩，还非要别人自己罢手，你才是幕后高手。"

姚长杰看着梓锦很是郑重地说道："你嫂子有福气，就不知道你有没有这个福气，听说靖海侯家的三公子也是个出类拔萃的人物，想必与你也能琴瑟和鸣。"

梓锦愣了一愣，靖海侯家的三公子？眼神中突然间就带了丝丝惊讶，随即又带上了一层释然，苦笑一声："已经定准了么？"

姚长杰看着梓锦，道："这门婚事是老太太定下来的，爹娘已经应允了，想必过几日媒人就要上门了，大约过了年就会把亲事定下来，你心里先有个准备。"

过了年……距离过年只有十几天了，出了正月就能议亲，她只有一个多月的时间了，一个多月后，她就将会成为靖海侯家的儿媳妇吗？

一直有种逃避，总想着也许叶溟轩会有办法在这之前将婚事定下来，谁知道，到了最后自己真的要与别人定亲了。抬眸仰望着天空，而后眼神定在姚长杰的身上，缓缓地露出一个微笑："好，我知道了，我会乖乖的，大哥放心。"

姚长杰的面上终于有了些松动，走上前来，伸手拍拍梓锦的肩膀："都是大哥不好，当初要是严防死守不让溟轩跟你过多地接触，也许你还是那个开心的你。"

梓锦看着姚长杰这般自责，可是姚长杰哪里知道，有些人，有些事，注定是要相遇，而后纠缠，随即相爱，最后却不得不分开。许仙与白娘子的人蛇之恋感动上天，梁山伯与祝英台的痴情撼动山川，她跟叶溟轩也许注定就是要错过的。

"大哥，我没有怪过你，他也不会怪你，只是我们有缘无分。能在最美的年华遇到他，爱上他，此生足矣。"梓锦垂眸一笑，微带着一点感伤，"爱过之后，然后，随遇而安，这就是命。"

姚长杰瞧着梓锦越发消瘦，心里越是愧疚，可是……目前他真的无能为力。长叹一声，深吸一口气，然后说道："明日，靖海侯家会来人，你也要出来见一见，对那位未来的五妹夫，我也好奇得紧。"

明日？这么快？梓锦看着姚长杰："不是说年后吗？"

"靖海侯那边总要先见一见你相看，这是古礼，更何况咱们也要见一见吴祯，才能安心不是？"姚长杰温柔地看着梓锦，轻声说道。

与姚长杰分开后，梓锦就来到了雍锦堂给老太太请安。如今卫明珠已经进门，梓锦就再也不肯插手家里的庶务，毕竟卫明珠才是家里名正言顺的嫡长媳，有些事情也要慢慢接手，在梓锦的婉言诉说后，海氏就开始带着卫明珠处理家务，梓锦也就清闲了下来，又恢复到了每日陪着老太太下棋读经的悠闲日子。

雪后晴爽，只可惜再也不能跟姚家的姐妹在梅花林中赏雪，如今想来，年少的岁月虽然有些争执，却也是那样的令人怀念。

屋子里燃着火盆烧得暖暖的，梓锦进了门就将大氅脱下递给了雪素，纤巧就给梓锦打起了帘子，梓锦这才进了内室，老太太正在拿着一本不知道什么册子在看，看到梓锦进来了，就笑了起来，说道："今天来得早。"

梓锦就笑了笑，然后说道："早上起来赏雪景，所以起得早些，这一路行来果真是好风景，只是天寒，祖母不好出去，我就陪着您隔着窗子看一看好了。"

老太太就笑了，梓锦看了看又说道："来的路上遇到了正回去的大哥，今儿个大哥比我来得还早呢。"

"也不是什么大事，不过是你大哥的聘礼我出了一部分银子，如今知道了特意过来叩谢的，倒是忒多礼了些。"老太太随口笑道，将手里的册子随手放下，然后说道："他还跟你说了什么？"

老太太就是这点厉害，梓锦不过说了话头，她就知道了话尾，跟老太太梓锦也虚伪，垂着头，故作害羞地说道："大哥哥只是随口提了一句，说是我年纪到了，也该说亲了，别的什么也没说。"

梓锦不想老太太对姚长杰有什么不满，因此只说了一半。

老太太就笑了笑："你大哥说的没错，你的婚事是该准备起来了。丫头啊，女人这一辈子，总要寻一个好的夫家，安身立命，然后才能长久。"

梓锦默默地点点头，垂眸低声说道："是，祖母都是为了我们好，我心里知道的。"

老太太就点点头，又道："这门婚事是祖母亲自为你挑选的，对方虽然是个庶子，可是却是少有的人才。"

梓锦心里暗暗琢磨，一个庶子还能被老太太这样看中，只怕真的是一个有本事的人，更何况这一辈子如果不能嫁给叶溟轩其实嫁给谁又有什么不同？梓锦笑道："祖母的眼光一向是好的。庶子又怎么样，我也还是个庶女呢。"

老太太就笑了，她最喜欢梓锦的一点，就是这个孩子太知道分寸，太知道什么事情能去做什么事情不能去做，虽然这份理智往往让人更心疼。

"对方是靖海侯家的三公子……"老太太就把男方的家世细细地跟梓锦说了一遍。

梓锦瞪大眼睛看着老太太，似乎不敢相信一般，这样的婚事哪里是委屈，简直就是飞上了枝头，麻雀变凤凰啊。对方是庶子不假，如果是一个有权有势的庶子却又不一样了，梓锦惊讶的模样被老太太看进眼里，就笑了："祖母说过绝对不会委屈你。"

"可是，这门婚事也太好了些，靖海侯家怎么会同意？"梓锦怔怔地问道，难不成自己是一个金凤凰的命，议亲的第一个人家都这样显赫，还是这就是所谓的穿越女定律？

"这是靖海侯家通过凉国公府向咱们家提的亲，他家自然是同意的。"老太太笑眯眯地说道，这次凉国公夫人倒是挺尽心尽力的。

梓锦惊讶之意已经不能用言语来表达了，除了说好，还能说什么？这样的婚事真是天上掉肉饼，正巧砸她头上了，在别人看来这就是雀跃枝头，她除了表现得欢喜一点还能如何？

梓锦尽量让自己看起来开心一点，老太太就道："你不用担心嫁过去会受委屈，靖海侯家族虽然庞大，人口颇多，但是吴祯却是远离家族在京都，这样你就算是嫁过去也不会离开京都，只要你们夫妻感情好，将来就算是回去了，也不用畏惧，而且我姚家出来的孩子，哪里是随便给人欺负的。"

梓锦点点头，脆生生地说道："祖母放心，梓锦绝对不会给姚家人丢脸的。"

老太太就点点头，道："明日靖海侯家要上门来，你出来见见，吴祯也会去见你老子，到时候也会来后院，你就躲在屏风后面，悄悄地看一眼就罢了。"

梓锦正喝茶，听到这话差点呛出来，忙用帕子捂住嘴，老太太居然让她偷看……

老太太这个时候却已经拿起了那本册子又看了起来，梓锦反倒不好说什么了，毕竟姚家的头几位姑娘可没有这样放肆过，当然姚冰除外。

梓锦的婚事迅速在姚府传了开来，下人们看到梓锦越发地恭敬了，就连笑容都跟掺了蜜一样。梓锦真是觉得有些不适应，但是也知道，自己以后飞上了枝头，这些人自然要巴结逢迎自己的。水蓉听说后，神色很是古怪了一阵子，晚上到了后半夜，悄悄起了身，鬼鬼祟祟去了后院，打开了鸽子笼，将一张纸条系在鸽子脚上的小竹筒里，撒手让它飞去。

第二天一大早，梓锦的院子里就开始忙碌起来，纤巧早早就喊梓锦起床，水蓉慢腾腾地打开箱笼给梓锦挑衣服。寒梅跑了进来，看着水蓉就喊道："水蓉，你前些天捡的那只鸽子不见了，难不成被黄鼠狼叼跑了？最近厨房经常有鸡鸭不见的，都说是有了黄鼬作怪，正张了网捉呢。"

水蓉轻咳一声，有些不自在，嘴上却说道："反正是捡来的，没有就没有了吧，说不定哪一天又自己飞回来了。"半月后当鸽子真的自己飞回来的时候，大家惊奇不已，没想到这鸽子还真的这么有个性。以后这鸽子又失踪过几次，然后又回来，大家也见怪不怪了，感觉可能这鸽子去探望老主人了，又记挂着新主人，两边轮流住呢。

一只鸽子引起的小风波逐渐地消失，只是姚长杰在某日趁着四下无人的时候，来到鸽子笼前，细细地打量了那鸽子，还捉出来瞧了一遍，然后又放了回去，悄悄地离开，只是离开的时候，嘴角带了一抹可疑的笑。

粉红色刻丝十样锦出锋银鼠皮袄，碧色缎织暗花攒心菊长裙，梳了复杂版的弯月髻，发间簪一支碧玉响铃簪，鬓边贴了米粒大小的珍珠缀着宝石做成的花钿，耳上垂了嫦娥奔月玉坠。

梓锦伸手拿起画眉石轻描双眉如望远山，脸颊上敷了粉若芙蓉，唇上挑了胭脂，轻轻地抿开。望着镜子里的美人儿，梓锦微微地出神，轻轻地抚着脸颊，对镜梳妆却不是为他。

很快卫明珠身边的抚弦亲自过来了，对着梓锦行礼，"姑娘，我们大少奶奶让奴婢过来跟姑娘说一声，靖海侯家的人已经到了，再过一盏茶的时间，姑娘就可以过去了。"

梓锦笑着应了，抚弦就急急忙忙走了。

纤巧看着梓锦就叹道："姑娘这一打扮起来真是美，大少奶奶跟几位姑娘也算是美人了，但是到底是姑娘胜了一筹。以前大姑娘在家的时候，曾经说过一首诗，奴婢想想是什么来着……"

梓锦一挑眉，诗？寒梅跟水蓉也颇有兴趣地盯着纤巧，就看到纤巧一拍手道："想起来了，是这样的，弯弯柳叶愁边戏，湛湛菱花照处频。抚媚不烦螺子黛，春山画出自精神。姑娘今儿个的眉可不就是这样子么？"

一双眉画得很有型，黛色清湛的眉毛，会让整个脸庞都显得有神，生动鲜明，富有活力。

几个丫头看着梓锦就笑了，觉得纤巧的话真是对，梓锦的心情也好了几分，慢慢地站起身来，道："走吧，别太耽搁了。"

寒梅就立刻拿来了梓锦的红刻丝镶灰鼠皮的斗篷给她穿上，戴上风帽，这才拥着梓锦出了门往燕锦堂而去。

燕锦堂里正热闹，海氏带着卫明珠早就到了，正陪着凉国公夫人带来的靖海侯家的一位夫人说话，老太太也是笑语妍妍，屋子里气氛正好，梓锦到的时候，大家的眼神都转了过来，梓锦徐徐挪步，裙边微拂如涟漪，靖海侯家的那位夫人看到就满意了几分。再细细看去，看到梓锦的容颜有一刹那的失神，好一个眉目如画的俏佳人，难的是面上那一种悠然恣意的轻松之态，能在这么多人的注目下依旧不急不躁，面色如常，可见是个沉稳的人。

梓锦一一见过人行礼，凉国公夫人看着梓锦就笑道："这位是靖海侯家三夫人，恰在京城省亲。"

梓锦双手叠放在左腰际，双膝微弯，姿态优美地行了一礼："梓锦见过三夫人。"

形若微风拂柳般优雅，音如黄莺般婉转，真真是一个让人看着心里就是十分喜欢的美人，难怪自己的侄子非她不娶，果然是有过人之处。

梓锦见过众人后，就默默地坐在了卫明珠的下手，卫明珠还要招呼客人，并不能时常坐在那里。梓锦听着众人说话，吴三夫人也会不着痕迹地问一问梓锦的喜好，平日都做什么之类的家常话，梓锦一一答了，并不见寻常人家庶女的拘谨之态，倒是言语清朗，落落大方，看人的眼神也是极清亮的，心里真是越发地喜欢了。

梓锦并不久坐，未出阁的姑娘总要循着规矩办事，坐了半个时辰后，估摸着吴家的三少爷快到的时候就起身告辞了。雪素早就在外面等着，看着梓锦出来忙迎了上去，道："五姑娘，跟奴婢来。"

梓锦知道这定是老太太安排好的，就点点头，梓锦跟着雪素来到了厢房，只听雪素说道："本来是打算在花厅见吴三夫人，谁知道老太太今儿个有些不舒服就改在了平日起居的内室，这样一来就无法架起屏风让姑娘坐在后面了。老太太说让姑娘在偏房一看即可。"

偏房正对着正院的甬路，有人过来，隔着窗子自然是看得清清楚楚，偏房里早就燃上了炭火，很是暖和，纤巧扶着梓锦坐下，又把暖手炉里的火炭换了新的给梓锦暖手，这才拉着雪素走了出去，不打扰梓锦的清静，毕竟有些事情还是要忌讳的。

梓锦望着院子里怔怔出神，从这个角度望出去，如果有人来的话正好能看到侧面，如果有幸那人转一转头，那就能将全貌看清楚了，不过就算是看不清楚容貌，只是看看外形，气度也能猜一猜的。

正想着就听到院门口有说话的声音传来，首先进门的就是姚长杰，今日的姚长杰一身墨绿色衣衫，倒是多了几分清贵，他身旁的男子身穿一袭宝蓝色暗紫纹云纹团花出锋直裰，腰系碧玉带，一头黑发用银冠束着，身体颀长挺拔，因为姚长杰正好挡在了身侧，所以梓锦看不清楚那男子的容颜，只是觉得那男子比姚长杰还要高一点，步履从容，浑身上下都散发出一种令人无法忽视的贵气，更难能可贵的是，姚长杰立在此人身旁竟然一点也不逊色，自己又骄傲起来，我家大哥也不差。

眼睁睁地看着两人进了门，梓锦到底没看到那人的一张脸，不过看着侧影跟背影都是极品的外形，想必那张脸不会丑到哪里去，只是觉得这身影有那么一丁点的熟悉，梓锦使劲想却怎么也想不起在哪里见过了。

梓锦只觉得脑子里似乎有什么画面闪过，却又没有抓住，最近事情实在是太多了，梓锦摇摇头，看了侧面跟背影，觉得还是能接受的，再者说了，就是不接受又能如何？还不是要嫁？

　　轻轻推开房门，梓锦慢慢地踱步而出，纤巧忙追了上来，将大氅给梓锦披上，这才跟着梓锦往外走，走过院子里还能听到内室里传来的轻轻说话声，只是听不真切罢了。

　　梓锦并没有回到自己的院子里，反而信步在花园里漫步，日头升了起来，驱走了不少寒气，今日北风没有肆虐，这样在阳光下漫步梓锦倒是觉得十分的惬意。

　　冬日的花园实在是没什么看头，花木凋零，只有几株四季常青的花树还在苦苦支撑。呵出的白气，在面前缭绕，梓锦就轻轻地笑了起来，迎着阳光在花园里小跑起来，追逐着自己呼出的白气玩耍。

　　纤巧愣住了，没看到过梓锦这样放肆过，忙追了上去，喊道："姑娘，跑慢点，慢点。地上滑，小心摔跤。"

　　梓锦银铃般的笑声在花园里慢慢回荡，越跑心越酸，真的要嫁给别人了，真的要嫁了，为什么眼眶会酸酸的，明明说好的，不许哭，明明也告诉过叶溟轩，我是会嫁给别人的，为什么事情到了临头反而越发地难受起来，不是早就知道的么？

　　明明不能相守，却还要相爱，明明知道相爱，会心伤，却还是不管不顾。明明知道要嫁人，却还忍不住想他……梓锦的眼泪突然汹涌而来，她不想让人看到她的狼狈，只能不停地往前跑，明明是哭着，却还要笑，最悲哀的事情莫过于想哭不能哭却用笑来伪装。

　　梓锦摸出帕子拭去眼泪，渐渐放缓脚步，不知道跑了多久，也不知道纤巧被她扔在哪里。梓锦抬头看着日头，又看看周围的路径，一时傻了眼，她这是到了哪里？

　　姚府不算大，可是这么多年梓锦却也没有把这个家里的角角落落都走一遍，因此站在这里却是傻了眼，想要顺着这路往回走，看着不断出现的岔路，梓锦估摸着自己十分有迷路的潜质。

　　每个府邸，都会单独造出院子给仆人们居住，梓锦看着周围的荒凉，觉得很有可能，细细地想着仆人们居住的方位，然后跟着太阳分辨出的方向往主院的方向走。

　　穿过了三道月洞门，梓锦终于松了口气，总算是回来了。不过看看周围的景色又傻了眼，她居然绕了一圈走到了前院，梓锦摸摸鼻子，决定加快脚步赶紧绕回后院，这要是传出去会被人笑掉下巴，居然在自己家还能迷路。

进了前院，就不停地有仆人跟梓锦行礼，梓锦故作镇定地点点头，脚步往后院走。要从这里回到后院，要穿过一个长廊，还要走一个月洞门，最后穿过垂花门，这才能安全到达。梓锦迅速穿过长廊，过了月洞门，幸好没遇见什么人，只要再走过小垂花门就安全了。

梓锦想到这里就笑了起来，快步往垂花门走去，披着大氅，双手提着裙角，梓锦快步往前走，因为迷路的紧张，心里的伤感这会子早就消失无踪，只想着赶紧回到院子，别让丫头们着急才好。

心里想着这些，就有些心不在焉，穿过垂花门的时候不承想垂花门里也有人出来，不知道对面的莽撞鬼是不是跟梓锦一样心不在焉，两人一下子撞在了一起，梓锦摸着额头痛呼一声，不由得往后退了一步。

只听到对面的那人"咦"了一声，然后稳住了身形，紧随着声音传来："姑娘，你没事吧，是在下莽撞了，还请见谅。"

梓锦正垂着头用手按着额头，听到这声音，浑身的血液似乎一下子被冰封住了，她出现幻觉了吗？怎么会在这里听到他的声音？用力地摇摇头，梓锦用力地按按额头，真是被撞出幻觉了。

梓锦穿的大氅将她的身子全都包裹了进去，又戴着大大的风帽，这样垂着头，就是神仙只怕也不知道她是谁，梓锦正要说无碍，那声音又传来："难道撞傻了？"

梓锦这次没听错，实实在在的是他，猛地抬起头就往他瞧去，只盼着自己真的出了幻觉才好！

所谓缘分……一则让人喜，一则让人忧，让人喜者，乃是天赐良缘，有情人终成眷属。让人忧者，就是冤家遇上对头，不死不罢休，却偏还要笑脸相对。

梓锦看着面前的楚君秋，不对，这身衣衫这么熟悉，分明就是今天跟着姚长杰一起走进崧锦堂的靖海侯府的三少爷吴祯。梓锦就眯起了眸，嘴角不由得就露出了一个讥讽的笑容，还是那张脸，依旧魅力不减，只是今日头发规规矩矩地束了起来，少了那一日初见的邪魅，多了一份气定神闲的贵气。

这世上就是有那么一种人，换一个打扮，换一种神态，就宛如截然不同的两个人，或妖媚无方，或正义凛然，明明是两个极端，却又融合得刚刚好。

楚君秋……不对，应该是吴祯没有想到居然会这样跟梓锦见面，一时间愣在那里，但是很快就回过神来，正欲说话，却听到梓锦讥讽的声音已经传来："不知道我该称呼阁下是楚公子还是吴三少？"

早就知道梓锦是一朵浑身带刺的野玫瑰，听到她这般犀利的言语，吴祯丝毫不以为意，轻轻一笑，那端庄的眉眼间，忽的就染上了一层妩媚，让人移不开眼睛，梓锦的心口没骨气地又是一跳，这男人太美丽，果然是妖孽。

"说实话，我比较喜欢在这样的场合你称呼我吴公子，若是以后我们成亲了，你也可以叫我君秋，我不介意。"吴祯笑眯眯地说道，口气十分郑重，像是在保证一样。

梓锦悄悄往后退了一步，然后看着吴祯，一时间不知道想要说什么，脱口问道："你怎么会去唱戏？不会被打死吗？"

这样的家族不会允许孩子出来做这种下九流的勾当，吴祯真是一个怪胎。

吴祯闻言看着梓锦，十分不正经地问道："你这是在关心我吗？"眨眼间，神情中又带上属于楚君秋的不正经的色调，梓锦郁闷之极。

"再见。"梓锦就欲越过吴祯往内院走去，擦肩而过的时候，忽然听到吴祯说道："你不喜欢我用卑鄙的手段将你得到手，如今我正大光明地上门提亲，眼看着婚事已成，待过了年，你将会成为我名正言顺的妻子，有何感受？"

梓锦脚步一顿，又往前走了一步，突然间心口涌上一些难以言喻的感受，没想到他真的放弃了那些卑鄙的手段，这样正大光明地来娶自己回家。

当你将一个人想得很恶毒的时候，他突然之间来了一个华丽的转身，变成了正义的代言人，那种感觉十分地有冲击力，让梓锦几乎有些顶不住了。

"我觉得你挺傻的，为什么要娶一个心里有了别的男人的女人？这对你不公平，如果你要悔婚，请趁早。"梓锦徐徐说道，她是真的觉得这样对吴祯不公平，如果吴祯不知道自己跟叶溟轩的事情，嫁过去她会尽力地做一名最完美的妻子，可是他知道了，她不知道该怎么去面对这样一个尴尬的局面，梓锦没有办法坦然地面对一个知道自己妻子有奸情的丈夫。

吴祯一直觉得自己应该是能把握得住梓锦的思维，但是梓锦这句话一说出口，他又觉得自己想错了。他没有想到在这里会遇到梓锦，提亲之前他曾经想过，如果梓锦知道她要嫁的人是她最讨厌的人会怎么做？

努力巴结自己？毕竟自己的身份也算得上是不错的，至少她姚梓锦是高嫁没错。其实他挺希望看到，梓锦无措地面对自己的窘相。可是他再一次料错了，梓锦居然说对他不公平，居然让他退婚……

"姚梓锦，你觉得自己很伟大吗？你如果觉得真的对不起我这个未来的夫君，那么从现在起开始学着忘记叶溟轩好了。"吴祯有些烦躁，因为摸不准梓锦的脉络。

梓锦浑身一僵，忘记叶溟轩？"如果能忘记早就忘记了，还用等到今天？如果能忘记……有多好……"

梓锦呢喃的声音透过冰冷的空气慢慢地传来，吴祯的眉头皱成了结："没有一个丈夫会希望自己的妻子心里想的是别人。"

"所以，你退婚吧，我忘不了他，我爱他，我没有办法面对知道实情的你，这桩婚事一开始就错了，如果注定以后的岁月里互相折磨，那么就请干脆一点，长痛不如短痛，至少我还会感激你。"梓锦觉得自己又挺残忍了，这样的话都能说出口，她挺讨厌自己的，为什么就连自己要嫁的男人，都是这个世界上唯一一个抓住她跟叶溟轩私会的男人，让她怎么去面对以后的婚姻，让她如何去寻找蒙蔽自己假装快乐的理由，让她如何坚强得起来，她真的做不到，第一次梓锦觉得上天如此的残忍，为什么连她以后生活下去的希望都要这样践踏在地，让她该怎么办好？

吴祯愤怒，往后退了一步，却看到了满面泪痕的梓锦，一时间怔在哪里。"你就这么讨厌我？"声音有点干涩地问出口，看着她哭，他居然心会难受，闷闷地，有点窒息的感觉，好奇怪的感觉……像是心上裂开了一个大口子，呼呼地灌着北风。

梓锦低下头，眼泪一颗颗地掉落，在地上融进土里，消失不见。"你告诉我我该怎么面对一个，看到自己未来的妻子与别的男人私会的丈夫？你告诉我我该怎么让自己面对着你还能鼓起勇气活下去？你告诉我为什么上天这么不公平，我已经想好了如果不能嫁给叶溟轩，就算是嫁给别的男人，我依然要做一个合格的妻子，如果那个男人不知道他的妻子曾经在未婚前跟别的男人私会，那么至少我还有勇气去面对，我还会为了以后的家拼命地去做到最好，让他做一个幸福的丈夫，就算是我心里有别的人可他不知道，我就能让自己鼓起勇气面对经营自己的婚姻。可是为什么我要嫁的人是你？偏偏是这个世上唯一一个知道我心里有别人的人！当所有的伪装都不需要的时候，你让我如何能用这种肮脏的灵魂面对你？我会觉得生不如死，我没有办法去这样面对，没有办法的。"

吴祯静静地看着梓锦，看着一颗颗晶莹剔透的泪珠洒落地上，听着她几乎绝望的呢喃，忽然才明白过来，眼前这个女子有着世界上最脆弱的心，她所有的伪装都不过是保护自己的壳，那泪珠，不是落在了地上，而是落在了他的心里，滚烫得让他难受起来。

"那天的事情我已经忘记了，我只知道我要娶的是姚家五姑娘，跟叶溟轩有什么关系?"吴祯一字一字地说道,"我不介意,只要你以后心里只有我就好了。"

梓锦拿出帕子擦干了眼泪,说出来后心里痛快了许多,思维也清楚了许多,自欺欺人让她盲目地活下去的前提是,她将来的丈夫什么都不知道。可是现在,吴祯什么都知道,他说不在乎,说忘记了,梓锦很感激,也很有触动,可她过不了自己这一关,过不了的。

"可我介意。"梓锦又往前走了一步,绕过吴祯,这样的男子,不管是他刚才说的这句话是真的还是假的,自己都配不上。他又不是现代人,不介意?骗鬼呢!有首歌,里面有这样一句歌词,我宁愿相信这个世界上有鬼,也不愿意相信你的嘴,真是贴切啊。

"姚梓锦,你一向都这样用你自己的思维去想别人吗?"吴祯看着梓锦的背影问道,"你说如果我在意,为什么还要上门提亲?我可没戴绿帽子的兴趣,婚事已经定下了,绝对不会退亲的,我娶你,只是因为那个迎着阳光站在金桂树下,面上含笑,不过轻轻一瞥却住进我心里的女子,我管她曾经喜欢过什么人,我只确定以后你跟我相守一辈子就好。你说不喜欢我用卑鄙的手段得到你,于是我跟家族妥协,用我后半生的自由换取与你一生相伴,你还要我如何做?为了你我抛弃了楚君秋,这难道还不够吗?"

梓锦惊恐地捂住嘴,呆呆地看着吴祯,"你说什么?你……的自由?"

吴祯的面上带了温柔,方才愤怒的弧线又变得柔和起来,看着梓锦笑道:"在我不知道你是谁的时候,看到桂花树下的女子,突然就动了心。后来知道你是姚五姑娘,曾经犹豫过要不要娶你,可是心动得厉害,怎么办呢?我能控制自己的手脚却无法控制自己的心,后来我故意挑衅你,你与我机智地周旋,那巾帼不让须眉的气概,我还记得你说,姓楚的,你要做什么只管放马过来,小姑奶奶要是皱一下眉头,我就不姓姚!当时我就知道我完了,居然爱上了一个爱着别的男人的女人,回去后我很是纠结了几天,最终还是觉得顺从自己的心意,既然心动了,就娶回来,日日看着好了,我不是一个愿意折磨自己的人,所以,你心里有谁都不要紧,我有一辈子的时间,让你忘记他爱上我。所以,嫁给我,不是让你痛苦,而是想让你幸福。"

梓锦看着吴祯,心口闷得难受,突然没有办法呼吸了,面对这样的男人,她没有办法继续坚强下去,手用力地抓住了心口,她不知道自己该怎么做,她又处在了人生的岔路口,老天似乎总愿意为难她,每一次的选择都会痛不欲生,偏偏她的选择总要比别人多那么几回。

"咳咳……"

忽然有声音传来，梓锦一时间居然忘记了这是垂花门口，脸忽的就白了，完蛋了，她……太激动了，居然忘记了避嫌，这次真的完了。

梓锦就抬头望去，只见眼前除了姚长杰周围一个人影也没有，提起的心又猛地放下了，心里明白了，姚长杰不知道在这里站了多久，听去了多少，但是梓锦敢肯定，这周围一定是姚长杰给清场了，命令下人不许过来。

太体贴的大哥，总会让梓锦忍不住想要去依靠，让自己变得软弱，想也不想地扑进了姚长杰的怀里哽咽起来："大哥……大哥，我该怎么办？你告诉我我该怎么办？为什么老天爷要这样对待我？我真的只是想好好地过日子，为什么这么艰难，这究竟是为什么？"

姚长杰对于自己偷听的行为一点也没觉得不好意思，伸手拍着梓锦的肩头，柔声说道："乖，莫怕，有大哥在。"

梓锦用力地点点头，恨不得将自己所有的委屈都哭出来，抱着姚长杰的手用力地环着他的腰，眼泪沾湿了他胸口大片的衣衫。雪花突然飘落，洋洋洒洒，忽的将这一角的世界给冰封起来。

姚长杰柔声地低声劝慰着梓锦，梓锦只是一直哭，一直哭，除了哭泣，她不知道自己还能做什么，要将心里所有的委屈都释放出来。

吴祯静静地立在那里一动不动，只是看着这兄妹二人，一个哭得投入，一个劝得温柔。吴祯跟姚长杰不是第一天认识，可是从没见他对谁这般柔情似水，这样地有耐心，往往别人废话一堆的时候，他总是皱起了眉头，偏偏面对着一直哭的梓锦却这样的温柔。

雪花在三人的肩头落了薄薄的一层，梓锦哭够了，觉得手脚都凉透了，这才慢慢地直起身来。姚长杰伸手揭下自己的大氅给梓锦披上，柔声道："回去吧，大哥会把你所有的后顾之忧解决掉，好不好？"

梓锦默默地点点头，抬起头看着姚长杰，用力地眨着眼睛不让泪水再度流出来，良久才道："大哥，我想好好地活下去，我只想好好地活下去，仅此而已。"梓锦其实想说，死很简单，一根绳子就够了，可她不能连累大家，所以只能活下去，可是她没有办法面对吴祯，他是她的死结。

每一个人都有自己怎么也迈不过去的坎，现在吴祯就是梓锦迈不过去的坎。他知道了她所有的秘密，她无法去面对，尤其是面对这样深情的男子，她更无法面对，这会让她觉得自己很残忍，像刽子手一样，毁了所有人的幸福，她承受不了，真的是承受不了，会崩溃的。

姚长杰送走了梓锦，这才看着依旧站在垂花门口的吴祯，神色渐渐冷下来："你跟我妹妹之间究竟怎么回事？？"

吴祯挑挑眉，抬眼看看天空，雪花似乎就像是洒落一般，纷纷扬扬地笼罩了整个世界。目光穿过雪花，似乎定格在某一个地方，过了许久才说道："长杰，你相信一见钟情吗？你有那种平生不会相思，才会相思便害相思的感觉吗？以前一直觉得爱情就是骗人的，这种虚无缥缈看不见抓不到的东西，还会让人要死不活简直就是笑话。"

姚长杰缓缓地踱步过去，立在垂花门下躲雪，并未说话直直地看着吴祯。

第十一章
靖海侯保家求退婚，叶溟轩巧计求脱身

吴祯似乎早就习惯姚长杰的惜字如金，苦笑一声，又道："所以说人啊在你自己没遇上的时候，千万不要取笑别人痴傻。那天来府上唱堂会，就在这个垂花门，我就站在这里，看到梓锦立在金桂树下，迎着阳光在笑，那个时候我在想她究竟想起了谁，会笑得这样的开心甜蜜，从没有一个人能这样在我毫不设防的时候就跑进了我心里，等我发现的时候原来已经爱上了，原来这个世上果然是有一见钟情的，我可不是遭报应了吗？"

姚长杰不承想这里面还有这样一个缘故，不过，好像事情应该还有继续："然后呢？"

"然后？然后我唱完后就寻着路来找她，等我追来的时候，却看到另一个男人对着她诉衷情，那个时候我才知道原来在我到来之前，她已经爱上了别的男人，原来我还是迟了一步。后来我打听到了，他们之间并未定亲，也知道了其中的缘故，这才有了凉国公夫人上门提亲的事情，就这些了。"吴祯道，那深不见底的双眸里让人看不透他说的是真是假，只觉得一望无际的黑潭中似乎总有一种看不见的风暴。

姚长杰没想到事情这样凑巧，按照梓锦的性子，只怕是没有办法接受这样的事情，她怎么能接受自己未来的丈夫亲眼看到了她跟叶溟轩私会的事情。

难怪梓锦哭得那样伤心绝望，她从来都是一个敏感的人，只是藏得很深，别人很少知道罢了。

"君秋，退婚吧，梓锦是不会接受你的。"长杰叹息一声，"若你不知道还罢了，偏偏你知道她的心里有别人，她是没有办法让自己面对你的。"

吴祯瞧着姚长杰，突然有些尖锐地问道："长杰，你这辈子爱过一个人吗？你知道那种感觉吗？你知道想要让你心心念念喜欢的女子，陪伴你一生一世有多重要

吗？我是妒忌，妒忌梓锦在我之前爱上了别人，可是比起这个我更在意这以后漫长的岁月里，她会陪在谁的身边。"

看着姚长杰不说话，吴祯半眯着眸，散发出一种危险的气息："这婚事我不会退掉的，我从没有像现在这样去喜欢一个人，喜欢到只要能跟她在一起，我甚至于不去在乎她心里爱着别的男人。我有一辈子的时间，可以让她忘记叶溟轩而爱上我。我会跟她耗到底！"

长杰也有些头痛了，没想到事情会弄到这一步，烦躁地走来走去，然后才说道："梓锦是一根筋的人，如果这一辈子她也无法爱上你呢？你能保证你不会因爱生恨？你能保证纵然是这样这一生一世你也会对她一如当初？你能保证你不会伤害到她？君秋，你的性子我知道，你做不到的，到时候只怕你跟梓锦会两败俱伤，你们两个的性子太像。今天之前，我从来不知道楚君秋居然就是靖海侯府的三公子，在刚才之前我也不知道你跟我的妹子之间还有这样的恩怨。如果知道你就是靖海侯家的三公子，我会尽力阻止这门婚事。"

"我知道，所以在这之前我没有跟你坦白。"吴祯皱着眉头，双手握成拳，又慢慢松开，道："长杰，我会对她好，至少我答应你我宁可伤害自己也不伤害她。你知道吗？我原本已经打算脱离靖海侯府，可是为了她，为了能娶到她，我跟那个人妥协，将我后半生都交给了这个家族。姚家不会将女儿嫁给一个戏子，就如同叶府不会让叶溟轩娶一个五品官家的庶女一样。"

姚长杰看着他，方才他已经听到了，但是听到吴祯再说一遍还是觉得有些不可思议："你为了离开那里挣扎了这么多年，真的要回去了？你甘心？"

"不甘心，我不想回去，但是为了能将梓锦娶到家，我愿意低头，人生哪有十全十美，你想要一件东西就势必要失去另一件。自由跟爱情之间，我还是选择了爱情。"吴祯怔怔地望着天空，其实他也挺傻的，为了自由抗争了那么多年，如今为了一个不爱自己的女人居然心甘情愿地把自己卖了。

"如果你以后对她不好……"

"我不知道别人的爱情什么样，会发什么样的誓言，至少我对她一定会比对我自己好。"吴祯截断了姚长杰的话。

话说到这个分上，姚长杰也没有办法了，老太太已经应允了这段婚事，家里的人都知道了，如果这个时候悔婚，一定会牵扯出更多的事情，到时候对梓锦更不利。如果吴祯在乎梓锦爱着叶溟轩的事情，他就算是拼尽全力也要把这桩婚事拆散，但是吴祯根本就不在乎，梓锦的担心根本就是子虚乌有，聪明如长杰，在别人的感情世界里，也不知道该做什么了。

"她是我最在乎的妹子，你若有负于她，休怪我不顾念兄弟情分。"最后也只能说这么一句了。

"好，我记住了。"吴祯望着梓锦早就消失的方向缓缓说道。

吴祯想不到，叶溟轩想不到，梓锦更想不到，他们的未来从此刻起就纠结在了一起，紧紧地缠成了一个死结，再也解不开，至死方休。

那日过后，梓锦大病了一场，直到将近年关的时候才慢慢好转起来。梓锦想着她如果就此病死了多好，死了之后就能回到了现代，再也不用面对这么多的痛苦。可是老天爷就是跟她作对一般，她终究还是好了起来，长杰来看过她一次，把吴祯的话转达了，让梓锦放心。

过了年，梓锦跟吴祯的婚事也提上了日程，吴家那边很是积极，媒人上了门，两家又相看过了，就正式走了纳采的程序，然后又要了庚帖合了八字，已经议定了出了正月，在二月二龙抬头的日子行小定之礼，这样的话婚事就算是公布于众了。

梓锦看着锦盒里的龙凤玉镯，这才感觉到有点真的许了人家的感觉，她真的跟吴祯有了婚约，可是她却一点也不高兴，甚至于有些怕怕的。

水蓉看着梓锦的神情实在是憋不住了，咬着牙说道："姑娘，叶大人回来了，想要约您一见。"

梓锦愣愣地看着水蓉，眉峰轻蹙，惊讶地问道："你说什么？"

水蓉咬咬唇，道："是这样的，昨天奴婢去探望我爹娘，回来的路上没想到遇到了叶大人，叶大人说想要见一见姑娘，问问姑娘能不能去公主府一趟。"

梓锦没有丝毫怀疑，因为昨天水蓉真的是回家去了，闻言看着桌面上那一只凤镯，轻轻地摇摇头，"不去了，见与不见又有什么区别，不过是徒增感伤。"

水蓉冷哼一声，道："什么吴家三公子，还不就是那个楚君秋，今日看来那一日楚君秋接近姑娘说不定就是别有用意呢。"

梓锦不悦地看了水蓉一眼，道："以后这样的话不要乱说，你若是瞧着吴三少不顺眼，我出嫁后你可以不用跟过去了。"

水蓉一听就吓坏了，扑通一声跪下了，忙道："姑娘，奴婢不敢了，您别生气，只是奴婢看着叶大人好可怜。昨日奴婢看到他的时候，整个人瘦了一大圈，神色也有些不好，虽然鲜衣怒马，可是还是很伤心的样子。更何况叶大人对姑娘也是一片真心……"

"水蓉！"梓锦怒道，"那依照你的意思该如何？你要让我拒婚跟他私奔还是怎么样？难道这婚事就是我自己说了算的吗？"

水蓉从没有见过梓锦发过这样大的脾气，一时吓坏了，怔怔地看着梓锦，竟然一句话也说不出来。梓锦看着她的样子，揉揉额头，道："你下去吧，好好想想我的话，若是你还不知道分寸早点回家去吧，免得在这里害了你的性命。"

这个社会就是这样的无奈，每一个人都要守自己的本分，都要做自己该做的事情，水蓉这样做就算是梓锦护着她，早晚一天会惹出大祸来，到时候梓锦就是想要护着她只怕也护不住了，与其这样让她胡言乱语害了她自己的性命，还不如让她早点回家还能保全一生。

水蓉失魂落魄地走了出去，纤巧在门口看到水蓉跟她打招呼，水蓉竟然也没有看到一般飘飘地就过去了，这个模样倒是把纤巧唬了一跳，忙唤了寒梅去看看她，是不是生病了。

纤巧悄悄地走了进来，就看到梓锦神色很是不好，桌子上还摆着吴家送来的玉镯，又想起水蓉方才的模样，纤巧也不敢多说一句话，只是悄悄地沏上茶来，又退到一边去。

梓锦看着纤巧，缓缓地说道："把这镯子收起来吧，我去躺一会儿，没事不要叫我了。"

"是，奴婢扶您过去。"纤巧忙扶着梓锦进了内室，伺候着她躺下，又落下了床帐子，这才悄悄地退了出来。

梓锦翻来覆去地一晚上没有睡好，想着去公主府一趟，又不想去，见与不见其实也没什么关系了。最重要的是，自己如果去的话，吴祯那样精明的人自然知道自己为什么去的，既然要嫁给他，总不能再做出逾矩的事情来。但是只要想到叶溟轩也许会等着自己一整天……

晚上一不小心着了凉，天不亮的时候就发起烧来，整个人昏昏沉沉的，只觉得榻前人来人往的，却不知道都是谁来过了，迷迷糊糊地半睡半醒之间，只觉得人影朦胧。

卫明珠看着床上的梓锦，亲手绞了帕子给她敷在额头上降温，外面的小丫头已经熬上了药，重重的药味隐隐地被风吹了进来。老太太跟海氏坐在一旁问着郎中梓锦的具体情况。

"……夜晚寒凉，是受了寒，寒气侵体，姑娘本就大病初愈，这才受不住的。按照方子吃个三天的药也就无大碍了。"郎中边说边开了方子，递给了身边的丫头，姚谦伸手接了过去看了看又递给了老太太，老太太就命人去抓药，姚长杰亲自将大夫送了出去。

"五丫头素来身体康健，怎么这年前年后的总是招病灾，等她好了媳妇看着要去庙里上炷香才好。"海氏看着老太太说道。

老太太就点点头，看着立在屋檐下不敢进屋的吴姨娘，就朝她招招手。吴姨娘泪眼婆娑地进来行礼，老太太就说道："你们太太整日忙着家务不能脱身，五丫头这里你就照看着，缺什么少什么就只管说。"

吴姨娘大喜，忙给老太太跟海氏叩了头，做姨娘的没有主母开口，谁又敢在跟前照看，虽然是自己亲生的，可是规矩摆着。

众人探完了病就回了，老太太站在帐子前看着梓锦越发消瘦的脸，眉头皱得紧紧的，婚事一定先后病了两场，这丫头真是个死心眼的，心里叹息一声，慢慢往外走去。

梓锦迷迷糊糊地也不知道睡了多久，等到醒来的时候，天已经擦黑了，屋子里没有点灯，只觉得朦朦胧胧的什么也看不清楚，梓锦伸手抚抚额头，慢慢地坐起身来，伸手掀起帘子，只见卧房的圆桌前似乎坐着一个人影，朦朦胧胧的，淡淡的，看不真切，却知道那里有一个人。

梓锦只觉得这身影十分的熟悉，试探地喊了一声："吴祯？"

黑暗中的身影一动，立马站起身来往梓锦这边走来，摸索着拿出火折子点燃了床头的琉璃小宫灯，屋子里就立刻变得明亮起来，梓锦看着那个琉璃宫灯默默地发呆，她屋子里没有这个东西，疑惑地看向面前的吴祯。

吴祯似乎也有些憔悴，与梓锦的目光相对露出一个微笑："是我以前收着的一个灯笼，听丫头们说你晚上喜欢看书，这个比较亮不会伤眼睛，拿来给你用。"

梓锦的理智慢慢归位，看着吴祯问道："你怎么会在这里？"按理说这是梓锦的闺房，吴祯不能进来啊，他怎么进来的？

"你病了，我求了老太太进来看看你，反正我们早晚要成亲的。"吴祯微微一笑，眼神柔和地看着梓锦。

梓锦看着吴祯，总觉得他的微笑后面有什么东西在掩藏着，梓锦觉得自己似乎是眼花了，再细细看去又没有了。心思收了回来，既然是老太太应允了，梓锦也就不好说别的了，只得低声说道："谢谢。"

吴祯那一双漂亮的眉毛就扬了起来，微微带着不悦："你跟我就一定要这样的生疏？阿梓，你会是我相伴一生的妻子，我希望你能够将我放在最公平的地位上，给我一个靠近你的机会，好不好？以前的事情，我不去在乎，因为你认识叶溟轩快十年了，那曾经属于你们的时光我无法靠近，那么至少未来的几十年，你的生活里永远都有我的陪伴，好不好？"

吴祯那一双极为深情的双眸就这样静静地凝视着梓锦，梓锦只觉得自己连一句拒绝的话都说不出来，吴祯跟叶溟轩是完全不同的两种美，叶溟轩的俊朗带着刚强，是军人的锋利，吴祯的美就是江南温柔水乡里那一抹水墨淡雅，这样的男人收起了锋芒展现温柔的时候，梓锦觉得心又不争气地加速跳动。

有一种心动，无关爱情，来的时候如同排山倒海，势不可挡。走的时候仿佛大海退潮，一干二净。

梓锦下意识地抚住心口，试图让自己挤出一个微笑，梓锦就算不照镜子，也知道自己此刻的面容一定苍白憔悴如鬼，一个女鬼跟一个男仙……梓锦忍不住地笑了起来。

吴祯扬扬眉毛，似有不满："我说的话就这么可笑？"

梓锦摇摇头，只觉得浑身的忧伤在这样美如谪仙的男人面前都收敛了许多，她没有办法去讨厌这样的男人，这样一个对自己温柔似水的男人，更何况梓锦还觉得自己是配不上眼前的男子的。

那是一种心理障碍，轻易跨越不过。

"我只是在想，我此刻一定是苍白如女鬼，偏偏坐在我面前的男子美如谪仙，你跟我岂不是天与地的差别？"梓锦就将方才自己脑子里的东西说了出来，这样的轻松谈话，在两人相识以来似乎还是第一次，或许是大病过后人总会软弱，悄悄地就撤了心防。

似乎是梓锦愉悦的口气让吴祯格外的惊喜，看着梓锦就笑道："在我心里你才是最美的。"

梓锦愣了一下，默默地垂了头，其实她有很多话想要跟吴祯说，可是又不知道从何说起，两人之间似乎陷入了一种诡异的平衡，没有敢去触动两人之间那不想去挖的伤口，叶溟轩就是两人之间不能碰触的伤口。

"吴祯……"

"叫我君秋，楚是我母亲的姓氏。"吴祯静静地看着梓锦，神态虽娴雅，却有一种令人不能忽视的郑重。

梓锦不明白吴祯为什么会用这个名字在外面唱戏，但是看着吴祯这般郑重的神态，想必是里面也有一段故事的，梓锦不想去问，只是默默地点点头，道："好。"

两人之间又安静了下来，梓锦跟吴祯相处好像除了两人激烈对抗的时候，这样温和地相对总是无话可说，不知道该要说什么，能去说什么。

"再过几日就是二月二了，那日小定之后，我想着在四月将你娶过门，所以你要好好将养身体，知不知道？"吴祯打破两人的沉默，开口说道，声音里带了一种他自己也不知道的微躁。

"这么快？"梓锦大吃一惊，抬眼望着吴祯，"会不会太快了一点？其实可以缓一缓……"

"我不想等了。"吴祯打断了梓锦的话，嘴角轻轻勾起一个微笑，伸手握住梓锦的手，梓锦一愣下意识地就想要收回来，奈何吴祯的力气大得很，梓锦刚醒浑身没有力气，没有夺回来，只得狠狠地瞪了他一眼表达不满。

吴祯就笑了："看着你有这样的力气，我倒觉得你的病很快就能好起来了。"

"我们还未成亲。"梓锦看着吴祯握着她的手道。

吴祯的眼眸也落在了两人的手上，眉眼之间就蒙上了一层柔和的光泽，嘴角的笑意越来越深："很快就会成亲了。"

梓锦又说不出话了，吴祯看着很温柔做事情其实有些霸道，就一如眼前，梓锦是怎么也说不过他，只得放弃。是啊，装什么清纯呢，自己跟叶溟轩接吻都被他抓到了，现如今人家不过是拉拉自己的小手，自己还矫情什么。

吴祯轻轻地松开了梓锦的手，站起身来往外走去，梓锦疑惑这是做什么去？还不等她开口，吴祯就已经消失在帘子之后，也不过是十几息的时间，又回来了，手上托着一个黄杨木的雕花托盘，上面放着青花瓷的小碗，碗里还冒着热气。

梓锦已经闻到了粥的香气，这才恍然大悟，原来他是给自己端吃的东西去了。梓锦看着吴祯坐在自己的面前，一只手端着碗，另一只手拿着勺子轻轻搅着粥，用勺子盛了粥就要喂自己……梓锦忙说道："我自己来，自己来……"

这温柔得……承受不住啊，好像这样也比较怪怪的，梓锦总觉得古代的大男人做这种事情真的好奇怪，好奇怪。

吴祯却没同意，梓锦始终也没争到主动权，只能任由吴祯这么做。吴祯的动作很温柔，每一勺都会轻轻地吹过，免得烫到梓锦，动作不疾不徐，仿若江南水乡里那一抹凉风拂面，惬意不已。

有一种男人天生就是女人的致命诱惑，无关爱情，只关风月。吴祯就是那一种男人，所以当他是楚君秋的时候，一登台亮相京中多少闺中女子为他倾倒，那一种婉转流殇的风韵，会让你情不自禁地被他吸引。

梓锦现在也觉得不可思议，这样一个风华绝代的男子，为什么就会看上这样的自己，梓锦细细回想跟吴祯的几次见面，都不是很友好，她实在想不通，这样的男子究竟喜欢她哪一点，难道金桂树下那一抹身影就这样的有魅力？

梓锦心里叹息一声，如果成亲后，吴祯日复一日的这样柔情，她真不晓得自己有天会不会真的将叶溟轩遗忘，想起叶溟轩，心尖上又划过一丝伤痛，不知道此刻他在做什么。

吴祯瞧着梓锦的失神，面上划过一丝落寞，不用去猜，他也知道，只有想起那个男人的时候梓锦才会有这样的神态，她自己都不知道的一种哀伤。

喂完了粥，吴祯将碗放下，拿出帕子轻轻地为梓锦拭去嘴角的残渣，定定地看着她，忽然说道："阿梓，不管到了什么境地，我都不会放弃你，所以请你也不要轻易松开我的手，就算是将来我一无所有，你也不会在乎的对不对？"

梓锦茫然地看着吴祯，不知道他怎么会说出这样的话。不过梓锦觉得身为人家的未婚妻还是要有觉悟的，想了想就说道："你我的婚约已定，有句话说什么来着，嫁鸡随鸡，嫁狗随狗，嫁个猴子满山走。不管是富贵或者贫贱，等我成为你的妻自然是要与你福祸共享，不离不弃。"

梓锦觉得这是对婚姻的一种尊重，就算自己没办法爱上吴祯，但是至少在婚姻里她会做到一个妻子该做到的所有的事情，这也是一种品德，是对吴祯的一种回报。

吴祯笑了，看着梓锦说道："好，这句话我会记住的，记住一生一世。"

梓锦望着吴祯的郑重，心里有种不好的预感："是不是出什么事情了？"

吴祯摇摇头，和缓地一笑："阿梓，你要知道不管什么时候我最不愿意伤害的就是你。"

梓锦还是一头雾水，不晓得吴祯为什么会说这样的话，心里的不安越发浓重，想起叶溟轩以前曾经说过的话，就算你嫁了人，我也会想办法让你变成寡妇或者弃妇……她现在还没有嫁人，叶溟轩既然已经回到了京城，想必一定会想办法，阻止这门婚事，想到这里梓锦的心一下子揪紧了，叶溟轩跟吴祯已经开始交手了吗？

"吴……君秋，是不是……是不是……"梓锦终究还是无法问出口，这样脱口问出，她就等于是伤害了吴祯，梓锦觉得自己真是一个祸水，垂下头，不再说话。

长杰说过，梓锦是一个很敏感的人，吴祯看着梓锦的欲言又止，知道她一定是想到了什么，突然忍不住地问道："我跟他……你会帮哪一个？"

这个问题该如何回答？梓锦不知道！

吴祯拜别了姚府众人出了门来，姚府外已经是一片漆黑，长长的大街上，除了两边街道上悬挂的红灯笼还有些光芒，就连天上的星子都隐了去，越发地添了凄凉。

翻身上马，挥鞭直奔，出了巷子口，就看到巷子外面正有一个身影等着他。

此人背对着巷子口，双手负在身后，就那样立在黑暗里，整个人就如同一把即将出鞘的剑，无法令人忽视那隐隐的光芒。吴祯心神一紧，勒住了马，却没有说话。

吴祯眉峰一扬，似乎想到了什么，翻身下了马，将缰绳随手一扔，自己往前走了几步，距离那黑影五六步之遥，然后笑道："我当是谁拦住在下的去路，原来是叶大人，不知道叶大人有什么指教？"

黑暗中，那身影缓缓地转过来，借着微微的光亮细细看去，确是叶溟轩！

"指教不敢当，只是有句话想要跟吴三公子说。"叶溟轩的眼神幽深难测，就像是这暗夜里那无法预测的凶险。

"吴某洗耳恭听。"吴祯淡淡地说道，绝美无瑕的面上依旧带着淡淡的讥讽，不知道这一抹讥讽嘲弄的是谁。

"我给你两个选择，第一放弃姚梓锦，那么我会尽力保住靖海侯家的荣耀；第二，罚酒的味道，如果你执迷不悟，我不介意让你品尝一下。"

"是吗？叶大人真是好大的口气，我吴家向来忠君爱民，举国皆知，又有何惧？只是叶大人这样威胁在下，似乎有点卑鄙。"

"比起你来还差一点，吴三少爷，其实你应该按照你以前的路子去走，摆脱吴家的桎梏，去过你自己的潇洒日子，你不是喜欢唱戏吗？不是喜欢无拘无束吗？你不是恨透了吴家的人？你不该放弃你曾经最想要的东西，而来跟我争夺我的女人。"

"叶大人这话真真是可笑，你的女人？你跟她有婚约？还是你祖母已经答应让你娶她进门？我现在跟她有婚约，再过不久我们就会将婚事公布于众，四月里我们就会成亲，叶大人到时候有闲暇可以来喝杯喜酒。"

"只怕你没有命可以留到入洞房。"

"那就要看叶大人有没有这个本事,我知道你们锦衣卫厉害,不过锦衣卫要想扳倒靖海侯……"吴祯笑着看着叶溟轩,眼神中满是轻蔑。

叶溟轩不怒反笑,打量着吴祯,笑道:"你倒是比你家的几个嫡出哥哥有气魄多了,听说当年海上一战是你的前锋,只可惜最后功劳却不是你的。"

的确不是他的,被他的嫡出哥哥们抢走了,那个时候谁会在意一个庶子呢?

吴祯淡淡一笑:"我不想要自然就给了别人,这有什么奇怪的?就如同叶大人上次当街惊马,赵游礼大人差点成为马下惊魂,就是不知道这段公案叶家可给你公平了?"

叶溟轩眼眸一眯,这个吴祯果然是不能小看,吴祯此时也在想,叶溟轩倒也名不虚传,两人你来我往,言刀语剑,竟然是不分伯仲地打成了平手。

夜色中,两人各站一边,默默对峙着。

原本不该有交集的两个人,却因为一个姚梓锦,有了相交点。

"梓锦最终的归宿只能是我,谁挡在我的前面,我都会毫不犹豫地踢掉,别怀疑我的决心。"

"我不怀疑,我只是在想你什么时候踢掉了叶老夫人,你的婚事就顺遂了。"吴祯讥讽地一笑,看着叶溟轩又道:"叶溟轩,你无法反抗叶老夫人,可是你为了娶阿梓,就要对旁人下毒手,你这么做可对得起你的良心?"

"你错了,如果你们是干净的,谁又能奈何你们?"

"干净?这个世上谁是干净的?你们叶家就干净了?"

"叶家不干净,那你有本事把叶家踩在脚底下,我也不怨你手段阴毒。吴家大厦将倾,你说如果我给了吴家希望,吴家会选择梓锦进门还是保全阖族平安?"

"我也有兴趣知道,平北侯的爵位是落在叶锦身上还是你身上?我更有兴趣知道,罗家的婚事你怎么办?你是有婚约在身的人却对别人未过门的妻子觊觎,这要是传扬出去怕是不妥。"

四目相对,火花四溅,互不相让。

"你既然不肯妥协,那咱们走着瞧。"叶溟轩半眯着眸,寒光闪闪。

"如果你想要动吴家,那么最好记住一句话,风水轮流转。"吴祯翻身上马,瞧着叶溟轩禽然一笑,绝尘而去,很快地就消失在夜色中。

叶溟轩收起了方才的轻蔑,眼中透出凝重,这个吴祯自己只怕是有什么地方忽略了,可是他的资料应该是齐全的,但是为什么他对吴家的态度有些令人捉摸不透,须知道吴家倒了，他也就完了。

"大人，这小子狂得很，不如直接找人把他做了，一了百了。"宋虎从黑暗中跳出来咬着牙说道，朝着吴祯离开的方向吐了口唾沫。

"你添什么乱，就知道打打杀杀，能用点脑子吗？"成钢跟着闪身出来冷笑道。

"我怎么不用脑子了，这个吴祯一看就是软硬不吃的，跟他废什么话，白刀子进红刀子出，完事！"宋虎最讨厌这些个弯弯肠子的人，觉得可恶得很。

成钢白了宋虎一眼说道："大人谋划了这么久，吴祯怎么也跑不掉的，你慌什么。更何况，大人的最终意愿是要吴家先悔亲保全姚五姑娘的声誉，不然的话早就下手了，还用在这里啰嗦。"

叶溟轩转过身来，看着二人在大闹，然后说道："成钢，你再去查吴祯的底细，我总觉得这小子应该还有什么秘密咱们不知道的，要快！二月二之前，一定要查出来。"

成钢立刻收敛神色，道："是，属下立刻去办。"

"宋虎，从此刻起，你带着人把吴祯的府邸给我看好了，不管什么人出入都要记下来，然后去查，尤其是如果吴祯跟靖海侯联系，想办法把密信弄到手一看。"

"是，属下遵命。"宋虎也收起了玩笑的神态，然后跟成钢迅速地消失在夜色里。

距离二月二没有几天了……

叶溟轩回京一事，在京城里很快地就传了开来，当初叶溟轩是以抵抗婚事为由南下，如今回来第一桩事情，却是在朝堂上弹劾安陆侯吴复结交乱党，攀附逆王，图谋不轨。

人证物证俱全，这次安陆侯纵然是有十张嘴只怕是也解释不清楚了。而叶溟轩，却在陈词的时候，故意留了一个尾巴，靖海侯吴起跟安陆侯乃是亲兄弟，靖海侯又是常驻南部沿海，万一要是与逆贼勾结，串通倭寇，这可真是民之大患了……

吴复勾结平川王的证据十足，叶溟轩这么一招祸水东引，足以让人对靖海侯心存疑虑，圣上又是多疑的主，一道圣旨下，宣靖海侯进京陈情，安陆侯被关入天牢，其弟弟靖海侯又在被宣召回京的路上，一时间煊赫半生的吴家从天堂跌入了地狱，往日车水马龙，如今门可罗雀，可见世人凉薄。

山雨欲来风满楼，姚家还没遇到过这样的事情，不过是结了一门亲事，就被台风扫到了尾巴，还是谋逆大案，今早上姚谦还被当今圣上召进宫中询问了姚家跟靖海侯家的婚事。

因此甡锦堂里等到姚谦从宫里回来，会议就开始了。

老太太首先开口，先是看了众人一眼，这才缓缓地问道："进宫后，皇上可曾训斥你与靖海侯家结亲？"

姚谦先是抹了一把汗，而后才开口："母亲，想儿子一生谨慎，声誉清明，在婚事上咱们也是光明磊落，又有何惧？我就把结亲的先后细说了一遍，圣上倒也不曾发怒，但也没说别的只是让我回来了，儿子一时也摸不清皇上的意思。"

海氏就有些惧怕，"要是靖海侯家真的参与谋反，那我们岂不是也要被连累？明日就是二月二，说好的小定的日子，那……那可怎么办？"

症结就在这里了，要是靖海侯家一出事，姚家立刻悔婚，就会被人说成无情无义之辈，要是不悔婚，靖海侯要真是与其兄长沉滏一气勾结平川王，姚家势必就要被连累，株连九族，这九族里姚家可跑不了。

在场的几个人，不管是谁，脸色都是相当的难看，梓锦还没有从这个巨大的打击中回过神来，不过几天的工夫，世界居然已经颠倒。

梓锦听着一家人在悔婚与不悔婚的争执，海氏主张悔婚，名声重要，可她还有孩子，他们的生命更重要，海氏一把鼻涕一把泪，哽咽不已。姚谦垂头叹息，你让一个自打出生以来，就没做过有损声誉事情的姚老爹去悔婚，简直就是要他的命，但是海氏说得对，一想到几个孩子，姚谦也沉默了，纠结得不得了。

姚老太太一言未发，只是神情凝重，纵然是老太太历经风雨，这样的事情也是头一遭遇见，想要快速地拿出一个面面俱到的主意只怕也是没有那个本事。

梓锦默默地站起身来，走在大厅的中央缓缓地跪了下去，地上寒凉，冷气就从膝盖上漫了上来，让人发抖。

姚长杰猛地站起身："你这是做什么？"

梓锦看了一眼长杰，缓缓一笑，道："大哥，你先坐下，听我把话说完可好？"

姚长杰看着梓锦哀求的目光，无奈地坐了回去，卫明珠看着梓锦瘦弱的背影，一时间没想明白她这是要做什么。这里有拿主意的家长，梓锦这样做可有点逾矩，卫明珠生怕梓锦说错话惹了长辈生气，可是她是新媳妇进门，很多时候也不敢多说话，心里却是着急得不得了。

姚长杰瞧见小妻子的神情，借着衣袖的遮掩，轻轻拍拍她的手，让她稍安勿躁，卫明珠这才慢慢地镇定下来，望着丈夫心生暖意，要是明日被推出去砍头，大约有他在身边，她也不会怕吧……

海氏愣愣地，道："你这丫头好好地坐一边去，这样的事情你们姑娘家家的只管听着就好，就是有什么，也有我们当爹娘的挡着，快起来。"

姚谦道："五丫头，大病初愈快起来，凡事有爹呢。"

老太太看着梓锦，眼神中却多了一丝考量，半晌才说出一句话："让五丫头把话说完，都别说话。"也许老太太已经预料到了梓锦会说什么，所以这句话说出来格外沉重。

梓锦看着大家，缓缓地开口："本来没有梓锦说话的地方，但是梓锦不能看着姚家因为我的婚事而受牵连。爹爹一生耿直，让爹爹退婚简直就是要他的命，这绝对不能。母亲最爱重我们，要是看着家里的哥哥姐姐因此受牵连，也许会被砍头，也许会被流放，那就是要了母亲的命，梓锦也不允许这样的事情发生。在这个家里，老太太，爹爹，母亲，姨娘，哥哥嫂子，还有嫁出去的姐姐们，还有没有娶亲的两位哥哥，他们都还有着大好的前程，怎么能因为梓锦就夭折了？"

"吴家的婚事我们已经答应了，在这个关头，要是悔婚，一来对爹爹的官声不好，二来，春闱马上就到，哥哥跟姐夫们都要上考场，要是咱们挂了一个悔婚的名声，哥哥跟姐夫们就是取得了功名，在官场上也会被瞧不起，若是因为梓锦一人，而让哥哥姐夫受到牵连，也许这一生的仕途都要受到限制，梓锦真是万死不足以赎罪。"

"可是，如果婚事继续进行下去，就算是取得了功名又如何？也许明日就要抄家流放，砍头示众，可是悔婚同样是弊端多多，遇到这样的情况，我想就算是老太太，爹爹一生见惯风浪，只怕是也难以抉择了。"

梓锦的话说得很透彻，海氏就低声哽咽起来，正因为两难才要人命，要名声还要里子哪有这样的好事，可是姚家偏偏做不得背信弃义之人，又不能眼看着家族真的被拖累，这个关头，谁又能拿得出好主意，就连一向睿智的姚长杰也沉默了。

卫明珠默默地坐在那里，心里也是纠结不安，但是心里还有点自豪，要是放在别的人家，悔婚是根本不用商议的，这是必须要做的，但是在这里姚家却这样的为难，可见她的爹娘当初对她说，姚家是个有情义的人家，你嫁过去也算是有福气的。

连一个还没正式定亲的吴家，姚家都能这样对待，卫明珠觉得在这样的家庭里，她很踏实，就算是真的要流放抄家，又或者砍头，她也认了。

姚长杰这时突然说道："这门婚事不能退，我们就算是被牵连，也绝对不能授人以柄，更何况吴家对我们姚家并没有失礼，若是人家一有灾难咱们就落井下石，这样的事情我做不来。"

姚谦缓缓地松了口气，海氏却差点晕过去，可是又不能说儿子做得不对，只是抬眼看向姚谦，希望姚谦能够做一个睿智的决定。

姚谦看着儿子点点头，道："我一声自诩正直，从不肯攀附富贵，巴结逢迎，可是也不曾做过背信弃义落井下石之辈，婚事不能退。"

父子二人抬眼看向老太太，只要老太太首肯，明日的小定依旧会如期举行，以后……以后走一步看一步吧，想必当今圣上应该不会一棍子把人都给打死。

梓锦闻言忙说道，"不成，要是这样的话，整个姚家都会被连累。"

"可是哪里还有别的办法？"卫明珠叹息一声，看着梓锦说道："没事的，你不用担心我们，我们是一家人，福祸共享。"

梓锦看着大家，却道："我还有一个办法，两全其美，只是要请祖母，爹爹成全！"

两全其美？所有的人都看向梓锦，这简直就是不可能，在这样的情况下，谁会有两全其美的办法？

梓锦看着众人惊讶的神情，徐徐说道："梓锦自请出姚家门，与吴家的婚事不会悔婚，但是梓锦又不是姚家的人了，就算是将来会发生什么，也不关姚家的事情。"

屋子里一下子静了，姚长杰第一个跳了起来，很少见他这样的暴跳如雷过，指着梓锦的鼻子说道："你一天到晚的在想什么？难不成我这个做哥哥的功名利禄要你这个妹子牺牲自己？你把我当成什么？啊？"

卫明珠惊呆了，看着暴怒的姚长杰一时没有回过神来，待看到梓锦的泪珠滚落，也不知道哪里来的勇气，噌的一下子护在梓锦跟前，看着姚长杰怒道："你吼什么？吼什么？梓锦比你更难过，她难道愿意抛弃这个家跟姚家决裂？她为的是什么？还不是保住这一大家子？你就不能好好地劝劝，你吼什么啊？"

姚长杰瞧着温婉的妻子突然间这么犀利，一时没缓过神来，自从进了姚家门，卫明珠步步谨慎，从不敢高声说一句话，对任何人都是和善的，但是今天……居然为了梓锦把姚长杰给吼住了。

老太太却是长长地出了一口气，看着卫明珠说道："把你五妹妹搀扶起来，大病初愈的，别再犯了旧疾才是。"

梓锦看着老太太，一时间摸不准老太太什么意思，不过还是说道："祖母，这事情只怕是没有转折了，姚家总不能就这样被无辜牵连。"

"既然已经牵连了，这个时候再要撇清，除了落一个薄情寡义的名声还能有什么？更何况圣上是明君，有些事情做得太着痕迹并不好。咱们跟靖海侯家亲事在前头，他们家犯事在后头，于情于理皇上都不会真的来一个株连九族，顶多株连三族就不错了，所以我们不要慌，婚事不能退，姚家也一定会安然无恙。这个时候如果真的要株连九族，跟安陆侯靖海侯家有关联的人家多了去了，这要是一一追究下来，那就是更有热闹瞧了，皇上圣明必然不会做出这等有损声誉的事情。更何况皇上还召见过老爷，应该无碍的。"老太太缓缓说道，眼睛中一闪一闪满是坚定。

姚谦这时也点点头，道："儿子也是这般想的，朝中之事本就是东风西风，压哪一方太过了也不是好事。"

海氏就松了口气，道："阿弥陀佛，这样就好，只要姚家没事我就心安了。"

姚长杰静静地听着一句话也没说，卫明珠很显然地松了口气，老太太这般说也是有几分道理的，只不过上头的心意谁也揣摩不透，所以就只能等着，而在等的时候，姚家的任何动作都会被人看得仔仔细细的，所以姚家更不能踏错一步。

梓锦的小定礼依旧是举办得热热闹闹，来的依旧是凉国公夫人跟吴家的三夫人，在吴家如此动荡的时候，这位三夫人依旧是镇定如常，就这份沉稳已经值得人去尊重。吴三夫人昨天在家里等了一整天，她想着到了这个地步，姚家很有可能会退婚，所以她在家里等着，只是没有想到从早上朝阳升起到日落西山姚家都没有半点的消息，这才安下心来，看来姚家的婚事是不会有变动了。

靖海侯约在一家偏僻的酒馆里跟叶溟轩见面，包厢里静谧无声。

这样如此不和谐的两个人，却在这样的情况下会面，怎么看都觉得有些诡异。

吴祯那样的风华绝代，靖海侯身为其父，如今人到中年却依旧是魅力不减，静静地坐在那里看着叶溟轩，先开口道："叶大人苦心积虑地想要栽赃本侯，如今约我出来是为了什么？"

"栽赃？靖海侯这句话可不对，本官可没有栽赃的喜好，证据是确确实实的。"叶溟轩嘴角一勾，又道："安陆侯之事去年就已经闹得沸沸扬扬，你跟安陆侯是亲兄弟，就该劝着他回头是岸，怎么还能纵容支持他与逆王来往？这岂不是要将你自己拖入泥潭？"

靖海侯怒道："胡说！本侯向来正大光明，做事光明磊落，岂容你污蔑！"

叶溟轩也不恼怒，斜斜地靠着椅背，嘲弄地一笑："靖海侯觉得本官无聊没事做吗？更何况我还没有陷害栽赃人的嗜好！"说完叶溟轩拿出一沓纸递给靖海侯，神态闲适地望着他。

靖海侯狐疑地接过纸张慢慢地查看，越看脸色越青，面上青筋暴起，额角隐隐跳动，似乎用了很大的力气才将怒火压下，看着叶溟轩问道："明人不说暗话，叶大人既然让本侯看了这些，一定有所要求，你直说。"

叶溟轩很是喜欢靖海侯的爽朗，手指轻轻地敲着桌子，徐徐说道："这供纸上的供词写得明明白白，侯爷的两个好儿子跟安陆侯私下勾结，居然还倒卖兵器给逆王，这样的大罪只怕真的是要灭九族的吧？这份供词是我的手下亲自审问出来的，供词一出来就落在了我手里，就连指挥使万大人也不知道。"

靖海侯望着叶溟轩，思量道："叶大人的意思是有可能会将这份供词毁了？只是不知道你要什么？"

"很简单，只要侯爷答应将吴三公子跟姚家的婚事退掉就可。只要侯爷做到了，这份供词将会永不见天日。"叶溟轩轻轻地说道。

靖海侯眉峰一扬，退婚？昨日小定姚家都没有因为吴家有难而悔婚，现在刚定亲自己就要悔婚……靖海侯的神色有些为难。

看着靖海侯有些犹豫，叶溟轩又说道："按照令公子的供词，贵府只怕是上上下下几百口子都要人头落地，只要侯爷答应退婚，我拍着胸脯保证至少能保证贵府全家人的性命，就算是流放也会挑一个好的地界。更何况侯爷放心，倭寇知道侯爷落难，必定会再起异心，到时候沿海不宁，您还怕没有翻身之日？而且侯爷家里只怕也是不安宁，趁着这个机会整治也好，人啊不仅要经得起富贵还要经得起贫贱不是？"

靖海侯冷冷地看着叶溟轩："照这么说来我还要感谢叶大人？"

"不，不用，其实侯爷也不要怨我心狠，要是令公子不做出这等忤逆犯上的事情，我又能如何捉得住把柄？听说当年跟倭寇一战，领兵出战的是吴三公子，可是朝廷嘉奖的时候好像不是他，这欺君之罪……侯爷自己好好琢磨吧，这件事情既然我都知道了，可见知道的人真真是不少的。"

靖海侯的神色僵硬无比，看着叶溟轩说道："好，我答应你的条件，跟姚家的婚事会解除，叶大人答应我的……"

"侯爷也请放心，至少你们全家的性命会保住，流放的时候我也会挑一个好地方，绝对不会让侯爷吃很多苦。但是，关于军功一事不是我负责，是刑部有专人在查，我不过是给侯爷一个口风，有些事情还是要早早准备的好，免得事起仓促，无法应对，毕竟欺君之罪也足以掉头了。"叶溟轩说到这里想起吴祯，好吧，他把梓锦从吴祯那里抢了回来，把他的军功还给他，也算是补偿他了，从此后两人谁也不欠谁。

靖海侯胸口起伏不定，看着叶溟轩，小小年纪就这样老谋深算，假以时日……眼眸微眯，道："叶大人不怕本侯东山再起之日，会对大人不利？"

叶溟轩闻言哈哈一笑，看着靖海侯说道："侯爷的脾气很对我的胃口，要是我怕这个现在我只会斩草除根。但是南部沿海还需要靖海侯，老百姓还需要靖海侯，所以叶溟轩再不是个东西还不至于如此卑劣，安陆侯一事侯爷也不用求情了，那是事实俱在，绝不能饶恕，但是靖海侯还是顶天立地的男子汉，只是可惜被儿子连累了。"

靖海侯看着叶溟轩，眸深如海，缓缓站起身来，慢慢说道："如此后会有期！"

因为安陆侯勾结平川王一事，京都最近格外热闹，姚府并没有因为靖海侯家被牵连而悔婚一事，在京都也是广为传播，对于姚家人的称赞也是不绝于口，但是在这样的风口上谁又敢来跟姚家来往？所以说人啊就是这样的势利，一点点也没错的。

如此风平浪静了两天，突然之间吴府来退亲的消息传来，梓锦还以为恍如在梦中，一时间竟然回不过神来，退亲？

第二天，老太太亲自跟梓锦解释了下，大约意思就是吴家现在境地艰难，未来不能预料，吴家不想拖累姚家，因此主动提出退亲。这样的借口当真算得上是完美，既无损于吴家的名声也无损于姚家，反倒是让两家的声誉又高了一个台阶。姚家本就因为这桩婚事日夜悬心，吴家肯主动退亲，姚家自然高兴，但是表面功夫还是要做的，海氏很是豪爽地说道："做不成亲家，也是朋友，以后多多来往……"

梓锦看着老太太说道："梓锦明白，只是没有想到吴家肯主动退亲，这样咱们家也不用日夜担忧了，倒是件好事。"

老太太叹口气，道："吴家到底厚道些，如此也好。"

这件事情就告了一个段落，那个曾经出现在梓锦生活中的吴祯就像是风一样消失了，这边婚事告一段落，那边朝堂上的暴风刮了起来。安陆侯勾结平川王罪证确凿，抄家，平川王削去皇籍逐出皇室贬为庶民，终生不得入京都，平川土的封地收归朝廷。安陆侯秋后处斩，其妻子子女妾室流放千里，终生为奴。靖海侯其两子受安陆侯蛊惑，与其沟通，意图贩卖兵器给逆王未遂，除去靖海侯封号两子罢官，贬为庶民，家眷不予追罪。

本来事情到了这一步也算是完美收官了，皇上对靖海侯家的处置也算是很厚待了，并没有因为安陆侯的事情一并罚罪，朝中又是一片称颂之声。最主要的在于锦衣卫交给皇帝的口供中，是贩卖兵器未遂，未遂两个字，总算是让靖海侯家逃过一难。安陆侯不是傻子，知道这是有人放水，难不成还真的要拉着自己兄弟一家子陪葬，因此把所有的罪名都担了下来，这样一来，靖海侯家的罪名也算是少去了一大半，这才有了削爵罢官的轻微处置，甚至于连抄家都没有，靖海侯知道这是叶湨轩从中动了手脚，这个人情是欠下了。

想起叶湨轩用来交换的那个条件，靖海侯那浓得化不开的如一团墨的眸子微微闪动，嘴角缓缓勾起了一个冰冷的笑容，这个姚五姑娘真是够分量的，居然能让叶湨轩为了她做出这么多牺牲。

又想起那一日吴祯来跟他吵闹的情形，靖海侯的神色又暗了一下，好像每次遇到事情，必须牺牲的都是这个儿子，不是没有愧疚的，可是……

靖海侯家还没喘过气来，第三日刑部就有人上书，当初与倭寇一战领兵出战的是庶子吴祯，最后功劳却被嫡子抢走的事情，欺君罔上，夺人之功劳，一条条一桩桩，已经算得上是大罪。

圣上大怒，当庭宣人前来对质，证据确凿靖海侯夫人伙同其两子欺辱庶子夺其功劳，并迫使吴祯远离家乡躲避灾祸，吴家的两位嫡子连同靖海侯夫人当场服罪，吴祯倒是没有特别激动自己冤屈得申，这样的大气沉稳宠辱不惊的姿态倒是让今上大为赞赏。朝堂之上，圣旨下发，靖海侯失察竟不晓得其妻歹毒，嫡子嚣张，有失为父之道，特将靖海侯府抄家，资产罚没，其两子伙同其原配夫人流放三千里，终生不得回京，靖海侯已经被贬为庶民，不再另罚，受冤屈的吴祯此刻平反，当庭被授予了靖海将军守护沿海安危，十日后启程南下述职，不得有误。

至此，朝廷中才平静下来，接连不断的余波震得人心神不宁，此刻朝政太平，京都的人又似活过来了一般。

吴祯临行前特意约了叶湨轩相见，就在叶湨轩跟靖海侯相见的地方两人见了面。

吴祯憔悴了许多，叶湨轩也没好到哪里去，这一场大战两人都是精疲力尽，但是情敌相见，分外精神。

"这一场，你胜了，我敬你！"吴祯豪爽地举起酒杯看着叶湨轩，声音里似乎没有怨恨只有平和。

叶湨轩扬扬眉毛，他原以为吴祯会将他胖揍一顿，很意外他居然这样大方。举起手里的酒杯，叶湨轩失笑道："我还以为你会上来就给我一拳，没想到居然这样坦荡，倒是我小人之心了。"

"我是很想将你胖揍一顿……"吴祯琢磨着这话该怎么说，眉头紧紧地锁在一起，良久才接着说道，"叶湨轩你是一个可怕的对手，也是一个可敬的对手，你没有为了扳倒我诬蔑我的家族，为此还私下里做了很多尽量周全的事情，虽然我很讨厌那个家，可是我还是没有办法看着那个家被毁灭，我母亲在乎的就是我在乎的，她在乎那个家，我就必须去在乎。"说到这里一顿，又道："我知道刑部揭发当年的事情是你在后面做了手脚，我其实已经不打算追究当年的事情了，没想到居然是由你还了我一个公道。"

叶溟轩翕然一笑，轻叹一声，道："虽然我喜欢梓锦在前，但是梓锦跟你定亲却是在前，把她从你手里抢回来，我觉得对你不住，所以想要弥补你让我良心好受点，你不用感激我，我为的不是你，只是让我自己过得舒坦而已。"

这就是叶溟轩，吴祯失笑一声，面对这样的一个男人，你无法讨厌他！

吴祯去了江南任职，临走前到姚府告别，梓锦将他送至门外，挥手告别。看着吴祯颀长的身影逐渐消失不见，心里有种说不出来的哀伤。

风雨过后阳光总是特别的灿烂，喜讯先后传来，姚雪跟姚冰先后都有了身孕，海氏笑得合不拢嘴，老太太也命人拣着库里上好的补品流水般送了过去，梓锦跟着海氏卫明珠去探望了两次，看着两人养得不错，小日子看着也挺顺心的，也替她们开心不已。

紧接着就到了春闱，姚长杰、冯述、侯奉杰都是这一届的考生，姚家的队伍真是壮观，目前就只有三位女婿却有两个都要赶赴考场，姚谦作为岳父特意将几位女婿找了回来加上儿子，情绪高涨，意志昂扬地开了一个鼓励大会，梓锦突然又有了生活似乎又回到了以前的感觉，那样宁静平和。

叶溟轩没有上门，因为他正在跟岁家退亲，却不承想在这个关头，又有人上门提亲来了，梓锦的婚事又被提上了日程。

这次提亲的门第不高，只是从四品的内阁侍读学士之子鲍玉，但是比姚家还是门第高了些，老太太特意找人打听过，说是挺不错的人家，海氏也让娘家人帮着打听了，据说是因为姚家在对待吴家婚事上的态度，让对方看中了姚家，而且对方儿子是嫡子，只不过不是长子，是四子，能做嫡媳妇不知道是多少庶女的梦想。

这次全家经过慎重的谈论之后，决定把这门婚事应了下来，只是姚家流年不利，梓锦更是撞上了煞星，婚事刚定下，就传来了鲍家家主泄露了内阁的绝密资料，圣上大怒，刑部查实后，流放了！

姚家众人面面相觑，格外忧愁，海氏耷拉着脑袋看着丈夫说道："我是不是该去寺庙上炷香？今年好倒霉，步步心惊。"

老太太也扶额，满口叹息："这鲍家真是不靠谱，内阁的事情能往外泄密？还是有关后宫储位，简直就是找死。回头你带着锦丫头去烧炷香，今年真是流年不利，这婚事该怎么办？"

姚谦也皱起了眉头："鲍家的孩子都去了流放之地，难不成让梓锦跟着过去？"这又出现了上次的问题，依旧愁眉不展中，众人真心觉得此事相当地令人要撞墙。

转机很快就到了，鲍家主动上门解除了婚约，说是不好连累着姚家姑娘，毕竟还未过门。姚家众人惊讶不已，这……这也太令人不能相信自己的好运了，鲍家居然会这样善解人意？

此事姚家众人还没有从厄运转到幸运的碰撞中回过神来，姚长杰某日回来，淡定地跟大家说道："是叶溟轩幕后活动了，将鲍家流放的地点给改到了一个相对好点地方，要求就是希望鲍家放弃婚约。"

梓锦默默垂下头，不敢看大家的神情。良久海氏憋出一句："叶大人真是不忘旧恩，时刻回报，改日长杰你去跟人家道个谢。"海氏估摸着，叶溟轩还是惦记着年少时在姚家住过的恩惠。

姚谦也点点头："这年头能这样默默助人为乐的不多了，是要好好地谢谢，长杰啊你跟叶大人关系不错，你就跑一趟。"

长杰躬身应下来了，老太太却没说话，只是看了梓锦一眼，眉头皱了起来，心里默默地叹口气。

梓锦只觉得老太太的眼神似针尖一般，慢慢从她的后背刺到了心尖上，密密麻麻出了一身冷汗。

短短两个月的时间，梓锦接连定亲的两家人家都出了这样的事情，梓锦不由得怀疑接下来谁还敢上门提亲，果然是个扫把星啊！

从粲锦堂出来，姚长杰看着梓锦说道："你跟我来，我有事情跟你说。"

梓锦一愣，看着姚长杰的背影默默跟了上去，嘴角挤出一个微笑："大哥，春闱就要到了，你还是专心准备应试，别的事情不要管了。"

梓锦已经能想到姚长杰要对她说什么了，她忽然不想去听，一天叶溟轩跟罗玦不能悔婚，她就跟叶溟轩没有可能，问题的关键还是落在了那边，可是这个症结梓锦却是无法解开的。

姚长杰回头看了梓锦一眼，梓锦无奈地叹息一声，只得跟了上去，这倒霉的……

梓锦跟着姚长杰慢慢来到了他的书房，让守在门口的小厮都退下后，姚长杰看着梓锦道:"坐。"

梓锦心里叹口气,还是慢慢坐了下去,看着姚长杰的样子似乎有大事情要跟她说,可她心里又怕怕的:"大哥,有啥事你直接说吧,你这样越是憋着我越害怕,你说现在能经历的都经历过了,我还有啥不能经受的。"

姚长杰犹豫半晌,还是张口说道:"锦丫头,有件事情我要跟你商议下,虽然这件事情有些大逆不道,不过哥哥觉得如果能让你幸福还是值得的。"

梓锦瞪大眼睛,连大逆不道这样的词都用上了,她家大哥这是要做什么?梓锦突然觉得有点毛毛的,怎么看姚长杰也不是卖妹求荣的人,但是这说出的话怎么有点上断头台的意思?叶溟轩又做了什么让姚长杰肯这样为他打掩护?

梓锦闻到了浓浓的阴谋味道,而这味道……还是朝着她飘来的!

梓锦小身板一颤,忙露出一个大大的笑容,道:"大哥,有话直说,既然是为了小妹的终身幸福,那就一定跟叶溟轩脱不了关系,那个叶溟轩又找你说了什么,让你这样为他谋算?"

姚长杰其实也不惊讶梓锦能够猜得到这后面的事情,毕竟梓锦的聪慧他不是第一次领教了,瞧这妹子挺上道,姚长杰轻轻地松了口气,有点释然的感觉,道:"溟轩是不会放弃你的,这点你知道是不是?"

"我知道,他已经破坏了我两门的婚事。"

姚长杰一愣,随即说道:"其实鲍家的事情溟轩没动什么手脚。"

"那是,还用他动手脚吗?他只要把消息透露给刑部,刑部的官爷哪一个不想立功的?还用得到他出手,借刀杀人他用得很顺手。"

姚长杰抬头看着屋顶,心里默默地说道,溟轩啊,不是我不帮你啊,你这未来的媳妇太厉害了些,你做得如此隐秘还是被她发现了。不过,姚长杰还是镇静地说道:"鲍家泄露机密,锦衣卫有这个责任直处。"

"嗯,是啊,是名正言顺地为国家办事顺便把自己的恩怨解决了,要不是鲍家跟咱们家结了亲,叶溟轩至于整天盯着一个从四品的内阁侍读?"梓锦相当淡定地说道,苍蝇不叮无缝的蛋,这句话很有道理的,鲍家本身就有瑕疵,叶溟轩又有意寻事,当然是马到成功。

姚长杰半眯着眸,瞧着梓锦:"病好了,嘴巴也越来越厉害了,嗯?"

梓锦假笑一声,故作谦虚地说道:"承让承让,比起大哥跟叶溟轩我这点雕虫小技哪里上得了台面?"

姚长杰头痛了,看着梓锦一副浑不怕的样子,摸着下巴觉得,这个小麻烦就该去让叶溟轩一辈子不安生,自己为了他们的事情实在是操心太多了,到头还要承受妹子的炮轰,有点冤屈。

"咳咳,其实不是你想的那么龌龊,溟轩做事还是很正大光明的。"姚长杰道。

梓锦翻翻白眼,的确是正大光明地铲除情敌。梓锦笑眯眯地问着大哥:"大哥,你跟他有什么密谋需要我配合的?"

好吧,跟聪明人说话的确是省事多了,姚长杰突然又想起自己跟妻子沟通的时候好像还是很有障碍的,想起昨晚的鸡同鸭讲,姚长杰又抚抚额头,马上要送走一个包袱妹子,这立马已经补进来一个一辈子也送不走的麻烦,他得想着跟妻子是不是要换一种说话的方式?明明自己说的是人话,可是为什么有人就是听不懂?

摇摇头,将走神的脑子拽回来,姚长杰定定神看着梓锦说道:"溟轩找了我一次,跟我商定一个计划,如果执行起来很顺利,那么你们的婚事就能很快定下来,只是这件事情需要你的配合。"

梓锦看着姚长杰,默默地点点头,道:"什么计划?"

"五妹妹,你应该知道你们之间最大的障碍是什么?"

"罗家。"

姚长杰看着梓锦,酌量着该怎么委婉表达叶溟轩的杀气浓浓的原话。梓锦看着姚长杰皱起的眉头,突然一个念头袭上心间,张口问道:"难不成他要对罗家下手?"

姚长杰默默点点头,无奈地说道:"罗家那边不答应退婚,叶老夫人那边绝对不会松口,如果罗家那边松了口,这件婚事退了亲,你跟溟轩才有可能。"

梓锦摇摇头,道:"怎么会可能?哥,你明明知道就是罗家的婚事退了,难道叶老夫人就突然瞧上咱们了?"

"溟轩说,事情闹到现在这一步,其实叶老夫人也有些后悔了,只是碍于情面不肯退步。而且你跟溟轩的事情京都之中无人知晓,所以,今年春闱哥哥我努力考中,就是拿不到状元至少也要中个前三甲,到时候水涨船高,谁也不敢小看你。溟轩那边施计才将罗家的婚事退掉,到时候给了叶老夫人台阶下,说不定婚事就成了。"姚长杰缓缓地说道,他跟叶溟轩也是商议了很久,把其中的几个关节都想透了,然后才下定决心的。

梓锦微皱着眉头,听他大哥这么说,叶溟轩一定是有了对付罗家的计划,而这个计划还需要自己的配合,而这个计划中,要解除掉叶溟轩跟罗玦的婚事,还要给叶老夫人台阶下还要姚长杰一定要考中前三甲，不管怎么想都觉得有些困难，更重要的是这件事情还有点难度。一来，以罗家跟叶家的地位，要想退亲一定要有一个不损害两家颜面的借口，而这个借口十分难寻，毕竟罗玦这么多年一直喜欢着叶溟轩的事情简直就是无人不知。二来，叶溟轩要对付罗家，怎么个对付法？难不成只因为甩掉这门亲事就要对人家整个家族下手？须知道一般的小痛小痒罗家也不放在心上，但是要想让罗家松手就一定是要有大动作，如果有大动作，还要做到人不知鬼不觉悄悄地进行，还要私下里达成协议你情我愿地退婚，只要想想都觉得有些难度的。

梓锦觉得自己真是有些头痛的，抬眼看着姚长杰，道："大哥，这件事情你们要想好了，这可关系到几个家族，不是玩笑的。更何况按照道理来讲，如果只为了婚事就要人家家破人亡，这样的事情咱们不能做的。"

姚长杰点点头："自然不能做的，这样有损阴德的事情你哥哥我不屑做，叶溟轩也不是那种心狠手辣之人。我们想的是另一种办法，虽然也有点不厚道，但是也是没有办法的事情，你放心绝对不会让罗家有什么损害，不过就是让罗家知难而退罢了。"

梓锦就轻轻地松了口气："那就好，不知道你们的计划是什么？"

姚长杰看着自己妹子，就坐到她身边去，附耳低声说了起来，梓锦听完瞪大眼睛，惊道："这……这是不是有点过了？"

"这是一劳永逸的办法，不这样做的话，万一罗玦到时候就算是正妻做不成，心甘情愿委身做妾也一定要嫁给溟轩，你说怎么办？所以说一定要将罗玦顺利嫁给别的男人，你的婚姻才没有了危机。"姚长杰最不喜欢做事还要留有尾巴，最好是干净利落，一点沫沫都没有，他妹子的婚姻绝对不能有任何的危机。

梓锦用力地想了想，然后看着姚长杰，问道："大哥，你跟叶溟轩真的想好了？要真这样做的话……会不会有点过分？"梓锦说完，突然又要摇摇头，道，"好吧，就这样做吧，反正我也挺不喜欢罗玦以爱的名义死皮赖脸地缠着溟轩，要真是宁愿委身做妾也要进叶家门，到时候叶老夫人心生愧疚之余一定会同意的，那岂不是我自己为难了？"

"嗯，你想开就好，有些事情不能心软，罗玦那样的人进了门，不是福是祸，所以心软也要看人的。"姚长杰松了口气，笑了。

梓锦从头到尾想了一遍，觉得这个计划虽然有点阴，不过如果真的能一举成功扫除所有的障碍，还是可以的，就叹息一声说道："那好，我配合你们就是了。"

从姚长杰的书房回来后，梓锦就一个人坐在屋里发呆，又把事情前前后后地想了一遍，突然感觉幸好自己不是叶溟轩的敌人，这厮实在是太下得去手了，这样对一个姑娘家好像有点狠了。

叶溟轩的计划说起来也很简单，罗玦喜欢叶溟轩的事情无人不晓，这个京都里却还有一个男人一直挺喜欢罗玦的，只是罗玦视而不见罢了。这人是齐御史的儿子齐恒，齐恒喜欢罗玦的事情几乎无人知晓，但是叶溟轩就是知道了。叶溟轩于是就跟姚长杰商定，梓锦下一个议亲的人家就是这个齐家，到时候这门婚事自然是要由凉国公夫人在中间搭线。

只是想要让凉国公夫人主动出手其实也不容易，但是叶溟轩自然会将齐恒喜欢罗玦的事情小范围地给公开，到时候罗玦为了自己的清白，一定会跟齐恒保持距离，而最稳妥的办法那就是让齐恒跟别的女人定亲，这样的话，罗玦只要一想，一个是喜欢自己男人，一个是叶溟轩喜欢的女人，把这两人凑一对，可不是解决了两个大麻烦？

罗玦就算是没有这个心思，叶溟轩也会给她制造危机，让她有这种意识，让她一定有一种迫切的危机感，让罗玦恳求凉国公夫人出面促成这段婚事，当这段婚事促成后，叶溟轩还要安排一个绝妙的机会，让齐恒偶遇罗玦，齐恒本就对罗玦一腔爱意，突然见了面，孤男寡女的，齐恒难保不会有个失常的举动，到时候叶溟轩自然会带人假装撞到，这样一来，齐恒为了对罗玦的声誉负责，也一定会让将她娶回家，而与齐恒定亲的姚家自然会愤怒地退亲，叶家那边难道还能要罗玦继续做儿媳？显然也是不可能的。

这样一来，齐恒如愿抱得罗玦归，叶溟轩的婚事是叶老夫人一手安排的，偏偏她瞧中的罗玦又做出这样的事情来，叶老夫人在叶溟轩的婚事上也就不好硬插手了，说不定因此叶老夫人就会同意叶溟轩将梓锦娶回家，这个计划也算是各得其所，只不过……这个计划有点损，因为占尽便宜的是梓锦跟叶溟轩这一对受害者，罗玦跟齐恒势必要受人指指点点。不过梓锦想着，罗玦明知道梓锦跟叶溟轩相爱，还要强行破坏，自己也算是以彼之道还治彼身罢了。

想到这里，让自己慢慢地心安下来，虽然还是觉得有点内疚，但是幸福是需要争取的，以前没有机会争取，现在有了机会，梓锦不想让自己遗憾一辈子，如果争取过后还是失败了，至少对得起自己了，对得起这份感情了。

拿定了主意，梓锦这才长出了一口气，冲吧，姑娘！

一切计划定了下来，梓锦的心突然就安定了，每日绣花读书，一晃就到了春闱的日子。姚家上上下下那个紧张，海氏拉着儿子的手，不说好好考试直说保重身体，当娘的最挂念的还是儿子的身体，生怕这九天给熬坏了。姚谦面色严肃地叮嘱一番，最后道："不要紧张，尽力而为。"

卫明珠瞧着丈夫双眼通红，最后也只说了一句："等你回来……"

姚长枫跟姚长悟也对姚长杰说了祝福的话，兄弟三人倒是相视一笑。

梓锦则是拿出一个包袱交给长杰的小厮，然后看着姚长杰笑道："换洗的衣裳，鞋子，虽然是三月，可是晚上还是有些冷，衣服都是准备的夹棉的，鞋子的底子也是加厚的，大哥哥，加油，我们等你凯旋归来，光宗耀祖。"

众人就笑了，就连海氏的神情也放松了些，姚长杰伸手揉一揉自己的头，这才拜别家人上了马车往考场而去。

九天的煎熬实在是太长了，卫明珠整天神色怏怏地找梓锦说话，海氏依旧每日三炷香地拜佛，鉴于卫明珠缠住了梓锦，所以梓锦不知道这一次姚谦有没有偷着进了佛堂烧香，没看到着实有些遗憾，只是每日看着跟怨妇似的卫明珠，梓锦只好打点起精神努力劝慰。

这天，俩人闲聊，卫明珠忍不住将心中疑惑向梓锦吐露。

"不知你大哥是不是讨厌我，跟我说话一天不会超过十句，每一句也就三五个字。"

"当然不是，他就那个脾气。不过我有个主意，你不如别顺着他，做点他看不惯的事，比如戴他不喜欢的首饰，穿他不喜欢的衣裳。他觉着碍眼，自然就会说出来，这样你不是就有机会和他交流了吗？他一指出，你就改，岂不是显得你懂他？他就慢慢愿意和你多说话了。"

"……你好厉害……"

"那是，我跟我大哥相处十几年，他的性子我自然是了解得一清二楚。"

"要是我按照你说的去做，你大哥要是厌烦我怎么办？"

"大嫂，是不是爱情中的女人都会变笨啊？"

"别说这么直白，很打击人啊！"

"好吧，我告诉你哦，我大哥这个人其实很念旧，很认死理，他认准的事情十头牛再加上十匹马也拉不回来。既然娶了你进门，我大哥自然是要好好待你的。"

梓锦说了一大串，渴死了，伸手拿起茶壶倒了杯茶灌了下去，这才觉得舒畅了。

卫明珠简直就是惊呆了，怔怔地看着梓锦，良久才说道："五妹妹，你怎么知道这么多？我从没有听别人说过这些，觉得好像是天方夜谭一样。"

梓锦心里一愣，哎哟，坏事了，自己热心过了头，把自己给搭进去了。梓锦露出一个不好意思的笑容，小声说道："与人交流必先要了解一个人，我是从一本杂书看到的。"

"什么书？能借我看看吗？"

"呃，大嫂，这种离经叛道的书你说我能留到现在吗？早就付之一炬了。"梓锦不自在地一笑，出卖别人的同时小心天打雷劈把自己搭进去，梓锦就差点不能自圆其说，这世道活着挺不容易的。

卫明珠狐疑地看了梓锦一眼，抿嘴笑道："难怪你大哥说五妹妹其实是最聪明的，就是总爱装笨。"

梓锦在心里默默抱怨：这两口子还让人活吗？

"大嫂，你刚才还说你跟大哥没有共同语言，没有共同语言他怎么会跟你说这个？"梓锦哀怨地说道。

卫明珠干笑一声，扭着帕子说道："就是有一次，偶尔……偶尔提起过，五妹妹，你别多心，你大哥其实没别的意思。"卫明珠觉得手心里出汗了，没事多什么嘴啊。

在姚家出嫁的未出嫁的老的少的男的女的的大力关注期盼下，春闱终于结束了。姚长杰从考场回来又变成了一片叶子，走路直飘飘的，卫明珠早就准备好了洗澡水，准备好了饭菜，给姚长杰洗过澡，又让他吃过饭，姚长杰便捂上被子呼呼大睡，卫明珠见到了梓锦，就有些心酸，"看那样子就跟多少年没见家人没好好吃饭一样，也不知道在里面遭了多少罪。"

学子们都在等着发榜，这种等待的心情，不用说也能知道有多么的焦躁不安，就连一向镇定的姚长杰这一次似乎也有些毛躁，梓锦瞧着心里有些感动，她知道他的哥哥不是担心他自己的前程，而是担心没有好的名次会在参加殿试的时候不利，梓锦这个时候知道自己不管劝什么都没有用处的，因为那是一个哥哥爱护妹妹的拳拳之心。

除了等待，再也不能做什么了。

第十二章
姚大哥殿试中榜眼，小春园溟轩设诡计

发榜那天，梓锦早早就到了老太太那里等消息，姚谦进了宫不在家，海氏有些坐立不安，卫明珠也有些紧张，姚长杰不在家被什么同年叫去了，男人们都出去了，只剩下一窝女人在等待。

很快就有好消息传来，姚长杰榜上有名，居然还在前五名，也就是说，只要殿试发挥稳当，很有可能中得前三甲，整个姚府沸腾了，欢天喜地地庆祝起来。

冯述跟侯正杰也都榜上有名一个在二十几名，一个在四十几名，但是一个进士应该是跑不了了，喜讯连连，就是梓锦自己也觉得真的有一种否极泰来的感觉，烟消雾散后太阳总会升起来。

殿试那天，云淡风轻的好日子，大家都在默默等候着最终的结果出来。

姚长杰中榜眼的消息传来的时候，姚府诸人欢呼不已，果然是虎父无犬子，姚谦这位状元爹总算是没有丢人，老太太又让人去探听两位姑爷的名次，很快地消息就传来了，两人虽然没有进一甲，但是都在二甲御赐进士出身，总算不是同进士，众人松了口气，整个姚府张灯结彩庆祝起来。消息传出没多久，就有同僚亲朋上门庆祝，海氏就出去待客，梓锦就陪着老太太在屋子说话。

定了好日子，请了亲朋好友同僚热热闹闹地摆了一天的酒席，就连老太太也难得开心肯出去陪着大家说话，一时间姚府一个儿子两个女婿一个榜眼两位进士真是格外的光彩，川流不息的人群，一时间让梓锦大为感触，这应该就是车水马龙了。

按照道理，姚长杰应该跟状元探花进入翰林院任职，但是由于翰林院里有姚谦，父子二人不能同院供职，因此姚长杰被御封了给事中。消息传出举朝哗然，须知道给事中是正五品的官衔不说，最重要的是这是直属于皇帝的嫡系系统，折子不用经内阁直接上达天听，有权啊。

梓锦听到这个消息的时候浑身一震，忍不住泪流满面老天终于开眼了，她总算

是有点盼头了，不容易啊！

姚府喜事连连，大家终于记起姚府还有一位未出嫁的姑娘，而这位姑娘据说是姚府之内姚长杰最喜欢的妹子，比嫡出的妹子还要亲近，这消息也不知道从哪里传出去的，一时间梓锦顿时成为了香饽饽，上门提亲的络绎不绝，可把海氏高兴坏了，嘟囔着跟姚谦说道："五丫头命好，看看谁还敢背后嚼舌根说我们五丫头是个克夫的命。"

姚谦瞧着海氏咬着牙根，面色狰狞地说这话，怎么瞧都觉得有点可爱，摸着下巴的几缕胡子，轻咳一声，道："太太说得是。"

海氏得意洋洋地说道："这次可要给五丫头好好地选门婚事，我过几天就去庙里烧香，这次的婚事可不能再出现抄家流放的事情了，年纪大了，经不起折腾了，再来一次真的要吓死。"

姚谦虽然不信鬼神，但是觉得自己这个女儿的确是有些命运不济，于是就点点头："叫着五丫头一起去吧。"

海氏点点头，又道："再把儿媳妇捎带上，进门这么久了，肚子怎么还没有动静，我得让她去拜拜送子观音才是，这一桩桩一件件真是忙死人。"

"太太辛苦了。"姚谦立马说道，深觉做个当家夫人也不是件容易的事情，越发觉得老妻这些年真是辛苦了。两人王八对绿豆了一辈子，不承想老了老了倒是对上眼了。

海氏神经大条，没听出姚谦话里的柔情蜜意，只是径自盘算着："这次去烧香还要给二丫头三丫头求一道顺利生产的神符才好，顺便给四丫头也求求送子观音，她怎么还没有动静，几个姐姐都有了身子，这丫头真是急死人，没有孩子能立住脚吗？姑爷又中了进士，这以后的事情也要精心点。"

姚谦听着老妻一个个为子女打算，似乎已经浑然忘记了这些年跟莫姨娘的战争，她不怎么待见姚玉棠，这个时候居然还想着给姚玉棠拜送子观音。

姚谦的脑子里就想起了老太太的一句话：太太这个人心眼小，脾气暴，但是是个管家的能手，还是个心肠软的，又是个忘性大不爱记仇的，这才是你的福气，好好待她才是。我知道你喜欢莫姨娘，可是你跟太太患难与共的情谊难不成也是假的？这个家在她手里，我就是将来闭了眼也能安心去了。

听着老妻的絮絮叨叨，以前只觉得无比厌烦，芝麻大的事情也要唠叨，现在却有一种难以言喻的温馨，老伴老伴，到老才是伴，姚谦看着海氏忙碌的背影，这段日子又胖了些，真是圆滚滚的怎么看也不好看，却是心安，忍不住地笑了，这样有人在身边唠叨的日子也不错。

爱情会从浓转淡，可是亲情却是一辈子刻进骨血里的，怎么也剥离不掉，这个妻子虽然有这种那种的毛病，既不温柔也不浪漫，年轻时也没少吵了架，拌了嘴，临了却是依旧有她在才是一个家，才能心安。

姚家在为梓锦挑选婚事的时候，叶溟轩也没有闲着，故意将齐恒喜欢罗玦的事情透了出去，京都里迅速传播起来。凉国公夫人气恼不已，追问女儿有没有这事，罗玦只是冷冷地说道："是他喜欢我，我又不喜欢他，有什么可怕的。"

"你个混丫头，既然知道这件事情，那么前天齐家的宴会你还去做什么？这不是明摆着落人口舌吗？"凉国公夫人摇头叹息不已。

说起来叶溟轩真够狠的，为了将罗玦引去齐夫人的生辰宴会，故意散出风去说自己会去，果不其然罗玦就跟着凉国公夫人去了，不仅这样，叶溟轩还故意在二门门口假装遇见齐恒，跟他闲谈，却在看到罗玦往这边走的时候，慢慢地离去，齐恒本就喜欢罗玦，看到罗玦自然是一定要上前打个招呼的。而这个时候叶溟轩又故意带着三五个"友人"特别八卦的那种仿若不经意地经过二门门前，恰好遇见了齐恒跟罗玦"私下相会"的一幕。

因此当京都里流传出齐恒喜欢罗玦的闲话的时候，那几个格外八卦的友人逢人就说果然是这样啊，难怪那天在齐府的宴会两人拉拉扯扯，一人说不足惧，若是还几个人同时证实这一点，就是凉国公夫人智比天高也真的是为难了。

罗玦怔怔地发了一会子呆，失笑一声，然后说道："是我太傻了，这一切分明就是叶溟轩针对我设的一个计谋，他以他自己为诱饵，将我骗去了齐府，而后又特意跟齐恒在二门口说话，二门口多好的一个地方，正好是内外院的分界线。我去的时候，他故意走开，齐恒本就对我有意，看见我自然是不肯走的，他又带人回转来故意让人看到这一幕，然后再将齐恒喜欢我的事情传播出去，他可真够狠的。"

凉国公夫人先是一惊随即眉心紧锁，劝道："丫头，这门婚事就这样算了吧，叶溟轩都能做到这样的地步，他为了那个姚五姑娘只怕是没有什么事情做不出来的。你看看姚梓锦先后定亲的两个人家，哪一个不是下场凄惨，如果咱们硬要跟叶溟轩作对下去，我不知道下个倒霉的会不会是咱们家。叶溟轩已经不是当年的叶溟轩了，你看看他现在在锦衣卫简直就是呼风唤雨，就连万荣都要给他几分面子，咱们放手吧。"

罗珙缓缓垂了头，双手紧紧地搅在一起，眉宇间带着一抹坚毅，道："娘，你再帮我一次，将姚梓锦说给齐恒可好？"

凉国公夫人唬了一跳，道："你这是做什么梦，这个时候你让我怎么去跟人家开口？"

"可是你想想，齐恒如果跟姚梓锦结了亲事，叶溟轩死了心，我也没有了威胁，岂不是两全其美的办法？我还不想放弃，我喜欢他，娘，你再帮我最后一次好不好？"罗珙满眼含泪地瞧着凉国公夫人，凉国公夫人轻轻地叹息一声，真是造了什么孽……

在凉国公夫人上门之前，姚长杰跟姚老太太关起门来说了一下午的话，梓锦知道她大哥这是为她打前锋去了，因为在目前齐府跟罗珙有谣言的时候，姚府要是同意了这门婚事，怎么看也有些奇怪的，姚老太太必定不会同意的，所以姚长杰这才亲自前来劝说。

终于傍晚的时候姚长杰见了梓锦，没说别的，只说了一句话："一切安排好了，你什么都不用管假装不知道就好了。"

"大哥，谢谢。"梓锦喃喃出声，心里想着这样的男人下辈子要做不成兄妹，她一定会排除万难做他老婆，多幸福的事情啊，如果她大嫂下辈子肯放手的话。

看着梓锦一双玉手轻轻地摇着自己的衣袖，脸上带着愧疚的时候，姚长杰伸出手指轻轻地敲她的头一下，道："好好休息，瘦成这样子实在是太难看了，我还是比较喜欢你小肉包子的胖模样，赶紧养回来。"

"好，我一定好好吃饭。"梓锦很想扑进她大哥的怀里，可是看到卫明珠正从远方走来，只得压下这个想法，她大嫂已经相当嫉妒他们兄妹的关系，要再打击人家，梓锦也觉得自己太不厚道了。

卫明珠走了过来，看着姚长杰也在，浅浅一笑："夫君也在，我正好有事跟五妹妹说。"说完就看着梓锦说道："娘说后日去庙里烧香，让五妹妹跟我们一起去，我提前跟你说一声，你也好准备准备。"

梓锦对上香实在没什么兴趣，但是又不能不去，只得点点头，道："好，谢谢大嫂，我知道了。"

"一家人客气什么。"卫明珠笑道，背着姚长杰给梓锦打了个眼色，伸手将一个小荷包塞给了梓锦。

梓锦不知道里面装了什么，不过还是很快收了起来，然后看着姚长杰说道："大哥，我先回去，就不留你们进去坐了，你们夫妻慢走、慢走。"梓锦说完一溜烟就跑了，躲到了门后面，伸出脑袋往外看，就看到姚长杰跟卫明珠并肩而去，并肩哦……并肩啊！

古代男女走在一起，是不允许并肩的，妻子要落后丈夫一步以示尊敬的，姚长杰这个老古板，居然跟卫明珠并肩而行……改天一定逮住卫明珠严刑拷问！

凉国公夫人上门的那天，正好是梓锦跟着海氏卫明珠上香的日子，那天正好也是姚长杰第一天上任的日子，姚府里真是各忙各的，只好姚老太太亲自接待凉国公夫人了。

待到从寺庙回来，老太太就把海氏留下，梓锦跟卫明珠走了出来。

到了第二天凉国公夫人又来访，这次接待的是海氏，两人倒是笑语妍妍，相谈甚欢，等到凉国公夫人上门第三次的时候，梓锦的婚事就被定了下来，正是御史齐家的儿子齐恒。

梓锦叹息一声，命运又开始重新转动，而这一次她们是操纵命运的手，而不再是被命运操纵的人。

按照原来的计划，应该是婚事刚定下的时候，叶溟轩会寻个机会安排一次几人同时都会参加的宴会，就在婚事定下的那天，第二天叶溟轩就给姚长杰递了消息，宴会选择在了小春园，这一日是个桃花会，很多京中的世家都会来参加极是热闹。

姚长杰答应了同年的邀请前去，就带上了妻子，卫明珠一个人嫌闷就拉上了梓锦，而与此同时罗玦接到的消息是，叶溟轩听说姚梓锦去了小春园，立刻跟去了，她这个未婚妻哪里能坐得住，立刻也带着家人前去。齐恒本身对姚府这门婚事并不满意，他又不喜欢姚梓锦，但是为了罗玦的声誉还是同意了，知道了罗玦要去小春园，竟也忍不住跟了去。

本来是挺好的赏花会，梓锦很喜欢桃花，看到小春园里那成百上千株的桃花一起绽放，还是觉得很是震撼，她从没有见过这样多的桃花，一时间拉着卫明珠在桃花林里来回不停地看，欢喜得不得了。

玩了一阵之后，梓锦按照姚家大哥提前给她说好的路线，拉着卫明珠往桃花林深处走去，"不经意"地就遇上了罗玦，而此时罗玦的手正被齐恒紧紧地拉住，罗玦那样子似乎想要挣开齐恒，齐恒却不松手。齐恒去姚家的时候卫明珠见过的，自然是认得，卫明珠一见这样子，顿时大怒，高声喝道："你们在做什么？"

桃花林里虽然空旷，但是今日赏花会人很多，卫明珠被气急了嗓门又高，一下子就引来周围的人，罗玦跟齐恒没想到会有这样的变故，一时怔在那里，竟然忘记了松开手，这下子可真是热闹了。

梓锦努力装出一副又气又急又委屈的小模样歪倒在卫明珠的怀里哽咽不已，她的未婚夫跟别的女人私会，貌似好像她应该这样伤心难堪才是，卫明珠看到梓锦委屈成这样，那把火又上来了，横眉冷对二人，咬着牙说道："好一个凉国公府名门淑女，好一个正义凛然齐御史家大公子，能不能告诉我你们两个各有婚约在身的人这是在做什么？"

好一个卫明珠，当真是大族出来的，这话说得真是犀利。称罗玦为名门淑女，称齐恒是正义凛然的御史之子，结合两人目前的勾当岂不是一个天大的讽刺，梓锦抖着双肩，微微侧头从缝隙里瞄了一眼，果然就看到了罗玦也是涨得满脸通红，齐恒更是羞愧难当。

被人围观的滋味实在是不好受，更何况又是在这样的情况下捉奸成功，梓锦已经能想象明日京都里会掀起多大的风浪，叶府会如何自处？凉国公府该怎么做？姚府又会有如何的反应？偏偏在这个时候，叶溟轩鬼魅一般地出现了，此人一句话没说，只是那一双利眼在罗玦跟齐恒交握的手上冷冷飘过，轻轻地冷笑两声转身而去。

那一声冷笑梓锦觉得后背发凉，这厮还真是颇有气场。

就在叶溟轩刚转身走出没几步，突然之间只觉得刀光大盛，梓锦似乎被谁推了一把，猛地跌倒在地上，变故突然，谁也不知道发生了什么事情。梓锦担心卫明珠，忙喊道："大嫂，大嫂。"

"别……别说话，我在这里。"卫明珠的声音就从梓锦的身旁传来，紧接着梓锦就觉得自己的手被卫明珠握住了，拉着她连滚带爬地躲到一旁粗大的桃树后面，然后才结结巴巴地说道："刺……刺客！"

梓锦唬了一跳，难怪刚才觉得有亮光闪过，这时耳边又传来了刀剑相交的声音，这才真真实实地感觉到了，自己真的置身于危险之中。梓锦想起叶溟轩，揪心不已，满场去找他的身影，远远望去，就看到了叶溟轩正被一群人围在中间，打得正热闹，而周围的贵妇人们猛地受惊，这个时候回过神来，都是四散逃走，场面又乱了起来。

卫明珠就拉着梓锦要跑，梓锦放心不下叶溟轩，只得对卫明珠说道："大嫂，我……我脚崴了，你去找大哥，让他请官兵来，快点，快点。"

卫明珠担心梓锦不肯走，梓锦急了，吼道："你快去，我一会找个安全的地方躲起来就是了，这么多人难不成你忍心看她们丧命于刀下？"

卫明珠咬咬牙，先扶着梓锦躲到了较为偏远的大石之后，又嘱咐她藏好，然后才提着裙角猫着腰往外跑。这桃花林虽然是个林子，但是建造得很是美，还有凿进来的小溪，有亭子，岩石装饰，因此卫明珠借着这些地方的遮掩，夹杂在往外逃生的人群里很快地就没了踪影。

梓锦担心叶溟轩，伸出脑袋想要看看情形，却不承想正看到了相当惊讶的一幕，英雄救美啊！

却是罗玦遭刺客袭击，齐恒奋勇上前，以身挡剑，生生地替罗玦挨了一剑，胳膊上顿时血如泉涌，夹杂着罗玦的惊呼声，齐恒的闷哼声，在这小小的天地里让梓锦目瞪口呆，齐恒威武啊，爱情的力量果然是强大的！

就在梓锦目瞪口呆的时候，只觉得腰间一紧，猛地回头望去，就撞进了叶溟轩那一双黝黑带着笑意的双眸里，低声说道："跟我走。"

梓锦默默地点点头，白玉般的手被叶溟轩紧紧地握住，两人迅速地往另一边跑去，跑了长长的一段路之后，自己竟忽然回过神来，惊呼道："哎呀，罗玦跟齐恒还有危险呢，咱们就这样跑了？"

叶溟轩却是嘴角噙笑，垂眸看着梓锦，轻笑一声，才道："你倒是管得宽，对他们你还有同情心？"

"呃……"梓锦觉这话真不好回答，若是关心吧其实有点矫情，罗玦是抢她男人的女人，她应该狠心一点不管不顾，可是那小良心一直在蹦跶，跳得难受。

看着梓锦纠结的样子，叶溟轩笑道："好了，吓唬你的，这些人是我找来的，你担心什么，你不觉得齐恒以身犯险勇救美人兴许能成就一段姻缘呢？"

梓锦回过味来，指着叶溟轩说道："这都是安排的？好阴险啊你。"

叶溟轩痞痞一笑，伸手将梓锦拥进怀里，默默叹道："我不耐烦了，不想跟罗玦继续磨下去，索性快刀斩乱麻，不好吗叶夫人？"

梓锦俏脸一红，"谁是叶夫人？我答应嫁你了吗？臭美的你。"

叶溟轩剑眉一扬，正欲调笑两句，忽然之间急迫的刀剑相击声从另一面传来，神情不由得一怔，梓锦也是一愣，不是说是叶溟轩的人吗？怎么……怎么会有这么激烈的打斗？

叶溟轩神色渐黑，扶着梓锦说道："躲在这里不要出去，我去看看。"说着伸手将梓锦塞进一个小小的假山洞，他却如鹞子一般飞了出去，朝着打斗声奔去。

梓锦知道叶溟轩武功高强，可还是忍不住地担心，想要跑出去看看，又怕自己扯了叶溟轩的后腿，窝在那个小地方，真真是如在火上烤。

"五妹妹，五妹妹……"

梓锦双眼一亮，忙喊道："大嫂，我在这里，在这里……"梓锦挣扎着跑了出去，就看到卫明珠双眼红红的正朝着她跑了过来，一看到梓锦这才松了口气，拍着胸口说道："吓死我了，我以为你……还好，还好，不然我怎么跟你大哥交待。"

梓锦忙着安抚卫明珠，扶着她往外走，就问道："外面怎么样了？刺客走了没有？"

卫明珠就点点头，"叶大人带着锦衣卫赶到了，将刺客活捉了一个，死了四个，跑了两个，我跟你哥赶到的时候都吓坏了，满地的血，我又找不到你，叶大人说看到你往这边跑了，我才追了过来。"

还真有刺客……梓锦只觉得浑身的汗都冒了出来，怔怔地看着卫明珠问道："那叶溟轩呢？他怎么样了？"

卫明珠道："没事，叶大人身手厉害得很，活捉的那一个就是他拿下的，你没看见当真是威武。"

"你看见了？"梓锦看着卫明珠，方才她不是还说到的时候都完活了吗？

卫明珠忙补充道："听说，听说。"

两人边说便往回走，梓锦当着卫明珠的面不好打听过多，心里又记挂着，可是在外面又不能跟姚长杰私聊，那个郁闷啊。经过打斗的地方的时候，梓锦看着满地狼藉跟鲜血，只觉得心里一阵阵难受得要命。

桃花会也办不成了，大家分道扬镳各回各家，姚长杰没有跟梓锦还有卫明珠回来，因为他现在毕竟也是朝廷官员了，又是比较特殊的给事中，遇到这样的事情当然不能当做没看到，还是跟着叶溟轩回去做个见证了。

回到了姚府，海氏跟老太太听说了又是一阵阵的安慰，还命人煮了安神汤给二人喝，然后就让两人回去休息，海氏皱着眉头，一脸的苦瓜相："真是流年不利，都拜了佛了，怎么还遇上这样倒霉的事情，这……这齐家的婚事可怎么办？"

海氏真是担心得太多了，因为到了下午的时候，突然传来了齐家要被问斩的消息，举朝哗然，谁人不知道齐御史刚正不阿，怎么突然之间要被砍头？梓锦得到消息的时候只觉得晴天霹雳一样，这也太……太玄了吧？怎么就会被问斩？突然想起后来冒出来的刺客，难不成跟齐家有关系？

梓锦失笑一声，她这是什么命？吴家被抄家，鲍家被流放，齐家又要被砍头，难不成她真的是克夫的命？

这一次梓锦知道叶溟轩的计划，叶溟轩的计划里根本就没有要把齐家整治得砍头的地步，也就是说，这里面一定有梓锦不知道的事情发生了，具体是什么事情，现在还不知道罢了。

海氏听说这个消息的时候，整个人懵了，拉着梓锦的手，想要挤出一个笑容来，结果却比哭还难看，五丫头这衰命啊……

卫明珠忙着安慰海氏，梓锦叹息一声："大不了我一辈子不嫁了，免得祸害别人。"

"胡说！这跟你有什么关系？"老太太怒道，"姑娘家家的这样的话也是你能说的？他们是自身不正，触犯王法，所以才有这样的下场，以后这样的话不许胡说！"

梓锦忙点点头，道："是，孙女不敢了。"

老太太看着梓锦的样子，心头一软，缓缓说道："在朝中为官，能有几个是干净的？这里面说不定有什么是咱们不知道的事情，只不过你倒霉接连遇上了，以后可不能觉得自己有什么不对。我的孙女，言行举止从不逾矩，说话办事，妥帖安稳，没有一点逆天不孝，凭什么这样的罪名扣在你头上？谁要敢在外面嚼舌根，老太太我决不罢休。"

卫明珠心中一凛，在一旁笑道："祖母说的是，五妹妹跟这些事情自然没有关系，只是咱们今年时气不济，改日我跟母亲再去烧香，去去晦气，五妹妹还跟我们一起去，就权当是玩乐了。祖母要是有兴致就跟咱们一起去，春光明媚的倒是适合出去走走。"

卫明珠陪着说笑，梓锦又在旁配合，屋子里的气氛又慢慢缓和过来，到了傍晚的时候，姚长杰跟姚谦一起回来了，老太太跟海氏就忙问今天的事情，梓锦跟卫明珠在一旁听着。

姚谦揉揉额头，道："这件事情一时间还说不好，是叶溟轩抓住的刺客一口咬定是齐家指使他们刺杀叶溟轩的，理由也很简单，齐恒喜欢罗玦，罗玦跟叶溟轩有了婚约，他不甘心这才出此下策。"

众人惊讶，这也太……猛啊！

姚长杰这时偏偏头说道："我跟溟轩碰过头，我们俩觉得事情没有这么简单，齐家哪有本事指使得动这样厉害的刺客，只怕这里面还有我们想不到的人在背后利用齐恒想要对付溟轩。"

事情一下子脱离了轨道，完全出乎了姚长杰跟叶溟轩一开始设计的样子，只是这个计划很少有人知道，究竟是怎么泄密出去的，叶溟轩跟姚长杰都没有一个具体的答案。

梓锦跟齐恒的婚事再一次成为了京都之人津津乐道的话题，这次倒是很少有人说梓锦克夫什么的，主要是宣扬桃花林中齐恒跟罗玦手牵手的事情。

这两人一个是使君有妇，一个是罗敷有夫，居然还敢光天化日之下勾勾搭搭，一时间叶溟轩跟梓锦都成为众人可怜的对象，就连齐家出了这样的事情，为其说话的也没有几个，毕竟这种不光彩的事情男盗女娼最令人厌恶了。

梓锦倒是没有想到，自己跟叶溟轩一下子成为了大家同情的对象，丝毫没有提及她克夫之类的话题，姚府的人这才松了口气，只要梓锦名声无损这才令人安心，谁愿意自家的姑娘背上克夫的名声。

吴姨娘拉着梓锦的手笑了哭哭了笑，却是一句完整的话都说不出来，梓锦只得安慰吴姨娘："姨娘，你看现在不是雨过天晴了吗？我没事的，你别哭了，哭多了伤身。"

吴姨娘抹抹泪，哽咽道："你说你怎么就这么倒霉的，我天天在菩萨面前上香，为你祈福，如今总算是雨过天晴了。不指望着你能大富大贵，只要安安稳稳地过日子就好，你说你几位姐姐的婚事都挺顺当的，怎么到你这里就这么多波折。"

"命呗，说不定闯过去之后，我就是大富大贵的命呢。"梓锦笑着说道，其实她觉得吧，她还是很有希望飞上枝头当凤凰的，踩的高枝可不就是用尽手段要把她娶回去的叶溟轩吗？

吴姨娘当然不知道这些，只是说道："大富大贵就算了吧，只要安安稳稳就好，我这颗心啊就算是安定了。"

莫姨娘最近颇有潜心向佛的架势，经常跟吴姨娘探讨佛经，就连姚谦一个月里十有五六都在主院过夜，她也不会跟以前一样暴躁不安，诡计连连了，梓锦就很是好奇，她很想问问莫姨娘究竟受了什么刺激，变得这样安生了，不过这话是问不出口的。

这日莫姨娘又上门来，没想到梓锦也在吴姨娘这里，见到梓锦先是行了礼，"婢妾见过五姑娘。"

梓锦只觉得寒毛直竖，这么有礼的莫姨娘让人心生惊恐啊。

"姨娘不必这么客气，坐吧，我正要回去了。"梓锦忍住心里的惊骇笑道，缓缓站起身。

"是，姑娘慢走。"莫姨娘淡淡地说道。

梓锦在惊恐中看着莫姨娘比海氏保养得好得多的脸庞，只觉得心里翻滚的满是惊涛骇浪，好诡异的感觉，你能想象，一向战斗力十足的骄横妾室突然间变得彬彬有礼吗？

这感觉就好像是看到了水牛飞上天，泰山变平地一样可怕。

莫姨娘似乎是看出梓锦的疑惑，也没解释什么，只是垂头低眉说了一句："谢谢五姑娘跟太太上次为四姑娘求的生子符，我这个做姨娘的没本事为她做什么，也只希望别扯她后腿才好。"

梓锦慢慢地走了出来，迎着阳光默默发呆，争强好胜了一辈子的莫姨娘，临了却为了孩子放下一切。梓锦想着大约莫姨娘不是不爱姚谦的，只是相比起来莫姨娘更在乎的是她的儿女，姚玉棠一直没有怀孕，莫姨娘不能出府为她上香祈福，但是海氏在跟莫姨娘这样不对盘的情况下，还能为姚玉棠做到这些，人心都是肉做的，莫姨娘可能也悔悟到自己过分了。

又过了两日，齐家被无罪释放，原因是刺客承认他是胡乱攀咬，却死不肯说出幕后指使在狱中自尽。齐家大惊一场，最终还是平安无事，但是齐恒跟罗玦的事情却已经是传得沸沸扬扬。姚家已经主动提出退亲，既然齐恒另有所爱，姚家女儿嫁过去只怕会吃苦，所以这门亲事万万不能结。消息传出去后，倒是没有人说出个难听的话来，毕竟谁愿意自家的女儿嫁给个爱着别的女人的男人。

与此同时，罗家也主动跟叶家退了亲，罗玦出了这种事情，相比罗家也没有颜面跟叶家结亲，与其等到叶家主动退亲，还不如这个时候留点颜面比较好。

然后，齐家向罗家提亲，罗家只得答应了，不答应罗玦这辈子也嫁不出去了，这门婚事倒也是理所应当，无人惊讶。令人惊讶的是，叶家在这个时候向姚家求亲，一时间举京哗然。

姚老太太还在生叶老夫人的气，是不肯答应，叶家来提亲，姚老太太就说了："我们家门第低微，不敢高攀。"

叶老夫人毕竟是见过风浪的，哪里不知道自己的手帕交什么意思，居然亲自上门来求亲，在整个京都惊讶的注目中，在两家最高级别的大 boss 的会晤中，这段婚事被定了下来。

姚老太太事后缓缓说道："不为难叶家，还当真以为我们姚家想要攀高枝，轻轻易易地就答允了婚事，梓锦嫁过去岂不是要受人欺负？叶老夫人亲自上门求亲，日后梓锦嫁过去，谁想要欺负她也得想想这门婚事是怎么得来的，想要压着梓锦头，也得问问自己他们的婚事叶老夫人可亲自求亲了？"

梓锦愣愣的，没想到老太太为难手帕交只是为了自己日后在叶家的路走得更平稳一点。

看着梓锦的神情，老太太就叹息道："其实我不打算把你嫁进叶家，叶家水太浑，你过去未必是好事。但是……溟轩这孩子痴情一片，我又不好拆散你们这对苦命鸳鸯。"

虽然早就知道老太太已经知道她跟叶溟轩的事情，但是听到老太太亲口说出来，梓锦还是觉得有些愧疚："祖母，都是梓锦不好，让您劳心了。"

"傻孩子，这些日子你为姚家做的一切祖母都看在眼里，万万没有只有你牺牲的道理。"老太太拍拍梓锦的手，柔声说道。

梓锦死命地抿着唇不想让自己落泪，好像多矫情，可还是忍不住，忍不住……老太太这么一句话，梓锦这么久以来的所有的牺牲似乎都值得了，值得了。

"好了，溟轩费尽了心思才能把你娶回去，想着也不敢对你不好，若对你不好你只管回来，看我饶不饶他！"老太太笑着说道。

梓锦羞红了脸不敢应声，终于……尘埃落定了！

叶老夫人也是个行动派，跟姚老太太修复了关系之后，就按照古礼走了程序，纳采、纳吉，就连婚期都定下来了，就在六月初六，是个顺顺当当的好日子。

海氏又忙翻了天，派人去叶家丈量房子弄家具，还要给梓锦准备嫁妆，卫明珠也是忙得团团转，梓锦因为是新嫁娘到时不能再跟以前一样出手帮忙了，安安静静地呆在闺房里绣嫁妆。

叶家也太着急了些，从议亲到成亲只有两个月的时间，弄得姚府上上下下都忙得连轴转。

六月初五这一天，艳阳高照，叶家的人要来下聘礼，一大早姚家的人就洒扫门庭，严阵以待。

古代的纳征相当于现代的送聘礼，送礼时间，按照惯例一般定于新娘正式过门的前一天。叶家这次对这门亲事也表现出了相当高的重视，全部按照古礼完成。把"生庚"二字用金线缝在红绸上，聘礼中还正正经经地摆了豚肉、喜酒、羊、糕仔，蜡烛四对，爆竹、礼香两把、姜花（糖米花饼）、礼饼等，这些都是尊崇古礼必须用的，另外聘礼中还有金花簪两对，金环两对，金戒指一对，各色式样赤金嵌宝石簪子、步摇整整一托盘，玉石珊瑚象牙做成的整套首饰，在阳光下五光十色耀煞人眼。

还有塞外上好的各色皮毛，貂皮、狐狸皮、居然还有虎皮，油光水滑摆满了十几箱子，片金料、捻金锦、闪缎、洋绒、妆缎、丝缎、潞䌷、纺䌷、绫纱各色绸缎更是堆满了院子。

梓锦是属猪的，最后送上来的竟然是九十九对婴儿拳头大小的足金打制的各种姿态的小猪，一时间众人只觉得这是炫富来了吧，就这九十九对小金猪，只怕就价值上万两银子了。海氏捂着心口，她的钱啊，已经可以预见呼啦啦飞走了，男方的聘礼这般丰厚她该怎么给梓锦预备嫁妆？

饶是姚老太太心有准备，还是被惊了一跳，脸色有点哭笑不得，稀罕媳妇到了这个地步？

如果说女家预计结婚时有丰厚的嫁妆，那就可以不客气地收下男方的全部聘礼，只取出一小部分作为男家的回礼；相反地，如果预计不能陪送丰厚的嫁妆，就很客气地收下男方小部分的聘礼，绝大部分都以谢礼的名义退还给男家，所以从女家所收聘礼的多少，就可推知女方的嫁妆有多少。

海氏有些腿软地站在姚谦身边，伸手推一推姚谦，低声问道："怎么办？"

姚谦也有些意外，这也太奢华了，心里暗叹口气，自己这个小女儿总是给他带来惊吓。姚谦就转头看向了老太太，当初老太太说好了梓锦的嫁妆由她补上大头，只是如今这聘礼太多了些，只怕老太太的家底也没这般厚，还是要请老太太自己拿主意。

老太太看着海氏说道："就按照礼数回就是了。"

海氏心里咯噔一声，按照礼数回那就是，聘礼中"福圆"、"阉鸡"、"鸭母"都是代表男家的福气，如果女方收下，就等于夺走男家的福气，所以照例原样奉还。有种说法，福圆（龙眼）是象征女婿的眼睛，猪肉女方可以收下，但是按照风俗必须将猪脚退还给男家，其意为男家肉要给人吃，骨头不让人啃，此时女方要把猪脚留下，意味着女方对男方不礼貌。

老太太的意思，就是只把这几样退回去，其余的都要全部留下，海氏不禁脚软手都软了，嫁个五姑娘真是要倾家荡产了。

男方来的媒人跟叶溟轩的姑母廉王妃没想到姚家居然这样大手笔，眼中闪过一丝丝的惊讶，廉王妃很快地就笑了。准备嫁妆的时候，杜曼秋很是大方地添了不少东西，大约是想着姚家一看这么多的聘礼，肯定拿不出相等的嫁妆，这样一来，梓锦还未进门就矮了人一头，只是杜曼秋这次要失算了，姚家不仅收下，还是除了古礼中必须回的之外全都留下，也就是姚家是要大手笔嫁女儿了。

廉王妃看了姚老太太一眼，心里默叹一声，就这气势，真是令人惊讶。

送走了送聘礼的人，海氏打发人都下去了，这才跟着姚谦随着老太太回了葵锦堂，海氏终究还是先开口说道："娘，五丫头的嫁妆？"

"嫁妆的事情还是按照之前咱们说好的，你只管出公中的，其余的缺口我补上。"老太太道。

海氏还是有点小心眼的，觉得这么多的银钱都给了梓锦，老太太这边空了，那就是等于把原本给姚长杰的东西都给了梓锦，虽然海氏喜欢梓锦，但是这样嫁女儿更心疼儿子吃亏，就有些不高兴。

姚谦不想让妻子惹老太太不高兴，就笑着说道："我们多出一些，也不能让您把家底都拿出来，娘，您为五丫头好我们知道的，我们做父母的也懂得这些。"

老太太最是了解海氏，摆摆手让儿子坐下，然后看着儿媳说道："当年我的嫁妆在这京都中也是出名的丰厚，我是侯府嫡女，嫁妆多本就是理所应当，当时我爹娘又疼我，多给我一些别人也不能说什么。进了姚家门，你公公活着的时候有他养家自然花不到我的东西，后来你公公过世时族里出了事情，我拿出不少银子才摆平，我们孤儿寡母立得住脚，我自己一个人把儿子养大，又要独立支撑这个家族，着实花了不少的银钱，后来你刚进家门的时候也曾经拿出自己的嫁妆贴补这我也知道的。"

海氏脸就有点红，道："当时家里艰难，我的嫁妆拿出来是天经地义的，娘，您别这样说。"

"所以关于叶家的聘礼，我还有点疑惑跟你们说，这聘礼里有猫腻，有人啊想要给五丫头挖坑呢。"老太太冷笑一声，神态间就带了丝丝不屑。她也是一步步地走来的，有些事情比海氏清楚得多。

"五丫头是高嫁你们知道的，我跟叶老夫人是至交，她的脾气我还是知道一些的，这么多的聘礼只怕这里面有些猫腻的。我们五丫头是个庶女，按照一般人做事是不会拿出这么多的聘礼为难人的，可是叶家偏偏就拿出这么多的聘礼，你们想想是为了什么？"老太太循循善诱。

海氏是女人，虽然在宅斗上技术含量不高，那是因为她性格的原因占一大半，并不意味着海氏在这方面蠢。老太太明言这件事情不是叶老夫人的手笔，那么叶家有两位正妻，还是恩怨颇深的样子，会不会是这两人斗法，祸及到了姚家？

"娘，您的意思是那位杜夫人故意为难的？"海氏试探地问道，眉心紧紧地皱在一起。

老太太点点头，道："溟轩是长公主的儿子，向来跟杜夫人不合拍。这次聘礼有点出格，我想着有可能是杜夫人顺着溟轩有意高抬梓锦的意思，故意火上加油，拿出这么多的聘礼来，若是我们家拿不出这么多的嫁妆，反而把聘礼送回一大半，那么梓锦还未进门就会被人看低了，杜夫人只怕就是想要一个在梓锦进了门可以拿捏梓锦的把柄。"

海氏简直不敢想，这媳妇还没进门呢，就要给人家下绊子了，不由得怒道："真是卑鄙！"

海氏一向是胳膊肘往里拐，这个时候倒不心疼嫁妆了，只剩愤怒了，所以说单细胞的生物想要快乐其实很简单。老太太更厉害，知道什么是海氏的软肋，一捏就中。

"是啊，当时我就是想到这一点，不管怎么样聘礼绝对不能往回退，不能让五丫头还没进门就被婆婆妯娌看不起，甚至于将来用这些拿捏她。更重要的，咱们接了下来，杜夫人的两位儿媳妇当初的时候可没有这么多的聘礼，只要梓锦用得好，将来可以拿这一点拿捏别人。以后想要拿身份拿捏我们五丫头，五丫头就可以用聘礼一下子把她们噎回去，看哪个以后还敢拿身份说事。"老太太目露凶光，斩钉截铁地说道。

海氏出了一身冷汗，她家婆婆好生威武，她一辈子没跳出婆婆的手掌心真的是不能怨她笨，实在是婆婆太厉害。

"是不能让五丫头被人欺负，这个杜夫人还真是恶毒，居然想要这样打压我们锦丫头。"海氏愤愤不平，"五丫头的嫁妆已经准备好了一大半，这些聘礼咱们也不要叶家的，免得叶家说咱们姚家贪图聘礼，五丫头出嫁的时候都给她带回去。"

海氏的思想觉悟在愤怒的驱使下，很轻易就达到了老太太想要的结果，老太太就故作正经地说道："五丫头有你这么个好嫡母是她的福气，这丫头是个有良心的，将来也定然不会忘了你这个嫡母的。"

这话说得还是很有艺术的，梓锦的嫁妆丰厚了，在婆家立住脚了，将来梓锦对娘家肯定小气不了啊，这就是互利互惠的纽带关系。

老太太看着海氏又说道："我手里的东西给五丫头补上嫁妆，也不是就空了，这些年我的棺材本利滚利厚着呢，不仅要给我孙子还有重孙子都有份呢。"

老太太看着海氏有些局促的模样，这么多年了，连个伪装都没学会，失笑一声，就道："你去把聘礼单子拿来，咱们娘俩合计合计要给五丫头怎么补嫁妆。"

与此同时，梓锦在听说了叶府的聘礼之后，也隐隐约约察觉出了不对劲，就算是再重视这门婚事也万万不会到这个地步，雪白的额头紧紧地蹙在一起，纤巧进来催促道："姑娘，早些歇了吧，明日是您的大好日子呢，要早早地起床梳洗打扮，要有精神才是。"

梓锦就把自己心里那些古怪的感觉暂且放下，上了床安安静静地躺下，看着姜黄色的虫草帐子默默发呆，人生真是很奇妙，兜兜转转又回到了原地，原以为这辈子再也不能跟叶溟轩牵手，谁知道他们终于还是走到了一起。

回头想想，从什么时候自己喜欢这个家伙了呢？梓锦努力地想也想不起来了，好像自己从穿越来就跟这个家伙纠结在一起，原以为一定要绕着他走，不想跟他有什么关系，谁知道自己竟然会丢了心呢？

明天就要嫁给你啦……脑子里想着这首歌沉沉睡去，明天真是一个好日子呢。

第二天太还未亮，梓锦就被丫头们喊了起来，寒梅水蓉还有纤巧就围着梓锦打转，梓锦看着丫头们忙来忙去的倒是觉得几个丫头比她还要紧张。先沐浴，然后更了衣，大红的嫁衣穿在身上格外的喜气洋洋。

趁着全福夫人还未到，寒梅端了东西给梓锦吃，埋怨道："又不能多吃，也不能多喝水，姑娘忍着吧。"

因为成亲的仪式比较长，要是喝多了水半路上去厕所可就不好了，因此这日都是要少吃少喝，梓锦明白就笑着点点头。

用过饭之后，海氏请来的全福夫人就到了，在海氏亲自陪同下进了门，梓锦忙站起来，海氏就笑道："这是陈阁老夫人。"

梓锦一愣，没想到居然是阁老夫人，不过很快回过神来，弯腰行礼："梓锦见过夫人。"

陈阁老夫人是个很富态的女子，眉目姣好，虽然年岁渐大，但是风韵犹存，面上一片祥和，笑着说道："五姑娘真是好样貌好礼数，姚太太好福气。"

大家说笑一番，梓锦就不太紧张了，觉得这位陈阁老夫人真是一个妙人，说话很是亲近丝毫没有架子，梓锦觉得很舒服。陈夫人给梓锦绞面也是很仔细，手法不轻不重，梓锦并没有觉得很刺痛，心里很是感激陈夫人的细心。

梳头的时候，那一声声一梳白发齐眉二梳……一句句地念下来梓锦的神思就有些飘远，梓锦真的是跟叶溟轩要成亲了，心里竟然有种飘飘然不真切的感觉，若不是梳头的时候因为要把发髻盘紧头皮有些痛，还真似在幻境一般了。

快梳完头的时候，寒梅就跑了进来，笑道："来了来了，正叫门呢。"

屋子里的人都笑了起来，按照规矩，女方听到男方来敲门，并不是立刻就迎进门来，而是将院门紧闭，俗称拦门。这时娘家人要为难婆家的人，男方要答上女方家的刁难问题才能顺利进来。今儿个姚家姚长杰领头，姚长枫姚长悟紧随其后，还有姚家的四位姑爷齐齐上阵，是要铁了心地要好生地为难叶家。

谁知道叶溟轩也是个刁滑的，知道这一关不好过，居然文有新科状元，探花，武有属下精兵强将开路，不管是诗词歌赋，民间俚语，还是言刀剑雨，比得不亦乐乎，这迎亲的大会差点就要成了才子论坛，外面街坊邻居围观的越来越多，叫好之声隐隐透过墙壁传了进来。

女眷们听了丫头们不停往里送的消息，笑个不停，梓锦就觉得叶溟轩还真是有先见之明，知道姚长杰不会轻易地放过他，倒也乖觉地拉来了对手，不由得低眉一笑，婚礼这般的热闹，大约是个好兆头。

陈夫人在一旁眼角打量着梓锦，她是受了廉王妃的请托，这才答应海氏的请求来做全福夫人，只是心里也好奇这位姚五姑娘究竟是何方神圣，居然能让叶溟轩一见倾心，今日一见倒真是令人惊艳呢，长得美也就罢了，世上美人最多，可是这一份修养气度却是让人瞩目的，姚家的女儿倒真是名不虚传，就连嫁出去的几个在婆家的名声也是极好的。

终于答上了所有刁难的话题，叶溟轩这才进得门来，这边姚家出嫁的几位姐姐，姚雪跟姚冰有了身孕不能前来，姚月跟姚玉棠亲手给梓锦盖上红盖头，眼眶微红，面上带笑，轻轻地送上了祝福。

姚长杰亲自来背梓锦出门，梓锦拜别老太太海氏姚谦，这才哽咽着伏在了姚长杰的背上，一步步地走出了姚家，心头一酸，真的要离开这里了。

花轿用芝兰香熏过，里面撒了桂圆、荔枝、枣、栗子、花生之类的喜果，梓锦稳稳地坐在轿里，盖着盖头并看不到叶溟轩，但是叶溟轩的声音却是传了过来，他正在跟姚府众人拜别，那爽朗的声音听着就让梓锦有些伤感的心慢慢平静下来，至少她还有他。

鞭炮噼里啪啦地响了起来，梓锦还听到了小孩子抢喜糖的嬉闹声是这样的欢快，眉眼间就柔柔地露出了丝丝笑意。

花轿抬得很是平稳，梓锦并没觉得难受，大约过了两炷香的时间，就慢慢落了地，喜乐声阵阵传来，轿帘外传来了纤巧的声音，"姑娘，咱们到了。"

梓锦轻轻地应了一声，花轿要抬进大门，进门之后婆家人要撒谷豆用来辟邪。喜轿到院子里，要先从摆好的炭火上慢慢地跨过，意思是烧去一切不吉利的东西，日后夫妻会越过越红火。

落轿之后，新郎象征性地朝喜轿射三次箭，称"桃花女破周公"，也叫"煞"，也是避邪祛祟的意思。

唐人白居易诗道:"何处春深好,春深嫁女家。青衣转毡褥,锦绣一条斜。"那时时兴地上铺毡褥,如今娶媳妇,轿子进大门,却是"传席以入,弗金履地",这种习俗的用意就是传宗接代。

轿门开了一条缝,一条大红的绸子塞进了梓锦的手里,然后梓锦就在喜娘的搀扶下下了轿,踏上铺好的席子,手里握着红绸,在喜娘的搀扶下,一步步进入了大堂。

梓锦不知道周围有多少人,但是只听说话声,说笑声,就知道今日来的人极多,想想也是,叶老夫人、叶青城,长公主、叶溟轩,四个人的交际范围加起来,人是够多的。梓锦越发谨慎,不让自己踏错一步。

在司仪的大声唱导下,梓锦如木偶般拜完了天地,又被红绸另一端的叶溟轩牵着送进了洞房。

洞房里早就围满了人,梓锦只听到周围说笑声不断,自己才在喜床上坐稳,就有人喊道:"新郎官揭盖头,揭盖头。"这一喊就立刻有人跟着鼓噪起来,梓锦的双手紧紧地握在一起,心里暗暗给自己打气,奶奶的,我一个现代白骨精还能怕了你们这一群老迂腐,心里还没腹诽完,只觉得眼前一亮,盖头已经被叶溟轩揭开了,梓锦的双眼骤然被明亮的烛光一照,不由得微眯,抬眼对上了叶溟轩的方向,却不承想正撞入了对方笑意盈盈的双眸里,眸深如海,带着柔情,梓锦的脸一下子就红了,忙垂下了头,周围的人就哄笑起来,梓锦心里暗道,真是丢人了。

吃子孙饺时,就有群孩子在窗户外面大声地问道:"生不生?"

饺子煮得半生不熟,梓锦只得装作含羞带怯地低声应道:"生。"讨一个好口彩,众人又笑起来。

又被众人闹着喝了合卺酒,这才慢慢地消停下来,楚沈二人就站出来说道:"好了好了,闹也闹够了,大家都出去喝喜酒去,等会儿好好地灌新郎官。"

楚沈二人至少此时当着外人的面还是胳膊肘往里拐,连推带喊地把还要闹的众人推了出去,洞房里一下子安静下来,纤巧早就带着丫头们退了下去。

屋子里静悄悄的,只闻喜烛偶尔传来噼啪的声音,梓锦垂着头,这个时候反倒是不敢看叶溟轩了,颇有点近乡情怯的感觉。身边的床榻陷了下去,叶溟轩坐在了梓锦的身旁,身上有淡淡的香气传来。眨眼间,自己的手就被叶溟轩给握住了,只听他说道:"终于把我的锦丫头给娶回来了。"

"谁是你的锦丫头?"梓锦轻哼一声,心里却有种尘埃落定的感觉,终于……

还是嫁给他了。

叶溟轩嘻嘻一笑，双臂一伸，便将梓锦圈进怀里，口中发出愉悦的笑声："不是我的难不成你还想嫁给别人？"

梓锦故意板着脸说道："是有三次差点嫁给别人来着……"话未说完，只觉得唇上就被一片柔软给堵住了，那霸道的姿态倒是让梓锦一时没有回过神来，良久才推开他，道："别胡闹……你还要出去敬酒……"话未说完，就看到叶溟轩的唇上沾染了自己的口脂，嫣红嫣红的，忍不住地笑了起来，拿出帕子轻轻地为他拭去。

叶溟轩只是看着梓锦也不反抗，仿佛就这样看一万年也不会厌烦一般，直到梓锦擦完了，这才说道："你先换了衣衫，吃点东西，然后……等我回来。"

梓锦伸手将他推了出去，脸却红得火烧云一般，有股子热气似乎从心里就要喷发出来，浑身都暖暖的。

叶溟轩走后，梓锦把丫头叫了进来，纤巧就笑着说道："姑爷真是细心，早就让人准备好了热水等姑娘随时使用，院子里的丫头居然都立在外面等您使唤，可见是提前都吩咐过的。奴婢还担心咱们初来乍到，有些事情不好询问，没想到什么事情也不等奴婢开口问，人家都准备好了。"

梓锦任由纤巧跟寒梅给自己换衣服，看着水蓉指挥着人把热水送到了净房去，一切都有秩序，丝毫不慌乱。叶溟轩生怕她在这里拘束，一早就把所有的事情都准备好了，真是难为他一个大男人要做这些琐碎的事情，也不知道会不会被人说嘴，想着想着就笑了，能被人时时刻刻地呵护着，她真是幸福的。

舒舒服服洗了澡，将脸上那一层厚厚的白粉洗干净，足足换了三盆水，又让水蓉把发髻放了下来，头皮顿时轻松了，不那么胀痛了，梓锦这才觉得舒服了。厨房里这时送上了新鲜热乎的饭菜，梓锦打眼望去，都是自己平日喜欢吃的，一时间就有出神，这个男人还有什么没有为自己想到的？

前院的热闹声不断地传来，梓锦安安静静地吃过东西，就看着几个丫头说道："你们也去吃饭，累了一天了，我自己看会儿书，咱们的箱笼打开，把我平日用的先拿出来，其余的等有了空闲再捯饬就是了。"

吩咐完，纤巧觉得梓锦要留人在跟前使唤不肯走，毕竟是在侯府，不能让姑娘丢了颜面。梓锦笑道："我又不出这屋子，你们只管去吧，有事情自会叫你们。"

纤巧这才下去了，梓锦换了家常的粉色中衣，斜倚在床边，随手拿了方才水蓉送来的一本书，借着烛光低头翻看，却是一个字也看不进去，怔怔地出神。前院依旧热闹不已，梓锦累了一天了，就觉得有些乏，再加上她跟叶溟轩太了解，并不像一般的新婚夫妇并不相识，新娘要规规矩矩地等着新郎回来，梓锦就让吃饭回来的丫头们先铺了床，自己倚在榻边闭眼假寐，谁知道太过劳累竟然真的睡着了。

叶溟轩回来的时候，脚步有些不稳，看着丫头们要喊醒梓锦，他就挥挥手制止了，然后让丫头们退下，自己进了净房。纤巧看着惊讶不已，居然没人跟着进去服侍吗？

她是梓锦这方的人，虽然心有疑虑，却还是聪明地不问出声，只是静静地吩咐了丫头们值夜，细细安排下来倒也是从容不迫。旁边就有原本这院子的丫头笑道："这位姐姐真是细心。"

纤巧抬头望去，却看到一位眉清目秀的丫头立在那里，看穿衣打扮应该不是普通的丫头，就笑道："在家里做惯了，这也没什么。"

"我叫素婉，以后还请姐姐多多指教。"素婉觉得纤巧话中有话，这个时候也不多问，只是摆低姿态笑道。

第十三章
洞房夜溟轩喜开怀，初进门梓锦对群狼

"不敢不敢，大家都是伺候主子的，主子开心才是咱们的本分。"纤巧不晓得为什么心里就是很讨厌这位素婉，因此说起话来也是滴水不漏。寒梅跟水蓉立在纤巧身后，这时水蓉就笑道："素婉姐姐，不知道给我们安排的宿处在哪里？能不能请姐姐代为引路？"

水蓉其实已经知道了，方才有位碧荷姑娘早就妥帖给她们指引过了，只是水蓉不想跟这位素婉有什么冲突，毕竟才刚进门，索性将她支走。素婉不好不去，就领着水蓉去了。

寒梅看着素婉的背影冷笑一声，纤巧指指她的额头，道："临来前老太太怎么说的，可要记住了，不许给姑娘惹祸。"

寒梅皱皱鼻子，道："是，好姐姐我都记着呢，就是看着这位妖妖娆娆的好生讨厌，不如那位碧荷姑娘本分。"

纤巧伸手捂住寒梅的嘴："作孽的，这些话能在这里说吗？"

寒梅就笑了笑，推着纤巧说道："好姐姐你去休息吧，今晚我值夜，明儿早上再来替我就是了。"

纤巧点点头，这才去了，寒梅就带着小丫头去了守夜的外间伺候茶水。

叶溟轩洗完澡换了雪白的茧绸中衣慢慢地踱步出来，屋子里静悄悄的，梓锦斜倚着软枕睡得正香，叶溟轩缓缓地坐在床头，看着梓锦安静的睡颜，就在自己触手可及的地方，却恍若梦一般，两生两世了，终于还是将她娶回了家，那颗跳动的心终于有了安定的感觉。

梓锦瘦了很多，记得小时候她总是胖乎乎的，不是很胖，但是就是胖得很可爱，眼睛眯起来的时候就像是天上的弯月，脸颊肥嘟嘟的每次看到他有种忍不住想要捏一捏的冲动。

记得前世，梓锦是不胖的，瘦瘦的，不知道为什么自己重生后，梓锦的人生似乎也变了，不过他更喜欢这一世的姚梓锦。若说上一世的姚梓锦是他极力想要娶到手没有得手遗憾多一些的话，那么今生就是打从心里想要将她护在心口的感觉，原来爱情也会重生，变得更炽热……

或许是叶溟轩的眼神太灼热，梓锦悠悠地醒了过来，一睁开眼，就看到了叶溟轩那一双闪闪发亮的眸子，在灯火的映照下格外的有神，一时间有些怔忪，继而想起来今天是他们的洞房花烛夜呢。

梓锦猛地坐起身来，不好意思地笑了笑："我睡着了。"

"我也正要睡，继续睡好了。"叶溟轩嘴角微勾露出一个邪魅的笑容，看得梓锦脸红心跳，这话怎么听着都有点调戏良家妇女的味道。

叶溟轩说着真的脱了鞋，上了床，伸手就要将梓锦揽进怀里，每晚抱着小肉包子睡觉，是件相当让人开心的事情。

"等等！"梓锦喊道。

叶溟轩瞧着梓锦嘻嘻而笑，"夫人，今晚上是我们的洞房花烛夜，没听说过洞房一刻值千金吗？"

梓锦才不与他贫嘴，两人之间实在是太熟悉了，熟悉到了梓锦觉得都不能再熟悉的地步，在叶溟轩面前有的不该有的，什么样的鬼样子他都见过了，所以这个时候梓锦倒是放开了，横趴在叶溟轩的身上，伸手拉开床头小柜子的抽屉，从里面拿出一把剪刀来，在橘色的灯光下闪着森森的光芒。

叶溟轩皱着眉看着那把剪刀，吞口唾沫："小丫头，大好的日子你拿剪刀做什么？"

梓锦有意逗他玩，随口说道："这可是我的护身法宝，若是日后你敢给我拈花惹草，偷看别的女人，我就把你阉掉！"

叶溟轩面色一阵铁青，瞅着梓锦问道："这样粗俗的话你哪里听来的？"说着半眯了双眸，她的小丫头总能给他一种惊恐的喜悦，看看那把剪子，叶溟轩还真是有点不寒而栗的感觉的。

梓锦心里咯噔一声，哎哟，太得意忘形了，露馅了，不过她哄人的功夫那是自小练就的，笑嘻嘻地说道："上次跟着母亲去上香，路上遇到了一对夫妻吵架，男的在外面养了小的，那妻子就拿着剪刀喊，我让你对不起老娘，我阉了你看你还怎么风流快活。我瞧着做丈夫的挺害怕的，倒觉得这是一个好主意，你说呢？"梓锦说完还扬了扬手里的剪刀。

叶溟轩扶额,叹息不已,大好的日子,谁家的妻子舞着剪刀威胁丈夫的,可见啊,这两人太熟悉了也不好。尤其是他把人家当心肝疼着,颇有种人为刀俎我为鱼肉的凄凉。

"小丫头,你不觉得这美好的夜晚,咱们拿着一把剪刀对话很诡异吗?嗯,我们还要做更重要的事情。"叶溟轩觍着脸笑道,就要去拽梓锦,试图把剪刀拿开,实在看着剪刀十分碍眼,以后他家不允许有剪刀出现。

梓锦推了叶溟轩一下,说道:"坐好,不要动,我有正事要做。"

叶溟轩看着梓锦不像是骗人的,神态郑重,就配合坐好了,只是盯着梓锦看。

梓锦跪坐在床上,伸手将叶溟轩束发的玉簪拿了下来,叶溟轩一头黑发如瀑布般散落下来。梓锦伸手又将自己的发髻解开,两人的长发在床上交叠在一起。

梓锦伸手将两人的黑发各挑出一缕,然后用力打了一个死结,嘴角露出一个柔和的微笑,拿起剪子将系在一起的头发剪了下来,缓缓地说道:"结发同枕席,黄泉共为友。时光静好,与君语;细水流年,与君同;繁华落尽,与君老。"

低低柔柔的声音从梓锦的唇间溢出来,叶溟轩浑身一颤,没想到梓锦居然……居然在跟他许下一生的誓言。结发同枕席,黄泉共为友,这是死生不相离的承诺。时光静好,与君语;细水流年,与君同;繁华落尽,与君老。说得真好,一字一句都说到他心坎里去了。

"小丫头,你这是在告诉我,你很爱我吗?"叶溟轩的鼻子有些微酸,仿佛以前受过的苦楚都不算什么了。

梓锦不知道从哪里拿出一个一箭穿双心的荷包出来,湖蓝的底子上绣着大红的心,璀璨悦目。将两人打成死结的黑发装了进去,又将口牢牢系紧,然后递给叶溟轩,说道:"给你。"

叶溟轩伸手将荷包接过,轻轻放在胸口,只觉得心跳如擂鼓,说道:"小丫头,这一生我都会好好地珍藏这个荷包,永远都不会解下来。"

梓锦将剪刀放在安全的地方,这才抬眼对上叶溟轩的双眸,"怎么办呢?一直告诉自己不要爱上你,死命阻止自己接近你,不要被你蛊惑,不要让自己离你太近。曾经用那样残酷的方式拒绝你,也让自己死心不留后路,我对你狠,对我自己更狠。可是还是一不小心就爱上了,叶溟轩我真的很喜欢你,很喜欢很喜欢你……"

空气里似乎有什么在飘动着,叶溟轩看着梓锦,这丫头居然在这个时候跟他说这些话。叶溟轩觉得自己这么久的努力不是白费的，这么久的等待是值得，所有的苦难在这一刻都化作云烟消失不见。叶溟轩紧紧地将梓锦拥进怀里，力道大得恨不得将她嵌进自己的骨血里，生生世世不分开。

"小丫头，我也很喜欢，很喜欢，很喜欢你……"叶溟轩的声音逐渐淹没在梓锦的双唇中，意识到梓锦居然偷袭他，叶溟轩先是一愣，随即很不正经地说道："原来小丫头喜欢主动的……"

一夜风流，第二天叶溟轩小心叫醒梓锦然后说道："你不用害怕，今天的敬茶就拿出平日的做派来就行。"

梓锦就趁机问道："母亲可从公主府回来了？"

叶溟轩点点头，有点无奈地说道："我毕竟是平北侯的儿子，成亲哪里有在公主府的道理，娘自然是要搬回来的，更何况咱们新婚，也不好两边跑的。"

新婚头一月不能空房，这是大忌讳，梓锦自然明白的。当初好不容易从这里搬出去，没想到他们成亲长公主还是要搬回来的。

叶溟轩捉住梓锦的手轻轻摩挲着，郑重说道："在这里说话做事都要小心，咱们只管关起门来过日子，至于其他的事情什么都不要插手，中馈谁爱管谁管，将来咱们分出府去，你想怎么折腾都随你，只是在这里别的不重要，我都不在乎，你要安安稳稳的我才能安心。"

梓锦靠在叶溟轩的心口，轻轻点点头，道："我知道，你放心好了，偷懒我最在行了，想要让我管事情我还觉得麻烦呢。"

"是啊是啊，我要努力地把你养成前些年的小模样，你看这瘦得浑身上下没二两肉。"叶溟轩说完眼神故意扫过梓锦的某个地方。

梓锦气急，毫不留情地在叶溟轩的腰上捏了一把，却发现这人的肉是铁做成的吗？捏都捏不动，不由得颓丧了脸，然后冷哼道："那你去找有肉的好了。"

叶溟轩察觉到梓锦话里的不满，低声闷笑，道："我比较喜欢没肉的……"

梓锦默然，比流氓她真心不是他的对手！

梓锦突然想起自己对聘礼的疑心，趁着这会子有时间就开口问道："聘礼的事情是谁办的？"

叶溟轩挑挑眉毛，低头看着自己的小丫头，哈哈一笑："这么快就忍不住问了？我还以为你要等等才问。"

梓锦翻了个大白眼，一本正经地说道："这就是婚前相识的好处了，因为我们太熟悉了，有些事情哪里还有藏着掖着，我想问自然就问了，若是换做别的新娘只怕是怎么也不会问的，但是我们么……我们之间没有秘密，想问就问啊。我不用扮作娇羞，你也不用故作正经，多和谐的一对。"

叶溟轩忍不住笑了，他发现他的小丫头真的有很多有趣的地方，以前都不曾让他看到的一面，现在突然冒了出来，越发觉得宝贝得不得了，就连这样的话都能说得这样的理直气壮，也就只有她了。

叶溟轩在梓锦眼神的拷问下，轻咳一声，郑重回道："聘礼中除了那九十九对小金猪，其余的都不是我的主意。"

梓锦想起那九十九对形态各异的小金猪，又想起某人方才还说要把自己养肥的，就觉得这人真是欠揍啊，减肥容易么？

"既然不是你的主意，那是谁的主意？这样招摇的聘礼，可真是令人无比惊讶，我一个小小的庶女哪里经受得起？"梓锦是穿越来的，知道叶溟轩是重生，就更知道他跟杜曼秋母子之间的对立，所以说起这话来也没什么顾忌。

叶溟轩垂眸瞧着梓锦，就看到她嘴角扬起的讥讽，失笑道："你心里门清，还要来问我？"

"问问你心里才更踏实，你这样说我就更明白了。"梓锦轻叹一声，一入侯门深似海，自己还没入侯门呢，老太太就已经替她跟人家过招了，这次可真是要自己亲自上阵了。想起自己已经疏忽了十六年的宅斗技能也该拿出来晒晒太阳了，发霉了可不好。

屋子外面传来走动声，很快纤巧叫起的声音隔着帐子传来，梓锦瞧了叶溟轩一眼，自己轻轻应了一声，道："你们去准备洗漱水，别的不用管了。"

纤巧一愣，她还带了丫头要服侍二人起床呢，但是梓锦这么吩咐了她就乖觉地应了声是带着人退下了。

叶溟轩看着梓锦似笑非笑："为什么不让丫头们进来服侍？"

梓锦觉得有个问题要跟叶溟轩郑重地说一下，于是轻咳一声，一本正经地盯着他，徐徐说道："以前未成亲时我不管，从昨晚开始，你的人，你的心，你的身体都是我的，不许别人碰一下，看也不行。以后洗澡、更衣不许丫头们动手，除了我之外谁也不能碰你，我不在的时候你就自力更生。"

叶溟轩失笑不已，摸着下巴说道："我怎么觉得这话应该我来说才对？"

梓锦挑挑眉，故作豪气地说道："这院子里都是女人，就你一个男人，你担心我做什么，只有我担心的分。"

"可是丫头们服侍是天经地义啊，要不然买她们进来做什么？"叶溟轩觉得梓锦这个习惯好奇怪。

梓锦知道叶溟轩是个古人，还没有守身如玉的习惯，她得培养他的这个意识，于是坐起身来，很严肃地说道："因为我会吃醋。"

叶溟轩微愣，怔怔地没回过神来。

梓锦套上外衣，然后看着叶溟轩，又道："若是嫁给别的男人我才不会在乎这些，爱让谁服侍谁服侍好了。可是你不同，你是我心心念念最爱的男人，你的心里只能有我，你的身体只有我才能看，你的衣服只有我才能解，总而言之，你要为我守身如玉，要是哪天我知道你犯了戒，我是会很生气很生气的。"

叶溟轩这次笑不出来了，只觉得有点诡异！为一个女人守身如玉？太匪夷所思了，他长这么大没听过这样的话，可是看着梓锦的神情又不像是开玩笑，叶溟轩想了想说道："你是要让我为你守身如玉？你的意思是这辈子除了你之外不能再碰别的女人？丫头也不行？"

梓锦郑重地点点头，道："没错，我的心里只有你，难道你不能给我相同的回报吗？如果你要跟别的女子亲亲热热，那我会吃醋。"

"男子汉三妻四妾很平常。"叶溟轩笑眯眯地看着梓锦道。

"昨天晚上洞房之前我好像给你看过剪刀来着……"梓锦笑眯眯地回道，眼神故意扫过叶溟轩被子下的某个部位，然后又道："或者为了能让你切身体会一下我的感受，我会考虑让你的帽子换个颜色。"

叶溟轩发誓，他这辈子就根本没遇到过像姚梓锦这样凶悍不讲理的女人，成亲前分明是温柔化细雨，怎么成亲后就变成……妒妇加悍妇这个样子了？

叶溟轩细细回想这美好的早晨他们夫妻的对话，貌似好像他的小丫头一直强调他是她的私有物，他男子汉的威风瞬间遭受到了极大的打压，好像……或许……他该跟小丫头好好地交流一下他帽子颜色这个问题。

因为时间的缘故，叶溟轩没有跟梓锦继续这个话题，也许等晚上的时候是一个不错的良机，嘴角含着笑，伸手打起帘子，拿过外面早就准备好的干干净净的中衣，将梓锦的递给她，径自穿上自己的，笑道："我先去洗澡，时间还早，不用着急。"

梓锦轻轻地应了一声，问道："早饭是一起用还是每个院子单独开伙？"

叶溟轩回过头，然后低声一笑："我惜命得很。"说完扬长而去，梓锦看着他的背影有些发愣，惜命得很？那就是在这个院子里自己开伙了，心头突然涌上一股无力又愤怒的感觉。在姚家的时候，一开始几年的确是过得不怎么好，海氏脾气大，莫姨娘又刁滑，姚谦又是个面葫芦，她跟吴姨娘夹缝里求生存，可就是那个时候，梓锦从不担心有人会在饭菜里做手脚害她。

看到叶溟轩说这样的话还能这样地微笑，梓锦心里就有些微酸，上一世这个时候叶溟轩已经去世了，可这一世他还活着，也就是说他已经躲过了人生中的劫难，这以后的日子还长远得很，不知道还会不会发生别的事情，一时间梓锦只觉得这个深宅大院里真是令人步步惊心。

边想着已经穿上了衣服，梓锦下了榻趿上鞋，这才往净房而去。侯府地面广，他们住的这个院子名叫安园，地面都能赶上梓锦在姚府居住的小院子三个大，这净房也是格外的宽敞，用一架屏风隔开，两人同时沐浴也不会觉得有逼仄的感觉。

梓锦才走到净房门口，叶溟轩已经走了出来，看着梓锦邪魅一笑，低声在她的耳边说："我等你。"

梓锦想起周围还有服侍的丫鬟，俏脸一红，轻轻地应了一声，在众人面前，她还是那个大方得体的姚五姑娘。丫头们已经有秩序地忙碌起来，收拾床铺的，打扫屋子的，还有老夫人院子里的妈妈专门来收元帕的，看着元帕上的落红满脸是笑，将帕子放进一个雕花的小锦盒里，才跟叶溟轩告退了。

花厅里脚步匆匆，丫头们正流水般地准备早饭，梓锦沐浴过后，就坐在镜前让寒梅给自己梳头，寒梅小心翼翼地问道："姑娘，梳什么式样？"

不止是寒梅，梓锦早上已经注意到了，她带来的进门服侍的丫头，都有些紧张，其实可以想象，从寻常官宦人家一下子过渡到皇亲国戚的显贵之族，她们小心翼翼也是有的。

叶溟轩也不知道去了哪里，梓锦就对寒梅说道："你把纤巧、水蓉还有雁桃都叫来，我有话说。"

寒梅点点头转身就去了，很快地几人都来了，先给梓锦行了礼，这才站起身，纤巧资格最老又是老太太跟前的，在这些人面前自然是为长，看着梓锦就笑道："少夫人有什么吩咐？"

猛的换了称呼，梓锦多少有些不习惯，但是也知道这是必然，就笑了笑说道："时间紧，我只交代你们一句话，在这里就跟在姚家一样，按照我的规矩来。做事直起腰板，挺起胸膛，说话中气十足，既不张扬跋扈也不要畏缩后退，平时什么样子就什么样,不管遇到什么事情,只要你有道理,自有我给你们做主,但是你们若是招惹是非我也断然不会轻饶,明白了?"

四人听到梓锦这么说,反倒是都松了一口气,也就是所谓的规则明确,其实做事最讨厌的就是上头没有一个明确的教条,下面的自然就无章法。梓锦这话说得清清楚楚,明明白白,四个人心里倒是有了主心骨,再加上在姚府多年养成的默契,自然是都放松了些。

"姑娘这么说奴婢心里就踏实多了,奴婢还真怕姑娘……"水蓉不知道该怎么表达自己的意思,一时间有些尴尬地接不下去。

纤巧就笑着接口说道:"咱们做奴婢的就怕做主子的都直不起腰,姑娘既然这样说,咱们做奴婢的也知道该怎么做了。"

以前的老称呼姑娘姑娘的就喊了出来,梓锦就笑了,"明白就好,都去忙吧。寒梅,你说我今儿个第一次拜见婆家人,该梳什么发髻?"

梓锦觉得她的属下要有自己的决断力,这样不管将来出了什么事情,梓锦一时无法照顾到的话,她们也知道什么时候该做什么事情,所以梓锦才有这一问。

寒梅一愣,不过很快地就回道:"新娘子自然是尊贵喜庆的,姑娘不如梳一个牡丹髻如何?"

"牡丹花中之王,正妻梳牡丹髻原属应该,只是在这样的日子里梳了牡丹髻你说会不会让别人觉得咱们反而小家子气了?"

梓锦的意思也很简单,只有把自己的身份地位看得很重的人才会这样放不下,时时刻刻都要提醒别人她的身份,梓锦觉得这一招不好,太落痕迹,反倒授人以柄,于是斜眼看着寒梅轻轻地点拨。

寒梅最是伶牙俐齿,梓锦这一说就想了过来,笑道:"夫妻成双,白头到老,不如梳百合髻?"

寓意又好又不落痕迹,梓锦就笑着应了。寒梅有一双巧手,很快就动起手来,百合髻是净发分股盘结,并合叠于头顶,其形状就如同百合一般,清雅高贵自有一种难以言说的妩媚。

打开妆奁盒,梓锦看着里面一层层的各色饰品,老太太只怕是把她当年的好东西尽数给了她了,这个妆奁盒里还只是一部分,素手轻翻,拣出一只赤金拔丝丹凤口衔四颗明珠金步摇,赤金嵌红宝石石榴花耳坠,五彩蝴蝶压发珠钗,白玉嵌蓝宝石祥云纹饰手镯,往桌子上一摆端的是流光璀璨,耀眼生辉。

寒梅替梓锦将簪子簪好，耳坠戴上，手镯也撸进手腕。这时，纤巧跟水蓉手里捧着新衣服就进来了，问道："少夫人，您要穿哪一套？"

　　梓锦抬眼望去，一套是桃红色，一套是玫瑰红的，桃红的娇柔，玫瑰红的美艳，梓锦毫不犹豫地指着桃红的说道："这个。"

　　人啊要懂得收敛锋芒，然后当你出其不意地震慑别人光芒四射的时候才会有成就感，梓锦觉得自己实在是太适合这样明争暗斗的生活，心里的小战鼓已经跃跃欲试了。姚府的日子实在是太平顺，对手级别实在是太低，让她英雄无用武之地。还一度想着，她好歹在家斗司学过的那些个本事难道就这样埋葬了？果然上天是公平的，总会让你有一展用武之地的时候。

　　桃红色折枝花袄子，袖口领口都加了粉亮缎的缘边，看着就令人眼前一亮，罩一件同色的遍地散花的褙子，绣的是合欢花。系一条眉黛夺将萱皁色，红裙妒杀石榴花的石榴裙，石榴裙鲜艳如石榴的颜色，光彩夺目，石榴多子，寓意多子多福，再加上梓锦褙子上的合欢花，头上梳的百合髻，一看去并无出彩之处，但是细细看去，却又让人心里回味了。

　　梓锦刚打扮完毕，叶溟轩大步地走了进来，丫头们识趣地退了下去，梓锦看着他还只穿着中衣，不由得皱眉问道："你怎么还没换衣服？"

　　叶溟轩就用无比惊讶的眼神盯着梓锦，然后惬意地说道："我记得今儿早上好像有人跟我说过，不许别的女子碰我来着，丫头，你的意思是要我找丫头来服侍我更衣？"

　　梓锦一时无言以对，好吧，她是说过类似的话来着，于是磨着牙说道："你就不会自己穿吗？"

　　"丫头，我自小就是被服侍着长大的，你的衣服是自己穿的？"叶溟轩不疾不徐，侃侃而言。

　　梓锦顿时无言可对，这厮实在是太狡猾了！

　　伸手将衣架上早就准备好的衣服拿过来，给叶溟轩穿戴，绯红的团花直裰穿在身上，这样的红色居然愣被他穿出了一丝硬朗的味道，是这样鲜艳柔媚的颜色，这样的男人不管什么时候都不会淹没了他自己的风采。梓锦轻轻笑了，环过叶溟轩的腰，轻轻地为他束上腰带，嵌白玉的腰带触手生凉，上面隐隐刻着繁复花纹。

　　束好腰带，梓锦又弯下腰为他整理衣摆，然后站起身来打量一番，点点头笑道："不错，与我的衣服正好相配，我给你绾发。"

叶溟轩乖乖地坐在铜镜前，梓锦拿起自己的牛角梳子，为叶溟轩亲手挽起发髻束在头顶，然后戴上金冠用簪子固定住。往镜中瞧去，四目在镜中相会，不由得同时莞尔一笑。

这样简单的束发，其实也是很幸福的事情，就是一直梳到老，梓锦也不厌烦的。

叶溟轩站起身来，伸手牵住梓锦的手："手艺不错，以后我这头就交给你了。"

这话听着真是恐怖，梓锦瞪他一眼，然后才说道："好了，赶紧吃饭去了，再耽搁时间就来不及了。"

叶溟轩看着梓锦眉眼一扬，轻轻地吐出一句话："祖母那边辰时用早饭，咱们辰时三刻到就好，现在才卯末辰初，你怕什么？"

"新媳妇进门第一天奉茶，自然是要早到才不失礼数，哪里有可着时间去的。"梓锦白他一眼，往花厅走去。

叶溟轩失笑一声，他知道梓锦在所有的人面前都是温柔守礼的，这也好，这样梓锦活泼俏皮的一面就只有自己才能见到，想到这里突然想到吴祯大约是没见到过的，越发地开心起来。

抢步上前，叶溟轩拉起梓锦方才甩开的手，大步地往花厅走去，梓锦一愣，觉得在这个时代在众人面前亲热地牵着手，大约会被众人把自己骂成狐媚子，梓锦不想当个妖妻啊，就想要甩开叶溟轩的手，叶溟轩回眸看着梓锦笑眯眯地说道："在这个家里我想做什么就做什么，谁敢说三话四？我牵我妻子的手，谁敢说个不字？莫非你觉得只是牵手是不够的……"

梓锦顿时拜服，比厚脸皮自己真是没有办法跟眼前这个男人相对抗的，冷冷地横了他一眼，然后决定放弃了，爱怎么样就怎么样好了。所以当两人牵着手出现在花厅，所有伺候的奴婢都一副惊恐的模样，其中有几个还是被吓得浑身轻颤，昏昏欲倒，纤巧这时就上前指使人把这两人搀扶下去，顺便说道："以后暂时不要到主屋伺候了，这等失仪，学好了规矩再说。"

梓锦心里暗暗喝了一声彩，纤巧果然是个厉害的，三言两语又证据确凿地打发了不是她的人，铲除异己做得很好。梓锦面上依旧是淡淡地笑着，跟叶溟轩一起入座，纤巧这才带着人上前布菜、盛饭，碧荷跟素婉都在，两人只是默默跟在纤巧的后面，一句话也不说，做着分内的事情。

梓锦实在不习惯这么多人看着两人用饭，就故作不经意地扫了叶溟轩一眼，她一个新嫁娘是不好开口撵人的，这个任务只得落在了叶溟轩的身上。叶溟轩心里失笑，自己不愿意得罪人倒是这个时候想起他来了，于是轻咳一声，面孔肃穆地说道："你们都下去吧。"

叶溟轩在这叶家向来是笑的时候少，严肃的时候多，大家也不敢忤逆，纤巧有些担忧地看了梓锦一眼，梓锦轻轻地点点头，纤巧这才笑了，带着人下去了。

"你倒是会拿着我做恶人？"叶溟轩伸手将还冒着热气的小笼包夹给梓锦笑着说道。

梓锦白他一眼："那也得你乐意。"

"是，小的非常乐意，以后随叫随到。"

梓锦就忍不住地笑了，垂头用饭，一顿饭下来，梓锦只觉得吃撑了，这家伙很有可能是预谋的，准备的都是她极喜欢的东西，想不吃他又不停地夹给自己，最后梓锦叹息一声："你真把我当成小猪养了？我要是吃胖了，你得负责任，不许嫌我丑。"

"晚上多运动你自然胖不了的，我会日日监督，要是哪天你胖了，定是我偷懒了，所以绝对不会怪你的。"叶溟轩嘻嘻一笑，斜眼看着梓锦，那眉梢之间的得意怎么也掩盖不了。

梓锦默了，这流氓！

怀着悲愤的心情，梓锦踏上了征程，时间还早，叶溟轩就说道："我们慢慢地走过去，这样你也好消消食。"说完低声一笑，随时不忘调侃自己的小丫头。

要不是有这么多丫头跟着，梓锦恨不得一脚丫子踩死他，方才看到丫头们收拾碗盘时的惊讶，她都有撞墙的冲动了，人家会想，她们侯府娶了一个多能吃的少夫人啊。

侯府的面积很大，比姚府大上三五个不止，梓锦觉得古代的人真是奢侈，这样的房子搬到现代，得多少人民币啊。

侯府的情况跟别家不一样，因为有两位正妻，梓锦又是长公主的嫡儿媳妇，所以梓锦跟叶溟轩先要去拜会长公主，然后由长公主带着他们去拜见叶老大人跟杜氏。

梓锦跟叶溟轩到玫园的时候，蒋嬷嬷正在院子里候着，一看到他们二人来了忙应了上来，先行礼："老奴见过三少爷，见过三少夫人，公主已经起来了，正等着呢。"

叶溟轩朝着蒋嬷嬷点点头，梓锦这才说道："有劳嬷嬷了，是我们来晚了。"

"不晚不晚，公主盼媳心切，这才起得早了。"蒋嬷嬷满脸笑容地说道，引着二人往屋子里走去。

梓锦心里叹道，这蒋嬷嬷也是个厉害的，三言两语的句句妥帖，没一句让梓锦觉得难堪，心里对她好感直线上升。

今日的长公主一袭大红色长袖的缠枝花褙子，头发高高地绾起，看到梓锦跟叶溟轩进来，就先笑了。梓锦跟叶溟轩就在丫头们摆上的垫子上行了叩拜大礼，梓锦又接过蒋嬷嬷亲手端来的茶奉给长公主，嘴里说道："娘，请喝茶。"

长公主笑着接了过来，喝了一口这才放下，然后说道："快起来，快起来。"然后又将一个锦盒递给梓锦，这是见面礼，梓锦忙谢过，交给了纤巧收好。

梓锦这才在纤巧的搀扶下站了起来，规规矩矩地立在一边，头微垂着，想起以前的光景，又看看现在，梓锦觉得真是恍如一梦。长公主却是极喜欢梓锦的，亲热地拉过她的手，问她住得可习惯，吃得可习惯，睡得可好，梓锦一一答了，这般亲切的长公主，倒是让梓锦少了一些忐忑，毕竟不管怎么说都是梓锦让叶溟轩跟家里起了矛盾，她是担心长公主不待见她的，她也做好了长期抗战努力讨好嫡亲婆婆的思想准备，谁知道长公主对她一如既往，还比以前多了几分亲切，梓锦不是不惊讶的。

"……没想到我们还有这样的缘分，以前总觉得你的针线做得极好的，也不知道哪家的有福气将你娶了回去，没想到最后倒是落在我家了，这下好了我也不用羡慕别家了。"长公主笑道，面带春风，令人心生愉悦。

梓锦就垂眸脸红了，长公主真是贴心，这是告诉梓锦不要担心自己的出身，她喜欢得很呢。梓锦好一会儿轻轻点点头，却只说出一句："以后娘有什么想要的只管吩咐就是。"

看着梓锦这般实诚，长公主又笑了，站起身来看着梓锦说道："这些都不重要，重要的是要给溟轩给我生个大胖娃娃才是。"

梓锦的脸更红了，难不成叶溟轩的油嘴滑舌遗传了长公主？

说笑一阵，蒋嬷嬷提醒时间到了，长公主就道："咱们过去吧，老夫人该等着了。"

"是。"梓锦跟叶溟轩一同应道，长公主在前，梓锦跟叶溟轩跟在后面，梓锦狠狠地白了叶溟轩一眼，暗恨他方才不给她解围。叶溟轩一阵无奈，摸摸鼻子，觉得自己很无辜，你跟我娘说得挺开心，我插什么嘴？

眼神交涉未果，梓锦只得做罢。叶老夫人住的是露园，梓锦也常去的，因此从玫园到露园的路倒是熟悉的，到了露园之后，就有小丫头先跑进去送信了，紧接着楚沈二人掀起帘子迎了出来。要是梓锦跟叶溟轩来自然是不用迎出来的，但是有长公主在就不一样了，至少面子上的和谐还是要维持的，更何况今日叶青城也在的。

"见过长公主。"两人一同行礼，长公主就淡淡说道："起来吧。"

梓锦毕竟是行三，屈膝一礼："见过大嫂，二嫂。"叶溟轩只是微微地点头，连个话都没有。

楚沈二人自然是见惯了叶溟轩这种态度，面上一丝不高兴也无，笑着看着梓锦面上闪过一丝惊艳，随即掩饰过去道："三弟妹。"

因为还有叶老夫人诸人等着，大家不敢耽搁，简单问过后就往里面走去，楚氏亲手为长公主打起了帘子，众人走了进去。

"见过母亲。"长公主看着叶老夫人行半礼，柔声道。

叶老夫人笑着点点头，道："坐吧，来得刚巧，我们也才坐下。"

长公主笑了笑，应了声是，然后就坐在了杜曼秋的对面，叶老夫人坐在上面，叶青城坐在叶老夫人下首，然后杜曼秋坐在了叶青城的下首，这样一来，长公主要是坐在了杜曼秋的下首与身份不合，只能坐在了叶青城的对面，两人的距离不免远了些。

叶青城看了长公主一眼，长公主却没看他，只是看着叶溟轩跟梓锦，两人明白，齐齐往前走恭恭敬敬地跪下行叩拜大礼，梓锦接过茶双手奉上。叶老夫人接过茶抿了一口，道："进了叶家门，就是叶家妇，要懂得孝悌长辈友爱手足，为叶家繁衍子嗣，昌盛家族。"

这些都是长辈们对新媳妇常说的话，叶老夫人倒是没有为难梓锦，让人拿来了见面礼，是一对晶莹剔透的翡翠玉镯，看成色是极好的，梓锦忙谢过了，同样交给了丫头收着。

这才站起身来，又去给叶青城，杜曼秋行礼，两人同样喝了茶，说了些端正严肃的家训话，并给了见面礼，叶青城给的是很实惠的银票，面额不知道多少。杜曼秋给的是一支嵌红宝石的金步摇，入手颇沉，想必是实心的。

然后接下来就是叶繁叶锦楚氏沈氏平辈之间的见礼，就不用磕头敬茶了，只是行了平辈礼，互送了礼物。

这一圈走下来，梓锦只觉得脚都酸了，却还要维持着得体的笑容，然后两人坐在了长公主的下首，这样一来赫然是壁垒分明，梓锦突然觉得自己的任务真是相当的艰巨啊，要在这样的围追堵截下还能平安无事，真的是要有相当大的本事了。

今日的梓锦打扮得得体合适又不失俏丽，一进门的时候，大家的眼神中就能看出端倪，只是不过在座的都是级数相当高的，面上丝毫不露罢了。梓锦本就生得美，今日的妆是她自己亲手画的。眉毛修成远山眉，给人持重的感觉，面上敷的粉薄薄的晶莹剔透，又化开了胭脂，淡淡地染了腮红，唇上并不如别的女子画的极浓的红色，而是清淡的桃粉色，在这一片红唇中倒真是别有一番风情。梓锦的淡妆很抓人眼球，尤其是在这个社会里女子都是浓妆艳抹的情况下，淡而不寡，反倒是更有一番滋味。

楚氏看着梓锦就轻轻地笑道："三弟妹可还住得习惯？"

梓锦忙笑道："习惯，在这里就跟以前在娘家一样。"

梓锦回答得滴水不漏，要是但凡表现出一丁点的不满，只怕婆家的人就会不高兴了。楚氏也没指望着梓锦会在这一句话上失策，听到梓锦的回答浅浅一笑，"母亲特别吩咐了人一定要好好地伺候三弟妹，不能让三弟妹有丝毫的不适应，如今看来母亲倒真是高瞻远瞩了，我们做晚辈的实在是拍马难及。"

原来在这里堵着她呢，不是为了为难梓锦，而是为了抬高杜曼秋。梓锦觉得这个楚氏还真是不一般，一句话都能让大家对杜曼秋的好感上升，毕竟这个家是杜曼秋在管理中馈，方才楚氏问的话就是给梓锦挖了一个坑，梓锦不管怎么回答，楚氏都有话对付她，自己这样的回答，就给了楚氏抬高杜曼秋的良机。

梓锦看着叶老夫人点头微笑，叶青城面色和缓，长公主不动如山，显然这样的情况经常见到了，叶溟轩神色严肃，这小子心里定是不开心了。又看着对面杜曼秋只是含蓄地一笑，并未说话，沈氏倒是附和地说了一句："母亲为了三弟的婚事，忙里忙外，事事想得周到，我们做晚辈的可真是跟着长了见识了。"

叶锦没什么表示，倒是叶繁嘴角勾出了得意的笑容，一看就是个不压事的，梓锦还记得那一年叶繁的挑衅，心里嗤笑一声，面上却垂眸怯怯地说道："大嫂二嫂说的是，母亲的确是辛苦了，梓锦也切记着姚家家规，进了夫家就如同在自己家一般，万不可挑衅生事，家宅不宁，梓锦不敢相忘。"

屋子里一刹那间顿时静了下来，楚氏的脸就有些涨红，梓锦那意思就是说，我就是客气客气，您老还当真了？沈氏想要说什么，可是一想到梓锦那一句挑衅生事，家宅不宁，只得咽了下去。

叶锦倒是打量了梓锦一眼，又转开了目光，叶繁貌似有些迟钝，还没回过味来，长公主嘴角微微地有了笑容，杜曼秋就有些不自在，倒是叶青城似乎想到了什么，面色有些端凝，眼睛在楚氏沈氏梓锦身上扫了一圈，却也没说话。

倒是叶老夫人冷冷地扫了众人一眼，然后看着梓锦问道："你祖母近来还好？"

梓锦就笑着回道："祖母身体还好，就是偶尔有的时候会咳嗽一两声，倒是没有大碍。"

叶老夫人就说道:"这是她的陈年旧疾,多少年了。"

"还要多谢祖母给我祖母送去的枇杷露,祖母咳嗽时喝上一勺倒是极管用的。"梓锦适时地提到这一节,以图慢慢地跟叶老夫人拉近关系。毕竟叶老夫人才是这个家里的元老,就如同姚老太太对姚家。只有跟顶级的大boss打好关系,梓锦觉得未来的路才能好走一点。梓锦不图叶老夫人对她有多关照,但是至少不要对她有偏见就好,饭要一口口地吃,才不会噎死。

"这算不得什么,我们多少年的交情了。"叶老夫人想起以前,对梓锦也就和蔼了许多,倒是跟她有一搭没一搭地说起了成年旧事,梓锦回答得滴水不漏又讨巧,常常能让叶老夫人忍俊不禁。

楚沈二人对视一眼,眼中精光闪闪,这个时候也不好当着叶老夫人的面再说什么,幸好杜曼秋笑道:"以后有的是时间叙旧,咱们还是先去祠堂吧,您看呢娘?"

叶老夫人就点点头,新媳妇拜祠堂上族谱是大事,就道:"你们去吧,中午来这里吃饭。"

众人忙应了,叶青城就带着大家往外走,叶溟轩故意落在后面,看着梓锦低声说道:"小丫头,本事不错啊,难得看到那两人有苦说不出。"

梓锦挑眉看了她一眼,抿嘴笑道:"只怕中午回来用饭的时候更热闹呢,你家二嫂的性子跟你二哥很是匹配,只怕要找回场子呢。"

叶溟轩嘻嘻一笑:"你怕吗?"

梓锦看着前面众人的身影,淡淡说道:"不怕,你只管看好戏吧。"

家也算是枝繁叶茂,叶老夫人除了叶青城这一个儿子之外,还有两个儿子,不过都在外面驻防,寻常不轻易回京。几年前梓锦第一次来平北侯府的时候,叶老夫人还感叹膝下零落,如今却是孙子孙女重孙子孙女都俱全的人了。

叶溟轩成亲,两位叔父家没有专门上京贺喜,但是都派人专程送了礼物来,可谓是不失礼数,梓锦拜过祠堂,平北侯亲自将她的名字添在族谱上,这才都散了。因为距离午饭还有些时间,大家都各回了自己的院子,梓锦跟叶溟轩就回了他们的安园。

叶溟轩就跟梓锦解说叶青山和叶青海的事情:"二叔在西北镇守,三叔在东南,相隔太远,来往一次实在麻烦,已经有很多年没见过面了。"

梓锦心里默默地想着,叶家三兄弟,一个在西北,一个在东南,还有一个在京都,这可真是天涯海角各据一方了，想来当今圣上也不希望看到叶家太亲密，所以这才把几兄弟分开的。

心里这么想着，嘴上却没有说，只是笑道："以后总有机会见的。"

叶溟轩点点头，两人进了安园。梓锦坐在贵妃榻上不愿意动，这又跪又拜实在是一个体力活，叶溟轩刚进来还未坐下就被人叫了出去，外书房有急事。梓锦当然不能拦着他，只是说道："早去早回，若是不回来吃饭送个信。"

叶溟轩也不避讳，居然当着几个丫头面亲吻了梓锦的额头这才匆匆去了。梓锦只觉得面色潮红，还要故作镇定让丫头们退下，人走后这才无力叹息一声，还真怕突然就背上一个妖妻的罪名。

果然不过半刻钟，就有外院的小厮隔着门帘进来回禀："少夫人，三少爷说了午饭不回来用了，让您跟家里交代一声，衙门里有急事，怕是晚上才能归来。"

梓锦打赏了那小厮，这才叹息一声，锦衣卫这活就是提着脑袋在裤腰带上，上头叫你就得走。心里又担心叶溟轩，看着时辰快到了，又起身换了衣服，这才往露园行去。

侯府占地面积极大，从他们夫妻住的安园一路行到露园，要穿过几个月洞门，这一路行来亭台交错，长廊相连，回头望去，只见檐角高低相错，密密实实地落在身后，就像是一头猛兽，幸好是在白日，若是黑夜里这样驻足观望，还真令人有些惧怕。住在这样的大宅里，这里面的女人男人形形色色的，都围绕着权力争斗，想要的，紧盯着的，也不过是平北侯的爵位。

将心里的这些想法压下，梓锦带着得体的笑容出现在众人的面前，果然大家七嘴八舌地问起了叶溟轩。

梓锦就看着叶老夫人笑道："还请祖母、母亲莫怪，夫君刚接到消息就急着出门了，媳妇也不知道究竟出了什么事情，夫君让我代他跟大家告罪。"

叶老夫人闻言就笑了："娶了媳妇果然不一样了，说话办事都是有规矩多了。你公公也被临时宣召进宫，怕是有什么事情，咱们不管他们男人的事情，只管吃咱们的饭，锦丫头过来坐下。"

听着叶老夫人亲密的呼唤，梓锦露出一个笑意，心里还是有些惊讶的，没想到叶老夫人之前对这门婚事这么多的阻碍，倒是在自己进门后和颜悦色的，梓锦摸不透叶老夫人在想什么，只得轻轻应了，循规蹈矩地坐在长公主的下首，跟楚氏对面，梓锦就看到了沈氏垂眸一笑。叶锦跟叶繁也不在，看来都是出门了。

没有了男人的饭桌，气氛似乎更活跃了，叶老夫人的兴致极好，梓锦要为长辈布菜，叶老夫人也笑道："新婚三天无大小，这些规矩以后再说，你好好坐下用饭。"

梓锦推辞一番就轻轻地应了，丫头们流水般地上了饭菜，菜色齐全，有菜有汤，看着就是赏心悦目，令人食指大动，但是新妇总要讲究个仪态，梓锦也不敢没吃相，秀秀气气地吃了饭，看着叶老夫人停了箸，又看着长公主停了，这才搁下了筷子。

很快众人都吃完了，楚沈二人也在杜夫人停了箸之后也跟着停了。就有丫头上来收拾桌椅碗筷，大家又移步到了偏厅坐下，然后一溜的丫头端着茶水、痰盂、毛巾移步上来。

梓锦敏感地察觉到了楚沈二人打量的目光，梓锦心里一笑，面上却是一番平静，先是接过茶水漱口，将漱过的口水吐进斗彩缠枝花痰盂，又用巾帕擦拭过了，丫头半蹲下，梓锦又把手伸进脸盆，湿了手，擦了香胰子，轻轻地洗过手，又擦拭干净了，这才坐正了身子，面带微笑，端的是行云流水，不疾不徐，显然是长年累月做惯了并不是一时之间仓促学成的，那一份雍容最是可贵的。

大约楚氏跟沈氏是要瞧梓锦的笑话的，毕竟这样的做派并不是小门小户摆得起的，尤其是姚谦做了十几年的六品，只是没有想到梓锦居然做起来很是优雅，更是熟稔，两人心中都有些惊讶，就连杜曼秋心里也是惊讶不已，只是她一向伪装得极好，面上丝毫不漏。

长公主淡淡一笑，心里很是愉悦，原本想好了若是有人为难她会打掩护，没想到这儿媳妇太省心了，居然她都不用出手，于是更是多了一份从容。叶老夫人却是一点也不吃惊的，姚老人太出身金襄侯府，那威风若是摆起来，在这里的除了皇家的长公主谁还能压得过她？更何况姚老太太心性刚强，对几个孩子教育很是严格，几个女孩子自小也是娇养加教养，当年梓锦第一次进叶府的时候她就知道了。

梓锦笑着坦然面对楚沈二人的目光，这里是叶老夫人平日见人的西暖阁，老夫人斜倚在临床的大榻上，身后靠着软软的天蓝色弹墨迎枕，侧耳听着杜夫人说起家事，长公主在一旁默默地听着，梓锦更是目不斜视，端坐在此。楚氏跟沈氏不知道在说什么，看着很是愉悦的样子，不一会儿沈氏就抬起头看着梓锦，小声问道："不知道妹妹这衣服上的花样使用了什么针法，怎么就是比我们衣服上的更漂亮一些？这一尾尾的鲤鱼竟似活着一般，不过倒真是极少见有人会在这个地方绣鱼的。"

梓锦这次换了衣服过来，穿的是一件石榴红的半袖褙子，却在袖口跟衣服边缘绣了翠绿色的水草纹跟几尾活泼的鲤鱼，很少有人会在衣服上的这些个部位绣鲤鱼，这两人这样问只怕也是没怀好意。

　　梓锦轻轻一笑，随口应道："自然是希望年年有余，图个喜庆，至于这针法其实稀松平常，就是南方盛行的施鳞针，这种针法最大的特点就是色彩分明，丰厚，鳞片鲜艳光泽，栩栩如生，其实也没什么稀奇的。"

　　对于梓锦的后半句两人没什么兴趣，倒是前半句……沈氏轻轻一笑，扫了梓锦一眼，问道："难道三弟妹认为进了咱们家就不能年年有余，要借着衣裳祈求了？"

　　来了来了，梓锦就知道这两人一定不会消停的，心里激动不已，面上却微微地一迟疑，有点为难之色。

　　楚氏一见，故意白了沈氏一眼，微微责怪道："这是什么话？咱们侯府身受皇恩，自然是年年有余，岁岁康泰的。"话虽这么说，眼睛却似笑非笑地看着梓锦，笑道："是不是这个道理三弟妹？"

　　要是梓锦承认楚氏说的是对的，那就是打了自己的脸，要是说楚氏说的不对，又是忤逆犯上，不管如何回答，楚氏都给自己挖了坑。梓锦也是暗呼厉害，这个楚氏当真是小看不得。

　　三人之间的对话也引来了老夫人几人的注目，杜曼秋这时就轻轻笑道："你们两个还这样皮嘴，话也不肯好好说。"话虽然这么说，眼睛却盯着梓锦等她的回答，面上带着淡淡的笑意，看不出有任何的讥讽跟阻止。

　　长公主若是之前只怕不会管这么多，大约是睁一只眼就过去了，毕竟杜曼秋在叶老夫人面前极会做人，很难抓住她的小辫子，再何况当初叶老夫人对她总是有偏见，所以能忍则忍，可是现在看着杜氏婆媳三人都要为难梓锦，就有些看不下去了，便轻声开口："皇家天恩，也是侯爷挣来的，内宅夫人不言国家大事。"

　　杜曼秋轻笑一声，看着长公主缓缓说道："不过是咱们私底下说一说，怎么就会传到皇上的耳朵里？"这意思就是若是皇上知道了，只怕就是长公主告的状了，无意中杜曼秋就等于是在叶老夫人面前又把长公主抹黑了一把。

　　梓锦忽然有些明白，为什么长公主不肯多挣多抢，其实有的时候我们怨这个人不知道争取，不知道谋划。其实更多的时候，看似显耀的身份其实也是一种束缚，就比如现在。

　　梓锦素来是极护短的，不要说这一生姚玉棠跟她从小犯冲，姚冰从小就爱捉弄她，她都还能维护她们，就是凭长公主以前待她的情分她也不会袖手旁观，更不要说现在是她嫡亲的婆婆了。

梓锦刚进门，年纪又是最小的，可是她出身姚府，姚谦的耿直京都谁人不知？梓锦心里一盘算，这时面上的神情突然变得有些严肃起来，看着杜曼秋神色郑重地说道："母亲这话确有不妥，梓锦身为新妇，原不该多嘴，更不该反驳母亲的话，奈何幼承庭训，家教甚严，祖母父亲时时教导儿媳，即便是在家里也不可妄言朝政，谈及今上。常言道祸从口出，长公主殿下已经是叶家妇难道还巴望着侯府倒霉？要真这样置自己夫君于何地？置侯府于何地？置自己亲生的儿子于何地？一荣俱荣，一损俱损，这样的道理连梓锦都明白。"梓锦说到这里，却是朝着叶老夫人跪下，面色严整，一字一句地说道："梓锦不孝，反驳母亲，身为新妇，原该谨言慎行，奈何梓锦以后也是侯府的一分子了，自然希望侯府和气兴旺，子孙昌盛。虽然一片赤诚之心，总是失了规矩，请祖母责罚。"

梓锦知道自己是不该这样当着叶老夫人的面说这样的话，但是如果今日自己不说，那么在叶老夫人的印象里，自己未必给她留下好印象，杜曼秋初战告捷，日积月累下来，这以后要真是在自己不知道的时候在叶老夫人跟前给自己使绊子，老夫人自然是相信杜曼秋多一些，正所谓千里长堤，溃于蚁穴，正是这个道理。

自己把这一层说开，让叶老夫人对长公主释怀，然后又搬出姚府的规矩教导，又是为了侯府的长远发展，叶老夫人始终最看重的并不是杜曼秋，而是侯府的将来，梓锦在赌，杜曼秋也在赌，她们赌的不过是叶老夫人的心态。

梓锦的杀手锏是家族的利益。

杜曼秋的杀手锏是叶老夫人对长公主的忌惮。

两人的出招各有千秋！

屋子里的气氛一下子紧张起来，长公主瞧着梓锦，心里有些悲喜莫名，这孩子太贴心，自己不屑于做的事情，她倒是积极地为自己撇清了，这样的好孩子难怪自己儿子死都不会放手，心里熨熨帖帖的满是暖意。

叶老夫人瞧了大家一眼，神色不动，只是看着梓锦说道："你这丫头倒是倔性子，还在新婚，哪里说跪就跪，还不赶紧起来？"

老太太这样一说，一旁一直不敢出声的宋妈妈忙过来搀扶起梓锦，一迭声地笑道："都是老奴不长眼，三少夫人，快起来，大喜的日子里开心才是。三少夫人这样持身自省真是令人钦佩。"

宋妈妈是叶老夫人跟前最得力的妈妈，她这样一打圆场，所有的人都顺坡下驴，梓锦暗呼叶老夫人也不是个省油的灯，居然愣是没有说出一句偏袒哪一方的话，就这样打个呼呼就过去了。

梓锦突然觉得，目前侯府诡异的和平能维持到现在，只怕叶老夫人也挨了不少心力了，一个是亲生儿子救命恩人的女儿，一个是天家尊贵的公主，想要维持这种和平，也不容易啊。

至少梓锦没挨罚，这就是一个好兆头。

又说了会子话，叶老夫人便道乏了，众人这才辞别退下。

到了门口，杜曼秋带着楚沈二人走了，梓锦跟在长公主的身后徐徐往回走。长公主让人远远地跟着，这才瞧着梓锦说道："你这丫头倒是胆子不小，以后这样的事情不要莽撞。"

听到长公主并没有生气，反而是劝谏自己，梓锦调皮地一笑，这才说道："以德报怨，何以报德？"

"小小年纪倒是知道这些，人生一辈子，若是事事计较，哪有快活日子？"长公主叹道。

梓锦听着不知道是不是长公主的心得，不过想了想还是恭敬地应道："娘说的是，人生自然不能斤斤计较，但是若是遇到有人故意使坏，我总是没有办法看着不动的，尤其是我的家人。"

长公主停住脚步看着梓锦，原本温和的面孔突然变得有些凌厉，沉声斥道："你年纪尚小，并不知道这里面的厉害，有些事情并不是逞口舌之快就能解决的。君君臣臣，先国再家，有的时候权势比亲情更现实，你可明白？"

梓锦心里一沉，有些原本想不明白的地方，似乎有点清楚了，心里惊讶大于理智，忽然又有种悲哀，即使尊贵如长公主也有别人不知道的悲哀。出身于天家是很尊荣，却也要背负着别人并不知道的危险跟残酷。

看着梓锦有些泛白的面孔，长公主叹息一声，可能是自己太过于严肃了，又想到梓锦年纪尚小，又说道："一口吃不成胖子，慢慢来，你总会都明白的。记住一句话，以后不要莽撞，不然在这个家里想要好好地活着并不容易。"

梓锦送长公主进了玫园，自己这才带着丫头回了安园，梓锦心里的惊骇还未退去，就借着累了要休息把丫头们都遣了下去，自己细细地品味长公主的话。

权势比亲情更现实？

这是什么意思？难不成皇上也会猜忌长公主？这不会吧……好歹是他亲妹子，嫡亲的妹子，又不是兄弟。兄弟会夺你的江山，可是姐妹会夺走你的什么？不用这么防着吧？要真是这样，天家可真够悲哀的，连一丁点的人伦亲情都没有了。

半躺在榻上，梓锦翻来覆去，难怪这些年长公主在侯府受了委屈也不肯进宫哭诉，是不是就是怕皇上拿捏住了把柄好借机惩治平北侯？

梓锦想到这里，心里就拔凉拔凉的，一时间已经一句话也说不出来，只觉得人生真是倒霉加倒霉，还让不让活了？

翻来覆去中，梓锦睡了过去，毕竟累了一天，实在是撑不住了，醒来的时候已经是天色将黑了，忙下了榻，就有些懊恼丫头们怎么没叫起，叶老夫人那边可怎么交代？正着急的时候，忽然又想到侯府里是各院子自行开伙的，一下子又放松了下来。

这时纤巧听到了声音走了进来，看着梓锦已经起来了，忙说道："少夫人，您醒了？奴婢去让人给您打洗脸水。"

梓锦点点头，洗过脸又将发髻重新打散，只是梳了一个简约的篆儿，这才问道："爷，还没回来？"

"大人一个时辰前回来过，夫人睡得正沉，大人不让奴婢喊醒您，只说让您好好地休息。大人公务在身，晚上怕是要晚些时候才能回来，让您晚饭不必等了，他会在外面吃。"纤巧低声应道。

梓锦一愣，没想到事情居然这么紧急，这才新婚第二天就这般忙碌，梓锦压下心里的不满，嘴上却问道："爷，有没有说晚上回不回来？"

"大人没说。"纤巧小心翼翼地回道。

梓锦点点头，然后又道："摆饭吧。"

纤巧松了口气，问道："摆在哪里？是在明间还是就在这暖阁里？"

梓锦不想挪动，就说道："摆到这里来吧。"

纤巧点头应了，就出去吩咐了，丫头们流水般送上晚膳，清一色都是梓锦爱吃的，梓锦用过晚饭之后，就随手拿过一本书静静地看着等着叶溟轩回来，但是一直等到了半夜也不见他回来，心里担忧不已，纤巧几个就劝道："姑娘，你先睡吧，大人回来我们自会叫你的，明日还要回门，脸色可不能差了。"

梓锦知道这件事情事大，就只得说道："那好，等爷回来立马叫我。"

寒梅就应了，立刻铺了床扶着梓锦躺下了，几个人这才灭了几盏大的灯烛，只留了一盏床头灯这才悄悄地退了出去。

屋子里又沉寂下来,梓锦翻来覆去也不知道多长时间才睡着。

叶溟轩回来的时候,已经是后半夜了,神色很是难看,寒梅几个行过礼,就要去喊梓锦却被叶溟轩制止了,只是吩咐人送水过来。自己转身进了净房,纤巧立刻吩咐小丫头把洗澡水抬进去,然后又安排了值夜的人,等到叶溟轩出来,又问道:"大人用过晚饭没有,要不要让厨房再做一些上来?"

叶溟轩挥挥手示意不要,然后转身进了寝室。纤巧轻轻地松了口气,看着水蓉说道:"晚上值夜的时候一定要精心,要是有什么动静也不要大惊小怪的。"

水蓉点点头,道:"纤巧姐姐放心吧,我知道。"

纤巧明日要跟着梓锦回门,所以今晚上不能守夜,但是安排这个院子里原本的丫头值夜她也不放心,所以这才让水蓉值夜,一切安排妥当,又冷眼瞅了瞅刚灭掉灯的那间小厢房,这才转身离开。

叶溟轩瞧着梓锦的睡颜轻轻一笑,掀开被子慢慢地躺了下去,仿佛是感觉到了身旁有人,梓锦慢慢地睁开眼睛,突然看到叶溟轩猛地回过神来,这才挣扎着半坐起来,回头瞧了瞧窗台上的沙漏,皱着眉头说道:"什么大不了的事情这个时候才回来,你正新婚好不好,明天还要回门。"

梓锦是有些抱怨的,这个皇帝也太不通人情了,属下在新婚休假也要办公务吗?

叶溟轩轻笑一声:"干我这一行的,就是昨晚上洞房花烛,上头命令一下来,拔脚就得走。"

叶溟轩虽然在笑,可是梓锦有听得出那里面的无奈,突然之间意识到自己有些失言了,看着叶溟轩疲惫的面容,便道:"睡吧,累了一天了。"本来想要问一问明日回门还能回得去吗?可是这个时候又问不出口,只得闷闷地憋下。

叶溟轩听话地躺下,随手将梓锦拥进怀里,那力道大得让梓锦有些喘不过气来,梓锦心里有一种不祥的预感,抬眼看着叶溟轩,尽量让自己的声音听起来很柔和:"明日你要出门?"

叶溟轩身体一僵,还是点点头,"抱歉,明日的回门怕是回不去了,你等我,等我回来咱们再回去好不好?"

梓锦知道锦衣卫的任务都是机密,这个时候也不问他要去做什么,深吸一口气,道:"没关系,你去忙你的,我娘家那边一定会体谅的,等你回来咱们再一起回门好了,远嫁的姑娘也有一月回门的,这也不算什么。"

方才梓锦还抱怨他新婚就办公务,这会子倒是通情达理了,让叶溟轩不由得回头看着她,很是认真地回道:"你不生气?"

"为什么要生气?你又不是故意不陪我回门,是因为公务,不管是我还是我娘家人都会理解的,你放心地去吧,我在家等你回来。只是有一点你要答应我,一定要好好地回来才是。"刚新婚第二天,就要面对分离,梓锦还真是觉得老天爷实是够厚待她了!

叶溟轩眉眼微皱,沉思良久才说道:"江南的盐税银子走到山东一带被劫了,数百万两,皇上大怒,调集了锦衣卫,刑部还有京畿营联手破案,追回税银。"

梓锦大惊,太平盛世的居然有人这么大胆地劫了税银……忽然之间觉得浑身有点发冷,不安地看着叶溟轩:"会不会很危险?"

"没事,你夫君武功高强自保是没问题的,你安心在家等我,最快半月,最迟一月我定然回来。"叶溟轩安抚道,其实他心里也是没有底的,只是不希望梓锦过多地担忧,这本是机密,不应该对她说的,但是他又怕不说清楚这个丫头会胡思乱想,想到这里又说了一句:"这件事情不要告诉任何人,就连娘那里也不要说。"

梓锦点点头,道:"我明白了,你什么时候走?"

"半个时辰后。"叶溟轩用力将梓锦拥进怀里,这一去不知道会发生什么事情,如果早知道会有这样的事情发生,他应该晚几个月将她娶回来,叶溟轩没有告诉梓锦这次任务的危险性。

梓锦伏在叶溟轩的身上,听着他强壮而有力的心跳,然后努力地扬起一个笑容,道:"我去给你收拾行装,你先休息会,时间到了我叫你。"

叶溟轩点点头轻轻松开梓锦的手,梓锦翻身下了床,用力扬起一个微笑,转身在叶溟轩的唇上轻轻一点,这才开了门把丫头叫了进来帮忙。叶溟轩隔着床帐听着梓锦细细吩咐丫头该拿什么衣服的声音,觉得安心不已,这里还有一个人等他回来,是如此的温暖。

收拾了行装,梓锦把叶溟轩叫了起来,亲手给他换上了衣服,这才说道:"你安心地去办案,家里的事情不用担心,我跟娘等你回来。"

叶溟轩点点头,顾不得丫头们在场,将梓锦拥进怀里,在耳边轻声细语:"等我回来,这次欠你的,我会给你讨个说法来的。"梓锦扬扬眉,不明白这是什么意思,叶溟轩却不再开口,低头在梓锦的唇上缠绵轻吻,羞得一众丫头忙退了下去,个个脸红不已。

梓锦半是恼怒地瞅着叶溟轩："临走还要给我找晦气，这传出去什么样子？"

"我就是要让别人知道，我有多在乎你，多爱你，谁要敢朝你下手先掂量掂量自己脖子的分量！"叶溟轩浑身散发着一股子戾气，看了梓锦一眼，大步离开。

梓锦望着叶溟轩的背影，想着明日要应付那边的三头狼的冷嘲热讽，无奈地叹息一声。